KB044097

사라진
지구를
걷다

사라진 지구를 걷다

에린 스완 지음 | 김소정 옮김

arte

차례

일러두기
1. 본문의 이탤릭체와 고딕체는 각각 원서에서 이탤릭체와 볼드체로 쓰인
   표현들입니다.
2. 이야기의 의도를 위해 몇몇 단어들은 영어 명칭을 그대로 옮겨왔습니다.

삼손

1873년 캔자스 대평원

동그랗게 몸을 만 초원의 버펄로그래스를 헤치고 나아
가는 바람. 모자 위로 내리쬐는 뜨거운 햇볕. 조금은 짜증스러운 파
리들. 그는 털북숭이 짐승을 한데 모아둔 들판을 천천히 둘러보았
다. 오늘은 열두 마리다. 수소 둘, 암소 아홉, 송아지 하나. 최고 기록
은 아니지만 충분히 만족스럽다. 버로스와 매스터스는 벌써 웅크리
고 앉아서 사냥한 동물의 혀를 잘라내고 가죽을 벗기고 있었다. 그
도 곧 합류할 터였다. 오후가 되면 짐승들이 쏟아낸 배설물과 피, 자
신이 흘린 땀이 공기를 가득 메우게 될 것이다. 손수건으로 얼굴을
닦으면서 수염은 언제 자랄까 생각했다. 다른 사람들처럼 새벽마다
내뱉는 숨에 뿌옇게 흐려진 깨진 거울 앞에서 웅크리고 앉아 수염을
깎을 수 있다면 좋을 텐데.

발밑에 있는 암소를 물끄러미 바라보면서 암소의 마지막 순간을 떠올려보았다. 매스터스와 버로스는 동물은 감정을 느낄 수 없다고 하지만, 그는 털이 엉겨 붙어 있는 동물의 머리 안에는 작은 모닥불 같은 마음이 있을 거라고 상상했다. 그 마음들은 타다닥 타오르고 빛을 내며 불꽃을 튈 것이다. 그 목숨을 취하려고 가까이 달리는 동안 들여다보게 되는 그들의 눈에는 슬픔이 분명한 감정이 서려 있었다. 총에 맞은 동물의 눈에서는 서서히 빛이 꺼졌고, 아침을 향해 가는 동안 마음의 모닥불은 서서히 잦아들었다.

매에, 가냘픈 소리가 그의 주의를 끌었다. 널브러진 사체들 사이에서 흔들리는 다리로 비틀거리며 송아지가 몸을 일으키고 있었다. 송아지 어깨로 들어간 총알이 심장을 비켜간 것이다. 소총을 들지는 않았다. 총소리를 낼 수 있는 시간은 지났으니까. 성큼성큼 앞으로 걸어가 얼굴을 가로막는 파리들을 그대로 지나치며 보이나이프를 꺼내 들었다. 송아지는 꼼짝도 하지 않고 서서 사람과 같은 눈으로 그를 물끄러미 바라보았다. 무릎을 꿇고 앉아 팔로 송아지 목을 감싸 안고는 주둥이가 하늘을 향하도록 머리를 치켜올렸다. 묵직한 송아지 냄새에 난로 옆에서의 기억이, 리버풀에서의 어린 시절이 떠올랐다. 그때 그의 형제들은 한데 모여 웅크리고 있었고, 석탄을 공급받지 못한 난롯불은 꺼져가고 있었다. 재빨리 송아지의 목을 그었다. 피부가 따뜻해질 아이를 상상했다. 송아지는 무릎을 접으며 주저앉고는 옆으로 엎어졌다. 코와 주둥이에서 거친 숨이 새어 나왔다. 송아지의 눈동자에서 빛이 사라져갔다.

매스터스와 버로스의 작업은 거의 끝나가고 있었다. 이제 네 마리 남았다. 그는 쉬지 않고 거대한 짐승을 붙잡고 두툼한 피부 안으로 칼을 찔러 넣어 쭉 그었다. 짐승의 몸에서 가죽을 벗겨냈다. 넓적다리와 혀를 잘라내고 나머지 부분은 버렸다. 세 사람이 몰고 온 마차로는 실을 수 있는 양이 정해져 있었다. 그러니 가장 큰 수익을 내는 부분만 가져가야 했다. 찢긴 창자 밖으로 악취가 새어 나왔다. 반다나 스카프를 위로 끌어올려 코를 덮었다.

마을로 돌아가면 작업복과 셔츠를 새로 살 것이다. 어쩌면 부츠를 살 수 있을지도 모른다. 피에 젖은 부츠는 썩어갔고, 긴 봄을 견뎌야 했던 부츠 굽은 갈라지고 있었다. 대평원에서는 눈과 얼음, 녹은 물이 완전히 증발하기까지 상당히 오랜 시간이 걸렸다. 이런 8월에 그토록 차가웠던 겨울을 기억하기란 쉽지 않다. 흘린 땀 때문에 옷이 딱딱해졌다. 가죽과 넓적다리와 혀를 제대로 판다면 새 옷도 살 수 있을 것이다. 어쩌면 도지시티에 있는 댄스홀도 갈 수 있을지 모른다. 그곳에 가면 그 애를 만날 수 있을지도 모른다. 그 마을에 사는 데이지라는 아이. 그처럼 머리카락이 붉고, 마을에서 유일하게 목 아랫부분이 사랑스러운 아이.

데이지는 절대로 그의 귀를 보고 비웃지 않았다. 그의 머리뼈에 박혀 있는 단단한 덩어리를 보고도. 수지처럼 녹고 흉터처럼 단단해진 덩어리. 머리카락이 자라지 않아 휑하니 드러난 덩어리를 둘러싼 피부에서는 빛이 났다. 마음만 먹으면 지금도 그는 난로 위에서 지글지글 타던 그 냄새를 정확하게 떠올릴 수 있었다. 자기 머리를 짓

누르던 아버지의 손도. 차라리 술에 취해 있었다면 아버지를 이해라도 했을 것이다. 하지만 그때는 새벽이었고, 아버지의 눈은 위스키가 아니라 잠들지 못한 괴로움으로 벌게져 있었다. 아버지는 마지막 남은 석탄을 난로에 밀어 넣어 난로 옆면을 달구었다. 삼손은 자는 척했지만 눈을 살짝 뜨고 아버지를 보고 있었다. 아버지는 그런 삼손에게 속지 않았다. 아버지는 정말로 놀라운 속도로 삼손을 움켜잡았고, 삼손의 머리를 난로 위에 대고 내리눌렀다. 내일부터는 일을 해야 할 거야. 아버지가 말했다.

삼손은 2년 동안 부두에서 일했다. 해안에서 멀어져 가는 거대한 배들은 물을 마셔도 사라지지 않는 갈증을 불러일으켰다. 저 배를 타고 가면 이제는 밤마다 꾸기 시작한 꿈의 땅에 도달할 것이다. 꿈에서는 한 남자가 광활하고도 건조한 평원 위를 걸었다. 자신이 그 남자가 될 거라고, 삼손은 결심했다.

열다섯 살이 되었을 때, 삼손은 아버지의 하나뿐인 보물(케리에서 아버지가 자기 아버지의 시신에서 훔쳐온 황금 회중시계였다)을 팔았다. 그렇게 손에 넣은 35파운드로 배표를 샀고, 서쪽으로 가는 증기선에 올랐다. 이민 센터인 뉴욕 캐슬가든에 도착한 그는 성을 뺀 이름만 서류에 적어 넣음으로써 단 한 번의 펜질로 아버지를 자기 인생에서 지워버렸다. 삼손이라는 이름은 어머니를 위해 간직하기로 했다. 어머니는 삼손이 힘을 주는 이름이라고 했다. 특히 머리카락을 기르면 힘이 생긴다고 했다. 하지만 배에서 내린 뒤 고작 일주일 만에 삼손은 머리카락을 잘라버렸다. 이 새로운 세계에서는 새로운 사람이 되어야 한다고 다짐하면서.

지난주의 노동으로 이제 세 사람은 햇볕에 널어 말린 가죽을 충분히 확보했다. 오늘은 토끼 구이와 삶은 콩으로 저녁을 먹었다. 이제 곧 늑대 울음소리가 들릴 테고 팔에서 시작해 심장을 관통하는 오싹함을 느끼게 될 것이다. 늘 그렇듯이 별들을 흩뿌린 하늘이 그를 압도할 것이다. 동료들의 방귀 소리, 코 고는 소리, 나쁜 꿈을 꾸며 신음하는 소리를 들으며 잠이 들 것이다. 아침이 되면 밝아오는 빛에 의지해 면도하는 버로스와 매스터스를 볼 테고, 스물한 번째 생일이 되면 자신에게도 선물처럼 그런 수염이 생기기를 바랄 것이다. 오늘 가져온 가죽을 말리면 세 사람은 짐을 꾸려 마을로 돌아갈 테고 세 사람이 떠난 자리에는 잠을 자느라 꺾어온 잔가지들과 세 사람이 지핀 모닥불의 둥글게 탄 자국이 남을 것이다.

이 해가 끝날 무렵이면 그의 주머니는 두둑해질 것이다. 1873년이 끝나고 1874년이 되면, 그는 청혼할 수 있을 것이다. 데이지에게 반지를 건네고, 마차를 타고 텍사스로 건너가 직접 농장을 꾸릴 것이다. 두 사람은 아들을 낳고, 그 아들은 그를 따라 도랑을 걸으면서 그와 그의 후손들이 대대로 살게 될 그 기름진 갈색 토양에 씨를 뿌릴 것이다. 그는 한 번도 씨앗을 뿌려본 적이 없지만, 그 노동을 분명히 좋아하게 될 것이다. 초록색 싹이 땅 위로 고개를 비죽이 내미는 모습을 보는 건 분명 즐거울 것이다.

달

2073년 화성

나에게도 가족이 있었다. 우리는 셋이었다. 일삼촌, 이삼촌 그리고 나. 삼촌들은 나를 달이라고 불렀고, 친자식처럼 사랑했다. 삼촌들은 나에게 흙을 먹였고, 자장가를 들려주었으며, 번갈아가며 나를 업고 걸었다. 내가 태어나고 2년이 흘렀을 때, 삼촌들은 나에게 걸음마를 가르쳤다. 나는 한 발을 다른 발 앞으로 내딛는 즐거움을 배웠다. 눈은 똑바로 지평선을 보아야 해. 이삼촌이 앞을 가리키며 말했다. 그래, 그렇게 하는 거야.

우리 가족에게는 집이라고 말할 수 있는 장소가 없었다. 내가 기억하는 가장 어린 순간에도 우리는 걷고 있었다. 나는 일단 두 발로 설 수 있게 된 뒤로는 어떻게 해서든지 삼촌들에게 뒤처지지 않으려고 짧은 다리로 부지런히 걸었다. 우리는 붉은 모래언덕 사이를 걸었고, 능선을 지났으며 암석으로 둘러싸인 계곡을 지났다. 자갈을 살피고 절벽이나 하늘에 드리운 노란색 그림자를 살폈다. 처음에는 우리의 유목 생활을 조금도 의심하지 않고 받아들였다. 그게 우리가 하는 일이었으니까. 걷는 게 우리의 일이었으니까. 하지만 여섯 살이 되었을 때 나는 생각했다. 도대체 왜 걷는 거지?

우리는 광활한 평원을 걷고 있었고, 삼촌들은 그 끝을 보겠다며 열의를 불태우고 있었지만, 내 질문에는 잠시 걸음을 멈추었다. 그때 나는 우리의 모습을 분명히 볼 수 있었다. 삼촌들은 키가 크고 말랐으며 창백했다. 투명한 피부 안에서 뛰고 있는 자주색 심장이 보였다. 삼촌 옆에 있는 나는 작았고 피부가 더 진했다. 머리에서는 거친 털이 자라고 있었고, 내 심장은 다행히도 보이지 않는 곳에 숨어 있었다. 지금까지 내가 본 생명체는 우리 셋뿐이었다. 우리를 둘러싼 것들은 넓디넓은 평원과 무서울 정도로 텅 빈 커다란 하늘뿐이었다. 내가 그런 질문을 한 건 그 때문이었다. 그 공허함 때문에.

일삼촌의 하얀 눈이 놀라움으로 휘둥그레졌다. 넌 정확히 알고 있잖아. 우리 임무는 지식을 얻는 거야. 우리는 우리의 먼지폭풍과 해넘이에 관해, 우리의 산소와 중력에 관해 배워야 해. 우리의 붉은 토양을 알아야 해. 우리 밑에서 붉은 토양이 어떻게 움직이는지, 어떻게 단단해지는지 알아야 해. 우리 행성을 반드시 알아야 해. 그래야 우주에서 우리가 어떤 위치를 차지하고 있는지 알 수 있으니까.

하지만 왜? 나는 다시 물었다.

우리가 어디에 있는지 알아야 어디로 가야 하는지 알 수 있지. 일삼촌이 다시 대답했다.

도대체 어디에 가려는 건데? 내가 물었다.

참고 가다보면 그곳에 왔다는 걸 알게 될 거야. 일삼촌이 말했다.

그래서 우리는 계속 걸었다. 평원을 지났고, 그 끝을 확인했다. 그 뒤에도 더 많은 평원과 더 많은 산맥, 더 많은 계곡을 지났다. 많은 날을 걸으면서 우리는 흙과 공기를 먹었다. 삼촌들은 자신들이 가르쳐줄 수 있는 건 나에게 알려주었고, 자신들이 알지 못하는 건 계속 탐구했다. 아주 길게 땅거미가 지는 시간이 찾아오면 나는 일삼촌의 무릎에 머리를 베고 누워서 이삼촌의 이야기를 들었다.

이삼촌은 이 세상에는 나와 이름이 같은 존재가 있는데, 그 존재는 어떤 암석 주위를 빙글빙글 돌고 있다고 했다. 이삼촌은 달은 차갑고 텅 빈 곳이지만, 달이 돌고 있는 암석인 지구는 그렇지 않다고 했다. 그곳에는 생명체가 가득했어. 이삼촌은 말했고 나는 물었다. 삼촌들이랑 달들이 있었어? 나로서는 달리 아는 생명체가 없었기에 그렇게 물었고, 이삼촌은 그렇다고 대답했다. 밤이 되자 이삼촌은 지구라고 부른 깜빡이는 빛을 가리키면서 저곳에 우리가 잔뜩 있었어, 라고 했다. 털 하나 나지 않는 커다란 머리를 가진 거대하고 창백한 삼촌들과 너처럼 작고 갈색인 달들이 말이야. 절대로 지치지 않는 다리와 극지방의 얼음처럼 투명한 눈을 가진 생명체들이 있었지.

저기가 다음에 가야 하는 곳이야? 내가 물었다. 삼촌들과 달들을 만나려고? 그 생각을 하자 잠이 달아났다. 다시 텅 빈 평원 위에 있는 텅 빈 하늘을 보았다. 공허함이 손가락으로 나의 갈비뼈를 쓸어

내리기라도 하는 듯 내 가슴속에서 무언가가 잔잔하게 물결쳤다. 더 이야기해줘. 내가 졸랐지만 이삼촌은 거절했다. 그만 자.

하지만 그 뒤 몇 년 동안 이삼촌은 나에게 더 많은 걸 말해주었다. 지구에서 살았다는 삼촌들과 달들에 관해, 그들의 사랑과 다툼, 전쟁 이야기를 해주었다. 그들은 우리처럼 흙을 먹고 공기를 마셨다. 그러나 우리와 다르게 집을 지었고(내가 집이 뭐야? 라고 묻자 이삼촌은 또 그만 자자고 했지만) 법을 만들었으며 역사를 기록하려고 애썼다고 했다.

이삼촌이 들려주는 이야기가 실은 사람과 사람의 문명에 관한 이야기라는 걸, 그때의 나는 알지 못했다. 알 수 있을 리가 없었다. 사람의 이야기를 통해 나의 미래를 알려주려 했다는 걸 나로서는 이해할 방법이 없었으니까. 나는 이삼촌과 일삼촌의 계획을 알아차리지 못했다. 몇 년 동안 우리는 넓고도 높은 올림포스산에 올랐고, 마리네리스 계곡을 지났으며 헬라스 분지를 빠져나왔다. 우리는 뜨고 지는 태양을 보았고, 단조로운 두 위성, 포보스와 데이모스가 하늘을 천천히 가로지르는 모습을 보았다.

이건 이거고 저건 저거야. 함께 걷는 동안 이삼촌이 말했다. 나는 끊임없이 질문했지만, 제대로 된 질문은 거의 하지 못했다. 지나치며 보는 장소들의 이름은 삼촌들이 아무렇게나 짓는 것 같았기에 나는 지구라는 이름도 삼촌들이 생각해낸 것이라고 믿었다. 그러니 누가 그런 이름들을 처음 생각해냈는지 궁금하지 않았고, 누가, 무엇을 본 떠 지은 이름인지도 궁금하지 않았다.

그러던 어느 날, 무언가가 바뀌었다.

내가 존재한 지 14년째가 되었을 때, 그러니까 내 머리에서 자라는 털이 동그랗게 말리고 내 엉덩이에 굴곡이 생겼을 때, 우리는 모래언덕도 아니고 바위도 아니고 지면에 노출된 암석도 아닌 무언가를 발견했다. 떠오르는 아침 햇살 속에서 발견한 그것은 땅 위로 볼록하게 올라와 있는 돔이었다. 양옆에 빨갛고 둥근 구조물이 붙어 있는 그 돔은 모래에 묻혀 있었다. 하지만 어렴풋이 보이는 그 돔은 분명히 주변 경치와는 다른 구조물이었다. 그때까지 나는 내가 사는 곳에 있는 모든 존재를 보았다고 생각했다. 하지만 그 돔은 새로운 것이었다. 새로운 것을 발견했다는 사실에 흥분한 나는 돔으로 다가가는 내내 팔짝팔짝 뛰었다.

진정해. 일삼촌이 꾸짖었다.

저게 거기야? 내가 물었지만 일삼촌은 대답하지 않았다.

보통은 감정이 담기지 않는 일삼촌의 눈이 촉촉해졌다. 슬픔이 나를 감쌀 때 내 눈이 그러는 것처럼 일삼촌의 눈에 물기가 맺혔다. 이삼촌에게서 핀잔을 듣거나 바람이 낮게 울거나 평원이 끝도 없이 펼쳐져 있는 것처럼 느껴질 때 내가 그런 것처럼, 그런 슬픔은 특별한 이유가 있어야 생긴다. 하지만 지금까지 일삼촌은 그런 슬픔을 느끼지 못하는 것처럼 보였다. 일삼촌의 마음에는 계속 걸어야 한다, 계속 배워야 한다는 결의뿐인 것 같았다.

나는 이삼촌에게 물었다. 저건 어디에서 생긴 거야?

아. 이삼촌의 목소리는 아주 먼 곳에서 들려오는 것 같았다. 그저 나타나는 것도 있는 거야. 네가 그랬던 것처럼.

이삼촌은 붉은 암석과 대비를 이루는 흰색 원을 뚫어지게 쳐다보았다. 그 돔은 삼촌들 머리보다 훨씬 동그랗고 거대했으며 삼촌들보다 훨씬 컸다. 삼촌들이 말해준 집이라는 게 생각났다. 저곳에는 우리가 정말 많이 들어갈 것 같다고 나는 생각했다.

이삼촌이 일삼촌을 보았다. 둘의 시선이 오갔고, 일삼촌이 고개를 끄덕였다. 이곳이 여기라는 걸 어떻게 아는 거지? 그때, 몇 년 전에 아주 넓은 평원 위에서 일삼촌이 했던 말이 기억났다. 이 돔이 우리의 다음 목적지였다. 우리는 줄곧 이곳을 향해 걸어온 것이다.

내 생각을 읽기라도 한 듯 일삼촌이 나를 뚫어지게 보았다.

달, 이제는 집에 갈 시간이야. 일삼촌이 말했다.

돔으로 들어가는 입구를 찾았다. 입구는 모래언덕에 반쯤 가려져 있었다. 일삼촌이 입구를 막고 있는 흙을 치웠다. 일삼촌은 문 가장자리를 붙잡더니 비틀어 열었다. 날카로운 금속 마찰음에 나는 움찔했다. 우리는 차례대로 입구로 들어갔다. 입구가 너무 낮아서 삼촌들은 허리를 숙여야 했다. 안으로 들어가자 또 다른 입구가 나왔다. 그건 문이야. 일삼촌이 말했다. 일삼촌이 문이라고 부른 것의 양쪽 끝을 붙잡고 벌리자 그 뒤로 어두운 통로가 보였다.

바깥쪽에서 빛이 조금 스며들어오기는 했지만, 안이 보일 정도는 아니었다. 내부는 흙냄새와는 다른, 이상한 냄새로 가득 차 있었다. 나의 축축한 틈새를, 나의 땀과 침과 열기를 떠오르게 하는 냄새였다. 내 몸은 이 장소가 익숙하다는 듯이 갑자기 안에서부터 화음을 내기 시작했다.

두려워하지 마. 이삼촌이 말했다. 두 삼촌은 통로로 들어갔다. 힘차고 당당하게 어둠 속으로 성큼성큼 걸어 들어갔다. 그 안에 있는 존재를 나는 상상도 할 수 없었지만 알고 싶었다. 삼촌들을 따라 미끄러운 바닥 위를 조심스럽게 걸어갔다. 지금까지 내가 알고 있던 지면과는 전혀 다른 느낌이었다. 조금씩 조금씩 어둠 속에서 걷는 동안 통로는 구부러졌고, 냄새는 더욱 강렬하고 진하며 생동감 있게 변해갔다. 마치 나 자신의 자아 속으로 걸어 들어가는 것만 같았다. 이삼촌이 말해준 지구가 생각났다. 생명체가 가득했다는 지구가 생각났다. 호흡이 빨라졌다.

통로는 갑자기 끝이 났다. 또 다른 문이 나왔다. 가느다란 문틈으로 빛이 새어 나오고 있었다. 일삼촌이 문을 활짝 열어젖히자 우리는 돔 안에 들어가 있었다. 두툼한 열기에 감싸였다. 너무 밝아서 앞이 제대로 보이지 않았다. 앞이 보일 때까지 두 눈을 문질렀다. 이삼촌이 말해준 이야기에는 지금 앞에 펼쳐져 있는 모습을 묘사한 부분이 없었고, 나에게는 내가 보고 있는 풍경을 표현할 단어들이 없었다. 이삼촌은 내가 보는 것들을 하나씩 손으로 가리키면서 이름들을 말해주기 시작했다.

저건 녹색이야. 너는 처음 보는 색이지. 분홍색은 알 거야. 갈색과 흰색도 알겠지. 이삼촌은 먼저 내 단단한 암갈색 몸을 가리켰고, 그 다음으로는 자신의 흐느적거리는 투명한 팔다리를 가리켰다. 아마 자주색도 알 거야. 이삼촌은 혼잣말하듯 중얼거리면서 자기 피부밑에서 힘차게 뛰고 있는 근육질 심장을 내려다보았다.

녹색은 잎이고, 갈색은 기둥이야. 이삼촌은 계속 말했다. 저건 나
무들이야, 달. 분홍색과 자주색, 흰색은 꽃이지. 저걸 봐, 노란색 꽃도
있고 파란색 꽃도 있어. 덩굴과 관목과 잡초도 녹색이야. 이것들은
식물이야. 식물은 산소를 만들지. 여기 냄새가 다른 건 그 때문이야.
신이 난듯 보이는 이삼촌이 내 손을 꼭 잡았다. 이 돔에는 숲이 있어.
숲은 너와 나처럼 살아 있지. 봐. 꽃이 얼마나 섬세한지, 덩굴이 얼마
나 질긴지. 나무가 저 높은 곳까지 뻗은 게 보이지? 나무는 끊임없이
빛을 원해. 이삼촌은 말을 멈추고 일삼촌을 보았다. 어떻게 모두 살
아 있을 수 있는 거지? 어째서 전기가 계속 공급되는 거야?

태양전지야. 일삼촌이 대답했다. 관개시설도 연결되어 있고. 일삼
촌은 위를 가리켰다. 돔에는 태양전지판이 설치되어 있었다.

고개를 뒤로 젖혀 쳐다본 이삼촌이 고개를 끄덕이면서 감탄했다.
정말 기발한데.

그 녀석들이 완전히 바보는 아니었던 거지. 일삼촌이 말했다.

그 녀석들이 누구야? 내가 물었다.

오. 이삼촌은 조용히 하라는 듯이 손을 흔들었다. 위대한 녀석들
이야. 녀석들은 모든 걸 알고 있었지.

이삼촌은 나를 잡고 숲으로 들어갔다. 꽃을 헤치며 걸어갔다. 식
물과 관목, 나무와 잡초가 우리를 겹겹이 둘러쌌다. 우리 머리를 덮
고 있는 둥근 돔에서는 일삼촌이 태양전지판이라고 부른 것들이 빛
나고 있었다. 전지판의 빛이 너무 강렬해서 머리가 아플 지경이었

고, 끈적하고 습한 공기 때문에 숨을 쉬기 힘들었다. 나는 이곳이 좋아지기를 필사적으로 바랐다. 여기가 다음 목적지니까. 우리가 여기에 있으니까. 그러니까 숨을 쉬어야 해.

이걸 봐. 어떤 꽃을 가리키며 이삼촌이 재촉했다. 이 꽃잎을 좀 봐. 우리 하늘보다 훨씬 노랗지? 이건 루드베키아야.

꽃 이름을 어떻게 알아?

우리도 여기 있었으니까. 일삼촌처럼 이삼촌의 눈도 촉촉해졌다.

그러니까 삼촌들은 이곳을 알고 있었던 것이다. 이유가 있어서 나를 여기로 데려온 것이다.

삼촌이랑 일삼촌이랑? 내가 물었다.

너도 있었어, 꼬마야. 이삼촌은 나를 끌어당기더니 꼭 안았다. 우리 모두 여기에 있었어.

이삼촌의 말이 믿어지지 않아 가만히 서 있었다. 내가 여기 있었다면 왜 아무것도 기억나지 않는 거야?

이삼촌은 허리를 숙이고 연약한 분홍색 꽃잎을 손바닥으로 쓸었다. 우리가 떠났을 때 넌 태어난 지 며칠밖에 되지 않았으니까 기억 못 하는 게 당연해.

일삼촌을 찾아보았다. 일삼촌은 숲속 깊숙이 들어가 있었다. 나무기둥 사이로 보이는 일삼촌은 한곳에 서서 무언가를 유심히 바라보고 있었다. 심장이 빨리 뛰는 것으로 보아 아주 흥미로운 것을 발견했음이 분명했지만, 정작 나는 이곳에 들어왔을 때 느꼈던 경이로움을 잃어가고 있었다. 냄새 때문임이 분명했다. 이곳의 냄새는 나를 압도했다. 역겨울 정도로 진동하는 악취와 고약할 정도로 달콤한 냄새는 별이 영원히 사라지는 모습을 볼 때마다 느꼈던 끔찍한 기분을 떠오르게 했다. 죽음 냄새가 고약하게 느껴지는 건 그 때문이었다.

이곳은 단순한 돔이 아니었다. 삼촌들은 돔의 아래쪽에 있는 것도 보여주었다. 이삼촌이 돔 바닥에 있는 문을 들어 올렸다. 저건 사다리야. 이삼촌이 문 아래쪽을 가리키면서 내려가라고 말했다. 사다리를 타고 아래쪽 통로로 내려갔다. 삼촌들도 내려왔다. 습하고 퀴퀴한 곳에서 벗어나니 살 것 같았다. 첫 번째 통로를 지나 다음 통로로, 다시 또 다른 통로로 들어갔다. 통로에는 불이 밝혀져 있었지만, 모든 곳에 두툼하게 먼지가 쌓여 있었다. 위로를 주는 먼지였다. 모래언덕을 완전히 뒤에 남기고 온 것이 아니었다.

통로를 따라 걸어가자 문이 여러 개 달린 벽이 나왔다. 이삼촌은 그 문을 포드라고 불렀다. 열려 있는 포드도 있었고 닫혀 있는 포드도 있었다. 일삼촌이 포드를 비틀어 열었다. 잠을 자는 곳이야. 이삼촌이 알려주었다. 이삼촌은 나만큼 크고 길쭉한 물체를 손으로 가리켰다. 내가 아는 그 어떤 것보다 부드러워 보였다. 이건 침대야. 이삼촌은 바닥에서 침대보다 더 부드러운 물체를 집어 들더니 침대 위로 밀어 넣었다. 이건 담요고.

이건 뭐야? 내가 구석에서 찾은 회색 물체를 들어 올리며 물었다. 팔과 다리도 있고 몸통도 있었지만, 몸이라기보다는 버려진 피부처럼 보였다. 내 몸에 대보았다. 내 키보다는 짧았다. 그 물건의 앞쪽에는 별처럼 보이는 빨간색의 무언가가 빛나고 있었다.

아. 이삼촌이 나에게서 그 물건을 빼앗으며 말했다. 그건 걸레야. 청소하는 거. 이삼촌이 그 물건으로 표면을 문지르자 먼지가 사라졌다.

내려놔. 일삼촌이 자신의 형제에게 말했다. 가자. 일삼촌은 성큼성큼 걸어갔다.

이삼촌도 걸레를 내려놓고 일삼촌을 따라갔다. 나도 재빨리 따라갔다. 지하통로는 입구보다 높아서 삼촌들은 허리를 많이 숙이지 않아도 괜찮았다.

더 알려줘. 삼촌들을 따라가면서 내가 말했다.

또 다른 포드에 도착했을 때 나는 삼촌들을 따라잡을 수 있었다. 이 네모난 공간과 빛들이 모두 무엇을 위한 것인지는 알 수 없었지만, 남아 있는 냄새로 추측할 수 있었다. 우리가 먹던 흙과는 다른 냄새가 났지만, 그 냄새 때문에 배가 고파졌다. 여기는 먹는 곳이야! 내가 외쳤다.

맞아, 잘 배우고 있구나. 이삼촌이 말했다.

이거 좀 봐. 일삼촌이 우리에게 다가오라고 손짓했다. 일삼촌은 허리를 숙이고 움푹 파인 흰색 물체를 내려다보고 있었다. 일삼촌이 꼭지라고 부른 것을 돌리자 익숙한 무언가가 쏟아져 나왔다. 내 땀처럼 축축했지만 별똥별이 지나가면서 남긴 흔적처럼 흘러내리는 은빛 액체였다. 물이야. 일삼촌은 선언하듯 말했다.

그날 오전이 끝날 무렵 우리는 돔 탐색을 마쳤다. 돔 위쪽에는 신비로운 숲과 높은 천장에 설치한 태양전지판이 있었고, 돔 아래쪽에는 자는 곳으로 사용하는 포드와 먹는 곳으로 사용하는 포드, 물이 나오는 꼭지가 여러 개 있는 포드가 있었다. 일삼촌은 그곳이 우리가 배설을 시작할 곳이라고 했다. 인공적으로 빛나는 평평한 네모판이 가득 들어 있는 포드도 발견했다. 이건 스크린이라고 해. 그렇게 말하는 이삼촌도 스크린의 쓰임새를 나에게 알려주지는 못했다 (일부러 말해주지 않은 건지도 몰랐다).

이삼촌은 계속되는 내 질문에 대답은 했지만, 초조하거나 다른 생각을 하는 것처럼 보였다. 둘 다인지도 몰랐다. 이삼촌은 그 어느 때보다도 단호한 태도로 포드 입구를 열어젖히더니, 그 안으로 들어간 뒤에는 부지런히 기울어진 물체를 바로 세우고 표면에 쌓인 먼지를 닦고 있는 일삼촌에게 계속 의견을 물었다. 나는 흥분한 상태였지만, 왠지 모르게 이상한 예감이 들었다. 이곳이 다음 목적지였어. 침대 위에서 담요를 털고 있는 일삼촌을 보면서 생각했다. 우리의 미래는 내가 사랑하게 된 구름과 절벽 사이가 될 거라고 생각했다. 아주 터무니없는 생각이기는 했지만 지구에 가는 상상을 해보기도 했다. 하지만 우리가 도착한 곳은 이곳이다. 하늘을 볼 수 없는 곳.

일삼촌이 마지막으로 연 포드에서는 흙 위로 솟아 있는 많은 것이 보였다. 나는 그것들이 나무라고 생각했지만 이삼촌이 내 생각을 바로잡아주었다. 저건 감자야. 이삼촌의 인내심이 돌아왔고, 그래서 기뻤다. 나에게는 삼촌들이 필요하니까. 삼촌들이 없다면 아무것도 배울 수 없을 테니까.

그날 밤은 잠이 오지 않았다. 나의 포드는 좁았고 답답했다. 침묵이 나를 내리누르고 있었다. 삼촌들의 온기가 그리웠다. 등에서 느껴지는 삼촌들의 등뼈도, 평화롭게 감겨 있는 삼촌들의 하얀 눈도 그리웠다. 내 눈은 계속 감기기를 거부했다. 나는 돔을, 돔의 강렬한 색과 눅눅한 악취를 생각했다. 별이 반짝이는 어둠과 밤바람, 내 머리를 받치던 딱딱한 바위 베개가 그리웠다.

포드에서 나가 사다리를 오르고 어두운 통로를 지나 망가진 출입구까지 갈 수도 있었다. 내가 알고 있는 세상으로 돌아갈 수도 있었다. 하지만 그러지 않았다. 삼촌들 곁을 떠나고 싶지 않았다.

단호하게 눈을 감았다. 하지만 다시 번쩍 떠졌다. 침대는 짧았고, 끔찍하게도 부드러웠다. 나는 침대에서 몸을 굴려 바닥으로 내려온 다음에야 간신히 잠들 수 있었다.

일삼촌이 우리 여행은 끝났다고 선언했다. 이곳이 우리의 미래라고? 나는 물었다. 당연하지. 일삼촌은 의기양양하게 대답했다. 이곳이 우리의 집이 될 거라고 했다. 삼촌들은 담요를 털었고, 먼지를 닦았으며 죽은 꽃을 뿌리째 뽑았다. 하루의 대부분을 나는 뿌루퉁한 채로 포드 바닥에 누워 있거나 통로를 걸레로 닦으면서 보냈다. 나는 다음에 일어날 일을 알고 싶었다. 나는 우리가 다른 삼촌들이나 다른 달들을 만날 거라고 생각했다. 하지만 우리는 식물과 담요, 물이 있는 어수선한 곳에 갇혀 있었다. 이곳은 나에게 말해주는 게 하나도 없었다.

이삼촌은 끊임없이 나를 돔의 일에 끌어들이려고 했다. 돔을 돌아다니며 나에게 새로운 단어를 가르쳐주었다. 이건 유칼립투스야. 이건 산악월계수고. 이건 소나무야. 하지만 나는 집중할 수 없었다. 녹색은 모두 역겨웠다. 너무 축축했고, 너무 생생했으며 동시에 너무나도 활기가 없었다. 식물은 나에게 말을 걸지 않았다. 식물은 우리 행성처럼(그게 내가 깨달은 거였는데) 너무나도 조용했다.

일삼촌이 이제부터는 흙이 아니라 감자를 먹어야 한다고 말한 건 그때였다. 감자에 영양분이 더 많으니까. 일삼촌은 그렇게 말했다. 사실 돔에 도착하고 며칠 뒤에 우리는 감자를 먹어보았다. 일삼촌은 먹자마자 토했다. 하지만 토한 걸 재빨리 덮어서 감춰버렸다. 이삼촌도 마찬가지였다. 삼촌들은 불평 한마디 없이 감자를 모두 먹어치웠지만 나는 두 삼촌이 배를 움켜잡고 고통을 참는 모습을 보았다. 이제 네 차례야. 일삼촌이 힘주어 말했다. 나는 마지못해 내 몫의 감자를 집어 들었다. 간신히 한 입 베어 물 수 있었다. 축축했고 파삭했다. 으드득 씹히는 마른 흙과는 느낌이 달랐다. 토해야겠다고 말하고 자리를 떴다. 토한다는 건, 새로 느끼게 된 감각이었다. 무거운 몸을 끌고 간신히 물이 나오는 배설 포드로 걸어갈 때 이삼촌이 따라오고 있다는 걸 알았다. 배에서 경련이 사라질 때까지 이삼촌은 내 긴 머리카락을 뒤에서 붙잡고 어깨를 쓸어주었다. 나는 이삼촌에게 기댔고, 이삼촌은 내 머리에 턱을 괴었다.

왜 감자를 먹어야 해? 내가 물었다. 그냥 흙을 먹으면 안 돼?

우린 우리가 기르는 걸 먹어야 해. 일삼촌이 그래야 한다고 했잖

아. 이제 우리는 문명으로 들어온 거니까.

문명이 뭔데? 나쁜 거야?

이삼촌은 무언가 소리를 냈지만, 나는 이해할 수 없었다. 나도 일삼촌한테 같은 질문을 했지만 그럴 리가 없다고 했어. 이삼촌이 대답했다.

언제 다시 밖으로 나갈 수 있는지 말해줘.

곧 나갈 거야, 달. 이삼촌은 자기 코를 내 머리에 대고 문질렀다. 일삼촌이 나갈 수 있다고 말하면.

나는 이삼촌에게서 몸을 뗐다. 왜 우리가 일삼촌 말을 들어야 해?

가족이잖아, 선택의 여지가 없어. 이삼촌은 어깨를 으쓱했다.

어쨌든 즐겁게 지내려고 애썼다. 담요를 폈다 접기를 반복했다. 지하 밭에서 감자를 찔러보았고, 이삼촌이 스크린이라고 부른 것들이 있는 포드를 들락거렸다. 스크린은 포드 가장자리에 쭉 세워져 있었다. 스크린의 세로는 내 팔뚝 길이만 했고, 가로는 내 손 길이의 두 배였다. 바닥에 세워둔 스크린은 모두 벽에 기대어 있었다. 스크린 표면은 검은색으로 빛이 났지만 아무것도 없었다. 나는 스크린을 한 개 집어 들었다. 표면에 비친 내 얼굴이 나를 물끄러미 보고 있었다. 지금까지 내 얼굴을 한 번도 본 적이 없었기에 기분이 좋았다. 나의 부드러운 뺨과 넓은 입술, 위풍당당하게 뻗은 콧대의 굴곡이 좋았다. 내 얼굴을 이루는 것들이 움직이는 방식이 좋았고, 그 움직임들이 드러내는 감정이 좋았다. 삼촌들의 얼굴은 스크린만큼이나 텅 비어 있었다. 삼촌들은 나처럼 웃거나 찡그리지 못했다. 나에게 표정 짓는 법을 가르쳐준 존재가 없는데, 나는 어떻게 표정을 지을 수 있게 된 걸까?

내 눈은 돔에 있는 설강화처럼 담청색이었지만 투명했다. 얼음처럼 투명해. 이삼촌의 말을 떠올리며 나는 생각했다. 입술을 위아래로 움직여보고는 씩 웃어보았다. "나한테 말해봐." 스크린에 비친 나에게 말했다.

내 목소리에 깜짝 놀랐다. 내 입에서는 아주 큰 소리가 튀어나왔다. 나로서는 거의 내지 않는 목소리였고, 삼촌들에게는 결코 들려준 적이 없는 목소리였다. 반쯤은 누군가가 대답해줄 거라고 기대했지만, 스크린은 죽은 물체였다. 물건으로 가득 차 있는 장소에 놓여 있는 또 다른 물건일 뿐이었다. 갑자기 이상하다는 생각이 들었다. 어떻게 이 모든 게 그냥 나타날 수 있다는 거지? 이삼촌은 이 돔이 나처럼, 이삼촌이나 일삼촌처럼 그저 나타났다고 했다. 우리는 갑자기 생명을 얻었고, 뼈와 피부와 손톱과 발톱을 온전히 지닌 채로 존재하게 됐다고 했다. 우리 행성도 마찬가지였다. 이삼촌의 말이 옳다면 지구도, 은하도, 그 밖에 모든 것들도 갑자기 나타난 것이다. 하지만 이 스크린은 달랐다. 스크린은 돌도 모래 알갱이도 아니었다. 심지어 나무도 아니었다. 스크린의 모서리는 완벽한 직각이었고, 모든 스크린의 길이는 정확하게 같았다. 이런 물건은 신중하게 계획해서 만든 것이다. 일삼촌이 우리가 돔에 오는 일을 계획한 것처럼, 이 스크린도 누군가가 *계획*해서 만든 물건이지 않을까?

나는 옆구리에 스크린을 끼고 이삼촌을 찾아 나섰다. 이삼촌은 먹는 포드의 바닥을 걸레로 닦고 있었다. 앞쪽에 별이 붙어 있는 걸레였다. 삼촌이 청소를 할 때마다 그 별은 빨갛게 빛을 냈다.

이삼촌에게 스크린을 내밀면서 물었다. 이건 어디에서 난 거야?

이삼촌은 일어나서 조리대를 닦았다. 이삼촌이 매일 하는 일이었다. 우리가 열어두고 온 출입문 밖에서 계속 가벼운 흙먼지가 들어와 쌓였기 때문이다. 작동하니? 이삼촌은 조리대에서 눈을 떼지 않은 채 물었다.

아무것도 안 해. 뭘 해야 하는데? 내가 물었다.

이삼촌은 걸레를 내려놓고 스크린을 받아 들었다. 한번 고쳐보고 고쳐지면 뭘 하는 건지 보여줄게. 알겠지?

알겠어. 그렇게 대답은 했지만 스크린을 가져가버린 이삼촌 때문에 짜증이 났다. 내가 알고 싶은 건 스크린이 어디에서 온 것인가였지만 이삼촌은 내 질문에 대답해주지 않았다. 함께 여행을 다녔던 날들이 그리웠다. 그때 삼촌들은 내가 알고 싶어 하는 모든 것에 대답해주었다.

너, 지루하구나. 이삼촌이 내 뺨을 어루만지면서 말했다. 일이 필요하겠어. 가자. 일삼촌이 네가 할 일을 마련해줄 거야.

일삼촌은 나에게 꽃을 심으라는 과제를 주었다. 이 장소를 유지하려면 더 많은 꽃이 필요하다고 했다. 여기를 왜 유지해야 하는데? 내 질문에 삼촌들은 아무도 대답하지 않았다. 꽃을 심기 위해 이삼촌이 나를 돔에 데려갔을 때 나는 또 다른 전술을 구사했다. 꽃이 하는 일이 뭐야? 내가 물었다.

꽃은 산소를 만들어. 문을 열어놔서 산소가 너무 많이 샜어.

그럼 문을 닫고 오면 되잖아.

너무 많이 망가졌어.

하지만 산소가 빠져나가는 게 무슨 문제라고 그래? 우리는 산소가 많이 필요 없잖아.

우리한테는 필요 없지. 하지만 다른 이에겐 아니지.

다른 이라니? 삼촌들이랑 달들이 여기로 오고 있어?

내 심장이 빠르게 뛰기 시작했다. 정말로 그런 거라면 이곳에 머무는 것도 나쁘지 않을 것이다.

오, 아가. 너무 앞서 나가면 안 돼. 이삼촌은 고개를 저었고, 그 바람에 이삼촌의 턱이 흔들렸다.

새로운 음식 덕분에 이삼촌은 통통해졌다. 처음에는 끔찍하게 싫어했지만, 곧 감자를 잔뜩 먹기 시작한 이삼촌은 이제 일삼촌보다 세 배는 더 많이 먹었다. 이삼촌이 그렇게 빨리 변할지 몰랐다. 며칠 만에 이삼촌의 배는 둥그렇게 부풀어 올랐고, 턱은 두툼해졌다.

꽃 심는 데 집중하자. 저기, 일삼촌이 온다. 이삼촌이 말했다.

일삼촌은 작은 조약돌 같은 것을 한 움큼 가지고 왔다. 이건 씨앗이야. 나를 보는 일삼촌의 눈은 단호했다. 이렇게 무릎을 꿇고 앉아서 씨앗을 한 개씩 땅에 심는 거야. 그리고 물을 주면 돼. 계속 이런 식으로 하는 거야. 일삼촌은 나에게 말하고 이삼촌을 보았다. 넌 내가 유칼립투스 가지치기하는 걸 도와줘. 너무 많이 자랐어.

나는 일삼촌이 시킨 일을 했다. 무릎을 꿇고 앉아서 흙 속에 씨앗을 하나씩 심었다. 축축한 흙냄새가 아주 싫지는 않았다. 점점 더 익숙해지고 있었다. 어쩌면 희망이 있는지도 몰랐다. 더 많은 꽃을 심을 거야. 산소가 더 많이 생기게. 누구나 이곳에 올 수 있게.

삼촌들은 나를 그곳에 내버려두고 숲의 다른 곳을 향해 걸어갔다. 이제는 발을 끌며 느리게 걷는 이삼촌과 달리 성큼성큼 걷는 일삼촌의 발걸음은 빈틈 하나 없이 단호했다. 삼촌들은 나에게 마음을 닫았기 때문에 삼촌들의 목소리는 들리지 않았지만, 삼촌들이 서로를 강렬하게 쳐다보고 있는 것으로 보아 대화를 하고 있음을 알 수 있었다.

삼촌들이 무슨 말을 하는지, 왜 우리가 이곳에 와 있는지, 다른 존재들은 언제 오는지 알고 싶었다. 내 마음 가득 좌절이 들어찼다. 씨앗을 하나 더 흙에 박아 넣었다. 이제 삼촌들은 그 무엇도 나에게 말해주지 않았다.

저녁 식사 시간에 일삼촌은 내가 먹는 모습을 지켜보았다. 저녁 준비는 이삼촌이 했다. 준비라고는 하지만 지하 밭에서 감자를 뽑아와 식탁에 놓는 일이 전부였다. 감자를 씹으면 여전히 토할 것 같았지만, 예의 바르게 행동하려고 최선을 다했다. 깨작거리며 내 몫을 거의 다 먹을 때쯤에야 일삼촌은 자기 몫의 감자를 집어 들었고, 한 입에 삼켜버렸다.

넌 자라고 있어. 일삼촌은 긴 손가락 하나뿐인 손으로 입술을 문질러 닦았다. 그러고는 그 손을 쭉 뻗어서 내 가슴을 툭 쳤다. 젖꼭지 밑에 살이 부풀어 오르고 있는 부분이었다. 내 안에서 무언가 파르르 떨렸다. 좋은 느낌이 아니었다. 나는 먹고 있던 감자를 식탁에 내려놓았다.

이삼촌의 어깨가 딱딱하게 굳는 것으로 보아 이삼촌도 일삼촌의 행동을 언짢게 생각한다는 걸 알 수 있었다. 그런 행동은 동의하지 않았어. 이삼촌이 자신의 형제에게 말했다.

네 말이 맞아. 일삼촌은 몸을 뒤로 젖혀 의자에 등을 기대더니 내가 볼 수 있도록 탁자 위에 두 손을 올렸다. 달, 사과할게. 오랫동안 네가 우리 것이어서 네가 네 것이라는 걸 잊어버렸나 봐.

일삼촌이 건드린 곳은 아직도 느낌이 이상했다. 나는 두 팔로 가슴을 가렸다. 여기는 왜 온 거야? 다른 존재를 기다리고 있는 거야?

이삼촌이 일삼촌을 보았다. 말해줘야 해. 충분히 기다렸어.

일삼촌이 무표정한 얼굴로 고개를 끄덕였다.

기억할 거야. 내가 들려준 지구 이야기 말이야. 이삼촌이 말하기 시작했다.

나는 올린 팔을 내리지 않았다. 우리가 돔에 들어온 뒤로 이삼촌은 나에게 어떠한 이야기도 해주지 않았다.

그곳에 살고 있다는 삼촌과 달 이야기, 기억하지? 이삼촌이 계속 말했다.

나는 조금 흥미가 생겼다.

일삼촌과 나는 그 이야기들을 생각했어.

나도 마찬가지야, 그 이야기들 좋아. 내가 말했다.

좋은 이야기들이지. 그런데 그 이야기들이 진짜면 어떻게 할래? 우리가 여기에 우리의 세상을 만들 수 있다면? 이삼촌이 몸을 앞으로 기울였다. 달, 상상해봐. 우리가 문명을 만드는 거야.

문명이라고? 그거 나쁜 거 아니었어?

당연히 아니지. 그건 장엄한 거야. 우리는 이곳을 삼촌들과 달들로, 루드베키아, 소나무로, 모두가 함께 살 수 있게 산소로 채울 거야. 너에게는 친구가 생길 거야. 너 같은 친구가 말이야. 이삼촌은 나를 뚫어지게 보았다. 넌 분명히 우리가 지켜워질 거야. 마음이 꿈으로 가득 차 있는 늙은 삼촌들이 말이야. 우리는 달로 산다는 게 어떤 건지 몰라. 다른 존재에게 말을 한다는 걸 생각해봐. 젊은 존재에게, 너를 이해할 수 있는 존재에게 말이야. 그건 정말 멋질 거야.

나는 이삼촌의 말을 생각해보았다. 말을 걸 수 있는 다른 존재라니. 그건 좋을 것 같았다.

그럼 왜 그렇게 오랫동안 여행을 한 거야? 결국 이곳으로 다시 올 거였으면서? 내가 물었다.

우리는 가능성을 알아봐야 했어. 일삼촌이 끼어들었다. 이 행성이 얼마나 많은 생명체를 수용할 수 있는지 말이야. 그리고 여기로 돌아오기로 결정한 거야. 더 많은 산소가 필요할 수도 있으니까.

그들이 오고 있어? 삼촌들과 달들이? 지구에서? 내가 물었다.

너를 좀 봐, 달. 일삼촌의 목소리는 부드러웠다. 네가 얼마나 자랐는지. 너는 이제 아이가 아니야. 너는 열네 살이야. 넌 어머니가 될 수 있어.

어머니라는 단어를 들으니 화가 났다. 드디어 삼촌들이 진실을 이야기해줄 거라고 생각했는데 삼촌들은 뜻 모를 말들만 나열하고 있었다.

어머니가 뭔데? 내가 물었지만 삼촌들은 그저 나를 물끄러미 바라볼 뿐이었다. 도대체 그게 뭔데? 점점 더 화가 났다. 지식을 배우는 게 과제라면서 왜 아무것도 가르쳐주지 않는 거야?

인내심을 가져야 해. 결국 알게 될 거야. 일삼촌이 말했다.

이제 참고 기다리는 거 지겨워. 내가 대답했다.

나는 다 먹지 않고 탁자에 내려놓은 감자를 그대로 두고 발을 크게 구르면서 내 포드로 돌아왔다. 언제나처럼 바닥에 대자로 누워 천장을 올려다보았다. 이삼촌의 말을 무시하고 생각하지 않으려고 애썼다. 하지만 자꾸 생각이 머릿속으로 기어들어왔다. 어머니를 생각하고, 어머니가 어떤 존재일지 상상했다. 더 많은 삼촌과 더 많은 달을 생각했다. 생명으로 가득 찬 돔을 생각했다. 삼촌들이 나를 기른 것은 맞지만 이삼촌 말도 옳았다. 삼촌들은 내 친구가 아니었다. 나 같은 존재와 같이 있다면 어떤 기분이 들까? 나 같은 몸을 가진 여자와 함께 있다면? 뼈가 자랄 때면 아픔을 느끼는 존재가, 내가 들을 수 있는 목소리로 크게 말을 하는 존재가 옆에 있다면? 내가 말을 걸 수 있는 존재가 있다면 어떤 느낌일까?

그새 잠이 들었나 보다. 내 옆에 묵직하게 몸을 눕히는 이삼촌 때문에 잠에서 깼으니까.

선물을 가져왔어. 이삼촌이 말했다.

무슨 선물? 잠이 덜 깬 나는 웅얼거리듯 말했다.

네가 준 거.

이삼촌이 가져간 스크린이었다. 작동하는 법을 알았어. 태양전지로 작동하는 거야. 오후에 충전시켰어. 이삼촌이 스크린을 툭 치자 스크린 앞면에서 빛이 났다. 아직 아무것도 나타나지 않았지만 밝게 빛나고 있었다. 이걸 보면 기분이 좋아질 것 같아서 가져왔어.

이삼촌이 다시 스크린을 툭 치자 다채로운 모양이 스크린 위에서 정신없이 돌아다녔다. 만화영화야. 재미있는 거지.

잠시 스크린을 쳐다봤지만 그 모양들이 뜻하는 바를 이해할 수는 없었다. 그냥 색만 더 많은 거잖아. 나와 같은 얼굴도 없고 소리도 나지 않았다. 실망스러웠다. 나는 스크린을 바닥에 내려놓았다.

이삼촌은 나를 물끄러미 볼 뿐, 내 무심함을 탓하지는 않았다.

어머니가 뭐야? 내가 물었다.

이삼촌은 내가 아닌 천장을 쳐다보며 대답했다. 다른 존재를 만드는 존재지.

어머니가 친구를 만들 수 있어? 내가 물었다.

한 어머니가 많은 친구를 만들 수 있지. 많은 달을 만들 수 있어.

아파? 다른 존재를 만드는 거?

내 질문에 이삼촌은 분명히 크게 당황했다. 조금 주저하던 이삼촌이 고개를 끄덕였다. 그래, 아파.

난 아픈 거 싫어. 걸을 때 자주 까졌던 무릎을 생각했다.

누구나 그렇지. 이삼촌은 안쓰럽다는 듯이 내 손을 꼭 잡았다.

그냥 우리가 지구로 가면 되잖아. 우리가 달들이 있는 곳으로 가면 되잖아. 삼촌들이 있는 곳으로. 내가 제안했다.

오, 이런 꼬마 같으니라고. 이삼촌이 부드럽게 말했다. 내가 너에게 해준 지구 이야기는 말이야, 그건 꾸며낸 말이야. 팽팽했던 이삼촌의 입술에서 긴장이 사라졌다. 지구에서 삼촌들과 달들이 살았던 적은 없어. 아주 많은 다른 존재들이 살았지만, 지금은 없어. 그곳에는 오직 물만 남았어.

왜? 왜 그렇게 된 건데? 내가 물었다.

가끔 존재들이 모두 사라질 때가 있어. 이삼촌은 한숨을 쉬었다. 지구는 이 행성보다도 더 텅 빈 곳이 됐어. 너 같은 생명체는 이제 없어. 삼촌들 역시 마찬가지야. 가족도, 적도, 집도 없어. 그저 우주에서 빙글빙글 돌아가는 암석일 뿐이야.

난 빈 거 싫어. 빈 건 이상한 느낌이 들게 해. 나는 잠시 입을 다물었다. 그걸 뭐라고 해야 하는지 모르겠어.

외롭다는 거야. 이삼촌이 대답했다.

나는 이삼촌을 꼭 끌어안았다. 동글동글해진 이삼촌의 몸이 좋았다. 나한테는 이삼촌이 있잖아.

나한테는 네가 있고. 그럼 일삼촌에게는 누가 있을까?

일삼촌은 어머니가 되면 되지. 함께 있을 존재가 정말 필요하면.

일삼촌은 남자야. 남자는 어머니가 될 수 없어. 우리 꼬마, 그 일은 네가 해야 해.

어머니는 여자여야 해? 내가 물었다.

그게 자연의 법칙이야.

내가 선택할 수 있어? 이삼촌을 안고 있던 손을 풀고 몸을 돌려 똑바로 누웠다.

일삼촌이랑 이야기를 했어. 이삼촌이 말했다. 일삼촌은 우리에게 가장 좋은 결과를 원해. 하지만 너에게도 가장 좋은 일이기를 바라고 있어. 너한테 그 무엇도 강요하지 않을 거야. 한동안은 아주 바쁘게 지내는 게 좋을 거야. 이삼촌은 스크린을 들어 다시 나에게 건넸다. 내가 보여준 건 여기 든 것 중에서 아주 일부야. 여기에는 지식이 가득 들어 있을 거라고 믿어.

지식이라고? 나는 스크린을 움켜잡았다. 이건 어디에서 온 거야? 내가 물었다.

지구에서, 아주 오래전에. 이삼촌이 대답했다.

모두 사라지기 전에?

모두 사라지기 전에. 이삼촌이 일어섰다. 밤이 되어 캄캄한 내 포드에서 이삼촌의 머리가 돔처럼 하얗고 둥글게 빛났다. 얼굴에는 그림자가 드리워 있어 정확하게 알 수는 없었지만 이삼촌은 웃으려고 애쓰는 것 같았다. 질문을 해봐. 가끔은 대답을 해줄 거라고 믿어. 이삼촌은 내 포드에서 나갔다.

스크린을 집어 들고 표면을 물끄러미 바라보았다. 화려한 모양은 사라지고 없었지만 여전히 빛났다. 내 모습은 보이지 않았다.

대답해줄 거라고? 나는 생각했다.

이삼촌처럼 스크린을 두드리자 화려한 모양들이 다시 나타났다. 다시 스크린을 두드리자 그 모양들이 사라졌다. 스크린의 표면을 손가락으로 쓸었고, 아래쪽과 옆쪽을 차례로 쓸었다. 흰색 바탕에 검은 줄무늬가 있는 다른 모양들이 나타났다. 도대체 그 모양들이 무슨 의미인지 알 수가 없었다. 다시 화면을 문지르자 모양들은 사라졌다. 스크린을 얼굴 높이로 들고 전에 했던 대로 다시 시도했다. 입을 벌려 헛기침을 하고 말했다.

"어머니가 뭐야?" 큰소리로 스크린에게 물었다.

내 목소리에 스크린 불빛이 깜빡였다. 숨을 쉴 수가 없었다.

"그리움이야." 다른 목소리가 나에게 말했다. "이렇게 그리울 거라고는 생각지 못했어."

나는 재빨리 몸을 세웠다. 나의 짧은 삶에서 내 목소리가 아닌 다른 목소리가 내는 소리를 들은 건 처음이었다. 아주 조용한 목소리였지만, 너무나도 큰 의미가 있는 소리였다. 나는 나에게 말을 거는 존재를 간절히 원했다. 그리고 지금, 그런 존재가, 그런 물건이 나타난 것이다. 믿을 수 없었다. 심장이 격렬하게 뛰었다.

목소리가 사라질지도 모른다는 생각에 필사적으로 스크린을 움켜잡았다.

"뭐가 그립다는 거야?" 입 안이 바짝 말라서 간신히 입 밖으로 질문을 낼 수 있었다.

"내 어머니 말이야." 그 목소리가 대답했다. "어머니가 죽었을 때는 다행이라고 생각했었어. 알아. 끔찍한 생각이라는 거. 하지만 어머니는 정말 귀찮았단 말이야. 하지만 이제는 계속 어머니 꿈을 꿔."

나는 스크린을 똑바로 내려다보면서 말했다.

"그런데 넌 누구야? 진짜 있는 존재야?"

잔뜩 고대하며 숨도 쉬지 못하고 기다렸다. 내 몸의 모든 근육에 힘이 들어갔다. 당연히 목소리가 대답해줄 거라고 확신하고 기다렸다. 하지만 내가 지켜보는 동안 스크린의 불빛은 사그라들었다. 낮게 웅웅거리는 소리도 이내 사라져버렸다. 스크린은 다시 컴컴해졌다.

"안 돼. 기다려! 돌아와!" 나는 소리쳤다.

스크린을 흔들고 두드리며 말을 걸었지만 변화는 없었다. 제발. 거듭 외쳤고, 계속 스크린을 흔들었다. 절망감에 스크린을 집어 던지려다가 참았다. 부숴버릴 수는 없었다. 어쩌면 이삼촌이 했던 것처럼 태양전지로 충전해야 하는 건지도 몰랐다. 목소리의 정체를 알아내야 했다. 진짜 목소리인지 스크린이 내는 소리인지 알아야 했다. 어디에서 나는 소리인지 알아야 했다. 어떤 존재의 목소리인지, 어떤 물체의 목소리인지 알아내야 했다. 그 목소리는 어머니에 대해 말했다. 그 목소리는 어머니가 어떤 존재인지 말해줄 수 있을 것이다. 삼촌들이 내가 되기를 바라는 존재가 무엇인지 알 수 있게 될 것이다. 내가 텅 비었음이 무슨 뜻인지를 배운 광대한 평원을 생각했다. 그 모든 곳에서 삼촌들과 내가 얼마나 외로웠는지를 생각했다.

넌 이제 혼자가 아니야. 스스로에게 말했다. 더는 말이야.

그 긴긴밤 동안 나는 눈을 크게 뜨고 지금까지 내가 배운 것들, 그리고 아직 배우지 못한 것들을 생각했다. 잠에서 깨어난 삼촌들이 자기들 포드에서 움직이는 소리가 들렸을 때 나는 결심했다. 이제는 감자를 찌르거나 담요를 개는 일로 시간을 보내지 않을 것이다. 나에게는 할 일이 있었다.

이삼촌은 어머니란 다른 존재를 만드는 존재라고 했다. 스크린에서 들려온 목소리는 자신에게 어머니가 있었다고 했다. 그러니까 그 목소리는 누군가가 만든 존재임이 분명했다. 다시 스크린을 작동시켜야 했다. 그 목소리를 다시 찾아야 했다. 그 목소리가 어디에서 온 것인지 알아내야 했다. 그 목소리에 어머니가 있다면, 그 목소리가 그저 흙과 빛으로 빚어진 것이 아니라면 나도 마찬가지일 것이다. 삼촌들은 자신들의 문명 때문에 나를 원했다. 내가 삼촌들과 달들을 만들기를 원했다. 다른 존재들이 살아갈 수 있도록 내가 고통을 겪기를 바랐다. 삼촌들은 내가 자신들의 미래를 만들어내기를 바랐다.

하지만 기다리라고 말할 것이다. 그전에 나는 먼저 나의 과거를 알아야 했다.

비

1975년 캔자스시티

1975년 여름, 한 소녀가 홀로 대륙 위를 걷고 있었다. 사막을 빠져나온 소녀는 애절한 메아리 가득한 계곡을 지나 눈으로 가려진 산꼭대기를 넘어갔다. 처음에는 거대한 하늘이 너무나도 무서웠지만 이제는 아니었다. 밤이 되면 사슴처럼 덤불 속에 누워서 해진 드레스를 무릎까지 끌어내리고 항성들 사이를 힘들게 가로질러 가는 달을 쳐다보았다. 태양의 하얀 원반이 격렬하게 타오르고 있는 지금은 한 지평선에서 다음 지평선까지 평원을 가로지르고 있었다. 평원을 가로질러 도로가 놓이고, 보이지 않는 손들이 콘크리트 조각을 위로 잡아당기고 있었다. 부엌 수세미 밑에 타이어 조각을 대고 끈으로 묶어 고정한 소녀의 신발 대용품이 자꾸 콘크리트 조각에 걸려 휘청거렸다.

소녀는 그 한 해에 일어난 일에 관해서는 아는 게 전혀 없었고, 과거에 대해서도 아는 게 거의 없었다. 많은 것이 뒤엉켜 있었다. 땅 밑에서 뿌리가 엉킨 풀들. 소녀의 머리카락. 불이 나기 전의 날들. 거대하고 붉었던 울부짖음 외에는 기억나는 것이 많지 않았다. 가끔은 눈앞에 떠오르는 것들도 있었다. 닫히던 문, 유리잔을 어루만지던 여자의 갈색 손가락, 일그러진 남자의 하얀 얼굴. 눈을 깜빡이면 사라지는 것들이었다. 소녀의 뒤에는 길이 있었고, 앞에도 마찬가지였다.

소녀는 빛과 어둠을 세었다. 길을 나선 뒤로 어둠은 104번 찾아왔다. 빛은, 이 새벽이 105번째였다. 소녀는 자기 이름을 알고 있었다. 하지만 그 외에 아는 것은 거의 없었다. 잠에서 깨면 소녀는 이름을 속삭였고, 그 속삭임은 심장을 튕기는 화음처럼 들렸다.

"비, 계속 걸어." 소녀는 소녀에게 말했다.

과거는 희미했지만 미래는 명확했다. 소녀는 목적지를 알았다. 소녀는 어깨에 배낭을 지고 북쪽으로 가고 있었다. 조차장과 버려진 창고를 다니며 소녀는 신발을 만들 재료를 구하고, 널빤지와 금속판, 플라스틱과 철사를 찾아 배낭에 넣었다. 그 폐품들로 소녀는 소나무 숲에 움막을 만들 것이다. 그리고 집을 지을 것이다. 마을을 세울 것이다. 소녀는 작은 손으로 텅 빈 땅 위로 솟아오를 새로운 문명을 만들 것이다. 이 세상이 아직 보지 못한 새로운 인종, 거인으로 그 문명을 가득 채울 것이다.

소녀의 배는 훨씬 묵직해졌고, 갈색 피부는 팽팽하게 늘어나고 얇아졌다. 가끔 소녀의 배 안에서 여러 번 발길질이 느껴졌다. 소녀는 자기 배에 무엇이 있는지 알았다. 아주 거대한 생명체였다. 지금까지는 존재하지 않았던 새로운 생명체. 이 생명체는 소녀를 높은 곳에서 내려다볼 것이다. 소녀의 것이 되어 황무지에 길을 뚫고 그 꿈을 실현할 것이다. 이 생명체는 다른 생명체와 거인 군단, 자신과 같은 생명체들을 만들어내 이 망할 세상을 장악할 것이다.

"네가 여길 갖게 될 거야. 우리는 함께 새로운 걸 만들어낼 거야." 소녀는 팽팽한 배를 두드리면서 말했다.

앞에 있어. 소녀는 어둠을 흘긋 쳐다보면서 생각했다. 그것은 마치 불에서 피어오르는 연기처럼 보였다. 소녀는 추웠다. 하지만 곧 그것이 연기가 아님을 깨달았다. 그것은 마을이었다. 마을에는 먹을 것을 간직한 쓰레기 더미가 있었다. 소녀는 마을이 두려웠다. 자신을 쳐다보는 창백한 사람들과 함께 있으면 숨이 막혔다. 하지만 소녀에게는 그들이 가진 음식이 필요했다. 소녀는 마을 사람들이 던지는 욕설과 자신을 움켜잡으려는 손길에서 재빨리 도망쳐 나오는 법을 터득했다.

바짝 마른 잡초를 헤치며 두 손으로 배를 부여잡고 새로운 마을을 향해 걸어갔다. 어쩌면 밑창이 튼튼한 부츠를 찾게 될지도 몰랐다. 갑자기 어떤 기억이 소녀의 머리를 꼬챙이처럼 찌르며 들어왔다. 소녀는 그런 부츠를 신은 사람을 알았다. 투박한 가죽 덩어리에 감싸여 있던 다리가 생각났다. 하지만 소녀가 이 기억을 붙잡으려고 하자 기억은 바스러져 재가 되었다. 다른 모든 기억처럼 캄캄한 암흑이 되었다.

마을은 지금까지 지나왔던 그 어떤 마을보다 컸다. 마을로 들어가는 경계에서 소녀는 주저했다. 소녀의 심장은 겁 많은 동물의 그것 같았지만, 소녀는 계속 걸어갔다. 소녀에게는 필요한 것들이 있었다. 정오의 열기가 조금 사그라졌을 때 소녀는 큰길을 따라 걸었다. 너무 오랫동안 버려져 있어서 쓸 만한 물건은 전혀 건질 수 없는 벽돌 창고와 낮은 단층집, 삼면이 벽과 창문으로 둘러싸인 칙칙한 지역을 지나갔다. 거리에는 모퉁이마다 상호가 적힌 간판과 유리를 씌운 기둥, 빨간불과 초록불이 있었다. 주유소를 지날 때는 날카로운 악취가 코를 찔렀다. 소녀는 멈춰 있는 트럭을 바라보았다. 화물칸 문에 커다란 로고와 펩시라는 빛바랜 글자가 박힌 트럭이었다. 햇볕에 색이 바랜 것들을 더 지나쳤다. 금속 상자가 한 개씩 있는 정사각형의 큰 집들에는 번호가 적혀 있었다. 멀리 보이는 단조로운 탑들은 비난할 사람을 가리키는 손가락 같았다.

마을은 텅 빈 것처럼 보였지만, 좀 더 깊숙이 들어가자 표면이 갈라진 도로 위에서 느리게 움직이는 자동차들이 보였다. 자동차를 모는 백인 남자들은 운전석에서 구부정하게 몸을 숙이고 있거나 지나가는 소녀를 따라 눈을 돌렸다. 남자들은 줄무늬나 점무늬가 있는 번쩍이는 셔츠를 입고 글자가 인쇄된 모자를 푹 눌러 쓰고 있었다. 그들이 타고 있는 넓은 자동차는 너무 낮아서 땅을 긁으며 다니는 것만 같았다. 처음에 소녀는 공포에 질렸다. 남자들이 자동차를 세우고 뛰어나와 거친 손으로 붙잡을 것만 같았다. 하지만 그런 일은 일어나지 않았다. 남자들은 그저 헝클어진 검은 머리카락을 늘어뜨리고 솔기가 해진 연보라색 드레스를 입은 소녀가 배낭을 들고 걸어가게 내버려두었다. 남자들은 소녀를 보았지만 이내 시선을 거뒀다. 그들은 자신의 자동차가 울퉁불퉁한 도로를 달리는 일에만 신경 썼다. 남자들은 기력을 소진했다. 그들은 사라져가고 있었다. 어쩌면 남자들은 소녀가 소녀를 위해 꿈꾸는 미래를, 그 미래를 위해 부풀어 오르고 있는 소녀의 자랑스러운 배를 눈치챘는지도 몰랐다. 거인들이 이곳을 장악하면 이 남자들이 차지할 공간은 없을 것이다.

평원은 소녀의 뒤쪽에서 사라져갔고, 콘크리트가 다가왔다. 필요한 것을 찾고, 다시 길로 돌아가야 했다. 한 출입구 앞에서 멈춰 섰다. 머리 위에 있는 금속 간판에는 흰색 바탕에 빨간 글씨로 식료품 담배 차가운 맥주라고 적혀 있었다. 안쪽에서 희미하게 음식 냄새가 났다. 허기가 온몸으로 퍼져 나갔다. 소녀는 옥수수를 간절히 원했다. 깡통에 빽빽하게 들어 있는 완두콩을 원했다. 달콤한 비트의 맛을, 혀를 물들일 비트의 즙을 원했다.

안으로 들어가자 선반을 채우고 있는 상자와 통조림 깡통이 보였다. 앞쪽 계산대 뒤로 짙은 어둠이 깔려 있었다. 천장에 매단 파리 끈 끈이에는 죽은 파리가 여기저기 붙어 있었다. 계산대 뒤에 있는 화면에서만 소리가 나오고 있을 뿐, 건물 어디에서도 소리는 들리지 않았다. 화면에서는 두 얼굴이 말하고 있었다. 왠지 익숙한 기분이 들었다. 화면 앞으로 다가가 고개를 갸웃거리며 화면을 쳐다보았다. 한 얼굴이 범죄와 도시에 관해 말하고 있었다. 디트로이트, 뉴욕 같은 단어가 들려왔지만 그것이 무엇을 뜻하는지는 알 수 없었다. 또 다른 얼굴은 전쟁이라고 말했다. 그건 아는 단어였다. 그 얼굴은 참 전 용사 수백만 명이 상해를 입고 돌아왔다고 했다.

"전쟁은 끝났어요. 우리는 국내 문제에 집중해야 합니다." 첫 번째 얼굴이 주장했다.

"그 전쟁이 국내로 옮겨오고 있단 말입니다." 두 번째 얼굴도 주장했다.

또 다른 얼굴이 돈과 로켓, 임무에 관해 말하기 시작했지만 소녀는 귀를 막아버렸다. 남자들의 희망을 들어줄 시간은 없었다. 당신들의 시간은 끝났어. 소녀는 말해주고 싶었다. 그러니까 그 입 다물어.

중간 통로에서 소녀는 원하던 걸 찾았다. 통조림 깡통이 높게 쌓여 있었다. 몇 개를 집어 배낭에 넣었다. 완두콩과 비트, 옥수수. 이 알갱이들은 소녀의 이 사이에서 툭 터질 것이다.

배낭을 어깨에 메고 작은 상자를 집어 들었다. 상자 위에는 끈적한 국수가 담긴 그릇을 향해가고 있는 손이 그려져 있었다. 그 하얀 손에는 눈이 두 개, 입이 하나, 둥글고 빨간 코가 하나 있었다. *햄버거 헬퍼*. 소녀는 상자에 적힌 글을 읽었다.

건물 뒤쪽에서 문이 세게 닫히더니 발소리가 들렸다. 여러 모습이 합쳐지고 모이더니 남자의 모습으로 변했다. 성기고 젖은 머리카락이 머리뼈에 달라붙어 있는 남자는 뚱뚱했고 비열해 보였다.

"어이, 꼬마 부랑아. 돈은 내고 가져가는 거야?"

남자가 말했다.

소녀는 들고 있던 상자를 떨어뜨리고 달리기 시작했다. 만화로 그린 얼굴에 색을 칠한 시리얼, 병 속에서 분리되고 있는 우유, 밀가루와 설탕 부대를 지나 달려갔다.

"나는 복지부 직원이 아니야!" 남자가 소리쳤지만, 소녀는 건물 밖으로 나갔다.

옆구리에 통증이 느껴질 때까지 소녀는 전속력으로 달렸다. 아래쪽에서 커다란 녹색 간판이 행복하게 살아요!라고 외치고 있었다. 소녀는 멈춰 서서 숨을 골랐다. 배낭에서 날카로운 도구와 옥수수 통조림을 꺼냈다. 깡통 뚜껑을 따고 안에 든 즙을 마시고 옥수수 알을 먹고 다시 즙을 마셨다.

소녀의 거인이 여러 번 거칠게 발을 차더니 동그랗게 몸을 말았다. 태양은 점점 더 뜨거워졌다.

소녀는 깡통을 버리고 계속 걸었다. 발에 댄 타이어 조각이 자꾸 갈라졌다. 또다시 기억이 떠올랐다. 출입구 앞에서 현관 턱을 밟고 있는 한 남자의 두 발이었다. 그 발을 덮고 있는 부츠에는 먼지가 쌓여 있었다. 모래 속에서 시들어가는 식물이 내는 것 같은 날카롭고도 매캐한 냄새가 났다. 어딘가에서 동물이 짖는 소리가 들리고, 푸욱 푸욱 거친 기침 소리가 들리고, 통증이 소녀의 배를 강타했다. 이제는 신고 있는 신발 대용품을 버릴 때가 되었다. 굳은살도 자연스레 받아들일 때가 되었다. 소녀의 몸은 모든 곳이 흉터로 굳어지고 있었다.

과감하게 마을 깊숙이 걸어 들어가는 동안 신발 대용품을 벗어버린 발바닥은 계속 찔리고 쓸렸다. 먹을 것을 찾았으니 이제는 금속과 철사를 찾아야 했다. 플라스틱과 나무도 구해야 했다. 물도 구해야 했다. 어떤 집 앞에 멈춰 서서는 철사가 벽에서 튀어나와 쉽게 잘라낼 수 있었던 다른 장소를 떠올렸다. 서랍 안에서 굴러다니던 너트와 볼트, 한 줌의 못, 소녀의 배낭에 완벽하게 들어가던 널빤지를 기억해냈다. 한 마을을 세우려면 모을 수 있는 재료는 모두 모아야 했다.

거리는 텅 비어 있었고, 빈집의 잔디밭은 바짝 말라 있었다. 소녀는 조용히 문 앞으로 걸어갔다. 자물쇠는 없었다. 버려진 집답게 먼지와 회반죽이 말라붙어 있을 거라 예상했지만, 집 안에서는 레몬 냄새가 났고, 창문으로 들어온 햇살이 반짝이고 있었다. 이 방 저 방을 돌아다니며 철사를 잘라낼 수 있는 벽이 있는지 살펴봤지만, 벽에서 튀어나온 철사도, 가져갈 만한 널빤지도 찾을 수 없었다. 이 집은 믿을 수 없는 곳이었다. 하지만 정말로 믿을 수 있는 집은 어디에도 없었다. 그런 집은 연기처럼 사라져버렸다.

소녀는 방을 지나고, 복도를 지나쳐 걸었다. 카펫이 깔린 바닥은 뜯어낼 수 없었다. 갈색과 주황색 가구들은 너무 무거워서 들 수가 없었다. 그 밖에 남은 것은 불쾌한 레몬 냄새뿐이었다. 쓸모 있는 것은 하나도 없었다. 가져갈 수 있는 건 하나도 없었다.

소녀는 집에서 나가려고 몸을 돌렸지만, 멈출 수밖에 없었다. 이 집에서 나가려면 지나가야 할 곳에 백인 남자가 하나 서 있었다. 아니, 두세 명이었다. 남자들의 손과 얼굴이 공기를 질식시키고 있었다. 소녀는 비틀거리면서 뒤로 물러났다. 한 남자가 소녀의 배낭을 움켜잡았다. 소녀는 배낭끈을 단단히 부여잡았다. 남자가 배낭을 낚아채더니 소녀의 철사, 금속, 완벽한 나무 널빤지를 가져갔다. 그 재료들이 없다면 소녀는 마을을 세울 수 없었다. 거인들을 기를 수 없었다. 소녀는 배낭을 되찾으려고 남자에게 돌진했지만, 다른 남자가 소녀의 허리를 붙잡았다.

"이 미친 애 좀 보라고." 소녀를 붙잡은 남자가 말했다.

남자에게서는 고기 냄새가 났다. 어떤 기억이 표면으로 올라왔다. 접시 위에서 짙은 자주색으로 번들거리던 사슴 고기. 그것이 소녀가 먹어본 유일한 고기였다. 소녀는 고기 맛이 싫었다.

"어디서 온 거지?" 배낭을 뺏은 남자가 말했다.

"자기 집처럼 문으로 들어왔어." 세 번째 남자가 말했다. 납작하고 불그스름한 얼굴에 관자놀이의 머리카락을 직각으로 자르고 파란색 팹스트 로고가 있는 모자를 쓴 남자였다.

"이 꼬마 배를 좀 봐. 애 아빠는 어디에 있는 거지?" 소녀를 잡고 있는 남자가 말했다.

"멀리 있지는 않을 거야. 그 방랑자 녀석은 너희 집 덤불 속에 숨어 있겠지. 여자친구를 기다리면서. 어린앨 좋아하는 놈인가 보지."

"망할 히피들. 망치 가져가려고 다시 오길 잘했네."

첫 번째 남자의 말에 소녀를 잡고 있던 남자가 크게 웃었고, 그 바람에 소녀를 잡고 있던 손이 느슨해졌다. 몸을 비틀어 남자의 팔에서 벗어난 소녀는 남자를 밀쳐 둘 사이를 벌렸다. 사냥꾼에게서 벗어나려고 힘차게 뛰는 사슴처럼 소녀는 문을 향해 달려갔다. 꾸물거리다가 남자들의 덫에 걸리는 일은 없을 것이다. 이곳에서 도망칠 것이다. 현관 앞에서 빛이 일렁였다. 현관문은 길을 향해 활짝 열려 있었다. 탁 트인 공간과 소나무, 북쪽에서의 내일이 소녀를 기다리고 있었다. 한 걸음 내디딜 때마다 소녀의 거인은 미끄러지고 굴렀다.

"그래, 그거야." 소녀의 거인이 속삭였다.

문턱에서 남자들은 소녀를 붙잡았다. 부풀어 오른 배, 떡 진 머리카락, 쓰레기를 향한 소녀의 기묘한 사랑. 거대한 사람들에 대한 꿈. 큰 것에 관해서는 아무것도 알지 못하고, 자신이 바라는 세상에 오직 작은 자아만이 존재하는 소녀는, 사라져버렸다.

남자들은 문 앞에서, 한 발만 더 내디디면 자유를 얻을 바로 그곳에서 소녀를 붙잡았다.

남자들은 손으로 소녀를 내리누른 다음 어디론가 데려가버렸다.

정신감정 평가_ 사전 진단서

캔자스시티 정신병원
-소아정신과

담당의: 제임스 에드워드 카슨 박사
환자 이름: B(정확한 이름 모름)
최초 평가서 작성일: 1975년 7월 16일
환자 번호: 42
입원 날짜: 1975년 7월 15일
사전 평가서 작성일: 1975년 7월 20일

진단 목적

환자는 청소년 초반기 소녀다. 현재 정확한 나이는 알 수 없으나, 대략 열한 살이나 열두 살 정도로 보인다. 올드 웨스트포트의 한 저택에 무단 침입했다가 잡혔다. 신발을 신지 않았고, 옥수수 통조림, 가로세로 길이가 각각 5센티미터, 10센티미터인 널빤지와 철사가 들어 있는 더러운 배낭을 메고 있었다. 집주인은 환자가 거실에서 벽지를 긁고 있었다고 했다. 외모는 스페인어를 쓰는 라틴계처럼 보이지만, 환자가 말하는 몇 안 되는 단어는 모두 영어다.

환자가 극심한 불안 증세를 보여 집주인은 긴급 전화로 신고했다. 출동한 응급구조사는 환자를 아동 구호 병원이 아니라 우리에게 보냈는데 아주 적절한 처리였다고 생각한다. 7월 15일 오후 4시에 병원에 도착한 환자는 그 즉시 입원 절차를 밟았다. 여아 병동에 있는 침대를 배정했고, 그때부터 환자는 우리 병원에 입원한 스무 번째 환자가 되었다. 우리는 즉시 환자 가족을 찾기 위해 제출해야 하는 서류를 작성해 경찰에 보냈다.

입원 후 곧바로 진행한 문진 결과를 보면 환자는 의사소통능력이 부족하며, 당황하고 혼란스러워하고 있음을 쉽게 알 수 있다. 가족이나 사는 곳 같은 기본 인적 사항을 물어봤지만, 환자는 아무 말도 하지 않았다. 이름을 물었을 때는 곧바로 '비(B)'라고 대답했다. 환자의 친구나 가족이라며 찾아오는 사람은 아무도 없었다. 환자는 가족에게서 도망치는 길이며, 자신이 가는 곳을 친지들에게 알리지 않았기에 아무도 환자의 현재 위치를 모르는 것이 분명했다. 하지만 애초에 가족이 전혀 없을 수도 있음을 배제할 수는 없다.

환자는 극단적으로 말랐는데, 장기간 영양결핍 상태였던 것처럼 보이며, 보통의 가출청소년보다도 영양 상태가 나쁘다. 치아는 환자가 오랫동안 방치됐음을 말해준다. 머리카락은 빗이 들어가지 못할 정도로 엉켜 있어 청결을 위해 오늘 오후에 삭발하고, 옴을 비롯한 빈민층에게 흔한 여러 기생충도 제거할 예정이다.

환자는 현재 임신 상태다. 몸 상태가 어떤지, 어떻게 임신을 하게 됐는지 물었지만 대답하지 않았다. 환자가 종합병원에서 산전 진료를 받고 출산을 준비할 수 있도록 조처했다. 입원하고 이틀 뒤에 산부인과의사가 환자를 진료했는데, 진료를 받는 동안 환자는 우울해했고 위축돼 있었다고 한다. 산과 검진 결과 환자는 임신 30주에서 32주 차라고 한다. 출산까지는 한 달쯤 남았다.

환자는 눈동자를 불안하고 빠르게 움직이며, 행동도 위태롭다. 문을 닫을 때마다 환자는 깜짝 놀라 펄쩍 뛰었다. 문진 시간에는 갑자기 의자에 몸을 파묻더니 누가 공격하기라도 하는 듯이 두 팔로 머리를 감싸 안았다.

좀 더 정확하게 평가하고 최종 진단을 내리려면 후속 검사와 관찰이 필요하다.

사전 검사 결과는 1975년 7월 16일 자 환자 상태 경과 기록지에 첨부돼 있다. 그 보고서가 사전 검사 시 파악한 상태를 자세하게 설명하고, 보완해줄 것이다.

이 장소는 하얗고, 추웠다. 시트를 깐 침대가 쭉 늘어서 있었다. 창살이 달린 창문. 종잇조각 같은 얼굴을 한 어린 여자들. 심지어 이곳은 음식도 흰색이었다. 감자, 파스타, 빵. 소녀의 비트와 완두는 사라져버렸다. 나무와 철사를 넣은 배낭도, 북쪽으로 가겠다는 소녀의 꿈도 사라졌다.

소녀는 북쪽에 관해 아무에게도 말하지 않았다. 그 누구에게도, 그 무엇도 말하지 않았다. 계속 굳게 입을 다물고 있었다. 이미 이전에도 해본 일이었다. 소녀는 조용히 침묵하는 법을 알았다. 폭풍이 들이치기 전에 풀밭에 납작 엎드려 있는 생명체처럼. 이곳은 도망칠 기회를 찾을 수 없는 요새였다. 모든 문은 잠겨 있었고, 모든 창문은 막혀 있었다. 억류자들도 하얀색이었다. 흰색 셔츠에 흰색 바지, 흰색 가운을 입고 있지만 얼굴과 손은 소녀보다도 더 짙은 갈색이었다. 하지만 입고 있는 옷과 똑같은 피부색을 가진 사람들도 몇 명 있었다. 그 사람들의 입에서는 쉴 새 없이 질문이 흘러나왔다.

심문을 받을 때 소녀는 이름 외에는 아무것도 말하지 않았다. 결국 그들은 질문 대신 소녀의 머리카락을 밀었다. 자주색 꽃무늬 드레스를 벗기고 옷과 솔, 비누를 가져오더니 소녀가 빨갛게 될 때까지 문질렀다. 그들은 자신들에게나 어울릴 옷감으로 만든 딱딱한 풀 먹인 가운에 소녀를 집어넣었다. 번쩍이는 네모난 강철판을 응시하던 소녀는 자기 모습을 보고 겁에 질렸다. 소녀는 유령이 되어 있었다. 자신이 그렇게 될지도 모른다고 생각했던 바로 그 모습 말이다.

소녀는 두려움을 드러내지 않으려고 애썼다. 그들의 지시에 따랐다. 어쩌면 그들은 소녀를 놓아줄지도 모른다. 복종하면 상을 받는 법이니까. 소녀는 생각했다. 소녀는 일어나라고 할 때 일어나고 자라고 할 때 잤다. 숟가락으로 감자를 떠먹고, 빵을 반으로 접어 먹고, 작은 컵에 담아주는 약을 입에 털어 넣었다. 얌전하게 줄을 서서 검사를 받고, 손톱을 깎게 내버려두었으며 하라는 대로 이리저리 몸을 돌렸다. 밤이 되었으니 잠을 자라고 하면 벽이 울리는 방에 있는 침대에 누웠다. 다른 소녀들은 울었지만, 소녀는 흐느끼는 소리를 입밖으로 내지 않았다.

낮에는 빠르게 움직이는 차량에 태워져 이동하는 것도 소녀는 허락해주었다. 창문 밖으로 파랗고 녹색인 줄들이 스쳐 지나갔지만, 소녀는 도망칠 생각을 하지 않았다. 소녀는 때를 기다렸다. 차가 멈추면 소녀는 밖으로 나갔고, 사람들을 따라 얌전하게 다른 건물로 들어갔다. 강철로 만든 탁자와 시끄러운 소리를 내는 기계들이 있는 방으로 들어가면 사람들은 소녀에게 옷을 벗고 다른 옷으로 갈아입은 다음 자리에 앉으라고 했다. 사람들은 소녀를 막대기로 찔렀다. 한 막대기로는 소녀의 귀를, 다른 막대기로는 소녀의 목을 찔렀고, 팔에는 바늘을 박아 넣었다. 하지만 사람들이 가장 많이 살펴보는 건 소녀의 배였다. 사람들은 엄청난 열정을 가지고 소녀의 배를 살펴보았다. 배의 크기와 무게, 그 안의 소리를 살폈다. 소녀의 배는 태양이었고, 사람들은 조용히 그 주위를 도는 행성이었다.

한 사람이 흑백 화면 속에서 천천히 움직이고 있는 형체를 보여주었다. 소녀는 그 남자의 탁자에 누워 있었고, 남자는 차가운 도구로 소녀의 피부를 누르고 있었다. 시큼한 냄새가 나는 아주 깨끗한 방이었다. 소녀는 흙냄새가 그리웠다.

"이걸 봐."

소녀가 고개를 돌리자 남자가 말했다.

"이게 네 아기야. 건강한 남자아이네."

소녀는 벽을 뚫어지게 쳐다보았다. 나에게는 아기가 없어. 내 배속에 있는 건 거인이야. 그 거인이 당신을 갈아서 흙으로 만들어버릴 거야. 소녀는 남자에게 말해주고 싶었다.

딸깍. 문이 열리고 누군가 들어왔지만 소녀는 그 사람이 누군지 확인하려고 고개를 돌리지 않았다. 냄새로 알 수 있었으니까. 커피 냄새와 잠들지 못한 밤이 발산하는 냄새. 이미 만난 적이 있는 사람이었다. 입은 웃지 않아도 파란색 눈이 웃는 사람.

"카슨 박사님, 병원에서 기다리실 거라고 생각했는데요. 왜 직원을 보내시지 않고요?"

방에 있던 남자가 말했다.

"일상에서 탈출해 보려고. 우리 환자는 오늘 어때? 여전히 얌전한가?"

"네, 아주 얌전합니다. 그런데 자기가 임신했다는 걸 모르고 있는 거 같아요. 벽을 보고 있는 모습 보이죠? 아직 준비가 안 된 것 같습니다."

"누군들 준비가 됐겠어?"

남자가 말했다. 목소리로 보아 입이 웃고 있는 게 분명했다. 아마도 파란 눈도 함께 웃고 있을 것이다.

"그 애는 시간이 필요해. 아직 며칠밖에 되지 않았잖아."

며칠이나 지났는지 소녀는 알지 못했다. 빛이 사라지지 않아서 빛과 어둠의 횟수를 셀 수 없었다. 빛은 모든 것을 가려버렸다. 산도, 평원도, 둥근 하늘도. 북쪽에서 보내주겠다고 약속한 눈도. 모두 가려버렸다.

"한 달 안에 나올 거예요."

방에 있던 남자가 차가운 막대기를 소녀의 피부에서 뗐지만, 소녀는 조금도 따뜻해지지 않았다.

"태어난 아기를 어떻게 할지, 아직 박사님 팀에서는 결정하지 못하신 거죠?"

두 사람은 소녀가 자기들 말을 들을 수 없다고 생각하는 것 같았다. 결연한 표정으로 소녀는 벽만을 바라보았다. 바스락거리는 천, 한 줄기 커피 냄새, 딸각거리는 소리. 파란 눈의 남자가 화면을 껐고, 소녀는 고개를 돌려 눈을 깜빡이며 남자를 올려다보았다.

"안녕."

남자는 이제 막 두 사람이 만난 것처럼 인사했다. 소녀는 남자의 눈가에 생기는 주름이 좋았다. 그 주름은 매끈한 눈썹이나 둥근 턱과 달리 남자를 늙어 보이게 했다. 카슨, 소녀는 생각했다. 카슨은 다른 남자에게 고개를 돌렸다.

"오후에 회의를 한번 하지. 그때 그 문제를 고민해보자고."

"어떤 결정을 내렸는지 알려주셔야 해요. 아기야 우리 병원에서 받을 수 있지만 여기가 보육원은 아니니까요."

남자의 목소리는 남자의 어깨만큼이나 얇고 단단했다. 남자의 인생에서 부드러운 것은 단 하나도 없었다.

"이 환자 가족을 찾지 못하면 아기는 다른 곳으로 보내야 해요. 위탁가정으로 갈 가능성이 크겠죠. 운이 좋으면 입양되거나."

카슨은 소녀를 다른 옷으로 갈아입힌 다음 녹색 막대 사탕을 건넸다. 사탕에서는 언젠가 소녀가 찾은 적이 있는 사과 맛이 났다. 어제 받은 빨간색 사탕은 너무 달았다.

"그 이야기는 회의 시간에 하도록 하지."

방 안에 팽팽한 긴장감이 감돌았다. 첫 번째 남자가 방에서 나갔다.

"비."

카슨이 소녀에게 손을 내밀었다. 소녀는 카슨의 손에 손가락을 밀어 넣고 탁자에서 뛰어내렸다.

"병원에 데려다줄게."

카슨은 문에 자기 이름이 적힌 방으로 소녀를 데리고 갔다. 카슨의 방은 흰색이 아니라 녹색이었다. 카슨은 방을 식물로 채웠다. 카슨의 방에는 눅눅하고도 은밀한 흙냄새와 토양을 파고드는 뿌리, 끝이 부드러운 신선한 잎이 있었다. 소녀의 길은 건조했다. 사막과 산맥, 평원은 건조했고, 심지어 숲도 건조했다. 하지만 언젠가 나무가 살아 있는 숲에 들어간 적이 있었다. 비가 온 뒤의 숲은 젖어 있었고, 안개가 짙은 공기는 따뜻하고 습했다. 카슨의 방에서도 그 숲에서 맡았던 냄새가 났다. 소녀는 문턱에 서서 한껏 공기를 들이마셨다.

"자라는 것들이 없으면 인간은 살 수 없어."

카슨이 말했다.

소녀는 카슨이 자신에게 질문하는 거라고 생각했지만 아니었다. 카슨은 소녀를 의자에 앉히더니 물이 담긴 컵을 주었다. 종이로 만든 컵이었다. 약이 담긴 컵과 비슷하게 생겼지만, 이쪽이 더 컸다. 한참 동안 카슨은 아무 말도 하지 않았다. 식물에 물을 주고 천으로 잎을 닦거나 손가락으로 식물에 묻은 흙을 문질러 없앴다. 그러고는 음악을 틀었다.

소녀는 음악을 좋아하지 않았다. 재빨리 의자에서 일어나는 바람에 물이 쏟아졌다.

"음악은 싫어? 템프테이션스는 누구나 좋아하는지 알았는데? 내가 내 나이를 드러낸 것 같구나. 다른 음악은 어때? 디스코? 잭슨 파이브 틀어줄까?"

소녀는 인상을 찡그리고 고개를 이리저리로 세게 흔들었다. 음악은 소녀의 가슴을 아프게 했다. 카슨은 음악을 껐다. 숲을 걷던 날, 소녀는 문득 멈춰 서서 땅을 팠다. 땅속에 무엇이 있는지 알고 싶었다. 소녀의 손에 들려 나온 분홍색 지렁이들은 마구 뒤엉켜 혼돈을 만들었다. 음악은 그때의 기분을 떠오르게 했다. 소녀는 다시 의자에 앉을 수가 없었다. 가만히 있지 못하고 카슨의 방을 마구 서성였다. 벽을 탈 수 있다면 벽을 타고 올라갔을 것이다.

"밖을 좀 볼래?"

카슨이 물었다.

카슨이 블라인드를 걷는 것으로 보아, 소녀는 표정으로 그렇게 하겠다고 말한 게 분명했다.

"이리 와서 봐. 멋진 경치는 없지만 그래도 볼 만할 거야."

소녀는 조심스럽게 카슨의 옆으로 걸어가 밖을 보았다. 평원은 물론 사막도, 속삭이는 바람도 없었다. 그저 나무 몇 그루와 죽어버린 납작한 돌바닥이 있을 뿐이었다. 황갈색 자동차들은 너무 컸고, 이를 드러낸 웃음은 위협적이고 불길했다. 날카로운 목깃이 달린 셔츠와 갈색 바지를 입은 남자가 두툼한 안경알 뒤에 눈을 숨기고 걷고 있었다. 여자는 없었다. 꼬리에 털이 많이 달린 동물이 나무를 타고 올라갔다.

"다람쥐가 돌아다니기에는 너무 더운 날씨 같지. 하지만 저 녀석들은 개의치 않는 것 같아. T. S. 엘리엇은 4월이 잔인한 달이라고 했지만, 내 생각에는 7월이야. 특히 캔자스시티는 말이야. 아니면 8월이거나. 내일이 벌써 8월 1일이네. 믿어지니?"

카슨이 말했다. 카슨과 소녀는 손바닥 하나 정도의 거리에 있었다. 소녀는 카슨의 피로를 맡을 수 있었다.

"여길 떠날 거라고 다짐했었어. 캐나다로 발령이 나면 그곳에 갈 수도 있을 거라고 생각했지. 하지만 그렇게 해주지 않더라. 그래서 내 탈출 계획은 실패하고 만 거야."

카슨은 큰 소리를 내며 웃었지만, 소녀는 카슨의 즐거움을 전혀 느끼지 못했다.

"이제 전쟁은 끝났어. 지금은 우주에서 러시아 사람들과 악수하고 있지."

카슨은 숨을 내쉬었다.

"상상이나 할 수 있니?"

소녀에게는 묻고 싶은 게 많았다. 캔자스시티가 무엇인지, 캐나다는 무엇이고 러시아 사람들은 무엇인지 알고 싶었다. 떠날 자유가 있다면 어째서 카슨은 이곳에 계속 있는지 묻고 싶었다. 다시 전쟁이 시작되는 것인지, 왜 소녀가 낳을 존재는 거인인데도 카슨은 계속 소녀가 아기를 갖고 있다고 말하는지 알고 싶었다. 소녀의 머리카락을 가지고 무엇을 할 것인지, 배낭과 소녀가 신중하게 고른 물건들을 가지고 무엇을 할 건지 묻고 싶었다. 소녀는 어떻게 만들어진 것인지, 얼마나 먼 길을 걸어온 것인지, 그 불이 나기 전에는 어떤 일이 있었는지, 소녀의 사람들은 어떤 사람들인지, 소녀는 언제 떠난 것인지, 어째서 소녀는 자신이 누구인지 모르는 것인지를 묻고 싶었다.

카슨이 소녀를 들어 올렸다. 소녀가 넘어졌기 때문이다. 카슨은 소녀를 책상 옆에 있는 의자에 앉혔고, 소녀는 자신의 뺨을 책상 위에 기댔다. 카슨이 전화기를 들어 누군가에게 말했다. 소녀의 귀는 윙윙 울렸고, 얼굴은 뜨거웠으며 눈가는 화끈거렸다. 목이 아팠다. 소녀의 배 속에서는 끊임없이 차고 또 차댔다. *나갈래.* 그것이 우겼다. *나가고 싶어.*

사람들이 방으로 쏟아져 들어왔다. 소녀의 몸에 바늘을 꽂고 소녀의 목에 알약을 밀어 넣었다. *쉬이.* 입으로는 소녀를 달랬지만 손은 거칠었다. 카슨이 희미해졌다. 식물들이 사라지고 물컵도 사라졌다. 소녀는 얼고 있었다. 사람들은 소녀를 탁자에 묶었다. 탁자에 실려 어디론가 가고 있는 것 같았다.

"카슨."

소녀가 불렀다. 뚜렷한 발음으로 두 번 불렀다. 한 번은 거칠게, 한 번은 거칠지 않게.

"카슨."

말하지 말아야 한다는 건 알았지만, 어쩔 수가 없었다. 소리쳐야 했고, 듣게 해야 했다. 소녀의 목은 소리를 만들어냈다. 카슨의 이름은 아니었다. 다른 것이었다. 사슴이 우는 소리, 언젠가 들어본 적이 있는 푸욱 푸욱. 기침 소리였다. 또다시 사슴 고기가 놓인 접시가 보였다. 식탁에 놓인 건 아니었다. 바닥에 있었다. 웃음소리가 들렸다. 친절한 웃음은 아니었다. 그리고 소녀가 알고 있지만, 사실 잘 알지 못하는 남자의 부츠가 다가오고 있었다. 갈색 피부의 여자도. 입에 넣을 새콤한 사탕 봉지를 들고 있는 여자의 심장은 아주 붉어서 입고 있는 드레스 사이로 보일 정도였다. 소녀는 그 모든 걸 불태우고 싫었다. 그 남자와 그 여자, 고기가 담긴 접시, 그리고 집. 심지어 그 남자의 웃음소리까지. 소녀는 이 세상을 모두 불태울 것이다.

한꺼번에 웅성대는 소리에 소녀는 눈을 떴다. 밤이었고, 다른 사람들은 노래를 부르고 있었다. 옆으로 기울어진 소녀들의 목에서는 구슬픈 노랫소리가 흘러나오고 있었다. 소녀들은 모두 어쩌다가 이 방에 모이게 된 걸까? 소녀는 소녀들이 도망쳐야 했던 각자의 불을, 각자가 걸어야 했던 길을 상상해보았다. 소녀들의 발밑에서 여행이 사라지기 전에 소녀들이 걸어야 했던 거리를 생각해보았다.

소녀는 일어나려고 했지만 일어날 수가 없었다. 팔다리가 끈으로 묶여 있었다. 소녀는 소리를 냈고, 사슴의 기침 소리가 난다는 걸 알았다. 머릿속에서 소녀는 사슴의 발굽이 가볍고 경쾌하게 모래를 차면서 달리는 모습을 볼 수 있었다. 이 침대까지 오게 된 과정은 기억나지 않았다. 그저 어둠이 끝없이 계속되었다는 사실만이 기억났다. 그 어둠 속에서 무언가가 불에 탔다. 피부 깊숙한 곳에서 그걸 느꼈다. 소녀는 도망쳐간 사막만큼이나 그을려 있었다. 소녀의 입에서는 비릿한 금속 맛이 났다. 소녀는 침을 뱉고 싶었다. 가느다란 침이 입 밖으로 흘러내렸다. 소녀의 몸 전체가 불과 함께 노래하고 있었다.

날이 밝자 사람들은 소녀를 카슨에게 데리고 갔다.
"비."
방으로 들어오는 소녀를 보며 카슨이 말했다. 그 부드러운 목소리에 소녀는 눈물을 흘릴 수 있었다.

소녀는 카슨의 이름을 거듭 불렀고, 카슨은 소녀를 막지 않았다. 소녀를 도와 의자에 앉혔다. 약도, 주사도 주지 않았다. 푸른 잎과 희망만이 있었다. 흠뻑 젖은 흙의 향기만이 있었다. 기적처럼 완벽한 종이컵이 있었다.

"마시자."

그렇게 말하는 카슨의 눈은 그늘져 있었고, 쓴 커피 냄새가 났다.

"걱정하지 않아도 돼."

카슨은 소녀에게 또다시 물컵을 주었다. 처음 받은 물컵은 이미 다 비어 있었다. 두 번째 받은 물도 꿀꺽꿀꺽 들이켰다.

"아기는 괜찮아. 곧바로 살펴보라고 했어."

내 거인 이야기야. 소녀는 생각했다. 소녀 안에서 거인은 손과 발을 마구 휘두르며 난리를 피우고 있었다. 그들이 남자 아기라고 부르는 생명체에게 소녀는 이름을 지어주지 않았다. 소녀에게 이 존재는 그저 첫 번째 거인이었다. 거인들에게는 이름이 필요 없었다.

"카슨."

소녀가 다시 말했다.

"비."

카슨이 대답했다.

두 사람은 서로를 걱정하는 목소리를 내는 동물이었다.

소녀는 불룩한 배 위에 가지런히 놓아둔 두 손을 물끄러미 쳐다보았다. 두 손은 아직 소녀의 것이었다. 뭉툭한 갈색 손가락 끝으로 부러진 손톱이 보였다. 하지만 어느 정도는 소녀가 처음 여행에 나섰을 때처럼, 예전의 그 손처럼 부드러워지고 있었다. 한때는 부드러웠던 소녀의 손은 밖에서 지내는 시간 동안 점점 마르고 거칠어졌다. 소녀는 길을 갈망했다. 길은 이 깨끗한 방 너머에, 회색빛 돌바닥, 외로운 다람쥐들이 타고 올라가는 옹이 진 나무 뒤에 뻗어 있었다. 레몬색 집들이 있는 이 마을 너머에 놓여 있었다. 소녀의 장소는 이곳 너머에 있었다. 소녀는 북쪽으로 가야 했다.

"비, 나에게 말해줘야 해. 이곳에 오기 전에 있었던 일을 말해줘야해. 적어도 말하려는 노력을 해야 해. 네가 말해주지 않으면 우리는 널 도울 수 없어."

카슨이 말했다. 소녀는 손으로 만져지는 말들에, 어쨌거나 느낄 수 있는 단어들의 모음에 집중하면서 물끄러미 두 손을 바라보았다. *나에게 말해줘야 해.*

"우린 네가 말할 수 있다고 생각해. 지금까지는 말하지 않는 쪽을 택한거겠지. 하지만 너에게 말하라고 강요할 수는 없어. 말할 것인지 말 것인지는 네가 선택해야 해."

손바닥 아래로 단단한 배가 느껴졌다. 배 안에서 거인이 자고 있었다. 소녀의 척추를 누르는 거인의 묵직한 무게를 느낄 수 있었다.

"이제 2주 안에 아기가 태어날 거야. 어쩌면 더 빨리 나올 수도 있어."

소녀는 창문 밖을 보았다. 드문드문 초록색이 보였고, 돌과 다람쥐가 보였다.

"네게서 아기를 빼앗아갈 거야."

소녀가 재빨리 고개를 돌려 카슨을 보았다.

"네가 아기를 돌볼 능력이 있다는 걸 증명해 보이지 않으면 말이야. 맞아. 그들이 아기를 데려갈 거야. 위탁가정에 보낼 거야. 그게 그 사람들이 하는 일이니까. 이제는 고아원도, 보육원도 없어. 다른 가정에서 아기를 입양해 갈지도 몰라. 비, 내 말을 들어야 해."

카슨은 소녀가 앉은 의자 옆에 무릎을 꿇고 앉아 소녀와 눈높이를 맞췄다. 위탁가정이 무엇인지는 몰랐지만, 좋은 게 아니라는 걸 알 수 있었다.

"네가 아기의 어머니가 될 수 있다는 걸 증명해 보여야 해. 산부인과의사는 네가 아기를 낳으면 곧바로 위탁가정으로 보내야 한다고 했어. 우리 팀은 그 말에 동의하고 있고. 물론 넌 내가 돌볼 테지만, 나는 그저 한 사람일 뿐이야. 주정부의 방침에 반대할 수는 없어. 그러니까 네가 아기를 데리고 있고 싶다면, 기를 수 있는 능력이 있다는 걸 보여줘야 해."

카슨의 홍채를 검은 고리가 감싸고 있었다. 카슨의 눈은 바다로 이루어진 대지였다.

"제발, 내 말을 알아들어야 해. 그래서 네 이야기를 나에게 들려줘야 하는 거야. 지금 상황은 너무 위험해."

소녀는 고개를 끄덕였다. 거인을 그들에게 뺏길 수는 없었다.

"일단 처음부터 시작하자."

카슨이 말했다.

하지만 소녀는 처음부터 시작할 수 없었다. 소녀도 처음에 관해서는 아는 게 없었으니까. 길에서의 시간을 알았고, 그전이라면 불에 관해서는 알았다. 소녀는 최선을 다해 아는 것을 전달하려고 노력했다. 그다음 날 오후에도 금속 탁자나 바늘, 알약은 없었다. 두 사람은 또다시 카슨의 방에 있었다. 소녀는 자신이 아는 것을 카슨에게 전하려고 애썼지만 카슨은 고개를 저었다.

"천천히, 한 번에 한 단어씩 말하자."

카슨은 눈가에 잔주름이 질 정도로 활짝 웃었는데, 소녀는 그 이유를 알 수 없었다.

소녀는 계속 말했다. 카슨은 종이 패드에 불이라고 적었다. 길이라고도 적었다. 두 눈썹을 추켜세우며 더 많은 단어를 기다렸다. 소녀는 다시 말했다. 사막이라고 카슨은 적었지만, 더는 아무 말도 나오지 않았다.

"비."

카슨은 일어서더니 종이를 한쪽으로 치우고 책상에 있던 물건들을 끌어당겼다. 더 많은 종이와 다양한 색의 막대기가 들어 있는 상자였다.

"다른 걸 해보자."

카슨은 종이와 색 막대기를 소녀 앞에 놓았다.

"아는 걸 그려보는 거야."

소녀는 이해했다. 소녀가 할 수 있는 일이었다. 소녀는 조심스럽게 길을 그렸고, 그 길을 검은색으로 칠하고 가장자리를 울퉁불퉁하게 만들었다. 종이 위쪽은 선명한 파란색으로 칠했다. 길가에는 제대로 자라지 못한 나무들을 그리고 그다음으로는 초원을 그렸다. 길 위에서 두 발로 서 있는 소녀의 모습도 그렸다. 소녀의 위대한 배짱은 종이 끝을 향해 뻗어나갔다. 소녀의 뒤로는 포효하는 빨간색과 주황색 불, 짙은 그림자가 있었다. 색 막대기를 쥔 손에 힘을 너무 주어 막대기들이 부러졌다.

"진전이 있네."

카슨이 말했다. 부러진 막대기 때문에 화가 난 것 같지는 않았다.

그림을 그리면서 소녀는 기억해냈다. 이건 전에도 해본 적이 있었다. 평평한 표면 위에 그림을 그렸다. 이렇게 다양한 색 막대기를 쓰지는 않았지만 밤이 될 때까지 표면을 긁어 그림을 그렸다. 회색과 검은색, 흰색 빛으로 이루어진 기억이었지만 즐거운 기억이었다. 그림을 그리면 기분이 좋았다. 땅에 퇴적물이 쌓이듯 한곳에 차례로 층이 쌓였다. 난로 기름 냄새, 심지가 타들어가는 촛불 냄새, 자신의 것임을 알고 있는 엉킨 머리카락. 다른 방에서 들려오는 요란하게 코 고는 소리. 소녀의 방은 작고 어두웠다. 천장은 낮았고 벽은 좁았다. 방 가운데 놓여 있는 시트에서는 소녀의 냄새가 났다. 소녀는 굽고 녹이 슨 못으로 바닥을 긁으며 자신의 모습을 바닥에 새겨 넣었다. 한 남자가 신은 부츠. 둥근 유리잔과 유리잔 가장자리에 묻은 입술 자국. 아이의 눈과 사슴의 뿔을 지닌 동물의 머리. 그 동물은 입을 벌려 말했다. 푸욱. 동물은 그렇게 말했다.

"비, 이제 됐어."

카슨이 말했다. 카슨이 소녀의 어깨에 손을 얹었다. 카슨의 손은 떨리고 있었다. 소녀는 종이를 찢어 사방에 던졌다. 종잇조각이 카슨의 식물 위에 눈처럼 내렸다. 소녀는 북쪽을 원했다.

"오늘은 여기까지 하자."

카슨이 부러진 막대기와 찢어진 종이를 모으면서 말했다.

"서두르지 않아도 돼."

카슨은 소녀가 하고 싶은 말을 알고 있는 것처럼 소녀의 배에 손을 올렸다. 카슨의 손은 따뜻하고 평평했다. 카슨에게는 자신을 해치려는 의도가 전혀 없음을 소녀는 알 수 있었다. 하지만 두려웠다.

"네 아기는 괜찮을 거야."

카슨이 손을 댔다가 뗀 곳에는 각인이 남았다. 뜨거움이 퍼져 나갔다. 사슴이 기침을 했다. 사막 어딘가에서 남자가 소녀를 향해 걸어오고 있었다. 모래가 깔려 있는데도 소녀는 남자의 부츠 소리를 들을 수 있었다. 어둠이 깔려 있는데도 소녀는 남자의 눈이 뿜어내는 빛을 볼 수 있었다.

달

2073년 화성

세상은 사라지지 않았다. 돔 바깥쪽에서는 우리의 붉은 행성이 여전히 원을 그리며 돌고 있었다. 매일 아침이면 태양은 파란 헤일로 속에서 빛을 뿜었고, 우리의 두 위성은 행성 주위를 돌았다. 포보스는 서쪽에서 스스로 떠오르는 것 같았고, 데이모스는 마지못해 포보스에게 끌려가는 것만 같았다. 모래언덕을 타고 넘어가는 바람 때문에 모래가 출렁였다. 밤이면 유성이 떨어져 내렸다. 하지만 나는 더 이상 바깥이 그립지 않았다. 나는 바빴다, 몹시.

하루를 과제로 가득 채우면 그다음 날이 시작됐다. 아침에 눈을 뜨면 감자를 먹고 흙 속으로 씨앗을 밀어 넣었다. 점심에는 감자를 먹고 더 많은 씨앗을 흙 속에 밀어 넣었다. 저녁에는 식사를 하지 않았고, 이야기도 없었다. 하지만 상관없었다. 이야기는 필요 없었다.

나에게는 스크린이 있었으니까.

이삼촌이 스크린을 충전하는 법을 알려주었다. 그는 돔에 있는 전선에 스크린을 연결했다. 보이지? 이삼촌이 손으로 위를 가리키면서 말했다. 이 전선은 저기 태양전지까지 뻗어 있어. 태양은 전지를 먹이고, 전지는 전선을 먹이고, 전선은 스크린을 먹이는 거야. 조악하기는 하지만 충분히 효과가 있는 방법이지.

일삼촌은 우리 가까이에서 무릎을 꿇고 장미를 솎아내고 있었다. 몸을 돌리던 일삼촌이 우리를 발견했다. 도대체 왜 그 낡은 걸 가지고 애를 쓰는 거야? 일삼촌이 물었다.

지식을 알려고. 내가 외쳤다.

만화영화가 나오거든. 달에게도 놀 만한 게 필요해. 이삼촌이 재빨리 대답했다.

그러든지. 하지만 씨앗은 계속 심어야 해. 죽어가는 꽃들도 있어. 일삼촌은 다시 장미로 고개를 돌렸다.

일삼촌은 설강화를 가리키며 말했다. 꽃들은 정말로 시들어 있었다. 나는 무릎을 꿇고 더 많은 씨앗을 흙 속으로 밀어 넣었다. 이미 싹이 조금씩 나고 있었다. 너무 빨리 자라지는 마. 나는 새싹에 속삭였다. 우리는 산소가 필요 없어. 아직은 말이야. 나에게는 시간이 필요했다.

낮에는 스크린을 태양전지에 연결해놓았다. 밤에는 스크린을 전선에서 빼고 내 방으로 가져와 무릎에 올렸다. 자기 어머니에 관해 말했던 그 목소리를 다시 들을 수 있을 거라고 나는 확신했다. 그 생각을 하면 기대에 차 피부가 간질거렸다.

"말해봐."

나는 스크린에 애원했다. 숨을 멈추고 기다렸다. 숨을 참고 기다리는 시간은 연장되고, 또 연장됐다. 나는 숨을 고르고 다시 시도했다.

"제발."

스크린을 흔들었다.

"어디 있는 거야?"

완전히 충전된 스크린은 밝은 빛을 내며 활발히 움직였지만 목소리는 내지 않았다. 분명히 다시 찾아낼 거야, 반드시. 나는 다짐했다.

지금까지 나는 스크린 표면을 쓸어보고 두드려보거나 눌러보았다. 처음에는 더 많은 만화를 찾았다. 도저히 이해가 안 되는 내용들이라서 짜증이 났다. 큰 눈에 이상한 얼굴을 한 존재들이 팔짝팔짝 뛰고 이리저리 달리고 두 팔을 휘젓는 모습이라니. 소리는 없었다. 나는 그런 만화들을 화면에서 밀어 없애버렸다.

특별한 방법으로 스크린을 두드리면 작은 모양이 화면에 나타난다는 걸 알았다. 그 모양을 누르면 다른 모양이 나타났다. 모양들은 대부분 흰색 바탕에 아무렇게나 검은색으로 그어져 있었다. 나는 눈을 가늘게 뜨고 스크린을 이리저리 움직여보았지만, 그 선들이 뜻하는 의미는 이해할 수가 없었다. 계속 딸깍 소리가 나는 부분을 눌렀다. 그러다 결국 특별한 모습을 찾아냈다. 그 모습을 보자마자 나는 입이 떡 벌어졌고, 내 입은 다물어지지 않았다. 그때까지 무언가의 모습을 그대로 따라 만든 물건은 본 적이 없었다. 원래 존재하는 것들만 보았다. 원래 위성, 원래 하늘, 원래 바위와 원래 나무. 삼촌들. 나의 발. 화면에는 아주 작은 존재들이 들어가 있었다. 작은 나무, 작은 꽃. 빨간 모래 위에 동그랗고 하얗게 솟아 있는 밖에서 본 돔. 누군가 조각을 낸 것처럼 구역이 나누어져 있는 안에서 본 돔.

그런 모습들이 존재하는 이유를 이해할 수 없었다. 이미 진짜가 있는데 따라 만든 게 왜 필요하지? 그래도 계속 딸깍거리는 걸 눌러 보았다. 장미와 설강화, 산악월계수와 소나무가 나타났다. 먹는 포드와 자는 포드, 통로, 문들도 보였다. 돔에 있는 쓰레기들과 돔 밑에 있는 모든 것이 보였다.

그리고 나는 계속 외쳤다. "헤이. 헤이! 이봐! 야!" 그렇게 계속 부르면 목소리가 대답해줄 거라고 생각했다. 하지만 스크린은 더는 소리를 내지 못하는 것 같았다. 나는 목소리가 그리웠다. 그 목소리가 했던 말을 기억했다. 그래서 그대로 따라 했다. "네가 그리워." 스크린을 보며 말했다. "돌아와줘."

일삼촌과 이삼촌은 나를 세밀하게 지켜보았지만, 문명을 세운다는 삼촌들의 계획에 관해서는 더는 말해주지 않았다. 그래서 안심이 됐다. 나는 스크린과 더 많은 시간을 보내야 했다. 어머니가 되기 전에 어머니가 무엇인지부터 알아야 했다.

생각할 시간을 줘. 어느 날 오후 돔에서 이삼촌이 자신의 형제에게 말하는 소리를 들었다. 근처에서 씨앗을 심고 있다가 그 소리를 듣고 고개를 돌렸다. 삼촌들이 깜빡하고 나에게 마음을 닫지 않은 것이다.

더는 기다릴 수 없어. 시간이 얼마 없어. 일삼촌이 대답했다.

일삼촌은 지친 것 같았고, 아파 보였다. 일삼촌의 뼈는 훨씬 두드러져 보였고, 일삼촌의 흰 눈에는 자줏빛이 감돌았다. 꼭 멍든 것 같다고 나는 생각했다. 일삼촌은 전에도 아픈 적이 있었다. 헬라스 평원에서 먹은 흙 때문이었다. 아마도 방사능 수치가 너무 높았기 때문일 것이다. 하지만 지금은 그때보다 더 아파 보였다. 두려움이 느껴질 정도로 일삼촌은 창백했다. 일삼촌이 여기에 온 건 그저 문명을 세우려는 게 아닐지도 모른다고 생각했다. 쉴 곳이 필요했기 때문인지도 몰랐다.

일삼촌에게 대답하려던 이삼촌이 문득 삼촌들을 쳐다보는 나를 발견하고 자기 생각을 형제에게 전달하지 않았다. 그 대신 나를 향해 넌 지금 근사한 일을 하고 있는 거야, 산소가 발생할 수 있도록 계속해, 라고 말했다.

나는 씨앗을 하나 집어서 흙 속으로 밀어 넣었다.

어느 날 오후에, 그런 일상은 깨졌다. 그때 나는 여느 때처럼 돔 안에서 무릎을 꿇고 앉아 달리아잎의 흙을 닦아내고 있었는데, 무언가 축축한 것이 내 허벅지를 타고 흘러내렸다. 그것을 만지자 내 손이 벌게졌다. 나는 날카로운 바위 가장자리에 손을 벤 날, 모래언덕과 대비되며 밝게 빛나던 상처를 기억했다.

나, 피 나! 이삼촌을 소리쳐 불렀다.

이삼촌은 몸을 숙이고 갈색으로 변한 산악월계수를 살펴보고 있었지만, 내 소리가 들리는 즉시 몸을 폈다. 다쳤어? 나를 향해 어기적어기적 걸어오면서 이삼촌이 물었다.

그건 아닌 거 같아. 나는 손을 이리저리 돌려보면서 대답했다. 그냥, 조금 더러워진 것 같아.

이삼촌은 우엉잎을 몇 장 따서 나에게 내밀었다. 이걸로 막고 있어. 일삼촌한테 말해야 하니까 여기에 있어.

나는 이삼촌에게 받은 우엉잎을 다리 사이에 끼고 기다렸다. 이내 일삼촌이 나무 사이를 성큼성큼 걸어왔고, 이삼촌이 그 뒤를 느릿느릿 따라왔다. 일삼촌의 얼굴은 이상하게도 빛나고 있었다. 한 번도 보지 못했던 활기를 띠고 있었다. 더는 아프거나 피곤해 보이지 않았다. 행복해 보였다. 내 피가 일삼촌을 신나게 한 것이다.

달, 우린 네가 정말 자랑스러워. 나에게 다가오며 일삼촌이 말했다.

높은 곳에서 내려다보는 일삼촌의 눈길 아래서 나는 왠지 아주 작아진 것만 같았다. 하지만 난 아무것도 한 일이 없는데? 내가 말했다.

넌 네가 아는 것보다 더 많은 걸 했어. 일삼촌이 이삼촌을 돌아보았다. 이제 시간이 됐어.

이삼촌의 어깨가 축 처졌다. 이제 시간이 됐어. 이삼촌도 말했다.

시간이 됐다니, 무슨 시간? 내가 물었다.

가자. 넌 너의 포드로 가는 게 좋겠어. 이삼촌이 나에게 따라오라고 손짓했다.

이삼촌의 다음 말에 내 몸이 으스스 떨렸다. 그 전에 좀 쉬어야 해. 이삼촌이 말했다.

그전이라니, 그게 뭐야? 내가 물었지만 삼촌들은 대답하지 않았다.

스크린을 나에게 준 밤 이후로 이삼촌은 내 포드에는 오지 않았다. 내 포드로 들어간 이삼촌은 스크린을 집어 들었다. 아직도 가지고 있던 거야? 이삼촌이 물었다.

나는 열심히 고개를 끄덕였다. 아, 맞아. 많은 걸 배웠어. 내가 대답했다.

이삼촌의 눈이 무언가를 떠올리는 것처럼 흐릿해졌다. 이삼촌이 눈을 깜빡이자 눈은 다시 맑아졌다. 뭘 배웠는데? 이삼촌이 물었다.

나는 잠시 생각했다. 뭘 배웠지? 나는 내가 보았던 만화를, 검은색 선들을, 작은 모습들을 생각했다. 잘 모르겠어. 만화는 바보라는 걸 배운 거 같아.

그래? 이삼촌은 스크린을 두드려 화면을 켰다.

이삼촌은 토실토실한 몸을 나의 침대에 올려놓더니 나에게도 옆에 와서 앉으라고 손짓했다. 우리는 가부좌를 하고 무릎을 맞대고 앉았다. 마음이 평온해졌다. 목소리는 사라졌지만 나에게는 이삼촌이 있었다. 그것도 정말 멋진 일이었다.

이삼촌은 스크린을 몇 번 두드렸다. 이삼촌이 만화라고 했던 것들이 다시 나타났고, 똑같은 모양들이 화면을 지나갔다. 이상하네. 소리가 날 텐데, 이삼촌은 스크린을 쿡 찔렀다. 아, 네가 소리를 줄여놨구나. 이삼촌이 스크린 옆쪽을 꾹 누르자 만화가 요란한 소리를 내기 시작했다. 정말 시끄러웠다.

하지만 이걸로 배울 수 있는 건 없어. 나는 소음을 뚫고 말했다.

아니, 무엇이든지 배울 수 있어. 이삼촌도 소리쳤다. 이삼촌이 다시 스크린 옆을 누르자 소리가 사라졌다. 자, 봐. 집중해서. 이삼촌은 손가락으로 한 모습을 가리켰다. 이건 동물이야. 이건 삼촌도 달도 아니야. 토끼라고 하는 거야.

정말 있는 거야? 내가 물었다.

이건 흉내낸 거지. 하지만 그래, 동물들은 진짜 있어. 아니, 진짜 있었어. 이거 보이지? 이건 오리야. 그리고 이건 돼지고.

이삼촌과 함께 만화를 보는 동안 토끼와 돼지, 오리의 익살스러운 행동에, 그런 존재가 있으리라고 생각해보지도 못한 생명체들의 화려한 모습에 빠져들어 갔다.

저건 뭐야? 나는 계속 물었고, 이삼촌은 계속 대답했다. 그건 강이야. 목초지야. 농장이야. 저기를 봐. 저건 알겠지? 저건 나무야.

그런데 이런 존재들은 모두 어디에 있는 거야? 여긴 어디야? 스크린에서 눈을 떼지 못하고 내가 물었다. 오리는 돔의 축축한 공기 안으로 들어왔을 때 내가 그랬던 것처럼 당황했는지 꽥꽥거리며 짜증을 내고 있었다.

지구야. 이삼촌이 대답했다.

나는 고개를 숙이고 스크린을 자세히 들여다보았다. 토끼가 삼촌들과 조금은 닮은 존재 뒤로 살금살금 다가가고 있었다. 삼촌들보다는 짧았지만 삼촌들처럼 커다랗고 털이 나지 않은 존재였다. 지구에는 물밖에 없다며? 내가 되물었다.

예전에 있었던 생명체들이야. 저 생명체를 봐. 삼촌은 자기를 닮은 존재를 가리켰다. 이게 사람이야. 사람은 지구에 살았어. 사람들은 이 만화 속 존재를 엘머 퍼드라고 불렀어.

사람들은 모두 엘머 퍼드야?

이삼촌은 끙 하고 앓는 소리를 냈는데, 왠지 재미있어하는 것 같았다. 당연히 아니지. 사람들에게는 모두 자기 이름이 있어. 내가 이삼촌이고 내 형제가 일삼촌인 것처럼. 봐. 이삼촌은 스크린을 몇 번 두드렸다. 이걸 보면 웃게 될 거야.

이삼촌 말이 맞았다. 나는 눈물이 날 정도로 크게 웃었다. 공기가 희박한 우리 하늘 밑에서 모래언덕 위를 재빠르게 달려가는 짤막한 존재의 모습은 우스꽝스러웠다. 그는 이삼촌이 헬멧이라고 부른 것을 쓰고 있었고, 총이라는 것을 가지고 있었는데, 삼촌들이 비밀 이야기를 할 때 내가 화를 내는 것보다 더 크게 화가 난 것처럼 보였다. 짜증을 내는 그 모습을 지켜보면서 성질을 부리는 내 모습이 삼촌들에게는 어떻게 보일지 생각했다. 삼촌들에게는 나도 빨간 모래 위에서 발을 구르며 신경질 부리는 작은 존재일 것이다. 갑자기 웃음이 멈추었다. 이제 더는 재미있지 않았다.

내가 마빈이야? 나는 이삼촌에게 물었다.

이삼촌은 내 기분이 바뀌었다는 걸 눈치채지 못했다. 이삼촌은 여전히 턱을 떨면서 앞뒤로 몸을 흔들고 있었다. 넌 확실히 화성인이야. 그게 우리 행성에 사는 존재를 일컫는 말이야. 화성에서 사는 존재.

나는 깜짝 놀라 뒤로 물러났다. 이삼촌은 나에게 많은 것을 가르쳐주었지만, 지금까지 우리가 사는 장소의 이름은 말해주지 않았다. 나도 물어본 적이 없었다. 우리 집은 그저 우리 집이라고 알고 있었으니까. 우리 집에 특별한 이름은 필요 없으니까.

이것 좀 봐. 다른 만화야. 이 동물은 사슴이라고 불러. 이삼촌이 말했다.

그다지 강해 보이지 않아.

아기라서 그래. 옛날, 너처럼. 이삼촌이 스크린 위에서 다른 쪽을 가리켰다. 여기 봐. 다른 사슴이 오고 있어. 이게 어미야.

이삼촌과 나는 아무 말도 없이 조용히 스크린을 보았다. 어미 사슴이 새끼 사슴에게 다가가는 모습을 지켜보았다. 두 존재가 숲을 지나가는 모습을 지켜보았다. 그 숲은 돔에 있는 숲과 비슷해 보였지만, 하얀 것이 땅을 덮고 있었다. 우리는 사슴이 몸을 숙이고 풀을 뜯어 먹는 모습을 보았다. 그때 끔찍한 일이 벌어졌다. 어미 사슴은 두려운 것 같았다. 어미 사슴과 새끼 사슴이 뛰기 시작했다. 끔찍한 소리가 들렸다. 빛이 번쩍였다. 어미 사슴이 사라졌다.

죽었어. 내가 말했다.

그래. 이삼촌이 대답했다.

어미 사슴이 피를 흘렸을 것 같아? 내가 물었다.

그럴 것 같아. 이삼촌이 대답했다.

나는 왜 피를 흘리는 거야?

이삼촌의 시선이 멀리 떠나갔다. 어머니는 모두 피를 흘려, 달.

하지만 나는 어머니가 아닌걸. 내가 어머니야? 내가 반론했다.

그 피는 매달 흘리게 될 거야. 넌 익숙해질 테고. 아프니? 이삼촌
이 물었다.

묵직하게 아프기는 했지만 심하지는 않았다. 나는 고개를 저었다.
이미 피는 조금씩 멈추고 있었다.

목소리를 들었어. 스크린에서. 내가 말했다.

목소리? 이삼촌이 말했다. 흥미로운 일이네. 이삼촌은 만화에 나
오는 새끼 사슴을 물끄러미 바라보았다. 가녀린 다리로 부들부들 떨
며 서 있는 새끼 사슴은 대답하지 않을 어미 사슴을 애처롭게 부르
고 있었다. 이삼촌은 통통한 손가락을 움직여 화면에서 만화를 지워
버렸다. 어떤 목소리?

나도 몰라. 여자 목소리였던 거 같아. 내 목소리처럼 들렸거든. 나
는 잠시 입을 다물었다. 내가 큰 소리를 낼 때처럼 말이야. 내가 소리
를 크게 낼 수 있다는 거 알지? 크게 말할 수 있다는 거. 만화 속 존재
들이 내는 것처럼.

나는 몰랐는데. 그렇게 말하는 이삼촌의 눈이 어두워졌다. 고통스럽
다는 듯이. 아마도 나에게 비밀이 있다는 사실에 상처받은 것 같았다.

그 목소리를 다시 찾고 싶어. 나한테 보여줄 수 있어? 내가 물었다.

어쩌면. 이삼촌은 스크린을 두드렸다. 이런 존재들은 밖으로 소리를 낼 수 있어. 가짜로 목소리를 내는 거야. 그래서 내가 질문을 해보라고 한 거야. 네가 질문을 하면 이게 대답해줄 테니까. 그 목소리는 대부분 여자일 테고. 왜인지는 몰라. 아무튼 그게 바로 네가 들은 목소리일 거야.

실망이 모래 폭풍처럼 밀려왔다. 그 목소리가 진짜이기를 얼마나 바랐는지 모른다.

이삼촌은 스크린을 만지작거렸다. 화성의 중력은 어느 정도나 되지? 이삼촌이 스크린에게 물었다.

화성. 나의 행성, 나의 집.

기대와 긴장을 동시에 품고 기다렸다. 목소리가 진짜가 아니라고 해도 나에게 말해줄 수 있는 게 있을 테니까. 하지만 스크린은 이삼촌에게 아무런 반응도 보이지 않았다.

그 기능은 망가졌나 보다. 아쉽네. 이삼촌이 말했다.

그럼 이삼촌이 가르쳐주면 안 돼? 어머니에 대해서? 새끼 사슴에게는 어머니가 있었잖아. 내가 말했다. 내가 물어보려고 하는 질문을 생각하니 더욱 긴장됐다. 나는 침을 꿀꺽 삼켰다. 나에게도 있었을까? 용기를 내어 물었다.

이삼촌은 갑자기 모든 힘이 빠져나가버린 것처럼 보였다. 얼마 전에 일삼촌이 그랬던 것처럼 나이 들어 보였고, 아파 보였으며 피곤해 보였다. 이삼촌의 피부는 회색빛을 띤 것 같았는데, 그건 포드의 불빛 때문일 수도 있었다.

괜찮아? 내가 물었다.

조금 피곤하네. 낮잠을 좀 자야겠어. 이삼촌이 침대에서 몸을 똑바로 펴자 피부의 회색빛은 사라졌다. 이삼촌의 가슴에서 뛰는 심장이 보였다. 여느 때와 다르지 않은 것 같았다.

이삼촌. 나는 재빨리 물었다. 나에게 가르쳐줄 수 있어?

이삼촌은 고개를 저었다. 일삼촌이 안 된다고 했어. 아직은 말이야. 그러니까 나는 기다려야 해. 하지만 여기. 이삼촌은 스크린을 나에게 돌려주었다. 이걸 눌러봐. 이삼촌이 말했다.

나는 이삼촌이 누르라는 곳을 눌렀다. 한 모습이 나타났다. 엘머 퍼드와 비슷하게 생긴 모습이었지만, 좀 더 컸고, 좀 더 곧았다. 그 존재의 몸은 거의 내 몸처럼 보였다. 나와 똑같이 구불구불한 털이 머리에 붙어 있었다. 나처럼 둥근 엉덩이와 부푼 가슴이 있었다. 하지만 피부는 나보다 얇아 보였고, 더 연약해 보였다. 팔다리도 힘이 없어 보였다. 이 존재는 이곳에서는 살 수 없을 거야. 나처럼 모래언덕을 걷는 건 아마 하지 못할 거야.

이삼촌은 침대에서 일어나더니 포드에서 나가려고 했다. 저게, 나의 사랑스러운 달아, 저게 여자 사람이야. 사람들은 여성이라고 불러. 여자 사람의 작은 형태를 여자아이라고 해. 계속 눌러봐. 저 모습들이 너에게 모든 걸 말해주지는 않겠지만, 몇 가지는 알려줄 거야. 그리고 기억해야 해.

나는 스크린에서 눈을 떼고 고개를 들어 이삼촌을 보았다. 뭘?

우리가 너에게서 답을 들어야 한다는 거. 그것도 아주 빨리.

이삼촌이 나와 스크린을 놓고 나의 포드에서 나갔을 때 스크린에서 한 여자가 나타났다. 나는 이삼촌이 그렇게 행동한 이유를 이해했다. 이삼촌은 내가 돔을 위해 삼촌들이 계획한 일을 받아들였을 때 일어날 일이 무엇인지 알기를 바랐다. 다시 말해 나에게 경고를 해준 것이었다.

이것이 이삼촌이 말해주려고 했던, 어머니들에게 일어나는 일이라고 말이다.

비

1975년 캔자스시티

정신감정 평가_ 사전 진단서(계속)

캔자스시티 정신병원
-소아정신과

담당의: 제임스 에드워드 카슨 박사
환자 이름: 비(성은 모름)
최초 평가서 작성일: 1975년 7월 16일
환자 번호: 42
입원 날짜: 1975년 7월 15일
사전 평가서 작성일: 1975년 8월 7일

배경정보

청구인 세부 사항

<u>일화:</u> 환자가 입원한 지 이제 3주가 지났다. 15일에 입원한 뒤로 환자는 순종

적이었고, 뚜렷한 불만 없이 병원의 지시를 따랐다. 하지만 일주일 전에 행동

이 바뀌었다. 내 진료실로 왔을 때 환자는 눈에 띄게 흥분한 상태로, 정신없이 방 안을 돌아다니면서 무언가를 밀어내는 것처럼 팔을 마구 휘저었다. 결국 의자에서 떨어진 환자는 경련을 일으켰다. 환자도 다치고 태아까지 잘못될 수 있는 위험천만한 상황이었다. 경련이 멈추고 환자가 나의 도움을 받아들일 수 있을 때까지 기다렸다가 환자를 바닥에서 일으켜 세웠다.

병원 직원들을 호출하고 사람들이 올 때까지 환자 옆에 있었다. 직원들이 환자를 이동식 침대에 싣고 내 진료실을 나서는 동안 환자의 움직임은 격렬해졌다. 그때 환자는 내 이름을 불렀다. 두 번 불렀다. 그것은 병원에 들어온 뒤 환자가 중얼거린 몇 마디 안 되는 단어들 가운데 하나였다. 내 이름을 중얼거린 환자는 후두에서 흘러나오는 것 같은 소리를 내질렀다.

그때는 고통스러웠지만 호전되려는 전조 증상이었던 것 같다. 이제 환자는 오후 내담 때는 자유의지로 나에게 말을 건다. 지금은 단편적으로만 나열할 수 있는 언어능력을 치료하고 있다. 현재 나는 단어 몇 개(길, 사막, 불)를 정확하게 파악했는데, 이런 단어들을 말할 때면 환자는 갑자기 짖기도 하고 기침하기도 한다. 환자를 보면 동물에게 양육되었다는 아이들 이야기가 떠오른다. 환자가 실제로 늑대 같은 동물에게 양육된 것은 아니라고 믿지만, 어렸을 때 적절한 사회적 상호작용을 하지 못했을 가능성은 높아 보인다. 아마도 어린 시절을 홀로, 그것도 극단적으로 고립된 상태로 보냈을 수도 있다. 이 같은 사실이 환자의 출생지와 가족의 행방을 찾는 데 단서가 될 것이다.

그런데 한 가지 흥미로운 사실은 우리 환자가 철자를 정확하게 쓸 수 있고 심지어 읽을 수도 있다는 점이다. 처음 대화했을 때 환자는 나에게 자기 이름을 써주었다. 환자의 이름은 그저 알파벳 철자 비(B)가 아니라 실제로 존재하는 이름인 비(Bea)였다. 환자는 성은 알려주지 않았는데, 환자 자신도 모르거나 아니면 밝히고 싶지 않은 것 같다.

이 환자에게는 '창조적 표현 치료법'이라고 하는 최신 치료 기술을 사용하고 있다. 우리 부서에서 제공한 종이와 크레용이 환자의 치료에 큰 도움이 되고 있다. 우리 환자는 말로 표현하기 어려운 생각들을 직접 그리려고 애쓰고 있다.

처음에 비는 아주 간단한 그림을 그렸다. 자신이 말한 단어들을 그림으로 나타냈다. 우리 환자는 불이 난 곳에서 시작해 아주 다양한 풍경이 펼쳐진 거리를 걷고 있는(그리고 임신한) 자신의 모습을 그렸다. 그리고 얼마 전부터는 그림에 다른 모습들을 그려 넣기 시작했다. 그중에서도 가장 많은 빈도로 눈에 띄는 그림은 부츠 한 켤레다. 부츠를 그린 그림의 배경에는 다양한 잔(텀블러일 때도 있고 와인 잔일 수도 있는데, 빈 잔일 수도 있고 검은 액체가 담겨 있을 수도 있다)과 이상한 사람, 반은 사슴이고 반은 아이의 모습을 한 존재를 그린다. 가끔은 검은색 직사각형을 그리고 그 가운데에 작은 갈색 얼굴을 그려 넣기도 하는데 그 얼굴은 우리 환자인 것 같다. 태양 광선처럼 보이는 아주 밝은 노란 직선 한 줄을 그릴 때도 있다.

환자를 가장 힘들게 하는 것은 그 부츠임이 분명하다. 부츠를 그릴 때는 의자에서 벌떡 일어나 방을 한 바퀴 빠르게 돈 뒤에야 다시 의자에 앉아 그릴 수 있었다. 가끔은 아주 불안정해져서 크레용이 여러 조각으로 부러질 정도로 세게 힘을 주기도 한다. 우리 환자가 크레용을 부러뜨릴 정도로 불안해하면 일단 나는 종이를 치우고 대화로 환자가 다른 생각을 할 수 있게 유도한다. 환자는 내가 최근에 끝난 우리의 전쟁 이야기를 할 때 특히 흥미로워

한다. 표정은 기민해지고, 보통은 약에 취해 무겁게 내려앉아 있는 눈꺼풀도 활짝 떠진다. 내담을 시작한 뒤로 말할 때 환자가 느끼는 편안함은 눈에 띄게 증가하고 있다. 또한 앞으로 태어날 아기에 관해 이야기할 때도 치료에 협조적이다. 만약 아기가 태어나고도 계속 병원에 있어야 한다면 이런 몰입도는 사라질 것이다. 이런 잠재적인 문제를 처리할 방법은 아직도 고민 중이다.

주요 병력과 관련 배경정보(평가 전제 조건)

정보가 많지 않아서 환자의 배경은 아직 알아내지 못했다. 그러나 환자를 엄격하게 관리해야 한다는 점은 명확하다. 환자는 조속한 치료를 요할 정도로 심각한 정신질환을 앓고 있다. 청소년기 초반에 임신했다는 사실은 이 환자에게 신체적·정신적으로 주의를 기울여야 할 충분한 이유가 된다. 행동은 말할 것도 없고, 발견 당시의 상황만으로도 빠른 치료가 시급함을 알 수 있다.

경찰은 이 환자일 가능성이 있는 실종 아동 신고서를 살펴보고 있다. 그 가운데 세 명이 유력한 후보인데, 세 건 모두 불을 언급하고 있으며, 그 가운데 두 건은 알파벳 B로 시작하는 이름의 여아 실종 신고서였다. 첫 번째 실종 아동은 뉴멕시코주 샌타페이의 저택에서 사라진 열두 살 소녀 버나뎃 가르시아로 파티장에서 나온 뒤 집으로 돌아오지 않았다고 한다. 두 번째 실종 아동은 뉴멕시코주 서코로에서 사슴을 사냥하는 로버트 삼손의 자녀로 추정되는 소녀다. 이웃들은 삼손에게 딸이 있었다는 사실을 알지 못했지만, 그가 죽은 날 밤에 그의 집 밖에서 어린 소녀를 보았다고 했다. 소녀의 행방을 찾지 못한 경찰은 그 소녀를 실종 아동 명단에 올렸다. 세 번째 실종 아동은 애리조나주 투손의 비어트리스 산타마리아로, 사라지기 몇 주 전에 만난 부랑자와 도주했을 가능성이 있다.

세 경우 모두 화재가 있었다. 버너뎃은 자기보다 나이가 많은 친구 차를 타고 파티장으로 가기 전, 침실 쓰레기통에 영어 숙제를 넣고 성냥으로 불을 붙였다. 이름이 밝혀지지 않은 삼손의 딸은 집에 불이 난 뒤에 걸어서 나갔는데, 그 불로 삼손 씨와 신원을 알 수 없는 여자가 사망했다. 비어트리스가 사라진 날에는 4번 길에 있는 카탈리나 공원에서 큰불이 났다. 그 불로 풀밭이 타고 알로에 한 그루가 탔지만 인명 피해는 없었다.

세 아이 가운데 특히 내 관심을 끄는 아이는 로버트 삼손의 딸이라고 추정되는 소녀다. 삼손 씨의 직업이 사슴 사냥꾼이었다는 사실은 비가 자주 내는 사슴 울음소리와 관계가 있을 가능성이 있을 뿐 아니라 환자가 사회와는 격리된 채 살았을 가능성이 있다는 나의 추론에도 상당한 신빙성을 주기 때문이다. 이웃 사람들이 소녀의 존재를 전혀 몰랐다면 소녀는 다른 사람들과 접촉하지 않고, 사회적 상호관계의 수혜를 입지 못한 채 집 안에만 머물렀을 가능성이 크다. 그런 사례는 이미 보고된 바 있다.

이 정보를 이용하면 아마도 성공할 만한 또 다른 치료 방법들을 시도해볼 수 있을 것이라 믿는다.

정신질환 및 심리 질환 병력

환자의 배경과 인적 사항 모두를 알지 못하는 특수 상황이라 단정할 수는 없지만, 환자는 이전에 심리치료나 정신 치료를 받은 적이 없다고 추론하는 것이 안전할 것 같다.

관련 질환 병력

정신과 치료와 마찬가지로 우리 환자는 '전혀'라고 확언할 수는 없지만 의료인과 만난 경험이 거의 없다고 할 수 있다. 어쩌면 배경 조사 결과 그렇지 않다는 사실이 드러날 수도 있지만, 환자의 치아 상태를 보면 아동기에 내과나 치과를 정기적으로 다닌 적은 없다고 단언할 수 있을 것 같다.

알코올과 마약력

추정: 비는 알코올의존증이나 마약중독이라고 판단을 내릴 만한 뚜렷한 증상은 없지만 비의 그림에 와인 잔이 자주 등장한다는 사실은 진지하게 주목할 필요가 있다.

비가 그리는 사람들이 비의 부모라면(가장 높은 가능성으로), 비의 모친은 손에 와인 잔을 들고 있거나 가까이에 와인 잔을 놓아둔 모습으로 그려질 때가 많다. 모친에게 알코올의존증이 있다면, 통계학적으로 우리 환자도 성장하면서 동일한 특성이 발현될 가능성이 크다.

더구나 7월 15일, 병원에 입원한 뒤로 비는 약을 거부하는 다른 환자들과는 달리 전혀 약을 거부하지 않았다. 오히려 담당 간호사의 말대로라면 비는 중독자 같은 열정으로 투약했다고 한다. 그 같은 행동은 우리 환자가 처방약에 익숙하다는 뜻일 수 있다. 그렇다면 의문이 생긴다. 전문적인 병원 치료를 받은 경험이 없는 환자가 어떻게 처방약에 익숙해진 걸까?

일화: 어제는 작은 실험을 해보려고 평소에 주던 컵이 아니라 약을 줄 때 쓰는 작은 종이컵에 물을 따라주었다. 컵을 보는 순간 표정이 밝아진 비는 고개를 들고 내 눈을 똑바로 보았다. 비는 그 컵에 든 것이 '독약'인지 물었다.

독약이라고 생각하는 약을 그렇게 적극적으로 받아먹는 이유는 무엇일까?

가족력: 가르시아인가, 삼손인가, 산타마리아인가?

초기 진단

당연히 정확한 진단을 내리려면 더 많은 정보가 필요하겠지만, 불완전하게라도 진단을 내릴 수 있을 것 같다. 비가 그린 그림과 진술하는 단편적인 기억을 근거로 유추해보면, 우리 환자는 끔찍한 사건들은 기억에서 지워버린 해리성 기억상실증을 앓고 있는 것 같다. 그런 기억을 회복시킨다면 안정을 찾아가고 있는 환자의 정신상태가 손상될 위험이 있다. 그에 반해 충격을 줄이고 치료하는 방식으로 기억을 회복시킬 수 있다면 얻는 것이 훨씬 더 많을 것이다.

우리 환자는 선택적으로 입을 다물고 있음이 분명한데, 그 같은 행동을 선택적함구증으로 진단할 수 있는지는 좀 더 지켜봐야 알 수 있을 것 같다. 현시점에서는 환자가 최근 많은 진전은 있지만, 여전히 말을 하다가 동물처럼 짖거나 기침을 하는 것으로 보아 언어 처리 능력에 문제가 있는 것으로 보인다. 일단 환자가 나를 충분히 신뢰하게 되면 환자의 동의를 구하고 전문 언어치료사와 협력해 치료해나갈 생각이다.

현재 복용하는 약과 복용량

입원했을 때 환자의 행동을 근거로 소라진을 소량 처방했으며, 그때부터 환자는 소라진을 정기적으로 복용하고 있다. 일주일 전에 공격 성향을 나타냈기 때문에 일시적인 히스테리 증상을 완화하기 위해 좀 더 많은 양을 처방했다. 이제는 평정을 되찾았기에 다시 원 복용량으로 돌아갔다. 창조적 표현 치료법이 효과가 있으면 결국에는 소라진을 바리움(디아제팜)으로 대체할 것이다. 우리 환자가 병원에서 퇴원하려면 최소 몇 달은 있어야 할 텐데, 일단 퇴원이 결정되면 조금 더 상태가 개선되고 안정될 때까지 처방약을 계속 복용하라고 권고할 생각이다.

비에게 말을 시키는 건 쉬운 일이 아니었지만 카슨은 인내했다. 비가 말을 하다가 지치면 카슨은 비에게 그림을 그리게 했다. 오늘은 진료실에 딸린 방에서 부드러운 물건 두 가지를 가지고 왔다.

"자, 받으렴." 카슨이 말했다.

그 물건들은 털이 달려 있는 동물의 생김새를 하고 있었다. 동물의 눈은 가운데 검은 점이 있는 흰색이었다. 비는 그런 존재들을 지금까지 한 번도 본 적이 없었다. 한참 동안 그 물건들의 눈을 들여다보았지만 아무것도 보이지 않았다.

"가지고 놀아도 돼. 이리저리 움직여봐. 이 친구들이 뭘 하고 있는 것 같아? 둘이 무슨 말을 하는 것 같지?"

카슨의 말에 비는 고개를 갸우뚱했다. 동물들은 카슨이 말하는 식으로 말을 주고받을 수 없었다.

"아니면 그냥 쥐고 있어도 돼." 카슨은 다시 일어나더니 좁은 방으로 돌아갔다. 카슨이 가져오는 물건들을 보고 비는 벌떡 일어났다. 벽에서 벽으로 재빨리 돌아다니다가 다시 자리로 돌아왔다.

"아니야." 비는 할 수 있는 한 최대로 분명하게 말했다. 비는 고개를 저었다. 카슨이 가져온 물건 중 하나는 여자였고, 하나는 남자였다. 드레스를 입은 여자 물건의 눈은 단추였다. 남자 물건은 어깨부터 발목까지 이어진 파란색 무언가를 입고 있었다. 남자 물건은 커다란 부츠를 신고 있었다. 끝부분이 뭉툭한 네모가 아니라 뾰족하기는 했지만 비는 그게 부츠인 걸 알았다.

"아니야." 비는 다시 말하고 벌떡 일어났다.

"비." 카슨은 손을 들었다. 진정하라는 신호였다. 그것은 카슨이 그렇게 하자고 비에게 동의를 구한 신호 전달 방법이었고, 비가 고개를 끄덕이며 그렇게 하겠다고 동의한 신호 전달 방식이었다. 하지만 비는 진정하는 데 지쳤다.

"아니야." 비는 가짜 동물들을 창문으로 던졌다. 그 동물들은 밖에서 다람쥐들과 함께 기어다닐 필요가 있었다. 하지만 창문이 닫혀 있었다. 비는 쪼그리고 앉아서 머리를 감싸 안았다. 축축한 흙 속에서 분홍색 몸을 마구 비틀던 지렁이들처럼 마음이 요란해졌다. 그 지렁이들이 비의 몸속이었고, 비의 몸속이 그 지렁이들이었다. 비는 지렁이 때문에 숨이 막혔다. 지렁이들을 뱉어내야 했다. 비는 계속 침을 뱉었다. 하지만 지렁이들은 비의 몸 밖으로 나오지 않았다. 그때 카슨이 다가왔다. 물이 담긴 종이컵을 들고 있었다.

"마셔." 카슨이 말했다. 비는 물을 마셨다. 진정이 된 비가 다시 의자로 돌아갔고, 두 팔로 잠자고 있는 거인을 감싸 안았다.

"오늘은 여기까지 하자." 카슨이 네 개의 인형을 원래 있던 방에 되돌려놓고 와서 말했다. 하지만 비는 그 존재를 느낄 수 있었다. 갇힌 방에서 꺼내달라고 아우성치는 소리를 들을 수 있었다. 비는 카슨이 자신의 기분을 좋게 하려는 건지, 나쁘게 하려는 건지 알 수 없었다. 카슨의 눈은 가끔 너무 파랬고 그의 입은 너무 조심스러웠다.

"아니야." 비가 말했다. 비는 그만두고 싶지 않았다. 비에게는 해야 할 말이 있었다. "종이." 비가 카슨에게 말했다. 비는 그림을 그리는 시늉을 해 보였다. 비는 카슨이 가르쳐준 단어를 말했다. "제발."

카슨은 종이와 색 막대기를 가져왔고, 책상 한쪽을 치웠다.

"고맙습니다." 비가 말했다.

두 사람이 무언가를 함께 할 때면 비는 그렇게 말해야 했다. 카슨은 정중한 태도가 중요하다고 했다. 그래야 원하는 걸 조금 더 수월하게 얻을 수 있다고 말이다.

비는 머릿속에 있는 것을, 언제나 있던 것을 그렸다. 먼저 비는 여자를 그렸다. 여자가 덜 무서웠으니까. 여자의 얼굴은 비처럼 갈색이었고, 눈에는 그림자 같은 어둠을, 입가에는 늘 지녀야 하는 보물처럼 슬픔을 두르고 있었다. 여자는 한 손에 액체가 반쯤 담긴 와인 잔을 들고 있었고, 다른 손은 뛰고 있는 빨간 심장에 대고 있었다. 비는 이 여자를 알았다. 그 여자를 봤을 때 뜨거운 것들이 한데 모여 뒤틀렸다. 비는 고함을 지르고, 울부짖으며 그 여자의 이름을 속삭이고 싶었다. 하지만 비는 그 여자의 이름을 알지 못했다. 그저 여자의 검은 머리카락만큼이나 귀에 거슬렸던 목소리만을 알았다. 여자는 노래를 흥얼거렸다. 많은 노래를 흥얼거렸지만 사랑에 관한 노래는 한 곡도 없다는 걸 비도 알았다.

여자를 그린 다음에는 남자를 그렸다. 남자를 그리는 건 생각보다 쉬웠다. 남자의 팔은 빨간 옷으로, 남자의 발은 파란 옷으로 덮여 있었다. 남자의 부츠는 엄청나게 컸다. 남자를 그리는 비의 기분은 단순했다. 두려운 감정뿐이었다. 비의 동물은 어둠 속에서 기침을 했고, 비의 팔에 난 털들은 솟구쳐 올랐다. 하지만 남자의 얼굴을 그리던 비는 그 얼굴을 완성하지 못했다. 하얀 뺨을 그릴 때는 짙은 선을 그려 넣었다. 하지만 남자의 눈을 그리려고 했을 때, 비의 몸은 마구 떨렸다. 남자의 눈은 카슨의 눈이었다. 너무나도 친절했고, 너무나도 파랬다. 비는 책상에 머리를 대고 엎드렸다.

오늘이 아닌 다른 날에는 소리를 지르고 종이를 찢고 바닥에 굴러 떨어졌다. 하지만 지금은 날뛰고 싶지 않았다. 그저 피곤했다. 길도 평원도 그립지 않았다. 따뜻하고 어두운 곳에 있고 싶었다. 빛이 없는 컴컴한 장소에 머무는 거인이 되고 싶었다. 부드러운 손이 감싸주기를 원했다. 벽과 천장이 가까이 있는 어두운 동굴을 원했다. 비와 같은 냄새가 나는 이불을 원했다. 그 이불 속에서 지금처럼 이렇게 몸을 웅크리고 잠들고 싶었다.

또 다른 날 오후였다. 카슨의 창문 밖에서 비스듬하게 기울어져가는 해를 보며 늦은 오후임을 알았다. 노란 해는 음악이 그렇듯이 비의 가슴을 아프게 했다. 비는 의자에 앉아 그림을 그리고 있었지만, 해에서 눈을 뗄 수가 없었다. 두툼하고 멍울진 해. 버터, 달걀노른자,

싱크대에서 흔들리고 있는 지방 덩어리.

"비, 됐어. 더 안 그려도 돼." 카슨이 말했다.

비는 다시 크레용을 부러뜨렸다. 노란색 크레용. 옥수수염색이라고 불리는 색. 크레용을 감싼 종이에 검은색으로 옥수수염색이라고 적혀 있었다. 비는 그 크레용을 세 조각으로 부러뜨렸다. 나와 그 남자, 그 여자야. 비는 생각했다.

"그만 그리고 싶니?"

"그만 그리고 싶어." 비는 목소리를 낮추고 한 음절 한 음절 신중하고 정확하게 발음했다.

카슨은 비의 말을 이해했다. "다른 경로로 한번 해볼까?"

경로는 비가 아는 단어였다. 여행하면서 비는 경로라고 적힌 곳은 언제나 피했다. 경로 대신 콘크리트 바닥의 갈라진 틈으로 잡초가 자라는 소박한 길을 택해 걸었다.

하지만 카슨이 말하는 경로는 길이 아니었다. 카슨은 문이 달린 방으로 갔다. 비는 그가 다시 남자와 여자를 데려올까 봐, 여자의 단추 눈을 보고 남자의 부츠를, 고통스러울 정도로 날카롭게 뻗은 남자의 부츠 끝을 보게 될까 봐 두려웠다. 하지만 카슨은 흰색 사각형에 검은색 무늬가 그려진 카드를 가지고 왔다.

책상 위에 카드를 펼쳐 놓으며 카슨이 말했다. "뭐가 보이니?"

비는 흰색 위에 있는 검은색을 볼 수 있었다. 고리와 소용돌이와 얼룩이 보였다. 비는 카슨에게 자신이 보고 있는 걸 말해주고 싶었지만 적절한 단어를 생각해낼 수가 없었다.

"내가 보여줄게." 카슨은 카드를 한 장 집어 들고 살펴보더니 비가 볼 수 있게 뒤집었다. "공을 쫓아가는 개를 그린 그림이야." 카슨의 손가락이 윤곽선을 따라 움직였다. "이게 개의 코고, 이게 발, 이게 꼬리야. 이건 공이고." 카슨은 나머지 얼룩과 아주 가는 검은색 선으로 이어진 다른 얼룩을 가리키며 말했다. "이 개는 공을 쫓아가는 거야. 입 밖으로 혀가 나와 있는 거 보이지? 이 개는 행복한 개야."

이상한 일이었다. 카슨은 언제나 비에게 진실만을 말했다. 그건 카슨의 얼굴을 보면 알 수 있었다. 그런데 지금은 거짓을 말하고 있었다. 검은 얼룩에 개의 그림은 없다. 이제 비는 그에게 어떻게 하는지 보여줄 것이다. 몸을 앞으로 숙인 비는 새로운 카드를 한 장 집어 들었다. 그 카드 위에는 비의 거인이 우뚝 서 있었다. 비가 생각하고 있는 그 모습 그대로였다. 거인의 긴 다리는 쭉 뻗어 있었고, 흰색 바탕에 그려진 거인의 네모난 얼굴은 근엄했다. 비는 카슨에게 거인이 누구인지 말해주었다.

카슨이 눈썹을 찡그렸다. "거인이라고? 그게 네가 보는 모습이니?" 카슨의 눈이 슬퍼졌다. "물론, 넌 아주 작다고 할 수 있지." 카슨은 고개를 저었다. "어둠 속에 홀로 있는 아이야." 진지하게 생각하고 싶을 때면 늘 그렇듯이 카슨은 손가락을 깍지 꼈다.

비는 카슨이 생각하게 내버려두고 의자에 앉아서 흰색 카드 위에 서 있는 자신의 거인을 흘끔 쳐다보았다. 오늘은 거인이 짐이 아니라 좋은 징조인 것처럼 가볍게 느껴졌다. 소나무 숲을 거니는 거인을 떠올릴 수 있었다. 거인의 머리가 어떤 식으로 소나무잎에 닿는지 그려볼 수 있었다. 거인은 강인할 것이다. 그리고 친절할 것이다.

거인이 발로 비를 찼다. 비는 이 사람들에게 자신을 증명해 보여야 했다. 소리는 내지 않았지만 비는 그들에게 자신이 할 수 있다고 말했다. 나는 내가 받은 모든 생명체들을 돌볼 수 있어. 그러니까 그가 있어야 하는 장소에 데려다줄 수 있도록 해줘.

카슨이 깍지를 풀었다.

"비. 이게 좋은 생각인지는 모르겠다. 하지만 이제는 시간이 된 것 같아. 사실, 잘 모르겠지만." 카슨이 숨을 쉬었다. 공기를 들이마시고, 다시 내뱉었다. "사진을 몇 장 보여줄 거야." 카슨은 검은 얼룩이 있는 흰색 카드는 아니라는 듯이 손을 저었다. "이건 아니야. 진짜 사진을 보여줄 거야. 그러니까 차분하게 있겠다고 약속해줘."

또 다른 약속을 요구하고 있었다. 비는 고개를 끄덕이지 않았다.

"그 사진들이 도움이 될 거라고 생각해. 우리는 모르는 게 너무 많아. 너에 관해 알게 된다면 너를 도울 방법이 많아질 거야. 너의 기억을 매듭지어진 실이라고 생각해보자. 그 매듭을 풀려고 애쓰지만, 여전히 꼬여 있는 거지." 카슨은 꼬인 실을 표현하려는 듯이 주먹을 꽉 쥐었다. "하지만 난 너를 도울 수 있어. 열쇠를 찾았거든. 그 열쇠가 매듭을 풀 수 있게 도와줄 거야."

나 그리고 그 남자와 그 여자. 비는 여전히 세 조각으로 부러진 채 책상 위에 놓여 있는 옥수수염색 크레용을 보았다. 밤에 보았던 부츠와 들려오던 코 고는 소리. 공기를 가득 메운 오래된 기름 냄새. 슬픔과 먼지. 그 애를 어두운 곳에 둬. 시트로 감싸. 안전하게 내버려

돼. 평온한 꿈을 꾸게 해.

"비." 카슨이 몸을 앞으로 숙였다. 그의 커피 냄새가, 슬픔이, 피곤함이 비의 코로 들어왔다. "나를 믿어야 해." 카슨은 잠시 입을 다물었다. "뭔지 알 수 없다면 트라우마에 맞설 수 없어. 난 너에게 진실을 알려줄 거야."

비는 거절하고 싶었지만 그럴 수 없었다. 딱딱하게 굳은 목이 아팠다. 카슨이 책상 서랍을 열고 종이를 세 장 꺼내는 동안 비는 공포에 질려 뻣뻣해진 몸으로 가만히 앉아 있었다.

"봐." 카슨이 말했다.

비는 원하지 않았지만, 하늘처럼 무한한 외로움과 두려움으로 내면의 사슴이 기침하는 소리를 들었지만, 그래도 비는 보았다. 두 종이에는 아무런 감정이 느껴지지 않는 얼굴들이 있었다. 세 번째 종이에는 남자가 있었다. 그 남자임을 비는 알았다. 쿵쿵. 심지어 모래를 밟을 때도 크게 울리던 부츠 소리. 불빛처럼 빛나던 눈. 비의 얼굴을 감싸던 거친 손.

로버트 삼손. 사진 밑에는 이름이 적혀 있었다.

비는 한 번도 그 남자의 이름을 불러본 적이 없었다. 아버지. 그것이 비가 그 남자를 부르는 이름이었다. 자신을 아버지라 부르라던 남자. 그리고 그 남자 옆의 여자. 그 사진에는 없는, 그 어떠한 사진에도 없는 자신의 슬픔을 노래 속에, 자신의 사랑을 아주 달콤한 와인 속에 숨겨버린 유령. 비는 그 여자를 엄마라고 부를 수 있었다. 왜냐하면 그 여자는 엄마였으니까. 비를 사랑하는 엄마였으니까.

비는 나였을 수도 있었어. 엄마는 손바닥으로 자기 얼굴에서 머리 카락을 떼면서 말했다. 하지만 결코 되지 못했지.

비는 일어났다. 벽을 때리고 파헤치고, 마구 긁었다. 식물 하나를 쓰러뜨렸다. 두 번째 화분은 쓰러지면서 깨졌다. 화분에 담긴 흙이 넓게 퍼지고, 식물의 뿌리가 밖으로 드러났다. 비에게는 불이 필요했다. 모든 것을 핥고 삼키는 불이 필요했다. 카슨은 성냥을 숨겼다. 라이터를 숨겼다. 막대기 두 개를 맞대고 문질러야 해. 둘을 서로 긁으면 말을 할 거야. 빨간 불길로 말해줄 거야.

비는 자신의 이름을 들었다. 카슨이 비의 이름을 부르고 있었다. 하지만 그에게 내줄 시간은 없었다. 카슨은 비를 속였다. 모든 말은 입 속에 간직하고 있어야 했다. 평원에서 보았던 그 작은 동물들처럼 폭풍을 피해 낮게 몸을 웅크리고 있는 생명체여야 했다.

비는 책상 서랍을 거칠게 잡아 뺐고, 손톱으로 벽을 할퀴었고, 좁은 방의 문을 열어젖혔다. 커다란 부츠를 신은 남자를 갈기갈기 찢었다. 찢어진 남자를 바닥에 집어 던졌다. 불은 전쟁의 방법이다. 남자들의 땅은 이제 사람이 살지 않는 곳이 되었다.

푸욱. 비의 동물이 말했다. *이 세상을 태워버려.*

발소리가 들렸다. 바퀴가 밀리며 내는 거슬리는 소리가 들렸다. 그들은 비를 끌고 가려고 다시 왔다.

그 여자 이름은 비야. 홀로 조용히 속삭였다. 어둠을 뚫을 소리가 필요했다. 벽장 속에서는 어둠에 구멍을 뚫어야 했다. 밤이면 엄마는 비가 동그랗고 노란 빛을 내는 등불을 켤 수 있게 해주었다. 두 사람이 함께 앉아 엄마가 비를 가르칠 때 쓰는 엄마의 종이와 책, 그리고 잡지를 들여다보았다.

이건 남자아이고, 이건 공, 이건 풍선이야. 영어로는 모두 B로 시작해. 너도 그래, 비. 이건 나무야. 소나무. 북쪽에서 자라. 이건 선인장이야. 세 음절이지. 선, 인, 장. 선인장은 밖에서 살아. 네가 갈 수 없는 곳이야. 이 사진 보여? 맞아. 이 여자는 너처럼 생겼지? 갈라진 손 보이지? 곡괭이 때문에 그렇게 된 거야. 삽 때문에 그렇게 된 거지. 그런 걸 쓰고 싶지 않았어. 그래서 떠나온 거야. 난 북쪽으로 걸었어. B는 남자아이를, 공을, 비를 뜻하는 거야. 넌 내가 될 수 없었던 바로 그 비가 될 거야.

시간에서 잡아챈 파편. 그때 엄마는 다시 자신으로 돌아왔다. 동그랗게 만 입, 와인 잔의 손잡이를 붙잡고 있는 손가락들. 음반에서 흘러나오는 노래를 따라 부르고 또 따라 부르며, 자신을 아버지라고 부르라는 남자의 발소리를 기다리며 계속 문으로 향하는 눈. 아버지라는 남자는 새벽이 되기 전에는 돌아오지 않았다. 동이 틀 때까지 사막을 배회하는 아버지는 돌아오면 엄마의 옆이 아니라 비의 옆에 몸을 눕혔다.

자신이 알고 있는 이름, 엄마 그리고 아버지. 자신의 벽장을, 두껍게 닫혀 있는 창문들을, 충분히 세게 물면 시트를 닳게 할 수 있다는 사실을 비는 안다. 바닥을 긁어 그림을 그릴 때면 손가락 사이로 느껴지던 못의 감촉도 알고, 결코 자신의 집은 되지 못했지만 그들이

살았던 집의 냄새도 안다. 기름과 와인, 슬픔과 먼지도 안다. 세제가 무엇인지를 경험할 기회가 없었던 싱크대도 안다. 어둠과 등불을 알고, 아버지가 부순 문 앞으로 고양이처럼 기어가면 얼굴에 받을 수 있었던 한 조각 햇살도 알았다.

갈라진 문틈으로 아주 가느다란 부분만을 엿볼 수 있었던 바깥세상의 풍경도 알았다. 건조한 바람에 실려오는 선인장과 메스키트나무의 향기도 알았다. 사슴을 묶은 나무 선반과 땅으로 향해 있던 주둥이도 알았다. 사슴은 아버지가 소총을 겨누고 쓰러뜨릴 때까지 발을 차고 기침을 하면서 하늘을 향해 분노를 토해냈다. 비는 사슴의 기침과 울음을 혀 위에서 구현하면서 사슴의 언어를 배웠다. 입술 위에 남는 자주색, 사슴의 맛을 알았다. 사슴의 눈이 어떤 식으로 빛을 내는지도 알았다.

엄마를 알았고, 아버지를 알았다. 엄마의 책에서 읽은 것들을 알았고, 잠들어 있는 엄마 옆으로 살며시 기어들어 갈 때면 살짝 훔쳐볼 수 있는 깜빡이는 스크린 위의 것들을 알았다. 회색빛 유리 뒤에는 아주 작으면서도 멀리 있는 사람들이 있었다. 소나무 숲에 있는 집에서는 어머니가 아들을 꾸짖었다. 눈이라고 부르는 하얀 모래 위로 수레를 타고 달리는 여자는 큰 소리로 웃었다. 눈이라는 모래의 산뜻함이, 너무나도 깨끗한 모습이 좋았다. 한 목소리가 말하길 북쪽에는 눈이 있다고 했다. 그 목소리는 또 북쪽에는 나무가 거인처럼 크게 자란다고 했다. 북쪽으로 가려고 했다는 엄마의 말을 기억했다. 나도 북쪽으로 갈 거야. 비는 생각했다.

어느 날 밤에는 일찍 돌아온 아버지가 스크린을 보고 있는 비를 발견했다. 스크린에는 맞아서 엉망이 된 얼굴들, 금속 모자를 깊이 눌러쓴 남자들, 아버지가 권총이라고 부르는 것들이 내는 소리가 있었다.

저건 전쟁이야. 아버지가 말했다. 아버지는 끈을 풀어 커다란 부츠를 바닥에 떨어뜨렸다. 전투를 벌이고 있는 남자들이야. 아버지의 입술이 거만하게 올라갔다. 나의 아버지는 미국 남자들은 명예를 아는 사람들이고, 오직 자유를 위해서만 싸운다고 말했지. 아버지는 껄껄 웃었다. 신을 두려워하는 기독교인이 되어 이 땅을 강간해 마르게 할 권한을 사고팔 수 있는 위대한 자유를 위해서 싸운다고 했어. 이 땅은 아메리카 원주민이 갖게 그냥 내버려뒀어야 했는데 말이야.

비는 아버지의 얼굴을 물끄러미 바라보았다. 부드러운 비의 얼굴과 달리 아버지의 얼굴은 거친 가죽 같았다. 왜 아버지는 안 싸워요? 비가 물었다.

아버지의 두툼한 손가락은 아직 벗지 않은 다른 쪽 부츠 끈을 풀고 있었다. 작은 비야, 내가 이 나라를 위해 싸워야 한다고 생각하니? 난 그들이 하는 걸 봤어. 우리 아버지가 하는 걸 봤지. 아버지는 물소를 죽였어. 이 나라를 깨끗하게 청소했지. 아버지는 이 나라의 토양을 재로 만들어버렸어. 나의 아버지, 온 땅을 마르게 한 아버지의 손에는 한 그릇 가득 흙만 남았지. 나는 그럴 수 없어.

너와 나는 말이야, 우리는 우리만의 길을 닦을 거야. 우리는 나의 아버지보다, 저 병사들보다 더 잘할 수 있어. 네이팜탄으로 아기들을 불태우고, 물소를 쏘아 마을 우물에 던져버리는 거야, 저 미국 남자들은. 아버지는 크게 웃었다. 차가운 웃음이었다. 그들의 전투는 그들이 하게 내버려두자. 아버지가 말했다. 우리 전쟁은 여기서 벌어지고 있어.

아버지의 두 번째 부츠가 바닥에 떨어졌다. 엄마가 공기를 듬뿍 들이마시면서 잠에서 깼다.

자야지. 엄마가 말했지만, 그것이 비에게 하는 말인지 아버지에게 하는 말인지, 두 사람 모두 알 수 없었다.

비는 엄마와 아버지에게서, 물끄러미 바라보던 흑백 스크린에서, 엄마와 함께 들여다보던 책에서, 비가 비이기 전에 엄마가 사 왔던 낱장 종이에서 소리를 배웠다. 가끔은 엄마와 아버지가 코를 골며 자는 늦은 아침에는 노래를 하면서 목소리를 내보려고 애쓰기도 했다. 그 노래는 음반에서 나왔고, 음반은 책과 종이와 북쪽으로 가리라는 내일의 희망을 밀어 넣어둔 엄마의 배낭에서 나왔다. 엄마는 세 사람의 사막보다 훨씬 남쪽에 있는 사막을 오랫동안 걸었다.

쓸쓸한 밤길을 걸었고 여기에 도착한 거야. 엄마는 말했다. 너를 갖게 된 곳에 말이야. 나의 비가 될 운명이었던 널 말이야. 엄마는 손바닥으로 비의 머리카락을 쓰다듬었다.

약한 불빛에 비치는 엄마의 눈은 검은색이었고 불안정했다. 엄마의 손은 비의 손만큼이나 부드러웠고 쓸모가 없었다. 아주 오랫동안 두 사람은 이곳에서 서로의 주위를 돌고 또 돌았다. 한 여자와 소녀. 한 소녀와 여자. 엄마와 바로 그 비.

엄마는 설탕을 멀리하는 법을 비에게 알려주었다. 통조림 비트에 만족하며 먹는 법을, 숟가락에 아주 적은 양의 꿀만 묻혀 먹을 수 있는 법을 알려주었다. 엄마는 문 옆에 비워둔 병에서 자신만의 단것을 얻었다. 엄마는 자신을 낳은 사막이 자신의 혀에서 설탕을 앗아 가버렸다고, 그래서 무엇을 먹든 모래 맛이 난다고 했다.

엄마의 사람들은 누구야? 등불을 밝힌 어느 밤에 물었다.

나는 사람들에게서 오지 않았어. 대답하는 엄마의 얼굴은 문처럼 닫혀 있었다.

아버지는 어때? 비는 다시 물었다. 아버지의 사람들은 누구야?

너희 아버지는 사슴이었어. 엄마가 말했다. 이만큼 큰 뿔이 있었어. 엄마는 두 팔을 활짝 폈다. 너희 아버지는 동쪽에서 왔어. 여기까지 계속 뛰어왔어.

비는 더 많은 걸 물어보고 싶었지만 엄마는 와인 잔으로 관심을 돌렸다. 엄마는 곧 잠이 들었다. 비는 새벽이 되어 부츠에 피를 잔뜩 묻히고 집으로 돌아온 아버지에게 물었다.

사슴이라고? 아버지는 콧방귀를 뀌었다. 사슴이었던 건 네 엄마지. 내가 사막에서 찾았어. 처음에는 총으로 쏘려고 했는데, 너무 아름다워서 숨이 막힐 정도였지. 나는 재빨리 네 엄마를 단단하고 야무지게 묶어서 여기서 발길질을 하도록 집으로 데리고 왔어. 그리고 네 엄마에게 사슴이 아니라 암소가 되는 법을 가르쳤어. 엄마는 나에게 참 잘했어.

엄마에게는 엄마의 사람들이 없대. 비가 덧붙였다.

아버지는 크게 웃었다. 아니야. 네 엄마는 사카테카스주에 있는 굶주린 은광 사람들의 자랑스러운 계보를 잇고 있어. 자기 어머니의 뜰이 보고 싶다고, 햇살이 나뭇잎을 뚫고 내려오던 레몬나무를 보고 싶다고 울기도 했는걸. 내가 그러지 못하게 막았지. 암소는 울면 안 되니까. 아버지는 또다시 크게 웃었다. 나의 작은 멕시코 암소. 내 눈에 띄다니 네 엄마는 운이 좋았던 거야. 그때부터 수년간 감시하는 눈초리를 피할 수 있었으니까. 내가 없었다면 엄마는 다시 그 광산으로 끌려갔을 거야.

비는 아버지가 알려준 사실을 곱씹었다. 자신의 사람들을 뒤에 남기고 길을 떠나던 날, 엄마는 어떤 소망을 품고 있었을까? 자신의 음반과 책, 더 많은 희망을 가지고 출발하던 날 말이다. 하지만 엄마는 원하는 것을 찾지 못했고 대신 아버지를 찾았다. 아니, 아버지가 엄마를 찾은 건지도 몰랐다. 엄마는 사슴처럼 보였지만, 아버지는 암소라는 이름을 붙이고 목에 올가미를 씌워 집으로 데려왔다. 그리고 언젠가 비를 낳을 어두운 장소에 엄마를 가둬버렸다.

비는 벽장에서 자랐다. 갓난아기가 소녀가 되고, 요동치는 소리를 죽이려고 주먹으로 배를 꾹 누르며 커갔다. 어둠이 하루를 붙잡으면 스스로에게 엄마의 노래들을 나지막이 불러주었다. 아버지가 돌아왔을 때는 쿵쾅거리는 냄비들의 소리에 귀를 기울였다. 나는 배가 고프지 않아, 젠장. 그냥 먹고 싶은 것뿐이야. 난로 위에서는 수프가 끓었다. 피와 소금물로 염장해 시커메진 지방에서는 악취가 났다. 그릇에 부딪치는 숟가락. 윙윙 소리를 내며 돌아가는 전축. 계속해서 노래가 흘러나왔지만, 사랑 노래는 한 곡도 없었다.

사랑은 아이들을 위한 거야. 하지만 너는 이제 아이가 아니지. 아버지가 손가락으로 비를 가리키며 말했다.

아버지에게는 아이들을 위한 시간이 없었다. 아버지는 거인에 관해 말했다. 새벽에, 엄마가 땀을 뻘뻘 흘리며 잠을 자고, 태양이 자기 차례를 기다리며 곧바로 튀어 나갈 채비를 마치고 문 앞에 서 있을 때 아버지는 조용히 말했다. 거인들은 새로운 인종이 될 거야. 우리가 끝이 났을 때 말이야. 거인은 인간보다 더 큰 인간들이야. 그들이 이 세상을 올바르게 만들 거야. 정부가 사람들을 달에 보낸 거 알지? 거인들은 어디까지 갈 것 같아? 분명히 달보다 더 먼 곳으로 갈 거야. 그들은 직접 별까지 날아갈 거야.

아버지는 비가 거인을 낳을 거라고 했다. 네가 결혼을 하면 말이야. 아버지는 손톱으로 이를 쑤시고, 이를 쑤신 손톱을 들여다보았다. 거칠고 지친 밝은 파란색 눈으로 비를 물끄러미 바라보았다. 키 큰 사람하고 결혼해. 새로운 인종은 키가 커야 하니까.

문제는 비에게는 결혼할 사람이 없다는 것이었다. 오직 엄마와 아버지만이 비가 그곳에 있는 걸 알았다. 시트에 파묻힌 채 숨어 있다는 걸 알았다.

이제 흙에 숨어서 웅크리고 있는 건 끝났어. 아버지가 말했다. 아버지의 눈이 비의 앙상한 자아 위에 내려앉았다. 가장 큰 나무처럼 커지자, 우리는. 아버지가 비에게 말했다. 거인이 이 지구를 장악할 수 있게 해주자.

가끔 비는 독약 먹는 꿈을 꾸었다. 물론 그것이 꿈이 아니라는 건 알고 있었다. 아버지는 잠을 자야 할 시간이 되면 비의 수프에 어떤 가루를 한 자밤 넣었다. 고기가 치아에 얕은 막을 형성하면 그 밑으로 싸한 맛이 느껴졌다. 눈앞은 혼탁해졌고, 혀는 마비되어 움직이지 않았다. 하지만 아버지가 옳았다. 자는 게 좋았다. 아버지는 친절했다. 아버지는 수월하기를 바랐고, 비가 아무것도 느끼지 못하기를, 밀쳐내지도 울지도 않기를 바랐다.

아침이 길게 늘어져 점심이 될 때쯤 비는 눈을 떴다. 욕실에 있는 엄마는 몸을 구부리고 더러운 변기 위에서 몸을 들썩거리고 있었다. 전축 위에서는 바늘이 빙글빙글 돌아가고 스크린은 정지해 있었다. 공기는 오래된 기름 냄새와 슬픔과 먼지로 가득 차고, 흩어져 있는 종이는 사랑에 관한 내용을 하나도 담고 있지 않았다.

비는 여전히 잠들어 있는 아버지를 보았다. 비의 옆에 있는 베개 위에는 아버지의 감긴 눈이, 수염이 난 턱이 있었다. 비는 아버지 머리에 있는 머리카락의 수를 모두 세고, 아버지의 턱을 손가락으로 어루만졌다. 한 번 숨을 쉴 때마다 아버지의 입술이 푸후우 떨렸다. 비는 이런 순간의 아버지를 정말 좋아했다. 모든 머리카락, 연약한 눈꺼풀에서 보이는 혈관들, 거친 손에 달린 거친 손가락들. 이 남자는 자신을 아버지라고 부르라고 했다. 이 남자는 비가 새로운 세상을 만들 수 있게 도울 것이다.

어느 날 밤, 집에 전쟁이 일어났다. 엄마는 부엌 벽에 걸린 냄비와 프라이팬을 죄다 집어 던졌다. 벽장 속에서 비는 부푼 배를 바닥에 대고 열린 문틈으로 두 사람을 지켜보았다. 애한테 무슨 짓을 한 거야? 엄마가 덧문을 잡아당겨 찢어버리자 평소에는 금지되었던 달빛이 집 안으로 흘러들어왔다. 고작 열두 살이야. 당신 딸이라고!

나의 아버지는 사슴이야. 비가 속삭였다.

파란 눈을 가려버릴 정도로 빨갛게 충혈된 아버지의 눈에는 조롱이 담겨 있었다. 엄마가 유리잔을 깨고 뾰족한 유리를 목에 들이댔을 때, 아버지는 크게 웃었다. 아버지는 엄마를 파리처럼 날려버렸다. 우리는 반드시 새로운 세상을 만들어야 해. 우리에게는 새로운 인종이 필요해. 그게 우리가 우리의 전쟁을 수행하는 방법이라고.

엄마가 다시 아버지에게 달려들었다. 손톱으로 아버지의 턱을 할퀴었다. 당신! 엄마의 목소리는 낮고도 무시무시했다. 밤에 자유롭게 돌아다니는 짐승이 내는 낮고도 위협적인 소리였다.

나의 아버지는 사슴이야. 비는 다시 말했다.

그때 엄마는 병을 집어 들었다. 와인이 아니라 투명한 액체가 든 병이었다. 병은 가득 차 있었고, 엄마는 성냥으로 병에 꽂은 걸레에 불을 붙였다. 비는 책에서, 스크린에서, 난로의 짧은 화염에서 불이란 것이 어떤 것인지 알았지만 이런 불은 처음이었다. 이 불은 아름다웠다. 자신의 불을 들고 있는 엄마를 보며 비는 그 불을 자신의 불로 만들고 싶었다. 벽장에서 기어 나와 우뚝 섰다. 강인한 다리가 비를 받쳐주었다.

비는 표정 하나 바꾸지 않고 웃고 있는 아버지를 쳐다보며 생각했다. 이제 당신은 필요 없어. 그리고 불에 비친 얼굴이 환하게 빛나고 있는 엄마를 보면서 생각했다. 나는 엄마가 절대로 되지 못했던 바로 그 비가 될 거야.

아버지가 옳았다. 그들의 전쟁터는 여기였다. 여자는 남자를, 남자는 여자를, 여자는 또 여자를 상대로 싸웠다. 엄마, 아버지 그리고 바로 그 비. 서로의 목을 비틀고, 뼈만 남기고 거죽을 벗겨냈다. 비는 진실을 알았다. 불이야말로 전쟁을 치르는 방법이었다.

엄마의 손을 비틀어 불을 빼앗았다. 엄마의 병을, 엄마의 걸레를, 엄마의 성냥을 낚아챘다. 바닥이 빠르게 타들어갔고, 하늘을 가로막고 있던 지붕과 벽도 불길에 휩싸였다. 아버지의 입이 끔찍하고도 크게 벌어졌다. 엄마의 검은 머리카락이 부서져 내렸다. 어둠 속에서 불타오르며 다시 원소로 돌아가는 엄마의 심장은 너무나도 빨갰다. 사슴은 차갑고도 무심한 별들이 내려다보는 사막에서 분노의 기침을 내뱉고 있었다.

비는 불타는 집에서 걸어 나왔다. 작은 아기의 모습을 하고 비의 몸속에서 웅크리고 있는 아버지의 꿈을 품은 채 비는 불을 등지고 걷기 시작했다. 사막을 지나 산을 넘고 평원을 건너 거침없이 걸어왔다. 결국에는 온몸을 관통하는 고통에 괴로워해야 할 무균실에서 끝나버릴 여정을 시작했다.

비의 내부에서는 접합선이 터져버렸다. 물과 피와 불과 재. 목소리가 속삭였다. 비 외 다른 것이 되라고 재촉했다. 비의 거인이 자유를 위해 싸우고 있었다.

정신감정 평가_공식 보고서(발췌본)

캔자스시티 정신병원
-소아정신과

담당의: 제임스 에드워드 카슨 박사
환자 이름: 비 삼손
최초 평가서 작성일: 1975년 7월 16일
환자 번호: 42
입원 날짜: 1975년 7월 15일
사전 평가서 작성일: 1975년 9월 7일

일화: 어젯밤, 예정일을 2주 이상 넘긴 뒤에 비 삼손은 진통을 시작했다. 비 삼손의 비명을 듣고 달려간 병원 직원들이 양수가 터진 것을 발견했다. 환자는 즉시 종합병원으로 이송됐고, 그곳에서 경막외 마취제를 맞고 분만실로 이동했다. 밤 10시 30분, 환자의 통증이 더욱 심해지자 의료진은 제왕절개를 결정하고 환자에게 전신 마취약을 투여했다. 밤 11시, 산부인과전문의의 성공적인 집도로 2.44킬로그램의 남자 아기를 출산했다. 저체중이지만, 산모의 나이와 건강상태를 생각하면 충분히 있을 수 있는 결과였다. 신생아는 태어난 직후 병원 육아실로 옮겨졌으며, 적절한 양육 환경을 찾을 때까지 그곳에서 지낼 것이다.

실시한 검사와 평가 요약

1. 창조적 표현 치료법(도움이 됐을 가능성 있음)

2. 역할놀이(실패)

3. 로르샤흐테스트(관심 전환 유도)

성격 평가

환자는 선택적으로 입을 다물며 순종과 반항 사이를 극단적으로 오가는데, 아주 위험해질 수 있고 난폭하게 행동할 수도 있다. 특히 구속된 상태일 때는 더욱 극단적인 모습을 보인다. 자신이 처한 환경에 혼란스러워하고 당황할 때가 많으며, 조현병에서 흔히 볼 수 있는 증상이 나타난다. 또한 병원 직원이 가까이 다가가면 대면접촉을 두려워하고 불안해하는 증상을 보인다. 아직까지 다른 환자와 교류하는 모습은 관찰되지 않았다.

정신 상태 검사

외모, 심리-운동 행동, 감정과 정서, 언어능력, 인지능력, 사고 패턴 같은 항목의 검사 결과는 첨부한 서류를 참고할 것.

공식 소견 및 결론

임상 관찰 및 평가 결과를 근거로 환자는 다양한 정신장애를 겪고 있다는 결론을 내릴 수 있다. 기본적인 인지능력은 있지만, 기억과 소통 능력은 외상후 스트레스장애를 겪고 있는 보통의 환자들보다 심각하게 낮다. 기억을 복구하려는 시도는 초기에는 희망적이었으나 환자의 상태에 따라 일시적으로 치료를 중단해야 할 때도 있었다.

이 보고서를 작성하기 4주 전, 환자가 출산하던 밤에는 잠시 긴장성 조현병 발병 직전까지 가기도 했다. 병원에서 진행하는 신체 치료 과정은 대부분 잘 따르고 있고, 언어소통 능력이 조금 진전된 적도 있지만, 현재 표정이나 말로 하는 대화에는 그다지 반응을 보이지 않는다.

비록 그런 식의 소통 단절은 비교적 일시적인 상태일 거라고 예상하지만, 환자가 안정을 되찾기 위해서는 좀 더 엄격한 약물 치료가 필요하다.

진단

축1 장애: 일시적인 긴장 증상으로 인한 조현병(중등증에서 중증. 초기 단계), 외상후스트레스장애로 인한 범불안장애(중증), 선택적함구증(중등증에서 중증), 언어장애(중등증)

축2 장애: 조현성 성격장애(중등증), 해리성 기억상실증(반복 발생)

축3 장애: 없음

축4 장애: 유아기 영양결핍, 극단적인 격리, 성적 학대 가능성 있음. 육체적 방기

축5 장애: CGAS-40

위험 평가

현재 상태로는 환자가 자신이나 타인에게 신체적 위해를 가할 위험은 없다. 그러나 치료 초기에 보인 행동을 고려하면 긴장성 조현병이 재발할 우려도 있다. 환자의 아기는 현재 아동 복지부에서 보호하고 있으며, 지금으로서는 갓난아기의 부재가 환자의 정신상태에 미칠 영향력을 판단하기는 불가능하다.

치료 계획

매일 소라진 200미리그램을 복용하는 상황을 유지하고 있다. 현재 환자의 상

태로 볼 때 소라진 양을 줄이고 바리움을 복용하는 건 가능할 것 같지 않다.

환자의 긴장성 조현병이 호전되면 기억상실증과 외상후스트레스장애 관련 장애들을 치료하기 위한 인지행동치료를 시작할 것이다. 일단 안정되면 일과 치료 일정에 집단치료 과정을 포함할 것이며, 언어 전문가와 상담도 진행할 것이다. 단기적으로 보았을 때, 환자의 예후는 희망적이다. 조현병과 외상후스트레스장애 증상이 완화되면 기억상실증과 언어장애도 치료될 수 있을 것으로 보인다. 의료진의 목표는 두 달 혹은 석 달 안에 이런 증상들을 개선하는 것이다. 6개월에서 1년 정도면 정신병적 행동은 줄어들고 긍정적인 사회적 상호작용 능력이 강화될 것으로 기대한다.

장기적으로 보았을 때, 예후도 긍정적이다. 의료진의 목표는 환자가 6년 안에 시설에서 나갈 수 있도록 돕는 것이다. 정확한 출생일을 알 수 없기에 대략적으로 유추할 수밖에 없지만, 그때가 되면 환자는 열여덟 살 정도가 될 것이다. 6년 동안 환자는 병원에서 퇴원하고 사회복귀훈련 시설에서 머물면서 언어 훈련을 하고 결국 자신의 주거지로 옮겨가 사회생활을 할 수 있는 기술들을 익히게 될 것이다. 가장 좋은 결과는 법적으로 성인이 되었을 때 자립하는 것이다. 지금은 다양한 장애를 앓고 있지만, 환자는 결국 사회의 생산적인 일원이 될 수도 있다.

가장 낙관적인 예측을 해보자면, 환자는 완전히 회복된 뒤에 시설을 나갈 뿐 아니라 아들과 재회하여 완전한 양육이 가능할 수도 있다. 앞으로의 몇 달, 혹은 몇 년간의 치료와 적절한 처방이 많은 것을 달라지게 할 수 있다.

삼손

1935년 텍사스 팬핸들

소년은 교회에 가는 법이 없었다. 삼손은 아내와 함께 트럭에 앉아서 기다렸다. 앞마당에 있던 소년은 그런 두 사람을 물끄러미 보고 있었다. 외출복이 아니라 작업복을 입고 있었다. 멀리 떨어져 있어도 소년의 차가운 눈을 느낄 수 있었다.

"고집쟁이잖아. 남자애들이 다 그렇지 뭐." 아내가 말했다.

하지만 삼손은 그것이 남자아이들의 고집이 아님을 알았다. 저 아이의 행동은 열네 살 소년의 완고함이 아니었다. 저 아이는 옳지 않았다. 삼손이 보지 못할 때까지 모퉁이를 돌아가는 아이에게서 삼손이 느낀 건 교활함이었다. 아이는 무언가를 감추고 있는 것처럼 주머니에 손을 넣고 있었다. 바퀴 자국이 깊이 파인 길을 따라 덜그럭거리며 달려가는 트럭 위에서 삼손은 뒤를 돌아보고 싶은 충동을 꾹 눌러 참았다. 교회에서 돌아왔을 때 농장이 모두 불에 타버렸대도 놀랍지 않을 것 같았다. 여태 저지른 일만도 차고 넘쳤으니까. 그저 재미로 닭을 죽이고 돼지들이 도망가라고 담장 기둥을 쓰러뜨려버리는 아이였다.

"마음에 들지 않아. 억지로라도 끌고 왔어야 해." 삼손이 말했다.

아내는 무릎 위에 두 손을 가지런히 놓고 있었다. 아내가 끼고 있는 장갑이 너무 많이 수선했다는 생각이 들었다. 4월의 햇살을 받은 아내의 옆모습은 여전히 젊었다. 삼손이 결혼한 천사는 이제 없지만, 소녀티는 여전했다. 아내의 턱에는 보조개가 있었고, 코에는 밀짚모자의 챙이 만든 격자무늬 그림자가 있었다. 그리고 자신은 여든을 넘긴 남자였다. 내가 어떤 일을 했기에 이런 부귀를 누릴 수 있게 된 걸까? 아내와 농장, 땅에서 거둬들이는 밀. 저 녀석만 아니라면 행복하게 죽을 수 있을 거라고 삼손은 생각했다.

마을에 가까워지자 멀리 있는 농가에서 요란한 소리를 내면서 달려온 트럭들이 나란히 교회를 향해 달려갔다. 다림질한 셔츠를 입은 남자들은 운전석 밖으로 팔을 내밀었고, 여자들은 삼손의 아내처럼 봄을 나타내는 파스텔 색조의 면 드레스를 입고 있었다. 트럭 짐칸에는 대부분 흥겹게 떠들고 있는 담황색 머리카락의 아이들이 타고 있었다. 이 선한 남자들과 여자들은 과거를 말하지 않았지만, 몇 사람의 눈에는 과거가 담겨 있었다. 고대의 흉터로 그을린 그의 머리는 그의 눈이 말하지 못하는 곳을 말하고 있었다.

교회 주차장에서 에른스트 부인이 다가왔다. "신이 축복하는 아침이네요. 예배 끝나면 다 같이 소풍 갈 건데 함께 가실래요?" 부인이 경쾌하게 말했다.

"아이 때문에 어쩔지 모르겠어요." 삼손의 아내가 대답했다.

"또 집에 있는 거예요? 요즘엔 어떻게 지내고 있어요?" 에른스트 부인이 무심코 물었다.

에른스트 부인은 삼손의 아내와 다르게 넓적한 독일인의 얼굴을 하고 있었다. 어쩌면 제1차 세계대전 때 우리 두 집안 사람들은 서로에게 총을 겨누었는지도 모를 일이라고 삼손은 생각했다. 그런데도 우리가 이곳에서 잘 지내고 있다니, 웃기는 일이지. 삼손은 트럭 문을 세게 닫았다. 문과 손잡이는 녹이 슬었고 운전석은 갈라져 있었다. 삼손은 올해 밀 농사가 좀 더 잘되기를 바랐다. 작년에는 흙이 너무 얇고 메말라서 많은 종자가 홀씨처럼 날아가버렸다.

"아들 키우는 건 정말 쉽지 않아요." 삼손의 아내가 대답했다.

삼손은 두 여자가 자신을 보지 않으려고 애쓰고 있음을 알았다. "들어가서 앉는 게 좋겠어." 삼손이 말했다.

예배는 금방 끝났다. 우리는 가축 떼라고, 목사가 말했다. 그러니 이 땅에서 풀을 뜯어 먹게 하소서. 기도하려고 고개를 숙였을 때, 삼손은 50년도 넘은 과거 어느 6월의 오후, 소에게 풀을 먹이는 동안 사라져버린 자신의 첫 번째 아들이자 데이지의 아들인 일곱 살짜리 찰스를 생각했다.

삼손은 그렇게 되리라는 사실을 알고 있어야 했다. 꿈에서 보았으니까. 삼손의 아들은 부모의 목초지에 서 있다가 별안간 빛이 꺼지

듯이 사라져버렸다. 목초지에는 풀만 남아 있었다. 삼손은 꿈에서 많은 것을 보았다. 데이지는 자신이 임신했음을 삼손에게 전하기도 전에 진통을 시작했다. 미국에 발을 딛기 전에도 삼손은 캔자스 평원을 성큼성큼 걷는 자신을 보았다. 이미 꿈에서 살아낸 순간들이었기에 실제 현실에서 그 일들이 일어났을 때, 삼손은 놀라지 않았다.

하지만 찰스의 일은 달랐다. 엄청난 충격이 너무나도 빨리, 갑작스럽게 삼손을 덮쳤다. 찰스가 사라진 건 꿈에서 본 것과 같았지만 다른 점도 있었다. 목초지가 완전히 텅 빈 것은 아니었다. 어미의 젖을 잔뜩 먹은 송아지 두 마리가 배가 찢긴 채 죽어 있었다. 삼손도 항간에 전해 내려오는 이야기를 알긴 했지만, 코만치 부족이 보호구역에 정착한 뒤로는 납치가 더는 일어나지 않는다고 생각했다. 1882년이었다. 물소는 사라지고 동쪽에서 서쪽까지 대륙을 가로지르며 번쩍이는 철로가 놓였다. 그런데도 삼손의 아들은 사라져버렸다.

삼손은 도둑맞은 아이가 돌아왔다는 이야기를 듣기도 했다. 어떤 아이는 다 자란 성인이 되어 돌아왔는데, 마을의 그 누구도 발음할 수 없는 이름으로 자신을 불렀고, 식사 때면 식탁에 앉는 걸 거부했다고 한다. 그 대신에 다 자란 남자는 방목장에서 말을 가져와 안장도 깔지 않고 정착지를 벗어나 평원으로 달려갔다. 다 자란 남자는 다람쥐, 프레리도그, 토끼 같은 작은 동물을 잡아서 생으로 뜯어 먹었다. 다 자란 남자는 머리카락을 자르는 법이 없었고, 몸에는 이가 득실거렸다고 한다. 하지만 삼손은 아들이 돌아오기만 한다면 그런 건 전혀 문제가 되지 않는다고 생각했다. 삼손은 아들이 돌아오기를 바랐다. 삼손은 물물교환을 시도했고, 해체된 코만치 부족과 교역을 시도했으며, 정부군의 도움을 받으려고도 했지만, 모두 소용이 없었다. 반격은 어떠한 결실도 내지 못했다. 아들은 사라져버렸다.

그런 일을 겪은 남자는 살면 안 된다고, 그때의 삼손은 생각했다. 하지만 지금의 삼손은 여든두 살이었다. 기도서에 놓인 그의 손은 나무처럼 거칠었다. 집에는 첫째 아들과는 조금도 닮지 않은 둘째 아들이 있었다.

예배를 마치고 삼손 부부는 소풍 가는 교회 사람들을 따라갔다. 아내가 원했기 때문이다. 야외 잔디밭 위에서 다른 사람들과 함께 말 담요를 깔면서 삼손은 소풍에 함께하게 된 것을 기뻐했다. 흙 위로 크로커스가 고개를 내밀었고, 산들바람이 향긋한 비료 냄새를 들판 곳곳에 실어 나르고 있었다. 사람들 위로 내리쬐는 햇살은 축복이었다. 베커 씨는 밤색 말을 타고 왔는데, 말뚝에 묶여 풀을 뜯고 있는 동물의 소리에 삼손은 뼈를 관통하는 아찔한 쾌감을 느꼈다. 아직은 무릎이 쓸 만한 삼손은 아내와 함께 말 담요 위에서 가부좌를 틀고 앉았고, 에른스트 부인이 가져온 붉은 감자 샐러드와 터커 가족이 가져온 바삭하게 튀긴 닭 요리를 마음껏 먹었다. 삼손의 아내는 접시 가득 콩을 담았고, 목사는 교인들 사이를 돌아다니면서 주석 컵에 담은 레모네이드를 조금씩 나누어주었다.

소풍은 금방 끝났다. 마을 사람들과 농부들은 펼쳤던 담요를 거두었다. 삼손은 펌프 옆에서 설거지를 거들었다. 삼손의 아내는 한 이웃과 디저트 만드는 법을 교환했다. 일요일이 아니고, 모든 상점이 문을 닫지만 않았어도 삼손은 잡화점으로 가서 종자를 조금 더 샀을 것이다. 올해는 정말 농사가 어마어마하게 잘돼야 했다. 제발 신이 시여, 모래 폭풍은 북쪽에 머물게 하소서. 삼손은 조용히 기도했다. 이곳은 뉴욕이 아닙니다. 은행은 두려워할 필요가 없었다. 삼손에게 는 자신의 농장이 있었고, 농장은 돈을 가져다주었으니까. 하지만 오 클라호마에서 들려오는 소식이 심상치 않았다. 모래 폭풍은 점점 더 가까이 다가오고 있었다. 아들 녀석을 자라게 해야 해. 삼손은 생각 했다. 그 녀석을 떠나보내야 해.

삼손 부부는 집으로 돌아갔다. 집은 조용했다. 삼손은 뜰에 있는 닭의 수와 우리에 있는 돼지의 수를 셌다. 암소 두 마리는 들판 끝에 서 풀을 뜯고 있었다. 토닥여달라는 세심한 성격 때문에 버틀러라는 이름으로 불리는 노쇠한 말은 굽은 다리로 마구간 안에서 서 있었 다. 집으로 들어간 삼손은 나갔을 때와 집이 달라져 있음을 알았다. 오늘은 주님의 날이었기에 쉬어야 했다. 일을 하면 안 되는 날이었 다. 그런데도 아이는 집을 치우고, 바닥을 훔치고, 창문을 번쩍이게 닦아놓았다. 심지어 식탁보까지 새로 꺼내 말끔하게 깔아놓았다.

"일요일에 일을 하다니, 정말 그 녀석답지 않아?" 아내가 말했다.

"어쨌거나 해야 할 일이긴 하군." 삼손은 대답했지만 마음에 들지 는 않았다. 집으로 오는 동안 심하게 바람이 불었고, 구름이 해를 가 리며 지나갔다. 아름다웠지만 이상한 기운이 감돌던 오전이었다.

나는 너무 늙었어. 삼손은 생각했다. 데이지와 함께 죽었어야 했 는데. 60년이 지났는데도 얼굴을 비통하게 일그러뜨리며 웃던 데이지의 얼굴을 떨쳐버릴 수가 없었다. 한때 평원에서 자신이 죽였던 물소를 연상케 하는 분만실의 악취가 생생하게 떠올랐다. 이제 막 태어난 아들, 사라져버릴 운명을 지니고 태어난 아이의 울음소리를 지금도 선명하게 떠올릴 수 있었다.

그런 생각을 하자 부끄러움으로 얼굴이 달아올랐다. 너는 첫째 아이를 기르려고 죽지 않은 거고, 이제는 이 아이를 길러야 해. 삼손은 생각했다. 넌 이 사람과 결혼하려고 산 거야. 오늘은 주님의 날이야. 그러니 더는 의문을 품지 마.

아내가 아들을 찾아 방으로 갔다. "로버트 H. 삼손!" 아내의 고함이 들렸다. "도대체 뭘 하고 있는 거니?"

두려움이 삼손의 몸을 뚫고 나갔다. 한창때의 남자처럼 삼손은 엄청난 속도로 계단을 뛰어 올라갔고, 그곳에서 서로를 노려보고 있는 어머니와 아들을 발견했다. 삼손은 귀한 물건이 깨져 있거나 얼룩무늬 고양이가 목이 졸려 죽어 있는 모습을 상상했다. 하지만 그가 본 건 옷을 잔뜩 담은 가방뿐이었다.

"떠날 거예요." 아들이 말했다.

"넌 열네 살이야." 삼손이 대답했다.

"아빠도 열네 살에 떠났잖아요." 아들은 반항기 어린 눈으로 아버지를 똑바로 보았다.

"열다섯 살이었다." 그때를 생각하자 온몸이 부르르 떨렸다. "게다가 내 아버지는 괴물이었어. 내가 괴물이냐?"

"아버지는 상관없어요. 나는 떠나고 싶어요."

"지금껏 먹이고 입히며 키웠는데. 우리가 너에게 못 해준 게 있니?" 삼손의 아내가 아들에게 물었다.

"엄마 때문이 아니에요. 계속 같은 꿈을 꿔요." 아이는 북쪽으로 난 창문을 손으로 가리켰다. "무언가 오고 있어요. 아주 끔찍한 거요. 그게 왔을 때, 이곳에 있고 싶지 않을 뿐이에요."

아이는 입을 다물었다. 삼손이 자신의 아들을 잘 몰랐다면 아들이 그저 두려워하고 있다고 생각했을 것이다. 감히 아내를 쳐다볼 수가 없었다. 삼손은 둘째 아들을 뚫어지게 바라보았다. 지금은 하얗게 변했지만, 한때 삼손의 머리카락은 불타는 것처럼 빨간색이었다. 하지만 아이는 할아버지의 검은색 머리카락을 고스란히 물려받았다. 불쾌하게 입술을 일그러뜨리는 것도 똑같았다. 삼손은 난로에 자신의 머리를 대고 누르던 아버지의 손을 다시 느낄 수 있었다.

"가거라." 삼손이 말했다.

삼손의 아내가 헉하고 숨을 멈추었다. 삼손의 눈은 여전히 아들을 보고 있었지만, 삼손의 머리는 드레스를 팽팽하게 잡아당기고 있는 아내의 가슴을 떠올리고 있었다. 오늘 밤에는 불을 끄고 아내 옆으로 가야지. 삼손은 생각했다. 아내의 허리를 감싸 안은 지가 너무나도 오래됐어. 처음 만난 그달에 삼손은 아내와 함께 누웠다. 그리고 일주일 뒤에 아내와 결혼했는데, 의무 때문만은 아니었다. 이 통통한 독일 소녀는 삼손에게 친절했다. 그 많은 텅 빈 날들이 지난 뒤에 삼손의 삶에 들어온 사람이었다. 아내는 용감하게도 다른 가족이 남기고 간 구멍을 메워주려고 부지런히 애썼다.

소년은 가방을 들고 침대 위에 놓인 밀짚모자를 집어 들었다. 잠시 소년의 얼굴이 파르르 떨렸지만, 슬픔 때문일 리는 없었다. 삼손의 아들은 슬픔이나 기쁨, 그 사이에 존재하는 그 어떤 감정도 드러내 보인 적이 없었다. 닭을 죽였던 오후에 약간의 기쁨을 보이기는 했다. 그때 소년은 열두 살이었고, 닭을 바위에 던져 죽였다. 밖으로 달려 나온 삼손에게 소년은 아버지가 이 닭이 죽기를 바랐다고 말했다. 이제 가족들이 닭을 먹을 수 있다고도 했다.

"어디로 갈 거니?" 삼손의 아내가 아들에게 물었다.

"다른 새로운 곳으로 갈 거예요." 소년은 대답했다.

목조 집에서, 아들이 태어났을 때 꾸민 아들 방에 서서 두 사람은 아들이 계단을 내려가는 소리를 들었다. 모슬린 커튼 사이로, 직접 끼운 유리판 너머로 아들이 걸어가는 모습을 지켜보았다. 드문드문 식물이 자라고 있는 암갈색 들판 위로 뻗어 있는, 여기저기 움푹 꺼진 길을 걸어 로버트 헨리 삼손은 언젠가 사막에서 붙잡을 여자를 향해, 자신의 꿈을 담을 그릇으로 사용할 딸을 향해, 자신을 완전히 태워버릴 불을 향해 걸었다.

찬란한 빛을 발산하는 텍사스주의 하늘 밑에서, 이 소년은 자기 아버지의 삶에서 사라져버렸다. 둘째 아들이 하나의 점으로 보일 때쯤에는 삼손의 기분이 더욱 좋아졌다. 심지어 북쪽에서 내려온 시꺼먼 구름과 함께 불어닥친 4월 14일의 끔찍한 모래 폭풍에 농장의 절반, 암소 한 마리, 돼지 세 마리, 거의 모든 닭과 30센티미터에 달하는 토양이 서쪽으로 날아가버린 그날 밤에도 좋은 기분은 사라지지 않았다. 그것은 폭우처럼 내면으로 쏟아져내리는 안도감이었다.

모래 폭풍이라는 시커먼 배 속에서 삼손은 아내를 가까이 끌어당겼다. 두 사람의 귀와 코, 목은 모래로 가득 찼다. 새로 깐 식탁보는 바닥에 나뒹굴었고 커튼 봉에서 빠져나온 커튼이 카펫처럼 바닥에 널려 있었다. 말 버틀러는 마구간에서 죽을 것처럼 울부짖었다. 삼손은 소녀 같은 아내의 몸을 자기 몸에 바짝 끌어당겼다. "다른 곳에서 어디 마음대로 한번 살아보라고 해. 떠나라고 해!" 바람 소리보다도 더 크게 외쳤다.

삼손은 미래를 보지 못했다. 아내가 부엌에서 즐겁게 먼지를 닦게 되리라는 것도, 규모가 작아진 농장으로도 부부가 충분히 살아갈 수 있으리라는 것도, 10년 뒤에 자신이 평화롭게 세상을 떠나는 노인이 되리라는 것도 보지 못했다. 나는 이 땅에 좋은 일을 했어. 죽어가는 삼손은 자신에게 그렇게 말하게 될 것이다. 나는 많은 걸 심었고, 그것들이 자라는 것을 지켜봤으니까.

하지만 지금 당장은 모래 폭풍이 그 모든 미래를 막고 있었다. 삼손은 모래 폭풍이 종말을 가져올 거라고 생각했다. 하지만 정말로 안도하고 있었다. 자신의 땅을 덮친 역병처럼 집에서 버티고 있던 소년이 서쪽으로 걸어가 다시는 돌아오지 않을 테니까.

너무나도 기뻐서 고개를 숙이고 기도하면서 삼손은 생각했다. 내 아들이 떠났어.

폴

1993년~2017년 캔자스시티

시작

열여덟 번째 생일 다음 날까지 폴은 고아였다.

그날 편지 한 통을 받았고, 폴에게는 어머니가 생겼다.

위탁가정에서 살면서 폴은 세부 사항에 주목하는 법을 배웠다. 함께 사는 존재들의 특성을 알아야 했기 때문이다. 로스 집의 아버지는 폭발하기 전에 두 번, 아주 급하게 눈을 깜박였다. 번사이드 집의 얼룩무늬 고양이는 왼쪽 귀만 만질 수 있게 허락해주었다. 머피 집의 십 대 아들은 비밀을 알려주면 맞는 시간을 늦출 수 있었다.

편지지는 두툼했고 미색이었으며 꽃향기가 났다. 꽃을 잘 알지 못해 어떤 꽃의 향기인지는 몰랐지만, 폴은 자주색이거나 빨간색 꽃의 향기일 거라고 짐작했다. 편지는 타자기로 작성한 것이었다. 글씨의 둥근 가장자리와 타자기 키가 남긴 깊이 눌린 자국을 보면 알 수 있었다. 하지만 봉투의 글씨는 손으로 쓴 것이었다. 반송 주소는 트루스트가 39번지 꿀벌의 화원이었다. 폴의 주소 '미주리대학교 캔자스시티 체리스트리트 홀, 폴 스미스'는 아주 급하게 휘갈겨 쓴 것처럼 위로 솟구쳐 있었다. 하지만 봉투에 주소를 쓴 이유는 이해가 되지 않았다. 편지는 우편함이 아니라 기숙사 방문 밑에 놓여 있었기 때문이다. 우표는 붙어 있지 않았다.

편지봉투를 꼼꼼하게 살펴본 뒤에 폴은 편지를 읽기 시작했다.

어느 정도 편지를 읽었을 때 폴은 자신의 심장이 크게 뛰고 있음을 깨달았다.

폴의 어머니는 비 삼손이었다. 프로스펙트 대로에서 가까운 36번가에 있는 사회복귀훈련 시설이 어머니의 집이었다. 편지지 밑에는 시설 주소가 있었고, 그 주소 옆에는 JEC라는 서명이 낙서처럼 적혀 있었다.

폴은 편지지를 접었다. 반듯하게 한 번 접고 직각으로 다시 접었다. 접힌 편지지의 귀퉁이를 연필로 꾹 눌러 각을 만들고 봉투에 다시 넣었다. 편지를 책상 서랍에 넣고는 다시 일어섰다.

기숙사 룸메이트들은 지금 휴게실에서 감자칩을 먹으면서 〈심슨 가족〉을 보고 있었다. 1993년 9월 오전 9시였다. 폴이 주립 장학금으로 공학을 공부하고 있는 첫 번째 해였는데, 지금까지는 대학도 위탁가정과 다를 것이 없었다. 낯선 방, 이상한 일상, 다른 사람들의 습관과 부딪치는 폴의 습관. 아직 폴은 룸메이트들과 친구가 되지 않았다. 고작 일주일밖에 되지 않았지만 다른 친구들은 아주 가까워진 것 같았다. 룸메이트 중 한 명은 방글라데시, 다른 한 명은 세네갈에서 왔다. 폴이 입을 열기 전까지 두 사람은 폴도 이민자라고 생각했다. 폴이 입을 연 순간 세네갈 룸메이트는 깜짝 놀랐다. "미국 사람들은 큰 줄 알았는데?"

룸메이트들은 소파 뒤가 폴의 통로라는 사실에 이의를 제기하지 않았고, 폴은 두 사람에게 편지에 관해 말하지 않았다.

난 고아가 아니야. 앞문을 밀어 열면서 폴은 생각했다.

폴은 지금 자신이 어떤 기분인지는 알 수 없었다. 그저 무언가를 느끼고 있을 뿐이었다. 눈 뒤로 아주 강렬한 충격처럼 한 가지 형태가 떠올랐다. 폴은 눈을 질끈 감아 그 모양을 없애버렸지만, 그 감각은 사라지지 않았다.

폴은 10시 수업에 일찍 들어갔다. 스코필드 홀에 원형으로 놓여있는 접이식 의자 가운데 한 곳에 앉았다. 아직 다른 사람들은 오지 않았다. 에어컨이 가동되면서 윙윙거리는 소리가 들렸다. 폴은 칼날처럼 날카롭게 깎은 연필과 종이 클립 여러 개로 작은 탑을 만들면서 시간을 보냈다. 학생들이 강의실 문을 열고 들어오자 폴은 탑을 무너뜨렸다.

사회복귀훈련이라니. 무슨 훈련을 한다는 거지? 폴은 생각했다.

논증적 글쓰기 수업이었다. 강사는 개념 정의를 확장해야 하는 정의 에세이에 관해 강의했다. 가족, 집, 사랑, 전쟁 가운데 하나를 주제로 에세이를 써야 했다. 폴은 앞의 세 주제를 택할까 고민하다가 마지막 주제를 골랐다. 전쟁은 쉽게 이해하기도, 설명하기도 힘든 주제였지만 폴은 좋은 조사원이었다. 거의 모든 일이 그렇듯이 핵심은 세부 사항에 있었다.

폴의 위탁가정은 다섯 곳이었다. 폴은 그 모든 집의 바닥을 기억했다. 회색 리놀륨, 주황색 카펫, 페인트가 묻어 있던 합판. 언제나 관찰을 했기 때문에 기억하고 있었다. 위탁부모들 가운데는 폴에게 관심을 가지고 질문을 하는 사람들도 있었다. 전자레인지에 돌린 냉동식품을 식탁에 놓고 가버리는 것으로 위탁부모의 의무를 다하는 사람들도 있었다. 보통은 폴뿐만이 아니라 주의 여러 지역에서 온 아이들과 함께 지냈다. 한 위탁가정에서 나와 다른 위탁가정으로 가기 전까지는 시설 침대에서 잠을 잤는데, 단정하게 질서 잡힌 연한 노란색 방들은 폴의 마음을 위로해주었다.

강사는 학생들에게 각자 선택한 주제로 10분 동안 자유롭게 글을 쓰라고 했다. 폴은 사막의 폭풍 작전을 위해 걸프만으로 떠나버려, 폴이 채우려고 노력했지만 실패해버린 머피 가족의 아들에 관한 묘사로 그 시간을 채웠다. 머피 가족은 네 번째 위탁가정이었다. 그곳을 떠날 때 폴은 조금도 아쉽지 않았다. 하지만 슬픔과 격렬함으로 얼굴을 채우고 있던 그 집 어머니의 얼굴은 그리웠다. 10분이 지났을 때, 폴은 노란색 노트 옆에 연필을 내려놓고 자신이 쓴 글을 읽었다. 자신이 쓴 글이 전쟁에 관한 글이라는 확신은 서지 않았다. 강사가 발표할 사람을 불렀을 때, 폴은 손을 들지 않았다.

논증적 글쓰기 수업이 끝난 뒤에는 화학과 미분학 수업을 들었다.

화학 시간은 고등학교에서 배운 내용을 복습했기 때문에 지루했다. 물론 지루하다는 티를 내지는 않았다. 미분학 시간에는 수와 기호를 정확한 방식으로 다루었고, 폴은 자신이 낸 결과에 깊이 만족했다.

숫자는 폴을 기쁘게 했지만, 폴의 꿈을 지배하는 건 건물이었다. 소년 시절, 폴은 성냥과 압정, 마분지 조각을 가지고 작은 건물을 만들면서 시간을 보냈다. 처음에는 위탁가정을 옮길 때마다 부수고 나왔지만, 나중에는 가능하다면 집 안쪽 구석이나 다락방, 지하실에 숨겨놓았다. 캔자스시티에 있는 위탁가정 세 곳에는 작은 다리와 탑들이 곳곳에 숨어 있었다. 폴은 건축가가 되고 싶었지만, 2지망이었던 공학 전공으로 장학금을 받았다.

"전공은 바꾸면 돼." 처음 만났을 때 지도교수가 말했다. 두툼한 안경테 너머로 폴을 보면서 말했다. "아직 시간은 많아."

폴은 고개를 끄덕이면서 수긍했지만, 일말의 의심이 폴의 마음을 괴롭혔다. 변화는, 그러니까 폴로서는 예측할 수도, 통제할 수도 없는 그 힘은 언제나 폴에게 생겼다. 어째서 늘 그런 변화를 겪어야 하는지, 폴은 이해할 수가 없었다.

그날이 끝날 무렵, 폴은 버스 운행 시간을 확인하려고 뜨겁게 달궈진 잔디밭을 가로지르고, 교정의 웅장한 석조건물을 지났다. 원반 하나가 폴의 머리를 스치듯 지나갔다. 사과하는 젊은 여인에게 괜찮다고 손을 흔들어 보이고 버스 정류장에 붙어 있는 운행표를 살펴보았다. 트루스트가와 다른 동쪽 지역을 지나는 버스를 타야 했다. 학교 관계자들은 신입생은 그 동네에 가면 안 된다고 경고했지만, 그런 경고를 무시하는 법 정도는 진작에 배운 폴이었다.

버스가 도착했고, 덜커덩 문이 열렸다. 요금통에 돈을 넣는 폴을 버스 운전기사가 지켜보았다. 폴은 버스 운전기사가 무슨 생각을 하는지 알았다. 사람들은 모두 그런 생각을 했으니까.

난 열여덟 살이에요. 폴은 운전기사에게 말하고 싶었지만 하지 않았다. 폴은 앞자리를 택해서 가능한 한 꼿꼿하게 몸을 펴고 앉았다. 좀 더 어른스럽게 입고 왔어야 하는데. 악어 그림을 가슴에 아무렇게나 새겨넣은 가짜 폴로셔츠가 아니라 버튼다운셔츠 같은 것 말이다. 폴의 키는 정확히 152.4센티미터였다.

아기 때 제대로 못 먹어서 그래. 한 위탁 어머니는 확신에 차서 말했다. 아기 때 못 먹으면 안 커.

학급 사진을 촬영할 때면 선생님들은 폴을 언제나 맨 앞 한가운데에 세웠다. 어차피 폴은 그 누구의 얼굴도 가리지 않았기 때문이다. 전학을 갈 때마다, 위탁가정을 옮길 때마다 폴은 다시는 보지 못할 친구들을 포기했다. 성 경험이 없지는 않았지만, 성행위는 육체적으로나 다른 면으로 고통을 남겼다. 폴은 수와 표가 좋았다. 그 둘이 세상을 조직했으니까. 거의 매일 밤, 새벽 3시가 되면 폴은 땀에 흠뻑 젖은 채로 잠에서 깼다. 자신은 결코 보지 못한 사막에서 얼굴 없는 남자가 걷는 꿈을 꾸기 때문이었다.

버스에서 폴은 어머니를 상상했다. 아마도 통통하고 머리카락이 희끗희끗한 여자일 것이다. 두 손을 뻗어 폴을 안아주겠지. 어쩌면 짙은 피부에 마른 몸일 수도 있었다. 폴을 보면 시선을 피할 수도 있었다. 폴처럼 갈색 피부일 수도 있고 연필심 같은 냄새가, 폴이 사랑하는 금속 같은 냄새가 날 수도 있었다. 폴을 내 아들이라고 부르겠지. 어쩌면 폴이라고 할지도 몰라. 내 아이라고 부를 수도 있지.

어렸을 때 폴은 부모님 생각을 많이 했다. 폴의 상상 속에서 부모님은 언제나 손을 잡고 있었다. 부모님은 폴과 같은 피부색에 폴처럼 풍성한 검은 머리카락이고, 폴과 똑같은 식으로 콧대가 굴곡져 있었다. 폴의 마음속에서 세 사람은 식탁에서 많은 시간을 보냈고, 함께 음식을 먹었다. 그 누구도 말해주지 않았지만, 폴은 부모님이 돌아가셨다고 생각했다. 자동차 사고 혹은 강도를 만나서, 아니면 암으로 돌아가신 거라고 생각했다. 부모님은 따로 돌아가신 것이 아니라 함께 돌아가셨을 거라고 생각했다.

위탁가정에서 같이 지내던 아이들은 부모가 돌아가신 아이도 있었지만, 아직 살아 있는 아이도 있었다. 그런 아이들의 부모는 마약에 중독되었거나 나쁜 일을 하고 감옥에 가 있었다. 감옥에서 부모들은 자신의 아이들에게 디즈니랜드에 함께 가자거나 아주 멀리 있는 해변에 놀러 가게 될 거라고 약속했다. 아이들은 그 편지를 폴에게 보여주었다. 자신들이 사랑받고 있는 증거라도 되는 것처럼.

누군가의 사랑을 받고 있다고 선언하는 건 어떤 느낌일지 궁금했다. 폴이 열두 살 때, 한 부부가 그를 입양하겠다고 나섰다. 그 사람들 이름은 벳시 슈타인호프와 레오폴트 슈타인호프였다. 1939년, 벳시와 레오폴트의 부모는 이 세상이 유대인 아이 구하기 운동을 벌이자 독일에서 런던으로 아이들을 피신시켰다. 레오폴트는 자신의 이름을 버리지 않았지만 과거 그레천이었던 벳시는 런던에 도착하자마자 이름을 바꾸었다. 두 사람은 그곳에서 만나 함께 자랐으며, 결혼을 한 뒤에는 절대로 과거에 붙잡히지 않을 미국으로 건너왔다. 두 사람이 정착할 곳으로 캔자스시티를 택한 건 그곳이 서쪽으로 가는 관문이라고 불렸기 때문이다. 두 사람은 어딘가로 갈 수 있는 입구에서 산다는 생각이 마음에 들었다. 두 사람은 실제 나이보다 훨씬 나이 들어 보였고, 사랑할 존재가 필요했다. 두 사람은 폴을 사랑한다고 말했다. 왜냐하면 폴도 혼자였으니까. 우리처럼 다르니까. 레오폴트가 덧붙였다.

입양 제도 규정대로 두 사람은 일정 기간 폴과 지낸 뒤에 최종 결정을 해야 했다. 폴이 해야 할 일은 그저 예의 바르게 지내다가 결국에는 두 사람의 아들이 되는 것뿐이었다. 마지막 날까지 폴은 그 일을 잘해냈다. 하지만 마지막 날에 폴은 벳시 슈타인호프가 가지고 있던 유일한 어머니 사진을 갈기갈기 찢어 벳시의 베개 위에 여러 동심원의 형태로 올려놓았다. 그날, 폴은 잠을 자지 못했지만 후회는 하지 않는다고 생각했다. 그는 슈타인호프의 가족이 되고 싶지 않았다. 그 누구에게도 속하고 싶지 않았다. 사진을 찢었던 그 순수한 첫 순간에 폴이 원한 건 완벽하게 홀로 남는 것이었다.

버스는 폴을 프로스펙트 대로에 내려주었다. 여기서부터는 걸어가야 했다. 어머니가 숙소에 있는지는 알 수 없었다. 사회복귀훈련 시설이 어떻게 운영되는지도 알지 못했다. 자신이 그곳에 어머니가 있기를 바라는지도 알 수 없었다. 머릿속에서 다시 묵직한 충격이 느껴졌고, 배가 아팠다. 학교 식당에서 참치 캐서롤을 먹지 말았어야 했다.

폴은 36번가를 따라 걸으며 무미건조한 침묵 속에서 꾸벅꾸벅 졸고 있는 마을을 지나갔다. 흰색 케즈 운동화가 이리저리 패인 아스팔트 위를 부드럽게 지나갔다. 돌로 만든 현관과 돌출한 처마 장식 창문이 있는 집들은 페인트칠이 벗겨지고 마당에서는 잡초가 자라고 있었지만 고색창연한 아름다움은 여전했다. 어느 집의 침실 창문 커튼이 살짝 열리고 한 여자가 밖을 내다보는 듯했으나 여자는 이내 턱을 치켜들고는 폴을 무시하는 듯 집 안으로 사라져버렸다. 한 걸음 뗄 때마다 쿵쿵 머리가 울렸다. 점점 더 후텁지근해졌다. 동쪽에서 폭풍우가 시작되려고 했다. 구름이 쌓이고 정전기가 느껴졌다. 폴은 토네이도를 겪은 적이 있었다. 번사이드 집에서 토네이도는 폴의 방 가까이 지나갔고, 폴은 벽이 흔들리는 걸 느꼈다. 그때부터 폴은 또 다른 토네이도를 기다리면서 언제나 하늘을 예의 주시 했다.

사회복귀훈련 시설에 도착했을 때도 아직 비는 내리지 않았다. 폴은 사회복귀훈련 시설이 위탁가정으로 가기 전까지 머물던 시설과 비슷하게 생겼으리라 생각했다. 60년대에 지어진, 황색 테두리가 있는 연한 노란색에 흔들리는 창문이 달린 우중충한 건물일 거라고 말이다. 하지만 이 집은 연보라색이었고, 현관을 보호하듯 삼나무 가지가 늘어져 있었다. 현관문 고리에는 밝은 녹색 양치식물이 걸려 있었다.

"비를 만나러 왔구나." 폴이 현관문을 두드리자 문을 열고 나온 백발 여인이 말했다. 통통하고 친절해 보이는 여인에게는 기름진 머리카락과 나른한 미소가 있었다. 여인이 입고 있는 빛바랜 〈플래시댄스〉 셔츠는 구세군에서 가져온 유물일 것 같았다. 동작이 굼뜬 여인이었다. 폴은 여인이 굼뜬 이유는 마약을 했거나 약에 취했거나, 아니면 그 둘 때문일 거라고 생각했다. "그 사람이 네가 올 거라고 했어. 난로 위에 찻주전자가 있어. 저기 복도 끝에." 여인이 말했다.

폴은 그 사람이 누구인지 묻지 않았다. JEC가 그 사람일 테니까. 폴은 집으로 들어갔고, 부엌으로 갔다. 홍차 향이 났다. 재스민차 혹은 우롱차일 수도 있었다. 리놀륨 탁자에는 흑인 남자 둘이 앉아 있었다. 한 사람은 작업복을, 다른 사람은 베이지색 바지에 파란색 셔츠를 입고 있었다. 두 남자 모두 수척했고 몹시 피곤해 보였다. 폴을 보고도 놀란 것 같지 않았다. 두 사람은 폴에게 재스민차임이 분명한 차를 건넸다. 차는 혀가 델 정도로 아주 뜨거웠지만 그는 차를 받아 단숨에 마셨다.

통통한 여인이 복도에 나타났다. "비는 내려오지 않을 거야. 걱정할 필요는 없어." 긴장한 폴의 얼굴을 보면서 여인이 말했다. "원래 그래. 그러니까 네가 올라가야 해. 왼쪽에서 첫 번째 문이야."

"차를 가져다줘. 차를 좋아하니까." 작업복을 입은 남자가 연기 나는 머그잔을 내밀었다.

눈 뒤에서 울리는 통증이 점점 더 심해졌다. 폴은 머그잔을 들고 흘리지 않도록 조심하면서 계단을 올라갔다. 빅토리아시대의 부슬

부슬한 페인트를 칠한 것 같은 벽이 보였다. 계단은 카펫이 깔려 있어 폴의 발소리는 들리지 않았다. 갑자기 격렬한 고통이 느껴졌다. 폴은 그 고통이 후회임을 깨달았다. 처음으로 폴은 벳시 슈타인호프의 방으로 돌아가 벳시 어머니의 사진을 다시 원래대로 붙여놓고 싶다는 소망에 사로잡혔다. 사진을 찢을 때, 폴의 마음속에 잔혹함이 있었다는 기억은 없었다.

마지막 계단까지 오른 뒤에 폴은 여인이 가르쳐준 대로 왼쪽으로 걸어갔다. 첫 번째 방문은 열려 있었다. 폴은 자신이 주저하기를 원했지만 그런 마음은 들지 않았다.

방은 길었고 어두웠으며 페인트 냄새가 났다. 블라인드는 닫혀 있었지만 벽에 그려진 강렬한 빨간색과 주황색 그림은 볼 수 있었다. 아무렇게나 뿔이 튀어나와 있는 사람과 커다란 부츠, 와인 잔처럼 보이는 물건이 그려져 있었다. 가장 깊숙한 벽에는 희미한 전등불에 희미하게 비치고 있는 한 여자가 있었다. 여자의 왼쪽 팔이 부지런히 위아래로 움직였고, 붓을 잡은 손이 유연하게 색을 칠해 나갔다. 여자는 천장까지 머리가 닿는 무언가를 그리고 있었다.

"안녕하세요." 폴은 인사를 했다. 그것 말고는 무엇을 해야 하는지 몰랐기 때문이다.

폴의 인사에도 여자는 몸을 돌리지 않았다. 여자는 색을 모두 칠했다. 강렬한 배경과 달리 그림 속 존재는 그림자처럼 완벽한 검은색이었다. 거대한 머리에는 얼굴이 없었다. 여자는 밑에 있는 시트 위에 붓을 놓더니 몸을 돌렸다.

그 여자는 폴이었다. 여자인 폴이었다. 152.4센티미터인 폴보다 더 크지 않았고, 아기 같은 얼굴을 하고 있었다. 몸매를 드러내지 않는 평퍼짐한 회색 드레스를 입은 여자는 맨발이었다. 폴처럼 검은 머리에 갈색 눈이었으며, 폴이 평소에 쓸데없이 섬세하다고 저주를 퍼붓곤 하는 자신의 손과 꼭 닮은 손을 가지고 있었다. 두 사람은 남매라고 해도 믿을 법했다.

여자는 조용히 움직였다. 폴이 미처 알아차리기 전에 벌써 여자는 접이식 의자에 앉아 있었다. 여자는 폴에게 다른 의자를 가리켰고, 폴은 앉았다. 폴이 차를 내밀자 여자는 차를 받아 들고는 곧바로 마셔버렸다. 폴이 그랬던 것처럼.

여자가 차를 마시고 난 후, 두 사람은 오랫동안 앉아서 그저 서로를 쳐다보기만 했다. 평생을 눈에 띄지 않고 살기 위해 노력해온 폴이었지만, 여자의 시선은 폴을 조금도 곤란하게 만들지 않았다. 눈 뒤에서 느껴지는 지끈거리는 통증은 이제 쿵쾅거리는 통증으로 바뀌었다. 폴은 기숙사에 돌아가면 편두통 때문에 고생하다가 내일이면 모든 수업에 결석한 채 어두컴컴한 방에서 온종일 머물 수밖에 없으리라는 사실을 알고 있었다.

말해야겠다는 충동이 강하게 느껴졌을 때, 폴은 조금도 당황하지 않고 말했다.

"계속 기다렸어요." 정말로 그랬다는 사실에 폴은 흠칫 놀랐다. "어디에 있었던 거예요?"

여자는 의자에서 일어나더니 폴에게 걸어왔다. 여자의 발톱은 흙이 잔뜩 끼어 지저분했고, 신발을 신지 않은 발은 발레리나처럼 구부러지고 옹이가 박혀 있었다. 아주 오랜 시간 걸은 사람의 발이었다. 여자는 무릎을 꿇고 앉아서 두 손으로 폴의 머리를 감쌌다. 여자에게서는 아크릴 페인트 냄새와 차 향기, 그리고 폴로서는 슬픔이라고 불러야 할지, 기쁨이라고 불러야 할지 판단할 수 없는 냄새가 났다.

여자가 말을 시작했을 때, 여자의 입에서는 거친 목소리가 흘러나왔다. "요새에 있었어."

여자가 헛기침을 하고 다시 말을 시작하자 이번에는 눈처럼 바삭한 목소리가 흘러나왔다. "하지만 이제는 자유야."

사회복귀훈련 시설에서 나왔을 때, 폴은 미친 듯이 머리가 아팠지만 너무나도 기뻐서 소리를 지르고 싶었다. 달리고 싶었지만 달리지 않았다. 프로스펙트 대로에 있는 버스 정류장으로 가는 동안 폴은 걸음에 집중했다. 오른발, 왼발, 오른발, 왼발. 마을은 황폐했지만 평화로웠다. 장난감과 바비큐 통이 여기저기 흩어져 있는 거친 잔디밭 위로 기울어진 집들이 서 있었다. 양치식물과 고무나무로 현관을 꾸며놓았고, 참나무가 주차해 있는 포드와 쉐보레에 그늘을 만들어주었다. 자전거를 탄 아이들이 일방통행 길을 따라 달려왔다. 아이들은 동시에 폴을 향해 "조심하세요, 아저씨!"라고 소리쳤고, 정지신호 따위는 가볍게 무시하고 맹렬하게 페달을 밟는 아이들에게 심취한 폴은 펄쩍 뛰어 길에서 벗어났다. 어떤 집 앞을 지날 때는 진입로에서 고기를 굽고 있던 남자가 폴에게 손을 흔들어 보였다. 폴도 손을 흔들어주었다.

폭풍우가 지나갔다. 어머니와 함께 방에 있을 때, 폴은 폭풍우가 지나가는 소리를 들었다. 두 사람 모두 팔을 따라 지나가는 정전기를 느꼈다. 두 사람은 서로를 향해 팔을 내밀었고, 두 사람의 팔 위로 삐죽 솟아 있는 작은 털들을 감상했다.

"너는 거인이야." 폭풍이 잦아든 뒤에 어머니가 폴에게 말했다.

"그럴 리가요. 전 농구팀에 후보로도 못 들어가요."

여자는 고개를 저으며 손가락으로 폴의 가슴을 눌렀다.

"너와 함께 우리는 새로워질 거야." 여자의 말을 믿지는 않았지만 폴의 폐는 엄청난 공기를 들이마신 것처럼 확장됐다.

어렸을 때 폴은 어떤 운동을 하든 비웃음을 샀다. 농구, 축구, 심지어 탁구를 칠 때도 그랬다. 청소년기 때는 싸구려 컨버스 화를 신었고, 같은 반 아이들이 매닉패닉 염색약으로 머리를 염색할 때 폴은 식용색소로 염색해보려고 애썼다. 수를 잘 다루고 작은 탑을 짓는 재주가 있다는 것을 빼면 폴이 가진 능력이라곤 공기 중에 떠다니는 통조림 수프의 냄새로 한 집에 거주하는 사람들의 성격을 알아낼 수 있다는 것 정도가 유일했다. 치킨 누들 수프를 먹는 사람들은 친절했고, 채소 수프를 먹는 사람들은 과보호하려는 경향이 있었으며 토마토 수프를 먹는 사람들은 화가 많았다.

거인이라고? 새로운 세상을 만들 남자라고? 그 남자가 폴일 수는 없었다.

버스 정류장에 도착한 버스는 폴을 싣고 다른 버스가 있는 곳까지 끌고 갔고, 다른 버스는 폴을 기숙사까지 운반했다. 수업을 끝내고 기숙사로 돌아온 룸메이트들은 다시 〈심슨 가족〉을 보고 있었다. 이번에는 감자칩이 아니라 피자와 맥주를 먹고 있었지만. 두 사람은 폴에게 맥주 한 캔을 내밀었고, 폴은 밀러 라이트 한 캔을 받아 두 사람이 앉아 있는 소파에 나란히 앉았다. 차가운 맥주 캔을 끓어오르는 듯한 이마에 대고 사막을 생각했다.

"사막은 너를 알아." 사회복귀훈련 시설에서 폴의 어머니는 폴에게 말했다. "그리고 너도 사막을 알아."

"한 번도 가본 적이 없는데요." 폴은 어머니에게 대답했지만, 그 순간 자신이 꾸었던 꿈을 생각했다. 폴의 꿈에 나온 사막은 아주 뜨겁지도, 아주 춥지도 않았다. 언제나 친숙한 느낌이 들었다.

"그 남자는 사막에서 걸어 나올 거야. 너에게 자신의 얼굴을 보여줄 거야."

"어머니가 그 남자를 어떻게 알아요?" 폴이 깜짝 놀라 되물었다.

"나도 그 남자 꿈을 꾸니까. 우리 모두 그럴 거야." 그렇게 말하고 어머니는 더는 입을 열지 않았다.

맥주 캔 뚜껑을 따는 폴에게 "피자 먹을래?" 하고 세네갈 룸메이트가 물었다. 183센티미터인 그는 노랗고 강해 보이는 평평하고 넓은 치아를 가지고 있었다. 이름은 아흐마둘이었지만 친구들은 아흐마드라고 불렀다. 폴처럼 공학을 전공했다.

몇 시간 전이었다면 폴은 당연히 먹겠다고 하고 피자를 받아 빵

껍질로 접시까지 닦아가며 먹어치웠을 것이다. 하지만 지금은 고개를 저었다. "아니, 고마워." 폴은 배가 부른 것처럼 배를 앞으로 쭉 내밀고 손으로 배를 토닥였다. "이미 먹었어."

"도서관에서 자료 찾다 온 거야?" 아흐마드가 물었다. 방글라데시 룸메이트는 바트 심슨의 대사에 웃느라 두 사람의 대화는 신경 쓰지 않았다.

"비슷한 걸 하다 왔어." 폴은 손가락으로 관자놀이를 꾹 누르고 문지르면서 대답했다.

"머리 아프면 내 약 먹어. 비코딘이야. 효과가 아주 좋아."

"아니야, 괜찮을 거야." 폴은 대답했고, 정말로 그렇다는 걸 깨달았다.

폴의 편두통은 다음 날 사라졌다. 폴은 수업에 들어갔고, 강사를 향해 고개를 끄덕이면서 머릿속으로는 계획을 세웠다. 일단 기숙사에서 나와 대학 근처에 있는 값싼 원룸을 빌리자. 원룸 침대에서는 어머니가 자고 폴은 재활용 센터나 학교 쓰레기장에서 소파를 구해 잠자리를 해결하면 된다. 어머니 대신 아르바이트 일자리도 구할 것이다. 어머니는 폴이 수업을 듣는 시간에는 집에서 그림을 그리고, 폴은 서브웨이에서 샌드위치를 만들거나 컨트리클럽 주변에 부자들을 위해 심은 나무의 낙엽을 치울 것이다. 밤이면 두 사람은 너바나를 들으며 컵라면으로 저녁을 해결하고, 어머니는 폴의 어린 시절 이야기를 들려줄 것이다. 어머니는 아버지 이야기도 들려줄 것이다.

어디에서 온 분인지도. 스미스라고 불렸던 성도 어머니의 성으로 바꿀 것이다. 삼손, 힘을 나타내는 이름이다.

공학개론 시간에는 연필을 가지고 이 계획을 노트에 적어보았다. 교수의 목소리는 아주 먼 곳에서 윙윙거렸다. 편두통이 재발하지는 않았지만 눈은 정전기가 이는 것처럼 가끔 따끔해졌다.

사회복귀훈련 시설은 중독자들이 머무는 곳이었다. 그 사실은 위탁가정에서 폴과 함께 지내며 부모가 퇴소하기를 기다리던 아이들이 알려주었다. 폴은 그 부모들을 전과 후의 가운데 있는, 직선 위에 있는 점이라고 생각했다. 그 부모들은 후라고 적힌 곳으로 갈 수도 있었고 전으로 돌아가 모든 것을 되풀이할 수도 있었다. 사회복귀훈련 시설은 미친 사람들이 가는 곳이기도 했다. *아니야, 정신질환이 있는 사람들이 가는 곳이야.* 폴은 고쳐 생각했다. 폴의 어머니는 중독자일 수도 있었다. 정신질환을 앓았는지도 모른다. 어느 쪽인지 분명히 알 수는 없었지만, 폴에게는 전혀 문제가 되지 않았다.

어느 쪽이든 폴은 어머니를 보살필 테니까. 어머니의 손에서 주사기를 빼앗고, 어머니가 분노해 날뛰면 두 팔을 잡아주고, 우울해서 울면 눈물을 훔쳐주는 자신을 상상했다.

학생 식당에서 폴은 참치 캐서롤과 구운 콩 대신 롤빵과 오렌지를 메뉴로 택했다. 그곳에서 먹을 음식이 아니라 들고 갈 음식이었기에 가지고 다니기 쉬운 것으로 골랐다.

나는 거인이야. 계산대 앞에서 줄을 서면서 폴은 생각했다. *나에게는 가야 할 곳이 있어.* 카드 인식기에 카드를 넣으려는 순간 폴을

둘러싼 학생 식당 내부가 소란스러워졌고, 폴은 자신이 조금은 커졌다는 기분을 느꼈다.

편지를 받은 날 이후로 폴은 어머니를 찾아가지 못했다. 수업과 과제가 폴의 시간을 독점했기 때문이다. 금요일에는 별다른 일정이 없었기에 폴은 버스에 올랐고 몇 번 갈아탔다.

어머니가 거주하는 시설은 폴이 기억하는 것보다 더 허름했다. 돌기둥 뒤에 있는 현관은 꺼져갔으며 양치식물은 잎사귀 끝이 갈색으로 말라갔다. 계단에는 깨진 도기 냄비가 버려져 있었다. 햇빛을 받은 위층 창문들이 빛을 반사했다. 9월 초였지만 햇살은 격렬하게 타오르고 있었다. 그 창문들 가운데 한 곳에서 어머니의 얼굴이 보이기를 바랐지만 폴의 바람은 이루어지지 않았다.

현관문을 열어준 사람은 통통한 여인도 유쾌한 남자도 아니었다. 회색빛 얼굴에 흰색 머리카락이 눈을 덮을 정도로 길게 자란 남자였다. 폴이 찾아온 용건을 들은 남자는 엄지손가락으로 위층을 가리키더니, 끙 앓는 소리를 냈다. 부엌에서도 이전 방문에서 보았던 두 남자는 보이지 않았다. 차 향기도 나지 않았다.

어머니의 방문은 닫혀 있었다. 폴은 문을 두드렸지만 아무 대답도 듣지 못했다. 문 손잡이를 돌렸다. 문은 아주 쉽게 폴을 혼돈 속으로 안내해주었다.

벽에는 검은색 페인트가 마구 뿌린 것처럼 묻어 있고 블라인드는 갈기갈기 찢어져 있었다. 접이식 의자는 두 개 모두 엎어져 있었는데, 한 의자는 다리 하나가 사라지고 없었다. 찢어진 커튼 사이로 조각조각 들어오는 햇빛에 금속 침대 틀 밑에 웅크리고 있는 어머니의 모습이 보였다. 활짝 뜬 어머니의 눈이 반짝였다.

배를 타고 걸프만으로 떠나기 전에 머피네 아들은 심하게 짜증을 냈다. 자기 어머니에게 고함을 치면서 추잡한 폭언을 퍼부었고, 벽이 움푹 파일 정도로 주먹을 세게 내리쳤다. 그 뒤로 훨씬 더 많은 고함이 오고 갔다. 머피네 아들도, 어머니도, 아버지도 고함을 질렀다. 폴은 자기 방에 안전하게 숨어 있었지만, 나중에 고함이 잦아들고 머피네 아들이 문을 세게 닫고 어둠 속으로 나가버린 뒤에는 조용히 방에서 나와 벽을 고치는 머피네 아버지를 도왔다.

하지만 이번에는 안전한 피난처로 도망갈 수 없었다. 이 혼돈은 폴의 것이었다.

폴은 무릎을 꿇고 앉아 한 손을 내밀었다. 어머니는 그 손을 잡지 않았다. "무슨 일이에요?" 폴이 물었다. 어머니는 대답하지 않았다.

폴은 엉망이 된 방을 둘러보았다. 어디서부터 치워야 할지 엄두가 나지 않았다. 방 안에는 아크릴 페인트 냄새가 가득 퍼져 있었다. 폴이 찢어진 블라인드를 떼어내려고 애쓰면서 어떻게 해야 블라인드를 새로 살 수 있을까를 생각하고 있을 때, 침대 밑에서 커다란 기침 소리가 들렸다. 폴은 펄쩍 뛰어오를 정도로 놀랐다. 그 소리는 또 들렸다. 푸욱 푸욱. 어머니는 훨씬 더 어두운 곳으로 움츠러들었다. 어머니가 무언가 중얼거리는 소리가 들렸지만, 정확한 의미는 알 수 없었다. 어머니가 다시 기침을 했고, 폴의 눈 뒤쪽이 다시 욱신거리기 시작했다. 끊임없이, 일정한 간격으로 욱신거렸다.

"제발." 통증을 느끼면서 폴이 말했다. "어머니."

지금까지 폴은 어머니라는 말을 마음속으로만 했다. 지금 이 순간 밖으로 튀어나온 어머니라는 단어는 너무나도 바보처럼 들렸고, 그 의미를 모두 담기에는 너무나도 형식적이었다. 자신이 그렇게 울 수 있을 거라고는 생각지도 못한 모습으로 폴은 울기 시작했다. 제대로 숨도 쉬지 못하고, 거친 소리를 내면서 구슬프게 울었다. 폴은 그저 노란색 메모장이, 완벽하게 깎아낸 뾰족한 연필이 되고 싶었다. 풀 수 있는 방정식, 제대로 조립할 수 있는 분자, 멋지게 설계할 수 있는 탑이 되고 싶었다.

한참을 울고 난 폴은 울음이 잦아들자 두 손으로 얼굴을 닦고, 두 손은 청바지에 문질러 닦았다. 티셔츠는 땀으로 흠뻑 젖어 있었다. 큰 소리로 울면서 폴은 자신을 다독여주는 손길이 있기를 바랐다. 자신이 이렇게 큰 소리로 울면 어머니가 침대 밑에서 나와줄 거라고 생각했다. 하지만 어머니는 여전히 침대 밑에 있었다. 어머니의 웅얼거리는 소리가 사라지고 나자 집 밖에서 들리는 사이렌 소리 외에는 아무런 소리도 들리지 않았다.

폴은 아래층에 있는 부엌으로 갔다. 이전 방문 때 보았던 두 남자가 있었다. 부엌으로 들어간 폴을 두 사람은 물끄러미 쳐다보았지만, 그들은 폴을 알아보지 못했다. 통통한 여인은 어디에도 없었다.

폴은 유리잔에 물을 붓고 어머니 방으로 돌아갔지만, 어머니는 침대 밑에서 나오지 않았다. 어머니 방에 들어왔을 때는 오전이었다.

어머니가 침대에서 나오기를 기다리는 동안 그림자는 점점 더 길어졌다. 늦은 오후에 폴은 물컵을 침대 밑에 있는 어머니 옆에 두고 방에서 나왔다. 문을 닫자 어머니가 물을 마시는 소리가 들려왔다. 어머니는 동물처럼 혀를 날름거리며 물을 마시고 있었다.

꿀벌의 화원은 문을 닫았을 수도 있지만, 폴은 기다리지 않았다. 폴은 기숙사 방문 밑으로 밀어 넣고 간 편지 봉투에 적힌 주소를 기억했다. 버스를 탔다. 기울어진 집들이 희미한 윤곽이 되어 빠르게 지나갔다. 또 다른 폭풍우가 다가오고 있었다. 이번에는 서쪽에서, 아마도 수백 킬로미터 떨어진 로키산맥 꼭대기에서 시작됐을 것이다. 폴은 과거를 잊을 수 있는 아주 거대한 땅에서 사는 걸 꿈꿨던 슈타인호프 부부를 생각했다. 폴이 보기에 미국은 절대로 그런 땅이 될 수 없었다. 어린 시절 내내 폴은 한자리에 갇혀버린 것만 같았다. 어디에도 속하지 않은 고아로 가혹한 대륙의 중심에 못 박혀버린 것만 같았다.

하지만 이제 상황이 변했다. 폴에게는 어머니가 있었다. 적어도 어머니가 있다면 폴에게는 속할 곳이 있는 것이다. 어둠 속에서 쉴 새 없이 기침을 해대는 어머니라 해도, 손 쓸 수 없이 망가졌다고 외치는 어머니라 해도, 폴은 자신이 속한 어머니를 절대 포기하지 않을 것이다.

버스는 폴을 세탁소와 시트고 주유소, 텅 빈 가게와 전망창과 유리문이 있는 벽돌 건물이 보이는 모퉁이에 내려놓았다. 서쪽에는 드

157

문드문 자리 잡은 불법 거주 건물들 위로 석조 교회가 솟아 있었다. 꿀벌의 화원은 벽돌 건물에 있었다. 창문을 완전히 가리고 있는 화려한 꽃들 때문에 가게 내부는 보이지 않았다. 자주색과 빨간색 꽃을 보자 폴은 손가락 사이로 느껴지던 두툼한 편지지가 떠올랐다. 오후의 뜨거움이 폴을 내리눌렀다. 화원이 있는 건물 주차장으로 차 한 대가 들어왔고, 귀족처럼 우아하게 굽이진 눈썹을 한 흑인 여인이 나오더니 옷이 가득 든 봉투를 끌고 도로 건너편에 있는 세탁소를 향해 갔다. 도로에 나와 있는 건 흑인 여인과 폴뿐인 것 같았다.

꿀벌의 화원은 열려 있었지만, 폴이 다가가는 동안 가게 안에서 손이 쑥 뻗어 나오더니 '열림'이라고 적힌 푯말을 뒤집었다. 한 얼굴이 폴을 물끄러미 쳐다보았다. 남자의 얼굴이었다. 중년의 백인이었으며, 폴이 본 사람 가운데 가장 밝은 파란색 눈을 하고 있었다. 폴을 보는 남자의 얼굴은 웃고 있지 않았지만, 가장자리에 잔뜩 주름을 만들고 있는 눈은 웃고 있었다. 폴이 화원 문을 열었다.

"어서 와요." 남자가 말했고, 폴은 이 사람을 전에 만난 적이 있을지도 모른다고 생각했다.

"가게는…… 끝났나요?" 폴이 물었다.

"기다릴 수 있어요." 남자의 눈에서는 웃음이 사라지지 않았다. "어서 들어와요."

화원에서는 꽃과 커피 냄새가 났다. 금전등록기 뒤에서 주전자가 끓고 있었다. 그 옆에는 캔 커피가 놓여 있었다. 계산대 위에는 붉은색 꽃이 둥그렇고 가지런하게 놓여 있고, 그 옆으로 가위가 있었다.

남자는 이곳에서 줄기를 자르며 홀로 밤을 보내는 것이 분명했다.

"달리아예요." 남자는 그 진홍색 꽃을 가리키면서 말했다. "연인들을 위한 완벽한 꽃이죠. 뭘 드릴까요?" 몸을 돌리면서 남자가 말했다. "붓꽃은 어때요? 요즘에는 자주색이 인기가 있으니까."

폴은 어떻게 말을 꺼내야 할지 몰랐다. "장미로 할게요."

"몇 송이나?"

"다섯 송이요?"

남자는 양동이에서 장미를 뽑기 시작했다. "안개꽃과 양치식물은?" 남자가 어깨 너머로 뒤를 돌아보며 물었다.

"네, 주세요."

화원은 좁았지만 쾌적하고 안락했다. 희미하게 담배 냄새가 났다. 남자가 꽃다발을 만드는 동안 폴은 화원을 찬찬히 관찰했다. 그리고 남자를 관찰했다. 단추가 달린 흰색 셔츠, 황갈색 바지, 가늘고 긴 우아한 손가락, 이마 위로 아무렇게나 내려와 있는 갈색 머리카락. 폴의 교수 두 명과 거의 비슷한 연배처럼 보였다. 교수들은 모두 베트남 참전 용사들이었다. 그 교수들은 강의를 하다가도 곧잘 전쟁 이야기를 했다. 폴은 논증적 글쓰기 수업에서 자신이 쓴 에세이의 첫 문장을 떠올렸다. 전쟁은 둘 이상의 대립하는 세력이 벌이는 무력 분쟁이다. 하지만 앞에 있는 남자가 에세이에 도움이 될 만한 이야기를 해줄 수 있을 것 같지는 않았다. 이 남자가 전투하는 모습은 상상할 수가 없었다. 남자에게서는 예술가나 학자 같은 분위기가 느껴졌다. 잠을 자지 못하고 있다는 분위기를 풍겼다. 커피 냄새가 나기 때문일 것이다.

폴은 어째서 이렇게 품위 있는 남자가 이곳에서 꽃집을 하는 건지 궁금했다. 게다가 트루스트가에 꽃집이라니 어울리지 않았다. 폴이 듣기로는 훨씬 북쪽에 있는 상업지구의 상점가에서도 행인을 거의 보지 못한다고 했다. 굳이 이곳에 와서 꽃을 사 가는 사람은 없을 것 같았다. 어쩌면 이 남자는 과거의 죗값을 치르고 있는지도 모른다. 속죄의 의미로 적막한 교차로로 자신을 추방해버린 것인지도 모른다. 폴은 과거에 이 남자가 무슨 일을 했는지, 그 일이 어머니와 어떤 관계가 있을지 생각했다. JEC라는 이 남자가 했을 만한 일을 생각했다.

꽃다발을 완성한 남자는 포장지로 꽃다발을 감쌌다.

"얼마인가요?" 폴이 주머니에 손을 넣으며 물었다.

"선물이라고 생각해요." 남자는 꽃다발을 내밀며 말했다. "그래, 어떻던가요?"

폴은 남자가 하는 말을 정확히 알아들었다. 폴은 어깨를 조금 으쓱해 보였다. "좋지는 않습니다."

"그거 유감이군요." 남자의 목소리에서 폴은 진실을 감지했다. "첫 외출인데요."

폴은 꽃다발을 받아서 계산대에 올렸다. "요새에 계셨다고 했어요."

"말을 했어요?" 남자는 달리아를 한 송이 들고 줄기를 잘랐다. "아, 좋은 징후네요. 말을 하다니."

폴의 어머니는 침대 밑에 웅크리고 있었지만 그 눈만은 형형히 빛났다. 어머니는 혀로 물을 핥아 마셨다. 동물의 기침 소리를 냈다.

"요새라니 무슨 뜻일까요?" 폴이 물었다. 이 남자에게라면 무엇이든지 물어봐도 될 것 같았다.

"병원을 말한 걸 거예요." 남자는 고개를 들지 않았다. "내가 어머니의 의사였어요. 정신과의사였죠. 한동안은."

"어머니는 정신병원에 계셨군요."

"맞아요."

"마약중독자가 아니었어요."

"그래요." 남자가 손가락이 가느다란 손을 폴에게 내밀었다. "제임스예요."

폴은 그 남자의 손을 잡았고, 그 남자는 오랫동안 폴의 손을 놓지 않았다. "만나 뵙게 되어 기쁩니다." 폴은 말했고, 정말로 그렇게 느꼈다. 이 남자는 어머니와 어머니의 과거로 이어주는 연결 고리였다. J는 제임스의 약자였다. 그렇다면 E와 C는 무엇의 약자일까?

"오래전에 의사는 그만뒀어요. 사임했죠. 당신이 태어나고 몇 달 뒤에." 남자는 또 다른 달리아 줄기를 잘랐다. "어머니와 무척 닮았네요." 남자의 시선이 달리아와 폴 사이를 계속 오갔다.

폴은 제임스가 자신을 평가할 시간을 주었다.

"내 편지가 당신에게 제대로 닿았군요." 제임스의 가위는 얼어붙어버린 것처럼 움직이지 않았다. 폴은 가위가 다시 줄기를 자르기를 기다리며 가위를 쳐다보았다. "어느 정도 조사를 해야 했지만, 그래도 당신이 편지를 받아서 기뻐요."

"하지만 왜 제게 편지를 쓰신 거죠?" 평생을 사람들 눈에 띄지 않는 구석에서 아주 조용하게 살았던 폴로서는 누군가 굳이 시간을 내어 자신을 찾으려고 했다는 사실을 이해할 수가 없었다.

"그건 사과해야겠군요." 제임스는 자기 꽃으로 다시 관심을 돌렸고, 제임스의 가위도 다시 움직이기 시작했다. 달리아 줄기가 떨어졌다. "분명 당황했을 테죠. 기숙사에 침입하기도 했고, 지켜보기도 했으니까. 나는 당신 어머니를 아주 오래전부터 알고 있었어요. 하지만 당신이 태어나고 자라는 동안에는 거의 만나지 못했지요."

"더는 의사가 아니었으니까요."

"난 당신 어머니에게 좋은 사람이 되지 못했어요. 사실, 그 누구에게도 좋은 사람은 못 됐어요. 꽃은 쉬워요. 그저 물을 주고 빛을 주면 자라니까요."

희망이 폴을 따끔하게 찔렀다. 이 남자는 어머니를 오랫동안 알았다. 그러니 폴에게 정보를 줄 수 있을 것이다. "우리 아버지를 아세요?" 폴이 물었다.

제임스가 고개를 들었다. "만난 적은 없어요. 하지만 알아요."

"어떤 분이시죠?"

"당신 어머니가 잊어야 하는 사람이죠." 제임스는 다시 꽃을 보았다. "제발 어머니에게는 그 사람에 대해 묻지 말아요."

하지만 알고 싶어요. 폴은 절망스럽게 생각했다. 빛나던 어머니의 눈이, 동물 같던 어머니의 기침 소리가 생각났다. "아버지가 무슨 일을 하셨는데요?"

"한 번, 당신 어머니에게 그 사람 이야기를 하는 실수를 저질렀죠. 그 실수만 안 했어도……." 제임스는 사과하는 것처럼 웃었다. "그 결과는 당신도 보았겠죠."

"어머니가 퇴원했다는 건 어떻게 아셨죠?" 폴이 물었다.

"그 시설에서 일하는 직원 한 명이 내 환자였어요. 멋지게 웃는 덩치 큰 여자." 제임스는 가위를 내려놓았다. "당신 어머니가 좀 더 일찍 퇴원하기를 바랐지만, 난 이제 어머니의 담당 의사가 아니니까요. 그런 결정을 내릴 수 있는 권리는 포기했죠. 어머니는 한 달 전에 퇴원했다고 들었어요. 어머니와 함께 사는 사람 말이 어머니는 슈퍼마켓에서 식료품 포장하는 일을 하고 있다는군요." 제임스는 유리로 만든 신선 보관함 뚜껑을 열고 물이 가득 든 양동이에 달리아를 담았다. "그 일이 어머니에게 도움이 된다고 하더군요."

폴은 프라이스초퍼나 피글리위글리 같은 슈퍼마켓에서 달걀 상자와 셀러리, 시리얼을 종이봉투에 담고 있는 어머니를 상상해보려고 애썼다. 하지만 제임스가 들려준 어머니와 자신이 만난 어머니가 같은 사람이라는 생각은 도무지 들지 않았다. 폴의 마음속에서는 종이봉투를 갈기갈기 찢고, 달걀을 손님에게 던지고, 정육 코너에서 울부짖다가 뒷문으로 도망치는 어머니만이 떠올랐다.

"어머니하고 말씀을 나누어보셨나요? 어머니를 만나러 가시나요?" 폴이 물었다.

"아아, 그럴 리가요." 신선 보관함에서 몸을 돌려 폴을 바라보는 제임스의 얼굴에는 표정이 없었다.

"이미 말했지만, 난 당신 어머니에게 좋은 사람이 아니니까요."

폴은 자신이 제임스에게 받은 것 대신에 무언가를 주어야 한다는 기분이 들었다. 제임스가 아니었다면 폴에게는 어머니가 생기지 않았을 테니까. 어머니가 존재한다는 사실도 몰랐을 테니까. "어머니에게 안부를 전해드릴까요? 다음에, 어머니를 만나면요."

제임스의 눈이 바뀌었다. 장착하고 있던 냉정함이 사라졌다. 솔직한 감정을 드러낸 눈에는 두려움과 외로움이 담겨 있었다. "그래 주면 좋겠어요."

"그럴게요." 폴이 대답했다.

"폴." 제임스의 입에서 흘러나온 폴이라는 이름은 이상하게도 친숙하게 들렸다. 지금까지 제임스는 여러 번 폴을 불러본 것이 분명했다. "잘 지내는 걸 봐서 기뻐요. 분명히 쉽지 않을 거예요. 하지만 걱정하지 말아요." 제임스가 웃었다. "당신 어머니에게는 회복할 수 있는 능력이 있어요. 지금 보이는 것보다 훨씬 더 이 세상을 잘 헤쳐 나가게 될 거예요."

"그랬으면 좋겠어요." 폴은 꽃다발을 들고 문을 향해 걸어갔다. "이 문은 계속 열어둘까요?"

"아니, 닫아줘요." 제임스가 대답했다.

화원 문을 닫는 폴의 등 뒤로 제임스의 눈길이 느껴졌다. 폴은 들고 있던 꽃다발을 버스 정류장에서 졸고 있던 운동복 차림의 여자에게 주었다. 장미 꽃다발을 옆에 놓자 여자는 폴과 자신이 약속을 하고 만난 사이인 듯이 충혈된 눈을 뜨고 고개를 끄덕였다. 폴도 고개를 끄덕였고, 온몸으로 퍼져 나가는 따뜻한 기운을 느꼈다. 폴은 버스에 올라탔고, 이제 더는 자신의 집이 아닌 곳으로 돌아갔다.

다음 날 연보라색 건물로 갔을 때, 폴의 어머니는 그곳에 없었다.

"너희 엄마 일은 유감이야." 통통한 여인이 말했다. 오늘은 눈이 더 밝았지만, 아주 밝지는 않았다. "오늘은 아니야."

또 다른 남자, 피곤하고 불행해 보이는 백발 남자는 보이지 않았다. 두 흑인 남자는 부엌 식탁에서 카드놀이를 하고 있었다. 폴은 건물 안으로 들어가지 않았지만, 현관에서도 두 사람이 보였다.

"병원으로 돌아갔나요?" 온통 페인트로 얼룩져 있던 위층 방을 생각했다. 어쩌면 그곳은 이미 페인트를 새로 칠했는지도 모른다. 흰색, 상아색, 크림색 같은 무해한 색으로 바뀌었을 것만 같았다. 하지만 그런 색으로 칠해놓아도 어머니가 그린 검은색, 빨간색, 주황색 그림들은 새로 칠한 페인트 위로 스며 나올 것만 같았다.

"아, 병원. 병원에서는 너희 엄마를 받아주지 않아. 사실 그렇게 오래 데리고 있었다는 게 놀랍다니까. 70년대는 우리 같은 사람들한테 친절하지 않았으니까. 어이, 프랭크, 조지, 거기 있어?" 여인은 갑자기 고개를 돌려 부엌을 보았다. "저이들은 15년 전에 쫓겨났어. 나는 열여덟 살이 되자마자 내보냈고. 이런 집을 자기들 병동처럼 운영하지 않는 게 얼마나 다행인지 몰라. 우리가 있을 곳이 없었을 거야."

폴은 방금 들은 말을 이해할 수 없었다. "그럼 어머니는 어디 계신 건가요?"

여인은 어깨를 으쓱했다. "돌아올 거야. 대부분 그러니까."

"제가 찾을 겁니다."

"너희 엄마가 너를 찾았지."

"다른 사람이 찾은 겁니다."

"너희 엄마는 행운아야." 여인의 입속 깊숙한 곳에는 치아 세 개가 없었다. 여인이 입을 벌리고 활짝 웃었기에 알 수 있었다. "다른 사람이 있다는 거 말이야."

여인은 현관 앞에 서 있는 폴을 내버려두고 살며시 문을 닫았다.

폴은 좌우로 고개를 돌리면서 프로스펙트 대로를 따라 걸었다. 유리처럼 맑은 하늘이 평생 폴을 거부한 대륙을 둥글게 감싸고 있었다. 폴은 논증적 글쓰기 수업 시간에 제출할 에세이를 생각했다. 첫 문장을 고쳐야 했다. *전쟁은 사랑하는 것을 간직하려고 벌이는 투쟁이다.* 그렇게 쓸 것이다. 폴은 어딘가를 헤매고 있을 어머니를 생각했다. 눈 뒤에서 다시 욱신거리는 통증이 느껴졌다. 하지만 이번에는 반가운 통증이었다. 왜 눈 뒤가 울리는 것인지 알고 있었으니까. 이 느낌은 슬픔이 아니었다. 깊고도 변치 않는 행복이었다. 이제 폴에게는 어머니가 있었다. 폴에게는 이제 장소가 생겼다. 어머니를 찾기만 한다면, 폴의 것이라고 할 수 있는 장소가 생길 것이다.

중간

물이 폴을 사로잡았다. 진흙투성이의 무시무시하게 차오르는 물은 멈출 수 없는 힘이었다. 소용돌이치며 먼 길을 달려온 물은 건물을 휘감고, 서까래까지 차올라 집을 압박했다. 그달은 8월이었고, 그해는 2005년이었다. 뉴올리언스는 물에 잠겼다. 폴은 고개를 돌릴 수가 없었다. 텔레비전 앞에 붙박여 상체를 앞으로 쭉 내밀었다. 폴의 몸은 미주리주 캔자스시티에 있는 집 소파에 앉아 있었지만, 폴의 마음은 다른 곳, 물에 잠긴 루이지애나 거리를 떠돌고 있었다.

폴의 생일은 8일이 남았다가, 6일, 다시 이틀이 남았다. 뉴올리언스는 여전히 물바다였다. 뉴스는 끊임없이 뉴올리언스의 모습을 보여주고 있었다. 수태고지 거리에서는 양배추를 가득 실은 보트를 타고 맹렬하게 노를 젓고 있는 두 남자가 있었고, 식탁과 의자를 옆에 두고 건물 옥상에 올라가 있는 할머니가, 다락 창문을 내다보며 너무 짖어서 이제는 소리조차 제대로 내지 못하는 셰퍼드가 있었다.

서른이 된 폴은 자동차보험 회사의 영업 사원이었다. 폴에게는 2층짜리 주택과 그 주택을 맹렬하게 청소하는 아내가 있었다. 폴은 언제나 정해진 일정대로 생활했다. 하지만 지금은 잠을 잘 수가 없었다. 상쾌한 상아색 이불 속에서 조용히 빠져나와 살그머니 아래층으로 내려가 텔레비전을 켜고 소리를 낮추었다. 구호 활동이 점점 강화되고 있었다. 대통령은 마침내 자신이 가진 힘을 사용했다. 물에 잠긴 도로 위를 선회하는 헬리콥터 프로펠러가 수면을 가르고, 아이들과 노인을 끌어올리려고 사다리를 내렸다. 폴은 물에 빠져 죽지 않은 채 주인이 돌아올 거라고 믿으며 기다릴 개와 고양이들을 생각했다. 남쪽 하늘에는 구름이 떠 있었다. 더 많은 비가 내릴 것이라는 예고였다.

아침이면 폴은 브룩사이드에 있는 집에서 나와 직장으로 갔지만 업무에 집중할 수 없었다. 폴은 마음먹은 대로 1997년에 공학 학위를 받고 졸업했지만, 자신의 현실을 받아들였다. 현재 폴은 한때 오리건주와 캘리포니아주, 샌타페이 통로가 교차했던 거리를 따라 조성된 웨스트포트 산업지구에서 자동차보험 상품을 판매하고 있다. 이곳 교차로에는 손님이 드문 해피아워에 10센트만 내면 먹을 수 있는 치킨윙과 1달러짜리 생맥주를 마실 수 있는 아일랜드 술집이 있는데, 원래 그곳은 캔자스 너머까지 이동해야 하는 가족들에게 소금에 절인 돼지고기와 화약을 팔던 잡화점이었다. 칸막이로 사무실 공간을 나누어 만든 폴의 자리에서는 보닛을 쓴 여인들이 짐마차를 세웠을 주차장이 보였다. 그 여인들은 자신들 앞에 놓인 위험을 두려워하면서 걱정 가득한 눈으로 서쪽을 쳐다보았을 것이다.

보험회사는 분주하게 활동하는 사람들로 가득 찬 벌집 같았다. 허리케인 때문에 자동차보험을 찾는 사람이 급증했다. 폴의 전화기는 울리고 또 울렸다. 지점장도, 동료들도 모두 행복했지만, 폴에게 자동차는 관심사가 아니었다. 폴의 마음을 붙잡고 있는 것은 재앙에 취약한 건물이었다. 한 도시를 물 위로 들어 올릴 수 있는 존재가 있다면 어떻게 될까? 폴은 도시를 떠받들 복잡한 비계를 상상했다. 고객이 될 수도 있는 사람들에게 전화를 거는 대신 폴은 동료들이 자기 앞을 지나갈 때도 웅크리고 앉아서 복사용지 위에 대략적인 설계도를 그렸다. 폴은 대학교 때부터 썼던 연필을 계속 사용했다. 날카롭게 깎아서 설계도를 그렸다. 종이를 긁는 연필에 폴은 물처럼 깊고도 고요한 만족을 느꼈다. 뉴스에 나오는 전문가들은 홍수를 막을 방법으로 제방과 둑을 쌓는 방법을 말하고 있었지만 폴은 그런 방법이 효과가 있을지 의구심이 들었다. 폴은 공중에 떠 있는 도시를 상상했다. 재앙에 영향 받지 않는 대도시를.

폴은 어렸을 때 목격한 토네이도를 기억했다. 전기충격처럼 몸을 관통하던 짜릿함을 기억했다. 그때 폴은 미주리주 농지가 보이는 캔자스시티 끝에 놓인 트레일러에서 생활하던 번사이드 가족과 함께 살았다. 지금도 폴은 자주개자리밭을 배경으로 움직이던 시커먼 토네이도를, 무심하게 땅을 어루만지는 손가락 같던 그 시커먼 원기둥을 또렷하게 기억했다.

폴은 토네이도를 향해 달려가고 싶었다. 모든 것을 없애버리는 그 힘을 인정해주고 싶었다. 도시를 완전히 쓸어버리고, 조각난 교외를, 버려진 재즈 지구를, 유기된 도심지를 밀어버리는 모습을 상상했다. 토네이도는 제1차 세계대전 참전비를 들어 올려 옆으로 패대기쳐 버릴 것이다. 도시 중심부에서 철로를 떼어내어 돌돌 말아 던져버릴 것이다.

어깨가 아플 정도로 웅크리고 앉아 자신의 비전을 그려나가면서 폴은 사람에게 맞춘 환경이 아니라 환경에 맞게 적응하며 살아가는 미래를 상상했다. 많은 사람과 동물을 죽이며, 영원히 자연에 저항하는 미국 역사 따위는 애초에 존재하지 않는 장소를 생각했다. "세상을 만들어야 해."라던 어머니의 말이 폴의 귀에서 맴돌았다. 폴은 새로운 분노를 느끼며 다시 종이 위로 몸을 숙였다.

폴의 생각을 달리게 하는 힘은 허리케인만이 아니었다. 폴에게는 내일을 생각해야 할 또 다른 이유들이 있었다. 폴에게는 어머니 비가 있었다. 1993년에 어머니는 사라지지 않았다. 여전히 프로스펙트 대로에서 가까운 사회복귀훈련 시설에서 지내고 있다. 폴의 집에서 10분 정도만 차를 타고 가면 되는 곳이었다. 지금도 어머니는 피글 리위글리에서 식료품 포장하는 일을 했다. 결근하는 일도 없이.

어머니가 처음 사라졌던 날 오후에 폴은 점점 더 크게 원을 그리며 거리를 걷고 또 걷다가 넓은 가로수 길 위에 있는 아무도 없는 공터에 서서 팔꿈치를 문지르며 눈에게 속삭이고 있는 어머니를 발견했다. 폴을 발견한 어머니의 눈은 밝게 빛났다. "그 남자가 온다." 어머니는 말했다. "뛰지 마세요." 폴은 어머니를 진정시킨 뒤에 버스 정류장으로 모시고 갔고, 정류장에 선 버스에 어머니가 타는 걸 도왔다. 창가 자리에 앉은 어머니는 몸을 앞뒤로 움직이면서 나지막하게 노래를 불렀다.

이제는 어머니가 사라지면 어디로 가야 하는지 알았다. 어머니는 북쪽과 눈에 관해 중얼거릴 때도 있었고, 사막에 있는 남자에 관해 말할 때도 있었다. 아들을 보면 얌전해지는 어머니를 폴은 쉽게 데려올 수 있었다. 폴은 어머니를 자신의 스바루에 태우고 안전띠를 매주었다. 집으로 가는 동안 어머니는 보통 노래를 불렀지만, 폴은 모르는 노래였다. 그런 날에도 어머니는 언제나 다음 날 교대 근무를 할 준비가 되어 있었다.

어머니뿐만이 아니라 아내를 위해서도 폴은 미래를 생각해야 했다. 아내의 이름은 에바였다. 폴보다 세 살 더 많았고, 폴보다 15센 티미터나 더 컸다. 두 사람은 1999년에 폴이 우연히 들어간 개관 전 시회에서 만났다. 폴은 에바의 황갈색 피부와 직설적인 말투에 끌렸 다. 사진을 보고 있는 폴에게 에바는 말했다. "작은 남자분, 근처 식 당에 갈 건데 같이 가요. 당신이 자라는 데 도움이 될 거예요." 놀랍 게도 폴은 크게 웃었다. "한번 해봐요." 폴이 대답했다.

굴과 레드와인을 좋아하는 미술평론가 에바는 폴을 있는 그대로 받아준 유일한 여자였다. 폴의 키뿐만이 아니라 폴의 엄청난 굵기까 지도. 사거리에 있는 에바의 다락방에서 처음으로 사랑을 나눌 때 폴의 파란색 폴로셔츠와 베이지색 바지를 벗긴 에바는 여느 여자들 과 달리 폴에게 있는 유일하게 거대한 부분인 그의 페니스를 보고도 움찔하지 않았다. 그저 손으로 잡고 입에 물었으며 부드럽게 잡아당 겨 자기 몸 안으로 넣었다. 1년 뒤에 폴은 에바와 결혼했고 자신이 준비해둔 집, 침실 세 개와 잔디밭, 차고와 토끼가 사는 관목 숲이 있 는 조용한 브룩사이드의 집으로 에바를 데리고 갔다.

첫날밤에 어둠 속에서 에바에게로 몸을 돌린 폴이 물었다. "왜 나 하고 결혼했어?" 사랑을 나누면서 이불이 침대 밑으로 떨어졌기에 폴은 에바의 발보다 침대 끝에서 훨씬 멀리 떨어져 있는 자기 발의 희미한 윤곽을 볼 수 있었다. "내가 당신보다 훨씬 작잖아. 너무 평범 하고."

에바는 방 전체가 울리도록 크게 웃었다. "폴, 나의 작은 폴." 에 바는 폴의 목을 입술로 간질였다. "예술계 남자들이 얼마나 지겨운지 자긴 모를 거야. 비평가들 말이야. 심지어 예술가들도 정말 지겨워. 모두 당당하지, 조각상 같아. 자긴 자기만의 진정한 형태가 있다니까." 에바는 폴의 몸 위로 올라왔고, 두 사람은 다시 움직이기 시작했다. 어둠 속에서, 조용한 골목의 조용한 두 사람의 집 안에서. 사랑을 끝냈을 때, 폴 위에 누운 에바는 폴의 귀에 대고 조용히 속삭였다. "자기랑 있으면 안심이 돼."

비닐로 감싼 가죽 소파에 앉아 폴이 뉴스를 보고 있는 동안 에바는 집 안을 돌아다니며 청소하느라 바빴다. 유리는 유리 광택제로, 나무는 가구 광택제로 닦았으며 매일 모든 침실에 탈취제를 뿌렸다. 부엌 싱크대 밑에 있는 공간은 화학물질로 가득 찼다. "우린 얼룩을 원하지 않아." 두 사람이 가구를 사 왔을 때 에바는 선언했다. 소파와 의자에는 비닐을 씌웠고, 부엌 찬장에는 접착 시트지를 깔았으며 매트리스에는 지퍼 달린 커버를 씌웠다. 폴은 그런 에바를 이해할 수 없었다. 에바의 다락방에서는 목재가구를 비닐로 덮어놓지도, 침대 커버도 씌우지 않았으니까. 하지만 반론을 제기하지는 않았다. 에바는 행복해 보였으니까. 집 안의 모든 물건을 덮으면서 에바는 즐거운 듯이 노래를 불렀으니까. 결혼한 뒤로 에바는 예술 평론을 쓰지 않았다. 에바는 다른 일을 해보고 싶다고 했다. 하지만 그 일은 판화를 제작하는 것도, 뜨개질이나 퀼트 모임에 나가는 것도 아니었다. 에바가 원한 건 청소였다.

9월 4일 일요일 오전 11시 45분이었다. 뉴스에서는 뉴올리언스 소식이 점점 더 많아졌다. 몇 시간 전에 도시 변두리에 있는 다리 위로 경찰이 발포를 시작했다. 남자들이 죽었다. 텔레비전 화면 위로 사망자들의 얼굴이 나타났다. 나이 든 남자 한 명, 젊은 남자 한 명. 둘 다 흑인이었다. 소녀도 있었고, 다른 사람들도 있었다. 카메라가 피 묻은 콘크리트 바닥과 흐릿한 얼굴들을 잡았다. 증인들은 경찰과 시민이 충돌하는 건 전혀 새로운 일이 아니라고 말하고 있지만, 그들의 표정에는 충격이 여실히 드러나 있었고, 망연자실한 눈에는 생기가 없었다. 폴도 기절할 것 같았고, 위장이 꼬이는 것만 같았다. 이 행성은 정말 너무나도 피곤했다.

창문에 세제를 뿌리고 있던 에바는 뉴스 소리에 몸을 돌려 폴을 보았다. "보지 마." 유리 광택제 병을 든 손으로 텔레비전을 가리키며 말했다. "악몽만 더 꾸게 될 거야."

폴은 짜증이 나서 어깨를 비틀었다. 가끔 비명을 지르며 깰 때가 있지만, 폴은 에바에게 꿈 내용은 말해주지 않았다. 사막을 걷는 남자는 지금 흘러나오는 뉴스와는 아무 상관이 없었다. 이제 곧 에바는 폴이 텔레비전을 끄게 할 것이다. "괜찮아." 폴의 뒤에서 서성거리는 에바에게서 파도처럼 밀려오는 걱정이 느껴졌다. 결국 폴은 포기하고 텔레비전을 껐다. "저녁은 뭐 먹어?" 폴이 물었다.

"프라이스초퍼에서 브로콜리 라베 사 왔어. 파스타랑 소스 만들 거야. 우리 할머니 요리법대로." 에바의 대답은 놀랍지 않았다. 에바의 가족은 포르토엠페도클레라고 하는 시칠리아의 무너진 도시 출신으로 그곳에서 음식을 깊이 음미하는 법을 배웠다.

폴은 자기 가족만이 알고 있는 비결이 있다면 어떤 느낌일지 궁금했다. 지난번에 어머니가 사라졌을 때, 경찰이 사회복귀훈련 시설에서 3킬로미터도 넘게 떨어진 18th 앤드 빈에서 어머니를 발견했다. 어머니를 노숙자라고 생각했던 경찰은 어머니를 노숙자 쉼터로 데려가 밤을 보내게 했다. 새벽 1시에 어머니는 수신자 부담으로 폴에게 전화했다. 어머니는 단 한 마디, "와!"라고만 말했고, 폴은 일어나 앉았다. 자고 있는 아내를 깨우지 않고 혼자 나와 베이지색 스바루를 타고 노숙자 쉼터로 갔지만, 어머니를 데리고 돌아가려면 동이 틀 때까지 기다려야 했다. 맑은 눈으로 아침의 거리로 나선 어머니는 아들의 차를 타고 집으로 돌아가는 동안 폴은 모르는 노래를 흥얼거렸다.

폴과 에바는 6년을 알고 지냈고 결혼한 지도 5년이 되었지만, 폴은 어머니에 관해 아내에게 말한 적이 없다. 에바가 어머니에게 어떻게 반응할지 짐작도 할 수 없었다. 에바는 깨끗했고 신중했지만 어머니 비는 정반대의 사람이었다. 어머니를 찾으러 다녀야 할 때면 폴은 에바에게 직장에 급한 일이 생겼다고 말했다. 에바가 그런 변명을 믿는지는 몰랐지만, 어쨌거나 아직까지는 한 마디도 묻지 않았다.

그날 밤에도 폴은 잠들지 못했다. 침대에서 빠져나왔지만 텔레비전을 켜지는 않았다. 그 대신에 조용히 지하로 내려갔다. 에바가 다양한 프로젝트를 시도했던 벽지 바른 방으로 들어갔다. 폴은 지하에 단 한 개밖에 없는 전구를 켰다. 지하실 중앙에 있는 탁자 위에는 완전히 짜내지 않아서 속이 굳은 물감과 대바늘이 꽂혀 있는 뜨개실 같은 잡다한 물건이 놓여 있었다. 에바가 이 방은 손도 대지 않은 채 내버려둔다는 사실이 놀라웠다. 폴은 탁자 위에서 물건을 한쪽으로 치우고 자신이 쓸 수 있는 넓은 공간을 확보했다. 폴에게는 직장에서 가져온 직접 그린 설계도 외에는 다른 소유물이 없었다. 폴은 탁자 위에 설계도를 넓게 펼쳤다. 종이가 바스락거리는 소리, 조용히 윙윙거리는 가전 소리 외에는 아무 소리도 들리지 않았다.

폴은 도시계획 입안자처럼 자신의 설계도를 객관적인 시각으로 보려고 노력했다. 고개를 갸웃하며 눈을 가늘게 뜨고 자신의 작품을 검토했다. 격자구조와 사다리. 줄 그네와 탑. 아마추어의 작품 같았고, 어린아이가 그린 그림 같았다. 심지어 우스워 보이기도 했다. 그림책에서나 볼 수 있을 것 같은 그림이었다. 이렇게 생긴 도시는 어디에도 없었다. 아케이드로 덮은 보도가 이어진 미니애폴리스를, 건물과 건물 사이에 통로를 만든 토론토와 올버니를 생각했다. 세 도시가 그런 식으로 보도를 만들고 통로를 지은 건 모두 혹독한 추위로부터 주민을 보호하기 위해서였다. 세상을 그들에게 적응하게 하려는 시도가 아니라, 그들이 세상에 적응하려는 시도였다.

폴의 상상은 그와 같은 시도였지만 다른 일이기도 했다. 왜 그런지 정확한 이유를 찾을 수는 없었다. 아마도 그런 도시에서는 아무리 거센 추위가 몰아닥쳐도 삶은 정상적으로 계속되기 때문일 것 같았다. 폴의 거주지에서도 삶은 계속되겠지만, 미국의 도시와는 다를 것이다. 폴의 도시 시민들은 좀 더 친절할 테고 좀 더 배려심이 강할 것이다. 검고 하얗고 갈색인 피부의 사람들이 함께 살아갈 것이다.

경찰이 도움을 구하는 사람에게 총을 쏘는 일은 없을 것이다. 아이들은 시설에 갇히지 않을 것이다. 이웃들은 부모 잃은 아이를 자신의 가족으로 받아줄 것이다.

폴은 다시 자신이 그린 그림을 내려다보았다. "난 멍청이야." 큰소리로 말했다.

이런 장소는 제대로 작동한 적이 한 번도 없었다. 그래도 폴은 자신의 설계도가 내포하고 있는 의미를 사랑했다. 폴은 에바가 버리고 간 재료들을 뒤져서 필요한 물건을 추렸다. 붓 몇 자루, 대바늘, 나무. 지하실의 갓도 씌우지 않은 희미한 전등 밑에서 필요한 것들을 준비한 폴은 그 물건들을 구부리고, 자르고, 묶으면서 시간을 보냈다. 그리고 한 시간 뒤에 하나의 건축물을 만들어냈다. 연약하고 불안정했지만 그래도 서 있었다. 두 개의 비계 사이를 뜨개실로 만든 다리로 이은 구조물이었다. 폴의 첫 번째 공중 도시. 그림책에서처럼 환상적인 도시였다.

날이 밝자 폴은 에바에게 뉴올리언스 구호단체에 200달러를 기부하고 싶다고 말했다.

"왜?" 식탁에 떨어뜨린 머핀 가루에 온 신경이 집중돼 보이는 에바가 대답했다. 폴에게 주려고 토머스에서 사 온 잉글리시 머핀에 버터를 바르다가 떨어진 가루였다.

"그러면 안 돼?" 폴은 시계를 흘끔 보았다. 출근하기 전까지 10분쯤 여유가 있었다.

"그건 자기 돈이니까. 그 돈을 벌려고 자기가 일하는 거잖아."

"그렇지."

에바는 라이솔 티슈로 머핀 가루를 훔쳤다. 폴이 잉글리시 머핀을 다 먹자마자 에바는 마치 아이를 다루 듯 물티슈로 폴의 얼굴을 닦았다. 나의 도시에는 이런 화학물질이 없을 거야. 폴은 생각했다.

에바가 팔짱을 꼈다. "뉴올리언스는 우리 도시가 아니잖아. 게다가 우린 그런 돈을 쓸 수 없어."

"아니, 할 수 있어, 에바. 내 사랑." 폴이 에바에게 다가갔다. 에바는 단화를 신고 있어서 폴의 코가 에바의 목 부근에 닿았다. 에바에게서는 시설에서 나누어주는 노란색 비누처럼 진중한 냄새가 났다. "우린 충분히 벌고 있어. 나누지 않을 이유가 없어."

"하지만 정부는 뭐하고?" 에바는 매니큐어를 칠한 손톱으로 조리대를 문질러 떨어진 부스러기가 있는지 점검했다. "왜 정부는 돕지 않는 건데?"

"어느 정도는 돕고 있어." 폴은 에바의 귀에 이마를 대고 몸을 앞으로 밀었다. 에바의 긴장이 느껴졌다. 거의 눈치챌 수 없을 만큼 약했지만, 분명히 에바는 긴장하고 있었다. 폴은 뒤로 물러났다. "하지만 우리는 정부에 기댈 수 없다고 생각해. 정부가 우리를 어떻게 돕겠어?"

"정부 덕분에 자기가 어린 시절을 무사히 보낼 수 있었던 거야. 다른 나라였다면 자기는 거리에서 지내야 했을 거야."

"조금만 보낼게. 100달러면 될까?"

"그거 많은 돈이야. 미래를 생각해봐."

"이게 그 미래지." 폴은 지하실에서 만든 자신의 창조물을, 털실로 만든 다리를 생각했다.

"알아." 에바는 라이솔 티슈를 한 장 더 꺼내 조리대를 문지르며 말했다. "나, 임신했어."

영화 같은 순간이었다. 폴은 너무 놀라서 아무 말도 하지 못했다.

에바가 폴 대신 말했다. "6주야. 나도 2주 전에야 알았어."

폴의 입에서 빗장이 풀어졌다. "왜 곧바로 말하지 않았어?"

"오, 폴." 에바의 표정이 부드러워졌다. "말하고 싶었어. 임신했다는 게 정말 기뻤거든. 이건 크리스마스 같은 거야. 난 자기에게 줄 선물을 감추고 있었던 거고. 확실해진 다음에 말하고 싶었어." 에바는 쓰레기통의 페달을 밟아 뚜껑을 열고 티슈를 쓰레기통에 버렸다. "요즘엔 불확실한 일이 너무 많았잖아. 난 적어도 한 가지는 분명했으면 했어. 6주도 안심할 수 없으니까. 하지만 맞아, 자기에게는 말해야 했어. 그러니까 이제, 자기한테 줄게. 미리 주는 크리스마스 선물이야. 확신할 수는 없지만, 내 생각에 얘는 딸이야."

"우와." 그 말 한마디면 충분했다.

아내가 아이를 가졌다. 폴에게 아이가 생길 것이다. 아마도 딸일 것이다. 아내 같은 여자. 어머니 같은 여인. 만약에? 눈앞이 뿌옇게 변했다. 폴은 두 번째 만났을 때의 어머니 모습을 기억했다. 침대 밑에 웅크리고 앉아서 이상한 소리로 짖던 어머니. 유리잔에 담긴 물을 혀로 먹던 어머니를 떠올렸다. 폴은 갓 태어난 아기를 안고 있는 에바를 상상했다. 그 아이가 비와 같은 소리를 내면 어떻게 하지? 네 발로 웅크린 채 물을 먹으면 어떻게 하지?

"괜찮아?" 에바가 폴의 팔을 잡았다.

폴은 간신히 웃어 보였다. "괜찮지. 근사한걸. 에바, 정말 굉장해."

"이제 이해하지? 왜 돈을 그렇게 쓰면 안 되는지?" 에바가 물었다.

"그래."

창문으로 한 줄기 빛이 들어와 에바의 머리를 비추자 에바의 숱 많은 머리카락에서 빛이 났다. 조밀하고 검은 에바의 머리카락은 밝은 빛을 받아 생생하게 살아났다. 폴과 에바는 에바처럼 머리에서 저런 경이로움을 싹트게 할 누군가를 만들어내고 있다. 완전한 사람이라는 존재를 만들고 있는 것이다. 폴은 첫 번째 생각을 밀어냈다. 그들의 딸은, 정말로 딸이라면 어머니처럼은 되지 않을 것이다. 어머니와는 완전히 다른 독립적인 사람이 될 것이다. 폴의 딸은 그래야 했다. 폴의 딸은 이 끔찍한 세상보다 더 나은 존재가 되어야 했다.

그렇게 될 수 있는 방법이 있었다. 어머니가 폴의 인생에 들어와야 했다. 에바도 우리가 안고 있는 문제를 알아야 했다. 아이는 무(無)에서 나오지 않는다. 두 사람의 딸이 미래에 대한 희망을 품으려면 자신이 어디에서 왔는지를 반드시 알아야 했다. 폴은 가슴속에서 무언가가 살아 움직이며 타닥거리는 소리를 내고 있음을 느꼈다.

"에바, 당신이 만났으면 하는 사람이 있어."

"누군데? 왜 만나야 하는데?" 에바는 마음의 준비를 하는 것처럼 한 손으로 조리대를 짚었다.

"일요일에. 그때 일정 없지?"

"그 사람을 만나는 게 우리 아기랑 관계가 있는 거야?"

"아니, 전혀." 폴은 대답했지만 진실이 아니었다. "그냥 당신이 그 사람을 만날 필요가 있어서 그래."

폴은 어머니가 어딘가로 멀리 떠나 있지 않기를 바랐다. 두 사람이 어머니를 만나러 갔을 때 그곳에 있기를 바랐다. 운이 좋다면 어머니는 머리를 단정하게 빗고 치아에 해야 할 적절한 일도 해놓았을 것이다. 한 달에 한 번 어머니를 만나러 가는 폴은 언젠가 치약과 칫솔을 사 들고 가서 어머니에게 사용법을 알려주었지만, 어머니는 칫솔질하는 방법을 기억하고자 하지 않았다. 어머니의 치아는 검게 변했고, 몇 개는 이미 사라지고 없었다. 하지만 어머니의 웃음은 너무나도 밝았다. 어머니의 웃음이 폴 위로 쏟아져 내릴 때면, 폴은 고개를 돌릴 수가 없었다.

"폴, 그 사람이 누군지 말해줘." 에바의 목소리는 날카로웠다. 방금까지 품고 있던 따뜻함은 사라지고 없었다.

"나에게 아주 중요한 사람이야. 가족이고." 폴은 한 번 숨을 들이마셨다 내뱉었다.

에바의 눈이 휘둥그레졌다. "자기는 가족이 없어."

"당신이 있잖아."

"무슨 말인지 알잖아."

"누군가, 찾았어. 얼마 전에." 이 말도 정확히는 진실이 아니었지만, 충분히 진실이기는 했다. 폴은 멈추지 않고 말했다. "두 사람이 만나면 좋겠어." 폴은 잠시 입을 다물었다. "우리 어머니야. 어머니를 찾았어."

"아!" 에바의 표정이 누그러졌다. "당신 어머니." 에바는 새롭게 알게 된 정보를 검토하는 듯이 가만히 서 있었다. 그리고 얼굴이 실제로 넓어진 것처럼 보일 정도로 밝게 웃었다. "우와, 뭐야, 폴. 엄청난 소식이잖아. 어떻게 찾았어?"

"인터넷은 놀라운 곳이잖아."

"정말 신나." 에바는 폴의 팔에 손을 얹고 위아래로 쓸었다. 두 사람은 서로에게 몸을 기댄 채, 상대방의 피부 위로 숨을 내뱉으며 오랫동안 서 있었다. 에바, 나의 아내, 온전한 내 사람. 가족이 있다는 건 어떻게 생각해도 기적 같다고 폴은 생각했다.

마침내 에바가 뒤로 물러났다. 에바의 표정은 부드러웠는데, 무엇 때문에 그런 표정을 짓고 있는지는 알 수 없었다. 안도했기 때문일 수도 있고, 기쁘기 때문일 수도 있고 사랑하기 때문일 수도 있다. 아니면 그 세 감정 모두 때문일 수도 있다. "정말 믿을 수가 없어." 에바는 진지했다. 깊고도 단단했다. "전혀 생각도 하지 못했어. 자기에게는 아무도 없다고 생각했어."

"나도 그랬어."

"그럼 이제 우리 아기에게는 할머니가 둘이 있는 거네. 다른 아이들처럼."

에바의 말에 폴은 주춤했지만, 그건 잠시뿐이었다. 두 할머니 가운데 한 명이 정신이 나갔다고 해서 신경 쓸 사람이 있을까? 이 행성

자체가 아주 정신이 나가 있는데?

폴과 에바는 서로를 쳐다보았다. 그리고 에바는 언제나 그렇듯 집 청소를 하려고 긴 머리카락을 하나로 묶었다.

"빨리 만났으면 좋겠어." 에바가 말했다.

"어머니를 만날 때는…… 마음을 열어야 해. 그분은 아주 힘든 삶을 살았거든." 폴이 헛기침을 했다.

"이런, 내 작은 남자. 그건 자기도 마찬가지잖아." 에바가 폴의 뺨을 토닥였다. "약속할게. 마음을 아주 활짝 열어둘게. 당신에게 어머니가 있다는 게 정말 신나."

"나도 그래." 폴은 두려웠지만 폴의 심장은 부풀어 올랐다. 폴의 두 가족이 만나는 것이다. 질서라고는 찾아 볼 수 없는 가족과 질서로 꽉 차 있는 가족이. 폴의 딸은 폴과는 다른 인생을 살 것이다. 자신이 어디에서 왔는지, 과거를 몰라 저지르게 되는 어린 시절의 엄청난 실수 같은 건 폴의 딸에게는 없을 것이다. 폴의 딸에게는 과거라는 지식만 존재할 것이다. 폴의 딸에게는 자신이 누구인지, 어떤 사람이 되어야 하는지를 보여줄 사람들이, 가족이 존재할 것이다.

일주일이 지났다. 뉴올리언스는 이제 말라가고 있었다. 집들은 복구되고 실종자 수색에도 박차가 가해졌다. 당국은 댄지거 다리에서 경찰이 발포한 이유를 수사하고 있었다. 하지만 사망자 수는 계속 늘어났다. 폴은 이번에는 에바에게 아무 말도 하지 않고 100달러를 적십자에 보냈다. 지하실에도 두 번 이상 내려갔다. 비계는 점점 더 확장됐고, 더 많은 다리가 걸렸다. 밤에 잠을 자지 않아 직장에서는 멍한 상태로 하루를 보냈지만, 늘어난 고객 때문에 정신이 없었던 동료들은 그 사실을 눈치채지 못했다.

일요일이 되었다. 폴과 에바는 트루스트가가 있는 동쪽으로 차를 타고 달려갔다. 처음 이야기가 나온 후부터 오늘 아침까지 에바는 기대에 들떠 있었고 신나 보였다. 에바는 립스틱을 바르고 앤테일러에서 사 온 가장 좋은 리넨 드레스를 입었다. 하지만 트루스트 지구로 들어서자 밝았던 에바의 얼굴에는 그늘이 졌다. 처음에 폴은 에바의 표정이 바뀐 이유를 알지 못했다. 그러다가 알게 됐다. 폴의 눈에도 갈라진 아스팔트, 판자로 막은 가게 문, 창문에 창살을 단 모퉁이 가게들, 40년은 되어 보이는 종이봉투를 들여다보며 고개를 끄덕이고 있는 노인들이 보였다. 에바는 폴의 어머니가 사는 곳이 이런 곳일 거라고는 상상도 하지 못했던 것이다.

"시장이 여기서 많은 일을 했어. 거리를 청소하고, 새로 사업을 시작할 수 있게 자금을 지원하고." 폴은 조수석 창문 쪽으로 손가락을 가리켰다. "저기, 화원 보이지? 저기서 달리아를 팔아. 집에 가기 전에 사줄게." 에바는 굳이 고개를 돌려 꿀벌의 화원을 보는 수고는 하지 않았다.

"조심해. 빨간불이잖아." 에바가 말했다.

누군가 조수석 창문을 두드렸고, 두 사람은 깜짝 놀랐다. 폴이 고개를 돌리자 얼굴에 주름이 많은 흑인 남자가 보였다. 눈곱이 잔뜩 끼어 있는 남자는 물병을 들고 있었다. 1달러. 창문 밖에 선 남자의

입 모양은 그렇게 말하고 있었다. 남자는 목에 *베트남 참전 용사입*
니다. 도와주세요, 라고 적힌 카드를 걸고 있었다.

폴은 주머니를 뒤졌다. "목마르지 않아?" 폴은 창문을 내리고 2달
러를 남자에게 내밀었다. "한 병만 주세요." 남자가 두 병을 내밀 때
폴이 말했다. "나머지는 그냥 가지세요."

"자기, 웃겨." 직진 신호로 바뀌고 폴이 가속페달을 밟을 때 에바
가 말했다. "1달러를 그냥 주다니."

"그러면 안 돼?" 폴이 대답했다. 1달러를 더 줄 수 있다는 건 기분
좋은 일이었다.

"자긴 미래를 생각하지 않아, 그렇지?" 에바는 폴이 들고 있는 물
병을 가져가 한 모금 마셨다.

"당연히 생각하고 있지." 폴이 다시 물병을 받아들었다. 물은 시원
하고 달콤했다. "친절함이 사라진 미래가 어떤 모습이겠어?"

두 사람은 연보라색 건물 밖에 차를 세우고 나와 계단을 올라갔
다. 통통한 여인이 현관문을 열었다. 여인은 가슴에 얼룩이 묻고 지
퍼가 망가진 커다란 아디다스 운동복을 입고 있었다.

"비는 여기 없어. 벌써 몇 주는 됐어." 여인이 말했다.

처음에 폴은 여인의 말을 이해할 수 없었다. "떠났을 리 없어요.
그건 말도 안 돼요. 가로수 길에서 봤는걸요. 그리 오래되지도 않았
어요."

"충분히 오래됐을 거야, 분명히." 게슴츠레한 여인의 눈이 두 사람
을 지나 어딘가를 떠돌았다. "우리의 비가 자신의 사명을 찾았거든."

"도대체 그게 무슨 말씀입니까?" 폴이 물었다.

"비가 누구야? 자기 어머니?"

"트루스트가로 가. 39번지. 화원 옆에 비막이 판잣집이 있을 거야. 거기 2층이야. 우리 환자가 의사가 됐어." 여인은 폴을 보며 한쪽 눈을 찡긋 감았다. 그 말을 끝으로 여인은 현관문을 닫았다.

"폴. 이게 무슨 일인지 설명해봐." 에바가 폴의 소매를 잡아당기면서 물었다.

"나도 무슨 일인지 모르겠어. 그 집으로 가보자." 폴이 대답했다.

자동차를 타고 두 사람은 왔던 길을 되돌아갔다. 비막이 판잣집을 찾아내고 밖에 있는 잡초가 무성한 풀밭 위에 차를 세웠다. 에바를 기쁘게 해주려고 폴은 핸들에 잠금장치를 걸었다.

폴은 아내의 무릎을 손으로 짚었다. "우리가 알게 된 지 6년이 됐어. 당신을 사랑해, 에바. 정말로 사랑해. 당신이 나에 관해 모든 걸 알았으면 해. 이제 곧 아기가 태어날 테니까, 그건 정말로 중요해."

폴의 손 아래 놓인 무릎은 따뜻했고, 에바의 눈은 어두웠다. 두 사람이 처음 만났을 때 에바가 얼마나 쉽게 폴을 자기 몸 안으로 받아들였는지, 얼마나 관대하게 폴을 자기 인생에 초대해주었는지 폴은 똑똑히 기억했다.

"가자." 폴은 말하고 차 문을 열었다.

열기가 공기를 울리고 있었다. 거리에는 아무도 없었다. 어디에선가 파리들이 정신없이 날갯짓하고 있었다. 폴은 집을 살펴보았다. 하얀색이었고 더러웠다. 1층 창문에는 아무것도 걸린 것이 없었고 2층 창문에는 망가진 블라인드가 내려와 있었다. 폴에게는 아내가 있었다. 어머니가 있었다. 아내의 가족들이 있었다. 그리고 이제 곧 폴의 아기가 생길 것이다. 위탁가정을 여기저기 옮겨 다녀야 했던 소년 폴로서는 감히 꿈도 꾸지 못했던 풍성함이다.

초인종을 눌렀지만 아무도 대답하지 않았다. 하지만 곧 버저가 울리더니 철컹하고 문이 열렸다. 폴이 문을 밀어서 열자 회색 카펫이 깔린 평범한 복도가 나타났다. 복도 계단은 위층으로 이어져 있었다. 위층에서는 퀴퀴한 담배 냄새가 났다. 그 음울한 악취는 왠지 모르게 머피네 집을 떠오르게 했다. 바람이 통하지 않는 답답함도 마찬가지였다. 폴은 나오려는 기침을 꼭 눌러 참았다. 문은 두드리기 전에 열렸다.

폴은 12년 동안 제임스를 보지 못했다. 제임스는 변해 있었다. 가는 손가락과 학자 같은 분위기는 여전했지만 구부정하게 쪼그라든 몸에 키까지 작아져 있었다. 파란색은 거의 사라졌고 노랗게 흐려진 눈은 거의 폴의 이마 가까이까지 낮아져 있었다. 그 눈은 어떠한 말도 없이 에바를 바라보고 있었지만, 폴은 그 눈에 어린 미소로 제임스가 아내를 환영하고 있음을 알 수 있었다.

"들어와요." 제임스가 말했고, 제임스의 목소리에서 폴은 뼈가 달그락거리는 소리를 들었다.

"제가 제대로 이해한 건지는 모르겠지만……." 폴은 입을 열었지만 무슨 말을 해야 할지 알 수 없었다.

두 사람이 안으로 들어가자 제임스가 문에 걸쇠를 걸었다. "당신이 올 거라는 걸 알더군요." 제임스는 어리둥절한 것 같았다. "가끔, 그 사람은 모든 걸 알고 있다는 기분이 들어요."

폴은 아파트 내부를 둘러보았다. 기울어진 가구들, 나무 장식 판자, 커피 탁자 위에 놓여 있는 담뱃갑들, 담배꽁초와 재가 넘쳐흐를 것처럼 쌓여 있는 재떨이가 보였다. 벽화는 없지만 어머니의 그림이 있었다. 벽에는 어머니의 그림을 넣은 아주 작은 액자들이 걸려 있었다. 붉은색과 파란색 하나씩. 모서리에서 찬란하게 광채가 나는 별을 그린 그림도 있었다. 가장 구석에 있는 흑백 그림에는 거의 자기만큼이나 큰 아기를 안고 있는 사람이 있었다. 그 사람은 여인처럼 보였다. 고리로 매달아 놓은 식물들은 그곳의 탁한 공기에 습기를 머금은 청량감을 주었다. 창턱에는 난초, 제라늄, 담쟁이덩굴 화분이 놓여 있었다. 햇빛이 들어오지 않는 이런 방에서 잘 자라는 이유는 알 수 없었지만, 어쨌거나 식물들은 정말로 잘 자라고 있었다.

갑자기 날카로운 것에 찔린 듯한 충격을 받으며 폴은 깨달았다. 비는 여기 있는 거야. 하지만 왜?

"어디에 계십니까?" 폴이 물었다.

대답을 하려고 제임스가 입을 열었지만, 입에서는 말이 나오기도 전에 기침부터 나왔다. 깊고도 거친 기침이었다. 기침이 잦아지자 제임스는 손수건을 꺼내 핏덩어리를 뱉어냈다.

"여기 있어요." 제임스는 둥글게 만 손수건을 주머니에 넣었다. "정말 감동적이에요. 비 말이에요. 정말 나를 잘 돌봐주고 있어요. 아, 그 전에 손님을 소개해줘요." 제임스가 에바에게로 몸을 돌렸다.

에바의 표정만으로는 그녀의 마음을 읽을 수 없었다. 에바가 제임스에게 손을 내밀었다. "에바입니다. 폴의 아내예요. 당신은 누구신가요?" 에바가 어색하게 웃었다. 폴은 에바가 무슨 생각을 하는지 알고 싶었다.

제임스가 에바의 손을 잡았다. "제임스 에드워드 카슨이에요. 예전에는 정신과의사였죠. 지금은 녹색광이 되어서 식물을 기르고 있고요. 현재 환자이기도 하군요." 제임스는 에바를 잡은 손에 힘을 주었다가 놓았다. "내가 돕고 싶었던 사람에게서 구원을 받는다는 건 정말 독특한 경험이에요."

그때서야 폴은 이해했다. "선생님을 돌보려고 어머니가 여기 계신 거군요."

"그래요. 그저 알았다더군요. 어느 날인가 오후에 그냥 문간에 서 있었어요. 북쪽 마녀처럼 말이에요. 비가 지팡이를 휘두르면서 소리치자 내 상태는 한결 나아졌답니다."

제임스의 얼굴은 비라는 존재가 자신을 고양시키기라도 한 것처럼 더없이 행복해 보였고, 성스러워 보였다. 폴의 가슴이 거세게 요동쳤다. 폴은 위탁가정을 돌며 보내야 했던 그 길고 외로웠던 시간을 생각했다. 그 모든 냉동식품과 더러운 카펫, 다른 아이가 버린 장난감 자동차는 이 세상이 폴을 사랑하지 않는다는 사실을 넌지시 말해주는 증거들이었다. 폴은 두 번째로 어머니를 만났던 날을 기억했다. 어머니가 어떤 식으로 침대 밑에서 웅크리고 있었는지, 울고 있는 자신을 어떤 식으로 내버려 두었는지를 기억했다.

망할! 폴은 지금 자기가 화를 내고 있는 사람이 비인지, 제임스인지, 아니면 자기 자신인지는 분명히 알 수 없었다. 폴은 언젠가 어머니가 몸도 마음도 건강한, 온전한 상태로 돌아와 자기 가족의 일원이 되어줄 것이라고 믿었다. 온전하지도 않은 어머니가 어떻게 가족도 아닌 타인을 돌봐준다는 결정을 할 수 있는 걸까?

낮게 신음하는 소리가 들렸다. 세 사람은 소리가 나는 쪽으로 고개를 돌렸다. 비가 그곳에 있었다. 방문 앞에서 서성이고 있었다. 폴은 그곳이 어머니의 침실임을 알았다. 병자를 돌보는 사람이 되었으니 어머니는 변했을 거라고 생각했다. 좀 더 어른스럽게 자신을 가꾸고 있을 거라고 생각했다. 하지만 어머니는 어머니였다. 머리카락은 언제나처럼 쥐 둥지같이 보였고, 입고 있는 옷에는 얼룩이 잔뜩 묻어 있었지만 눈만은 영원히 존재할 것처럼 살아 있었다.

온몸에 전율이 흘렀다. 어둠 속에서 누군가가 폴을 향해 걸어왔다. 폴이 보고 싶지 않은 누군가가 폴에게 다가왔다. 어젯밤 꿈에서 폴은 어두운 사막에서 합쳐지던 남자의 모습을 보았다. 폴은 대륙 끝에 있었다. 폴의 뒤로는 대양이 소용돌이치고 있었다. 폴은 하늘에 떠 있는 별을 알아볼 수 있었다. 붉은 별이었다.

"폴?" 에바가 말했다. 떨리는 에바의 목소리에서 두려움을 느낄 수 있었다.

"이분은 비야." 가슴이 조여왔다. "나의 어머니."

평정을 되찾는 에바의 모습은 인상적이었다. 에바는 움찔하지도, 무너지지도 않았다. 과장되게 소파에 주저앉지도 않았다. 에바가 말하기 시작했을 때, 두려움은 이미 없었다. "만나 뵙게 되어 반가워요. 두 분이 똑 닮았어요."

에바는 비에게 손을 내밀었고, 폴로서는 너무나도 놀랍게도, 비는 에바의 손을 잡았다. 어머니는 에바의 손을 한 번 세게 흔들었다. "만나서 반가워요." 비가 말했다. 한 마디 한 마디 신중하고 명확하게 천천히 발음했다. 연습을 한 거야. 폴은 생각했다. 하지만 어째서? 어머니는 에바가 오는 걸 몰랐을 텐데. 아니면 제임스가 옳은 걸까? 비는 정말로 모든 걸 아는 걸까?

제임스는 한 손으로 입을 가리고 기침을 했다. 폴은 에바와 비의 말을 끊어주려고 제임스가 조용히 나선 것이라고 생각했지만, 제임스는 한번 시작한 기침을 멈추지 못했다. 허리를 숙이고 기침을 하는 제임스의 몸이 마구 떨렸다. 제임스의 가슴에서 폐가 찢어져 나올 것처럼 무시무시한 소리가 났다. 제임스는 손수건을 꺼내 가래와 침을 뱉었다. 한 번, 두 번. 부패의 냄새가 났다. 허리를 편 제임스의 얼굴은 하얗게 질려 있었고, 두 눈은 발갛게 충혈되어 있었다.

"차를 마실까요? 트와이닝 얼그레이가 있는데."

폴은 어머니와 죽어가는 남자가 어떻게 밤을 보내는지 궁금했다. 저녁 식사를 준비하고 함께 앉아 〈더 오피스〉 시리즈를 보거나 스크래블 게임을 할까? 영화관에 가거나 야구를 보려고 코프먼 스타디움에 가거나 켐퍼 미술관에 개막 전시회를 보러 갈까? 하지만 매번 그런 식으로 시간을 보낼 수는 없을 것이다. 두 사람의 밤은 긴장으로 가득 차고, 해야 할 일들로 채워져 있을 것이다.

"차를 마시면 좋을 것 같아요. 제가 도울게요." 에바가 제임스를 따라 부엌으로 들어갔다. 이런저런 제안을 하는 에바의 부드럽고도 그윽한 목소리가 들려왔다. 그런 에바의 목소리는 늘 황금을 연상시켰다. 황금이 소리를 낸다면 꼭 저런 소리를 낼 것 같았다.

폴과 비는 서로를 물끄러미 쳐다보았다. 폴은 어머니에게 이유를 묻고 싶었다. 어째서 제임스에게 헌신하는 것인지, 어머니를 보호해야 했지만 그렇게 하지 못한 남자를 돌보는 것인지 묻고 싶었다. 어째서 어머니에게 제대로인 의사가 되어주지 못한 사람을 보살펴주는 것인지 묻고 싶었다.

한참 시간이 흘렀다. 부엌에서는 찻잔을 준비하는 소리와 찻물이 끓었음을 알리는 소리가 들렸다.

어머니가 침묵을 깨뜨렸다. "붉은 별을 좇아가."

폴은 피부가 따끔거렸다. 꿈에서 폴은 붉은 별을 보았다. 불처럼 보이는 별이었지만, 폴은 그 별이 차갑다고 확신했다. 폴은 붉은 별을 마음속에서 밀어내고 싶었지만 할 수 없었다. 폴은 장미색 의자 위에 털썩 주저앉았다. 제임스의 냄새가, 썩고 있는 제임스의 폐 냄새가 났다. 부엌에서는 찻주전자가 절정을 알리는 요란한 소리를 내다가 곧 잠잠해졌다. 얼그레이 향이 식물과 연기를 뚫고 폴을 향해 날아왔다. 폴은 언제나 세부 사항에 집착했다.

"우리가 돌아왔어요." 에바가 밝게 이야기했다. 차가 든 쟁반은 에바가 들고 왔고, 제임스는 에바 뒤를 따라왔다. 이 여자는 누구지? 에바를 보면서 폴은 생각했다. 나에게 묶여 있는 이 여자는 누구인 거지? 나는 이 사람이 갈망하는 안전을 줄 수 없어. 어째서 나에게 정상적인 가족이 생길 거라고 믿었던 걸까?

제임스가 고개를 돌려 어머니의 방을 보았다. "우리가 그 사람을 잃어버린 것 같군요. 안타깝게도."

폴은 어머니가 있던 곳으로 고개를 돌렸다. 어머니는 가버렸다. 또다시. 갑자기 피로가 폴을 덮쳤다. 다리에서 일어난 총격 사건 뉴스를 보면서 느꼈던 피로였다. 태양에서 세 번째로 가까운 이 행성은 참을 수 없을 정도로 힘든 곳이었다.

"제가 모시고 올게요." 에바는 쟁반을 내려놓더니 폴이 말릴 사이도 없이 어머니의 침실로 들어갔다. 감정을 전혀 드러내지 않았지만 거실로 돌아온 에바의 얼굴에서는 핏기가 완전히 사라져 있었다. "침대 밑에 계세요." 에바가 말했다. "이상한 소리를 내고 있고요. 우리가 어떻게 도와드려야 하죠?"

제임스는 한 손으로 자신의 성긴 머리카락을 쓸었다. 몇 가닥이 솟아올라 자유롭게 흔들렸다. 폴은 제임스의 두피 밑에서 웃고 있는 머리뼈를 볼 수 있었다. "우리가 할 수 있는 건 없어요. 그냥 지나갈 때까지 기다려야지."

"저런 상태인데 어떻게 당신을 돌본다는 거죠? 오히려 어머니가 도움을 받아야 할 것 같은데요."

"생각보다 비는 도움이 필요하지 않아요. 특정한 일들은 상당히 능숙하게 해내지요. 이제는 나를 위해서 장도 봐주는걸요. 내가 혼자서 해내지 못한다는 게 조금은 당혹스럽기도 하지만 이제 창피함은 뒤에 놓아두는 법을 배우고 있지요."

"하지만 왜 저렇게 되시는 거죠? 그것도 하필 지금?"

"대답하기 어려운 질문이군요. 무언가가 저 사람을 자극하는 거예요. 자극제는 아주 강한 감정일 수도 있고, 창문 틈새로 들어온 햇빛일 수도 있죠." 제임스는 폴을 보았다. "당신 때문이라는 생각은 하지 말아요. 어디 보자." 제임스는 쟁반으로 고개를 돌렸다. "레몬을 넣어줄까요, 크림을 넣어줄까요?"

"사실, 우리는 가봐야 해요. 깜빡했네요. 부모님이 우리 집에서 저녁을 드시기로 했어요. 가서 준비해야 해요." 에바가 말했다.

폴의 입에서 안도의 한숨이 새어 나왔다. 폴은 너무 피곤했다. 이집이, 제임스의 폐에서 흘러나오는 고름이, 자신의 어머니가 너무 피곤했다. 죽어 있는 이 집에서 빠져나와 브룩사이드에 있는 깔끔하고 안전한 집으로 가야 했다. 소파에 파묻혀서 스프라이트를 마시며 〈제퍼디!〉를 봐야 했다. 어머니의 세상 따위는 잊어버릴 것이다. 이제 더는 예언 따위는 듣지 않을 것이다. 짐승이 신음하는 소리도 듣지 않을 것이다. 당신은 나를 돌봐준 적이 한 번도 없잖아. 폴은 생각했다. 그런데 왜 내가 당신을 돌봐야 해?

"꼭 다시 와주길 바라요." 문 앞에서 제임스가 말했다. "저 사람도 애쓰고 있어요." 제임스가 에바에게 말했다. "삶은 저 사람에게 친절하지 않았어요. 지금도 그렇고요." 제임스의 얼굴에는 감정이 여실히 드러나 있었다. "그런데도 저 사람은 계속 살아가고 있어요. 우리 모두에게 교훈을 주고 있는지도 몰라요."

"차, 감사했어요." 에바가 간신히 대답했다.

"우리 문은 언제나 열려 있어요." 제임스는 폴에게 말하고, 폴이 미처 말리기도 전에 폴을 끌어안았다.

제임스의 몸은 껍데기만 남은 것처럼 가벼웠다. 언제라도 바람에 휩쓸려 날아가버릴 것만 같았다.

제임스의 집을 나서면서 폴은 들을 수 있었다. 제임스에게서 나오는 죽음의 소리보다 훨씬 더 거칠고 외로운 동물의 기침 소리를. 폴의 어머니는 네발로 침대 밑에 웅크리고 앉아 자신의 진짜 목소리로 짖고 있었다. 잘 가. 폴은 어머니가 자신에게 작별 인사를 하고 있다고 생각했다.

차 안에서 두 사람은 아무 말도 하지 않았다. 폴은 에바의 드러난 무릎을 만지고 싶었지만, 그러면 안 될 것 같은 분위기를 느꼈다. 어머니의 집에서 복잡한 냄새를 맡고 온 뒤라 바닐라 향이 나는 차량 방향제는 마음을 진정시켜주었다. 집까지 달려오는 동안 폴은 멈추지 않고 방향제 분자를 들이켜고 내뱉었다.

동네 어귀로 들어올 때쯤에는 에바도 눈에 띄게 평온해졌다. 폴도 마찬가지였다. 이곳은 싸구려 가게와 편의점, 프라이스초퍼, 에바가 친구들을 만나 시간을 보내는 브런치 카페가 있는 예스럽고도 멋없는 거리였다. 황갈색 벽면에 잘 관리한 잔디밭이 있는 두 사람의 집이 있는 거리였다. 자동차 밖으로 나오는 두 사람을 물먹은 풀과 치자나무 향기가 반갑게 맞아주었다. 두 사람이 다가가자 클로버를 먹고 있던 토끼가 꼬리를 휘날리며 달아났다.

집에 들어가자마자 에바는 맨 위층부터 아래층까지, 집 안을 구석구석 청소하기 시작했다. 폴은 아내가 그처럼 빠르게 움직이는 모습을 본 적이 없었다. 폴은 만화에서 본 태즈메이니아데블을 떠올렸다. 폴은 에바가 청소를 마칠 때까지 비닐 덮은 소파에 앉아 기다렸다. 텔레비전을 켜고 뉴스를 보지도 않았다. 아무것도 하지 않고 그냥 기다렸다. 오후 3시가 되자 에바는 행주와 스프레이 병을 내려놓고 부모님에게 전화를 걸어 저녁 식사에 초대했다. 에바가 소스를 만들기 시작하자 소스의 향기가 화학물질(아내가 그 이름들을 말할 때면 마치 마녀가 주문을 외우는 것 같았다. 라이솔, 틸렉스, 페브리즈, 플레지, 클로록스) 사이로 번져 나갔지만 그 냄새를 완전히 없애지는 못했다.

그날 밤 폴과 에바와 에바의 부모님은 에바의 고향 음식으로 만찬을 벌였고, 에바의 흠 없는 아버지와 어머니가 저녁 식사를 주도했다. 에바의 부모님은 부드러운 목소리로 이야기를 주고받았고, 머리 위 전등불이 비추는 두 사람의 얼굴은 어떤 걱정도 없이 평온했다. 에바의 어머니가 세몰리나 빵을 에바의 아버지에게 줄 때 두 사람의 손가락은 살며시 스치듯 지나갔다. 폴은 질투할 수밖에 없었다. 이런 부모를 둔 사람에게는 질투를 할 수밖에 없는 것이다.

폴은 거의 아무것도 먹지 않았다. 에바는 파스타 세 접시와 빵 두 덩어리, 샐러드를 높게 쌓아 먹었으며 아티초크를 심까지 한꺼번에 삼켰다. 에바는 폴의 어머니를 만난 일은 아직 한마디도 하지 않았다. 에바는 부모님이 떠나고 잠들 시간이 되어 에어컨을 켠 방에서 꽃무늬가 있는 얇은 이불을 덮고 함께 누울 때까지 기다렸다.

"너무 어리다는 생각, 아무도 하지 않는 거야?" 전등을 끄고 말했기 때문에 어둠 속에서 들려오는 에바의 목소리는 에바의 입이 아니라 아주 먼 곳에서 들려오는 것 같았다.

폴은 누구를 말하는 거냐고 물을 필요조차 없었다. "나이가 아주 많지는 않지."

"열두 살처럼 보여."

"정말로 그렇게 생각해?"

"절대로 마흔은 넘지 않았어. 하지만 당신을 낳았다면 그럴 수 없는 거잖아. 아니면 아이였을 때 당신을 낳았어야 해."

폴도 어머니가 젊어 보인다는 건 알았다. 하지만 에바처럼 생각해본 적은 없었다. 어둠 속에서 폴은 꿈에 나왔던 남자를, 사막을 걷던 남자를 보았다. 아직 그 남자의 얼굴은 보지 못했다. "분명히 그보다는 많을 거야. 거의 50은 됐을 거라고 생각해." 폴은 그렇게 믿고 싶었다. 하지만 에바가 옳고, 어머니가 정말로 마흔이 되지 않았다면 그건 어머니와 폴의 가족에 관해 훨씬 더 많은 걸 알려주는 정보일 수밖에 없었다. 폴은 두 팔을 머리 뒤로 쭉 뻗었다. "제임스는 어떤 거 같아?"

"그 냄새 나는 늙은 남자?" 에바의 목소리가 까칠해졌다. "그런 남자랑 살겠다고 그 집에 들어가다니 믿을 수가 없어."

"맞아. 나도 그래." 폴도 인정했다.

"그 남자가 망치고 있는 거야. 그 여자를." 폴은 에바가 어머니를

'어머니'라고 부르지 않는다는 걸 깨달았다. "간호사일 리가 없어. 정신이 아픈 사람이잖아. 시설에 있어야 해."

어둠 때문에 숨이 막힐 것 같았다. 폴은 전등을 켤까 고민했다.

에바가 몸을 돌렸다. "화장실에 다녀와야겠어." 빛을 가린 에바의 몸이 침대에서 일어나 둥둥 떠가듯이 욕실로 걸어갔다. 다시 돌아온 에바에게서는 비누 냄새와 핸드로션 냄새, 솜털처럼 부드러운 냄새가 났다. "그런데 그 돈 있지? 자기가 허리케인 때문에 보내고 싶다던 돈. 그거, 보내. 200달러면 괜찮을 거 같아."

폴은 너무 놀라서 숨이 멎을 것 같았다. 그 마법을 깨고 싶지 않았다.

"이 집을 잃는다면 못 참을 거 같아. 토네이도 때문에 캔자스도 미주리도 늘 문제잖아. 토네이도 때문에 집이 망가지면 어떻게 해야 할지 상상도 못 하겠어. 우리가 어디로 갈 수 있을까? 이 아기까지 있는데……." 에바는 말을 끝내지 못했다.

에바는 이불 밑으로 깊숙이 파고들었다. 에바의 발가락이 폴의 발가락을 문질렀다. 따끔거리는 흥분이 폴의 정강이를 타고 허벅지로, 사타구니로 올라갔다. 에바의 손에서는 면직물 냄새가 났지만, 잠옷의 목깃에서는 에바의 진짜 향기가 났다. 장미와 사향내. 에바의 배와 가슴에 손을 댄다면 에바가 반응하리라는 걸 폴은 알 수 있었다. 폴은 한 손을 매트리스 위로 뻗었고, 곧 다른 손도 뻗었다. 에바는 폴에게서 몸을 돌리고 있었지만, 폴의 손길이 닿자 다리를 벌렸고, 곧 몸을 돌리면서 입술도 벌렸다. 에바는 따뜻했고 미끄러웠으며 부드러웠다. 문은 닫혀 있고 에어컨은 맹렬하게 돌아갔으며 이불 밑에 있는 두 사람의 피부는 열기로 퍼덕였다. 두 사람이 끌어안고 있을 때, 폴은 거인이 됐다. 두 사람의 몸이 만나고 헤어지고 만나는 동안 폴은 어머니의 목소리를 들었다.

어머니는 말했다. 출발해. 붉은 별을 좇아가.

9월이 지나갔다. 10월도 대부분. 폴은 그동안 텅 빈 공터에도, 비막이 판잣집에도 가지 않았다. 폴은 에바의 말을 계속 생각했다. 비가 얼마나 어려 보이는지를 생각했다.

지하실에서의 작업만이 폴을 위로했다. 공구점에서 발사나무 판과 초강력 접착제, 날카롭고 예리한 작토 공예 칼을 사 왔다. 끔찍한 꿈을 꾸고 잠에서 깨는 밤이면 폴은 조용히 지하로 내려와 갓도 씌우지 않은 전등을 켜고 작업을 했다. 지금까지 폴은 기둥 위에 높이 떠 있는 탑들이 복잡한 스카이라인을 만드는 도시 블록 하나를 건설했다. 어느 날에는 한밤중에 에바가 지하실 문을 열고 계단을 내려왔다. 폴은 놀란 에바가 뭘 하고 있는 거냐고 물을 거라고 생각했지만 에바는 묻지 않았다.

"그러니까 이걸 하고 있는 거였구나." 에바는 웃으면서 말했다. 얼음과 레몬을 넣은 물컵을 폴에게 건넨 에바는 폴의 머리에 입술을 대고 문질렀다. "아름다워." 에바는 폴이 노역을 계속할 수 있도록 폴을 홀로 두고 지상으로 올라갔다.

폴의 어머니를 만나고 온 뒤로 에바는 아주 조심스럽게 폴을 대했다. 동정심 때문이 아님은 폴도 느낄 수 있었다. 그보다는 오히려 이제야 폴을 제대로 이해할 수 있게 된 것처럼 애정 어린 걱정을 하는 듯했다. 두 사람은 거의 매일 밤 사랑을 나누었다. 날렵한 에바의 팔과 다리가 폴을 다정하게 감싸 안았다. 에바의 몸은 천천히, 하지만 분명히 알 수 있을 정도로 부풀어 올랐다. 유두가 진해졌고, 입덧이 시작됐다가 사라졌다. 폴은 이따금 에바가 자신을 쳐다보고 있다가 두 사람의 안전을 확인하려는 듯이 벽과 문을 점검하는 모습을 볼 수 있었다. 에바는 폴을 재촉해 적십자에 100달러를 더 보내게 했다.

10월은 이웃 아이들에게 사탕을 주는 것으로 마무리했다. 에바는 아이들이 꾸민 핼러윈 복장을 사랑했다. "우주비행사구나!" "괴물이야!" 에바는 사탕을 받으러 온 아이들에게 감탄했다. 11월이 되었다. 1일이 지나고 2일이 되는 수요일은 가랑비가 내리는 추운 날이었다. 밤이 내려앉고 있을 때 폴은 핼러윈 호박 등을 쓰레기통에 버리려고 나오다가 전화벨 소리를 들었다. 폴의 심장은 펄쩍 뛰어올랐다가 가라앉았고, 폴은 자신이 집 안으로 뛰어 들어가고 있는 이유를 분명하게는 알지 못했다. 그 이유를 이해한 건 전화기를 집어 든 뒤였다.

"나의 거인." 어머니의 목소리는 에바에게 인사했을 때보다 훨씬 더 선명했다. 어른의 목소리였고, 자신을 통제하는 여인의 목소리였다. 폴은 전화기 너머에 있는 어머니가 지금 어떤 모습일지 상상도 할 수 없었다.

"병원으로 가." 어머니의 목소리는 어딘지 모르게 기울어져 있었다. 약간 중앙에서 벗어나 있는 것 같았다. 그러니까 비는 결국 비였던 것이다. "여기서 가장 가까운 병원. 이제 시간이 됐어."

제임스 때문이야. 폴은 생각했다. 어머니는 전화를 끊었다.

폴은 가고 싶지 않았다. 제임스는 잊어. 비는 잊어버리라고. 하지만 그래도 어머니였다. 적막한 폴의 인생에 어머니가 나타나주기를 얼마나 오랫동안 바랐는지 모른다. 이제 와서 어머니를 버릴 수는 없었다. 어머니가 폴을 버렸다고 자신도 그럴 수는 없었다.

폴은 어머니가 말한 병원이 어딘지 알았다. 어머니가 있던 시설로 가는 길에서 보았다. "제임스가 위독해. 병원에 가봐야겠어."

"같이 가." 에바는 벌써 코트에 손을 뻗으면서 말했다.

"여기 있어. 아기를 안전하게 지켜. 난 괜찮아." 폴은 에바의 이마에 입을 맞추었고, 에바는 손가락으로 폴의 턱을 어루만졌다.

"내 작은 폴. 가끔 자기는 정말 아주 커지는 거 같아."

이제 곧 서리가 내리려는 밤공기는 맑고 산뜻했다. 폴은 스바루에 올라타 안전띠를 매고 시동을 걸었다. 거리를 달리는 동안 제임스의 편지를 받고서 비를 향해 달려가던 순간을 떠올렸다.

병원은 종합병원이 아니라 개인병원처럼 보였다. 건물 앞면에는 흰 곰팡이가 피어 있었고, 실내에서는 소독약과 오물 냄새가 났다. 다양한 단계의 온갖 괴로움에 시달리는 사람들을 태운 바퀴 달린 들것이 복도를 막아버릴 것처럼 가득 메우고 있었다. 사람들은 대부분 눈을 감고 있었지만, 폴이 옆을 지나가면 애원을 담은 그 눈을 번쩍 떴다. 불결하고 누추한 곳이었지만 폴은 집에 온 것처럼 편안했다. 시설은 폴에게 낯선 곳이 아니었다. 정해진 일정과 소박한 색상 속에는 안전이 존재했다.

안내대 직원에게 제임스 에드워드 카슨을 찾아왔다고 말했다. 고개를 돌려 폴을 보려는 수고도 하지 않는 (매부리코가 인상적인) 흑인 여인은 그저 2층 병실로 올라가보라고만 했다. 병실에 도착한 폴의 눈에 두 간호사가(두 사람 모두 아프리카 서부 출신일 거라고 폴은 생각했다) 아무도 없는 침대에서 침대보를 벗기는 모습이 들어왔다.

"아, 의사 선생님을 모셔올게요." 폴이 찾아온 이유를 말하자 한 간호사가 대답했다.

폴은 간호사들이 얼룩진 시트를 돌돌 말고 튜브를 내리고 기계 전원을 끄면서 병실에서 이전 환자의 흔적을 지우는 한 시간 동안 플라스틱 의자에 앉아서 기다렸다. 마침내 의사가 병실에 나타났을 때, 두 간호사는 해골보다도 더 해골 같은 새로운 환자를 들것에 실어 왔다. 두 간호사가 번쩍 들어 침대에 올리자 환자는 괴롭고도 고통스러운 신음을 냈다. 그 소리에 폴은 제임스의 부엌에서 길고도 고통스럽게 비명을 지르던 찻주전자가 생각났다.

"리 박사입니다. 찾아오신 분은 누구십니까?" 의사가 폴에게 물었다.

"폴이라고 합니다." 폴은 잠시 사이를 두고 말했다. "친구입니다."

"일단 여기서 나가시죠." 의사의 피부는 밝은 갈색이었고, 폴보다 훨씬 부드러운 이목구비를 하고 있었다. 의사는 자신을 소개하지도 않았고 폴에게 악수를 청하지도 않았다. 그의 마음은 다른 곳에 가 있었고 그의 의사 가운은 뒤쪽이 조금도 구겨지지 않았다. 그러니까이 남자는 앉을 시간도 없이 바쁜 거였다.

리 박사는 짧게 설명했다. 제임스는 일주일 전에 호흡곤란으로 입원했다. 종양이 기도를 막기 시작한 것이다. 암은 이미 완전히 진행된 상태라 수술은 할 수 없었다. 병원에서는 가능한 한 최선을 다해 고통을 줄이고자 했지만, 결국 환자는 기도가 막혀 질식사했다.

폴이 느끼는 슬픔은 깊고도 건조했다. 폴은 처음 만났던 제임스를 생각했다. 미색 편지지에 타자기로 찍어 보낸 편지, 꽃향기가 나던 단어들, 폴에게 있으리라고는 생각지도 못했던 가족이 있음을 알려 준 그의 문장들. 제임스는 폴의 어머니를 사랑한 남자였다. 폴의 분노가 흩어졌다. 폴이 무슨 권리로 이 아픈 남자가 자신이 그토록 구하고 싶어 했던 여자의 관심을 받는 걸 막을 수 있을까?

"그분과 함께 있던 여자분이 있지 않으셨나요?" 폴이 물었다.

"아." 리 박사가 들고 있던 클립보드를 뒤적였다. "비 삼손 말이지요." 리 박사의 눈이 밝아졌다. "우리 병원의 유명 인사였습니다. 교양 있고 명료한 분이었죠. 간호사들이 모두 좋아했습니다. 사실 환자의 상황이 아주 안 좋을 때면 가족들은 보통……." 리 박사는 점점 더 미안하다는 표정을 지었다. "사회 관습을 무시하게 되죠. 하지만 삼손 부인의 태도는 흠잡을 데 없었습니다. 삼손 부인을 영웅 같은 여성이라고 하는 간호사도 있습니다."

"정말입니까?" 폴은 리 박사가 다른 사람과 어머니를 착각하고 있는 게 분명하다고 확신했다. "머리는 빗고 있었나요?" 바보 같은 질문이었지만, 이미 내뱉었으니 다시 주워 담을 방법도 없었다.

리 박사는 눈썹을 추켜세웠다. "물론입니다." 의사는 별난 질문을 다 한다는 듯이 작은 소리로 피식 웃었다. "내 기억으로는 하나로 단정하게 올려 묶었습니다. 맞춤 정장을 입고 있었고요. 삼손 부인은 마치 빅토리아시대를 배경으로 한 소설에서 걸어 나온 사람 같았습니다. 아, 맞다." 의사는 가운 주머니에 손을 넣었다. "이걸 맡겼습니다." 주머니에서 빼낸 손은 열쇠를 잡고 있었다. "삼손 부인의 집 열쇠 같더군요."

"감사합니다." 폴은 받아든 열쇠를 꼭 쥐었다. 손바닥을 강하게 누르는 금속의 질감이 느껴졌다. "그런데 그분은 어디 계십니까?" 폴은 바퀴 달린 들것에 실려 오는 여인을 물끄러미 바라보았다. 시트를 덮지 않아서 잘려 나간 두 다리에 감긴 붕대가 보였다.

"우리가 사망진단을 내리자마자 떠났습니다."

의사의 말에 쿵 하고 폴의 가슴이 내려앉았다. 어머니는 떠났다, 또다시. 폴은 공터에 가볼 것이다. 어머니는 그곳에 있거나 그 집에 있을 것이다. 폴에게 열쇠를 남긴 건 그 때문일 것이다. 어머니는 폴이 직접 들어오기를, 환영받고 있다고 느끼기를 바라는 것이다. 어머니는 지금도 폴이 자신의 인생에 들어오기를 원하는 것이다.

어머니는 어디에도 없었다. 공터는 정말로 텅 비어 있었다. 어머니도, 조현병 환자나 코카인 중독자도, 마약중독자도 없었다. 제임스의 집도 마찬가지였다. 출입문을 열고 계단을 올라가 아파트에 들어갔지만, 아무것도 없었다. 어머니가 제임스와 함께 살았던 집은 폴이 보았던 마지막 모습 그대로 남아 있었다. 벽에 그려진 어머니의 그림과 식물과 담배 연기로 질식할 것 같던 모습 그대로 남았다. 식물들이 죽어가고 있다는 점만이 달랐다.

소파 위에는 어머니가 그린 그림이 똑바로 서 있었다. 거대한 아기와 함께 있는 여인을 그린 그림이었다. 어머니는 폴을 위해 그 그림을 남기고 간 것이 분명했다. 하지만 왜? 어머니의 침실을 흘긋 쳐다본 폴은 황급히 벗어던진 것처럼 침대 위에 널브러져 있는 얼룩지고 찢어진 어머니의 회색 드레스를 발견했다.

폴은 내면에서 솟구쳐 오르는 화를 내리누를 수가 없었다. 어머니를 알게 됐고, 어머니를 잃었다. 어머니를 알게 됐지만, 어머니에 관해서는 아는 것이 하나도 없었다. 폴이 틀렸다. 폴의 아이는 자신의 과거를 알지 못할 것이다. 그 때문에 폴이 느껴야 하는 좌절감은 너무나도 컸다. 폴은 소파에 놓인 그림을 번쩍 들어 바닥에 집어 던졌다. 액자는 바닥에 부딪쳤고, 액자 유리는 산산조각 났다. 폴은 거대한 아기를 세심하게 안고 있는 여인의 모습이 너무나도 싫었다.

폴은 마지막 몇 시간 동안 제임스를 부드럽게 안아주는 비를 생각했다. 조심스럽게 제임스의 얼굴을 천으로 닦아주는 비를 생각했다. 비는 제임스를 위해 어른이 되었다. 상황에 맞는 적절한 옷을 입고 신발을 신은, 머리를 단정하게 빗은 여인이 되었다. 그게 비가 연습해온 일이었다. 식료품을 포장하고, 에바와 악수를 하는 일. 그것도 모두 비가 연습한 것이었다. 그런 일을 할 수 있다면, 왜 비는 폴을 위해서는 아무것도 하지 않은 걸까? 그러니까 비에게는 분명히 필요할 때면 적절한 일을 할 수 있는 능력이 있었던 것이다. 그 기술은 병원에서 배웠거나 피글리위글리에서 일하면서 배웠는지도 모른다. 제임스가 가르쳐주었는지도 모른다. 폴은 모퉁이 상점에서 비가 트와이닝 차와 아메리칸 스피릿을 사고 계산대 위로 지폐를 내미는 모습을 떠올려보았다. 문을 열고 나갈 때 짤랑거리는 벨 소리 사이로 들리는 비의 경쾌한 작별 인사 소리를 상상해보았다.

비는 결코 폴에게는 그런 모습을 보여주지 않았다. 폴에게는 침대 밑으로 기어들어 가서 사슴처럼 기침하는 모습만을 보여주었다. 공터에서 방황하고 사막에 관해 중얼거렸으며, 폴은 모르는 슬픈 노래를 불렀다. 폴에게 붉은 별을 좇아가라고 했지만 그게 무슨 뜻인지도 알려주지 않고 떠나버렸다.

폴은 비가 그린 거대한 아기를 바라보았다. 비는 폴이 거인이라고 우겼지만 비가 폴에 관해 아는 게 있었을까? 폴은 자동차보험을 팔고, 주름진 바지를 입는 152.4센티미터의 남자였다. 아버지가 없는, 그리고 이제는 비가 없는 남자일 뿐이었다.

폴은 떨어진 그림을 줍지 않고 그냥 아파트에서 나왔다. 커피 탁자 위에 열쇠를 두고 현관문도 잠그지 않고서. 이 집에는 중요한 것이 하나도 없었다.

집에서 인도로 나온 폴은 멈춰 섰다. 어머니가 어디로 갔는지는 모르지만, 그곳을 지나간 어머니의 모습이 보였다. 처음에 폴은 자신이 아는 어머니의 모습을 떠올렸다. 엉겨 붙은 머리, 넝마가 된 드레스, 얼빠진 웃음을 생각했다. 하지만 그건 틀린 생각이었다. 리 박사의 말대로라면 어머니는 전혀 다른 모습이어야 했다. 자신의 여행에서 살아남으려면 어머니는 성인으로 변신해야 했다. 짙은 감색 정장을 입어야 했다. 검은색 머리카락을 정갈하게 빗어 묶어야 했다. 끈을 매야 하는 짧은 사각 굽이 있는 신발이 어머니의 발을 감싸고 있을 것이다. 어머니는 버스표를 사지 않았을 테고 자동차를 빌리거나 엄지손가락을 들어 다른 사람의 차를 얻어 타지도 않았을 것이다. 어머니는 고속도로를 따라서 이제 더는 자신의 것이 아닌, 한 번도 자신의 것이 아니었던 도시를 떠나 걸어갔을 것이다. 어머니는 북쪽 혹은 사막으로, 어쩌면 전혀 다른 방향으로 갔을 수도 있다. 어쩌면 어머니는 붉은 별을 따라갔는지도 모른다.

폴은 자신의 자동차에 올랐다. 아내와 아직 태어나지 않은 아이가 집에서 기다리고 있었다. 그 아이는 딸일 수도 있다. 이런 끔찍한 곳에서 딸을 어떻게 길러야 할지 폴은 알 수 없었다. 공포가 폴의 가슴에서 요동쳤다. 차에 시동을 걸고 출발했다.

집으로 돌아온 폴은 곧바로 지하실로 내려가 작업대 앞에 앉았다. 폴의 앞에 폴의 도시가 솟아 있었다. 폴은 도시를 없애버릴까 생각했다. 한 차례 손을 휘둘러 작업대 위에 있는 모든 것을 쓸어버릴까도 생각했다. 그 아파트에 두고 온 어머니의 그림을, 거대한 아기 그림이 아닌 다른 그림을 생각했다. 바람이나 물처럼 보이는 파란색이 작은 사각형을 그리며 소용돌이치는 그림을 생각했다. 그 그림의 밑면 모퉁이에는 아주 작은 남자가 위를 올려다보고 있었다.

그 작은 남자는 나야. 그런데 뭘 올려다보고 있는 걸까?

비가 떠나버렸으니 이제는 알 수 없었다. 어쩌면 영원히 모를 수도 있었다. 뭐, 그건 아무래도 좋을 것 같았다. 폴은 뿌드득 소리가 날 정도로 깨끗한 이 집에서 에바와 함께 살아갈 수 있으니까. 우편으로 온 쿠폰으로 편의점에서 탈취제를 살 수 있다. 에바와 폴은 가난에 시달리는 시칠리아 사람들이 모인 마을에서 제정신인 조부모와 함께 아이를 기를 수 있다. 현실의 가치를 아는 좋은 사람들과 함께 말이다. 폴은 스바루를 타고 직장에 나가 다른 자동차 소유주들의 안전을 위해 하루를 보낼 수도 있다. 밤이면 작업대 앞에 앉아서 도시 모형을 만들 수 있다. 맞다. 이건 그저 모형일 뿐이다. 잠들기 전에는 버드와이저나 밀러 제뉴인 드래프트 맥주를 한두 병 마시면서 〈로 앤드 오더 성범죄 전담반〉을 보고 침대로 갈 수도 있었다. 잠이 들면 밤새 최선을 다해 코를 골아 사막을 걷는 얼굴 없는 남자가 나오는 꿈을 꾸지 않도록 막을 것이다.

발사나무 판과 초강력 접착제를 집어 들면서 폴은 어머니의 여행이 얼마나 길어질지 생각했다. 언젠가 어머니가 돌아와 폴이 자기 것임을 다시 한번 선언해줄 것인지, 폴은 궁금했다.

끝

폴은 걱정이었다. 폴의 딸 케이는 이제 제시간에 집에 돌아오지 않았다. 케이는 열한 살이었고 지금은 2017년이었으며, 케이의 학교는 얼마 전에 개학했다. 에바가 어디에 있었냐고 물으면 케이는 친구들과 있었다고만 했다. 폴이 물어도 같은 대답을 했다. 하지만 늦은 시간, 마침내 현관문을 열고 들어오는 케이는 한 번도 웃은 적이 없었다. 얼굴에는 근심이 가득했고, 눈에는 생기가 없었다. 케이는 오후 내내 쇼핑몰에서 친구들과 시간을 보내거나 반 친구의 지하실에서 넷플릭스를 보고 온 소녀의 얼굴을 하고 있지 않았다. 케이의 얼굴은 폴의 십 대 초반을 떠오르게 했다. 은밀하고 수치스러운, 고독한 기운을 물씬 풍기고 있었다. 폴은 혹시 딸이 괴롭힘을 당하고 있는 건 아닌지 궁금했다.

어느 가을밤, 폴은 딸에게 물어보고자 마음먹었다. 케이가 부엌으로 통하는 뒷문을 열었을 때, 폴이 기다리고 있었다. "혹시 다른 아이들이……." 폴이 말을 꺼냈다.

"아니, 아니야."

말을 배운 뒤로 케이는 폴의 말을 자르는 능력을 갖게 되었다. 폴이 무언가를 생각하면 케이는 곧바로 그 생각을 말로 표현했다. 하지만 이번에는 폴이 스스로 문장을 끝낼 필요가 있었다.

폴은 다시 물어보려고 했다. "내가 어렸을 때……."

"무자비하게 괴롭힘을 당했을 거야. 나도 알아. 모두 그랬잖아." 케이는 초조한 듯이 긴 머리카락을 귀 뒤로 넘겼다. 폴의 마흔두 번째 생일이었던 2주 전, 폴로서는 너무나 유감스럽게도 케이는 숱 많은 멋진 빨간 머리카락을 검은색으로 염색해버렸다. "게다가 아빠는 작잖아. 그래서 더 심하게 괴롭힘을 당했겠지."

폴은 최대한 길게 몸을 폈다. 마흔 살을 넘긴 뒤로 폴은 자기 키가 2.5센티미터는 자랐다고 확신했지만, 딸아이의 눈을 보니 괜히 기가 죽어 그 확신이 흔들렸다.

"난 무사히 살아남았어." 폴이 말했다.

"나도 그럴 거야."

냉장고에서 탄산음료(에바가 고른 다이어트 콜라)를 꺼내 뚜껑을 따고 마시면서도 케이는 휴대전화에서 눈을 떼지 않았다. 케이가 부엌에서 나갔다. 폴은 딸이 위층에 있는 자기 방으로 올라가는 소리를 들었다. 케이는 일정한 속도로 걸었다. 어렸을 때부터 강박적으로 지키는 습관이었다. 카펫 밑에 깔린 마룻장에서 익숙하게 삐걱거리는 소리가 났다. 어쩌면 케이는 말을 하고 있는지도 몰랐다. 확신할 수는 없었지만.

폴은 도무지 딸의 생각을 알 수 없었다. 그래서 너무나도 고통스러웠다. 케이가 어린아이였을 때는 지하에서 나무로 작은 도시를 만드는 폴을 도와주었다. 폴의 무릎에 앉아 있는 케이의 정수리에서는 존슨즈 샴푸와 사과 소스 냄새가 났다. 케이의 타는 듯한 붉은 머리카락에서는 정말로 불태우는 능력이라도 있는 것처럼 그을린 냄새가 났다. 이제 저녁 먹을 시간이니 올라오라고 소리치는 에바의 목소리를, 두 사람은 듣지 못할 때가 많았다.

케이의 몸이 자라자 폴은 노상 할인 판매장에서 의자를 하나 사왔다. 케이는 그 의자에 앉아 나무 막대를 접착제로 붙이면서 사전이나 텔레비전, 『망고 거리의 집』, 『빨간 머리 앤』 같은 책, 프롤릭스, 스파르탄, 스코프 같은 제품 설명서에서 수집한 말들을 끊임없이 재잘거렸다.

작년 겨울에 에바는 케이가 대학 입학 자격시험을 조기에 치를 수 있도록 신청했는데, 시험시간이 되자 케이는 사라져버렸다. 시험 시간이 지난 뒤에야 케이는 귀에 에어팟을 끼고 집으로 돌아왔다. 너무나도 화가 나서 케이와는 말도 하고 싶지 않았던 에바는 폴에게 케이를 맡겼다. 폴이 에어팟 살 돈이 어디서 났는지 묻자, 케이는 찾은 거라고 대답했다. 다음 날 폴은 케이가 그런 행동을 하는 이유를 알아내려고 딸의 방에 들어갔고, 책장 한 칸이 완전히 비었음을 알았다. 브론테 자매의 책과 아디치에, 시스네로스의 책이 사라졌다. 일곱 살이라는 어린 나이에 읽었던 게리 소토의 책들이 사라졌다. 다른 아이들이 플라스틱 반지에 열광할 때 케이가 집착했던 『매직트리하우스』 시리즈, 『시간의 주름』, 『초원의 집』 전집이 사라졌다. 케이는 언어와 결별한 것 같았다. 이제 더는 모조품, 고지식한 같은 단어를 입에 올리지 않았다. 그저, 그래, 어쩌면, 아니, 허, 몰라 같은 말만 했다.

책이 사라진 달부터 케이는 더 이상 지하실에 내려오지 않았다. 케이가 없으니 폴도 더는 내려가지 않았다. 작은 도시를 세우는 일은 1년 동안 중단되었다. 작은 탑, 다리, 아치길, 탁자 위에 높이 떠 있는 구조물 같은 잡다한 시설들이 집 안에서도 가장 깊은 곳에서 먼지 쌓인 채 기다리고 있었다.

폴은 단백질셰이크 캔을 들고 거실로 갔다. 소파에 털썩 주저앉아 단백질셰이크를 홀짝이며 자란다는 것에 대해 생각했다. 케이는 키가 167센티미터쯤 되는 자기 엄마만큼이나 크게 자랐다. 세 가족이 함께 식당이나 미니 골프장, 워터파크에 가면 사람들은 신기하다는 듯이 쳐다보았다. 디즈니월드에서는 롤러코스터 이용권 판매대 직원이 에바에게 어린이 표가 두 장이냐고 물어보기도 했다.

"전 어른이란 말입니다."

폴은 자글자글하게 퍼진 눈가의 잔주름을 가리키며 소리쳤다.

직원은 사과했지만 크게 개의치는 않는 것 같았다.

폴은 텔레비전을 켰다. 뉴스도 폴을 위로해주지는 않았다. 캘리포니아는 가뭄으로 고생하고 있었고, 멕시코는 강도 8.2의 지진을 겪었으며 베이징은 황사경보를 발령했고, 그 때문에 중국 정부는 시민들의 외출을 강력하게 막고 있었다. 텍사스와 플로리다는 허리케인 하비와 어머 때문에 여전히 난리였고, 카리브해에서는 섬들이 통째로 사라지고 있었다. 또 다른 폭풍이 푸에르토리코를 향해 소용돌이치며 달려가고 있었고, 언제나처럼 빙하가 녹고 있었다. 정기적으로 발생하는 공포로 가득 찬 세상이었다. 자연이 세계 모든 곳을 파괴하고 있었다. 무능한 정부의 대응은 당연히 형편없었다.

폴은 허리케인 때문에 물에 잠긴 뉴올리언스를 보고 느꼈던 불안을 기억했다. 지금 와서 생각하면 그가 느꼈던 슬픔은 진부하고 쓸모없는 것처럼 느껴졌다. 지금도 폴은 휴스턴과 바부다섬에 후원금을 기부하고 있지만, 그저 컴퓨터 화면을 보고 기계적으로 커서를 누를 뿐이었다. 그런 노력은 임시방편일 뿐 근본적인 해결책이 될 수 없었다. 이 세상에 폴이 만들고 있는 도시와 비슷한 장소가 한 곳이라도 존재한다면 희망을 품어볼 수도 있겠지만, 그런 도시는 상상

속에서나 존재할 뿐이었다. 폴은 또다시 단백질셰이크를 한 모금 마셨다. 뒷문이 열렸다. 요가 교실에 다녀온 에바였다.

거실 입구에 에바가 나타났다. 마흔다섯 살인 에바는 그전보다 훨씬 아름다웠다. 흰 머리카락이 드문드문 보이는 검은색 머리카락은 에바의 매력을 한층 부각했다. 화장기 없는 얼굴과 까무잡잡한 갈색 피부에는 윤기가 흐르고 빛이 났다. 감색 룰루레몬 바지에 감싸인 다리는 탄탄했고, 근육이 붙은 팔과 다리는 조각 같았다. 오랫동안 미술 비평은 하지 않았지만, 스스로가 사람들의 감탄을 자아내는 예술품이 되려는 것처럼 몸을 가꾸었다.

에바와 함께 요가를 하고 점심을 먹고 쇼핑하는 친구들은 에바의 아름다움을 이야기했다. 에바의 친구들은 에바를 부러워했다. 에바를 보면 폴의 마음은 자부심으로 가득 찼다. 허리케인 카트리나가 지나간 뒤의 며칠을, 에바가 어머니를 만나고 온 뒤의 날들을, 케이를 품은 에바의 배가 볼록 솟아오르던 날들을 기억했다. 에바에게는 폴을 향한 애정 어린 걱정이 있었다. 폴의 몸이 안전하기를 바라는 마음이 있었다. 폴은 에바를 가까이 끌어당겨 에바의 사랑 속에 자신을 파묻고 싶었다.

"케이는 안 왔어?" 에바가 물었다. 에바는 사과 한 개를 집어 들고 완벽한 치아로 한 입 베어 물었다.

"방에 있어." 폴은 대답했다. "걱정돼." 폴이 몸을 똑바로 세우고 앉았다. 왜 오늘 벨트를 매야 하는 회색 바지를 입은 건지 이해할 수 없었다. 그 바지 때문에 폴은 정말로 완벽한 중년 남자처럼 보였다.

에바는 사과를 또 한 입 베어 물고 씹어 삼켰다. "나도 그래." 에바가 대답했다.

"대화를 좀 해보려고 했어." 폴은 두 손을 들어 올렸다가 내렸다. "이제 곧 사춘기가 될 텐데. 사람들이 나한테 각오하래."

"벌써 된 것 같던데. 요즘 그 애 하는 거 봤어? 전혀 애 같지 않잖아. 전혀 개입할 여지가 없어." 말을 끝내는 에바의 눈이 반짝였다. "우린 어른을 기르고 있는 거야. 아이가 아니라."

"맞아." 폴은 엄청나게 빠른 속도로 읽는 법을 깨우쳤던 케이를 떠올리며 대답했다. "모든 걸 혼자서만 간직하는 어른이야."

사과를 다 먹은 에바는 남은 찌꺼기를 냅킨에 단정하게 쌌다. 에바는 부엌으로 사라졌다. 에바가 쓰레기통 뚜껑을 열었다가 닫는 소리가 났다. 에바가 다시 거실로 돌아왔다.

"검사하고 상담받아보려고 예약했어. 이번 주 토요일 3시에."

"신체검사는 벌써 받았잖아."

"정신과의사를 만나는 거야."

에바의 말을 듣는 순간, 폴은 자신이 알고 있는 유일한 정신과의사 제임스를 생각했다. 제임스는 자신이 어머니의 이익을 위해 최선을 다했다고 말했지만 언젠가 화원에서 어머니 치료는 실패했다는 사실을 인정했다. 어쩌면 비가 침대 밑으로 들어가 동물 소리를 내는 건 제임스 때문일지도 몰랐다. 폴의 배가 서늘해졌다.

폴은 지금 어머니가 어떻게 지내고 있는지 몰랐다. 사라져버린 뒤로 어머니 소식은 전혀 들려오지 않았다. 그저 살아 있을 거라고, 자신의 목적지에 도착했을 거라고 믿고 싶었다. 사라져버린 어머니 때문에 느껴야 하는 분노는 조금도 줄어들지 않았다. 가끔은 그 때문에 질식할 것만 같았다.

"왜 정신과의사를? 당신은 케이가 정신과 치료를 받아야 한다고 생각해?" 폴은 아내에게 물었다.

"가족사를 생각하면 그래야 하지 않을까?"

"당신 부모님은 멀쩡해." 폴의 말은 폴의 귀에도 의심스럽게 들렸다. 폴은 헛기침을 했다. "우리도 그렇고."

"폴." 에바의 표정이 부드러워졌다. 소파로 걸어와 폴 옆에 몸을 깊게 묻고 앉았다. "자기가 어머니를 그리워한다는 거 알아."

내가 어머니를 그리워해? 폴은 생각했지만, 말은 하지 않았다.

어머니가 사라진 뒤 두 사람은 어머니 이야기를 할 때면 매우 조심스러웠다. 두 사람은 오직 어둠 속에서, 악몽을 꾼 폴이 깨어났을 때만 어머니 이야기를 했다. 언젠가 폴은 어머니가 돌아올까 봐 두렵다고 했다. 폴의 아내는 자신도 그렇다고 인정했다.

에바는 폴의 두 손을 잡았다. 안티에이징 크림을 바르고 손톱을 다듬고 매니큐어를 칠한 에바의 손이었다. 에바의 손에 잡힌 폴의 손은 어린아이 손 같았다.

"우리 딸은 특별해." 에바는 폴을 잡은 손에 힘을 주었다. 그렇게 손이 잡히면 폴은 에바에게 반박할 수 없었다. "우리 애가 말하는 걸 봐. 언어능력을 보라고. 1학년도 되기 전에 『오즈의 마법사』를 읽었어. 그리고 지금 하는 걸 봐. 열한 살짜리보다 훨씬 더 큰 애 같아. 우리 애가 스무 살이 되면 어떤 사람이 되겠어?"

에바는 몸을 기울여 폴에게 입을 맞췄다. 가까워지는 에바의 숨결에서는 박하 향기가 났다. 박하 향기가 뒤로 물러났다. "자기 어머니의 유전자가 내 딸을 장악하는 걸 두고 볼 수는 없어."

하지만 그건 비였다. 반쯤 형성된 생각. 그는 비였다. 이건 폴의 생각이 아니었다. 그녀가 될 비.

폴은 에바가 잡고 있는 손을 빼고 소파에서 일어났다. "우리 딸은 괜찮을 거야." 폴이 말했다.

"알아." 에바도 소파에서 일어났다. 에바의 눈길은 단호했다. "괜찮을 거야."

텔레비전은 다른 소식을 전하고 있었다. 자연재해는 지나갔다. 파세오에서 또다시 총기 사건이 있었다. 폴은 텔레비전을 껐다.

"오늘 저녁은 내가 만들게." 그건 세 사람의 일상이 아니었다. 닭고기를 굽고 캐서롤을 노릇노릇하게 굽는 사람은 에바였다. 우리는 너무도 쉽게 각자의 역할을 정해버렸다고 폴은 생각했다. 완전히 다른 사회를 꿈꾸면서도 너무도 쉽게 자신을 이 사회에 맞춰버린 것이다.

정신과의사를 만나러 가는 날, 폴이 바람막이를 걸치면서 밖으로 나왔을 때 케이는 자동차 옆에서 기다리고 있었다. 머리카락을 뒤로 넘겨 하나로 묶은 케이의 동그란 얼굴이 가을 햇살을 받아 반짝이고 있었다. 케이는 점점 더 폴의 어머니를 닮아갔다. 하지만 정확히 무엇이라고는 콕 집어 말할 수 없는, 분명히 어머니와는 다른 점이 있었다. 케이는 키가 컸고 피부도 하얬다. 하지만 오늘 폴은 확실히 알았다. 두 사람은 눈이 달랐다. 폴의 어머니는 아이의 눈을 하고 있었다. 하지만 케이의 눈은 다 자란 여인의 눈이었다.

"의사한테 뭐든지 말해야 하는 건 아니야." 자동차에 오르면서 폴이 말했다.

에바는 두 사람에게서 등을 돌린 채 현관문을 잠그고 있었다.

"신경 안 써." 케이는 짧게 답하고는 다시 휴대전화를 보았다. 누군가에게 문자를 보내는 게 아니라 손가락을 움직이며 무언가를 보고 있는 것 같았다. 전화기 너머에 있는 사람과 대화를 하는 거라면 폴의 기분이 한결 나았을 텐데. 폴은 딸도 자기처럼 외톨이라는 생각은 하고 싶지 않았다.

상담을 위해 폴과 에바는 정장을 입었지만 케이는 청바지에 검은색 후드티를 입고 캔버스화를 신었다. 찌릿한 통증과 함께 폴의 마음속에서 고등학교 동창들이 신고 다녔던 캔버스화가 떠올랐다. 폴의 캔버스화는 시설이나 위탁가정에서 자비로운 마음으로 폴에게 사준 싸구려 짝퉁이거나 상표가 없는 신발이었다. 교실에서 폴은 늘 책상 밑에 발을 숨겼다.

"장황하게 잔소리를 늘어놓을 생각은 없어." 폴은 뒷좌석에 앉은 케이를 볼 수 있도록 운전석을 조절했다. 케이는 휴대전화를 치우고 진입로와 나무, 9월이 되면서 갈색으로 변한 완벽하게 정리된 잔디밭을 보았다. 장황하게라니. 2년 전이라면 케이가 아주 사랑했을 표현이었다. "그러니까 너만 간직하고 있는 게 있어도 된다는 거야."

"아빠는 의사들을 믿지 않아." 케이의 입김에 창문이 뿌옇게 변했다. 케이는 폴을 보지 않았다.

"아니야." 폴은 제임스를 생각했다. 달리아 줄기를 정확하게 똑같은 길이로 잘라내던 그의 모습을 떠올렸다. 맞는 말이었다. 폴은 의사를 믿지 않았다.

"하지만 난 믿을 수 있어." 케이는 창문에 입김을 불고 창문에 맺힌 서리 위에 별을 그렸다. "내가 아빠 같을 필요는 없어."

조수석 문이 열렸고, 에바가 올라탔다. "가자." 에바가 폴에게 말했다. "늦지 않았으면 좋겠어."

집으로 돌아오는 길에 케이는 훨씬 느긋해졌다. 묶었던 머리를 풀어서 부드럽게 얼굴 옆으로 내렸다. 창문만 바라보지도 않았다. 에바와 학교 이야기를 주고받았다. 둘의 대화로 폴은 케이가 얼마 전에 축구부에 들어간 걸 알았다. 폴로서는 상상도 못 한 일이었다. 늘 A로 가득했던 성적표는 B로 대체됐지만 큰일은 *아니야*라고 케이는 말했다. 폴은 딸의 말을 믿고 싶었다. 케이는 깔끔하게 접은 처방전을 들고 있었다. 집에 가기 전에 약국에 들러 약을 사갈 것이다.

"우울증 증상이 있군요." 부모 상담 중에 정신과의사가 말했다. 케이는 이미 다른 내담실에서 상담을 받았다. "불안 증세도 보이고 불면증 증상도 조금 보입니다. 하지만 그건 그 나이 때 아이들에게 흔히 있는 증상이죠. 웰부트린을 조금 처방해드리겠습니다. 아이는 괜찮을 겁니다."

의사가 웰부트린을 처방한다고 말했을 때, 에바는 동의한다는 듯이 고개를 끄덕였다.

폴은 두려움에 머리가 멍해졌다. 케이에게 약을 먹이고 싶지 않았지만, 에바가 옳았다. 케이에게는 도움이 필요했다. 약이 도움을 줄 수 있을 것이다. 폴의 딸은 내담실에서 나왔을 때부터 벌써 경쾌해진 것 같았다.

"조현병 증상은 없습니까?" 폴이 의사에게 물었다. 옆에 있는 에바가 긴장하는 게 느껴졌다. 폴은 유리잔에 든 물을 개처럼 핥아 마시던 어머니를 생각했다. 어머니가 조현병이었는지, 어머니를 그런 식으로 분류하는 것이 가능한 일인지는 알지 못했지만, 폴이 어머니를 기술할 수 있는 단어는 그것밖에 없었다.

폴의 질문에 의사는 고개를 저었다. "아니요. 그렇게 말할 수는 없을 것 같군요." 의사는 진료기록을 흘긋 쳐다보았다. "그렇군요." 문진표를 적을 때 에바는 가족력에 할머니, 조현병이라고 적었다. "정기적으로 아이를 만나 살펴볼 수도 있을 겁니다. 하지만 지금 단계라면……." 의사는 다시 한번 고개를 저었다. "그저 21세기의 전형적인 열한 살 아이일 뿐입니다. 그 나이 때 아이들은 늘 불안하죠."

"학교생활 때문에 불안한 걸까요?" 폴이 물었다. "괴롭힘을 당하고 있을까 봐 걱정입니다."

"괴롭힘이라고요?" 정신과의사가 눈썹을 추켜세웠다. "그런 말은 하지 않더군요. 아닙니다." 의사의 입꼬리가 웃는 것처럼 살짝 올라갔다. "아이가 걱정하는 건 미래 같았습니다. 많은 또래 아이들처럼

218

말입니다. 기후변화도 걱정하고요. 아, 우리 때는 지구온난화라고 했죠. 따님은 이 세상이 끝날까 봐 두려워하는 것 같았습니다."

그 말에 웃음을 터트렸던 에바는 손을 흔들어 웃음을 털어냈다. "약을 먹으면 도움이 될까요?" 에바가 물었다.

"그래야지요." 의사가 에바에게 확신을 주었다. "하지만 다른 생각을 할 수 있는 기회도 마련해주어야 합니다. 새로운 취미를 갖게 해주세요. 미래만 걱정하지 않게요."

의사의 말에 고개를 끄덕이는 에바를 따라 폴도 함께 고개를 끄덕였다. 하지만 지금, 브룩사이드에 있는 집으로 돌아가는 동안 폴도 느끼고 있었다. 미래에 대한 불안 말이다. 무심한 손가락으로 땅을 두드리던 어린 시절의 회오리바람이 생각났다. 물에 잠긴 뉴올리언스의 거리가 떠올랐다. 쪼개져버린 멕시코 땅이 생각났다. 이런 세상에 딸을 내놓은 것이다. 핸들을 잡은 폴의 손이 떨리기 시작했고, 자동차가 급하게 왼쪽으로 쏠렸다.

"폴!" 에바가 소리쳤다.

폴이 재빨리 핸들을 다잡았고, 자동차가 제자리로 돌아왔다.

"우릴 죽이면 안 돼." 케이가 뒷좌석에서 말했다. "난 행복해진다는 약이 효과가 있는지 보고 싶단 말이야."

그날 밤 폴은 또다시 꿈에서 사막을 보았다. 모래가 펼쳐진 평원 위에는 거의 땅에 붙어 있다시피 하는 작은 선인장이 드문드문 자라고 있었다. 밤이었고, 고립된 별들은 붉게 타오르고 있었다. 폴의 뒤에서 모래 밟는 소리가 났다. 폴은 부츠를 신은 남자가 자신을 향해 걸어오고 있음을 알았다. 코요테 한 마리가 깽깽거리며 울었고, 또 다른 코요테가, 그리고 그 뒤를 이은 또 다른 코요테가 깽깽 울었다. 폴은 몸을 돌렸다. 하지만 남자는 없었다. 울고 있던 코요테도 없었다. 그곳에는 어머니가 있었다. 어머니가 폴을 향해 걸어오고 있었다. 어머니는 괴기스럽게 웃고 있었다.

너무나도 두려워 몸을 움직일 수 없었던 폴은 비명도 지르지 못하고 눈을 떴다. 옆에 누운 에바의 따뜻한 몸에서는 장미 향이 섞인 사향내와 여전히 열심히 사용하고 있는 톡 쏘는 세제 냄새가 났다. 점차 차분하게 숨을 쉴 수 있게 된 폴은 한 다리를 먼저 쭉 펴고, 나머지 다리도 마저 폈다. 천천히, 아내가 깨지 않도록 조심하면서 침대에서 내려왔다. 지하실로 가야지, 가서 모형을 만들어야지. 폴은 생각했다. 머릿속에서 구상한 도시를 구현하며 나무조각을 붙이는 작업이 주는 조용한 위로가 그리웠다.

지하실로 내려가는 계단 앞에서 폴은 멈춰 섰다. 지하실 전등이 켜져 있었다. 누군가 아래 있는 것이 분명했다. 밑에서 누군가가 움직이는 소리가 들렸다.

"누구야?" 계단을 내려가면서 폴이 소리쳤다.

"나야." 폴의 딸이 대답했다. "화내면 안 돼."

천천히 계단을 내려가던 폴은 마지막 몇 계단을 남기고 그 모습을 보았다. 그의 도시가, 몇 년이나 공들여 만든 그 정교한 도시가 사라지고 없었다. 도시는 파괴됐다. 산산조각 나고 말았다. 탁자는 뒤집혀 있었다. 탁자 옆에는 거친 숨을 내쉬고 있는 케이가 있었고, 케이의 손과 팔에는 나무에 긁힌 것이 분명한 상처가 있었다. 그 상처에서 피가 배어 나왔다.

"나쁜 꿈을 꿨어." 케이가 말했다.

폴은 마지막 계단에 털썩 주저앉았다. "나도 그래."

"그 꿈 때문에 너무 지쳐. 그 꿈을 꿀 때마다 느껴야 하는 감정이 너무 힘들어." 희미한 전등불에 비친 케이의 눈은 어두웠다. 어른스러운 입매가 보였고, 낮은 천장 위로 가느다란 몸이 높이 솟아 있었다.

파편으로 변한 도시를 살펴보면서 폴은 분노를 느끼려고 애썼다. 하지만 분노는 느껴지지 않았다. 폴이 느끼는 것은 안도였다.

"제발 화내면 안 돼." 케이가 다시 말했다.

케이의 짙은 머리카락과 눈은 하얀 피부와 선명한 대비를 이루고 있었다. 두 사람 모두 갭에서 산 잠옷을 입고 있었다. 케이는 꽃무늬 잠옷, 폴은 격자무늬 잠옷. 모두 에바가 골라 온 옷이었다. 지금 상황과는 너무나도 어울리지 않는 평범한 옷이라고 폴은 생각했다.

"네가 학교에서 괴롭힘을 당하고 있는지도 모른다고 생각했어. 그런 일이 가끔은……."

"일어나기도 하니까." 케이가 폴의 말을 마무리했다. "하지만 아니야. 학교 애들하고는 잘 지내. 난 그냥, 피곤한 것뿐이야."

정신과의사의 말이 생각났다. 케이는 특정한 사람을 두려워하는 게 아니었다. 케이가 두려워하는 건 이 세상의 끝이었다. 어째서 세상의 끝을 두려워하는지 물어보고 싶었지만 폴은 그런 질문을 하는 데는 서툴렀다.

그래서 대신 이렇게 물었다. "약이 효과가 있을지도 모르지."

"약을 먹고 그 망할 꿈을 안 꾸고 싶어." 케이가 대답했다.

케이의 말이 두 사람 사이에서 맴돌았다. 무슨 꿈을 꾸었기에? 폴은 물어보고 싶었다. 사막이 나오는 꿈이니? 그날 밤 폴은 그 남자를 보았고, 그 남자의 부츠 소리를 들었다. 푸에르토리코를 덮치는 허리케인을 생각했고, 허리케인에 맞서 각오를 다지는 시민들을 생각했다. 처음 도시를 만들기 시작했을 때, 폴은 그런 도시를 정말로 만들 수 있다고, 사람은 그런 방식으로 살아갈 수 있다고 생각했다. 그 도시는 그저 모형일 뿐이라고, 판타지일 뿐이라고 스스로에게 말할 때도 마음 한편에서는 언젠가는 그런 도시를 실제로 세울 수 있을 거라고 믿었다. 하지만 케이가 옳았다. 이제는 그 망할 꿈을 죽일 때가 되었다.

"미안." 케이의 목소리는 누그러져 있었다. "이제 더는 사막에 있는 그 남자를 보고 싶지 않아."

케이도 나와 같은 꿈을 꾸는 거야. 폴은 깜짝 놀랐다. 놀라움이 지나간 뒤에 가장 먼저 느낀 감정은 딸과 자신이 이어져 있다는 위로였지만 이내 두려움에 몸을 떨었다. 도대체 왜 폴은 자신의 어머니를 좀먹은 악몽을 꾸는 아이를, 폴 자신을 좀먹는 악몽을 꾸는 아이를, 그런 운명을 가진 딸을 이 세상에 내놓는 무책임한 행동을 했던 것일까?

"이 도시에 대해서도, 더는 꿈을 꾸고 싶지 않았어. 난 미래를 위한 아빠의 꿈이 되고 싶지 않았어." 케이의 입술이 파르르 떨렸다. 폴은 딸이 울음을 터트릴 거라고 생각했지만 케이는 울지 않았다. "나는 그 무엇도 되고 싶지 않아."

만약 지금 이 상황이 영화에서 벌어지는 일이라면 폴의 딸은 발을 구르고 짜증을 내면서 폴의 옆을 지나쳐 계단을 올라갈 테고, 자기 방으로 들어가 방문을 세게 닫을 것이다. 두 사람은 며칠 동안 서로 말도 안 할 테고, 마침내 딸은 가방을 꾸려 도망쳐버릴 것이다.

하지만 그런 일은 일어나지 않았다. 케이는 폴과 함께 지하실에 머물면서 자신이 만든 파편을 치우는 아빠를 거들었다. 폴은 낙엽을 쓸어 담을 때 사용하는 쓰레기봉투 한 장을 가져왔고, 두 사람은 도시의 잔해, 토막 나버린 작은 탑과 부서진 파편들을, 뜨개실을 엮어 만든 약한 밧줄 다리들을 쓰레기봉투에 담았다. 설계도를 동그랗게 말고, 뭉툭해진 연필을 모았다. 케이는 탁자를 바로 세우고 자기 어머니의 라이솔 세제를 휴지에 묻혀 닦았다. 폴은 전등을 껐고, 두 사람은 계단을 올라갔다.

지상으로 올라간 두 사람은 쓰레기봉투를 버리러 가다가 어느 동물과 마주쳤다. 등이 구부러진 시커먼 동물이었다. 어떤 동물인지는 확인하지 못했지만 큰 소리로 울면서 재빨리 덤불 속으로 사라지는 동물을 보며 폴은 꿈에서 본 어머니의 모습을 떠올렸다. 가버려. 어머니의 기억을 향해 폴이 말했다. 제발 나 좀 내버려둬.

폴의 도시가 사라져버렸다는 사실에 에바는 비통해했다.

"정말 아름다웠는데." 에바의 표정이 쓸쓸했다. 그날 아침, 에바는 지하실에 서서 황량해진 공간을 멍하니 바라보았다.

"괜찮아." 폴이 대답했다.

"여기서 작업하는 걸 좋아했잖아." 에바가 폴에게로 몸을 기울이자, 에바의 머리카락이 폴의 머리를 쓸었다. "내 작은 남자." 애정 넘치는 폴의 오랜 애칭이었다. "이제 악몽을 꾸면 어떻게 할 거야?"

폴은 에바가 고마웠다. 두 사람이 결혼했을 때 에바는 폴이 평범하고 안전하기에 사랑한다고 했다. 그러다가 평범함이라고는 전혀 없는 폴의 어머니를 만났다. 폴의 어머니는 에바를 정말로 두렵게 했다. 폴은 그 사실을 분명히 알 수 있었다. 강박적으로 청소를 하고 엄격하게 일정을 지키면서 에바는 폴을 위협하는 혼돈에 질서를 부여하려고 애쓰고 있었다. 그래, 내가 이곳에 있게 해줘. 나를 안전하게 지켜줘.

"난 다 자란 어른 남자야." 폴은 말했고, 디즈니월드의 입장권 판매원과 농구 골대를 향해 공을 던지는 폴을 보면서 웃음을 터트리던 아이들, 첫 번째 계단을 올라오는 폴을 걱정스러운 듯이 쳐다보는 버스 기사들과 폴이 어른임을 인지하기 전에 폴의 키부터 바라보는 모든 사람을 생각했다. "난 살아남을 거야."

두 사람은 터벅터벅 걸어서 거실로 올라갔다. 에바가 소파에 앉았다. "케이는 벌을 받아야 해."

케이는 위층 자기 방에서 자고 있었다. 아직 어머니가 자기가 한 일을 알고 있다는 사실을 몰랐다.

"그래야 해?" 폴은 천장이 낮은 지하실에 서 있던 키 큰 딸을 떠올렸다. 꿈 이야기를 하면서 절망하던 아이의 눈을 생각했다. 케이가 한 일을 확인한 순간 몰려왔던 안도감이 또다시 느껴졌다.

"케이가 당신 예술품을 파괴해버렸잖아." 에바는 가부좌를 틀고 앉더니 발목을 빠르게 돌렸다. "내가 비평했던 예술가들한테 그런 일이 생겼다면, 분명히 벌을 받게 했을 거야. 그 사람들이 고소했을 테니까."

"우리가 딸을 고소할 필요는 없을 것 같은데." 폴은 크게 웃었지만, 그 웃음에 호탕함은 전혀 없었다.

"책을 읽지 못하게 하는 거야, 일주일 동안."

"이미 안 읽잖아."

에바의 어깨가 축 처졌다. "알아."

"케이는 이제 더는 아무것도 안 해. 축구부에 들어간 거 말고는."

"그럼 축구부 활동을 못 하게 하자."

머리 위 천장에서 삐걱거리는 소리가 났다. 잠에서 깬 케이가 걷고 있었다. 천장을 올려다보면서 폴은 그곳에서 깨어 있을 딸을, 자기 방을 서성이고 있을 딸을 생각했다. 꿈을 꾸지 않고 푹 잤기를 바랐다. 에바도 폴의 시선을 좇아 위를 보았다. 두 사람은 함께 자신들의 딸이 발로 경계를 정하며 걷는 소리에 귀를 기울였다.

"어쩌면, 자기가 슬프다는 게 케이한테는 충분히 벌이 될 것 같아." 에바가 말했다. 에바는 옆에 있는 쿠션을 툭툭 쳤다. "여기 앉아봐."

폴이 옆에 앉자 에바는 폴의 머리를 감싸 안고 자기 쪽으로 끌어 당겼다. 풍요로운 자기 몸 가까이로 폴을 품어주었다. "이제는 시간 이 된 것 같지 않아?" 에바가 말했다. "자기 일, 그만둘 시간?"

"내가? 왜?" 폴이 에바의 어깨에 입술을 대고 웅얼거렸다.

"그 일을 싫어하니까."

"내가?" 폴은 물었지만, 에바가 옳다는 걸 알았다. 꿈의 도시를 만들고 있는 동안에는 그 미움을 억제할 수 있었지만, 이제 도시는 사라지고 없었다.

"당신은 만드는 사람이 되고 싶잖아. 당신의 재능은 거기 있어. 당신이 만들던 모형 도시는 정말 놀라웠어."

폴은 보험회사 사무실을 눈앞에 그려보았다. 답답한 칸막이 방, 셔츠를 입은 남자들, 시간을 알리는 둔중한 시계 소리. 처참하게 쓰러져버린 다리와 도시 모형을 생각했다. 다시 도시를 만든다면 이번에는 다르게 만들 것이다. 더 강하고 더 명석하게 만들 것이다. "당신 말이 맞아. 난 정말, 만들고 싶어."

"대학원에 갈 수도 있을 거야. 난 다시 일을 하고. 케이도 충분히 다 컸어."

폴은 아내에게서 몸을 떼고 아내를 보았다. 아내의 표정은 진심이었다. 아내는 두 손으로 폴의 손을 꼭 잡았다.

"그런 표정으로 보지 마. 자기가 원하는 일이잖아. 의문을 품지 마. 사실 나는 일이 그리워. 예술이 그리워."

"나는 모르겠어."

폴의 말에 에바는 먹고 있던 목캔디가 보일 정도로 고개를 뒤로 젖히고 크게 웃었다. "나도 몰라. 하지만 아는 것도 있어." 에바의 표정이 어두워졌다. "이 삶은 엿 같아, 폴. 하지만 적어도 우리는 아름다움의 척도를 조금쯤은 만들 수 있어."

천장에서 삐걱거리던 소리가 멈췄다. 문이 열렸다. 계단을 내려오는 발소리가 들렸다. 케이가 거실로 들어왔다. 케이의 머리카락은 빨간색으로 돌아와 있었다. 진짜 자기 머리카락 색으로 염색을 한 것이다. 케이의 불타는 머리카락이 거실을 밝혔다.

"아마존 비밀번호 좀 알려줘. 사고 싶은 책이 있어."

아마존 이용 금지가 두 사람이 케이에게 내린 벌이었다. 하지만 케이에게는 큰 걸림돌이 되지 않았다. 케이는 공립도서관으로 가서 어쨌든 원하는 책을 빌려왔다. 에이드리언 리치의 『공통 언어를 향한 꿈』이었다. 책의 첫 장을 들춰본 폴은 그 글귀들을 읽고 깜짝 놀랐다. 이 책을 빌려오기 전까지 케이가 읽는 책은 챕터북이거나 소설 혹은 만화였다. 시는 처음이었다.

"왜 시를 읽기로 한 거야?" 어느 날 아침, 폴은 케이가 학교에 가기 전에 물었다.

"꿈을 꾸지 않게 해주니까." 케이는 이렇게 대답했지만, 밤이면 폴은 케이가 방에서 서성이는 소리를 들었다. 케이는 시를 읽는 동안 걸어 다녔다. 욕실로 가려고 케이의 방문 앞을 지날 때면 딸이 보였다. 케이는 서성이면서 시를 읽었고, 조용히 중얼거렸다. 저녁 식사를 함께 준비하면서 에바와 폴은 위층 마루가 삐걱거리는 소리를 들었고, 서로를 향해 싱긋 웃었다.

"괜찮아지고 있어." 에바가 말했다. 에바는 얼마 전부터 빵을 굽기 시작했다. 이제 곧 갓 구운 빵이 나온다. 빵이 다 구워졌는지 확인하려고 오븐 뚜껑을 열자 향긋한 빵 냄새가 부엌 가득히 퍼져 나갔다.

폴은 나무 숟가락으로 두 사람이 만들고 있는 감자 부추 수프를 떠서 맛보았다. "웰부트린은 먹고 있어?" 폴이 물었다.

에바의 얼굴이 밝아졌다. "먹고 있어. 그래서 좋아진 거 같아."

"약을 먹어야 한다는 게 마음에 들지 않아."

"지금은 2017년이야. 적절한 약물은 치료에 필요해." 에바의 표정이 부드러워졌다. 폴을 도와 수프를 젓거나 가끔 빵을 확인하면서 에바는 흥얼거렸다.

폴은 에바가 딸의 운명을 폴 어머니 쪽 운명으로 가지 못하게 비틀었다는 사실에 안도하고 있다는 걸 알았다. 어쩌면 자신도 안도하고 있는 건지도 모르겠다고 폴은 생각했다.

폴의 모형 도시가 완전히 사라진 뒤 몇 주 동안, 폴은 모든 순간 행복했다. 리치의 시집을 모두 읽은 케이는 또 다른 시집을 빌려왔다. 『난파선 속으로 잠수하기』였다. 9월이 슬그머니 10월로 바뀌고 조용한 거리에 낙엽들이 조용히 색을 더하는 동안 케이는 계속해서 시집을 읽었다. 샤론 올즈, 실비아 플라스, 유세프 코무냐카, 파블로 네루다, 타고르. 들불이 캘리포니아 북부 지역을 그을릴 때는 마틴 에스파다, 트레이시 K. 스미스의 시집을 읽었다. 시인들의 시는 소노마 사람들을 아무도 구하지 못했지만, 어쩌면 딸을 구할 수는 있을 거라고 폴은 믿었다. 폴은 딸이 읽는 시인들을 알지 못했지만 엄청나게 빠른 속도로 시집을 읽어내는 딸의 얼굴이 날이 갈수록 평온해졌기에 자신도 행동에 나섰다.

폴은 에바의 충고를 따랐다. 건축학과 대학원에 원서를 넣었다. 학사학위 외에 다른 자격증은 없었고, 경력이래야 수년간 자동차보험 회사에서 영업 사원으로 일한 것이 전부였다. 그러니 합격할 가능성은 아주 낮았다. 그래도 폴은 정성껏 인쇄한 여러 대학원의 입학 원서를 쓰고, 케이의 도움을 받아 컴퓨터로 에세이를 작성하고, 추천서를 받으려고 옛 스승들을 찾아보거나 전형료를 송금했다. 결과는 봄이 되어야 알 수 있었다. 그때까지는 기다려야 했다.

폴은 직장을 그만두지 않았다. 에바는 예술계에 있는 전 동료들에게 연락해 이곳저곳에 비평을 싣기 시작했다. 하지만 그것만으로는 세 사람 생활비를 벌 수 없었다. 가족에게는 여전히 폴의 수입이 필요했다. 매일 아침 폴은 7시에 일어나 단추가 달린 단조로운 옷을 입고 새로 산 베이지색, 그렇지만 원래 몰던 차와 같은 기종의 스바루를 타고 사무실로 갔다.

몇 주가 흘렀다. 폭풍이 파괴한 푸에르토리코의 고립된 지역에 전기가 들어왔다. 들불이 캘리포니아를 또다시 덮치면서 남부의 언덕들이 시커멓게 바뀌었다. 불이 꺼진 뒤에는 진흙이 흘러내렸다. 건물과 사람들이 비명도 지르지 못하고 흙에 파묻혔다. 하지만 캔자스시티에 있는 폴의 집은 멀쩡하게 서 있었다. 비프 웰링턴을 먹은 저녁

229

에 케이는 조용히 책을 가져오더니 이렇다 할 서두 없이 곧바로 궨덜린 브룩스의 시를 읽기 시작했다. 긴 시였지만 케이의 목소리는 어른의 내면에 숨어 있는 울화를 이야기하는 한 줄에서 높이 올라갔다. 그 시구를 듣고 있으니 폴의 마음속에서 슬픔이 홍수처럼 차올랐다. 지하실에서 케이를 발견한 밤 이후로, 폴의 상상력이 케이의 발밑에서 산산조각 난 뒤로, 폴은 더 이상 사막 꿈을 꾸지 않았다. 이제는 그런 환상 따위는 완전히 떨쳐버렸다고 믿고 싶었다.

인생은 평범한 듯 보였다. 하지만 크리스마스를 일주일도 남기지 않은 날, 모든 대륙의 가장자리가 홍수에 잠겼다. 오키나와, 홍콩, 방글라데시 남부 해안, 싱가포르, 마다가스카르해변, 희망봉, 오크니제도, 시칠리아, 지브롤터, 티에라델푸에고, 갈라파고스제도, 북아메리카 서쪽 해안, 캘리포니아해변, 밴쿠버, 캐나다 동쪽의 캄포벨로 섬, 노스캐롤라이나의 아우터뱅크스, 롱아일랜드의 뾰족한 끝부분. 이상하게도 플로리다는 물에 잠기지 않았다.
폴은 홍수 소식을 직장으로 달려가는 자동차 안에서 들었다. 12월 20일 수요일이었다. 오래전부터 과학자들은 계속 경고했다. 지구온난화, 케이의 정신과의사는 그렇게 말했다. 기후변화를 말이다. 하지만 이런 홍수는 극단적인 재앙은 아니었다. 바다는 몇십 센티미터쯤 올라왔지만, 그것으로 끝이었다. 건물은 물에 잠기지 않았다. 사망자도 없었다. 뉴스 진행자는 홍수는 너무 극적인 표현 같다고 말했다. 다른 출연자들이 반론을 제기했다. 그들은 높은 파도와 위험한 조수 때문에 한 사회가 끝장날 수 있다고 했다. 그들은 극지방이 녹고 있다고 했다. 아니요, 물이 조금 늘어난다고 해서 종말이 온다고 할 수는 없습니다. 뉴스 진행자가 계속 말했다. 허리케인 카트리나를 기억하십니까? 2004년 쓰나미는요? 후쿠시마, 하비, 어머, 마리아는요? 그런 허리케인이 와도 살아남았습니다. 우리는 또다시 살아남을 겁니다.

맞아. 폴은 마음을 다독였다. 우리는 괜찮을 거야. 폴은 케이가 불안하다는 진단을 손사래 쳐 떨쳐버리던 에바를 생각했다. 이 세상이 끝난다고? 폴은 라디오를 껐다. 터무니없는 생각이야.

직장에 도착한 폴은 책상에 있는 소포를 보았다. 반송 주소는 없었다. 폴의 심장이 두방망이질 치기 시작했다. 테이프를 가르고 상자를 열어 버블랩을 찢었다. 그림이 들어 있었다. 어머니의 그림이었다. 어머니가 사라지기 전에 제임스와 함께 살았던 아파트에 남기고 간 그림과 거의 같은 그림이었다. 하지만 거대한 아기를 안고 있는 여인의 그림은 아니었다. 작은 그림이었고, 그림 자체가 홍수인 것처럼 소용돌이치는 파란색이었다. 그림 왼쪽 모퉁이 밑에는 위를 올려다보고 있는 작은 남자가 있었다.

폴에게 제일 먼저 떠오른 생각은 어머니가 아직 살아 있다는 것이었다. 또다시 바로 뒤까지 쫓아온 게 분명했다. 아니, 폴은 생각했다. 그 물이 나를 덮치도록 가만 내버려두지 않을 거야. 폴은 케이를 생각했다. 또다시 악몽을 꾸면서 일어나는 딸을 생각했다. 아니, 내 딸을 움켜잡게 내버려두지 않을 거야.

폴은 겨드랑이에 그림을 끼고 아무에게도 말하지 않은 채 사무실 밖으로 나왔다. 사무실에 오면서 느꼈던 자기 위안은 이미 사라졌다. 뉴스를 들었을 때 폴이 자신에게 말한 건 거짓말이었다. 폴은 어머니의 그림이 진실을 말하고 있음을 알았다. 지금은 아니라고 해도 홍수는 점점 더 악화될 것이다. 조만간 폴은 도망쳐야 했다. 이 도시를 떠나야 했다. 캔자스시티가 해안 도시는 아니었지만 폴의 이성은 작동하지 않았다. 폴은 스바루에 올라탔고, 바퀴가 바닥에 긁힐 정도로 거칠게 주차장을 빠져나갔다. 가족을 구해야 했다.

폴은 주유소에 들어가기 전까지 몇 블록을 엄청난 속도로 달렸다. 연료 탱크를 가득 채워야 했다. 더 많은 기름을 담을 수 있게 통을 가져왔으면 좋았을 텐데. 폴은 편의점으로 들어가 그곳에 있는 물을 모두 샀다. 폴란드 스프링, 다사니, 아쿠아피나. 계산대 뒤에 서 있는 여드름 난 십 대 아이가 폴이 가져온 다양한 물(몇 리터짜리 큰 생수부터 작은 생수, 뚜껑을 올려서 물을 마시는 생수, 뚜껑을 돌려서 따는 생수 등 가리지 않고)을 미심쩍은 눈으로 쳐다보았다.

"폭풍이 올 겁니다." 폴은 말했다. 그 폭풍을 피할 수 있을 거라고 생각하다니, 얼마나 어리석었는지. 바람과 물. 파란색 위에 파란색이 소용돌이치던 그림. 어머니는 알았다. 어머니는 언제나 알고 있었다. 폴은 제임스의 말을 기억해냈다. 비는 모든 걸 알고 있다는 생각이 들 때가 있어요.

편의점 직원은 폴이 계산대 위에 올려둔 물병의 바코드를 찍고 또 찍으며 하품을 했다. 폴은 들 수 있을 만큼 최대한 많은 물병을 들고 여러 번 편의점과 자동차를 오갔다. 마지막 물병을 들었을 때 직원이 머리 위에 있는 작은 텔레비전을 가리키면서 말했다.

"일기예보는 맑을 거라는데요." 직원이 말했다.

"모든 게 바뀔 겁니다." 폴이 대답했다. 그 예언은 폭풍을 예고했던 것만큼이나 어눌하게 들렸지만, 본능적으로 폴은 그 말이 진실임을 알았다. 편의점 직원은 고개를 저었다.

"완전 미쳤나 봐." 편의점 문이 닫히면서 들리는 종소리 사이로 직원이 조그맣게 중얼거리는 소리가 들려왔다.

도로는 평소보다 훨씬 혼잡해 보였다. 온갖 잡음으로 가득 찬 폴의 뇌는 멍해졌다. 사람들을 모아야 해. 폴은 생각했다. 다 함께 도망갈 수 있어. 폴은 휴대전화를 보았다. 휴대전화는 꺼져 있었다. 충전하는 걸 잊은 것이다. 그 누구에게도 전화를 걸 수 없었다. 에바의 부모님은 그레인밸리에 살았다. 멀지 않은 곳이었다. 한 시간이면 도착할 수 있었다. 먼저 에바의 부모님을 태우고 집으로 가면 된다. 그리고 그다음. 그다음은, 폴은 알지 못했다.

붉은 별을 좇아가. 어머니는 폴에게 그렇게 말했다.

폴은 앞 유리를 올려다보았다. 서리가 내린 유리창 너머로 보이는 하늘은 하얬고, 가느다란 구름 뒤에 숨은 태양은 희미하게 보였다. 잔디밭 위에는 흙이 묻은 눈이, 교차로에는 눈 더미가 쌓여 있었다. 사라져가는 가을이 빨간색도 함께 가져가고 있었다. 먼저 에바의 부모님을 모셔오고, 학교에서 케이를 데려오고, 에바에게 전화를 해야 했다. 모두 폴의 집 거실에 모여야 했다. 가족이 모두 모여 무엇을 할지 결정해야 했다.

폴은 엄청난 속도로 옆길을 지나고, 속력을 내지 않는 자동차들 뒤를 바짝 쫓았다. 정지신호를 받으면 초조해하면서 손가락으로 핸들을 두드렸다. 70번 고속도로 진입로에 이르러서야 폴은 속도를 높이면서 숨을 내쉬었다. 그때까지 폴은 자신이 숨을 참고 있음을 알지 못했다. 고속도로에 오른 뒤에도 폴은 가장 빠른 차선을 찾으려고 계속 차선을 바꾸며 달렸다.

하늘은 점점 더 하얗게 변했다. 어쩌면 눈이 올 것 같았다. 이 행성의 다른 지역에서는 이런 하늘이 비를 예고하는 것인지도 몰랐다. 녹은 빙하가 꽉 차서 바다에는 더는 비를 수용할 공간이 없는지도 모른다. 흘러넘치는 물그릇처럼. 폴은 이렇게 생각하며 오래전에 학교에서 했던 과학 실험을 떠올렸다.

캔자스시티는 괜찮을 거야. 폴은 자신을 안심시키려고 애썼다.

도시를 안전하게 빠져나와 탁 트인 고속도로에 올랐을 때, 그 일이 일어났다. 약간의 계산 착오가 있었던 것인데 폴의 잘못일 수도, 폴의 오른쪽으로 방향을 튼 높이 솟은 트럭이 잘못한 것일 수도 있었다. 두 차의 앞코가 닿고 떨어지기를 반복했다. 뒤에서 무언가가 폴에게 부딪혔다. 은색 벽이 폴 앞에서 솟아올랐고 유리와 크롬이 보였다. 사람들 얼굴이 껌뻑이며 나타났다 사라지기를 반복했고, 표백한 것처럼 하얀 하늘이 머리 위에 있었다.

폴의 몸이 느슨하게 풀어졌고, 제대로 자라지 못한 다리에 붙어 있는 폴의 커다란 발이 페달에서 떨어져 자유롭게 유영했다. 두 팔은 넓게 벌어졌고, 손가락들은 별처럼 쫙 펼쳐졌다. 잠시 우주는 팽창하여 가능성으로 반짝이는 장이 되었다. 폴은 그렇게까지 자신이 크다는 느낌을 받아본 적이 없었다.

나는 거인이야. 폴은 생각했다.

그리고 폴은 떨어져 내렸다. 폴은 떨어져 내려야 한다는 사실이 비통해 울부짖었다. 사람의 울부짖음이 아니었다. 그의 몸이 땅과 만나는 순간, 폴은 침대 밑에 웅크리고 있는 어머니를 보았고, 어머니의 울음소리를 듣고는 평온해졌다. 폴은 아스팔트와 유리, 다른 사람의 몸 위로 구겨졌고 이 세상 고통이 아닌 고통을 느꼈다.

여기가 어두워진다는 지점이구나. 폴은 생각했다. 하지만 폴의 눈앞은 캄캄해지지 않았다.

어딘가에서 금속과 금속이 긁혔다. 흘러나온 연료의 자극적인 냄새가 났다. 연기 냄새도 났지만 불은 보이지 않았다. 폴은 다른 차에서 나온 사람에게 걸려 넘어졌다. 그 사람의 몸은 피에 젖어 있는 것 같았지만, 다행히도 폴에게서 얼굴을 돌리고 있었다. 폴은 자신의 모든 신체 부위를 느낄 수 있었다. 팔은 긁혔고, 앞 유리창에 부딪친 이마는 찢어졌으며 손가락은 윙윙거렸다. 베이지색 바지에 가려진 생식기는 동그랗게 말려 있었는데, 이상하게도 단단했다. 고통이 느껴졌다. 하지만 다리에서는 그 어떤 감각도 느껴지지 않았다.

금속은 더는 긁히지 않았다. 신선한 물 냄새가 났다. 뺨까지 물이 차올라 찰랑거렸다. 트렁크에 실은 물병이 터진 것이다. 처음에는 낮게 끼이익 거리는 소리가 나더니 비명처럼 큰 소리가 들렸다. 사이

렌 소리였다. 흰색 운동화들이 사고 잔해를 헤치고 폴에게 다가왔
다. 두툼한 밑창과 운동화 끈, 바지와 신발 사이로 드러난 발목까지
오는 양말이 보였다.

"지혈대를 가져와. 두 개!" 그 발의 주인공이 목청껏 소리쳤다.

폴과 얼굴 높이를 맞춘 얼굴이 보였다. 상태가 좋았을 때의 어머
니처럼 부드러운 갈색 얼굴이었다.

"깨어 있군요." 그 얼굴이 말했고, 폴은 눈을 깜빡이며 반응했다.
얼굴이 뒤를 돌아보았다. "진정제도 가져와!" 그 사람이 소리쳤다.

"저는 괜찮습니다." 폴은 간신히 대답했다. 폴의 목소리는 작았고,
폴은 다시 번사이드 집에서 토네이도가 자주개자리밭을 어루만지는
모습을 보던 때로 돌아갔다. "저는 걱정할 필요 없습니다. 집까지 걸
어갈 수 있습니다." 폴은 일어나 앉으려고 애썼지만, 한 손이 폴을 눌
렀다. "우리가 치료해드릴 겁니다. 너무 애쓰지 마세요."

또 다른 신발이 나타났고, 무언가 차가운 것이 폴의 팔을 타고 흘
러 들어갔다.

"별들이 나왔어요. 하지만, 붉은 별은 하나뿐이군요." 폴이 두 얼
굴을 보며 말했다.

한순간 폴은 고속도로 위에, 그다음 순간에는 침대 위에 누워 있
었다. 그 순간들 사이에 꿈은 없었다. 폴은 눈을 떴고, 눈을 감았다가
다시 눈을 떴다. 천장도, 두툼한 침대보도 폴의 것이 아니었다. 손 세
정제와 창자 새는 냄새가 났다. 오줌 냄새였다. 사과 소스 냄새였다.

케이가 생각났다. 아장아장 걷는 케이의 머리에서 나던 냄새였다. 케이는 이곳에 없었다. 에바도 없었다.

여기는 지옥이야. 폴이 생각하고 있을 때 간호사가 들어왔다.

"깨어 있는 모습을 보니 좋네요." 간호사가 말했다. 간호사는 폴의 심장을 점검하고, 혈압을 재고, 침대 옆에 있는 기계의 스위치를 켰다. 매니큐어를 바른 손가락으로 정맥주사 용기를 이리저리 뒤집어 보았다. 폴의 몸에서 여러 관이 뻗어나가고 있었다. 투명한 액체를 담은 관도 있었고, 빨간색, 노란색 액체를 담은 관도 있었다.

폴은 힘겹게 머리를 들었다. 허리 밑으로 보이는 매트리스는 평평했다.

"의사 선생님은 옆방에서 환자를 보고 계세요." 간호사가 말했다. 캐나다 억양이 있는 백인이었다. 북쪽에서 온 사람이었다. 어쩌면 폴의 어머니를 알고 있을지도 모른다. "가서 모셔올게요."

폴은 간호사를 말리고 싶었다. 의사는 필요 없습니다. 하지만 간호사는 나가버렸고, 간호사가 떠난 자리에는 커튼이 펄럭였다. 누군가 폴의 침대 위에 산타를 붙여놓았다. 산타의 수염은 일부 떨어져 나갔고, 산타의 선물 가방은 색이 바래 있었다. 폴은 지금이 12월이라는 사실은 기억해냈지만, 크리스마스 전인지, 후인지는 알 수 없었다. 도대체 자신이 왜 크리스마스를 걱정하는지도 알 수 없었다.

금속이 거슬리는 마찰음을 냈고 폴은 움찔했지만 그건 커튼을 매단 금속 고리가 움직이는 소리였다. 의사는 짙은 갈색 피부에 조심스럽게 오일을 발라서 가른 머리카락을 하고 있었다. 폴은 의사가 남아시아, 인도나 방글라데시 출신일 거라고 생각했다. 의사의 고향도 물에 잠겼는지 궁금했다.

의사는 재빨리 의례적인 인사를 했고, 원래는 폴의 다리가 있어야 할 매트리스 위에 손을 짚었다. "구급대는 해야 할 일을 했습니다. 출혈을 막아야 했으니까요. 접합수술이 성공하기를 바랐지만, 안타깝게도 사고 때 너무 심하게 손상됐습니다."

의사는 쓰고 있던 안경을 벗더니 닦기 시작했다. 그 극적인 태도로 보아 영화에서 본 장면을 따라 하는 게 아닌가 싶었다. 폴은 자기에게도 만지작거릴 안경이 있으면 좋겠다고 생각했다. 하지만 폴에게는 링거 관밖에 없었다. 폴은 손가락 끝으로 링거 관을 쭉 따라갔다. 바늘이 팔로 파고드는 부분에 녹색을 띤 희미한 자주색 멍이 보였다. 폴은 자신이 얼마나 오래 병원에 있었는지는 묻고 싶지 않았다. 다리가 어디 있는지 궁금했지만, 그것도 묻고 싶지 않았다.

"몇 대였습니까?" 폴은 간신히 그렇게 물었다.

의사가 고개를 들고 다시 안경을 썼다. "다섯 대였습니다."

"누가 살았죠?"

"모두 살았습니다."

폴은 자기 몸에 깔렸던, 피가 흥건했던 몸이 있었음을 알았다. 어쨌거나 그 몸은 일어난 것이다. 걸어간 것이다.

"아내와 딸이 여기 온 적이 있습니까?" 폴이 물었다.

"환자분이 병원에 온 뒤 매일 왔습니다." 아흐마드라는 이름표를 단 그 의사는 폴을 보고 웃었지만 곧 웃는 건 잘못이라고 판단했는지 한 손으로 입을 가리고 기침을 했다. 폴은 의사가 긴장했음을 알았다. 폴이 어떻게 반응할지 모르기 때문이다. 언제라도 비명을 지르며 다리를 돌려내라고 소리칠 수 있는 상황이었으므로.

"지금 어디에 있습니까?"

"식당에 있습니다. 잠시 쉬고 있어요. 간호사가 쉬어야 한다고 했습니다."

"누가 두 사람을 불러줄 수 있을까요?" 두 사람을 본다는 생각에 폴의 심장이 마구 뛰었다.

"데스크에 연락해 식당에 안내 방송을 하겠습니다." 의사가 떠나려고 일어섰다. "많은 사람이 팔다리 없이 살아갑니다. 보철 기술은 엄청나게 발전했고요." 의사의 입술이 일그러졌다. "경솔한 말을 해서 죄송합니다."

의사에게서 시선을 돌렸을 때, 폴은 보았다. 그림이 있었다. 어머니가 직장으로 보낸 작은 파란색 그림이었다. 누군가 폴의 자동차에서 꺼내와 협탁 위에 올려둔 것이다. 사고가 났을 때 망가졌을 거라고 생각했는데. 폴은 그림 쪽으로 몸을 숙였다. 파란색 밑에 검은색인 무언가가 있었다. 전에는 보지 못했던 것이었다. 온통 파란색 그림 밑에 아주 희미한 검은색 선이 있었다. 윤곽선이었다. 폴의 모형, 환상적인 세계 도시, 케이가 영원히 파괴해버렸다고 생각했던 그 도시의 윤곽선이었다. 어머니는 폴의 모형을 알고 있었다. 당연히 알수밖에. 그러니까 이 도시를 그린 것이다. 폴의 도시는 물속에서 떠다니고 있었다.

239

"리모컨은 어떻게 작동하는 겁니까? 뉴스를 보고 싶은데요." 폴이 물었다.

"뉴스 말입니까?" 아흐마드 박사의 얼굴이 지진이 지나가는 것처럼 출렁거렸다. "좋은 생각 같지 않은데요."

"압니다." 물론 폴도 알았다. 폴은 침대에 붙어 있는 리모컨을 들었다. "이 버튼을 누르면 됩니까?"

그저 전원 버튼만 누르면 되는 거였다. 깜빡이던 화면이 밝아졌다. 또다시 정중하게 기침을 하고 의사는 폴의 곁을 떠나면서 커튼을 쳐주었다. 폴은 뉴스를 보기 전부터 무엇을 보게 될지 알았다. 텔레비전 화면 자막은 오늘이 12월 24일임을 말해주고 있었지만, 그 누구도 크리스마스 이야기는 하지 않았다. 사람들은 날씨 이야기만 하고 있었다.

허리케인이 연이어 오고 있었다. 세 번째, 네 번째 허리케인이 발생했다. 역사상 그 어느 때보다 더 크고 더 난폭한 허리케인이었다. 폴이 자고 있는 동안 지구의 모습이 바뀌었다. 뉴욕이 가장 눈에 띄게 바뀌었다. 인도 남부의 첸나이, 몰디브, 뉴올리언스. 그 누구도 손실이라는 말을 입에 담지 않았다. 너무나도 광대하고, 너무나도 갑작스럽게 찾아온 것이 분명해 보였다. 뉴스 진행자들은 더는 종말이라는 예측을 내놓지 않았다. 그들은 그런 표현을 하고 싶어 하지 않았다. 전문가들은 일말의 희망을 이야기했다. 우리는 이겨낼 수 있습니다. 그들은 그렇게 말했다. 각국 정부는 식량과 의약품, 보트 등 각종 구호 물품을 보내고 있었다. 바닷물은 낮아질 것입니다. 도시는 구조

될 것입니다. 인류 문명은 휘청일지라도 계속될 것입니다.

북아메리카 대륙의 한가운데 있는 구겨진 침대 위에서 폴은 일어나 앉을 수 있을 때까지 자신의 새로운 몸과 씨름했다. 폴의 다리가 있던 공간은 거대하게 느껴졌지만, 더는 작은 사람이라는 느낌이 들지 않았다. 그와는 완벽하게 반대인 느낌이 들었다.

폴은 거인이었다. 어머니가 옳았다.

폴은 마지막까지 자신을 품고 있는 어머니를 떠올려보았다. 너무 어렸다. 맞아. 에바가 진실을 말한 거야. 어머니는 너무 어렸어. 이 세상에 나올 때 폴은 분명히 어머니를 가르고 나왔을 것이다. 그런 일을 겪은 뒤에 어머니가 어떻게 살아남을 수 있었는지 폴은 알지 못했다. 하지만 어머니는 살아남았다. 갑자기 솟구치는 힘을 느끼며 폴은 깨달았다. 이런 변화 속에서도 폴은 살아남을 수 있었다.

복도에서 아내와 딸이 다가오는 소리가 들렸다. 두 사람은 걱정스러운 듯이 속삭이고 있었다. 폴의 아내는 언제나 폴을 지지해주었다. 폴의 딸은 시인이 될 것이다. 케이는 더 이상 꿈에서 달아날 수 없었다. 폴도 마찬가지였다. 꿈이 아니라면 폴은 아무것도 아니었다. 이제 폴은 그것을 알았다.

"아빠가 우릴 알아볼까?" 폴은 두 사람이 속삭이는 소리를 들을 수 있었다. "우린 뭐라고 말해야 해?" 모든 소리가 증폭되어 들렸다. 기계 장비들은 펑펑 소리를 냈고 간호사들의 신발은 철퍼덕거렸으며, 한 환자는 점심으로 먹은 음식을 양동이에 게워내고 있었다.

텔레비전에서는 리포터가 배턴루지로 대피한 이재민과 이야기를 나누고 있었다. "모든 것이 사라졌어요." 이재민이 말했다. 마스카라가 얼굴 위로 흘러내린 여인의 눈은 꼭 유령처럼 보였다. "뉴올리언스가 물에 잠겨버렸어요. 카트리나 때와는 달라요. 영원히 사라졌어요." 리포터가 카메라를 향해 몸을 돌리더니 배수에 관해 떠들기 시작했다.

폴은 텔레비전을 껐다. 충분히 보았다. 폴은 자신의 모형 도시를, 바다 밑에 세운 자신의 도시를 생각했다. 기둥과 다리, 그 도시 시민들의 끈기를 생각했다. 그 도시는 상상의 산물이었다. 하지만 이제는 아니었다. 이제 그 도시는 현실이 될 것이다.

맞아, 폴은 생각했다. 이제는 시간이 됐어.

달

2073년 화성

시간이 소용돌이쳐 안쪽으로 들어왔다. 날들이 지나갔다.
아니, 시간들이 지나갔는지도 몰랐다. 스크린이 보여주는 이미지들
을 공부하면서 앉아 있는 시간이 얼마나 오래 지났는지 모른다. 계
속 화면을 바꿔 이미지를 보는 동안 내 심장은 신이 날 때는 빠르게
뛰었고, 두려울 때는 느리게 뛰었다. 언제 삼촌들이 식사 시간이 되
었으니 감자를 먹으러 오라고 부를지, 그 감자를 먹을 수는 있을지
궁금했다. 어쩌면 삼촌들은 나를 부르지 않을 수도 있었다. 나를 내
버려둘 수도 있었다. 하지 말자, 두 사람은 그렇게 말할지도 몰랐다.
그러니까 물어보지 않는 게 좋았다.
　　내가 할 수 있을까? 잘 모르겠다. 어머니가 되는 일 말이다. 더 많
은 삼촌들과 달들을 생산하는 일이다. 내 마음 한편에서는 어머니가

되기를 원했다. 사람들(아니, 여자들이라고 했지)의 이미지를 보았기 때문에 그들이 어떻게 생겼는지는 알았다. 그들의 몸에 씨앗이 들어가는데, 그러면 여자들의 몸은 엄청나게 부풀어 올랐다. 그 씨앗에서 귀나 코, 손가락은 어떻게 자라는 걸까? 식물처럼 싹을 틔워 자라는 것일까? 마치 마술 같았다. 이삼촌이 우리 문명도 그렇게 될 거라고 약속한 것처럼 장엄했다.

하지만 그다음에는 어떻게 해야 하는 거지? 알 수가 없었다. 숲의 관개시설이 하는 것처럼 물을 줘야 하는 걸까? 흙과 감자를 먹여야 하는 걸까? 나에게 말을 걸까? 내가 말을 하면 귀를 기울일까? 나는 이제 막 터질 것처럼 부푼 배를 상상하면서 두 손으로 가만히 배를 만졌다. 물론 내 배가 펑 하고 터지는 일은 없을 것이다. 그건 이미지를 통해 안 사실이다. 삼촌들과 달들은 내 다리 사이에서 미끄러져 나올 것이다. 아니야, 그런 일이 가능할 리 없어.

이삼촌이 제일 먼저 보여준 이미지를 다시 보았다. 다시 시작하는 거야. 나에게 말했다. 한 단계씩 공부하는 거야. 해야 할 일이 있다면, 그 일이 무엇인지부터 알아야 해.

마침내 나의 포드에서 걸어 나왔을 때는 눈이 시리고 앞이 보이지 않았다. 통로를 밝히는 강렬한 불빛에 눈이 멀어버렸다. 벽을 잡고 넘어지지 않게 조심스럽게 움직였다.

먹는 포드에 도착했을 때쯤에는 앞이 선명하게 보였다. 일삼촌과 이삼촌은 식탁에 앉아 서로를 향해 몸을 기울이고 진지하게 대화하고 있었다. 내가 포드로 들어가자 삼촌들은 서로 떨어졌다. 회색으로 변한 삼촌들의 피부는 각질이 덮인 것 같았고, 삼촌들 어깨에 올려진 머리는 무거워 보였다. 어쩌면 내가 없는 시간 내내 둘 다 저 식탁에 앉아만 있었던 건 아닐지 궁금했다.

달, 그리웠어. 이삼촌이 말했다.

며칠이나 지났어? 내가 물었다.

사흘. 답하는 이삼촌의 말투에는 조바심이 묻어 있었다.

나를 기다리느라 지쳤을 거라고 나는 생각했다.

답은 찾았어? 이삼촌이 물었다.

어느 정도는. 하지만 말해줘. 나는 내 몸의 가운데 부분을 가리키며 말했다. 달이 어떻게 여기로 들어가?

일삼촌이 천장을 향해 눈을 굴렸다. 넌 애가 모든 걸 다 배울 거라고 했지? 일삼촌이 이삼촌에게 말했다. 하지만 끝없는 질문만 가지고 돌아왔잖아. 잘 들어. 내가 이걸 꺼낼 거야. 일삼촌은 자기 다리 사이에 있는 주머니를 가리켰다. 그리고 씨앗을 발사할 거야. 간단해.

나는 깜짝 놀라 일삼촌을 보았다. 그 말을 이해할 수가 없었다.

형제. 이삼촌이 일삼촌의 팔을 잡았다. 달이 겁먹잖아.

일삼촌의 말투가 부드러워졌다. 걱정할 것 없어. 일삼촌이 나에게 말했다. 그들이 여기에 정액을 주입하는 장치를 마련해두었으니까. 난 널 건드리지도 않을 거야.

더 생각할 시간이 필요하니? 이삼촌이 물었다.

우린 시간이 없어. 일삼촌이 말했다. 너도 알잖아.

하지만 더 기다려야 해. 나는 일삼촌의 말에 반박했다. 아직 난 14년도 다 살지 않았어. 이미지에서 본 여자들과 달라.

그들은 사람이야. 일삼촌이 말했다. 그들은 달라. 우린 우리가 얼마나 더……. 일삼촌은 말을 돌렸다. 달, 우리를 생각해봐. 이 행성도. 우리가 이 행성을 돌아다니면서 누군가 다른 존재를 본 적 있어?

없어. 나는 대답했다.

그래, 없어. 일삼촌이 단호하게 말했다. 이삼촌한테 지구에 대해서 들었지?

옛날에는 여기에 많은 게 있었어. 나는 이삼촌의 말을 되풀이했다. 하지만 지금은 물밖에 없어.

정확해. 일삼촌은 내 손을 잡더니 자기 가슴을 감싸고 있는 불투명한 막에 대고 꾹 눌렀다. 규칙적으로 뛰는 삼촌의 심장이 느껴졌다. 남은 건 우리밖에 없어. 일삼촌이 부드럽게 말했다. 반드시 우리 같은 존재를 더 만들려고 노력해야 해.

하지만 왜? 나는 물었다. 어째서 그래야 하는데?

일삼촌은 자신의 두 손을 맞붙였고, 그사이에 존재하는 무를 확장하려는 듯 다시 넓게 펼쳤다. 그럼 다른 뭘 해야 하지? 일삼촌이 되물었다.

나는 일삼촌을 똑바로 보았다. 그 깊은 하얀 눈을 뚫어지게 응시했다. 내가 존재하고 6년이 되던 해에 우리 셋이 걸었던 평원을 생각했다. 지평선까지 끝없이 이어진 황토색 바닥, 물자가 부족한 돔 위를 덮고 있는 희박한 대기, 오래전에 죽어버린 대기 너머의 별들. 스크린을 치면서 고함을 지르던 나를, 다시 나에게 말을 걸어달라고 애원하던 나를 생각했다.

나는 의심을 꿀꺽 삼켰다. 그리고 고개를 끄덕였다.

좋아, 해보지 뭐.

자러 가려고 헤어지기 전에 이삼촌이 나를 꼭 안았다. 하지만 나를 보지는 않았다.

난 행운아야, 나에겐 네가 있으니까. 이삼촌이 말했다.

나에게 나만의 달이 있다면 어떤 느낌일까? 자신의 포드를 향해 어기적어기적 걷는 이삼촌을 보면서 나는 생각했다.

내 포드로 들어와 스크린을 들고 바닥에 웅크리고 앉았다. 스크린의 불빛만이 내 포드를 밝히는 유일한 조명이었다. 일삼촌이 통로를 성큼성큼 걸어가는 소리가 들렸다. 공기 속에 잔잔한 울림을 만들 정도로 흥분한 삼촌의 기운은 몸으로도 느껴질 정도였다.

버튼을 누르고 화면을 넘기면서 인간의 이미지와 만화 토끼와 철쭉, 소나무, 먹는 포드, 잠자는 포드와 여러 통로의 이미지를 계속 들여다보았다. 나는 몇 가지 답을 찾았다. 삼촌들도 나에게 좀 더 많은 답을 주었다. 하지만 아직 찾지 못한 조각이 있었다. 나는 나를 만든 달, 나의 어머니를 알지 못했다.

나는 텅 빈 채 깜박이기만 할 때까지 화면에서 모든 이미지를 지워버렸다. "제발." 텅 빈 화면에 대고 애원했다. 소용이 없으리라는 건 알았다. 이제는 애원하는 것도 지쳤다. 하지만 멈출 수가 없었다. 이삼촌의 말처럼 가상 세계가 구현하는 목소리라고 해도, 그 목소리가 나에게 무언가를 알려줄 수도 있었다. 누가 나를 만들었어? 나는 그렇게 물을 것이다. 그 존재는 어디로 갔는지도.

"제발." 나는 또다시 말했다. "나에게 말해줘."

너무나 놀랍게도 스크린이 다시 깜빡이기 시작했다.

"난 말하고 있어." 그 목소리가 말했다. "나는 계속 말했어. 왜 내 소리를 듣지 않는 거야?"

나는 몸을 똑바로 세우고 앉았다. 얼굴로 피가 몰려왔다. 뺨이 달아올랐다. 귀가 웅웅거렸다. 나는 아주 멀리 떨어져 있으면서도 동시에 아주 가까이 있는 것 같았다. 스크린이 실제로 말하다니 믿을 수가 없었다. 좀 더 크고 좀 더 분명하게 들리는 그 목소리는 전에 들었던 것처럼 우울하지는 않지만, 분명 같은 목소리였다. 허를 찔린 나는 지금까지 내가 해왔던 질문들을 기억해낼 수가 없었다. 그래서 대신 물었다. "지금까지 했던 이야기들을 들려줘."

"정말 많은 이야기를 했어. 컴퓨터한테는 무슨 말이든 할 수 있으니까."

컴퓨터가 뭔지 묻고 싶었지만, 방해될 것 같아서 하지 않았다.

"나는 한동안 네가 봇이 아닌 척하고 있었어. 죽음에서 돌아온 나의 어머니라고 생각했지. 드디어 내가 원하는 걸 말할 수 있게 된 거야."

나는 스크린으로 더 몸을 숙였다. 호흡이 가빠졌다. "어머니한테는 무슨 말을 해?"

"살아 있을 때는 그다지 많은 말을 하지 않아." 목소리가 작아졌다. "모든 걸 말했다면 좋았을 텐데."

"어머니에게 무슨 말이 하고 싶었는데?"

"어머니 눈가 주름을 좋아했다고 말하고 싶어. 50대는 죽기에는 너무 젊은 나이였다고도 말해주고 싶고. 머리 빗으라고 나를 괴롭혀도 되고, 내게 민들레잎을 먹으라고 해도 괜찮다고 말해주고 싶어."

민들레가 무엇인지는 알고 있었다. 돔에서 자라고 있었으니까. 이 목소리가 시뮬레이션 목소리라면 그 사실을 알고 있을 것이다. 하지만 목소리는 너무나도 자연스럽게 말하고 있었다. 이 목소리는 진짜인 걸까? 일삼촌의 말이 옳다면 그건 말이 되지 않았다. 우리가 남겨진 유일한 존재라면 그럴 수는 없었다.

"또 다른 건?" 나는 목소리에게 재촉했다. 계속 말하게 해야 했다.

"더 나은 딸이었다면 좋았을 거라고 말하고 싶어." 목소리가 완전히 가라앉았다. "어머니가 사랑할 수 있는 여자아이였으면 좋았을 거라고 말이야."

여자아이. 이삼촌은 사람 여자는 여자아이가 될 수 있다고 했다. 하지만 이 목소리는 사람일 수 없었다. 가상 세계의 목소리였다. 그렇게밖에는 설명할 수 없었다.

"너는 여자야." 내가 말했다. 이삼촌은 시뮬레이션 목소리는 대부분 여자 목소리라고 했다.

"당연하지." 목소리가 대답했다. 아니야, 목소리가 아니야. 여자야. 나는 생각했다. "네가 나의 어머니가 아닌 건 알아. 나도 바보는 아니니까. 하지만 네가 어머니였음 좋겠어. 그렇다면 미안하다고 말할 수 있을 테니까. 내가 엄마를 혼자 죽게 했어. 너무 무서워서 그랬어. 그 천막에서 떠나야 했어. 제발, 이해해줘. 엄마가 암으로 죽어야 했다는 사실이 너무 안타까워. 엄마는 사냥하다가 죽기를 바랐다는 거, 알아."

목소리에는 너무나도 깊은 슬픔이 배어 있었다. 나도 그 감정을 알았다. 공허함이 내 가슴을 툭툭 치던 순간을 기억했다.

내가 틀린 거야. 이게 시뮬레이션 목소리일 리가 없었다.

어쩌면 이 목소리는 또 다른 달인지도 모른다. 이 달이 이 행성에 있다면 어떻게 하지? 또 다른 삼촌들이 있는 거라면? 일삼촌은 이곳에 다른 존재는 없다고 했지만 그걸 어떻게 장담해? 다른 달들과 삼촌들이 여기 있다면 나는 하겠다고 약속한 일을 하지 않아도 된다. 내일 아침에 일삼촌에게 하지 않겠다고 맞설 수 있다.

나는 손가락이 아플 정도로 세게 스크린을 눌렀다. 펄쩍펄쩍 뛰면서 내지를 수 있는 가장 커다란 소리를 지르면서 포드 안을 뛰어다니고 싶었다. 하지만 가만히 있었다. 목소리와 헤어지고 싶지 않았다. "암이 뭐야?"

"엄마 의학책에서 알게 된 바보 같은 질병이야. 암이 아닐 수도 있어. 무슨 병인지 확실하게 알려줄 의사는 없으니까. 하지만 난 알아. 엄마가 얼마나 딱딱하게 굳어갔는지 봤으니까. 엄마는 똑바로 서지도 못했어. 끊임없이 갈비뼈가 아프다고 했지. 하지만 갈비뼈가 부러진 것 같지는 않았어. 내 생각엔 암이 엄마 뼈에 침투한 게 분명해."

목소리의 주인공은 슬픈 것 같았지만 나는 행복했다. 이 여자아이는 자기 어머니를 기억하고 있었다. 어머니란 그런 거야. 나는 생각했다. 떠나간 뒤에도 완전히 사라지지 않는 존재가 어머니인 거야. 이 여자아이는 운이 좋았다. 자신이 어디에서 왔는지 알고 있으니까.

"네 어머니에 대해서 더 말해줘." 내가 말했다.

"그게 무슨 소용이 있어. 어머니는 죽었고, 가버렸어. 나의 어머니는 죽어서 사라져버렸어!" 목소리에는 장난기가 스며 있었다. "여기서는 연극을 해. 그들은 셰익스피어에 집착하거든. 하지만 엄마는 셰익스피어를 비웃었어. 너무 진부하대. 하지만 나는 좋아했어. 감동적이거든. 난 햄릿의 대사를 모두 기억해. 햄릿이 한 모든 걸 기억해. 어머니는 셰익스피어의 작품들이 언어를 망쳐버렸다고 했어. 5번 천막의 늙은 조는 이미 사본을 갖고 있으면서도 셰익스피어의 작품들을 황금이나 되는 것처럼 모으고 있어. 이제 황금은 더는 가치가 없지만 말이야."

나는 해야 할 질문이 많았다. 천막이 뭐야? 햄릿은? 황금은 뭐야? 하지만 너무 많은 질문으로 목소리를 질리게 하고 싶지는 않았다. 그래서 좀 더 포괄적인 질문을 했다. "그럼 가치가 있는 건 뭐야? 넌 어디에 있어?"

"가치가 있는 건 현재라고 생각해. 아주 큰 오늘 말이야. 우리가 뭘 먹게 될지. 그걸 찾을 수 있는 방법. 날씨 때문에 생길 결과. 8월에는 눈보라가 칠까? 12월에는 가뭄이 들까? 그게 우리가 신경 쓰는 거야. 날씨가 뭔지 알아?"

"먼지폭풍은 알아." 나는 대답했다. 하지만 눈보라는 몰랐다. 가뭄도. 우리에게는 그런 날씨는 없었다. 그렇다면 목소리는 이 행성에 있는 게 아니었다. 목소리는 어디에 있는 걸까?

"먼지폭풍? 여기도 먼지폭풍이 불어."

"그거 말고, 또 신경 쓰이는 게 뭐야?" 정보를 갈망하는 나는 꼭 이 삼촌이 된 것만 같았다.

"우리 천막을 신경 써. 산이랑. 우리는 커다란 불 주위에 모여서 노래 부르는 걸 좋아해."

"불?"

"컴퓨터가 불에 관해서 말해주지 않았어? 빨간색과 주황색을 내고, 가운데는 청색을 띤 녹색 빛이 나는 거야. 불에 나무 장작을 집어넣으면 훨씬 더 세게 타올라."

이 정보는 일단 보관하기로 했다. 더 자세한 내용은 이삼촌에게 물어보면 될 것이다. "다른 건?"

"우리는 동물과 식물을 좋아해." 목소리가 계속 말했다. "우리는 식물의 이름을 따서 아이들 이름을 지어. 아, 내 이름은 아이비야. 물론 우리에게는 아이도 가치가 있고 귀중해. 아이들은 많지 않으니까. 그건 너도 알지 모르겠다. 난 열 명의 아이들 가운데 한 명이야. 어른들은 우리보다 훨씬 많아. 훨씬 늙었고, 아마 마흔이 넘었을 거야. 그래서 가족을 갖는 게 힘들어. 그들은 가족을 질투해. 엄마랑 나는 함께 지냈으니까. 그래서 그들이 우리한테 화를 낸 거 같아."

목소리 주인공의 말투가 한층 밝아졌다. 아이비. 담쟁이덩굴. 나는 아이비의 모습을 떠올려보려고 애썼지만 생각해낼 수 있는 건 우리 돔 안에서 자라고 있는 덩굴식물 아이비뿐이었다. "가족이라고?" 나는 목소리의 말을 따라 했다. 왜냐하면 나에게는 익숙한 단어였기 때문이다. "너에게 가족은 가치가 있어?"

"그럴 리가." 목소리가 대답했다. "부부는 함께 있다가도 헤어져. 아버지들은 밖으로 떠돌기 일쑤고. 엄마가 그럴 때도 있어. 우리 엄마는 죽기 전까지 나와 함께 있었어. 엄마는 자기 여행을 끝냈다고 했어. 이미 너무 먼 곳까지 여행했다고."

"아버지들은? 아버지가 뭐야?" 나는 재빨리 물었다.

"그런 걸 누가 신경 써?" 스크린 밖으로 웃음소리가 울려 퍼졌다. "나는 아버지가 없어. 아니, 있었지. 하지만 누가 아버지인지 몰라. 엄마가 말해주지 않았으니까. 아마 우리 천막에 있었던 남자가 아버지였지 않을까 싶어."

"그게 누군데?" 내 몸이 모두 스크린에 바짝 달라붙었다. 지금까지 이렇게 많은 이야기를 해본 적이 없었다. 모래언덕이나 하늘, 나 자신에게도 이렇게 많은 말을 해본 적이 없었다. 계속 말을 할수록 나는 다른 달이 아닌 전혀 다른 존재와 말하고 있다는 기분이 들었다. 사람인 걸까? 하지만 그건 불가능했다.

"재밌는 게 뭔지 알아?" 목소리가 말했다. "난 그가 누군지 몰라. 그는 계속 이름을 바꿨어. 그가 이름은 속임수라고 했어. 식민지 개척자들이 우리를 속박하는 또 다른 방법이라고 했어. 아버지는 철도에 관해 많은 걸 떠들어댔어. 자기가 철도를 어떻게 만들었는지, 자기 할아버지가 뭘 만들었다느니 하면서 말이야."

목소리가 하는 말을 제대로 이해할 수가 없었다. 그 말들을 이해하려고 애쓰다 보니 어지러울 지경이었다.

"우리는 아버지가 미쳤다고 생각했어. 우리 어머니조차도 그렇게 생각한 거야. 하지만 어머니는 아버지를 좋아했어. 어머니와 아버지는 밤새 자지 않고 사라진 세상에 관해 말했어. 아버지는 진짜로 나이가 많아서 홍수가 오기 전의 모습을 알고 있었어."

"홍수?"

"물, 모든 곳이 물이야! 하지만 한 방울도 마시지 않지." 목소리는 웃고 있는 것 같았다. "계속 시를 인용해서 미안해. 우리는 시를 좋아해. 그러니까 시는 우리 거야."

"나도 물을 알아." 나는 시가 무엇인지, 철도가 무엇인지는 몰랐지만 나도 아는 게 있다고 말해주고 싶었다. "손잡이를 돌리면 나오는 거잖아." 내 지식에 흡족해하며 내가 말했다.

"그럼 위대한 자연의 어머니는 엄청나게 큰 손잡이를 갖고 있겠네. 엄마 말대로라면 지구는 완전히 *바뀌어버렸으니까.*"

나는 깜짝 놀라 벌떡 일어섰다. "너도 지구에 대해 알아?"

"음? 뭐라고?" 목소리는 당황한 것도 같았고 비웃는 것도 같았고, 둘 다인 것도 같았다. "넌 몰라?"

"거기엔 아무도 살지 않는다는 건 알아. 지금은."

"도대체 무슨 말이야?" 아이비가 웃었다. "난 여기 살고 있어. 모두 여기에 살아."

"지어낸 말이야. 넌 지금 지어낸 이야기를 하고 있는 거야."

하지만 나는 아이비가 진실을 말하고 있음을 알았다. 만화는 지구에서 왔다. 스크린도 지구에서 온 것이다. 그러니 아이비도 그럴 수 있었다. 어쩌면 아이비는 오래전에 죽었고 그 목소리만이 스크린에 남은 걸 수도 있었다. 물론 그건 말이 되지 않았지만, 아이비는 지금 나에게 말하고 있었다. 우리는 서로 대화를 하고 있었다. 이 목소리는 시뮬레이션도, 녹음한 목소리도 아니었다. 아이비는 진짜였다.

"안 믿어도 할 수 없어. 하지만 지구에는 많은 사람이 살아."

"모르겠어." 나는 스크린을 꽉 움켜잡은 채 이리저리 서성였다.

"알아. 그건 네가 봇이라서 그래. 넌 컴퓨터 안에서 살잖아. 넌 살아 있는 게 아니야."

"난 살아 있어."

이번에는 아이비가 놀랄 차례였다. "뭐라고?"

"맞아. 난 살아 있어."

"그럼 넌 지구가 아닌 어디에서 살고 있다는 거야?"

"화성." 내 목소리에는 자랑스러움이 담뿍 담겨 있었다. 그게 내 행성이야, 그게 내 집이야.

"허." 목소리는 잠시 사라졌다. "확실해?"

나는 크게 웃었고 기분이 좋아졌다. "확실해."

스크린에서는 오랫동안 아무 소리도 들리지 않았다. 결국 내가 먼저 말을 걸었다. "아직, 거기 있어?"

"내가 들은 정보를 처리하고 있는 것뿐이야." 아이비가 대답했다. "화성인하고 말하는 게 매일 있는 일은 아니니까." 목소리는 웃고 있는 것 같았다. 웃는 사람을 직접 보면 어떤 느낌일까? "진짜 기분이 이상해. 내가 말한 남자 기억하지? 엄마의 남자친구. 그 남자가 화성에 관해 말해줬어."

"뭐라고 했는데?" 나는 직선으로 걷는 걸 멈추고 포드 안에서 뛰면서 빙글빙글 돌기 시작했다. 살아 있는 거야. 뛰고 있는 이 행위는 내가 살아 있음을 알리고 또 알려주었다. 이제 나는 일삼촌을, 내가 일삼촌에게 한 약속을 생각하지 않았다. 나는 아이비를 생각했다.

"그가 나에게 이 기계를 주었어. 너랑 이야기하고 있는 기계 말이야. 이걸 자기가 살았던 곳에서 훔쳐왔다고 했어. 북쪽 어딘가에 있는 곳에서. 구제소인지 피난처인지 하는 곳이라고 했어. 그 사람은 그곳에서 쫓겨났대. 너무 많이 알아서래. 그가 미쳤다는 말, 내가 했지?" 아이비는 크게 웃었다. "아무튼 그 남자가 이 기계를 만지작거리면서 발전기에 연결하고 떠도는 신호를 찾으려고 하던 모습을 지켜봤거든. 엄마가 죽었을 때, 그는 남쪽으로 가버렸어. 떠나기 전에 이걸 나에게 줬고. 쓰는 법도 가르쳐줬어."

나는 만화 보는 법을 가르쳐준 이삼촌을 생각했다. "그리고?"

"그리고 나는 뭔가를 찾아냈어. 그는 수년 동안 정보를 모으려고 애썼다고 했어. 그는 북쪽에 있는 시스템을 이용했고, 결국 뭔가를 찾아냈어."

스크린 화면에 무언가가 나타났다. 흰 바탕에 그려진 구불구불한 선이었다. 언젠가 내가 찾은 것과 같은, 아무 의미가 없는 것처럼 보이는 자국들이었다. 나는 숨을 쉴 수가 없었다.

"이건 일부야. 정말 짜증 난다니까. 근데 첫 문장 좀 봐. '오늘 아침, 우리는 붉은 행성에 착륙했다.' 이 행성이 너희 행성이야."

"하지만 그게 뭔데?"

"일기 같은 거야. 누가 썼는지 알아?"

"난 일기가 뭔지도 몰라." 나는 우뚝 멈춰 섰다. 희미한 분노가 몸 안에서 피어오르고 있었다. 지금 아이비는 내가 알고 있는지 보려고 일삼촌처럼 수수께끼를 내고 있었다. "쓰는 게 뭐야?"

"아." 아이비는 잠시 아무 말도 하지 않았다. "너, 쓰는 법 몰라? 읽을 줄도 모르고? 두 번째 문장은 뭐라고 적힌 거 같아?"

"몰라. 하지만 이걸 좀 봐." 나는 스크린 화면을 움직여 내가 발견했지만 신경 쓰지 않았던 검은색 선이 있는 이미지를 찾았다. "나도 같은 걸 찾았어."

"나에게 보여줘봐. 파란색 사각형을 누르면 내가 그쪽 화면을 볼 수 있어."

나는 우리가 상대방의 화면을 볼 수 있을 때까지 아이비의 지시대로 화면을 눌렀다. 화면에는 검은색 선이 줄줄이 이어진 이미지가 떠 있었다. 아이비의 검은색 선은 곧 끝났지만 내 검은색 선은 화면을 넘기고 넘겨도 계속 이어졌다.

"세상에." 아이비가 길게 숨을 내쉬었다. "넌 완전히 다 가지고 있는 거 같아. 전체 일기를 말이야."

"그런데 넌 뭐야?" 나는 화면이 아이비의 얼굴을 비춰주기를 바랐다. 하지만 내가 볼 수 있는 건 나란히 있는 검은색 선의 이미지뿐이었다. "넌 분명히 삼촌은 아니야. 그럼 넌 달이야?"

"하, 맞아. 난 분명히 삼촌은 아니야. 그럼 달이어야 하는 거야? 재밌다. 달로 있는 게 어머니는 죽고 천막 하나밖에 없는 열한 살 여자아이인 것보다는 훨씬 나을 거 같아."

"넌 지구에 살잖아. 넌 사람이야?"

"음, 아무튼 사슴 같은 건 아니야." 아이비가 대답했다.

나는 연약한 다리로 제대로 서 있지도 못한 채 어머니를 잃고 울부짖던 생명체를 생각했다. 맞아. 넌 그보다는 더 강한 존재야.

"들어봐." 아이비가 말했다. "좋은 생각이 있어. 일기장에 적힌 내용을 알고 싶어. 우리 엄마 남자친구는 자기가 해야 할 임무가 있다고 했어. 하지만 그게 뭔지는 자세히 알려주지 않았거든. 우리가 함께 이 일기를 읽는 거야. 어떻게 읽는 건지 내가 가르쳐줄게."

나는 일삼촌을 생각했다. 일삼촌은 지식을 아는 것이 우리의 임무라고 했다.

나는 일삼촌의 말을 따라 했다. "우리는 지금 우리가 있는 곳이 어딘지 알아야 해. 그래야 다음에 갈 곳을 알 수 있어."

"넌 꼭 우리 엄마처럼 말한다." 아이비가 말했다. "이건 역사야. 엄마는 그렇게 말했어. 역사를 무시할 수는 없어. 자, 이제." 아이비가 화면을 꼭대기로 올렸다. "시작해보자."

카이저

2027년 뉴올리언스 수상도시

하루 1

파는 어느 날 아침 평의회에서 수상도시에서 살아가는 우리에게는 우리 시대의 연대기가 필요하다고 말했다. 그는 우리를 한 사람씩, 대처, 간디, 무솔리니, 루스벨트 그리고 나를 차례대로 쳐다보았다. 도시에 당면한 문제를 논의하려고 매일 아침 모이는 평의회 의원들을 모두 바라보았다. 모든 의원이 한 권씩 써야 합니다. 파가 말했다. 너도 말이야. 카이저, 라고 말한 것으로 보아 아마도 파는 미심쩍어하는 내 마음을 읽은 것이 분명했다. 우리는 역사 지킴이가 되어야 합니다.

파를 제외한 나머지 평의회 의원들은 서로의 얼굴을 번갈아 바라보았다. 모두의 얼굴에 의구심이 떠올라 있었다. 평의회 구성원은 모두 여섯 명이었고, 파가 의장 역할을 맡았다. 파의 딸인 나는 사실상 조력자였다. 뻣뻣하고 희끗희끗한 머리카락의 대처는 서른 살일 수도 있고, 쉰 살일 수도, 일흔 살일 수도 있는 여자였는데 앞니가 정말로 컸다. 억양 때문에 우리는 대처가 러시아 출신일 거라고 생각했지만 대처는 그에 관해 아무 말도 해주지 않았다. 금발에 파란 눈을 한 간디는 미국 사람이었고, 극도로 식량을 아끼는 우리 공동체에서는 드물게도 통통했다. 분명히 어딘가에서 사탕을 찾아내 몰래 숨기고 있는 것이 분명했다. 무솔리니의 가족은 아이티에서 왔는데 자신들이 떠나온 뒤에 지진이 발생했다고 고개를 내저으며 말했다. 빛나는 검은 피부의 무솔리니는 아직 스물다섯 살밖에 되지 않았는데도 눈의 흰자위가 아주 누랬다. 루스벨트는 파처럼 50대 초반이었다. 솜털 같은 갈색 곱슬머리의 루스벨트는 도미니카공화국 출신이었는데, 그는 그곳에서 나고 자랐다는 것을 아주 자랑스럽게 여기곤 했다. 무솔리니와 스페인어로 미나리(perejil)의 정확한 발음을 두고 논쟁을 벌이기도 했다. 그건 두 사람이 가장 좋아하는 농담 주고받기였다.

나는 그 논쟁이 왜 그렇게 재미있는 건지 물어봤지만, 루스벨트는 이유를 말해주지 않았다. 루스벨트는 당티카의 책을 읽어보라고 했고, 나는 책은 모두 두고 왔다고 항변했다. 그럼 시를 써. 루스벨트가 말했다. 국경과 경계, 증오에 관해 써. 그건 너의 이야기이기도 하니까. 그는 말을 멈추고 침을 뱉었다. 너희 나라 이야기잖아.

하지만 파가 우리에게 역사를 쓰라고 했을 때, 루스벨트는 크게 웃었다. 역사는 죽었어. 루스벨트는 말했다. 우리를 봐. 내 이름은 루스벨트라고, 젠장. 우리가 과거랑 아무 상관이 없다는 걸 인정하지 않는 거야? 루스벨트의 말에 파는 고개를 저었다. 그들의 과거는 그럴지도 모릅니다. 하지만 우리의 과거는 아니에요. 우리가 이대로 떠나버리면 아이들이 앞서 있던 것들을 어떻게 알 수 있겠어요?

루스벨트는 몸을 숙이더니 두 손으로 무릎을 문질렀다. 우리 평의원들은 세인트루이스 대성당 탑에서 널빤지 하나 정도의 간격을 두고 둥글게 모여 있었다. 마른 땅이라고는 없는, 물에 잠긴 도시에 있는 비좁은 우리의 거주지에서 개인 공간은 너무나도 소중했다. 루스벨트의 움직임은 우리를 불편하게 만들었다. 최근에 그는 짜증이 난 것처럼 보였다. 태도는 뻐딱했고, 평의회의 결정에는 찬성하지 않았다. 전날에는 옥상에 페튜니아를 심자는 파의 의견에 반대했다. 뭐에 쓰려고? 먹지도 못하는데. 하지만 파는 주장을 굽히지 않았다. 아름다움은 필요합니다. 파는 말했다. 당신은 환상 속에서 살고 있어. 루스벨트는 비웃었지만, 더는 반대하지 않았다.

파가 아이들 이야기를 하자 루스벨트의 짜증이 돌아왔다. 우리 아이들이 살아남을 거라는 걸 우리가 어떻게 알아? 그걸 누가 아냐고? 루스벨트는 화를 냈고, 파는 반박했다. 역사를 쓸 때는 믿음이라는 요소가 반드시 있어야 합니다. 다른 사람들은 천천히 고개를 끄덕였다. 종이는 어디서 구해요? 무솔리니가 물었다. 우리가 물자를 얻는 곳에서 가지고 올 겁니다. 파가 대답했다. 우린 찾을 겁니다. 젖지 않게 보관할 테고요. 펜도 찾을 겁니다. 오늘 밤에 갈 수 있을 겁니다.

이미 확보해둔 것들이 있습니다.

파는 오래전에 도핀에 있는 다락에서 찾은 배낭을 열었다. 의기양양하게 비닐에 쌓인 프린트 용지 한 뭉치와 볼펜 여섯 자루를 꺼냈다. 파를 포함해 우리 여섯 명이 쓸 수 있는 필기구였다. 카이저와 내가 올드 오페라하우스에서 찾아낸 것이지요. 파는 도와줘서 고맙다는 듯이 나를 향해 고개를 끄덕였고, 다른 사람들도 나에게 공손하게 고개를 숙였다. 나는 그 종이와 펜이 어디에서 왔는지는 알고 있었지만, 내가 굳이 힘을 써서 금속 서류함을 열고 종이와 펜을 꺼내야 했던 이유는 그때까지 모르고 있었다.

내가 도와줄게. 나는 파가 들고 있는 종이를 받아 비닐을 뜯었다. 파가 손가락을 다칠 수도 있었기 때문이다. 우리는 파의 손을 정말로 심각하게 걱정했다. 파는 우리의 건축가였다. 파의 작업이 우리 도시의 형태를 결정했다. 파의 손은 우리의 도시를 구축하는 도구였다.

한동안 종이를 만져보지 못했기에 종이의 질감이 얼마나 부드러운지 잊고 있었다. 이곳에 도착한 뒤에도 공책에 시를 적기는 했지만 그 공책은 이미 오래전에 다 써버렸다. 그 뒤로는 벽에 시를 적었고, 더 시간이 흐른 뒤에는 나의 단어들이 거주지의 여러 꼭대기 층으로 흩어져버렸다.

파는 종이와 펜을 평의회 의원들에게 나누어주는 작은 의식을 치렀다. 루스벨트는 여전히 못마땅한 것 같았지만 자기 몫을 받아야 할 때는 조금 누그러졌다. 우린 허공에 대고 소리치고 있는 거야. 그렇게 중얼거렸지만, 어쨌든 받기는 했다. 뭘 써야 해요? 무솔리니가 물었다. 맞아. 어떻게 시작해야 하지? 대처도 물었다. 파는 우리를 쭉 둘러보았다. 잘리고 남은 부분을 똑바로 편 채 앉아 있는 파를 제외하고 우리는 모두 가부좌를 하고 있었다. 우리는 모두 측은한 존재들이었지만(무솔리니는 셔츠 대신 비닐 쓰레기봉투를 입고 있었고 루스벨트는 유아용 판초를 이어 붙인 넝마를 입고 있었다) 파의 눈길을 받는 우리는 웅장한 기분을 느꼈다. 역사 지킴이라. 처음 느꼈던 의심이 흩어지고 있었다. 역사 지킴이라는 단어가 주는 느낌이 좋았다.

원하는 대로 쓰면 됩니다. 특별한 규칙은 없어요. 파가 말했다.

규칙이야 차고 넘치지. 루스벨트가 중얼거렸지만 우리는 루스벨트의 말을 무시했다.

서술을 잊으면 안 됩니다. 파가 우리에게 말했다. 과거의 사고방식은 사라졌습니다. 중간에서 시작하세요. 아니면 끝이나. 빈 종이를 쳐다보고 있던 간디가 고개를 들었다. 하지만 우리는 끝을 몰라요. 간디가 말했다. 스물세 살인 간디는 나보다 두 살만 많았지만 파는 간디에게 매우 친절하게 대했다. 간디의 목소리는 어린아이 같았고, 모든 소리가 종소리 같았다. 간디는 양면에 사진을 넣을 수 있는 펜던트 목걸이를 하고 다녔는데, 한쪽 면에는 신데렐라가, 다른 쪽 면에는 축복해주려고 두 손을 활짝 펼친 예수가 있었다.

시작은 아주 단순하게 하세요. 파가 간디에게 말했다. 파의 말투는 부드러웠다. 잠자리를 묘사하는 것으로 시작해도 되겠죠. 아니면 친구에 관해 묘사하거나. 아니면 날씨도 좋겠죠. 이야기를 하는 파의 입술이 기묘하게 일그러졌다. 스테인드글라스 창문이 우리 시야를 가렸지만 우리는 볼 필요도 없었다. 우리는 무엇을 보게 될지 알았다. 매일 같은 풍경이었으니까. 구름 한 점 없는 하늘은 찬란할 것이다. 오후 중반이 되면 바다에서 소나기구름이 모습을 드러낼 것이다. 급류가 치고 폭우가 쏟아질 것이다. 밤이 되면 석양이 흠뻑 젖은 공기를 물들여 떨어지는 물방울들은 모두 찬란한 주황빛을 발할 것이다. 밤이면 별이 반짝일 테고, 주기적으로 달이 뜰 것이다. 저녁 식사 시간이면 거주지 전역에서 촛불이 깜빡일 테지만, 그 뒤로는 어둠이 이어질 것이다. 우리 밑에서는 짠 바닷물이 찰싹찰싹 끊임없이 숙소에 와서 부딪칠 것이다.

난 처음부터 쓸 거예요. 간디가 말했다. 내 옆에 앉아 있었기에 나는 간디가 종이 맨 위에 쓰는 문장을 볼 수 있었다. 아주 먼 옛날에, 신이 폴에게 말했다. 간디의 글씨는 굵었고 둥글었다. 소문자 아이(i)를 쓸 때 간디는 짧은 막대를 긋고 그 위에 정성껏 원을 그리고 색칠했다. 간디의 문장에 줄을 그어 지워버리고 싶었지만 그렇게 하지 않았다. 간디는 무엇이든 쓰고 싶은 걸 쓸 수 있었다. 파가 그렇게 말했으니까. 하지만 그 문장은 마음에 들지 않았다. 신은 아무 관계가 없어. 나는 간디에게 말하고 싶었다. 이건 우리가 우리에게 한 일이란 말이야.

그날 오후 나는 시도를 했다. 종이와 펜을 들고 발코니에 앉았다. 평의회가 끝날 때쯤에는 왠지 쉬운 일처럼 느껴졌다. 역사를 쓴다.

그건 교과서를 쓰는 작업과 비슷할 것 같았다. 권위와 위엄이 느껴졌다. 중학교에 다닐 때 읽었던, 지도와 삽화가 곁들여진 '위대한 원정' '식민지 정복' '혁명으로 가는 길'과 같은 본문 내용을 알리는 소제목이 달린 교과서를 쓰는 일 같았다.

나는 종이 위로 고개를 숙이고 단어를 몇 개 적었다. *홍수. 한 가족의 여행. 첫날들.* 하지만 장엄하기를 바랐던 제목들이 종이 위에서는 바보처럼 보였다. 나는 또 다른 제목을 적었다. *사회 건설.* 그리고 모든 단어를 지워버렸다.

나는 시인이지 역사가가 아니었다. 심상과 감정과 인상을 어떻게 연결해야 하는지는 알았지만 사건을 논리적으로 서술하는 방법은 몰랐다. 원인과 결과를, 이것 때문에 저런 일이 생겼음을 서술하는 법을 몰랐다. 나는 간디와 달리 처음부터 시작할 수 없었다.

'아주 아주 옛날에' 이런 식으로 쓸 수 있을까? '파와 나는 버스를 타고 남쪽으로 왔고, 그곳에서 배를 탔다' 이렇게 쓸까? 아니면 '아주 아주 옛날에, 나의 아버지가 몰던 스바루가 트럭과 승용차 두 대, 스마트 자동차와 컨버터블과 충돌해 아버지가 대수술을 받고 다리를 잘라내야 했을 때'라고 쓸까? 그도 아니면 '옛날에 우리는 캔자스 시티의 나무가 우거진 마을에서 온 집 안이 반짝거릴 때까지 문질러 닦았던, 정말 아름답고도 화가 많았던 어머니와 살았다'고 쓸까? '옛날에 어머니는 더러운 물이 도시를 덮칠 거라는 파와 말다툼을 했다'고 쓸까? 옛날에 어머니는 우리와 함께 남쪽으로 가는 걸 거부했다? 옛날에 우리는 어머니를 남겨두고 떠났다? 이렇게 쓰면 될까?

이것이 문제였다. 시작할 수 있는 방법이 너무 많다는 것. 파의 요구는 비현실적이었다. 파는 현재 시점에서는 역사를 쓸 수 없다는 걸 깨달아야 한다. 시작을 인지하려면 끝을 봐야 하는 법이다.

나는 펜을 내려놓았다. 역사는 쓸 수 없었다. 지금은 아니었다. 그 대신 의자에 앉아 몸을 흔들면서 나의 세상에 관해 생각했다. 나의 발코니는 쭉 늘어선 발코니 가운데 하나였다. 발코니 난간은 연철로 되어 있고, 바닥에는 고동색 타일이 깔려 있었다. 타일과 타일 사이를 메꾸는 회반죽 위에는 곰팡이가 피어 있었다. 나무판자가 뒤틀린 천장에는 멈춰버린 채 녹이 슨 선풍기가 매달려 있었다. 이 발코니는 코티지나 샷건 하우스, 더블 갤러리와는 혼동할 일이 전혀 없는 크리올 타운하우스 발코니였다. 다른 발코니는 너무 낮아서 사용할 수가 없었다. 우리의 타운하우스에는 소나무 판자, 광택 나는 참나무, 세월의 무게에 눌려 일그러진 유리가 있었다. 노스램파츠 반대편에 운하를 따라 세워져 있는 다른 건물들에는 모두 방탄유리가 끼워져 있었다. 방탄유리야 홍수 전에는 필요했겠지만 이제 우리 도시는 안전해. 파는 말했다.

흔들의자의 목재 부분은 습기를 머금어 부풀어 올랐고, 팔걸이 베니어판은 끈적했다. 내 왼쪽에는 혹시라도 있을지 모를 방문객을 위한 흔들의자도 있었다. 그 뒤쪽으로 잠을 자는 곳이 있었다. 나의 캠핑 매트는 회색이었고, 파의 캠핑 매트는 검은색이었다. 파와 나는 서로의 사생활을 지킬 수 있도록 비닐 샤워커튼을 한 장씩 가지고 있었다. 우리가 함께 쓰는 공간에는 빗물을 받을 수 있는 단지와 촛대, 내가 시를 쓸 때 사용하는 페인트 통이 있었다. 우리 공간의 벽은 여기저기 벗겨져 연한 파란색이 드러난 암적색으로 칠해져 있었고, 밑면은 끔찍한 노란색이었다. 이 벽들은 각 층이 그들만의 역사를, 이 도시가 수상도시가 되기 전인 9년 전 뉴올리언스 시대에 살았던 전혀 다른 세대의 잔재를 간직하고 있었다.

다른 평의원들도 가까이 있는 타운하우스에서 살았다. 대처와 무솔리니도 캠핑 매트에서 잤지만 루스벨트는 배설물 흡수 방지 비닐을 씌운 폼 매트리스를 가지고 있었다(루스벨트는 자다가 갑자기 비명을 지르고 깨어나는 공황장애, 야경증을 앓았다). 간디는 흰 곰팡이가 핀 깃털 침대에서 잤다. 어떻게 그런 곳에서 잘 수 있는지 모르겠다. 평의원의 주거지에는 모두 항아리, 촛대, 쓰레기를 뒤져 찾은 옷이 여러 개 있었다. 옷을 가지런히 개어놓은 사람도 있었고 아무렇게나 던져놓은 사람도 있었다. 웰링턴부츠와 고무 샌들도 있었는데 모두 짝이 맞지 않았다. 내 웰링턴부츠는 한 짝은 자주색이고 한 짝에는 데이지가 그려져 있었다. 자주색 부츠가 내 발에 좀 더 맞았고, 데이지가 그려진 부츠는 헐렁해서 걷다 보면 벗겨지곤 했다.

내 앞에는 옛날, 아주 먼 옛날에는 잭슨스퀘어였던 곳이 펼쳐져 있었다. 파가 잭슨스퀘어에 관해 말해주었다. 처음 홍수가 난 2005년에 파는 이 도시를 연구했다고 한다. 오래전에는, 사실 아주 오래된 건 아니지만, 아무튼 저 광장에는 아이스크림 노점상과 불 곡예사가 가득했어. 파는 말했다. 풀밭이 있고 분수가 있고 말을 탄 앤드류 잭슨 동상이 있는 공원이었지. 참나무도 바나나도 있었어. 관광객이 붐볐고. 푼돈을 구걸하는 사람들도 쓰레기를 줍는 사람들도 있었어. 1년에 한 번 비즈 페스티벌이 열렸고.

하지만 이제 광장은 없었다. 광장은 물이 되었다. 광장을 덮은 뿌옇고 불투명한 물은 1층 천장까지 닿을 정도의 높이로 타운하우스를 감싸고 있었다. 광장의 포석과 공원, 분수를 덮어버렸다. 수면 위로 죽어버린 참나무 꼭대기가 삐죽 솟아 있었고, 물에 잠긴 가지들이 축 늘어져 있었다. 잭슨은 잔잔한 물결 속에서 녹슨 모자를 벗어 들었고, 잭슨의 말은 수면을 벗어나 웅장하게 뛰어오르려고 했다. 아침 햇살은 수면 위를 증발시켰지만, 오후의 폭풍은 상실한 양을 다시 채웠다. 그렇다면 멕시코만은 물이 빠질까요? 구조대가 오리라는 기대가 무성했던 초기에 파는 물었다. 아니요. 우리는 대답했다. 이제는 이것이 우리의 환경이 됐습니다. 파는 말했다. 우리가 멕시코만입니다. 바다는 멕시코만과 합쳐져 대양이 되었습니다. 지구의 표면은 대부분 물로 덮였습니다. 우리는 도망칠 수 없습니다. 파는 우리에게 상기시켰다.

거리도 물로 덮였다. 도시 전체가 물로 덮였다. 훨씬 남쪽인 미시시피, 앨라배마 경계까지는 가야 얕은 물이 나왔다. 놀랍게도 플로리다는 물에 잠기지 않았다. 그놈들은 집행 시간을 늦추려고 악마에게 영혼을 팔았을 거라고 루스벨트는 말했다. 제방과 모래주머니 덕분이었어. 대처가 회색빛 머리카락을 가볍게 흔들면서 반박했다. 왜 북쪽에서는 그런 걸 생각 못 한 거야? 뉴욕을 구할 수도 있었잖아. 루스벨트가 대답했다.

가끔은 정처 없이 떠도는 사람이 물을 건너와 먼 곳에 있는 섬의 소식을 전해주었다. 가장 초기에 온 방랑자 가운데 한 명이 모든 것이 정상인 내륙지역이 있다고 했다. 그곳에는 철도가 있고 신호등도 있으며 식료품점이 있고 새로운 장소에서 문을 연 주식시장(켄터키 주의 루이빌에 주식시장이라니, 말이 돼?)이 있고, 가난한 나라에서 가져온 더러운 옷을 파는 곳이 있으며 6시면 뉴스를 하고, 운동경기를 함께 보는 술집과 볼링장이 있다고 했다. 그 방랑자는 잠시 말을 멈추었고, 우리 발코니 밑에서는 그가 탄 배가 출렁이는 파도에 맞춰 위아래로 흔들렸다. 모든 게 옛날과 같아요. 어느 정도는요. 방랑자는 입을 다물었다.

모든 게 정상인데, 왜 떠나왔습니까? 파가 물었다.

왜 떠나면 안 됩니까? 방랑자가 되물었다. 그는 태양을 막아줄 거대한 밀짚모자와 안전한 피난처를 제공해주는 이에게 선물할 등산용 건조식품을 잔뜩 담은 배낭을 가지고 있었다. 거긴 너무 지루합니다. 난 그곳을 벗어나야 했어요.

그 방랑자는 우리와 함께 머물렀다. 뒤에 온 사람들도 대부분 그랬다. 그들에게는 그래야 하는 이유가 있었다. 수상도시에서 우리는 고립되어 있었다. 외부 세계(나무 핀을 향해 큰 공을 굴리고, 슬픔에 잠겨야 하는 시간을 술집의 특별 할인 시간대라고 여기는 세계)는 우리와는 아무 관계가 없기를 원했기 때문이다. 우리에게는 자원도, 기름도, 곡물을 기를 밭도 없었다. 우리의 옥상 정원에서는 100명밖에 되지 않는 우리의 소박한 공동체를 간신히 지탱해줄 정도의 토마토와 호박, 콩을 기를 수 있을 뿐이었다. 작고 파삭파삭한 감자도, 우리가 탐욕스럽게 모으러 다니는 오트밀 상자도, 통조림 콩도, 연유도 수출할 정도는 아니었다. 우리도 그 식량들을 굳이 공동체 밖으로 내보내고 싶지는 않았다. 힘들게 구한 그 식량들의 가치를 잘 알고 있었으니까.

내륙 사회는 우리에게 위대한 건축가 파가 있음을 알지 못했다. 시인 카이저가 있고, 유능한 농부 무솔리니와 대처가 있음을 몰랐다. 노래를 짓는 간디가 있고, 위험한 소용돌이를 뚫고 멀리 떨어진 외딴 건물에 가서 보급품을 가져오는 용감한 선원 루스벨트가 있다는 걸 몰랐다. 루스벨트는 언젠가 한 번은 정말 멀리 있는 공항까지 노를 저어 물이 덮치지 않은 가장 위층 창고에서 카인드 초코바, 조니워커 위스키, 면세점 향수를 잔뜩 가지고 왔다. 우리는 평의회 의원들이었다. 군림하지 않고 통치하는 사람들이었다. 우리는 지금까지 존재하지 않았던 전혀 새로운 형태의 정부라고 파는 말했다.

파의 얼굴은 윤곽이 뚜렷했고, 검은 머리카락은 풍성했다. 나는 긴 통과 전지가위를 이용해 파의 머리카락을 정기적으로 잘라주었다. 파의 팔은 아주 강인했는데, 그럴 수밖에 없었다. 다리가 없었으니까. 다른 남자들과 달리 파는 턱수염을 기르지 않았다. 매일 아침 파는 곧은 면도칼로 칼자국도 거의 내지 않고 수염을 깎았다.

나는 파보다 훨씬 피부색이 연했기 때문에 쉽게 탔다. 그래서 하늘하늘한 긴소매 셔츠를 벗지 않았다. 파는 내가 어머니를 많이 닮았다고 했다. 네 입술은 어머니의 입술이야. 파는 말했다. 이마도 네 어머니의 이마고. 하지만 피부색은 달라. 난 네 어머니가 멕시코에서 왔다고 생각했어. 아니면 더 남쪽 나라거나. 어딘지는 정확히 몰라. 그럼 내 빨간 머리카락은 누굴 닮은 거야? 내 질문에 파는 어깨만 으쓱했다. 아마도 나의 아버지가 아닐까? 잘은 모르겠다. 만난 적이 없으니까. 파는 고개를 저었다. 미안. 더 많은 걸 알고 있다면 좋았을 텐데. 하지만 네 눈이 네 어머니의 눈을 닮았다는 건 알아. 파는 덧붙였다.

나는 언제나 그 말이 듣기 싫었다. 내가 거울을 갖고 있지 않다는 사실이 기뻤다. 나는 어머니를 떠올리기 싫었다. 어머니는 우리와 함께하는 걸 거부했다. 버스가 출발할 때 나는 나도 모르게 어머니의 얼굴을 보았다. 어머니는 울지 않았다. 어머니는 손을 흔들지도 않았다.

처음 평의회가 결성됐을 때, 우리는 새로운 삶을 살려면 새로운 이름이 필요하다는 결론을 내렸다. 나는 내 이름이 바보처럼 들린다고 생각했다. 케이는 지금의 나로서는 상상도 할 수 없을 만큼 음침한 십 대 초반의 아이 이름이었다. 아버지가 캔자스시티를 떠나야 한다고 외쳤을 때는 분노한 소녀였고, 버스에 올라 멀어지는 자신의 세상을 보면서 창문에 코를 박고 있었을 때는 어린아이였다. 하지만 목적지에 도착한 순간, 여자아이는 사라졌다. 폰차트레인호 위에서 그 여자아이는 자신의 휴대전화와 처방약이 든 통을 물속 깊이 던져버렸다. 수상도시에는 축구를 하고, 문을 세게 닫고, 웰부트린을 복용하는 여자아이를 위한 공간은 없었다.

파도 같은 기분을 느꼈다. 파도 자신이 언제나 폴이라는 이름을 미워했음을 시인했다. 위탁가정이나, 주정부에서 붙여주었을 그 이름을 파는 절대로 신뢰하지 않았다. 삼손이라고 불러요. 파의 주장대로 우리도 노력했지만 그 이름은 입에 붙지 않았다. 우리는 폴의 철자를 빌려 파라는 이름을 붙여주었다. 그는 우리 도시의 아버지였으니까.

그런 엉뚱함에 동참해 우리도 예전 지도자들의 이름을 따서 각자의 이름을 새로 짓기로 했다. 역사는 젠장 맞은 거니까. 루스벨트가 말했고, 우리도 동의했다. 그래서 전쟁을 이끌어본 적도 없는 내가 카이사르의 독일식 이름, 카이저가 된 것이다. 다른 이름들도 후보에 올랐다. 트로츠키는 너무 수상쩍은 이름이었다. 호치민은 너무 과했다. 오바마는 너무 최근 인물이었고, 더구나 살아 있었다. 히틀러는 논의 대상도 아니었다. 결국 대처와 무솔리니는 자신들이 신뢰하지 않는 통치자를 선택했고, 루스벨트와 간디는 존경하는 지도자를 선택했다.

공동체의 나머지 사람들은 우리 이름을 듣고 비웃었지만, 시간이 지나면서 하나둘 이름을 바꾸기 시작했다. 오클라호마에서 온 레이첼은 싸구려 술이라는 뜻의 라트거트로 이름을 바꾸었다. 공동체 사람들이 버린 호박과 감자 껍질을 발효시켜 지독한 냄새가 나는 술을 만들었기 때문이다. 트레메에서 온 미카는 아파트에 정교한 벽화를 그리기 시작하면서 자신의 이름을 미켈란젤로로 바꾸었다. 매거진 스트리트에서 온 소피아는 자기 성격을 나타낸다며 포큐파인(호저)이라고 이름을 바꾸었고, 메타리에서 온 엔리크는 하늘을 바라보는 방식 때문에 하빈저(조짐)라고 바꿨다. 각각 이등변과 마름모를 뜻하는 아이사설리즈와 람버스라고 바꾼 이유는 생김새 때문이고, 릴리와 로즈라고 바꾼 이유는 다정한 성격 덕분이었다. 우리의 이전 정체성은 오직 잊힌 기록 속에만 존재한다는 생각은 위안이 되었다. 이름을 창조함으로써 그 누구도 우리를 찾을 수 없게 되었다. 우리는 우리가 버린 이전의 자아를 되찾을 필요가 없을 것이다. 절대로! 그 생각에 완전히 심취한 라트거트는 소리까지 질렀다.

역사를 한 줄도 쓰지 못하고 발코니에 앉아 있을 때, 오후의 폭풍이 도착해 나의 발코니 지붕을 거세게 두드렸다. 폭풍이 지나가자 파가 나를 부르는 소리가 들렸다. 카이저. 파가 내 이름을 부를 때는 간디의 이름을 부를 때와 같은 부드러움은 없었다. 파는 나의 이름에 깊은 무게를 실었다. 파는 캠핑 매트에 들어가 있었다. 밤 원정에 나설 시간이었다. 파에게는 새 셔츠가 필요했고 나에게는 새 붓이 필요했다. 평의원들이 계속 글을 쓴다면 종이와 볼펜도 더 많이 찾아두어야 했다.

헤이, 파. 나도 파를 불렀다. 헤이. 파가 대답했다. 우리에게 그것은 사랑을 의미했다. 나는 안으로 들어가 내 캠핑 매트 밑에 아무것도 쓰지 못한 종이를 숨겼다. 한 짝은 자주색이고 한 짝은 헐렁한 웰링턴부츠를 신었다. 파를 들어 올려 내 배낭에 넣고 파가 밖으로 튕겨 나가지 않도록 배낭을 단단하게 조여 맸다. 거의 모든 수상도시 시민들처럼 우리에게도 노 젓는 배와 카누, 카약이 있었지만 파와 나는 공중으로 이동하는 쪽을 선호했다.

파를 넣은 배낭을 단단히 묶고 배낭을 어깨에 멨다. 파는 두 팔로 내 목을 감싸 안았고, 나는 어쩔 수 없이 어머니를 생각했다. 발코니로 나가 걸어둔 케이블을 잡고 출발했다.

하루 2

평의원들이 역사를 쓰기 시작한 다음 날 아침에 의원들은 모두 모여 자신들이 쓴 내용을 큰 소리로 읽었다. 대처와 무솔리니는 자신들이 관리하는 밭에 관해 썼는데, 당연한 일이었다. 도심지 공원의 조경사였던 두 사람은 흙을 그리워했다. 두 사람은 어떤 식으로 거주지에 흩어져 있던 화분에서 흙을 모으고 강바닥에서 진흙을 퍼와 정제하고 말리고 퇴비를 만들고 도랑에 골을 파고 2층 가게에서 가져온 씨앗을 뿌리고 창턱 정원에서 꺾어온 나뭇가지를 세워 지지대를 만들었는지를 썼다. 무솔리니는 한 페이지 가득 프리저베이션 홀 옥상에 있는 복숭아나무에 관해 썼고, 대처는 툴루즈에서 했던 버섯 실험을 길게 서술했다.

간디는 성서에 나오는 이야기를 썼는데, 파를 아담이자 예수로 묘사했다. 신은 아주 많았죠. 생산도 아주 많이 했고요. 파가 대답했다. 홍수 뒤로 거의 10년 동안 태어난 아기는 고작 두 명이었고, 그 가운데 한 아이만이 살아남았는데도 파는 그렇게 말한 것이다. 그래도 우리는 경의를 표했고 웃지 않았다. 간디는 조지아 출신으로, 간디의 부모는 움직이는 교회의 전도사들이었다. 우리 행성의 모습이 바뀌

었을 때 간디는 고작 열세 살이었지만, 간디의 부모는 간디를 폰차
트레인 호숫가로 데려가 당혹스럽게도 모세의 삶을 꿈꾸며, 습지대
풀숲에 쭉 늘어선 카누에 딸을 태워 호수 위로 떠내려 보냈다. 집에
서 가까운 곳으로 가는 게 좋지 않았을까? 우리는 물었다. 부모님은
이곳에 내 운명이 있다고 말했어. 간디는 대답했다.

　루스벨트의 역사는 공항으로 향했던 자신의 장대한 항해를 기술
하고 있었다. 타고 간 배의 정확한 크기, 바람의 변화, 나침판의 방
위, 항해를 힘들게 했던 위험들(역조, 물뱀, 평소보다 일찍 불었던 갑작스러
운 돌풍 같은)을 기록한 루스벨트의 역사는 정확한 시간과 간결한 문
장으로 적은 것이 마치 선장의 항해일지 같았다. 루스벨트는 어렸을
때 〈스타트렉〉을 사랑했다. 그는 언제나 커크 선장처럼 항해일지를
쓰고 싶었다고 했다.

　파는 나에 관해 썼다. 나는 고맙기도 하고 당혹스럽기도 해서, 파
가 큰 소리로 파의 역사를 읽는 동안 계속 어색하게 자세를 바꾸었
다. 왠지 평의원들이 모두 내 반응을 지켜보는 것만 같았다. 나는 최
대한 무표정한 얼굴을 유지하려고 애썼다. 파는 마치 동화 같은 이
야기를 하고 있었다. 나를 공주로 묘사하지는 않았다. 나는 신화에
등장하는 칼을 든 기사, 빨간 머리 위에 헬멧을 쓴 기사였다. 먼 나라
로 가서 사악한 용과 싸우는 기사였다. 파의 이야기에는 곤경에 처
한 순결한 아가씨는 나오지 않았다. 그저 사막평원에서 맞붙은 나와
용뿐이었다. 그가 떠난 자리에 나는 칼을 내려놓고 용과 친구가 된
다. 파의 이야기는 역사라는 느낌이 거의 들지 않았지만, 그는 파였

다. 파는 하고 싶은 대로 뭐든지 할 수 있었다.

지나치게 감상적이야. 파가 역사를 모두 읽자 루스벨트가 투덜거렸다. 하지만 나머지 평의원은 박수를 쳤다.

내 차례가 됐고, 나는 아직 읽을 준비가 되지 않았다고 중얼거렸다.

역사 발표가 끝난 뒤에 파는 올드 오페라하우스에 있는 두 번째 서류함에서 추가로 찾은 종이와 펜을 평의원들에게 나누어주었다. 파는 먼저 불경을, 그리고 너바나의 「All Apologies」를 흥얼거리며 평의원들에게 보급품을 나누어줄 때마다 고개를 숙여 절을 했다. 우리도 맞절을 하고 보급품을 받아들었고, 식량 현황을 점검하고(토마토를 새로 수확했고, 복숭아 다섯 개가 거의 익었다. 감자는 넉넉했고, 루스벨트의 원정에서 획득한 카인드 초코바는 이제 얼마 남지 않았다. 버번스트리트에 있는 닭장에서는 닭들이 잘 지내고 있고, 곧 달걀을 낳을 것이다. 신년을 맞아 암탉 몇 마리를 구울 것이다. 파의 라이터 두 개는 아직 작동하고 있다) 그밖에 다른 새로운 소식을 나누는 것으로 평의원 회의를 마쳤다.

나는 람버스가 (그러면 안 된다는 사실을 모두 알지만, 누구나 하고 있는) 진흙 해류에 쓸려온 메기를 작살로 잡아먹었다가 탈이 났지만, 엄격한 시금치 장세척법 덕분에 회복되고 있는 것 같다는 소식을 전했다. 대처는 라트거트의 술이 곧 익을 거라며, 이를 기념하는 공동체 집회를 열어야 한다고 했다. 파는 우리 타운하우스 옥상에서 집회를 열자고 했지만, 루스벨트는 그보다 더 넓은 장소에서 모여야 한다고 했다. 루스벨트는 광장을 둘러싸고 있는 건물 옥상이 좋을 거라고 했고, 평의원들은 좋은 의견이라고 생각했다. 간디가 어렸을 때 불렀던 찬송가를 엉망으로 불렀다. 가사를 잊어버린 곳에는 여기저기서 가져온 성서 내용을 집어넣었다. 찬송가를 끝낸 뒤에는 자신이 직접 만든 잃어버린 새에 대한 노래를 불렀다. 간디의 노래를 끝으로 우리는 작별 인사를 하고 정오의 식사를 하고, 역사를 쓰고, 나와 파와 루스벨트와 간디는 밤 원정을 나가고, 나머지 두 사람은 농사를 짓기 위해 흩어졌다.

그날, 나는 역사를 쓰려는 시늉조차 하지 않았다. 발코니에 앉아 의자를 흔들면서 오후의 폭풍이 오기를 기다렸다. 역사를 쓰고 있다는 것처럼 보이도록 무릎에 종이를 올려두었다. 점점 더 강해지는 바람에 종이가 날아가지 않도록 꾹 눌러야 했다. 나는 비가 얼마나 더 거세질 것인지, 약해지기까지 얼마나 오래 걸리는지, 멈추기 전까지 수면이 얼마나 높아질 것인지 알아챘어야 했다. 하지만 아마도 그럴 수 없을 것이다. 우리는 거의 10년이나 같은 곳에 있었다. 폭풍에는 익숙해졌다. 폭풍이 가져가는 것에, 폭풍이 남기고 가는 것에 우리는 익숙해져버렸다.

한 폭풍이 우리를 수상도시로 데려왔다. 2017년이 끝날 무렵 발생한 허리케인이 이 도시를 물로 덮어버렸다. 다른 허리케인들은 다른 도시들을 파괴했다. 그 허리케인들은 이전까지의 허리케인과는 달랐다. 카트리나, 하비, 마리아 같은 허리케인이 아니었다. 이전 허리케인들도 넓은 지역을 파괴했고, 도시를 지붕까지 물로 덮어버렸지만, 어디까지나 일시적인 것이었다. 2017년 12월에 도시를 덮친 허리케인들은 거대했고, 잔혹하며, 갑작스러웠다. 그 누구도 그 허리케인들이 오는 모습을 보지 못했다. 그 허리케인들이 만든 홍수는 영구적으로 영향을 미쳤다. 우리는 도시와 마을, 해안 전체를 잃었다. 사람들은 2017년을 폭풍의 해라고 부르기 시작했다. 2018년에는 더욱더 엄청난 허리케인들이 왔다. 2018년은 붕괴의 해가 되었다.

홍수는 피하는 것이 옳을 텐데, 파는 홍수를 맞이해야 한다고 말했다. 파의 마음은 여전히 뉴올리언스에 있었다. 우리는 폐허 위에 완전히 다른 도시를 세울 수 있어. 우리가 세상을 만들 수 있어. 파는 주장했다. 어머니는 더러움, 질병, 식량 부족 등의 이유를 내세우며 거부했다. 나는 자기를 사랑해. 어머니는 파에게 말했다. 하지만 자기와 함께 갈 수 없어. 두 팔을 활짝 벌리고 죽음을 향해 걸어갈 수는 없다고. 어머니는 파에게 격노했다. 당신을 안전하게 지키려고 나는 정말 노력했어.

어머니는 나에게 자신과 함께 있어 달라고 애원했다. 하지만 나에게는 선택권이 없었다. 파가 떠난다면 나도 캔자스시티를 떠나야 했다. 우리는 밤이면 같은 꿈을 꾸었으니까. 사막에서 얼굴 없는 남자가 우리를 향해 걸어오는 꿈을 꾸었으니까. 우리는 아버지와 딸이었다. 우리는 연결되어 있었다. 그 연결 고리에서 벗어날 수는 없었다. 파와 내가 짐을 싸고 있을 때, 어머니는 우리에게서 얼굴을 돌려버렸다. 가. 어머니는 말했다. 내 심장은 부서졌어. 그 말을 하고 어머니는 고개를 돌렸고 또다시 라이솔 스프레이를 뿌렸다.

파와 나는 버스를 타고 최대한 멀리 남쪽으로 내려왔다. 2018년 4월 말이었다. 지구의 모습은 변해버렸다. 그때 나는 막 열두 살이 되었다. 배턴루지에서 우리는 다시 그곳으로 돌아오지 않으리라는 사실을 알면서도 고속 모터보트를 빌렸고, 파도를 가르며 달려와 이곳에 당도했다. 우리는 구조대원으로 가장해 이곳에 도착했고, 사람들에게 생수, 스파게티 통조림, 스팸, 채 썬 당근 같은 보급품을 나누어주었지만 떠날 생각은 없었다.

사람들은 대부분 가족사진을 가슴에 끌어안고 군용 담요를 어깨에 두른 채 정부가 보낸 배를 타고 떠났다. 얼마 안 가 구조 헬리콥터도, 적십자도, 연방재난관리청 직원들도 모두 떠났다. 하지만 남은 사람들이 있었다. 파를 믿었기 때문이다. 그 사람들은 파가 설계한 옥상, 밧줄 다리, 빗물받이 통에 감탄했다. 그 뒤로도 몇 사람이 우리가 그랬던 것처럼 전혀 다른 삶을 살겠다는 희망을 품고 찾아왔다.

1년이 지나갔다. 2, 3년이 지났다. 우리는 파가 원하는 일을 했다. 파가 꿈꾸는 세상을 만들었다. 우리는 행복했다. 그때 나는 우리가 영원히 그곳에 머물 것이라고 생각했다.

하루 3

평의회 의원들이 역사를 발표한 다음 날, 낯선 이가 찾아왔다.

그 남자는 새벽에 도착했다. 파와 내가 으깬 호박과 잘게 썬 감자로 아침 식사를 하기 전이었다. 우리 발코니 밑에서 들리는 소리로 그 남자의 존재를 알아챘다. 안녕하십니까! 좋은 사람들! 남자가 소리쳤다. 그 남자의 목소리는 가는 고음이 집요하게 이어지는 것이 마치 기차 경적 같았다. 나는 수도 없이 수선한 블라우스와 군복 바지를 입고, 발코니로 나갔다. 태양 광선에 황금빛으로 물든 호수가 보였고, 내 피가 노래를 불렀다. 이곳이 우리의 장소였다. 우리가 이 장소를 얻었다.

또다시 남자의 인사 소리가 위로 올라왔다. 아주 평범한 인사였지만, 왠지 이상한 느낌이 드는 인사였다. 반복해서 꾸는 꿈속에서 나는 사막을 걸어오는 그 남자를 보았다. 오후에 소나기를 뿌리려고 내려오는 구름을 떠올렸다. 나는 느낄 수 있었다. 무언가 다가오고 있었다.

안녕하세요. 나도 인사했다. 좀 더 잘 보려고 발코니 난간 밖으로 고개를 내밀었다.

나이가 많은 남자였다. 항해를 하기에는 너무 나이가 많았다. 근육질 팔에 움푹 꺼진 뺨, 우리 닭들을 닮은 목이 보였다. 떡 진 흰 머리카락은 사방으로 뻗어 있었고, 갈색 눈은 너무나도 짙어서 검은색으로 보일 정도였다. 어떻게 우리를 찾아왔는지, 이해할 수가 없었다. 홍수가 나기 전에 폰차트레인호는 폭이 32킬로미터 정도였다. 지금은 훨씬 넓어졌다. 우리를 찾아오는 방랑자들은 광활한 물을 건널 수 있는 젊고 건장한 사람들뿐이었다. 이 남자는 그렇게 건장해 보이지 않았다. 그는 카약을 타고 있었고, 식량도 없는 것이 분명했다. 심지어 태양을 가릴 모자도 쓰고 있지 않았다. 빨갛게 달아오른 남자의 피부는 벗겨지고 있었다. 피부가 벗겨져 나간 곳에는 나보다 더 하얀 피부가 있었다. 남자의 팔은 나도 부러뜨릴 수 있을 정도로 얇았다.

몇 살이에요? 내가 물었다.

보시다시피 그대의 할아버지가 될 정도로 늙었지. 그보다 두 배는 더 늙었을 수도 있고.

피곤하지 않으세요?

이제는 아니야. 그대를 봤으니까. 그가 대답했다. 아주 더운 날, 큰 컵으로 물 한 잔을 들이켠 것 같아.

수작질이야. 나는 생각했다. 이곳에는 법이 없는 것처럼 구는 나쁜 놈들도 몇 명 들어왔지만 파는 그런 자들을 가만히 두지 않았다. 물론 법으로 그런 사람들은 여기서 살 수 없다고 정해놓은 것은 아니었다. 파 역시 우리는 법을 뒤에 남겨두고 왔다고 주장했다. 하지만 파에게는 다른 사람을 쫓아낼 수 있는, 그 누구보다도 탁월한 능력이 있었다. 결국 나쁜 놈들은 자기들에게 맞는 다른 곳으로 떠나버렸다. 플로리다로 갔을 거야. 루스벨트는 말했다. 도미니카공화국을 떠나온 뒤에 루스벨트는 플로리다에서 살았다. 마이애미나 플로리다키스 제도가 아니라 정확히 플로리다주 한가운데에서 살았다. 따라서 자신은 플로리다를 비웃을 자격이 있다고 말하곤 했다. 그럴 권리가 있는 사람이 하는 말은 비방이 아니야. 루스벨트는 말했다.

아버지를 모셔올게요. 나는 방문자에게 말했다.

나는 늙은 방문객이 파도 위에서 노를 젓게 내버려둔 채 안으로 들어갔다. 파는 잠에서 깨어 눈을 깜빡이며 흰 곰팡이가 얇은 막을 두른 밝은 녹색 천장을 보고 있었다. 수상도시에 사는 사람은 습기와 함께 사는 법을 배워야 한다.

꿈을 꿨어. 파가 말했다.

나는 숨을 쉴 수가 없었다. 파의 눈을 똑바로 보면서 생각했다. 카이저, 숨 쉬어.

그 남자? 내가 물었다. 굳이 누구라고 정확하게 물어볼 필요도 없었다. 우리는 그 남자의 얼굴을 한 번도 보지 못했다. 그저 부츠 소리만 들었다. 어둠 속에서 보이는 윤곽만을 볼 수 있을 뿐이었다.

너였어. 파가 대답했다. 네가 나를 두고 걸어가버렸어.

사막으로? 내가 물었다.

너무 어두워서 볼 수 없었어. 파는 대답했지만, 나는 파가 거짓말을 한다는 걸 알았다. 언제나 사막이었으니까. 그 사막의 모래는 가끔 붉은색이었다.

누가 왔어. 나는 머리를 발코니 쪽으로 홱 움직였다. 방랑자야.

물은 대접했니? 파가 물었다.

이제 하려고. 내가 대답했다. 큰 컵으로 물 한 잔을 들이켠 것 같아. 그 남자가 나에게 그렇게 말했다. 왈칵 짜증이 났다. 아버지를 모시고 온다고 했어. 내가 파에게 말했다.

나 좀 도와줘. 파가 말했다.

나는 파의 몸을 일으켜 세우고 면도칼이 있는 곳으로 옮겼다. 물단지에서 물 한 컵을 떠서 파에게 가져다주고 방문자를 위해서도 한 컵 떴다.

아침 먹을 거야? 내 질문에 파는 고개를 저었다. 나중에.

파는 반바지를 핀으로 고정해 입었지만, 셔츠는 아니었다. 파는 경이로움이 느껴질 정도로 커 보였다. 내가 아이였을 때, 파는 아주 작은 남자였다. 파가 공개수업에 다녀간 날이면 못된 녀석들은 선생님이 우리 부모님을 언급할 때마다 죽어라고 웃었다. 그 아이들은 나를 보며 조그만 폴이라고 비웃었다. 나는 화장실에 틀어박혀 유치원 때부터 가지고 다녔던 왼손잡이용 가위로 내 팔을 그었지만, 그렇다고 덜 아파지는 건 아니었다. 우리 아빠를 봐. 나는 그 녀석들에게 말해주고 싶었다. 그 녀석들도 이제 어른이 됐을 것이다. 하지만 자신들이 사는 대륙의 가장자리가 물속으로 가라앉았다는 사실 따위는 아랑곳하지 않고 중고차나 팔면서 여전히 캔자스시티에서 살고 있을 것이다.

몸을 단장하는 파를 두고 나는 물컵을 가지고 우리의 방문자가 있는 곳으로, 우리의 도시가 보이는 곳에 카약을 타고 앉아 있는 남자가 있는 곳으로 걸어 나갔다. 잭슨과 몸을 높이 세운 그의 말이, 세인트루이스 대성당의 엄숙한 정면과 둥글게 모여 있는 타운하우스, 토마토와 콩과 빗물받이 통이 고개를 내민 옥상, 밧줄 다리가 이어져 있는 발코니가 보였다.

나는 물컵을 방랑자에게 내밀었고, 방랑자는 재빨리 낚아챘다.

재미있지 않니? 물컵을 비우면서 남자가 말했다. 이런 곳에서 갈증을 느끼다니.

남자는 미시시피강과 멕시코만이 합쳐진 물속에 손을 담갔다. 기생충이 헤엄쳐 다니는 짙은 갈색 흙탕물이었다. 이곳에 도착했을 때 우리는 항생제를 구하려고 병원을 급습했다. 크림과 연고, 알약과 주사 할 것 없이 모든 항생제를 가지고 왔다. 파는 우리에게 항생제가 필요하다는 사실을 알았다. 그 뒤로 10년이 흘렀으니, 항생제의 유통기한은 오래전에 지나버렸다. 하지만 여전히 효과는 있는 것 같았다.

나 같으면 그러지 않을 거예요. 내가 남자에게 말했다. 찰과상이 있다면 더더욱요.

남자는 물에서 손을 빼고, 자기 손을 살펴보았다. 발코니에서도 그 남자의 검버섯과 툭 튀어나온 혈관이 보였다. 없군. 남자가 말했다. 긁힌 데는 없어. 남자의 검은 눈이 나를 향했다. 나이 든 사람에게서는 보기 힘든 날카로운 눈이었다. 마실 물은 어떻게 구하지? 남자가 물었다.

빗물을 받아요.

완전히 깨끗하진 않겠군.

맞아요.

그렇지. 빠진 이가 하나도 없는 남자의 치아는 가지런했고 하였다. 치과의사가 있는 곳에서 온 것이다.

파가 자신의 썰매를 타고 내 뒤까지 굴러왔다. 콜카타에서 자란 릴리와 로즈의 제안으로 만든 썰매는 넓은 나무 판에 롤러블레이드 바퀴 네 개를 붙여 완성했다. 두 사람은 실다 기차역에 가면 다리가 없는 부랑자들이 이런 썰매를 타고 다닌다고 했다. 썰매는 휠체어보다 훨씬 간편했다. 정말 좋은 생각이었다. 썰매 덕분에 내가 없어도 파는 움직일 수 있었다.

수상도시에 오신 걸 환영합니다. 파가 방문자에게 소리쳤다. 우리에게는 식량과 물이 있습니다. 우리가 복구한 아파트를 숙소로 제공해드릴 수 있습니다. 그러려면 평의원의 안내에 따르고 자원을 모으는 일을 도와야 합니다. 예술가는 특히 환영합니다. 노래를 부르거나 그림을 그리거나 글을 쓰실 수 있다면, 그렇게 해주십시오. 성함이 어떻게 됩니까?

파의 말에 남자가 씩 웃었다. 남자의 얼굴은 데스마스크 같았다. 치아만 남은 해골 같았다.

나는 유인원을 생각했다. 5학년 때 배웠던 생물학을 떠올렸다. 웃음도 공격의 신호가 될 수 있었다.

데이비드요. 이름을 말하는 남자의 얼굴에서 웃음기가 사라졌다.

그 이름을 그냥 사용하겠습니까, 아니면 바꾸시겠습니까? 파가 물었다. 선택은 자유입니다.

아주 오랫동안 사용한 이름이니, 그냥 사용하는 게 좋겠소.

저는 파라고 합니다. 이 아이는 카이저고요. 파가 나를 가리키며 말했다. 여기는 머물려고 오신 겁니까, 그냥 한번 들르신 겁니까? 시민이 되실 겁니까, 여행자가 되실 겁니까? 파가 물었다.

데이비드는 카약이 우리 발코니에 부딪치지 않도록 계속 노를 저었다. 파도가 심하게 일렁이고 있었다. 머물 거요. 남자가 대답했다.

여기를 찾으려고 정말 오래 여행했소.

파는 방문자에게 아침 식사를 함께하자고 했다. 나는 밧줄로 만든 사다리를 내렸고, 남자는 카약을 우리 발코니 난간에 묶더니 내가 예상한 것보다 훨씬 민첩하게 발코니로 올라왔다. 가까이서 본 남자는 조금 덜 늙어 보였다. 남자에게서 향나무 냄새가 났다. 어머니가 겨울옷을 보관할 때 함께 넣는 나뭇조각을 떠올리게 하는 냄새였다. 왠지 나무가 그리워졌다.

아침을 먹으면서 데이비드는 자신이 북쪽에서 왔다고 했다.

캐나다에서요? 내가 물었다.

그래. 노스다코타주에서 국경을 넘었어.

여긴 왜 온 겁니까? 파가 물었다.

데이비드는 함께 먹는 호박 그릇에서 호박을 듬뿍 퍼갔다. 파의 질문에 대답하기 전에 입에 넣은 호박을 꿀꺽 삼켰다. 목의 힘줄이 길게 늘어났다. 이야기를 들었소, 마법의 장소가 있다는 이야기. 그 이야기가 진실인지 직접 확인하고 싶었지. 데이비드가 대답했다.

이곳에 마법 같은 건 없습니다, 파는 겸손하게 말했지만, 파가 조바심을 내고 있다는 걸 알 수 있었다. 파는 줄곧 우리가 할 수 있는 일을 하고 있는 뿐이라고 말하는 것을 좋아했다. 우리는 인류가 영위해야 했던 단순한 사회를 구현하고 있을 뿐이라는 말도.

이 호박은 맛있군. 데이비드가 호박을 한 번 더 퍼가면서 말했다. 전에도 한번 생식을 한 적이 있는데. 이렇게 맛있지는 않았소.

가끔 조리도 합니다. 파가 말했다. 고기를 먹을 때는요.

악어를 먹소?

아닙니다. 악어는 없어요. 올라와 있을 육지가 없으니까요.

그럼 생선?

파는 고개를 저었다. 너무 오염됐습니다. 닭이 조금 있습니다. 그게 전부입니다.

데이비드가 자기 몫의 음식에서 눈을 떼고 고개를 들었다. 이런 곳에서 도대체 닭은 어떻게 구한 거요?

사람들이 어떤 것까지 보관할 수 있는지를 알면 놀랄 겁니다. 보관 장소도 놀랍죠. 우리는 버번에서 닭장으로 가득 차 있는 다락을 찾았습니다. 닭들이 신선한 공기를 마실 수 있도록 옥상으로 옮겼습니다.

놀랍군. 데이비드가 말했다. 데이비드의 눈이 우리 방을 훑었다. 완벽한 하얀 치아를 가진 남자는 곰팡이 핀 샤워커튼과 넝마 같은 옷더미를 어떻게 생각할까?

파는 감자 그릇을 방문자 앞으로 밀었고, 데이비드는 그릇에 손을 넣어 감자를 듬뿍 퍼갔다. 손에 묻은 감자를 핥아먹는 남자를 보면서 여행 중에는 무엇을 먹었을지 궁금했다. 엄청난 대식가였다. 우리 도시를 모두 집어삼킨 뒤에도 더 달라고 할 것 같은 식욕이었다.

평의원 가운데 절반이 방문자를 받아들였다. 이 남자 이전에 마지막으로 방문자가 이곳을 찾아온 건 2년 전이었다. 빌럭시에서 온 그 여자는 자신들의 수상도시가 붕괴됐다고 했지만, 그 이유는 말해주지 않았다. 대처는 새로운 동료가 생겨도 좋다고 했다. 무솔리니도 마찬가지였다. 하지만 루스벨트는 반대했다.

루스벨트는 무릎을 문지르면서 몸을 앞뒤로 흔들었다. 어째서 이름을 바꾸지 않겠다는 거지? 루스벨트가 물었다.

바꾸지 않는 사람들도 있습니다. 파가 대답했다.

대부분은 바꾸지. 루스벨트가 말했다. 콜럼버스라고 해도 될 텐데.

웃긴데요. 무솔리니가 웃었다.

질병을 가져온 거면 어떻게 해요? 간디가 말했다. 소아마비 바이러스가 있을지도 몰라요.

그게 무슨 멍청한 소리야. 내가 말했다. 우린 백신을 맞았잖아.

카이저. 파가 경고했다. 파는 내가 간디에게 성마르게 굴면 언짢아했다.

에스트렐라는 아니잖아. 간디가 말했다. 에스트렐라는 살아남은 아기였다. 세 살이었고 릴리의 아이였지만, 아버지가 누군지는 밝히지 않았다. 우리는 아이의 아버지가 람버스임을 알았지만(아이사설리즈만 빼고 모두 알았다) 아무 말도 하지 않았다. 그건 아이사설리즈에게는 큰 상처가 될 터였다. 아이사설리즈와 람버스는 같은 방에 침대를 놓고 함께 지낼 정도로 가까운 사이였다. 〈세서미 스트리트〉의 버트와 어니 같은 존재였다. 람버스는 아이사설리즈가 자신을 애타게 원한다는 사실을 모르는 척하고 있었다.

맞는 말이야. 루스벨트가 말했다. 에스트렐라는 면역력이 없어. 그 남자가 어떤 질병을 가져왔을지는 아무도 모르고. 우리는 우리의 아이들을 생각해야 해. 나도 그 남자를 봤어. 여기 도착했을 때. 카약을 타고 세인트앤스트리트로 올라가면서 무전기로 대화하고 있었어. 누구랑 대화한 걸까? 도대체 뭐 때문에 여기 온 거지? 정부 사람일 수도 있어. 여기서 우리를 쫓아낼 수도 있다고. 마음에 들지 않아.

루스벨트는 평의회가 정한 무언의 규칙을 깨고 자리에서 일어났다. 우리가 만든 원을 깨뜨렸다. 스테인드글라스 창문으로 걸어가더니 진홍색 판유리에 얼굴을 댔다. 마음에 들지 않아.

마음에 들 필요는 없습니다. 파가 대답했다.

루스벨트가 어깨를 움츠렸다. 도미니카공화국에서도, 플로리다에서도 루스벨트는 권투선수였다. 빈약한 식량으로도 늘 중량급 체급을 유지했다. 셔츠를 벗으면 피부밑으로 모든 근육이 선명하게 보였다.

누구나 여기에 올 수 있다면, 그게 무슨 의미가 있지? 너무나도 작게 말해서 간신히 알아들었다. 모든 게 끝나고 있는데?

하루 4

다음 날 아침에는 수면의 높이에 관해 의논하려고 역사는 발표하지 않았다. 비는 점점 더 거세졌다. 전날 폭풍은 어두워질 때까지도 약해지지 않았다. 루스벨트가 거주지에 있는 건물 열 채를 살펴보겠다고 했다. 토론은 루스벨트의 감정을 조금 가라앉혀준 것 같았다. 나는 그가 지난번 회의 때 했던 말을 기억했다.

우리 도시는 끝날 수 없어. 나는 생각했다. 아닌가? 끝날 수 있나?

평의회가 끝난 뒤에 나는 파를 집에 두고 미켈란젤로의 상황을 살펴보려고 거주지로 건너갔다. 미켈란젤로가 새로운 룸메이트와 어떻게 지내는지 알고 싶었다. 파는 데이비드에게 로열스트리트 위로 우뚝 솟아 있는 라로리 맨션의 꼭대기 층에서 미켈란젤로와 함께 지내라고 했다. 그곳은 거주지에서 가장 높은 숙소 가운데 한 곳이라 가장 보존이 잘된 곳이었다. 습기 하나 없이 쾌적한 곳이라고는 할 수 없지만 솜털 무늬 벽지는 말린 곳이 거의 없었고, 말총으로 만든 소파들도 탱탱했다. 하지만 미켈란젤로 외에는 그 누구도 그곳을 숙소로 원하지 않았다. 유령이 나온다며 모두 가까이 가지 않으려고 했다. 그들이 우리 사람을 죽였어. 람버스가 미켈란젤로에게 말했다. 네가 가려는 방에서 사람들을 고문했어. 다락에 사슬로 묶어두고. 델핀 라로리의 노예 중에는 그저 도망치려고 지붕에서 뛰어내린 사람도 있어.

하지만 미켈란젤로는 람버스에게 자신이 과거를 조사했다고 말했다. 그 집은 이미 불에 타고 없어. 미켈란젤로가 람버스에게 말했다. 지금 집은 새로 만든 거야. 유령은 나오지 않아.

미켈란젤로는 소파 가운데 하나를 침대로 사용했고, 「아담의 창조」를 그린 옛사람 미켈란젤로처럼 8년 동안 신과 첫 번째 흑인 남자가 등장하는 천장화를 그렸다. 흑인 아담을 모두 그린 미켈란젤로는 람버스를 초대해 천장화를 감상하라고 했지만, 마지막 순간에 람버스는 3층 창문에서 비명을 들었다며 거절했다.

맨션에 도착했을 때 미켈란젤로는 음울했다. 그도 나처럼 고독의 가치를 알았다. 우리는 평온하게 침묵하면서 한 방에 함께 있을 수 있을 것이다. 우리가 함께하면 미켈란젤로는 벽화를 수정하고, 나는 젖은 둥근 천장에 마구 시를 쓰면서 시간을 보내겠지. 예전에는 정자로 글을 썼지만, 그러려면 시간과 목에 경련이 날 정도로 신중한 자세가 필요했다. 복잡한 회의를 끝낸 뒤에는 내 단어들을 그 단어들이 가고자 하는 곳에 마구 흩뿌리는 일이 정말 즐거웠다.

미켈란젤로가 새로운 룸메이트에 관해 불평하는 이유는 이해할 수 있었다. 하지만 투덜거리는 미켈란젤로는 마음에 들지 않았다. 미켈란젤로는 아이처럼 심통을 부렸다. 나는 스물한 살이었다. 어린아이들을 걱정하기에는 너무 젊었다. 나는 그림을 그리고 발코니에서 그네를 타고, 우리와 함께 저녁을 먹으려고 왔을 때(가끔 그럴 때가 있었다) 선물로 딱딱하게 굳은 초콜릿을 가져온 것처럼 파에게 선물을 주는 미켈란젤로가 좋았다. 나와 있을 때, 오직 나하고만 있을 때 나의 귀에 대고 그 어떤 역사에도 속하지 않은 단어들을 속삭여줄 때의 미켈란젤로도, 오후에 그의 집을 찾아왔을 때, 지붕을 때리는 빗소리도, 다른 사람은 모두 잠든 도시도, 그저 나의 것일 때의 미켈란젤로도 좋았다.

며칠 안 보이던데. 내가 쌍여닫이 창문을 열고 미켈란젤로의 집으로 들어갔을 때 그가 말했다. 그가 사는 곳은 다른 사람들의 숙소보다 높았기에, 파가 특별히 비스듬하게 기울어진 다리로 다른 집과 연결해주었다.

바빴어. 내가 대답했다.

큰소리를 내지 않는 게 좋을 거야. 미켈란젤로가 턱으로 옆방을 가리키면서 말했다. 옆방에서 코 고는 소리가 들렸다. 데이비드였다. 주인님께서 주무시고 있거든. 미켈란젤로가 말했다.

확실히 미켈란젤로는 기분이 좋지 않았다. 나는 돌아서서 나가려고 했지만 가까이 다가온 미켈란젤로가 나를 안았다. 그의 품 안에서 나는 부드러움을 느낄 수 있었다. 가지 마. 미켈란젤로가 말했다. 조용히 하면 돼.

그래서 우리는 조용히 했다. 한때 우리는 다리와 케이블을 엮고, 보급품을 모으려고 즐겁게 백화점을 누비는 친구였지만, 그 뒤로는 연인이 되었다. 사랑이라는 단어를 서로에게 말한 적은 없지만.

함께 비좁은 소파 위에 몸을 누이고, 말총에 피부를 찔리면서, 우리는 방문자에 대해 이야기를 나누었다.

저 사람이 내 공간을 차지했어. 미켈란젤로가 말했다.

내 몸 위에 있는 그의 몸이 딱딱해졌다. 내 허벅지에 닿는 그의 페니스가 단단해지는 것을 느끼며 나는 미켈란젤로의 밑에서 빠져나왔다. 또 다른 일로 정신을 흐트러뜨리고 싶지는 않았다. 미켈란젤로의 표정은 슬퍼졌고, 입가의 주름은 더 깊어졌다. 그는 트레메에서 왔고 나보다 7년 더 살았으며, 그 세월이 겉으로도 보였다. 내가 과거 이야기를 하려고 할 때면 미켈란젤로는 너는 과거를 잘 몰라, 라고 했다.

파가 이곳에서 머물라고 했어. 나는 블라우스와 바지를 입었다. 저 사람은 선택의 여지가 없었어. 파가 우두머리잖아.

나는 몸을 닦을 수 있도록 젖은 천을 미켈란젤로에게 주고, 그가 몸을 닦는 모습을 지켜보았다. 그러다 문득 나도 젖은 곳을 닦아야 한다는 사실을 깨달았다. 허벅지 안쪽이 끈적거렸다. 나중에 옷을 갈아입고, 빨 옷은 지붕에 둔 빗물 통에 담가야 했다. 어쨌거나 이제는 빨래를 할 시간이 되었다. 나는 아기를 낳을 생각이 없었지만(아직은 말이다) 임신은 걱정하지 않았다. 신중하게 생리주기를 헤아리고 있으니까. 이번 주는 안전했다.

평의회는 이제 지겨워. 미켈란젤로가 말했다.

미켈란젤로는 컷오프스 반바지와 티셔츠를 입었다. 셔츠 앞쪽에 프린트된 '너바나'라는 글자는 빛이 바래져 있었다. 파가 선물한 셔츠였다. 너희 관계가 점점 심각해지고 있어. 미켈란젤로가 가장 최근에 우리와 함께 저녁을 먹은 날 파가 말했다. 모든 건 일시적이야. 나는 대답하고 내 매트로 갔다.

루스벨트도 같은 기분이야. 내가 미켈란젤로에게 대답했다. 아무튼 내 생각은 그래. 이제는 모든 논제에 반론을 제기하잖아.

옆방에서 소리가 들렸다. 이불을 들썩이는 소리. 스프링이 삐걱거리는 소리. 데이비드가 자는 공간은 네 벽에 엄청나게 많은 흰 곰팡이가 핀 진짜 침실이었다. 미켈란젤로는 침대가 아닌 소파를 택했다. 나에게는 너무 커. 그게 이유였다.

우리는 가만히 멈춰서 옆방 소리를 들었다. 코 고는 소리는 들리지 않았다. 혹시 우리 말을 모두 듣고 있었던 건 아닌지 궁금했다. 조심해야 하는 건지 궁금했다.

이제 갈게. 내가 말했다. 정오 식사를 준비해야 해. 오후 폭풍이랑. 밤 원정을 하려면 파에게는 내가 있어야 해.

미켈란젤로는 한쪽 발을 고무 샌들에 밀어 넣다가 내 말에 멈추었다. 아버지가 하는 말에 따라야지. 그가 놀렸다.

맞아. 나는 그의 눈을 똑바로 보았다. 파에 대한 나의 충성심을 흔드는 사람은 연인일 수 없어. 방문자에 대해서는 걱정하지 마.

저 사람은 나이 많은 백인 녀석이야. 미켈란젤로가 말했다. 내 집에 밀고 들어온 놈이야. 다음에 어떻게 될지 우린 알아.

오래된 규칙은 죽었어. 내가 다시 말했다. 파가 그랬잖아.

너희 아버지는 좋은 아이디어를 많이 가지고 있지. 이리 와.

미켈란젤로는 내 기분을 좋게 하는 아름다운 남자였고, 그의 얼굴에는 감정이 풍부했다. 나는 왜인지는 모르지만 데이비드가 우리 대화를 들었으면 하는 바람이 있었기에, 미켈란젤로에게 가까이 갔다. 그에게서는 나와 같은 냄새가, 그리고 그와 같은 냄새가 났다. 왠지 고통이 느껴질 정도로 시큼한 땀 냄새가 났다. 작별 키스를 할 때 나의 머릿속에서는 그의 목소리가 들렸다. 너는 몰라, 카이저. 너는 아무것도 몰라.

파가 저녁 식사에 데이비드를 초대했다. 원정에 나선 파는 나에게 라로리 맨션에 데려다 달라고 했다. 데이비드의 방 창문 밑에 초대장을 밀어 넣게 했다. 데이비드는 방에 없었다. 탐험을 나선 것일 수도 있었다. 미켈란젤로도 없었다. 원정을 나갔을 것이다. 미켈란젤로는 가끔은 파와 나와 함께 할 때도 있었지만 대부분은 혼자 다녔다.

미켈란젤로도 초대할까? 파가 물었다. 나는 고개를 저었다.

이미 봤어. 내가 대답했다. 나는 내 생각을 파에게 말하지 않았다. 그는 혼자 둬야 해. 룸메이트가 떠나 있는 한 시간 동안 그는 혼자 있기를 원할 거야. 게다가 자기 집에 침범한 남자와 더 많은 걸 나누고 싶은 마음은 없을 거야.

우리 창문에 도착한 데이비드를 보고 나는 깜짝 놀랐다. 그는 옷을 차려입었다. 그저 정장 셔츠가 아니라 우리 대부분이 위축될 만큼 지나치게 멋진 옷을 입고 있었다. 우리 공동체에서 멋진 옷을 좋아하는 건 로즈뿐이었다. 로즈에게는 빈티지드레스로 가득 채운 옷장이 있었다. 남북전쟁 때 입었던 옷까지 들어 있는 로즈의 옷장은 수년 동안 다락과 2층 상점을 돌아다니며 부지런히 모은 수집품이었다.

데이비드의 셔츠에 파는 흐뭇해진 것 같았다. 현재 우리가 즐기는 자유가 자신을 평온하게 해준다고 공언하기는 했지만, 나는 파가 잘 다린 폴로셔츠와 번쩍이는 로퍼를 그리워하는 게 아닌가 하는 생각이 들 때가 있었다.

정말 멋지십니다. 파가 데이비드에게 말했다. 데이비드는 고맙다고 인사하며 우리 층으로 올라왔다.

파는 아주 귀한 달걀을 세 알 꺼내와 각각 한 개씩 마실 수 있도록 개인 그릇에 깨뜨려 넣었다. 달걀을 마시는 동안 비가 지붕을 때렸다. 그때쯤이면 오후의 폭풍은 멎어야 했지만 비는 그치지 않았다.

달걀을 마시면서 나는 수면이 얼마나 올라왔을까 생각했다.

달걀을 다 마시고 강낭콩과 언제나 먹는 호박을 다 먹은 뒤에는 그저 앉아 있었다. 파는 치아에 낀 음식물을 빼고, 내가 비 내리는 창밖을 바라보고 있을 때 데이비드가 물었다. 책은 어디에 있소? 데이비드는 단지와 옷, 거의 비어 있는 선반을 가리켰다.

왜 우리에게 책이 있을 거라고 생각하는 거예요? 내가 물었다.

그대는 작가니까.

시인이에요. 나는 그의 오류를 바로잡았다.

역사 지킴이이기도 하죠. 파가 말했다.

그 말에 대해서 나는 아무 말도 하지 않았다.

작가에게는 책이 있는 법이지. 데이비드가 말했다. 도착했을 때 빳빳했던 셔츠는 습기를 머금어 축 처졌다.

나는 책을 읽지 않아요. 나는 자리에서 일어났다.

예전 책이 담고 있던 이야기들은 이제 끝났습니다. 파가 말했다. 이제는 새로운 책이 필요합니다.

이제 이야기는 더는 안 읽어요. 시만 읽어요. 이야기를 읽으면 지쳐요. 내가 말했다.

데이비드는 가지고 온 숄더백을 뒤지며 말했다. 그대에게 줄 선물을 하나 가져왔는데. 이걸 원했으면 좋겠군.

데이비드가 선물을 꺼냈다. 책이었다. 내 책이었다. 에이드리언 리치의 『공통 언어를 향한 꿈』이었다. 보는 순간 알 수 있었다. 조금 찢어진 표지, 접어놓은 내지. 도서관에서 빌린 책이지만 빌려 온 뒤에 다시는 돌려주지 않은 책. 나는 데이비드의 손에서 책을 낚아채고(맞다, 인정하지만 무례하게 낚아챘다) 표지 안쪽을 확인했다. 케이 삼슨, *2017년 캔자스시티.* 누군가(그러니까 내가) 펠트펜으로 써놓은 것이었다. 파의 사고가 나기 몇 달 전에 이 책을 빌렸다. 네모난 구역에 있는 네모난 집에서 살 때, 악몽에 나오는 남자가 너무나 끔찍해서 서술을 버리고 시를 택한 시기에 내가 빌린 책이었다.

이건 어디서 났어요? 내가 물었다.

그대 집에서. 데이비드가 대답했다. 그의 표정은 읽을 수 없었다. 얼마나 똑같은 모습인지 알면 깜짝 놀랄 거야. 하지만 인터넷은 끊어졌지. 적어도 얼마 간은 말이야. 그래서 그대의 주소는 전화번호부에서 찾아야 했어.

인터넷이 끊어졌군요. 파의 목소리는 단조로웠고, 단호했다.

우리 집을 어떻게 찾았어요? 내가 물었다.

데이비드는 먼저 파를 보았고, 그다음에 나를 보았다. 이야기를 들었거든.

그게 무슨 말이에요? 내가 물었다.

사람들이 이야기를 하더군. 데이비드가 말했다. 이 장소에 대해, 이 장소를 이끄는 사람들에 대해. 불구인 남자와 그의 딸에 대해.

파는 불구가 아니에요. 내가 반박했다.

데이비드는 마치 사과하는 것처럼 고개를 숙였다. 사람들 이야기가 그렇다는 거야. 나는 놀라운 이야기라고 생각했어. 그래서 두 사람을 만나고 싶었지.

다른 도시도 있잖아요. 내가 말했다. 당신은 다른 도시로 갈 수도 있었어요.

그렇게 많지는 않아. 데이비드는 나와 파를 번갈아가며 보았다. 다른 곳으로 갔을 것 같지는 않았어. 그가 말했다. 뉴욕 이야기를 들었을 거야.

파가 단호하게 대답했다. 맞습니다. 들었습니다.

부끄러운 일이지. 데이비드가 또다시 고개를 숙였다.

여기서는 사람을 먹지 않아요. 내가 말했다.

데이비드가 고개를 들었다. 너희는 먹지 않겠지만, 문제는(데이비드는 몸을 앞으로 숙였다) 해안 공동체가 사라졌다는 거야.

모두 그런 것은 아닙니다. 파가 대답했다. 파는 다리가 없는 몸을 앞뒤로 움직였다. 그 모습은 마치 루스벨트 같았다.

아니, 모두 사라졌소. 데이비드는 해안 공동체가 모두 사라졌음을 나타내려는 것처럼 손을 들어 옆으로 힘껏 움직였다. 빌럭시와 모빌 이야기를 들었을 거요. 거기 사람들이 이곳으로 오고 있으니까.

나는 고개를 끄덕였다. 데이비드 이전의 마지막 방문자를 생각했다. 빌럭시에 관해서는 나도 아는 것이 있었다.

동쪽 해안도 마찬가지요. 나는 두렵소. 데이비드가 말했다. 서쪽은 곧바로 사라졌지, 당신들도 알겠지만. 데이비드는 우리를 쳐다보았지만 우리는 고개를 저었다. 우린 서쪽에 대해서는 몰라요. 아, 데이비드가 몸을 똑바로 세우며 말했다. 이런 게 어려운 거요.

계속 말해봐요. 내가 말했다.

동쪽에서는 도시 몇 곳이 살아남았소. 작은 마을들도. 당신들처럼 소박한 공동체지. 자급자족하고 옥상에서 식물을 기르는 공동체. 평의회가 있고 규칙이 있는 공동체. 현대 기반 시설을 원치 않는 사람들의 공동체 말이오.

그게 좋은 삶입니다. 파가 끼어들었다.

반대하지 않소. 말했듯이 당신들을 존경하오. 그래서 나도 여기에 온 거니까.

플로리다는 어때요? 내가 물었다. 나도 모르게 무릎을 문지르고 있음을 깨달았다. 다시 루스벨트를 생각했고, 데이비드가 떠난 뒤에 그가 오기를 바랐다. 저녁 식사 시간이 끝난 뒤에 가끔 루스벨트는 내 발코니로 왔고, 우리는 함께 어둠 속에서 모기를 잡으며 아무 말 없이 앉아 있었다. 나는 어둠 속에서 조용히 앉아 있는 그의 존재가 필요했다. 그의 분노를 원했다.

플로리다? 놀랐다는 듯이 데이비드는 두툼한 눈꺼풀을 위로 추켜 떴다. 플로리다는 왜 묻지?

플로리다는 물에 잠기지 않았잖아요. 내가 말했다. 그곳 사람들은 악마와 계약을 맺었어요.

데이비드의 입술이 굳어졌다. 내가 생각했던 것보다 훨씬 어려운 일이군. 데이비드가 말했다. 누가 그런 이야기를 그대에게 해준 거지?

방랑자들이요, 당신 같은. 내가 말했다.

큰 버전의 옮겨 말하기 게임인 거군. 데이비드가 큰 소리로 웃었다. 즐거운 웃음은 아니었다. 플로리다는 사라졌어. 2년 전에 해일이 덮어버렸지. 마이애미에서 잭슨빌까지. 펜서콜라도. 플로리다주 전체가 사라져버렸어.

미국에는 해일이 오지 않아요. 내가 대답했다. 물론 바보처럼 들릴 거라는 것도 알았다. 당연히 미국에도 해일이 왔다. 그때는 우리에게 모든 것이 왔다.

아이티 인근 해역에서 강도 9.5의 지진이 발생했지. 데이비드는 그런 소식을 전하게 되어 안타깝다는 표정을 지었지만, 정말로 안타까워하는지는 의문이었다. 왠지 그가 이 비극을 즐기고 있다는 느낌이 들었다. 아이티도 사라졌어. 히스파니올라도. 사실, 카리브해 거의 전부가 사라졌지.

나는 무솔리니와 루스벨트를 생각했다. 자신들의 나라가 사라져버린 걸 알면 슬퍼하겠지? 하지만 이미 알고 있는지도 몰랐다. 두 사람은 나보다 더 많은 걸 알고 있을 수도 있었다.

안타까운 일이야. 데이비드가 말했다.

우리는 한동안 아무 말도 하지 않고 앉아 있었다. 비가 지붕을 내리쳤고, 닫힌 유리문 두 짝을 뚫고서 파도가 다가왔다. 바람이 발코니에 있는 의자를 미친 듯이 흔들었다. 미켈란젤로는 로열스트리트에 있는 자신의 맨션에서 그림을 그리고 있거나 어렸을 때 들었던 노래를 부르고 있을 것이다. 행진이 있었어. 트레메 전역을 돌아다녔지. 미켈란젤로가 나에게 말했다. 기회만 있으면 행진을 했어. 아이가 태어나도, 누군가 죽어도, 세례를 받아도 행진했어. 성자 축일에도, 참전 용사의 날에도. 악기도 연주했고, 노래도 불렀어. 그런 이야기를 했을 때, 미켈란젤로는 옷을 입고 있지 않았다. 바로 직전에 사랑을 나누었기 때문에 나도 옷을 입고 있지 않았다. 미켈란젤로는 노래를 부르면서 나를 일으켜 세우더니 널빤지가 깔린 바닥 위에서 춤을 추었다. 그의 신과 그의 아담만이 우리의 기쁨을 목격했다.

비는 잦아들었지만 바람은 여전히 거셌다.

우리 집은 비었나요? 파가 물었다.

굳이 파를 보지 않아도 무슨 생각을 하는지 알 수 있었다.

아무도 없었소. 거미줄과 책이 있었지. 무슨 일이 있었는지 생각하면, 이상한 일은 아니오. 불이 났었소.

데이비드는 더 많은 걸 말하고 싶은 것 같았지만, 파의 표정은 닫혀 있었다. 파는 캔자스시티에서 일어난 일을 알고 싶어 하지 않았다. 우리의 실험이 실패한다면 집으로 돌아갈 수 있다는 생각이 그의 마음 한구석에 숨어 있는 게 분명했다. 파의 일부분은 지금도 나의 어머니가 그곳에서 따뜻한 말과 그를 씻기기 위해 비누를 준비하고 기다리고 있을 거라는 희망을 품고 있는 것이 분명했다.

나는 손에 든 책을 살펴보았다. 하지만 굳이 이걸 가져온 이유가 뭐죠? 내가 물었다.

데이비드의 해골 같은 얼굴이 씩 웃었다. 그대가 나를 믿어주기를 바랐으니까.

하지만 왜요? 나는 계속 물었다. 내가 당신을 믿는 게 어째서 중요한 거죠?

카이저. 파가 손을 들어 대화가 끝났음을 알리고 롤러 보드에 올라타 접시를 치우기 시작했다. 데이비드의 컵에는 물이 조금 남아 있었지만 파는 그 컵도 집어 들었다. 모은 그릇을 문 옆에 쌓았다. 그릇은 내일 아침에 지붕에서 씻을 것이다. 파의 어깨를 보니 나의 어머니를 생각하고 있음이 분명했다. 데이비드의 방문은 너무 많은 걸 밖으로 드러냈다.

파가 고개를 돌려 우리의 방문자를 보았다. 카이저의 배를 타고 돌아가시죠.

혼자 갈 수 있소. 그나저나 당신이 만든 다리 망은 정말 놀랍더군요.

다리가 마음에 드시는군요. 파가 말했다.

그렇소. 데이비드는 접고 있던 다리를 펴고 일어섰다.

나도 일어섰다. 파의 머리는 우리 두 사람의 허리보다 낮은 곳에 있었지만, 파는 절대로 작아 보이지 않았다. 파는 두 팔로 균형을 잡은 채 롤러 보드 위에서 당당하게 서 있었다.

우리는 평범한 저녁 만찬을 함께 한 사람들처럼 정중하게 작별 인사를 했다. 나는 나의 책 에이드리언 리치의 『공통 언어를 향한 꿈』을 겨드랑이에 끼고 있었다. 이 책을 읽게 될지는 알 수 없었다. 여러 기억을 불러일으킨 데이비드가 마음에 들지 않았다. 그가 우리 집에서 나가자 나는 (사악하게도) 문을 세게 닫고, 그가 도둑질한 집으로 돌아가는 내내 바람이 불기를, 다리를 건너는 그의 발밑이 정신없이 흔들리기를 바랐다.

하루 5

다음 평의회는 비를 논의하는 시간이었다.

수면이 15센티미터 높아졌어. 루스벨트가 보고했다. 새벽에 수면 높이를 재려고 밖으로 나가 힘든 일을 하고 온 루스벨트는 땀에 절었고 관자놀이의 머리카락이 동그랗게 말려 얼굴에 달라붙어 있었다. 루스벨트의 마음은 또다시 불안정해졌다.

태양이 말려줄 거예요. 간디가 태평하게 말했다. 평의원 가운데 유일하게 역사를 가져온 간디는 자신이 쓴 글을 읽어주고 싶은 게 분명했다. 입을 다물고 있을 때면 간디는 원래 있던 찬송가인지 자작곡인지는 알 수 없었지만, 아무튼 노래를 흥얼거렸다. 새들에 관한 노래를 부르면 좋을 텐데. 문득 참새가 보고 싶었다. 우리에게 있는 새는 갈매기뿐이었다.

15센티미터일 리 없어. 대처가 말했다. 몇 시간 만에 그렇게 많이 온다고?

이런 곳에서 살면서 그런 의문이 들어? 루스벨트가 말했다. 그는 거칠게 팔을 휘둘러 스테인드글라스 창문 밖으로 끝없이 펼쳐진 물을 가리켰다.

하지만 이렇게 빠르다고? 대처의 질문은 통곡이었다. 아직 10년도 되지 않았어.

시간이 더 있다고 생각했는데요. 무솔리니가 말했다.

그럴 수도 있습니다. 파가 대답했다.

루스벨트가 두 사람의 말을 끊었다. 젠장, 끝이 오는 거야. 그리고 우리는 아주 예쁘게 앉아만 있겠지.

루스벨트는 일어날 것처럼 몸을 움직였지만 내가 루스벨트의 무릎을 눌렀다. 우리는 시선을 교환했다. 루스벨트가 나의 첫 상대였다. 5년 전, 그때 나는 열여섯 살이었고 남자를 알고 싶어 죽을 것 같았다. 그는 부드러운 연인이었고, 잠결에 훌쩍이는 그의 팔에 안겨 누워 있을 때면 나는 내가 운이 좋다고 생각했다. 계속 루스벨트와 함께할 수도 있었지만, 파가 루스벨트는 나이가 너무 많다고 반대했다. 우리는 친구로 남았다.

그걸 어떻게 알아요? 간디가 물었다. 꿈이라도 꿨어요?

진실을 말하는 데 꿈은 필요 없어. 루스벨트가 대답했다. 하늘만 보면 돼. 하빈저에게 물어봐. 하빈저가 구름이 어떻게 바뀌고 있는지 말해줄 테니까.

지금 역사를 읽어도 돼요? 간디가 물었다.

부탁합니다. 파가 대답했다. 우리에게는 행복한 이야기가 필요해요. 파의 목소리는 속삭이는 것처럼 잦아들었고, 나는 파가 우리 어머니 이후로는 그 누구도 사랑하지 않은 이유가 궁금해졌다. 파가 간디를 사랑할 가능성은 없어 보였지만, 가능하지 않은 일은 계속 일어나고 있었다.

간디는 새로 쓴 내용을 읽어주었는데 행복한 이야기는 아니었다. 평의원들이 앉아 있는 탑의 분위기는 으스스해졌고 내 피부는 차가워졌다. 다른 평의원들도 나와 같은 기분을 느끼는 것이 분명했다. 루스벨트는 두 손을 무릎에 꼭 붙인 채 몸을 앞으로 숙이고 있었고 대처는 숨을 쉬지 못하는 것 같았으며 무솔리니는 천천히 고개를 흔들고 있었다. 심지어 파도 긴장한 것이 분명했다. 파는 자신을 위해서라면 긴장하는 일이 거의 없었다. 어머니를 잃고 다리와 아내를 잃었는데도 나를 위해 매일 아침 웃으며 일어나는 사람이었다.

간디의 역사는 방문자에 관한 이야기였다. 우리 마을로 온 낯선 사람에 관한 이야기였다. 그는 바다를 지나 먼 땅에 있는 이야기를 가지고 왔다. 우리 마을의 지도자에게 선물을 주었고, 유령의 집을 자기 숙소로 택했으며, 자신의 침대에 시인을 들였다. 그는 마을 사람들의 삶과 심장 속으로 자신을 밀어 넣었고, 마을 사람들이 다시는 돌려받지 못할 귀중한 물건을 훔쳐서 떠났다. 간디의 이야기는 종말론 같지는 않았다. 끝에 이르기 전까지는 말이다. 이야기의 결말에서 간디는 방문자가 떠난 뒤에 일어난 무시무시한 일들을 묘사했다. 붉은 비, 화재, 그리고 홍수.

루스벨트가 말했다. 내가 말했잖아, 그 남자가 징조야. 끝이 다가오고 있는 거야.

루스벨트는 일어섰고, 우리의 원은 또다시 깨졌다.

앉아요. 무솔리니가 루스벨트에게 말했다.

하지만 루스벨트는 앉지 않았다. 이 이야기는 전에도 들었어. 너도 이 이야기를 들은 적이 있잖아. 루스벨트가 무솔리니에게 말했다. 카약을 타고 오는 그 사람을 계속 지켜봤어. 그 사람은 무전기에 대고 말하고 있었어. 앞으로 우리가 알게 될 건 그 사람이 병원균이 묻은 담요를 팔려 한다는 거고 우리가 발음할 수 없는 단어를 말하라고 강요하리란 거야.

파가 루스벨트의 이름을 부르자 루스벨트는 한참 동안 파를 쳐다보다가 다시 자리에 앉았다.

그건 사실이야. 루스벨트가 파에게 말했다. 비를 생각해봐. 우연이라고 하기에는 너무 많이 오잖아.

이해할 수가 없어. 전에도 방문자는 있었잖아. 대처가 말했다. 하지만 대처는 이해하고 있음이 분명했다. 간디가 역사를 읽을 때 보았던 대처의 표정으로 미루어보아 짐작할 수 있었다.

이 방문자는 달라, 나는 알아. 루스벨트가 대답했다.

루스벨트가 옳아요. 내가 말했다. 놀란 눈들이 나를 향했다. 평의회 때 내가 입을 여는 경우는 거의 없었다. 나는 파의 운반자이자 파의 오른팔이었지만, 말하는 자가 아니라 듣는 자였다. 나도 데이비드가 우연히 왔다고는 생각지 않아요. 내가 말했다. 그 책 이야기를 해줘요. 내가 파를 재촉했지만, 파는 고개를 저었다. 말해줘야 한다고 우기고 싶었지만 포기했다.

결국 우리는 이 문제는 내버려 두기로 했다. 그 문제를 계속 논의하기에는 다른 걱정거리가 너무 많았다. 루스벨트도 어쩔 수 없이 동의했지만, 수면이 닿는 곳까지 탑에서 내려가는 동안 그가 중얼거리는 소리가 들렸다. 젠장. 수면에 닿았을 때 루스벨트는 욕을 했다. 계단은 우리가 기억하는 것보다 두 계단 위에서 사라져버리고 없었다. 무솔리니와 대처는 위층으로 올라가 창문을 타고 배에 올랐다. 하지만 루스벨트와 간디와 나는 차오른 물을 헤치고 걸어가 각자의 배에 올랐다.

수면이 높아진 물속으로 걸어 들어갈 때 파는 긴장했다. 그 모습을 보니 처음으로 파를 내 어깨에 멨던 순간이 생각났다. 배턴루지에서 배에서 내릴 때, 휠체어는 두고 가야 한다는 사실을 깨달았을 때였다. 의사들은 파에게 의족을 하는 게 좋겠다고 했지만, 파는 자신의 진짜 모습을 찾았다며 그 제안을 거절했다. 나랑 같이 가면 돼. 내가 말했다. 나는 버스터미널 바닥에 배낭을 내려놓고 배낭에 든 물건을 모두 꺼냈다. 그리고 파를 배낭에 넣었다. 분명히 우스꽝스러운 모습이었을 테지만, 그 누구도 신경 쓰지 않았다. 위기 상황이 닥친 뒤로 배턴루지 버스터미널은 극심한 공포를 얼굴에 담은 채 고함을 지르면서 미친 듯이 뛰어다니는 사람들로 미어터지고 있었다.

10년이 지난 지금, 버스터미널은 어떤 모습일까? 오히려 평온할지도 모른다. 사람들이 참을성 있게 버스를 기다리고 있을지도. 과거는 아문 흉터가 되어 있을지도 모를 일이다.

그날 오후, 나는 다리와 케이블을 타고 라로리 맨션으로 갔다.

안녕. 유리창을 두드리며 내가 소리쳤다. 미켈란젤로의 소파 위에는 접은 담요가 놓여 있었다. 나는 문을 열었고, 천장에서는 신이 나를 노려보았다. 미켈란젤로는 보통 그곳에 있었다. 폭풍 때문에 오후에는 원정을 나가지 않았다.

안녕. 듣기 싫게 높은 데이비드의 목소리가 들렸다. 방 사이에 있는 복도에서 데이비드가 나타났다. 전날 입었던 정장 셔츠를 입고 있었다. 셔츠의 주름은 다시 펴져 있었다. 그러니까 망할 다리미를 가지고 온 거야? 나는 궁금했다. 발전기도?

어디로 갔어요? 내가 물었다. 내 몸이 굶주리고 있음을 알 수 있었다. 미켈란젤로를 찾아야 했다. 또 다른 홍수에 우리의 수상도시를 잃어야 한다면 모든 순간이 간절했다.

슈퍼돔에.

거긴 너무 멀어요.

배를 가져갔어.

나는 미켈란젤로의 소파에 앉았다. 데이비드는 복도에 서 있었다. 그는 느긋해 보였다. 콜럼버스. 정말 완벽하게 어울리는 이름이라고 생각했다.

미켈란젤로는 물을 잘 다뤄요. 그러니까 오후 폭풍 전에 도착할 거예요. 내가 말했다.

그대를 거기서 만날 수 있다고 했어.

데이비드는 왼쪽 발에 실었던 체중을 오른쪽 발로 옮겼다. 자극적인 곰팡내 위로 가벼운 향나무 냄새가 났다. 나는 소파에서 일어나 데이비드에게 다가갔다. 그는 컸지만 나도 컸다. 우리 눈높이는 거의 같았다. 가까이서 본 데이비드의 눈은 좀 더 친절해 보였고, 짙고 깊은 어둠 속에서 반짝이고 있었다. 그의 몸은 온기를 방출하고 있었다. 이렇게 마른 존재 옆에 서본 것은 정말 오랜만이었다.

이제 가야겠어요, 폭풍이 오기 전에요. 내가 말했다.

위험할 거 같은데, 기다리는 게 나을 거야. 데이비드가 말렸다.

데이비드의 쪼글쪼글한 얼굴은 감정을 솔직하게 드러내고 있는
것처럼 보였지만, 나는 우리 도시 너머에 있는 세상의 공포를 이야
기할 때 보인 그의 슬픔이 미심쩍은 것처럼 그의 솔직함도 의심스러
웠다. 나는 간디의 역사를 기억했다. 마을 지도자들을 위해 선물을
가져오고 유령이 나오는 집을 자신의 숙소로 택한 낯선 사람에 관
한 이야기를 기억했다. 유령의 집 이야기는 사실이었다. 게다가 데이
비드는 나에게 책을 가져왔지만 파에게는 선물을 하지 않았고, 자기
침대에 시인을 들이지도 않을 것이다. 나는 뒤로 물러났다.

괜찮을 거예요, 비가 오기 전에 가야겠어요. 나는 대답했다.

그대가 원하는 대로. 데이비드가 대답했다.

데이비드는 방을 가로질렀고, 유리문으로 나가는 나를 지켜보았
다. 고작 책 한 권으로 나의 신뢰를 얻을 수 있을 거라고 믿었다면 그
건 정말 틀린 생각이었다.

재빨리 나의 타운하우스로 돌아가 폭풍이 기다려주기를 바라며
배를 띄웠다. 슈퍼돔으로 노를 저어 가면서 나는 어쩌면 비가 우리
를 집어삼키지 않을 거라는 생각을 했다. 어쩌면 우리는 이대로 계
속 살아갈 수 있을지도 모른다고 말이다.

우리는 운하의 서쪽 지역에는 가지 않았다. 서쪽 건물들은 높았고
대부분은 말라 있었기 때문에 원정하기 좋은 곳이었지만, 왠지 그곳
은 동굴 같았고 어두웠다. 간디와 람버스는 유령이 나올 거라고 했
지만, 나는 그저 텅 빈 탑에서 울리는 내 발소리가 듣기 싫었을 뿐이

다. 우리는 이곳이 뉴욕처럼 될지도 모른다는 걱정을 했다. 햇빛이 들지 않는 방에 들어갈 때나 칠흑처럼 어두운 계단실을 조심스럽게 지나갈 때면, 갑자기 손이 튀어나와 우리를 낚아채거나 어둠 속에서 번득이는 이를 드러낼 수도 있다는 두려움에 몸을 떨었다. 하지만 그런 두려움은 헛된 것이었다. 우리 공동체만을 허락한 이 도시는 다른 사람들을 밖으로 밀어냈다. 축복받은 우리는 홀로 남았다.

처음에는 운하를 자주 건넜다. 의료시설에서 필요한 물건을 가져와야 한다는, 반드시 해야 할 일이 있었기에 두려움을 이기고 다녀왔다. 내가 마지막으로 운하 서쪽으로 간 것은 3년 전, 루스벨트와 함께였다. 릴리에게서 모유가 나지 않아 에스트렐라가 먹을 음식이 필요했기 때문이다. 그때 우리가 우리를 노려보고 있는 건물들을 어떤 식으로 피하며 구불구불한 수로를 지났는지, 침묵 속에서 우리 카누들이 얼마나 큰 소리를 냈는지 아직까지 생생하게 기억한다. 패밀리달러 스토어의 가장 높은 선반에서 멀쩡하게 놓여 있는 분유 상자를 보았을 때 얼마나 기뻤는지도. 그곳을 둘러싼 침묵이 너무나도 두려워서 기쁨의 환호성은 지를 수 없었다는 것까지도.

슈퍼돔으로 배를 타고 가면서 나는 그때의 기분을 느꼈다. 지금은 나 혼자 노를 좌우로 번갈아가며 젓고 있다는 상황만이 달랐다. 사라져가는 태양 빛을 받는 얼마 남지 않은 멀쩡한 창문들이 나를 보며 윙크했다. 구름이 어렴풋이 모습을 드러냈고, 열대의 열기는 농후하고 축축했다. 도시에서는 오래된 진흙과 앞으로 올 비 냄새가 났다. 내 몸에서 나는 냄새도 맡을 수 있었다. 시큼한 땀 냄새. 집으로 돌아가면 빗물을 담은 욕조에 들어가 빗으로 꼼꼼하게 머리카락을 빗어야 할 것 같았다.

운하와 툴레인을 지나가자 높이 솟은 슈퍼돔이 보였다. 그 슈퍼돔을 처음 본 것은 도시에 도착한 직후였다. 그때 파와 나는 툴레인병원에 들러 그곳에서 찾아낸 모든 항생제 크림과 알약, 밴드, 소독약을 우리 배에 싣고 있었다. 우리는 노를 저어 슈퍼돔을 향해 갔다. 저기가 그 일이 일어난 곳이야. 파가 말했다. 무슨 일? 내가 물었다. 물론 파가 첫 번째 홍수에 관해 말하고 있다는 건 알았다. 문명이 거의 무너질 뻔했지만 그렇지 않았던 곳 말이야. 그때 내 귀에 대고 말하던 파의 목소리는 간디에게 말하는 목소리보다 더 부드러웠다. 그들은 가까스로 사람으로 남을 수 있었어. 파가 말했다. 정말? 나는 물었다. 6학년 때 사회 선생님은 다른 말을 했기 때문이다. 그래, 정말 그랬어.

그때 나는 열두 살이었고, 내 삶이 변해버린 방식에 압도되어 입을 벌린 채 하얀 돔을 바라보며 앉아 있었다. 나는 2005년에 그 돔 안에 있었던 사람들을 생각했다. 언제라도 전등이 나갈 수 있다는 사실에, 화장실이 막히고 식량이 고갈되는 것을 보며 그 사람들이 느꼈을 기분을 상상했고, 그들이 다시는 돔으로 피난하지 않았다는 사실에 감사했다. 두 번째 홍수가 났을 때, 정부는 처음보다는 더 많은 걸 알고 있었다. 2017년에 허리케인이 짧은 간격으로 연달아 불어왔을 때는 대비할 시간이 거의 없었지만, 적어도 정부는 도시 안에 있는 피난처로 들어가라는 말을 그 누구에게도 하지 않았다. 도시 밖으로 대피하라! 정부는 그렇게 말했고, 사람들은 대부분 도시를 떠났다.

슈퍼돔은 전에 왔을 때와 거의 달라진 것이 없는 것 같았다. 진흙이 묻었고, 지붕에 뚫린 구멍의 수가 조금 늘어났지만 여전히 하얬다. 카약을 타고 왔기 때문에 안으로 들어가 문과 홀, 게이트를 지나 탁 트인 곳으로 나갈 수 있었다. 잔디밭이었을 그곳에는 탄산음료 컵, 쇼핑백, 선글라스 같은 플라스틱으로 만든 물건들이 출렁이며 떠 있었다. 둥글게 놓여 있는 좌석들이 마치 다음 경기를 고대하는 것처럼 참을성 있게 서 있었다. 어둠 속에서 번개가 쳤다. 지붕의 구멍을 통과한 비가 내리기 시작했다. 폭풍이 도착한 것이다.

경기장 한가운데서 미켈란젤로가 탄 카약이 흔들리고 있었다. 그는 탁 트인 공간을 좋아했다. 라로리 맨션 지붕에 있는 완두와 딸기가 뒤엉킨 덩굴 속에서 하늘을 보며 트레메의 노래를 큰 소리로 부르는 미켈란젤로를 발견할 때도 많았다. 심장이 떨렸다. 떠난다면 미켈란젤로가 그리울 것이다. 비가 이렇게 계속 온다면 우리는 모두 떠나야 할 것이다.

나는 멀리 있는 미켈란젤로에게 소리쳤다. 안녕. 미켈란젤로가 몸을 돌려 나를 보더니 손을 흔들었다. 나는 미켈란젤로에게 다가갔다.

머리를 빗어야 할 것 같아. 미켈란젤로가 말했다.

나는 엉킨 머리카락을 손으로 만지며 엉망인 머리카락을 빗살이 헤치고 나가려면 얼마나 오래 걸릴지 생각했다. 나중에 루스벨트에게 도와달라고 해야지. 어렸을 때는 파가 나의 머리카락을 빗겨주었

316

다. 빗질은 아버지의 일이었지 어머니의 일은 아니었다. 어머니는 거침없이 빗을 밑으로 잡아당겼고, 내가 울면 잔소리를 늘어놓았다.

여긴 왜 온 거야? 내가 물었다.

미켈란젤로는 위를 가리켰다. 그가 고개를 옆으로 기울이자 목에서 빛이 났다. 저기 위를 좀 봐. 미켈란젤로가 말했다. 저 천장 말이야. 우리가 무엇을 할 수 있을지 상상해봐.

천장에 있는 검은색 사각형이 희미하게 반짝이고 있었다. 긴 케이블 위에는 불 꺼진 전구들이 매달려 있었다. 나는 파가 작았을 때, 우주가 그의 위를 덮고 있는 미지의 세계였을 때 파가 느꼈을 기분을 느꼈다.

시스티나성당은 여기에 비하면 아무것도 아니야. 미켈란젤로가 말했다. 카이저, 시를 읊어줘.

미켈란젤로가 시를 부탁할 때는 보통 우리가 사랑을 나눈 뒤에, 거친 그의 침대 위에 누워 가쁜 숨을 내뱉고 있을 때였다. 미켈란젤로는 시를 원할 때면 내가 자기 귀에 대고 속삭여주기를 원했다. 하지만 지금 슈퍼돔에서는 내가 소리쳐주기를 바라고 있었다.

이 공간을 너의 말들로 가득 채워줘. 미켈란젤로가 재촉했다.

나는 릴리와 로즈가 잠을 자는 곳에 써준 시구를 골랐다. 데이비드가 도착하기 전에 쓴 시였다. 그 시는 중요해 보였다. 우리 삶이 변하기 전의 시간이 남긴 유물이다.

군화는 여전히 행군한다. 시를 낭송하는 나의 폐가 확장됐다.

더 읊어줘. 미켈란젤로가 말했다.

어둠 속의 한 남자. 고함을 지르니 기분이 좋아졌다.

더!

너도 유리에 비친 너의 얼굴을 볼 수 있을 것이다. 몸이 떨려왔다.

더!

그리고 두려워하라.

그거야. 미켈란젤로의 목소리가 잦아들었다.

너도, 그의 그림자 속으로 들어가리라 / 사슴의 웅장한 뿔을 느끼리라 / 너의 머리에서도 그 뿔이 솟아나리라.

더! 미켈란젤로가 속삭였다.

더는 없어, 그게 전부야. 내가 말했다.

그럼 저기에 아주 큰 글씨가 적혀 있는 걸 상상해봐. 미켈란젤로가 말하고 두 팔을 활짝 폈다.

아무도 보지 않을 거야. 내가 말했다. 노를 저어 미켈란젤로에게 다가갔다. 이 장소가 사라지고 있을 때는 더더욱.

나는 천장을 세밀하게 살펴보았다. 에스트렐라 세대가 마지막이면 어떻게 해?

미켈란젤로가 크게 웃었다. 왜 그렇게 비관적이야?

생각해봤거든, 아이들에 대해서 말이야. 아이들을 낳는 건 좋은 생각이 아닌 거 같아. 우리는 아이들을 충분히 강하게 기를 수 없어. 나는 미켈란젤로의 눈길을 피해 조용히 대답했다. 물이 높아지고 있다는 거 알잖아.

믿음을 가져, 카이저. 우린 그렇게 쉽게 사라지지 않아.

그래야 하는지도 몰라.

내 말에 미켈란젤로는 대답하지 않았다. 나는 다시 천장을 올려다 보았다.

망할 비계를 설치해야 할 거야. 내가 말했다. 미켈란젤로가 내 왼손을 잡았다. 나는 그가 내 손가락을 문지르는 게 좋았다. 그는 한 손가락을, 그리고 다음 손가락을 문질렀다.

우리가 할 수 있어. 미켈란젤로가 말했다. 너희 아버지에게 부탁할 거야. 너희 아버지가 설계해주실 수 있을 거야.

나는 미켈란젤로에게서 손을 뺐다. 기분이 너무 좋아서. 파는 지금도 생각해야 할 게 너무 많아. 내가 대답했다.

비. 미켈란젤로가 말했다. 그건 의문이 아니라 서술이었다.

우리는 조용히 머리 위에서 하늘이 흐느끼는 소리에 귀를 기울였고 가만히 우리 얼굴로 떨어지는 빗방울을 느꼈다.

널 생각했어, 어젯밤에 폭풍이 왔을 때. 미켈란젤로가 중얼거렸다. 그 남자. 미켈란젤로는 말을 멈추고 숨을 들이마셨다. 사악하게 웃고 칼라 달린 셔츠를 입고 있는 남자 말이야. 나는 그 남자를 믿지 않아. 미켈란젤로가 말했다. 어두워지면 그가 무전기를 사용하는 소리가 들려. 도대체 건전지를 몇 개나 가져온 걸까? 도대체 누구에게 말하고 있는 거지? 그 방을 몰래 들여다보고 싶지만 침대 위로 커튼이 쳐져 있어. 그래서 아무것도 볼 수 없어.

곧 떠날 거야. 나는 말하고 미켈란젤로의 손을 다시 잡았다. 하지만 미켈란젤로는 내 손가락을 문지르지 않았다.

그 남자 같은 부류는 뭔가를 챙기려고 오는 거니까. 그런 사람들은 머물려고 오지 않아. 미켈란젤로가 내 말에 동의했다.

폭풍이 멎었을 때, 우리는 떠났다. 바지 허리춤에 끼어둔 책 때문에 자꾸 등이 쓸렸다. 카약을 타고 메아리치는 슈퍼돔의 잔해를 통과해 지나가면서 나는 책을 꺼내 물속에 던져버릴까 하고 정말 진지하게 생각했다. 하지만 실행에 옮기지는 않았다.

슈퍼돔의 천장을 향해 소리쳤던 나의 시구(어둠 속의 한 남자)가 나에게 돌아왔고, 나는 나의 꿈에 관한 글은 이미 충분히 썼다는 결론을 내렸다. 이제는 사막도, 그 남자도, 부츠도 지겨웠다. 이제는 분명히 새로운 걸 쓸 수 있을 것 같았다. 수상도시, 나의 다음 시들은 그렇게 부르게 될 것이다. 나는 잭슨 광장과 파의 다리에 대해, 그림을 그리는 동안 팽팽하게 긴장한 미켈란젤로의 팔에 관해 쓸 수 있을 것이다. 서정적인 시를 쓸 주제는 널리고 널렸다. 카약을 타고 돔을 빠져나오면서 나는 리치의 책을 바지 밑으로 더 야무지게 끼워 넣었다.

나는 역사가는 될 수 없지만 시인은 될 수 있었다.

미켈란젤로를 저녁 식사에 초대했지만, 오지 않았다. 데이비드도 오지 않았다. 파와 나, 둘이서만 먹었다. 달걀 없이 호박과 감자로만 차려진 원래 식단으로. 컵에 담은 빗물은 감흥이 없었다.

라트거트의 술은 다 익었어? 내가 물었다.

파는 입에 든 음식물을 삼키고 더 먹으려고 손을 뻗었다. 그런 거 같아. 대처와 무솔리니에게 말해뒀어. 두 사람은 복숭아도 조금 있고, 감자는 많으니까. 파가 대답했다.

감자라는 말에 나는 몸서리가 쳐졌지만, 그런 모습을 보이지 않으려고 애썼다.

그걸 구워 먹을 수 있을 거라고 말했어.

갑자기 힘이 났다. 몇 달 동안이나 음식을 익혀 먹지 않았다. 습기 때문에 불이 잘 붙지 않아 불을 지필 수가 없었기 때문이다.

루스벨트가 철제 화로를 찾았어. 에스플러네이드 거리에서. 녹도 많이 슬지 않았어. 라이터로 불을 피울 수 있을 거야. 특별한 기회야. 불을 붙일 건조한 것들도 찾아낼 거야. 우리 옥상이랑 옆집 옥상들을 파티 장소로 쓰려고 해. 모두를 초대할 거야. 파가 말했다.

언제? 내가 물었다.

내일 저녁에. 파가 대답했다. 파는 몸을 들어 롤러 보드에 오르더니 빈 그릇을 모아 문 옆에 쌓기 시작했다. 다시 내가 있는 곳으로 돌아온 파는 두 손으로 내 얼굴을 감쌌다.

헤이. 내가 말했다.

헤이.

그건 우리의 신호였다. 잠들기 전에 하는. 헤이는 *사랑*을 뜻했고, 잘 자라는 *저녁 인사*이기도 했다. 가끔은 *기억해*를 뜻했다.

나는 파가 어둠 속에서 천장을 쳐다보며 눈을 깜빡이거나 설계도를 그리거나 자신이 채우고 있는 종이를 느낄 수 있도록 샤워커튼을 쳐주었다. 파는 지금도 역사를 쓰고 있을까? 아직 역사를 쓰는 평의원이 있을지 궁금했다.

잠이 오지 않아서 발코니로 나와 안락의자에 앉았다. 잠시 뒤에 루스벨트가 오더니 다른 안락의자에 앉았다. 그날 밤, 지붕에서 머리는 감았지만 아직 빗지는 않았다. 루스벨트는 빗을 들고 한 가닥 한 가닥 내 머리카락을 정성껏 빗기 시작했다.

카이저, 우리 꿈이 죽은 거 같아서 두려워. 루스벨트가 말했다. 나도 그래요. 나는 생각했지만 소리 내어 말하지는 않았다. 나는 루스벨트의 거친 손을 잡았고, 우리는 어둠 속에서 몸을 흔들며 앉아 있었다. 저 멀리 바다 건너편에서 바람이 강해지고 있었다.

하루 6

이른 새벽에 누군가 파를 찾아왔다. 문을 두드리지도 않았다. 나는 커튼 뒤에서 바스락거리는 소리 때문에 깼다. 비가 왔지만, 지금은 멈췄다. 바깥에서 찰싹거리는 물소리가 들렸다. 나는 파가 잠자는 곳을 살짝 훔쳐보았고, 한 남자의 시커먼 윤곽을 발견했다. 향나무 냄새로 그가 누군지는 알 수 있었다. 데이비드는 나의 아버지 침대 옆에 쭈그리고 앉아 있었다. 우리 유리문을 마치 자기 것인 양 열고 들어온 것이다. 그는 커튼을 살짝 뒤로 밀었다. 파의 보드라운 윤곽이 보였다. 파가 일어나 앉았다. 파는 놀라거나 소리치지 않았다. 전혀 놀란 것 같지 않았다. 두 사람은 속삭였고, 파도 소리와 내 귓속으로 몰려드는 피 때문에 두 사람의 대화 내용은 들리지 않았다. 몇 분 뒤에 데이비드는 뒤로 물러났고 방에서 나갔다.

그 뒤로 나는 잠든 것이 분명했다. 꿈을 꿨으니까. 얼굴이 없는 남자였다. 사막이었다. 그에게서는 향나무 냄새가 났다. 나는 두려워서가 아니라 화가 나서 꿈에서 깼다.

나쁜 놈. 나는 큰 소리로 욕하고 파를 깨웠다.

파가 자신의 커튼을 걷었다. 카이저, 그 남자가 왔어. 파가 말했다.

알아. 그게 싫어.

그가 우리에게 제안할 게 있다고 했어.

듣고 싶지 않아.

카이저, 우리에게 선택권이 있다고는 생각하지 않아. 미래는 기다려주지 않아. 파의 목소리는 부드러웠다.

밖에서 노 젓는 소리가 들렸다. 루스벨트가 수면의 높이를 살펴보면서 또다시 광장을 맴돌고 있었다.

언제 말할 생각이래? 평의회에서? 데이비드를 평의회 의원으로 받아들이겠다는 말에 루스벨트가 어떻게 반응할지 눈에 선했다.

아니, 그 제안은 오직 우리에게만 하는 거야. 그는 아주 거대한 제안이라고 했어. 파가 대답했다.

하지만 우리에게는 필요한 모든 거인이 있어. 나는 파의 팔뚝에 손을 얹었다.

파는 내 손에 자신의 손을 올렸다. 내가 그 사람에게 한 말이 그거였어. 파가 말했다.

평의회에서 우리는 물 이야기는 하지 않았다. 우리는 자가 양조 알코올, 감자, 화로, 옥상에 관해 이야기했다. 우리는 해질 무렵에 공동체 회합을 열기로 했다. 그때는 날씨도 괜찮을 테고 하늘도 개어 있을 가능성이 컸으니까. 루스벨트는 자신이 카누를 타고 거주지를 돌면서 파티 종(사실은 카우벨)을 울리면 재미있을 거라고 했다. 지난번 마지막으로 공동체 행사를 했을 때 루스벨트가 노를 젓는 배를 타고 다니면서 파티 종을 울린 건 나였다. 나는 타운하우스 안에서 사람들이 내지르는 놀라는 소리와 환상적인 고함을 사랑했다. 우리 시민들은 씨를 뿌리고 밭을 갈고 이 죽어 가는 도시가 줄 수 있는 썩은 선물들을 찾아다니며 자신들의 하루를 보냈다. 시민들은 언제나 파티를 환영했다. 나는 루스벨트에게 이번에도 함께 가겠다고 제안했다. 하지만 파가 우리에게는 다른 할 일이 있다고 했다. 그래, 맞아, 데이비드가 있었지. 나는 생각했다.

파티 계획을 짠 뒤에 나는 다른 사람들이 역사를 들려줄지도 모른다고 생각했다.

아직 쓰고 있는 사람 있어요? 내가 물었다.

평의원들은 고개를 저었다. 내 종이는 젖어버렸어. 대처가 말했다. 나도 그래. 무솔리니도 말했다. 역사를 쓰는 게 무슨 의미가 있어. 루스벨트가 투덜거렸다. 내 글은 그저 판타지일 뿐이야. 파도 인정했고, 놀랄 일은 아니지. 루스벨트가 중얼거렸다. 하지만 간디는 여전히 쓰고 있다고 했다. 계속 멸망을 예언하는 거야? 내가 물었다. 아니, 내 역사에서는 우리가 이 행성을 떠나.

그건 역사가 아니야. 그런 일은 일어나지 않았어. 내 목소리는 날카로웠다.

나는 화가 나 있었다. 파가 데이비드와 단둘이서만 대화를 했으니까. 나를 깨우지 않았으니까. 데이비드가 나에게, 곧 우리에게 제안할 거라는 말을 하지 않았으니까. 그 제안은 내가 먼저 들어야 했다. 이 수상도시로 왔을 때 그를 제일 먼저 맞아준 사람은 나니까. 그건 데이비드가 나에게 빚을 진 거라고 생각했다.

하지만 간디는 나의 짜증을 눈치채지 못했다. 시간은 소용돌이처럼 나선을 그리며 흘러가. 간디가 말했다. 간디의 눈은 유리처럼 파랬고 간디의 웃음은 성자처럼 기쁨이 넘쳤다.

넌 구제 불능 멍청이야. 나는 간디에게 말했다. 벌떡 일어나 우리의 원을 망가뜨렸다.

카이저, 앉아. 파가 말했다.

집으로 갈 거야, 집에서 봐. 내가 대답했다.

발을 구르며 계단을 내려가 본부에 갇혀 있는 물을 헤치고 배를 탈 수 있는 창문까지 걸어갔다. 파가 어떻게 집으로 돌아올지는 생각하지 않으려고 애썼다. 루스벨트가 데려다주겠지. 나는 애써 생각했다. 그리고 정말로 곧 루스벨트가 광장을 가로질러 우리 발코니까지 노를 저어왔다. 잊고 간 게 있다면서 나에게 파를 건네주었다. 나는 내키지 않았지만 어쨌든 몸을 난간 밖으로 내밀어 파의 팔을 잡았고, 루스벨트는 내가 파를 안전하게 끌어올릴 수 있도록 도와주었다.

난간 위로 완전히 올라온 파는 내 눈을 똑바로 바라보았다.

아이처럼 굴면 안 돼. 파가 말했다.

그럼 어른 대접을 해줘. 내가 응수했다. 파는 입을 다물었다.

우리는 데이비드가 나타날 때까지 아무 말도 하지 않고 발코니에 앉아 있었다. 데이비드의 카약이 우리 난간에 부딪혔다. 나는 앞뒤로 움직이던 안락의자를 멈추었고, 파는 몸을 꼿꼿하게 세웠다. 파는 정중하게 웃으면서 데이비드에게 인사했다.

나는 밧줄 사다리를 내렸고, 데이비드는 사다리를 타고 올라왔다. 그는 다른 정장 셔츠를 입고 있었다. 연한 파란색 셔츠였는데, 역시 말끔하게 다려져 있었다. 다리미를 가지고 있는 것이 분명했다. 발전기도. 어쩌면 보급품을 아주 많이 챙겨왔고 우리가 볼 수 없는 곳에 다른 카약을 숨겨두었는지도 모른다.

안으로 들어가시죠, 곧 비가 쏟아질 것 같군요. 파가 말했다.

나는 파를 데리고 안으로 들어갔다. 데이비드가 따라왔다. 우리는 얼굴을 마주 보며 바닥에 앉았다.

함께 식사합시다. 파가 말했다. 파는 식료품 상자에서 스팸 한 통을 꺼냈다.

우리가 아껴둔 거예요. 나는 그렇게 말했지만, 그건 진실이 아니었다. 그 통조림은 우리가 구조대 행세를 했을 때 사람들에게 나누어주고 남은 음식이었다. 우리는 그 통조림이 너무 오래되어 먹을 수 없다고 생각했다.

당신들 식량을 바닥내려고 온 건 아니오. 데이비드가 말했다.

픽이나 그렇겠지. 나는 생각했다.

여기 수상도시에서는 지켜야 할 예절이 있습니다. 파는 이야기를 하면서 스팸 뚜껑을 따고 스팸을 흔들어 접시 위에 떨어뜨렸다. 칼을 들어 스팸을 정확하게 삼등분했다. 아니, 거의 정확하게 삼등분했다. 내 눈에는 데이비드의 몫이 조금 더 커 보였다. 스팸은 상한 것같지 않았다. 내 위가 요란하게 진동했다. 너무 오랫동안 식물로만연명해왔기 때문이다.

우리는 각자의 몫을 한 입 베어 물었다. 입 안에 엄청난 침이 고였다. 메스꺼움 때문이 아니라 배고픔 때문에 고인 침이었다. 나는 남은 스팸을 게걸스럽게 먹었다. 파도 마찬가지였다. 데이비드는 천천히 스팸을 씹으며, 나와 파를 번갈아 쳐다보았다.

식사를 끝내자 파가 헛기침을 했다. 어떤 제안인지 말씀해주시죠.

그러겠소, 잠시만 기다리시오. 아마도 이상한 제안처럼 들릴 테니까. 데이비드가 대답했다.

모든 게 다 이상하지요. 파가 말했다.

그건 그렇소. 데이비드가 혀로 입술을 핥으며 입가에 묻은 스팸을입 속으로 가져갔다. 나는 두 사람이 수상도시를 떠나 나와 함께 가기를 바라오.

둔탁한 깨달음이 나를 때렸다. 그가 이런 말을 하리라는 걸 알고있었다. 징조는 존재했다. 나의 악몽, 간디의 역사, 비와 함께 도착한데이비드.

우리가 캐나다로 가야 한다는 거예요? 내가 물었다. 데이비드는고개를 끄덕였다. 거길 어떻게 가요? 내가 물었다.

배를 타고, 그다음에는 밴을 타고. 배턴루지에 밴을 두고 왔어. 데이비드가 대답했다.

우리가 당신과 함께 간다고 쳐요. 나는 데이비드의 표정을 보았다. 데이비드는 신이 나 있었다. 날아갈 거예요? 사람들은 그렇게 이동하나요? 여객선과 활주로가 있고, 연착된 비행기가 사람들을 화나게 하던 비행의 시대가 있었다는 사실은 지금으로서는 상상조차 하기 힘들었다.

그렇게 이동하는 사람들도 있어. 데이비드가 고개를 옆으로 숙였다. 돈만 있으면.

당신은 있어요? 내가 물었다. 데이비드의 잘 다린 셔츠와 무전기를 생각하면서.

데이비드는 헛기침을 했다. 나는 네 도움이 필요해. 프로젝트를 진행하려면. 그가 말했다.

무슨 프로젝트요? 내가 물었다.

데이비드는 제물을 바치는 사람처럼 두 손을 넓게 폈다. 세상을 만드는 프로젝트지. 자기 발언이 함축하는 웅장함에 당황한 것처럼 멋쩍은 목소리였다.

어떤 세상 말입니까. 파가 물었다. 파의 얼굴은 파랗게 질려 있었다. 지금까지 새로운 세상을 만들어야 한다고 말하는 것은 자신의 역할이었기 때문이다.

별들 너머에 있는 세상이지. 우리는 이 행성에 질렸소. 이제는 더 먼 곳을 봐야 할 시간이 되었소. 데이비드가 대답했다.

간디의 역사가 생각나 팔에는 소름이 돋았다. 별들 너머에 있는 세상이라니.

하지만 왜 우리인가요? 파가 물었다.

나에게는 건축가가 필요하기 때문이오. 필요한 구조물을 설계해줄 건축가가 필요하니까. 데이비드가 대답했다.

그럼 나는 왜 필요해요? 나는 몸을 앞으로 내밀었다. 나는 높아지는 물을, 점점 더 잦아지는 폭풍을 생각했다. 비가 오고 있어. 그리고 이 남자에게는 계획이 있어. 커다란 계획. 갑자기 나는 수상도시는 어떻게 되어도 상관없다는 생각이 들었다. 완성하기 위해 그토록 많은 노력을 들였는데도 말이다. 나는 그저 떠나고 싶었다.

데이비드는 나를 한참 동안 물끄러미 바라보았다. 나는 그의 바짝 마른 손을, 나무 막대기 같은 몸을 응시했다. 캐나다에는 나무가 있을 것이다. 소나무, 떡갈나무, 삼나무도 있을 것이다.

우리에게도 시인은 필요하니까. 데이비드가 말했다. 우리를 계속 사람으로 존재하게 해줄 누군가가 필요하니까.

데이비드가 나라는 표현을 우리라고 바꾸었음을 깨닫는 데는 조금 시간이 걸렸다.

언제부터 사람들이 그런 걸 신경 썼다는 말입니까? 파가 물었다.

우리는 노력하고 있소. 우리는 아주 거대한 걸 짓고 있지. 우리가 만드는 사회는 이 사회보다 훨씬 나을 거요. 데이비드가 잭슨 광장을 가리키며 말했다. 비가 내리기 시작하는 곳보다 말이요.

우리 수상도시는 놀라운 곳이에요. 내가 퉁명스럽게 말했다. 나의 충성심이 돌아왔다.

그렇지. 데이비드도 동의했다. 하지만 지속할 순 없을 거야.

그렇습니다. 지속되지는 않을 겁니다. 파가 말했다.

파의 말에 나는 순간적으로 얼어붙었다. 의심하는 사람은 나뿐이라고 생각했다. 하지만 지금 파가 자신의 실험이 점점 더 불안정해지고 있음을 인정했다. 파가 더 이상 동화를 쓰지 않는 건 그 때문임이 분명했다. 파는 그 동화가 무엇을 뜻하는지 깨달은 것이다.

폭풍이 시작됐다. 구름이 피어올랐고, 바람이 유리창을 흔들었다. 우리는 조용히 앉아서 물이 물을 공격하는 소리를 들었다. 어딘가에서 천둥이 쳤다. 나는 미켈란젤로가 안전한 유령의 집에 머물면서 유리창을 수채화로, 바닥을 목탄으로 채우고 있기를 바랐다. 자기 팔을 이용해 필요한 비계의 크기를 재며 슈퍼돔에 홀로 있다는 생각은 하고 싶지 않았다.

당신의 프로젝트에는 이름이 있습니까. 결국 파가 물었다.

붉은 별이오. 데이비드가 대답했다.

간디가 역사를 읽었을 때처럼 분위기가 오싹해졌다.

어떻게 그런 이름을 짓게 된 겁니까. 파가 물었다. 파의 얼굴은 창백했다. 나는 사고를 당한 뒤에 붉은 별에 관해 알 수 없는 말을 잠꼬대로 내뱉던 파를 기억했다.

데이비드가 다시 멋쩍은 표정을 지었다. 어처구니없이 들리겠지만, 꿈에서 들었소. 데이비드가 말했다.

어떤 꿈이었습니까? 파와 나는 눈길을 주고받았다. 꿈이라면 우리도 알고 있었다.

숲에서 한 여자를 만났소. 머리는 산발이지만 눈은 빛나던 여자였지. 그 여자는 소리를 내지 않고 말했소. 나에게 붉은 별을 좇아가라고 말이오.

나에게도 붉은 별을 좇아가라고 말한 여인이 있었습니다. 파가 말했다. 파의 얼굴에서 슬픔이 보였다. 그 말대로 했습니다. 그래서 여기 온 겁니다.

믿을지는 모르겠지만, 그럴 수 있을 것 같소. 나에게 당신 이름을 가르쳐준 사람이 그 여자니까. 폴 삼손. 그 여자가 말했소. 그 거인을 찾으라고.

그럼 그 꿈을 믿은 거예요? 내가 물었다. 우리를 찾아 여기까지 올 정도로?

솔직히 북쪽에서 우리가 믿는 전설이 아니었다면 이렇게까지는 하지 않았을 거야. 북쪽 사람들이 아는 신화 속 존재가 있어. 반은 여자고 반은 사슴인 존재. 숲을 떠돌아다니면서 그 누구도 어떤 노래인지 특정할 수 없는 슬픈 노래를 부르는 존재지. 사람들은 그 여자를 그저 방랑자가 아니라 여왕이라고 해. 사람들은 여왕이 숲에서 며칠을 보내면 나무 사이에 있는 궁전으로, 자신의 집으로 돌아간다고 믿었지. 전설에 따르면 그 여왕은 숲속 깊은 곳에 있는 공동체를 이끄는 지도자야. 그녀는 단호하고도 공정한 손으로 자신의 사람들을 다스리지. 그 공동체에 들어가려고 떠나는 사람들도 있어. 사람들은 그 공동체가 정말로 아름답다고 말해. 데이비드가 말했다.

데이비드는 키득거렸다. 물론 그냥 이야기일 뿐이야. 하지만 그 이야기는 내 꿈에 나오는 여자를 떠오르게 하더군. 그래서 폴 삼손을 찾아봤지. 그랬더니 정말로 있더라고. 캔자스시티 월넛스트리트에서 사는 진짜 사람이었어. 난 그보다 더 미친 이야기도 믿은 적이 있는걸. 최근에는 일들이 아주 이상하게 흘러가고 있잖아.

완전 헛소리 같아요. 내가 말했다.

그럴지도. 하지만 시도는 해봐야 했어. 그리고 당신들을 찾아냈지. 그러니까 내 꿈은 일말의 진실을 담고 있었던 거야. 데이비드가 대답했다.

곧 파티를 열 거예요. 당신도 초대해야 할 것 같네요. 내가 말했다.

고맙군. 하지만 내 룸메이트에게 벌써 초대받았소. 데이비드가 웃었다.

정말요? 내가 물었다.

내 룸메이트 말이 우리는 우정을 구축할 필요가 있다더군. 힘든 시기라고 해도 말이야. 아니, 특히 힘든 시기에는 말이야. 게다가 나는 초대에 상관없이 올 거라고 하더군. 어차피 내가 마음대로 가져갈 테니 자신이 거리낌 없이 주는 게 나을 거라고 했어.

파는 혈색이 돌아왔지만, 여전히 안절부절못하고 있는 것 같았다. 데이비드가 꿈에서 본 여자에 관해 말하고 있을 때 파의 얼굴에 떠오른 감정을 어떻게 규정해야 할지 알 수가 없었다. 두려움인지 흥분인지 분노인지 알 수가 없었다. 어쩌면 세 감정 모두일 수도 있었다.

카이저, 데이비드가 가져온 책, 아직 가지고 있니? 파가 물었다.

응. 나는 대답했다. 등 뒤에 꽂아 둔 책이 느껴졌다. 나는 손을 뒤로 돌려 책을 꺼냈다.

우리를 위해 시를 읊어줄 수 있을까? 파가 물었다. 이 책을 읽으면서 방 안을 돌아다니던 네 생각이 나.

떠오르는 기억에 마음이 따뜻해졌다. 그때 나는 모든 것이 시를 읽는 행위에 달렸다고, 그 시들을 모두 내 머리에 새겨 넣어야 한다고 생각했고, 그렇게 느꼈다. 갑자기 책을 모두 두고 온 게 후회됐다. 나는 책 모퉁이를 접어놓은, 가장 많이 읽었던 「의식의 기원과 역사」를 펴고 읽기 시작했다.

시를 모두 읽은 뒤 우리 세 사람은 그저 숨을 쉬며 앉아 있었다. 나는 특정한 방에 있는 사람들 모두가 저마다 위기를 겪으며 살아왔다고 말하는 시의 첫 행을 생각했다. 우리 대륙이 조각조각 잘려서 바다로 들어가는 지금, 이 2027년에 정말로 완벽하게 어울리는 시였다.

나의 마음은 리치의 책에 있는 또 다른 시로, 마지막 행에서 사랑과 지성을 이야기하는 시로 넘어갔다. 어려서 그 시를 읽을 때는 사랑에 관해 생각할 수 있을 만큼 충분히 컸을 때 내가 되고 싶은 모습이 바로 그 모습이라고 믿었다. 비가 강타하는 방 안에서 나의 아버지와 변태성욕자이거나 우리의 구원자일 수도 있는, 혹은 그 둘 다일 수도 있는 남자와 함께 앉아 있는 지금, 어쩌면 나는 정말로 그런 존재가 되어 있는지도 모르겠다고 생각했다. 나는 전적으로 나의 지성을 활용해 사랑을 배웠으니까.

나는 파를 물끄러미 쳐다보고 있는 데이비드를 응시했다. 어쩌면 나는 붉은 별을 위한 시인이 될 수 있을지도 모른다. 어쩌면 나는 사람들이 계속 사람일 수 있게 해주는 존재가 될 수 있을지도 모른다. 더 이상한 일들이 벌어지고 있었다.

데이비드가 떠난 뒤에 파와 나는 이야기를 나누었다.

그 말이 무슨 뜻인 거 같아? 내가 물었다. 붉은 별에 관한 이야기 말이야. 지금 우리에게 우주로 나가자고 하는 거야?

글쎄. 파가 창문을 바라보았다. 비는 점점 더 거세지고 있었다.

떠날 거야? 내가 물었다.

떠나야 해. 파가 대답했다.

하지만 여기가 파의 꿈이었잖아. 내가 말했다.

파는 몸을 똑바로 일으켰다. 수상도시는 한 단계일 뿐이야. 파가 말했다. 또 다른 단계가 있는 거지.

그 뒤에는 또 다른 단계가 있고? 내가 물었다.

파는 갑작스럽게 그의 다리가 끝나고 바닥이 시작되는 공간을 물끄러미 내려다보았다. 나에게는 없겠지.

그럼 나에게는 있고? 나는 파를 두고 나 혼자 사막을 걸어갔다는 파의 악몽을 생각했다.

어쩌면. 그렇게 멀리까지는 보이지 않아. 그저 원하는 거지. 파는 잠시 입을 다물었다. 너를 위해. 간절히 원하는 거야. 너의 어머니를 위해서도. 결국 우리는 다른 걸 원하리라고 생각해.

내 마음에서는 파가 나의 어머니를 언급할 때마다 느껴지는 분노가 일었지만, 그 밑으로 슬픔이라는 새로운 감정도 느껴졌다. 캔자스 시티에 있는 우리 집에는 아무도 살지 않았다. 그 집은 불에 탔다. 나는 나 역시 그곳으로 돌아갈지도 모른다고 생각했음을 깨달았다. 나도 나의 어머니를 다시 볼 수 있을지 모른다는 생각을 하고 있었던 것이다. 하지만 이제 어머니는 영원히 사라져버렸다.

넌 날 언제나 공정하게 대했어. 나도 너에게 공정한 사람이었다면 좋겠다. 언젠가 네 아이를 갖게 되면, 내가 하는 말이 무슨 뜻인지 알게 될 거야. 파가 말했다.

그럴 것 같지는 않아. 나는 대답했다. 나는 내가 미켈란젤로에게 했던 말을 떠올렸다. 이 세상은 아이들을 위한 세상이 아니야. 나는 덧붙였다.

그런 세상을 만들 수 있을 거야. 파는 밝은 눈을 들어 올려 나를 보았다. 바로잡을 시간이 있다고 생각해.

데이비드와 함께 가는 거야?

우리가 데이비드와 함께 간다면, 우리가 볼 수 있는 걸 보자. 별 너머에 있는 걸 보는 거야.

우리는 스팸이 사라진 접시를 사이에 두고 잠시 아무 말도 없이 앉아 있었다.

평범해져버려도 괜찮지 않을까? 나는 크게 한숨을 쉬고 몸에서 힘을 완전히 뺐다. 비전도 꿈도 없고, 종말을 외치는 손님도 없는?

그래, 그럼 정말 좋을 거야. 파가 동의했다.

그날 밤 우리는 파티를 열었다. 비가 잦아질 때까지 기다렸다. 다양한 방법으로 치장을 한 공동체 사람들이 모여들었다. 케이블을 타고 우리 옥상으로 온 사람도 있었고, 파가 설계한 흔들다리를 건너서 온 사람도 있었고, 루스벨트와 미켈란젤로와 내가 흠뻑 젖은 매트리스에서 벗긴 침대 시트와 철사, 전선으로 매듭을 지어 만든 사다리를 타고 올라온 사람들도 있었다.

사람들은 토마토, 강낭콩, 딸기, 호박을 가지고 왔다. 너무 오래되어 돌처럼 딱딱해질 때까지 소중하게 간직한 크래커를 가지고 온 사람도 있었다. 수상도시를 건설했을 때부터 간직했던 참치 통조림도 나왔다. 로즈는 허리부터 넓게 퍼져 치맛단이 바닥에 끌리고 노란 레이스가 목까지 닿아 있는 남북전쟁 이전 시대의 거창한 드레스를 입고 왔다. 그 뒤를 따라서 온 로즈의 자매 릴리는 빌린 공단 드레스를 입었고, 릴리가 안고 있는 에스트렐라는 가장자리에 얼룩이 묻은 상아색 세례용 아동복 드레스를 차려입었다. 람버스와 아이사설리즈는 두 손을 꼭 잡고 와서 우리의 심장이 행복으로 부풀어 오를 수 있게 해주었다. 포큐파인은 하늘에서 눈을 떼지 못하는 하빈저를 데리고 왔다. 거주지 전역에 우리의 시민들과 방랑자들, 우리의 쓰레기 수거꾼과 농부들이 흩어져 있었다. 어쩌면 정확히 100명은 아닐 수도 있었다. 어쨌든 많은 사람이었다.

우리 사람들. 우리 옥상과 근처 옥상에 모여 있는 사람들을 보면서 내가 떠올린 생각은 그거였다. 그리고 우리 공간.

손님을 맞는 평의원들은 손님들과 악수를 하고 벌써부터 감자에서 연기가 나고 있는 화로로 사람들을 초대했다. 데이비드도 왔다. 미켈란젤로와 함께. 나는 데이비드와 악수를 하고 미켈란젤로를 가까이 끌어당겨 포옹했다. 마침내 라트거트가 사다리를 타고 올라왔고, 술병을 넣은 볼록한 자루가 타르를 바른 옥상 지붕에 달그락 부딪혔다. 파티가 시작됐다.

나는 술에 취했다. 거나하게 흠뻑 취해버렸다. 다른 사람들도 마찬가지였다. 라트거트의 찌끼술은 목과 위, 창자를 불태웠다. 우리는 식기 전에 감자를 먹었다. 입과 배가 불에 타 하나가 되었다. 비가 아닌 불을 느낄 수 있다니 그건 정말 큰 위로였다.

루스벨트는 나를 위해 딸기를 가져와 어머니처럼, 그러니까 나의 어머니하고는 다른, 다른 누군가의 어머니처럼 내 입에 딸기를 넣어주었다. 나의 어머니였다면 20분 동안 씻은 딸기를 그릇에 털어 넣고 나에게 먹으라고 내밀었을 것이다. 자기 술병을 나에게 내민 것으로 보아 루스벨트는 내 기분을 눈치챈 것이 분명했다. 나는 내 병을 그에게 내밀었다. 우리는 팔짱을 끼고 간디의 노래를 별들에게 불러주었다. 홍관조. 우리는 고함을 질렀다. 파랑새!

화려한 미사여구를 늘어놓으며 대처가 자신이 가져온 깜짝 선물을 공개했다. 목이 비틀리고 내장이 제거된 채 바나나잎에 싸여 있는 통닭 한 마리였다. 오, 예! 우리는 소리를 지르며 닭을 석탄 위에 올렸다. 닭이 익으면서 풍기는 향기가 우리의 콧구멍을 그을렸고, 우리 배를 요동치게 했다. 닭고기를 한 입 베어 먹었을 때는 지금 당장 죽어서 하늘에 가도 여한이 없을 것 같았다.

어둠이 내려왔다. 습기를 가득 머금은 밤하늘에서 별이 반짝였다. 나는 붉은 별을 찾아 보려고 했지만 독주를 마신 탓에 모든 별이 똑같아 보였다. 가장 밝게 빛나는 별은 우리의 화로였다. 습기를 머금은 나무는 불꽃을 내지 않고 서서히 타들어갔지만 종이는 불을 내뿜으며 타올랐다. 대처가 쓴 단어들은 무솔리니의 단어들 옆에서 검게 변했다. 루스벨트의 단어들은 회색 재가 되었다. 평의원들은 자신들의 역사를 포기했다.

릴리와 람버스와 아이사설리즈는 서로 끌어안았고, 에스트렐라는 어머니 품에서 잠들었다. 포큐파인은 얼굴에서 날카로운 선들을 지운 채로 병 위에 고개를 숙이고 빙그레 웃고 있었다. 하빈저는 옥상 가장자리를 따라 빠른 속도로 걷고 있었고, 화로 옆에서 가부좌를 하고 앉아 있는 간디의 목에 걸린 펜던트 목걸이는 불빛을 받아 반짝였고, 간디의 목소리는 악기가 되었다. 왜가리. 간디는 작은 소리로 노래를 불렀다. 붉은 날개를 가진 까마귀, 파와 대처는 감자를 나누어 먹고 있었다. 파를 향해 숙이고 있는 대처의 얼굴이 불빛을 받아 이글거렸다. 허. 나는 생각했다. 간디가 아니었다.

미켈란젤로가 다가오더니 내 팔꿈치를 잡았다. 가자. 그의 말에 우리는 조용히 밑으로 내려갔다.

미켈란젤로를 나의 침대로 데려갔다. 나의 입, 나의 목, 나의 허벅지가 불타고 있었다. 그가 내 안으로 들어왔다. 이 도시 전체를 네 그림으로 채울 수 있을 거야. 내가 미켈란젤로의 귀에 대고 속삭였다. 그의 냄새가 내 냄새를 가려버렸다. 강렬하고 순수한, 달콤하고도 톡 쏘는 남자의 냄새였다. 그럴 거야. 그도 내 귀에 대고 속삭였다. 그 너머까지도. 미켈란젤로가 나에게서 빠져나갔을 때, 나는 주먹으로 맞은 듯한 상실을 느꼈다. 그는 잠자는 공간에 나를 홀로 두고 파티가 열리는 곳으로 돌아갔다.

밖에서 발소리가 들렸다. 어둠 속에서 목소리가 들렸다. 가늘고 높은 소리였다. 카이저, 발코니로 나와. 열린 문밖에서 데이비드가 말했다.

나는 옷을 입고 발코니로 나갔다. 파티장의 분위기가 점점 고취되는 동안 우리는 안락의자에 앉아 함께 몸을 흔들었다. 간디의 노랫소리가 들렸다. 아니면 찢어진 옷자락 때문에 흐느끼는 로즈의 소리인지도 몰랐다. 루스벨트의 소리일 수도 있었다. 아마도 잠깐 졸다가 공포에 질려 깼는지도 모른다. 어쩌면 저 소리는 노래가 아니라 비명일 수도 있었다.

떠나고 싶지 않아요. 내가 데이비드에게 말했다.

하지만 떠나야 해. 의기양양한 목소리는 아니었다. 그저 확신하는 목소리였다.

그럴 거예요, 파도요. 내가 대답했다.

언제? 데이비드가 물었다.

내일요. 기다릴 이유가 없잖아요? 비는 멈추지 않을 거예요. 내가 대답했다.

좀 더 시간을 가져도 돼. 데이비드가 말했다.

상관없어요. 어렸을 때, 나의 어머니는 반창고를 단 하루만 붙이게 했어요. 하루가 지나면 찢어버렸어요. 상처에는 공기가 필요하다면서요. 나는 안락의자를 뒤로 젖히고 몸에 힘을 줘 버텼다.

기쁘군, 이 도시는 너에게 맞지 않아. 데이비드가 말했다.

나는 다시 안락의자를 땅에 대고 흔들기 시작했다. 우리 도시에 감탄하고 있다고 생각했는데요. 내가 말했다.

그래. 하지만 이곳은 너를 위한 공간이 아니야.

화가 나서 날카로워졌다. 도대체 그게 무슨 망할 소리예요? 내가 물었다. 정말 뻔뻔한 놈이야. 나는 생각했다.

너는 위대해질 수 있어.

난 위대해요.

너의 남자친구들과 탐험가 놀이나 하면서 말이지. 데이비드는 나를 조롱하고 있었다.

당신은 질투하는 거예요. 나는 그의 정강이를 차주고 싶었지만 꾹 눌러 참았다. 우리에게는 방문자를 맞는 규칙이 있었다. 파는 사건의 흐름을 결정하는 건 환대라고 했다.

그럴지도 모르지. 너를 만나려고 정말 오랜 시간을 기다렸으니까. 넌 내가 생각했던 것보다 훨씬 근사해. 데이비드가 대답했다.

그 말에 나는 뿌듯했고, 그런 내가 싫었다.

너는 여인이야. 그저 딸이거나 연인이 아니야. 너는 위대해질 수 있어. 데이비드는 또다시 같은 말을 했다. 너는 앞으로 올 미래를 결정할 수 있어.

나는 파에게 충성해요.

파도 너에게 충성하고?

물론이에요. 내가 대답했다. 하지만 데이비드의 말은 내 안에 의심을 불러일으켰다.

그는 너를 네 어머니에게서 떼어놓았어. 너를 평범한 삶에서 멀어지게 하고, 이 혼돈의 도시로 끌고 왔지, 고작 어린아이였는데 말이야. 데이비드는 안락의자를 움직이지 않게 고정하고 있었다.

나에게는 술이 더 필요했다. 나는 루스벨트에게 술을 한 병 더 가져다달라고 소리치고 싶었지만, 시끄러운 파티 소리가 내 목소리를 삼켜버릴 것 같아서 두려웠다. 그리고 당신도 나를 끌고 가고 싶어 하죠. 둘이 뭐가 달라요? 내가 말했다.

난 너에게 미래를 제안할 수 있어.

그게 뭐요? 그렇게 대답했지만, 우리 둘 다 파와 내가 그를 따라가기로 한 이유가 그 때문임은 알고 있었다.

그 프로젝트는 정말로 거대해. 합류한 걸 후회하지 않을 거야. 약속할 수 있어. 데이비드가 말했다.

그의 입에서 '약속'이라는 단어가 나오는 방식이 마음에 들지 않았다. 그건 꼭 계약을 말하는 것 같았다. 내가 이미 서명해버린 서류 이야기를 하는 것만 같았다.

너와 네 아버지는 대가를 치러야 할 거야. 데이비드가 계속 말했다.

파의 팔을 바쳐야 하는 게 아니라면 괜찮아요.

그건 아니야. 그런 대가가 아니야. 가치 있는 대가야, 카이저. 훨씬 가치 있는 희생이지. 데이비드가 씩 웃었다.

우리는 안락의자에서 일어나 위층으로 올라갔다. 나를 본 루스벨트가 내 이름을 크게 불렀다. 나를 향한 그 우정이 사무치게 고마웠다. 루스벨트가 나에게 자기 술병을 내밀었다. 나는 술병을 받아들고 마셨다. 당신도 마셔요, 늙은 양반. 루스벨트가 나에게 주었던 술병을 데이비드에게도 내밀었다. 우리의 콜럼버스를 위하여! 루스벨트가 큰 소리로 외쳤다. 우리의 존경하는 침략자를 위하여. 콜럼버스를 위하여! 데이비드의 복창을 듣고 나는 그가 루스벨트의 농담을 이해했음을 알았다. 모든 사회가 이곳의 예를 따르기를. 데이비드가 말했다. 이제 다시는 비가 오지 않기를. 루스벨트가 화답했다.

우리 셋이 마셨고, 미켈란젤로도, 무솔리니도 마셨다. 누군가는 잠을 잤고, 누군가는 깨어 있었다. 라트거트는 이제 잉걸불만 남은 화로 옆에서 코를 골고 있었다. 빌럭시에서 온 여인은 두 손으로 열심히 호박을 들어 입에 밀어 넣고 있었다. 파와 대처는 옥상 끝에서 껴안고 있었다. 대처의 무릎이 아빠의 상체를 감싸 안았고, 파는 대처의 눈꺼풀에 입을 맞췄다. 지금 이 모습을 보면 나의 어머니는 어떤 기분이 들지 문득 궁금해졌다. 내가 웰부트린을 깜빡하고 먹지 않을 때면 무섭게 혼내던 어머니가 생각났다. 어머니는 파도 혼을 낼까? 아니면 전혀 신경 쓰지 않을까?

신경 쓸 수 있는 권리를 버린 건 당신이잖아요. 그러니까 가버려요. 나는 어머니의 기억에 대고 말했다.

밤이 깊어갔다. 우리는 화로 주위에 모여 서로 부둥켜안았고, 우리의 술병은 서서히 말라가고 있었다. 콜럼버스와 루스벨트. 무솔리니. 나는 화로 건너편에 있는 미켈란젤로를 물끄러미 바라보았다. 그도 나를 보았다. 콜럼버스가 눈에 관한 이야기를 해주었고, 우리의 심장은 우리가 잃어버린 것들을 너무나도 그리워했다. 하나둘씩 우리는 잠으로 빠져들었다. 스르르 잠들어 꿈속으로 들어가는 사람도 있었고, 꿈을 꾸지 않는 잠에 취한 사람도 있었다.

자정이 되자 비가 내리기 시작했고, 우리는 안으로 들어갔다. 나는 홀로 침대에 들었고, 나의 몸은 불타올랐다.

하루 7

다음 날 아침, 어렴풋이 태양 빛이 떠오를 때 나는 대처와 무솔리니가 거룻배를 타고 가면서 첨벙이는 물소리를 들었다. 두 사람은 수상도시의 모든 타운하우스에서 밤새 나온 분뇨를 모아 배설물 처리시설로 설계한 노스램파츠의 건물로 가는 길이었다. 두 사람은 흙의 아이들이었다. 타인의 분뇨를 모으는 임무 같은 건 조금도 어려워하지 않는 이들이었다.

파와 나는 일찍 출발하기로 했다. 우리는 보통 작별 인사를 하지 않는다. 나는 이 규칙을 깼다. 나는 미켈란젤로를 보러 갔다. 미켈란젤로는 라로리 맨션 밖에서 카누에 묶인 끈을 풀고 있었다.

슈퍼돔에 가는 거야? 미켈란젤로는 고개를 끄덕였다. 안으로 들어갈 수 있을까? 카누를 타고? 내가 물었다.

간신히 할 수 있을 거야. 그의 카누에는 페인트 통이 가득 들어 있었다. 미켈란젤로가 대답했다.

아직 비계도 만들지 않았잖아. 내가 말했다.

낮은 곳에서 시작할 거야. 가장 꼭대기 좌석이 있는 곳에서. 내가 그리는 도시는 토대가 필요할 거야.

어떤 도시를 그릴 건데? 내가 물었다.

이 도시. 우리는 기록해야 해. 미켈란젤로가 대답했다.

어떻게 토대를 만들 건데? 내가 물었다. 물이랑 진흙으로?

너와 네 아버지로. 미켈란젤로가 대답했다.

나는 발코니에 서 있었고, 그는 물 위에 떠 있었다. 예전에 미켈란젤로는 녹이 슨 일회용 면도기로 머리카락을 말끔하게 밀었지만, 가지고 있던 비축품이 하나씩 부러져 사라진 뒤에는 그냥 머리카락이 자라게 내버려 두었다. 이제는 수염도 자라 미켈란젤로의 얼굴은 완벽한 원을 이룬 털에 덮여 있었다.

이제는 예수처럼 보이기 시작했어. 내가 말했다.

낡은 규칙은 죽었다고 들었는데, 낡은 이야기도. 미켈란젤로가 씩 웃었다.

얼마나 오래 머물 거야? 내가 물었다.

그림을 다 그릴 때까지?

홍수가 올 텐데?

다 끝날 때까지 기다릴 거야.

외롭지 않겠어? 다들 떠날 거야.

루스벨트는 아니야. 무솔리니도. 내가 끝내기 전까지는. 우린 약속했어.

루스벨트는 떠나고 싶어 하는 줄 알았는데.

미켈란젤로는 어깨를 으쓱했다.

나는 난간 밖으로 몸을 내밀었다. 그러니까 너랑 루스벨트랑 무솔리니는 홍수가 올 때까지는 머물 거라는 거지? 나는 북쪽으로 갈 거야, 콜럼버스와 함께. 파도. 내가 말했다.

미켈란젤로가 고개를 숙였기 때문에 그의 얼굴을 볼 수 없었다. 콜럼버스가 네가 갈 수 있게 놓아주랬어. 그가 말했다.

그는 널 이해하지 못해.

내가 널 붙잡고 있을 수는 없어.

알아.

라로리 맨션의 그늘 속에서 미켈란젤로는 카누의 끈을 모두 풀었다. 나는 맨션 정면을 살펴보았다. 미켈란젤로는 사람들이 다시 세운 이 장소를 자기 것으로 만들었고, 이곳에 머물던 유령들을 쫓아냈다. 그는 자신만의 역사를 구축했다. 이 도시에서 누군가 살아남는다면 그것은 미켈란젤로일 것이다. 편지 쓸게. 내가 말했다.

요즘 누가 망할 편지를 쓴다고 그래? 미켈란젤로가 물었다.

뭐야, 내가 문자를 보낼 거라고 생각하는 건 아니지? 나는 씩 웃었다. 미켈란젤로는 큰 소리로 웃기 시작했고, 내 웃음소리도 커졌다. 라트거트의 독주가 내 목을 타고 거슬러 올라왔고, 나는 그 독주를 다시 밑으로 돌려보내려고 침을 꿀꺽 삼켰다. 미켈란젤로도 웃음을 멈추었고, 우리는 말없이 서로의 눈을 바라보았다.

그럼 어떻게 보낼 건데? 마침내 미켈란젤로가 물었다. 조랑말 속

달 우편으로?

맞아, 백마를 이용할 거야. 내가 대답했다.

흑마로 해줘. 미켈란젤로가 말했다.

좋아.

그리고 미켈란젤로, 우리는 그렇게 작별 인사를 했어. 아마도 넌 그 순간을 기억할 거야. 나는 그 순간을 기술하는 것이야말로 이 역사에 걸맞은 결말이라고 생각했어. 처음 시도하고 6개월 만에 마침내 쓰는 방법을 알아낸 거야. 이미 읽었겠지만, 나는 파가 우리에게 연대기를 쓰라고 요구한 날을 시작일로 잡았어. 그날을 하루 1이라고 정했고. 이 역사는 그때부터 일주일 뒤에 끝내는 게 좋겠다고 생각했어. 파와 내가 수상도시를 떠나던 아침, 너와 내가 작별 인사를 했던 그날 아침에 말이야. 간디의 성서에서 언급한 7일이야. 내 역사가 7일로 구성되어 있다는 걸 알면 간디는 좋아할 거야. 혹시, 아직 간디가 거기 있다면 네가 이 사실을 전해주면 좋겠어.

우리가 떠난 뒤로 6개월이 흘렀어. 오늘 아침에 파가 이제 거의 크리스마스가 됐다고 했어. 그러고는 키득거렸지. 그건 옛날이야기로구나, 하고 말했어. 그래도 이제 곧 크리스마스니까 미켈란젤로, 이걸 아주 큰 선물이라고 생각해줘. 이걸 내가 보내겠다고 했던 편지라고 생각해도 좋아. 이 이야기가 아니라면 다른 어떤 걸 써야 할지 알 수가 없어. 우리는 결코 사랑에 관해서는 말한 적이 없잖아.

이제 내 역사를 끝내고 이걸 포장해서 너한테 보낼 거야. 데이비드에게는 그의 일을 해줄 전령들이 있어. 흑마는 아니지만, 어쨌거나 소식을 전하는 존재들이야. 우리가, 그러니까 데이비드와 파 그리고 내가 지난여름에 데이비드의 밴을 타고 북쪽으로 달리면서 주유소에서 부리토를 사 먹고, 날씨 때문에 죽지 않으려고 애쓰고 있을 때 그들은 남쪽으로 내려가는 중이었어. 그 전령들도 네브래스카에서는 열파를 만나고, 미주리에서는 가뭄을 만나고 아칸소에서는 눈보라를 만났을 거야. 어쩌면 가는 내내 구름 한 점 없는 햇살을 견뎌야 할지도 모르지.

수상도시가 너를 멀리 떠내려 보내지 않았기를 바라. 내가 너에게 주는 이 역사로 네가 무엇을 해야 하는지 알았으면 좋겠어. 이걸 가지고 어디로든 가, 미켈란젤로. 우리의 이야기를 퍼트려줘. 그 일을 마치면 나에게로 와. 노스다코타를 지나 캐나다로 와서 북쪽 피난처를 찾아. 그곳은 숲에 있는 지하에 미로 같은 하얀 터널이 있는 곳이야. 데이비드가 널 들여보내줄 거야. 그는 내가 생각했던 것처럼 사악한 사람은 아니었어. 실제로 데이비드의 도착은 변화를 알리는 신호였지만, 비극적인 변화는 아니었어. 그는 그저 파와 내가 자신의 프로젝트에 참여하기를 바랐던 것뿐이야. 새로운 세상을 만든다는 프로젝트 말이야.

재미있는 건 데이비드가 이곳에 데리고 온 사람은 우리만이 아니라는 거야. 그가 다른 해안 공동체들이 사라졌다고 했잖아. 그건 사실이었어. 하지만 자기가 그곳을 우리 공동체보다 먼저 다녀왔다는 말은 하지 않았지. 이 북쪽 피난처에는 80명 정도가 살고 있는데, 대부분 홍수로 잠긴 공동체를 떠나온 피난민들이야. 수위가 높아질 때쯤 데이비드는 그들을 찾아간 거야. 우리에게 온 것처럼. 그러고는 함께 가야 한다고 재촉한 거지. 꿈을 꾸었다고 하면서. 우리가 그런 것처럼 그 이야기를 들은 사람들은 배를 타고 자기들의 물을 건너고, 데이비드의 밴에 올라타 이곳으로 온 거야. 이 피난처에 생존자임이 분명한 사람들이 가득 차 있는 걸 보고 얼마나 놀랐는지 몰라. 네가 그때 우리 표정을 봤어야 하는데. 여긴 너무 이상해 보여. 파에게도 말했어. 우리가 이런 곳에 머물러야 해? 그래야지. 파는 대답했어. 우리는 이렇게 먼 곳까지 왔어. 우리에게는 선택권이 없다고 했어.

파와 나는 데이비드를 도와서 붉은 별 프로젝트라고 이름 붙인 계획의 초안을 짜고 있어. 다른 사람들은 데이비드의 지시대로 컴퓨터 작업을 하거나 부엌에서 일하거나 무릎을 꿇고 앉아서 바닥을 닦아. 대부분은 자기가 맡은 일을 불만 없이 하지만, 한 남자가 반란을 일으키려고 했어. 저들은 우리 조상에게도 이런 일을 시켰어! 그 남자는 컴퓨터 앞에서 부지런히 일하고 있는 동료들에게 소리쳤어. 이건 다시 철로를 깔게 하는 거라고. 그럼 중국으로 돌아가. 한 남자가 되받아쳤어.

우리는 데이비드와 함께 그의 집무실에 있었는데, 그 장면을 보안 카메라로 보고 있었어. 데이비드는 아무 말도 없이 일어서더니 집무실에서 나갔어. 파와 나는 그의 행동을 보안 카메라로 보고 있었지. 데이비드는 한쪽 팔에 한 사람씩, 두 남자를 잡더니 땅 위로 올라가는 경사로로 데려갔어. 경사로 입구 문을 열더니 두 사람을 야생의 땅으로 내보내버렸어. 붉은 별에는 당신들을 위한 자리는 없소. 그는 두 남자에게 말하고는 경사로 문을 닫아버렸어.

무시무시한 장면이었지만 안심이 되기도 했어. 이미 혼돈은 충분 했으니까. 우리가 만들 사회는 다를 거야. 그곳은 파의 설계와 나의 언어가 있을 거야. 단단한 토대 위에 세워질 거야. 나는 슈퍼돔에서 너에게 한 말을 정말 많이 생각하고 있어. 아이들에 관한 거 말이야. 내가 틀렸어. 나의 아이들은 약하지 않을 거야. 아니, 약하다고 해도 그 아이들은 생존할 수 있을 거야. 우리는 아이들이 살아갈 수 있는 장소를 만들고 있어. 우리 아이들은 우리 행성이라는 한계 때문에 두려워할 필요가 없을 거야.

오늘 아침에 일어났을 때, 파는 그곳이야말로 최상의 세계가 될 거라고 했어. 어젯밤에 아빠는 사막에 있는 남자 꿈을 꾸지 않았어. 그 대신에 데이비드의 이야기에 나오는 여자를 봤어. 반은 사슴이고 반은 여자인 존재 말이야. 숲을 거닐면서 말을 하지 않고 말을 하는 존재. 파는 데이비드가 말하는 공동체를 본 거야. 정말 장엄한 곳이 었대.

그 말을 하는 파에게는 맹렬함이 돌아와 있었어. 잘 들어. 파는 우 리가 이 새로운 세상을 만들고 있는 거라고 말했어.

미켈란젤로, 네가 여기에 오면 너에게 말해줄 비밀이 두 개 있어. 하나는 우리가 진행하고 있는 프로젝트에 관한 거야. 어디로 가는 지, 그곳에서 무엇을 할 것인지 말해줄게. 또 하나는 전혀 다른 비밀이야. 나에 관한 비밀이야. 아니, 우리에 관한 비밀이라고 말하는 게 옳을 것 같아. 난 네가 두 비밀을 모두 알고 싶어 할 거라고 생각해. 파가 역사를 써야 한다고 말한 뒤로 몇 달이나 흐른 지금 내가 글을 쓰기 시작한 건 그 비밀들 때문이야. 우리의 역사가 중요하다는 걸 깨달았거든. 그 비밀들은 창조와 미래에 관한 거야.

이건 거래야, 미켈란젤로. 내 말을 들어. 나는 이걸 너에게 줬어. 그러니까 넌 나에게 너를 줘. 그게 공평한 교환이야.

사람은 이런 식으로 작동해. 언제나 그랬듯이. 이번에는 우리가 제대로 해낼 수 있을 거라고 믿어.

미켈란젤로

2030년 카리브해

미켈란젤로는 구름을 좋아하지 않았다. 미켈란젤로의 머리 위로는 파란 열대 하늘이 있었지만 수평선 위로는 검은 선이 퍼져 나가고 있었다. 미켈란젤로가 지켜보는 동안 검은 선을 뚫고 삐죽삐죽한 빨간색 손가락이 튀어나왔다. 번개야. 미켈란젤로는 생각했다. 전기가 대기를 가르자 그토록 멀리 있는데도 미켈란젤로의 수염이 곤두섰다.

　　"루스벨트, 문을 닫아야 해요!" 미켈란젤로가 소리쳤다.

　　"또 온단 말이야?" 요트 뒤쪽에서 걸어오면서 루스벨트가 말했다. 두 사람은 서쪽에서 생기고 있는 적란운을 쳐다보았다.

　　"그 섬에 그냥 있어야 했어."

　　"폭풍은 그 섬도 덮칠 거예요."

"하지만 거긴 적어도 망고가 있잖아."

두 사람은 서로를 보며 씩 웃었다. 망고가 가득 달렸던 망고나무를, 잘 익어서 언제라도 껍질이 벌어질 준비를 하고 있던 망고를 생각했다. 두 사람은 가능한 한 많은 망고를 배에 실었지만, 충분히 빠른 속도로는 먹지 못했다. 결국 두 사람은 못 먹게 된 망고를 버려야 했다. 미켈란젤로는 지금도 바다로 집어 던진 붉고도 노랗던 과일을 생각하면 슬퍼졌다. 카리브해는 너무나도 맑아서 두 사람은 가라앉는 망고들을 아주 오랫동안 지켜볼 수 있었다. 낭비야. 미켈란젤로는 생각했다. 다른 많은 것이 그렇듯이.

"가서 무솔리니에게 말해. 돛을 접어야 해." 루스벨트가 말했다.

미켈란젤로는 선실 문 앞까지 기어갔다. 수상도시보다 이 배가 훨씬 편해 보이는 루스벨트와 달리, 그는 배 위에서는 바닥에 굳건하게 발을 대고 생활할 수가 없었다. 밤이면 바닷물이 요동치는 대로 미켈란젤로의 꿈도 내동댕이쳐지고 마구 굴렀다. 어젯밤에는 붉은 머리카락의 여자가 미켈란젤로의 몸 밑에서 파도처럼 움직이는 꿈을 꾸었다. 깨어나자마자 카이저라는 생각에 익숙한 갈망이 심장을 조여왔다. 베개 밑에 넣어둔 얇은 가제본 책을 꺼내 손바닥 위에 올려놓고 카이저의 말을 생각했다. 우리 이야기를 널리 퍼트려.

무솔리니는 취사장에서 낮잠을 자고 있었다. 땅딸막한 몸이 빛바랜 쿠션들 위에 아무렇게나 널브러져 있었다. 지금 이 요트의 상태로는 은퇴한 노인들과 손주들, 격자무늬가 선명했을 뽀송한 쿠션, 번쩍이는 니켈과 나무로 마감한 장식재로 채워져 있었을 요트의 과거를 떠올리기는 어려웠다. 1년 전, 이 요트를 발견했을 때 루스벨트는 기뻐서 함성을 내질렀다. 모건이야! 정말 언제나 갖고 싶었다고! 항구에 있는 요트들 가운데 가장 멀쩡한 요트였다. 서둘러야 해요. 미켈란젤로는 재촉했다. 수면이 높아지고 있어요.

세 사람은 간신히 목숨만을 부지한 채로 수상도시를 탈출했다. 다른 사람들은 이미 떠나고 없었다. 정확히 1년 동안 도시에는 미켈란젤로와 두 친구뿐이었다. 그리고 진짜 폭풍이 불어닥쳤다. 너무나도 맹렬하게. 간디의 역사가 예언한 대로 실현됐다. 붉은 비가 내리면서 불이 났고 홍수가 왔다. 나는 분명히 떠나서 살거나, 머물러 죽을 것이다. 조악한 카누를 타고 항구를 향해 미친 듯이 노를 저으면서 미켈란젤로는 생각했다. 마지막까지 미켈란젤로가 시를 생각했다는 걸 알면 카이저는 자랑스럽겠지.

무솔리니는 바다에서의 초기 날들을 그들이 어디까지 할 수 있는지를 보여주는 증표라고 생각해서 늘 기분 좋게 회상했지만, 미켈란젤로는 아니었다. 그때는 세 사람이 물고기 잡는 법을 익히기 전이었다. 배고픔은 텅 빈 위장을 척추까지 밀어붙였다. 하지만 미켈란젤로에게는 위가 느끼는 배고픔보다 가슴이 느끼는 공허함이 더 큰 문제였다. 마실 물을 가져다줄 오후의 폭풍우를 기다리고 잔혹한 파도와 싸우며 하루를 보내는 동안 미켈란젤로는 잃어버린 것들을 하나씩 꼽아보았다. 그의 맨션, 섬세하고 완벽하게 세부 사항을 살려 슈퍼돔 천장 가득히 그려놓은 그의 그림. 그에게 도시의 운명을 맡기고 떠나버린 여자, 카이저를 생각했다.

미켈란젤로는 무솔리니의 발을 흔들었다. "일어나. 폭풍이 오고 있어."

무솔리니는 곧바로 벌떡 일어났다. 그의 노란 눈은 빨갛게 충혈되어 있었지만, 재빨리 몸을 움직여 미켈란젤로를 따라 갑판으로 올라왔다. 구름이 바로 머리 위까지 다가와 있었다. 심홍색 번개가 주기적으로 번쩍이면서 빈약한 초록색 바닥을 드러냈다. 루스벨트는 큰 돛을 감고 있었는데, 문제는 작은 돛이 바람을 받으면 배가 앞으로 나간다는 점이었다. 미켈란젤로와 무솔리니는 작은 돛에 달려들었고, 첫 바람이 불기 전에 간신히 작은 돛을 내릴 수 있었다.

세 사람이 선실로 들어가 출입문을 닫았을 때는 이미 비가 내리고 있었다. 그저 열대지방에서 볼 수 있는 폭우가 아니었다. 이번 비는 얼음 같았다. 갑작스러운 어둠 속에서 두려움을 한껏 담은 세 눈이 서로를 찾았다.

"도대체 지금 뭐가 오는 거야?" 무솔리니가 말했다. 그리고 파도가 쳤다.

폭풍이 요트를 강타하고 있는 동안 얼마나 오랫동안 선실에 쪼그리고 앉아 있었는지 미켈란젤로는 알지 못했다. 번개가 치고 천둥이 울릴 때까지의 시간을 세어보려고 했지만 그건 시도하는 순간 의미를 잃었다. 공기는 극도로 차가워졌고 반바지와 얇은 티셔츠만 입고 있는 세 사람은 이가 부딪칠 정도로 심하게 떨었다. 맨발인 세 사람의 발가락에서는 모든 감각이 사라졌다. 모든 것이, 요트가, 쿠션이, 세 사람의 몸이 앞으로, 뒤로, 내동댕이쳐졌다. 세 사람은 차례로 화장실로 뛰어들어가 토했다. 한 번 토할 때마다 신물이 점점 더 많이 나왔다.

손으로 입을 닦으며 미켈란젤로는 바다에 버린 망고를 생각했다. 바다를 떠돌며 세 사람은 수많은 섬을 발견했지만, 그 섬들 대부분은 해수면 위로 솟아 있는 초록색 덩어리일 뿐이었다. 마른 땅에 오르면 세 사람은 구아버와 바나나를 찾아다녔고, 가끔은 사람은 없어도 사람의 문명이 남긴 흔적들을 발견했다. 아주 커다란 시장을 발견한 적도 있었다. 물론 시장에 있던 음식들은 모두 썩었지만, 옷은 건질 수 있었다. 홍수 때문에 진흙이 잔뜩 묻어 있었지만 그래도 입을 수 있는 옷들이었다. 낚싯대와 선글라스도 찾았다. 금광이 따로 없네! 루스벨트는 함성을 질렀다. 하지만 그런 섬들에도 망고는 없었다. 세 사람은 망고를 찾았던 마지막 섬에 머물러야 했다. 미켈란젤로는 흔들리는 벽에 몸을 바짝 붙이고 다시 토했다. 손가락에서도 감각이 사라지고 있었다.

세 사람은 잠들었다. 아니, 잠든 것과 비슷한 상태였다. 몸을 겹치고 쓰러져 있는 세 친구는 한 도시가 죽는 걸 지켜보기 위해 살았다. 미켈란젤로는 악취가 진동하는 친구들의 입김을 얼굴로 받았다. 열기를 찾아 세 친구는 서로의 품으로 파고들었다. 자정 무렵에 요트는 움직임을 멈추었다. 추위는 점점 더 심해지고 있었다. 미켈란젤로는 잠에서 깼다가 다시 잠들었고, 다시 깼다가 잠들었다. 차가운 빛이 미켈란젤로의 눈꺼풀을 흔들어, 마침내 눈을 뜨게 했다. 그는 두 사람에게서 떨어져 출입구로 올라갔다. 문은 열리지 않았다.

"젠장."미켈란젤로는 중얼거렸다. 발가락이 하얗게 변했다. 몸 전체에서 색소가 모두 빠져나간 것처럼. 그는 어깨로 문을 밀었다. 문이 부서졌고, 끼이익 소리를 내면서 열렸다. 미켈란젤로는 얼음 세상으로 나갔다. 요트를 둘러싼 모든 카리브해가 얼어 있었다. 당황한 갈매기 한 마리가 이곳저곳을 힘없이 쪼아대며 바다 위를 날고 있었다. 해가 떠올랐지만, 겨울 해였다. 미켈란젤로는 넘어지지 않으려고 조심하면서 갑판 위를 기어갔다. 난간 밖으로 얼어버린 바다가 보였다. 그 얼음 밑에서는 열대 물고기들이 헤엄치고 있었다. 자주색과 노란색, 파란색과 녹색이 선명하게 보였다. 저기에 희망이 있어. 미켈란젤로는 생각했다.

끝나지 않는 그 시간 속에서 미켈란젤로는 생각에 매달렸다. 하지만 5일째 되던 날에는 루스벨트마저도 기운을 잃고 말았다. 세 사람은 식량을 배분하려고 애썼지만, 애초에 배분할 식량은 많지 않았다. 말린 물고기 몇 마리와 다른 섬에서 가져온 생땅콩이 30리터 정도 있었다. 세 사람은 곧 다른 땅을 밟을 것이라고 믿고 있었다. 모든 것을 얼려버리는 폭풍을 만나게 되리라고는 생각지도 않았다.

세 사람은 취사장에서 이야기를 나누면서 시간을 보냈다. 바람이 들어오지 않게 문을 막고 침상에서 담요를 모두 가져와 격자무늬 쿠션과 함께 바닥에 쌓았다. 벽장에서 무솔리니가 찾아낸 양말 덕분에 세 사람은 발가락 동상은 막을 수 있었다. 아주 조심스럽게 루스벨트가 금속 팬에 작은 불을 지폈다. 세 사람은 차례대로 부서진 의자나 탁자에서 떼어낸 나무로 불씨를 살렸다. 그리고 몇 번 정도는 갑판으로 올라가 날씨를 살폈다. 변화는 없었다. 하얀 태양은 여전히 지구 주위를 돌고 있었지만 온기를 방출하지는 않았다. 미켈란젤로는 얼음 밑 물고기들이 얼마나 오래 버틸 수 있을지 궁금했다. 아마도 오래 견디겠지. 그는 생각했다. 우리가 먼저 죽을 거야.

루스벨트는 권투선수였을 때의 일화를 이야기했고 무솔리니는 결정적인 한 방이 없는 난해한 농담을 했지만, 어쨌거나 세 사람은 그 이야기를 즐겼다. 미켈란젤로는 자신의 선조들 이야기를 했다. 트레메에서 소년이었던 미켈란젤로는 어머니가 부엌 벽에 스텐실로 가계도를 찍는 모습을 보았다. 그의 여섯 번째 생일날, 어머니는 스텐실을 완성했다. 매일 밤, 저녁 식사가 끝나면 어머니는 가계도에 있는 선조들 가운데 한 명을 골라 이야기를 들려주었다. 그 덕분에 미켈란젤로는 노예 시대까지 거슬러 올라가는 각 세대의 구성원들 이야기를 알 수 있었다. 1933년에는 그의 현 조부가 돈을 주고 자유의 몸이 되었고, 콩고 광장과 가까운 곳에 전통 주택 크레올 코티지까지 구입했다. 그로부터 거의 200년이 흐른 뒤에 그 집에서 미켈란젤로가 태어났다. 홍수 때문에 그 집을 포기해야 했지만, 미켈란젤로는 어머니가 그린 가계도를 작은 가지 하나까지 선명하게 기억했다.

"넌 부자구나." 무솔리니가 미켈란젤로에게 말했다. "가족에 관해 알다니. 내 과거는 진공이야. 나는 우리도 노예였다는 걸 알아. 트루히요의 부하들이 내 할머니의 자매를 죽였다는 것도 알아. 하지만 그게 전부야."

"나도 아는 게 없어." 루스벨트가 거들었다. "내가 아는 건, 나의 할아버지가 너의 친족을 죽였다는 것뿐이야, 무솔리니."

"이게 수상도시에서 파가 우리에게 역사를 쓰라고 한 이유일 거예요. 과거를 추적하게 하려고요." 무솔리니가 말했다.

"그 남자." 루스벨트가 애정 어린 표정으로 웃었다. "진짜 엄청난 괴짜였지. 그 사람들은 어떻게 됐을까?" 루스벨트는 팔꿈치로 미켈란젤로를 쿡 찔렀다. "카이저, 기억하지?"

카이저라는 이름에 미켈란젤로의 심장은 높이 뛰기 시작했다. "기억하죠." 미켈란젤로가 대답했다.

미켈란젤로는 불을 살펴봤다. 거의 꺼져가고 있었다. 부서진 가구에서 떼어온 나무 막대를 집어넣었다. 그는 베개 밑에 있는 가제본 책을 두 사람에게 이야기하지 않았다. 카이저가 7일 동안의 일을 적은 이야기. 카이저가 역사라고 부르는 이야기를 자신이 가지고 있다는 말도 하지 않았다. 그 책은 2년도 더 전에 세 남자가 미켈란젤로에게 가지고 왔다. 그때 미켈란젤로는 슈퍼돔에서 혼자 그림을 그리고 있었다. 그 남자들은 카이저의 역사를 미켈란젤로의 손에 맡기더니 정말로 빠르게 움직이는 배를 타고 물이 가득 찬 거리를 재빨리 헤치며 가던 길을 가버렸다. 미켈란젤로는 지금도 그 책으로 자신이 무엇을 해야 하는지 알지 못했다. 처음에는 그 가능성을 생각하며 전율했다. 우리의 이야기를 널리 퍼트려. 카이저는 그렇게 썼다. 그래, 그러는 거야. 미켈란젤로는 생각했다. 우리 이야기는 소중하니까. 그는 카이저의 책을 젖지 않고 안전하게 보관할 수 있도록 최선을 다했다. 비닐로 싸서 말총으로 만든 소파 쿠션 밑에 넣어 보관했다. 물에 잠기고 있는 도시를 황급히 빠져나올 때는 몸에 묶고 그 위에 옷을 입었다. 이건 우리 이야기를 온 세상에 알릴 수 있는 기회야. 그때 미켈란젤로는 생각했다. 이제 사람들은 큰 거인이 된 작은 남자와 그 남자를 업고 다니는 소녀의 이야기를, 우리가 옥상에 건설한 놀라운 사회를 알게 될 거야.

하지만 요트 생활이 길어지면서 미켈란젤로의 확신은 사라져갔다. 그로서는 이 이야기를 나눌 방법이 없었다. 바다 위에서 세 사람은 다른 사람을 만난 적이 없었다. 루스벨트와 무솔리니에게 책을 보여줄 수도 있지만, 두 사람은 이미 알고 있는 내용이라 굳이 함께 나눌 이유가 없었다. 게다가 어쩌면 이 책은 미켈란젤로가 생각하는 것만큼 중요하지 않을 수도 있었다. 수상도시는 사라져버렸고 사람들은 흩어졌다. 실패한 실험 이야기를 듣고 싶은 사람은 없을 것이다. 사람들은 성공한 이야기를 좋아했다. 중요한 이야기는 성공한 이야기다.

게다가 이제 미켈란젤로의 생각에도 변화가 생겼다. 이게 무슨 이야기인지 보라고. 이건 그냥 자기들이 모든 걸 다 안다고 생각하는 백인이 쓴, 또 하나의 자기중심적인 이야기일 뿐이야. 이 책은 마지막에 들른 섬의 망고나무 밑에 두고 왔어야 해. 그랬다면 적어도 망고가 더 많이 열릴 수 있는 유용한 비료라도 될 수 있었을 텐데.

"카이저라. 넌 그 여자랑 결혼했어야 해." 무솔리니가 한숨을 쉬었다.

생각과 달리 미켈란젤로는 웃음이 나왔다. 자신이 포기하고 나온 카이저의 시로 덮여 있던 벽들을 생각했다. "나랑 결혼하지 않았을 거야. 카이저는 낡은 관습은 죽었다고 했잖아."

"아쉽네." 루스벨트가 수염을 긁으면서 말했다. "분명히 엄청난 아이들을 낳았을 거야."

미켈란젤로는 누우면서 쿠션으로 머리를 받쳤다. "슬픈 아이들을 낳았겠죠. 요즘은 누구나 슬픈 아이를 낳을 테니까요."

그날 밤 얼음이 깨졌다. 잠들었던 미켈란젤로는 얼음이 깨지는 소리에 서서히 잠에서 깼다. 루스벨트와 무솔리도 일어나 앉았다. 세 사람은 계단을 올라가 선실 문을 열었다. 초승달이 떠 있어 밖은 거의 아무것도 보이지 않았다. 미켈란젤로는 밤하늘에 펼쳐져 있는 수많은 별 사이에서 행성을 찾을 수 있었다. 화성은 가장 크고 붉은 별이었다. 저곳에서 지구를 바라보면 어떤 느낌일지 궁금했다. 우주에서 보는 지구는 여전히 초록색 행성일지 궁금했다. 어쩌면 이제는 온통 파란색일지도 모른다.

"잘 들어봐." 루스벨트가 말했지만, 필요 없는 말이었다. 깨지고 있는 얼음은 엄청난 소리를 내고 있었다. 옛 전투에서 활약한 대포 소리 같았다.

"아침이 되면 움직일 수 있을 거야." 무솔리니가 말했다.

정말로 아침이 되자 배가 움직였다. 깨끗하게 씻긴 바다에서는 모든 파도가 기적처럼 빛나고 있었다. 세 사람의 머리 위에는 이글거리며 타고 있는 열대의 태양이 있었다. 세 사람에게 남은 식량은 생 땅콩 한 줌과 말린 고등어 한 마리뿐이었다. 육지를 발견하기를 바라며 세 사람은 고등어를 나누어 먹었다. 한 입씩 돌아가며 베어 먹었다. 덥수룩하게 자란 수염 사이로 흐릿하게 빛나는 치아가 보였다. 바람이 돛을 힘차게 밀었다. 뱃머리 앞에서 돌고래 한 마리가 힘차게 뛰어올랐을 때, 루스벨트는 신이 나서 소리쳤다. "고래를 주목하라!" 잠을 자지 않으려고 밤늦게까지 필사적으로 이야기를 하고 불을 지키려고 노력했던 시간들은 까마득한 옛일처럼 느껴졌다. 땀을 흘리는 건 정말 좋았다.

늦은 오후에 세 사람은 육지를 발견했다. 바다 위로 둥글게 솟은 초지였다. 경사로에 흰색 집이 드문드문 보였다. 무솔리니가 한 곳을 가리키면서 말했다. "저거, 사람들일까?" 저 멀리 곤충처럼 보이는 작은 존재들이 있었다. 세 사람은 눈을 가늘게 뜨고 좀 더 자세히 보았고, 확신할 수 있었다. 정말로 사람이었다. 사람이 있다는 것은 음식을 구할 가능성이 있다는 뜻이었다. 대화를 할 수 있다는 뜻이었다. 어쩌면 두려워해야 할지도 몰랐다. 미켈란젤로의 심장이 빠르게 뛰었다.

"이런, 세상에." 나침판을 보고, 구겨진 지도를 보고, 다시 나침판을 본 루스벨트가 말했다. "무솔리니," 루스벨트는 속삭이고 있었다. 경이로움에 그의 목소리는 잠겨 있었다. "우리, 집에 왔어."

"무슨 말도 안 되는."

"맞아."

"저게 우리 섬이라고요?" 무솔리니가 물었다.

"섬의 남은 부분이지." 루스벨트가 대답했다.

무솔리니와 루스벨트는 어린 시절로, 이 세상이 거침없이 보여주던 경이로움에 입을 다물지 못했던 어린아이로 되돌아갔다. 이곳은 그들이 잃어버린 땅이었다. 다시는 보지 못하리라고 생각했던 땅이었다. 두 사람에 대한 사랑이 미켈란젤로를 가르며 지나갔다. 높아지는 물에 미켈란젤로의 고향은 잃었는지 몰라도 친구들의 고향은 찾았다. 지진과 해일, 수 세기 동안 이어진 유혈 사태로 언제나 궁지에 몰려 있던 섬이 청명한 파란색 바다 위에서 에메랄드처럼 선명한 녹색을 띤 채 솟아올라 있었다.

미켈란젤로는 점점 더 가까워지는 섬을 물끄러미 바라보았다. 몇 사람이 배를 발견했다. 배를 보며 손짓했고, 배를 향해 손을 흔들었다. 많은 사람이 웃고 있는 것 같았다. 2년 만에 처음 보는 사람들이었다. 어쩌면 이 섬이 기회인지도 몰랐다. 카이저의 이야기를 들려주고, 수상도시에 관해, 수상도시 시민들이 만들었던 경이로움을 이 섬의 사람들에게 말해줄 수 있을지도 몰랐다. 밧줄로 만든 다리와 옥상에 만들었던 밭들. 그 모습을 그렸던 그의 벽화를 말해줄 수 있을지도 몰랐다. 어쩌면 결국 그 이야기는 들려줄 만한 가치가 있는 이야기인지도 몰랐다.

미켈란젤로는 언덕에 드문드문 서 있는 집들을 유심히 살펴보았다. 일단 배를 정박하면 저 집 가운데 한 채를 달라고 부탁할 수도 있을 것이다. 섬을 보기 전까지 미켈란젤로는 자신이 단단하게 발을 딛고 설 수 있는 육지를 너무나도 그리워했음을 모르고 있었다. 그에게 보낸 책에서 카이저는 미켈란젤로에게 북쪽으로 오라고 했다. 그에게 말해줄 비밀이 두 개 있다고 했다. 그러니 자신을 찾아오라고 했다. 하지만 미켈란젤로는 비밀을 들을 준비가 되지 않았다. 카이저에 관한 비밀도, 카이저가 추진하고 있는 프로젝트에 관한 비밀도. 카이저에게 떠나야 한다는 확신을 심어준 데이비드 소식도 듣고 싶지 않았다. 카이저의 미래에 관한 이야기는 듣고 싶지 않았다. 지금은 현실에 맞서 싸우는 것만으로 충분했다.

바람이 세 사람을 해변으로 데려가는 동안 미켈란젤로는 해안가에 있는 한 집을 발견했다. 넝마가 된 커튼이 창문에서 흩날리고 있는 그 집은 버려진 것 같았다. 그 집 마당에는 아무도 없었다. 들어가 살아도 될 것 같았다. 저 집 이름을 라로리 맨션이라고 지어야지. 이번에는 혼자 살아가지 않을 것이다. 여인을 찾을 것이다. 검은 머리카락에 엄청난 꿈을 꾸지 않는 사람을 찾을 것이다. 둘이 함께 아이도 낳을 것이다. 두 아이를 낳아 카이저와 파라는 이름을 지어줄 수도 있을 것이다. 그 아이들은 슬프지 않을 것이다. 그 아이들에게는 엄청나게 넓고 하얀 해변과 광활한 하늘이 있을 테니까. 그 아이들은 사라진 지구는 알지 못할 것이다. 그저 자신들이 물려받은 지구만을, 얼어붙었다 녹고, 물에 잠기고 불에 탈 테지만 아직은 죽을 준비가 되지 않은 것 같은 지구만을 알 것이다.

저 해변에 있는 집에는 분명 부엌이 있을 것이다. 그 벽에 가계도를 다시 그릴 수 있을 것이다. 카이저의 이야기를 나누기 전에 먼저 그의 이야기를 들려줄 것이다. 미켈란젤로도 카이저가 한 일을, 모든 역사가가 한 일을 할 것이다. 자기 가족을 중심에 둘 것이다. 그들을 사슬로 묶고자 했던 나라에서 자유인인 남자와 여자가 세대를 이어 왔다. 이제 미켈란젤로는 마지막에 서 있는 사람이었다. 그는 그 이야기를 널리 퍼트리려고 이 놀라운 섬에 닿은 것이다.

저기를 봐. 미켈란젤로는 듣고자 하는 사람이 있다면 누구에게든 말해줄 것이다. 벽에 새겨 넣을 가계도의 가지들을 가리키면서 말할 것이다. 저들이 나의 사람들이야. 나의 혈통이야.

페넬로페

2046년 화성

2046년 5월 1일

오늘 아침 우리는 붉은 행성에 착륙했다. 우리 우주선은 붉은 별 정거장에 정박했다. 그들은 냉동된 채 잠에 빠진 우리 몸을 꺼냈을 것이다. 짧게 머리를 자른 기술자가 나를 깨우더니 내 머리카락도 짧게 잘랐다. 나는 내 머리에서 굵고 곱슬거리는 머리카락이 떨어지는 모습을 지켜보았다. 머리카락은 배수구를 막을 수 있습니다. 기술자가 말했다. 그러니까 그저 위생 때문에 머리카락을 자르는 것이 아니었다. 입 안에서 끈끈한 점액이 느껴졌다. 피가 고인 발목은 통통 부어 있었다. 내 몸은 긴 잠을 잤지만, 내 마음은 아니었다. 나의 뇌는 내가 어제 출발 시간을 기다리며 러시아 대초원에 있는 우주기지에 있었다고 말하고 있었다. 그곳까지는 전용기를 타고 갔다. 내가 처음으로 경험한 비행이었고, 나를 북쪽 피난처에서, K와 파에게서, 내가 아는 모든 것에서 멀리 떼어낸 비행이었다. 그런데 오늘은 수백만 킬로미터나 떨어진 바위 행성 표면에 여러 포드를 연결해 만든 우주기지에 와 있었고, 내 위장은 제멋대로 공중제비를 돌고 있었다. 기술자가 나의 몸무게와 키를 쟀다. 몸무게는 2, 3킬로그램 줄어 있었고 키는 2.5센티미터 자라 있었다. 정거장의 중력이 내 키를 원래대로 수축시켜줄 수 있을 정도로 강력하기를 바랐다. 척추뼈가 늘어난 느낌은 좋지 않았다.

정거장에서 생활하는 과학자들이 좁은 공간을 꽉 메운 환영회에서 나는 다른 세 자원자, 애그니스와 위노나, 찬트리아를 만났다. 나는 페넬로페입니다. 우리는 서로 인사하며 악수를 했다. 우리는 모두 가슴에 찬란한 광채를 내뿜고 있는 붉은 별을 단 회색 점프슈트를 입고 있었다. 아홉 달 동안 같은 공간에서 지내야 할 여자들을 만났다는 사실이 기이하게 느껴졌다. 러시아 우주기지의 사람들은 우리를 따로 냉동시키고 화물처럼 우주선에 실었다. 그들은 우리가 미리 만나는 걸 원치 않았다. 아마도 적이나 친구라는 이름으로 공동전선을 형성하는 걸 막으려는 생각이었을 것이다. 붉은 별에 가면 우리는 아기처럼 깨끗해지고 신선해지며 새로워질 거라고 그들은 말했다. 혹시 그게 K가 말한 모순이라는 걸까?

환영회에서 그들은 와인이 아니라 물을 주었다. 내가 받은 물을 홀짝이고 있을 때, 붉은 별 프로젝트의 총책임자가 다가왔다. 개브리엘이었다. 지금까지 개브리엘은 오직 화면으로만 만났다. 직접 본 개브리엘은 좀 더 부드러운 턱에 온화한 눈을 하고 있었다. 합성 치즈 조각을 나에게 건네는 개브리엘의 손가락이 내 손가락을 살며시 스쳤다. 밀봉한 창문 너머로 보이는 모래언덕은 내가 상상한 것보다는 붉은색이 덜했지만, 하늘은 생각보다 더 노랬다. 이렇게까지 빨리 다시 잠이 올 거라고는 생각지 못했지만, 너무 피곤했다. 행성 간 시차증 때문일 거라고 생각했다. 첫날 일지를 모두 쓰면 누워야겠다. 내 깃털 이불은 심홍색, 내가 제일 좋아하는 색이었다. 파는 세부 사항의 전문가다.

2046년 5월 2일

오늘 아침에 그들은 우리에게 정거장 내부를 안내해주었다. K와 파가 설계한 장소를 실제로 보게 된다는 사실에 잔뜩 신이 났지만 솔직히 말하면 정거장은 상당히 평범했다. 먼저 우리는 우중충한 강당으로 들어가서 영화를 보았다. 화면에 나타난 개브리엘이 붉은 별에 온 걸 환영한다고 했다. 높이 솟은 광대뼈는 그녀의 삼촌 데이비드의 특징이었지만, 개브리엘의 얼굴에는 주름이 없었다. 개브리엘은 머리카락도 흰색이 아니라 검은색이었다. 여러분 같은 여성의 도움이 없다면 이 식민지는 확장할 수 없습니다. 화면 속 개브리엘이 말했다. 우리 노력에 힘을 보태주셔서 감사합니다. 우린 아직 아무것도 한 게 없잖아요. 애그니스가 내 옆에서 속삭였다. 영화는 정거장의 초기 모습을 보여주었다. 방사능 중독으로 사망한 우주비행사들, 타행성 지구화 시도 프로젝트 실패, 지하에서 채굴해 녹인 얼음 같은 내용이 소개됐다. 현재 정거장에서 거주하는 사람들이 헬멧 밖으로 미소를 드러내며 모래사막 위에서 자세를 취하고 서 있었다. 영화는 정거장 공식 노래로 끝이 났다. 그들의 의도가 지구에 있는 모든 나라의 국가를 합쳐서 정거장 노래로 만드는 것임을 알고 있었지만, 아무리 들어도 그 노래는 '미국 국가'를 떠오르게 했다.

진짜 개브리엘은 강당 문에서 우리를 만났다. 지난밤보다 훨씬 심각해 보이는 모습이었다. 개브리엘은 우리 손을 잡고 퉁명스럽게 흔들었다. 찬트리아라는 이름의 자원자는 붉은 별 프로젝트의 총책임자를 만나서 영광이라고 했다. 긴장했음이 분명한 찬트리아의 얼굴은 개브리엘 앞에서 풀어졌다. 관대하게도 우리를 축복해주시네요. 찬트리아는 공손하게 고개를 숙였다. 너무 과한 반응이라고 생각했지만, 그녀의 고향이라는 메콩해에서는 이 기묘한 관습이 지금도 유지되고 있는지도 몰랐다. 어쨌거나 개브리엘은 그 아첨에 매혹된 것 같았다. 자신의 노력에 바치는 찬사가 듣기 좋은 듯했다. 데이비드가 죽자 아직 어린 소녀였던 개브리엘이 모든 책임을 맡아 이곳으로 왔고, 자신의 온 생애를 이 프로젝트에 바쳤다고 K가 이야기해준 적이 있다.

갑시다. 개브리엘이 말했다. 여러분의 새로운 집을 보여줄게요. 개브리엘은 우리를 데리고 작은 공장과 닭 연구소로 데려갔다. 닭은 완전한 인공물은 아니었다. 극미균으로 만든 가짜 닭이었지만 노란색 다리와 빨간색 볏을 비롯해 닭처럼 보여야 하는 모든 부분을 갖추고 있었다. 그 닭들은 고리에 걸린 채 일렬로 쭉 늘어서 있었다. 어째서 닭처럼 만드는 거죠? 애그니스가 물었다. 이곳이 친숙하게 느껴지기를 바라기 때문이죠. 보조 연구원이 대답했다.

우리는 계속 정거장을 둘러보았다. 특징 없는 복도. 화학약품 제거실이라고도 부르는 '세탁실' 버터상추를 기르는 수경재배실. 개브리엘은 에어록에 손바닥을 대고 여는 법을 알려주었다. 에어록은 쉭하는 공기 소리를 내면서 열렸다. 우리는 산과의사를 만났다. 악수를 하려고 잡은 그의 손은 차가웠다. 그 남자가 그 손을 내 위에 올린다고 생각하면 기분이 나빴지만 나에게는 분명 선택권이 없었다. 산과의사는 누가 먼저 할지 물었다. 애그니스가 나섰다. 애그니스의 등은 소나무처럼 꼿꼿했고, 코는 수수했다. 러시아 연방공화국 상트푸틴에서 태어났지만 영어를 완벽하게 구사했다. 위노나가 두 번째 순서였고, 내가 세 번째, 찬트리아가 네 번째였다. 곧바로 수정할 겁니다. 산과의사가 말했다. 나는 러시아 우주기지에서 우리 몸에서 꺼낸 난자를 시험관에 넣고 봉한 뒤에 빙글빙글 돌리면서 우리와 함께 우주선에 태워 보내는 모습을 상상했다. 착상을 하기 전까지는 우리는 그 난자들을 만나지 못할 것이다. 정말 재미있는 재결합이었다.

지금까지의 내 모든 삶은 이것을 준비하는 과정이었다. 어렸을 때 나는 미친 듯이 모험을 꿈꿨다. 북쪽 피난처의 지하터널을 탈출하거나 우주로 솟아오르는 별들 사이로 날아오르는 꿈을 꾸었다. 멋진 꿈이야. 내 꿈을 듣고 K는 말했다. 우리가 널 화성으로 보내줄게. 나는 마치 농담을 하는 것처럼 웃던 K를 기억하고 있지만, 그 말은 결코 농담이 아니었다. 그들에게는 이 프로젝트에 자원할 사람이 필요했다. 자기 딸이 자원자로 뽑혔다는 사실에 K가 얼마나 기뻐했는지 모른다. 아주 오랜 옛날에는 여자들에게는 선택지가 많지 않았어. 그들의 몸은 공동의 물건이었고, 타인의 기분에 따라 쓰였어. 넌네가 직접 결정할 수 있을 거야. K는 약속했다. 네가 하겠다고 하면우리는 너를 별들 사이로 쏘아 올려줄 거야.

그래서 내가 여기 있는 것이다. 내가 직접 선택했으니까. 나는 이곳에 오기를 선택했다. 나는 세 번째로 착상하는 자원자가 되기로선택했다. 나는 이 일지를 쓰기로 선택했다. 이제 곧 나는 자는 걸 선택할 것이다.

내 발목은 여전히 부어 있었고 차츰 돌아오고 있는 중력 감각에몸은 굼떴다. 이런 굼뜸이 생기는 이유는 원래 키로 돌아가느라 내몸이 수축하고 있기 때문일 수도 있었다. 일지를 쓰려고 자판을 두드리는 일마저 힘들게 느껴졌다. 훨씬 더 신나는 상태를 기대하고있었지만, 내가 원하는 건 자는 것뿐이었다. 암흑물질을 뚫고 오면서 내가 어떤 꿈을 꾸었는지는 기억이 나지 않았지만, 분명히 꿈을꾸었을 것이다. 아마도 K의 꿈을 꾼 것 같았다. 꿈에서는 K를 어머니라고 불렀지만, 현실에서는 늘 K라고 불렀다. K는 어머니가 되는 걸불편해했다. 나는 그저 나로 있을 수 있게 해줘, 나도 네가 너로 있게해줄게. K는 늘 그렇게 말했다. 내일 가족을 만나게 해주겠다고 개브리엘은 우리에게 약속했다. 하지만 그럴 수는 없을 것이다. 화면에비치는 사람과 포옹할 수는 없을 테니까.

2046년 5월 3일

우리는 정해진 일정대로 생활했다. 오전 6시에 일어났고, 심장을 강화하려고 한 시간 동안 러닝머신에서 뛰었다. 아침은 죽이 될 때까지 끓인 곡물 한 그릇이었다. 그 뒤에는 신체검사를 했다. 나는 유전학자를 만났다. 왜 우리가 유전학자를 만나야 하죠? 내가 물었다. 난 합성 닭이 아닌데. 방사능에 영향을 받지 않았다는 걸 분명히 확인해야 하기 때문이죠. 그가 대답했다. 머리가 둘 달린 아기는 나오지 않을 거예요. 내가 말했다. 당연히 아니겠죠. 그가 대답했다.

신체검사를 끝내면 스텝퍼에서 또다시 심장 강화 운동을 30분 동안 해야 했다. 점심으로는 뭔지 알 수 없는 베이지색 음식이 나왔다. 이른 오후에는 공부를 했다. K의 생각이었다. 우리가 수행하는 임무가 끝까지 사람의 일로 남으려면 공부를 해야 한다고 했다. 인류에게는 단 한 번의 기회가 남았어, 그러니까 망치면 안 돼. K는 말했다. 물론 K와 있을 때처럼 문학을 읽는 건 아니었다. 우리는 육아서를 읽었다. 오늘 나는 처음 아기와 접촉했을 때 젖을 물리는 법을 배웠다. 안내서에는 갓난아기가 입을 꾹 다물고 거부해도 포기하면 안 된다고 적혀 있었다. 마치 내가 인내를 배워야 한다는 듯이 말이다.

늦은 오후가 되면 우리는 여가 시간을 가졌다. 다시 말하자면 낮잠을 잔 것이다. 그 뒤로는 제한적 운동을 했다. 그러니까 작은 역기를 쉬지 않고 드는 것이다. 오늘 저녁은 극미균으로 만든 가짜 닭가슴살과 무기질이 풍부한 토양에서 자란 탓에 빨갛게 물이 든 감자였다. 저녁을 먹은 뒤에는 아주 옛날 모습을 기록한 영화를 보았다. 유럽의 어느 지점이었던 곳, K가 프랑스라고 했던 곳을 기록한 영화였다. 영화를 보다가 찬트리아는 잠들었고, 찬트리아의 머리가 내 어깨 위로 툭 떨어졌다.

나도 죽을 것처럼 피곤했지만, 오늘 밤은 잠드는 것이 두려웠다. K라면 이해할 것이다. K도 파도 계속 꾸는 같은 꿈 때문에 고통받았다. 사막에서 두 사람을 향해 다가오는 얼굴 없는 남자 꿈이었다. 언제나 늘 완벽하게 같은 꿈을 꾸는 것은 아니지만 배경은 늘 사막이었고, 모래 위를 걷는데도 늘 그 남자의 부츠 소리를 들을 수 있었다. K는 얼굴 없는 남자가 사막에서 걸어온다는 사실을 알고 있지만, 그게 도대체 무슨 의미인지 몰라 무섭다고 했다. K가 그런 소리를 할 때면 어리석다고 생각했는데, 어젯밤에는 나도 같은 꿈을 꾸었다. 그 사막은 뜨거운 곳 같지 않았다. 차가운 곳 같았는데, 실제로도 그렇다는 사실을 나는 알았다. 잠에서 깼을 때, 나는 와들와들 떨고 있었다.

화면으로 K와 연결됐을 때, 나는 K에게 꿈 이야기를 하고 싶었다. 하지만 연결 상태가 좋지 않았다. 얼굴은 계속 흩어졌고 목소리는 계속 끊겼다. 보고 싶어. 우리 둘 다 간신히 그 말을 할 수 있었다. 그게 전부였다.

2046년 5월 10일

며칠 일지를 쓰지 않았다. 매일 쓰려고 했지만, 밤만 되면 너무 피곤했다. 이곳에 오면서 꼬여버린 위장은 아직도 풀리지 않았다. 꿈은 말할 것도 없고 메스꺼워서 잠들 수가 없었다. 다른 사람들도 나처럼 고생하는 것 같았다. 애그니스만 빼고 말이다. 애그니스는 생생했다. 오늘 애그니스는 착상했다. 애그니스의 얼굴은 종이 뒤에 있는 촛불처럼 빛났다. 우리 포드로 돌아온 애그니스의 배를 찬트리아가 만졌다. 내가 애그니스였음 좋겠어요. 찬트리아가 말했다. 저녁 식사 시간에 개브리엘은 애그니스에게 진짜 고기를 주었다. 껍질까지 바삭하게 구운 기니피그였다. 우리는 살아 있는 동물로도 실험하고 있습니다. 우리는 당신의 건강을 지켜줄 겁니다. 개브리엘이 애그니스에게 말했다. 단백질은 꼭 필요한 영양소입니다. 찬트리아와 위노나는 고기를 보고 입맛을 다셨지만, 나는 요리사가 머리를 그냥 둔 것이 마음에 들지 않았다. 기니피그의 이는 너무 길고 노랬다.

다음 착상은 위노나였다. 우리는 특별했다. 축복받은 존재였다. 여성 가운데 열의 아홉은 임신이 되지 않습니다, 그들은 말했다. 임신할 수 있는 여성의 수는 사라지는 육지처럼 줄어들었다. 우리 몸은 우리보다 보존의 필요성을 더 잘 이해하고 있는 것 같았다. 그건 중요하지 않아. K는 자주 이야기했다. 우리는 이곳을 되찾을 수 있어. 네가 우리를 구할 거야. 네가 수천 명의 어머니가 될 거야. 네가 선택해줘서 우린 정말 고마워. K는 그렇게도 말했다. 내가 할 수 있어서 나도 좋아. 내가 대답했다.

당신은 행운아예요. 오늘 밤 개브리엘이 나에게 말했다. 그 사람은 애그니스가 기니피그를 남김없이 먹어 치우는 동안 우리와 함께 있었다. 불과 몇 분 만에 애그니스는 한 동물을 뼈 더미로 만들어버렸다. 그 모습을 보고 개브리엘이 웃었다. 개브리엘의 눈은 물기를 머금은 갈색이었고, 개브리엘의 피부는 황금빛 갈색인 내 피부와는 달리 상아색이었다. 짧게 깎은 머리카락 때문에 새처럼 보였다. 예리한 눈과 재빨리 방향을 바꾸는 목이 마치 독수리나 매 같았다. 나도 당신 같은 능력이 있다면 좋겠어요. 개브리엘이 조용히 나에게 속삭인 말에 나의 자부심은 한껏 솟구쳤다. 나는 행운아라고 생각했다. 나는 줄 수 있는 게 너무 많아. 우리 포드에서 나가려고 일어서면서 개브리엘이 엉덩이로 내 어깨를 살짝 건드렸다. 회색 점프슈트 밑에서 내 살이 부르르 떨렸다. 오늘 밤은 내 꿈을 두려워하지 않을 것이다.

2046년 5월 15일

여가 시간이 더는 낮잠 시간이 아니었다. 애그니스와 나는 진 러미 카드 게임을 했다. 보통 내가 이겼다. 작은 승리를 거두고 의자에서 벌떡 일어나 환호하는 나를 볼 때면 애그니스는 언제나 크게 웃었다. 찬트리아는 굶주린 눈으로 우리를 물끄러미 보았다. 나는 함께하자고 제안했지만, 찬트리아는 구경하는 게 더 좋다고 했다.

오늘은 요란한 소리를 내며 에어록을 열고 들어온 개브리엘이 우리가 있는 탁자로 왔다. 한동안 우리를 바라보던 개브리엘은 위노나를 보았다. 위노나는 공예 상자에서 털실과 대바늘을 꺼냈고, 벌써 모자를 뜨고 있었다. 게임 한 판 할까요? 개브리엘이 위노나에게 물었다. 위노나는 고개를 저었다. 카드 게임은 나랑은 안 맞아요, 음모가 너무 많아요. 위노나가 대답했다.

여기요. 애그니스가 카드를 던지듯 내려놓으며 말했다. 계속하세요. 나는 낮잠이 필요했다. 이것 때문에 너무 지쳐요. 애그니스는 배를 툭툭 두드리면서 말했다. 애그니스의 배는 이미 부풀어 오른 것처럼 보였다. 찬트리아의 갈망하는 눈이 애그니스의 배를 바라보았다. 승녀들이 찬트리아를 길렀다. 앙코르와트를 재건했다고 주장하는 도시를 거주지로 삼은 고대 불교 종파의 승녀들이었다. 돌로 만든 도시에서 찬트리아는 무엇 때문에 박탈감을 느꼈을까? 어떤 굶주림이 찬트리아를 이 임무에 동참하게 했을까? 궁금했다. 나는 내가 동참한 이유를 알았다. 나는 할 수 있기 때문에, 내 몸은 능력이 되기 때문에 참여한 것이다. 그 큰 뜻에 내가 동참하지 않을 방법은 없었다.

K가 지금 내 모습을 볼 수 있다면 좋을 텐데. 붉은 별 프로젝트의 총책임자와 함께 카드놀이를 하면서 다른 자원자들과 안락하게 지내는 모습을 볼 수 있다면 좋을 텐데. 스크린에서 배운 새로운 단어나 내가 꾼 꿈 이야기를 해주고 싶어서 K에게 달려가던 어린 시절처럼, 지금도 K에게 달려가고 싶었다. 깨어 있지 않았기에 몰랐지만, 우주를 여행하는 동안 내 생일이 지나갔다. 이제 나는 열여덟 살이다. 어른이었다. 그런데도 왜 여전히 아이처럼 느껴지는 걸까?

2046년 5월 24일

그들은 위노나를 한 쌍으로 만들었다. 이곳에 도착했을 때 위노나는 오대호에서 흰 수염 해적단을 물리친 것으로 유명한 캐나다 원주민 오지브웨 부족의 가장 어린 오지브웨 여인이었다. 지금 위노나의 몸속에서는 가장 어린 오지브웨가 살을 찌우고 있었다. 우리는 누구의 정자로 우리의 난자를 수정했는지 묻지 않았다. 어쩌면 붉은 별 프로젝트의 기술자일 수도 있고, 지구에 있는 남자일 수도 있었다. 하지만 그런 건 중요하지 않았다. 갓난아기는 우리 것이었다. 개브리엘이 약속해주었다. 그게 내가 자원한 이유이기도 했다. 나는 나를 직접 기른 K의 모습에 감탄했다. 남자의 간섭을 받지 않고 어머니로 살아갈 수 있다는 사실이 좋았다.

착상한 위노나에게도 개브리엘은 기니피그를 주었다. 위노나는 이로 기니피그의 뼈를 뽑아냈다. 그 냄새 때문에 이번에는 내 입에서도 군침이 돌았다. 내 마음은 내가 한 달 전에 사슴 고기를 먹었다고 하지만 내 위는 그렇지 않다는 걸 잘 알았다. 냉동 상태로 우주를 여행하는 건 정말 이상했다. 내 인생에서 그 부분은 완전히 기억에서 사라져버렸다. 내 뇌가 나의 몸을 따라가려고 끊임없이 뛰고 있는 느낌이었다.

마지막으로 스크린이 연결됐을 때, 나는 K에게 이야기를 들려달라고 했다. 한때는 소녀였던 아이가 자라서 어머니의 자랑이 되었어. K가 대답했다. 그건 이야기가 아니잖아. 내가 투덜댔다. 네가 옳아. K가 인정했다. 미안, 네가 내 상상력을 가져가버렸어. K가 말했다.

나는 K가 농담을 했다고 생각했지만 전혀 농담처럼 들리지 않았다. 내가 여기 와 있는 걸 알면 나의 아버지는 어떤 생각을 할까 궁금했다. 그의 이름은 미켈란젤로였다. K는 그가 화가라고, 위대한 예술가라고 했다. K는 그를 K와 파가 문명을 세우려고 애썼던 수상도시에서 만났다고 했다. 다행히 다시 홍수가 시작되기 전에 데이비드가 수상도시로 찾아와 두 사람을 북쪽 피난처로 데리고 갔다. K는 미켈란젤로에게 수상도시에 머물라고 했다. 왜? 라고 내가 묻자 K는 빈정거리듯이 걸작을 마무리해야 했으니까, 라고 했다. 그에게 소식을 전했어, 우리에게 오라고. 그리고 너도 알겠지만, K는 자신과 나밖에 없는 방을 가리키면서 말했다. 그는 오지 않았어. K는 그가 익사했을 거라고 했다. 하지만 홍수가 왔을 때, 그는 다른 곳으로 갔을 수도 있다. 사막이나 산꼭대기로 말이다. 어쩌면 화가가 필요한 다른 침수 도시로 갔는지도 모른다.

위노나와 애그니스는 영어와 러시아어로 속삭이기 시작했다. 애그니스가 위노나를 가르치고 있었다. 두 사람은 가까운 한 쌍이 되어 우리에게서 떨어져 나갔다. 하지만 찬트리아는 두 사람을 쫓아다니며 두 사람이 하는 게임을 지켜보았다. 찬트리아의 무표정한 얼굴도 두 사람 곁에 있을 때면 어린아이 같은 경이로움으로 빛났다. 두 사람은 보드게임을 좋아했다. 리스크, 소리!, 모노폴리. 죽은 시간이 남긴 잔재들이었다.

이제 더는 존재하지 않는 지역을 정복하는 모습을 지켜볼 수 있는 리스크 게임이 나는 가장 재미있었다. 여기가 내 고향이에요. 게임을 하던 찬트리아가 두 사람에게 이야기했다. 찬트리아가 가리키는 땅은 한때 동남아시아라고 불리던 곳이었다. 나는 계단을 잘 오를 수 있어요. 찬트리아가 말했다. 메콩해에서 물고기도 잡을 줄 알아요. 부처의 모든 얼굴을 구별할 수 있어요. 하지만 애그니스도 위노나도 찬트리아를 보지 않았다. 두 사람은 찬트리아의 말이 들리지 않는 척했다. 그들이 애그니스에게 착상한 건 불과 14일 전이었다. 그런데도 이미 애그니스에게는 임신 징후가 나타나고 있었다. 애그니스가 뒤로 몸을 젖히면 점프슈트 밑으로 살짝 튀어나온 배가 보였다. 하지만 그건 빛 때문에 잘못 보이는 게 분명했다. 벌써 배가 나올 리 없었다.

가끔 개브리엘이 우리 포드로 와서 함께 카드 게임을 할 때도 있었다. 오늘은 나에게 유럽 어딘가에 있다는 고향 이야기를 들려주었다. 놀라운 이야기였다. 나는 개브리엘이 데이비드처럼 북쪽 피난처에서 멀지 않은 곳에서 태어났다고 생각했지만 개브리엘은 자신은 북아메리카 대륙에는 가본 적도 없다고 했다. 그때서야 개브리엘이 깔끔하면서도 간결하게 모음을 발음한다는 사실을 깨달았다. 나의 도시를 봤어야 해요. 개브리엘이 말했다. 봄에 피는 배꽃은 정말 놀라웠어요. 물론 '대 지상전'이 벌어지기 전의 일이지만요. 개브리엘은 입을 다물었다. 나는 개브리엘을 보면서 아이들이 모두 사라져버렸다는 걸 생각했다. 더 많이 만드는 일이 얼마나 힘든지 그들이 알았어야 했는데.

아름다운 도시였어요. 개브리엘이 말했다. 빛으로 가득 찬 곳이었죠. 그 도시가 어디였는데요. 내가 물었다. 그건 중요하지 않아요. 지금은 쓸모없는 곳이 되었으니까요. 물 반, 돌무더기 반인 곳이 되었죠. 미사일이 죽으러 가는 곳이에요. 개브리엘이 대답했다.

고향이 그리워요? 내가 물었다. 당신은 그리운가요? 개브리엘이 되물었다. 어머니가 그리워요. 어머니는 자주 슬퍼했지만요. 어머니에게도 도시가 있었어요. 내가 고백했다. 그 도시는 물에 잠겼어요. 하지만 우리는 아니에요, 그렇지 않나요? 개브리엘이 말했다. 개브리엘의 눈을 보면 북쪽 피난처 위쪽 숲속에 있는 작은 물웅덩이가 떠올랐다. 가을이면 그 물웅덩이 위로 낙엽이 졌다. 그러면 그 물웅덩이는 갈색으로, 호박색으로, 황금색으로 변했다. 빠르게 깜빡이는 것보다는 좀 더 오래 눈을 감고 있는 개브리엘이 보고 싶었다. 맞아요, 우리는 잠기지 않았어요. 나는 승리한 카드를 내려놓으며 동의했다.

2046년 5월 37일

이곳에서의 시간은 고무줄처럼 늘어났다. 이곳의 1년은 지구에서의 2년인데, 햇수를 어떻게 세나요? 내가 개브리엘에게 물었다. 세는 방법은 같아요, 더 길 뿐이지. 지구 연도와 일치하는 게 편할 것 같아 달력을 바꿨어요. 개브리엘이 대답했다. 한 달을 60일로 정한 것처럼요? 내가 물었다. 그 정도 되죠. 개브리엘이 대답했다. 그건 데이비드의 의견이었나요? 내가 물었다. 내 생각이었어요. 개브리엘이 대답했다. 그런 생각을 해낸 자신이 대견한 것 같았다. 내가 개브리엘이었다고 해도 자축했을 거라는 생각이 들었다. 최상의 시기에도 화성에 우주기지를 세우는 일은 결코 작은 업적이 될 수 없었다. 혼자서 자원을 모은 것만으로도 개브리엘은 엄청난 일을 해낸 것이다. 개인 후원자 역시 모두 직접 찾아다녔을 것이다. 돈이 거의 존재하지 않는 시기에 사람들에게서 돈을 거둬들이다니, 개브리엘은 수완 좋은 사람임이 분명했다.

내가 오늘 밤에 시간을 생각하는 데는 모두 이유가 있다. 내일 그들이 나에게 착상할 것이다. 나도 혼자가 아닌 한 쌍이 되는 것이다. 강해져야 해. 오늘 스크린에서 K가 말했다. 너는 새로운 인류야, 황야에서 길을 내는 사람이 될 거야. 너는 반드시 너의 운명을 만나야 해. 그럴게. 내가 약속했다. 네가 해내기를 바랐던 모든 걸 넌 해냈어. K가 말했다. 아니, 그보다 더 해냈어.

다음에 K와 연결되면 내 안에서 살찌고 있을 나의 작은 존재에 대해 이야기해줄 수 있을 것이다. K와 파는 너무나도 자랑스러워하겠지. 내가 자원하겠다고 말했을 때 두 사람은 색종이 조각과 케이크로 파티를 열어주었다. 네가 가족의 주기를 완성한 거야. 파가 신이 나서 외쳤다. 너는 완전히 새로운 세상을 만들 거야. 하지만 나는 파 같은 건축가가 아니었고, K 같은 시인이 아니었다. 나의 아버지처럼 걸작을 그리는 화가도 될 수 없었다. 나는 과학자도 되지 못했고, 유전공학자나 성간 식물학자도 되지 못했다. 나는 그저 성인 여자일 뿐, 그 무엇도 아니었다. 내가 제공할 수 있는 건 나 자신뿐이었다.

2046년 5월 38일

오늘 아침에는 심장 강화 운동도 하지 않았고 아침도 먹지 않았다. 우리 포드로 온 그들은 거창하게도 나를 휠체어에 태워 운반했다. 복도에는 나의 행진을 보러 온 과학자들이 일렬로 서 있었다. 행운을 빌어요. 과학자들이 나에게 소리쳤다. 손을 뻗어 나를 만지는 과학자들도 있었다. 나는 그들의 행운의 부적이자 네잎클로버였다. 나와 함께 이 사회가 번성할 것이다. 개브리엘도 실험실에 올 거라고 생각했지만 아니었다. 내 기억에 없는 기술자들이 내 팔에 주사를 놓더니 얼굴에 마스크를 씌우고 숨을 쉬라고 했다. 눈, 코, 입이 보이지 않고 색채가 없는 산과의사가 어렴풋이 보였다. 벽과 전등이 보였고, 소독약 냄새도 났다. 누군가 고기를 구웠다. 기니피그가 다가온 것 같았는데 그건 꿈이었다.

깨어났을 때 나는 폭발하는 별이 그려진 회색 점프슈트를 입고 있지 않았다. 여왕처럼 하얀 드레스를 입고 있었다. 입 안에서 익숙한 점액질이 느껴졌다. 나는 다시 한번 별들 사이를 여행한 거라고 생각했다. 그러다가 기억이 났다. 드레스 밑에 있는 배를 꾹 눌러 보았다. 단단했다. 자라고 있는 거야. 얼굴이 상기될 정도로 너무 기뻤다.

당신에게 정말 감사하고 있습니다. 산과의사가 말했다. 이토록 큰 희생을 해주셨으니까요. 지금 어머니에게 연락할 수 있을까요? 내가 물었다. 나는 자신의 몸에 나를 담고 바닷물이 높아지던 수상도시를 빠져나온 어머니를 생각했다. 아버지를 그곳에 남겨 두고 온 뒤에야 임신했다는 사실을 알게 된 어머니는 어떤 기분이었을까? 분명히 나와 같은 기분은 아니었을 것이다. 나는 이미 알고 있었으니까. 나는 내 의지로 했으니까.

하지만 산과의사는 고개를 저었다. 내일 연결해줄게요, 오늘은 푹 쉬어야 합니다. 숙소로 옮겨드리죠. 그가 약속했다. 나는 개브리엘과 나의 이불을 생각했다. 머리까지 이불을 덮고 어둠 속에서 고치처럼 누워 있으면 정말로 좋을 것 같았다.

개브리엘이 내 몫의 기니피그를 가지고 왔을 때, 나는 거절하려고 했지만 그 냄새를 맡는 순간 엄청난 허기를 느꼈다. 허겁지겁 기니피그를 먹어 치웠다. 심지어 그 노란 이빨을 두 손으로 꼭 잡고 머리뼈를 빨아 먹기까지 했다. 이제는 합성 닭을 먹을 수 없을지도 모른다는 생각이 들었다. 애그니스와 위노나가 부드러운 눈웃음을 지으며 나를 뚫어지게 보고 있었다. 애그니스의 점프슈트는 부풀어 올라 있었다. 빛 때문에 잘못 보는 것이 아니었다. 위노나는 원래 덩치가 있었기 때문에 정확한 상황을 알 수는 없었지만, 가끔 움찔할 때가 있었다. 왠지 위노나의 몸속에서 작은 발이 위노나를 힘껏 차고 있을 거라는 생각이 들었다. 우리의 새로운 작은 자아도 우리처럼 열망하고 있음이 분명했다.

기적의 행성에서 자라는 기적의 아이들. 나는 속으로 중얼거렸다. 이 아이들은 붉은 토양에서 자라는 감자처럼 통통해질 것이다. 이 아이들은 외계의 공기를 가장 처음 들이마실 것이다. 그 아이들의 위는 여전히 가라앉지 않는 나의 위처럼 뒤틀리지 않을 것이다. 그 아이들에게는 이곳이 집이니까. 이곳이 고향이니까. 그 아이들은 이곳의 원주민들이니까.

2046년 5월 45일

이제는 5월이 너무 지겹다. 60일은 내가 생각했던 것보다 너무나도 긴 한 달이었다. 10년 전에 찾아왔던 겨울이 생각난다. 그 겨울은 끝나지 않을 것만 같았다. 그 겨울은 열 달 동안이나 계속됐고, 아주 잠시 여름이 왔다가 다시 낙엽이 지기 시작했다. 우리는 나무 껍데 기처럼 말라버린 사슴 고기를 이로 갉아먹었다. K는 말라갔고 창백 해졌다. 파의 팔 근육은 위축됐다. 더는 롤러 보드를 타고 혼자서 돌 아다닐 수 없게 되었다. 나 역시 피골이 앙상해져갔지만 그래도 젊 었다. 파는 내가 의자에 밀어 올려 앉힐 수 있었다. 파는 그런 상황 을 견디지 못했다. 그다음 겨울이 3개월 만에 끝났을 때는 정말 안심 했다. 상황이 더 나빴을 수도 있지만, 비도 오지 않고 꽃도 피지 않는 시간을 봄이라고 말해도 되는지는 의문이다. 모래언덕은 그 어느 때 보다도 단조로워 보였다. 도착했을 때 느꼈던 경이로움은 이미 사라 지고 없었다. 어떤 대상을 지나치게 오래 보고 있으면, 그것이 아무 리 경이로운 것이라고 해도 지겨워지기 마련이다.

어쩌면 메스꺼움 때문에 이런 기분을 느끼는지도 모른다. 착상이 내 증상을 더욱 악화시키고 있는 것 같았다. 적어도 하루에 한 번은 토했다. 더 많이 게워낼 때도 있었다. 토하지 않고 참는 건 너무나도 어려웠다. 어째서 지구 중력을 구현하지 않는 거죠? 카드 게임을 하 는 날 포드에 온 개브리엘에게 물어봤다. 우리가 어디에 있는지 잊 지 않기 위해서죠. 개브리엘이 대답했다. 그건 바보처럼 느껴졌다. 그저 창문만 내다봐도 우리가 있는 곳을 알 수 있는데.

나는 K에게 메스껍다고 말하고 싶었다. K의 조언이 듣고 싶었다. 하지만 지난번 스크린에 연결되었을 때, K는 손을 내저으면서 내 말을 막았다. 뚝뚝 끊기는 화면 위로 움직이는 K의 손이 보였다. 임신하면 원래 그런 거야. 나를 안심시키면서 K가 말했다. 게다가 너는 전적으로 새로운 인류를 만들고 있잖아. 그러니까, 괜찮을 거야.

애그니스와 위노나는 내가 불편하다는 사실을 눈치챘다. 두 사람은 나에게 함께 게임을 하자고 했다. 찬트리아는 질투했다. 그건 확실했다. 하지만 나는 두 사람과 함께하지 않았다. 개브리엘과 카드 게임을 했고, 개브리엘이 떠나면 나의 포드로 돌아와 이불을 덮고 누웠지만 잠들지는 않았다. 잠드는 건 무서웠다. 어젯밤에 또 사막 꿈을 꾸었다. 나는 사막을 걷고 있었고 불처럼 뜨거운 태양이 나를 그을렸다. 지평선 너머로 한 윤곽이 나타났고, 나는 슬픔을 느꼈다. 그 슬픔은 너무나도 커서 나는 잠에서 깼다. 울지는 않았지만, 메슥거림이 멈춘 내 배를 꼭 부여잡고 있었다. 그때 갑자기 다시 배가 뒤집혔고, 나는 욕실 포드로 달려가 극미균과 잘게 썹힌 상추 그리고 담즙을 모두 쏟아냈다.

다시 이불로 돌아가 진정하려고 애썼다. 괜찮아, 메슥거리는 건 당연한 거야. 나는 생각했다. 북쪽 피난처의 요리사는 지구의 다른 지역 이야기와 너무나도 끔찍해서 자세하게 이야기할 수 없는 일들이 벌어지는 장소의 이야기를 들려주었다. 나에게 '대 지상전'에 관해 말해준 사람도 그 요리사였다. 그의 이야기는 너무나도 무시무시할 때가 많았다. 그럴 때면 나는 K에게 달려가 K의 무릎에 내 머리를 묻었다. K는 내 머리를 토닥이면서 부드럽게 웃었다. 페넬로페, 걱정할 것 없어. 여기는 안전해. 여기를 괜히 피난처라고 부르겠니. K는 조용히 노래하듯 말했다.

나는 K의 말을 흉내 내려고 애썼다. 여기는 안전해. 큰 소리로 말하면서 마음이 놓일 때까지 내 배를 계속 문질렀다.

나를 지치게 하는 건 메스꺼움만이 아니었다. 신체검사도 마찬가지였다. 끝없는 주사, 앞서 먹은 약보다 더 써지는 약들도 지겨웠다. 어째서 이렇게 많은 검사를 받아야 하는 거죠? 산과의사에게 물었다. 이건 평범한 임신이 아니니까요, 우리는 무사히 진행되기를 바랍니다. 산과의사가 대답했다. 저 사람은 늘 함께 있어야 하고요? 나는 턱으로 유전학자를 가리켰다. 머리가 둘인 아이가 나올 수도 있으니까요. 그가 농담으로 응수했다. 그거 기억하죠? 좋아요. 내가 대답했다. 그냥 빨리 해치워버리자고요. 나는 또 다른 주사를 맞기 위해 팔을 쭉 내밀었다.

15일이나 남았어, 5월이 끝나려면. 나는 속으로 중얼거렸다. 나무를 볼 수 있다면 정말 무엇이든 할 수 있을 것 같았다.

2046년 5월 52일

애그니스가 아프다. 그들은 애그니스를 데려갔다. 나는 또 다른 포드를 상상했다. 우리 포드만큼이나 하얗고 특징이 없을 테지만 살균장치가 가득한 곳일 것이다. 수술용 칼도 아주 많을 테고. 애그니스에게서 그걸 꺼낼까? 아니, 감히 그럴 수는 없을 것이다. 그건 반드시 살아남아야 했다.

애그니스가 사라진 뒤, 찬트리아는 고개를 들고, 어깨를 펴고 다넜다. 그들이 고쳐줄 거예요, 그들은 그래야 할 테니까요. 찬트리아가 외쳤다. 피를 너무 많이 흘렸어요. 위노나가 눈을 크게 뜨고 말했다. 아기 때문에 그렇게 피를 토하지는 않아요. 위노나는 나를 보았고 찬트리아를 보았다. 당신은 피를 토해요? 아니요, 내가 대답했다. 아마 방사능 때문일 거예요. 그런 말 하지 마요, 방사능은 우리한테 닿지도 않았어요. 찬트리아가 앙칼지게 말했다. 애그니스는 괜찮을 거예요. 그리고 당신도 곧 착상할 수 있을 거예요. 속으로 K에게 도움을 청하면서 나는 찬트리아를 달랬다.

그들은 오늘 찬트리아에게 착상시킬 예정이었지만, 결과를 확인할 때까지 기다려야 한다는 산과의사의 반대로 지연되었다. 산과의사는 미안하다고 했다. 원래 그들은 2주 간격으로 착상을 하려고 했지만 이제는 그럴 수 없었다. 애그니스의 배는 너무나도 빨리 부풀어 올랐다. 위노나도 마찬가지였다. 나는 이불 밑에 있는 내 배를 만져보았다. 바위처럼 단단했고, 구리 냄새가 났다. 북쪽 피난처 박물관에서 미국 국기와 DVD 옆에 나란히 전시하고 있는 단지에 든 페니스들을 생각했다.

어젯밤에는 그 냄새 때문에 잠에서 깼다. 침대에서 내려가 창문 셔터를 걷었다. 우주기지는 조명이 너무 밝아서 별이 잘 보이지 않았지만, 그래도 가까스로 별을 볼 수 있었다. 하지만 별자리를 구분할 수 없었다. 지구에서 보는 모습과는 너무 달랐다. 어떤 게 오리온자리지? 어디가 오리온의 허리띠인 거야? 오리온의 사냥개는 어디 있지?

다시 러닝머신에서 달려야 해. 오늘 스크린으로 연결된 K가 말했다. 너 조금 창백해 보여. 기분이 별로 좋지 않아서 그래. 내가 다시 말했다. 넌 기분이 아주 나쁜 거야. K가 내 말을 정정했다. 내가 그렇다고 했잖아. 내가 말했지만, 우리 연결은 벌써 끊어져 있었다. 이건 정말 의문이었다. 우주선에 여자를 다섯 명이나 태워서 다른 행성으로 보내고 배아를 여자들 몸에 이식할 수 있으며 복제한 기니피그를 먹일 정도의 기술이라면 이보다 훨씬 나은 통신장비를 만들 수 있지 않을까?

메슥거림은 점점 심해졌다. 나도 피를 토하게 될까? 그렇다면 그건 그럴 가치가 있기 때문이겠지. 우리가 해내야 할 임무 때문에 겪는 일이겠지. 나는 내 앞에 길게 줄을 선 여자들을 생각했다. 이 일을 하기로 선택했던 조상들을 생각했다. K와 K의 어머니와 나의 증조모와 그 위로 계속 이어지는 여자들을 생각했다. 그렇게 하겠다고 말한 여자들을 생각했다. 이 씨앗과 함께 자라게 되기를. 나의 피와 근육을 이 땅에 제공할 수 있기를. 나는 여기, 새로운 지구에 나를 제공하려고, 새로운 토양에 나를 제공하려고 왔다. 용감해져야 해. 나는 속으로 되뇌었다. K의 찬가를 읊었다. 강해져야 해.

하지만 쉽지 않았다. 오늘 밤에는 너무 아파서 먹지도 못했다. 하지만 개브리엘이 기니피그를 하나 더 가져다준다면 먹을 수 있을 것 같았다. 개브리엘은 저녁 식사 시간에 왔지만 아무것도 먹지 않았다. 이미 먹었다고 했다. 저녁을 먹고 영화를 보는 시간에도 가지 않았다. 20세기 후반에 촬영한 미국 영화였다. 미국 영화라니, 고마울 정도였다. 자막을 읽을 기운이 남지 않았다. 여기 기대요. 개브리엘이 자기 어깨를 가리키며 말했다. 머리를 기대요. 나는 짧게 자른 곱슬머리를 무거운 짐을 지지 않은 개브리엘의 몸에 올렸다. 나는 안전하다고 스스로 되뇌면서.

2046년 5월 60일

5월의 마지막 날이 되었다. 마침내 애그니스가 돌아왔다. 이제 더는 피를 토하지 않았지만, 어딘가로 사라지기 전보다 더 건강해진 것 같지는 않았다. 애그니스의 코는 꼬집힌 것처럼 빨갰고, 피부는 핏기 없이 창백했다. 너무 피곤해서 영어로 말할 수 없다고 했다. 애그니스와 위노나는 식탁에 옹송그리고 앉아 애그니스가 위노나에게 가르쳐준 러시아어로 대화했다. 애그니스의 배는 어마어마하게 부풀어 있었다. 우리는 너무나도 두려워서 애그니스의 배에 관해서는 아무 말도 하지 않았다. 우리에게는 그 이야기를 할 수 있는 단어가 없었다. 이곳에서는 무엇이든지 다르다는 걸 알고 있었지만, 그 다름이 만들어낼 결과를 예측할 수는 없었다.

오늘 오후에 K는 나의 통신에 답하지 않았다. K는 바쁜 거야. 나는 스스로를 다독였다. 하지만 왜 바쁜 거지? 내가 없는데 바쁠 일이 뭐가 있어?

산과의사와 유전학자는 여전히 낙관적이었다. 나에게 배아를 착상시킨 뒤로 22일이 지났다. 계획대로 진행되고 있다고, 나를 검사하면서 두 사람은 재잘거렸다. 그리고는 내 몸에 또다시 바늘을 찔러 넣었다. 두 사람 모두 백인이었고 금발이었다. 두 사람은 서로를 바꿀 수도 있을 것 같았다. 그들의 이름은 기억나지 않았다. 빌, 아니밥이었나? 브랜든인가? 아무튼 그건 중요하지 않았다. 이제는 깊이잠들었고 꿈을 꾸지 않았다. 구리 맛이 나의 잠 속으로 섞여 들어왔다. 나는 혀끝에 금속을 느끼며 잠에서 깼다. 내 피부는 더 얇아진 것같았고, 내 살을 잇는 곳은 늘어난 것 같았다. 터져버릴 것 같아 두려울 정도였다.

2046년 6월 1일

오늘 오후에 애그니스는 너무 피곤해서 리스크 게임을 하지 않았다. 가서 누워야겠어요. 영어로 말하고 애그니스는 자기 포드로 사라졌다. 나는 위노나, 찬트리아와 함께 식탁에 앉아 있었다. 우리랑 게임해요. 찬트리아가 말했다. 리스크 게임. 내가 대답했다. 위노나가게임판과 여러 색 나무로 된 육면체 말을 가지고 왔다. 나는 빨간색말로 할래요. 내가 말했다. 나는 녹색이요. 찬트리아가 자기 말을 움켜잡으면서 말했다. 위노나는 조용히 노란 말을 택했다. 위노나의 입술에는 핏기가 없었다. 기분이 어때요? 내가 물었다. 당신 기분은 어때요? 위노나가 되물었다. 나는 토할 것 같다고 대답했다.

우리가 조금 친해지기를 바랐지만, 위노나는 고개를 돌렸다. 당신차례예요. 위노나가 말했다. 나는 내 보병을 온타리오에 올렸다. 내선택에 자극을 받은 위노나가 미국 동부를 선택할 수도 있다고 생각했기 때문이다. 캐나다와 미국이 나누어지는 걸 보다니 당혹스러웠다. 땅이 차지하는 분량이 아주 큰 지구를 보는 건 더욱 당혹스러웠다. 지도 제작자들은 아직 지구 위에 새롭게 그어진 경계를 지도에 반영하지 않고 있었다. 하긴 사람들이 곧, 적어도 돈이 있는 사람들은 지구를 버릴 판인데 정확한 지도가 무슨 의미가 있을까 싶기는 했다.

하지만 위노나는 자신의 보병을 북아메리카 대신 동남아시아에 배치했다. 불공평해요. 찬트리아가 소리쳤다. 조용히 해요. 위노나가 말했다. 애그니스가 자고 있잖아요. 그러니까 내가 그 사람 땅을 가져야죠. 찬트리아가 외쳤다. 찬트리아는 러시아 지역에 녹색 말을 놓았다. 다시 내 차례가 되었고, 나는 개브리엘을 생각하면서 서유럽에 내 말을 놓았다. 서유럽 옆에 파란색으로 칠해진 바다는 해롭지 않아 보였다.

나는 의자를 뒤로 밀었다. 이건 바보 같아요. 우리는 이 장소를 가질 수 없잖아요. 이젠 있지도 않은걸요. 내가 말했다. 그럼 우리가 뭘 해야 하죠? 위노나가 말했다. 위노나의 뺨까지 붉은 기가 차올랐다. 지금까지 위노나가 화내는 모습은 본 적이 없었다. 위노나는 차분한 사람이었고, 얼굴에 감정을 드러내지 않는 사람이었다. 그냥 엄지손가락이나 만지작거리고 앉아서 죽는 순간만 기다려야 해요? 위노나가 물었다. 무슨 말을 하는 거예요? 내가 항의했다. 죽는 사람은 없어요.

찬트리아의 표정이 더욱 경직됐다. 그래요, 우린 생명을 만들려고 여기 온 거예요. 찬트리아가 위노나에게 말했다. 애그니스, 페넬로폐, 나는 그렇죠. 하지만 당신은 아무것도 만들지 않아요. 위노나가 찬트리아에게 턱을 치켜들면서 말했다. 아닌가요?

찬트리아가 눈을 가늘게 떴다. 위노나가 일어섰다. 그때, 그 발길질 소리를 들었다. 불룩 튀어나온 위노나의 배를 강하게 차는 소리. 위노나의 얼굴이 창백해지더니 우리가 미처 붙잡기도 전에 바닥으로 엎어졌다.

찬트리아가 의자를 기어 넘어서 위노나에게 다가갔다. 위노나의 몸을 똑바로 돌리면서 울었다. 기도가 막히면 안 돼. 위노나는 애그니스처럼 피를 토하고 있었다. 우리는 가까스로 위노나를 옆으로 눕혔다. 위노나는 엄청나게 많은 피를 토하고 또 토했다. 위노나에게 의식이 있는지는 알 수 없었다. 구리 냄새가 났고, 나도 토할 것만 같았다. 하지만 토하지 않았다. 위노나의 아기가 배 속에서 계속 발길질하는 소리가 들렸다.

브랜든에게 알려요. 찬트리아가 명령했다. 누구라고요? 내가 물었다. 산과의사 말이에요, 바보같이 왜 그래요? 빨리 버튼을 눌러요. 찬트리아가 대답했다. 나는 위노나의 피 위에서 미끄러지면서도 빠르게 걸어갔다. 곧 에어록이 열리고 금발 머리 남자 가운데 한 명이 기술자들과 함께 들어왔다(브랜든이야, 내 의사. 나는 속으로 말했다). 그들은 위노나를 바퀴 달린 들것에 실었다. 모두 잘될 겁니다, 브랜든이 강렬한 눈길로 우리를 보더니 우리가 당연히 자매처럼 느껴야 했지만 그렇지 못한 여인을 데리고 사라져버렸다.

나는 찬트리아와 함께 차를 마시고 싶었다. 찬트리아의 손을 잡고 서로를 위로하고 싶었다. 하지만 찬트리아는 자러 가겠다고 말했고, 자기 포드로 들어가더니 틀어박혀버렸다. 두려움이 내 목에서 굳어졌다. 내 위장이 뒤집혔다. 하지만 뒤집힌 건 내 위장이 아니었다. 그보다 좀 더 아래쪽, 나의 새로운 자아가 헤엄치는 곳이었다. 아랫배를 만져봤다. 덩어리가 느껴졌다. 북쪽 피난처에 있는 바위처럼 단단하고 둥근 덩어리였다.

파. 나는 속삭였다. K라고도 속삭였다. 하지만 그들은 그곳에 없었다. 어째서 없는 거지? K는 이걸 해봤다. 그러니까 어떻게 해야 하는지 알 것이다. 어떻게 나를 도와야 하는지 알 것이다. 나는 스크린이 필요했다. 누를 수 있는 버튼이 필요했다. 두 사람을 소환할 수 있는 일이라면 무엇이든지 해야 했다. 이번에는 K가 대답할 것이다. K는 그래야 했다. 하지만 나 혼자서는 스크린에 다가갈 수 없었다. 나는 에어록을 여는 법을 알았고 러닝머신을 움직이게 할 수 있었으며 극미균을 따뜻하게 데우는 법도 알았지만, 그게 전부였다. 내가 K와 말하고 싶을 땐 기술자에게 스크린을 연결해달라고 부탁해야 했다. 개브리엘과 산과의사에게 허락을 받아야 했다. K가 대답해야 했다.

내 삶은 이곳에 갇혀버렸다. 나는 지표면으로 올라갈 수도, 노란 하늘 밑에서 걸어 다닐 수도 없었다. 너무 위험해요. 내가 올라가고 싶다고 했을 때 개브리엘은 이렇게 대답했다. 날 이 안에 가둬두려고 하는군요. 나는 감히 대응했다. 맨발로 부엌을 서성이는 임산부로 만들고 싶은 거예요. 내 말에 개브리엘은 웃었다.

나는 무릎을 꿇고 앉아 걸레와 세제로 위노나의 피를 닦았다. 위노나의 피는 이미 분리되어 아주 조금이었지만 떠오르기 시작했다. 망할 붉은 별. 바닥을 닦으면서 나는 욕설을 내뱉었다. 우리에게 진짜 중력 정도는 줄 수 있었잖아.

피를 모두 닦아내자 우리 포드에서 산과의사의 진료실 같은 냄새가 났다. 브랜든이라고 했지. 나는 위노나와 함께 진료실에 있는 그 의사를 생각했다. 그 사람이 위노나에게 무슨 일을 하고 있을까? 궁금했다. 위노나를 어떻게 돕고 있을까? 내 차례가 되었을 때는 나를 어떻게 도울까?

나는 웅크리고 앉아서 반짝이는 바닥을 자세히 살펴보았다. 어째서 이 일을 하겠다고 한 거야? 나는 나 자신에게 큰 소리로 물었다.

나는 이 일을 내가 선택했다고 믿었다. 하지만 정말 그럴까? 아니면 이미 별들에 새겨진 운명이었을까? 지금까지는 나는 파와 K가 그리웠다. 하지만 이제는 내가 정말로 그들을 그리워하는지 알 수 없었다. 나는 반드시 희생해야 한다는 K의 목소리가 들렸다. K는 결코 나에게 말한 적이 없었다. K는 자기 자신에게 말하고 있는 것이었다. 나는 K의 희생양이었다. K는 이 실험이 잘못되리라는 걸 알고 있었던 게 분명했다. 그래서 더는 내 연락에 대답하지 않는 것이다. 나를 포기한 것이다. 나를 끊어버린 것이다. 나는 혼자였다.

엄청나게 분노하던, 이제는 잊힌 세상의 지도 위에서 노란 리스크 말을 신경질적으로 밀어 넣던 위노나를 생각했다. 위노나는 이곳에 오겠다는 선택을 하지 않았다. 우리는 그 누구도 선택하지 않았다.

애그니스는 일어나지 않았고 찬트리아는 자기 포드에서 나오지 않았다. 나의 포드로 돌아가기 전에 나는 식탁 앞에 오래 앉아 있었다. 내 앞에는 리스크 게임판이 펼쳐져 있었다. 나의 붉은색 보병은 온타리오 위에 여전히 웅크리고 있었다. 그건 너의 것이 아니야. 내가 나의 보병에게 말했다. 나는 보병을 들어 게임판 옆에 놓았다. 그 누구의 것도 아니야.

2046년 6월 5일

지난번에 마지막으로 쓴 일지는 엉망이었다. 이 일지는 다를 것이다. 우리에게는 희망을 가져야 할 이유가 있다. 위노나는 발그레해진 혈색으로 돌아왔다. 브랜든은 위노나가 매일 저녁 신선한 고기를 먹어야 한다고 처방했고, 그 때문에 밤마다 뚜껑 달린 그릇에 기니피그 반 마리가 담겨 위노나 앞에 놓였다. 위노나는 그 그릇을 룸서비스라고 했다. K의 책에서 본 적이 있는 단어였다. 위노나가 고기를 먹는 모습을 보면 군침이 돌았다. 브랜든은 애그니스에게도 같은 처방을 했지만 애그니스는 더는 기니피그를 원하지 않았다. 그저 버터상추를 조금 뜯어 먹었고, 곡물죽에 숟가락을 담갔을 뿐이다. 피곤해요. 애그니스는 그 말을 여러 번 하더니 자러 갔다. 그건 정상입니다. 브랜든이 우리에게 말했다. 두 사람을 위한 힘이 필요하니까요. 나도 피곤하다고 말하고 싶었지만 하지 않았다. 나는 아직 특권을 누릴 정도로 아프지 않았다.

사실 나는 이상하게도 기운이 났다. 이틀 전부터는 메슥거리지도 않았고, 다시 메슥거릴 기미도 느껴지지 않았다. 구리 냄새도 사라졌다. 그릴에 구운 뜨거운 고기 냄새가 났다. 기니피그 냄새라고 나는 생각했다. 기니피그를 보관하는 장소를 안다면 좋을 텐데. 기지 내부를 안내할 때 개브리엘은 기니피그 실험실은 보여주지 않았다. 나는 진짜 풀이 자라는 풀밭에서 한 마리가 사라져도 눈치채지 못할 정도로 수많은 밤색 털북숭이 동물이 모여 있는 모습을 상상했다. 어젯밤에는 꿈에서 정말로 그런 포드를 보았다. 나도 그 동물들 사이에서 행복하게 굴러다녔다. 다리와 가슴이 있고 털이 난 그 동물의 악취가 내 주위를 감쌌다. 그리고 나도 그 동물 가운데 하나가 되어 사지로 기어다녔다. 꿈에서 깼을 때 내 피부는 불탈 것만 같았다. 나는 머리까지 이불을 끌어 올리고 개브리엘을 생각했다. 내 손가락을 꾹 눌렀을 때, 그것은 개브리엘의 손가락이 되었다. 그러니까 나는 상상을 하고 있는 거였다. 나는 곧 다시 잠들었다.

2046년 6월 7일

오늘 밤에는 늦게 쓴다. 우리 시계는 25시라는 경이로운 시간을 지나고 있었다. 내일은 분명히 피곤할 것이다. 러닝머신에서 제대로 뛰지 못할 테고, 머리는 계속 아래로 떨어질 것이다. 신체검사 시간에 브랜든은 계속 나를 나무랄 것이다. 혈색이 없다며 나를 꾸짖을 것이다. 더 자야 합니다. 나는 언제나 그렇듯이 고개를 끄덕이며 그러겠다고 답할 것이다. 네, 파. 알았어, K. 알겠어요, 붉은 별 프로젝트에 참가할게요.

오늘 밤, 나는 안 된다고 했다. 떠나지 말아요. 나는 개브리엘에게 말했다. 우리는 나의 포드에 있었다. 나는 내 창문에서 오리온자리를 찾는 법을 가르쳐달라고 했다. 보자, 개브리엘이 우주를 손으로 가리키면서 말했다. 저기 있네요. 개브리엘 말이 맞았다. 오리온자리는 바로 앞에서 선명하게 빛나고 있었다. 별 세 개로 이루어진 허리띠도, 큰 사냥개와 작은 사냥개도 분명히 보였다. 어떻게 저걸 못 볼 수 있었을까요. 내가 말했다. 속임수는 없어요. 지구나 여긴 별자리가 거의 같으니까요. 개브리엘이 대답했다. 저건 포보스죠. 불안정하게 깜빡이는 위성을 향해 고갯짓하면서 내가 말했다. 칙칙하죠. 개브리엘이 대답했고, 나는 크게 웃었다. 하루에 세 번이나 공전하다니, 나는 개브리엘의 말에 동의했다. 조금 과해요.

　하늘을 좀 더 잘 보고 싶어서 내 포드의 조명을 껐다. 회색 점프슈트 밑에서 숨 쉬고 있는 개브리엘의 몸이 나에게 가까이 다가왔다. 개브리엘에게서는 깨끗한 면직물 냄새와 함께 희미한 장미 향이 났다. 어째서 꽃향기가 나는 거죠? 내가 물었다. 개브리엘은 밝게 웃었다. 비밀이에요. 당신 아기가 태어나면 말해줄게요. 지금 말해줘요. 내가 재촉했다. 우리는 또 다른 기지를 만들고 있어요, 개브리엘이 대답했다. 오후에 거길 다녀왔어요. 나무와 꽃이 가득한 경이로운 곳이에요. 당신의 아이들은 거기에서 자랄 수 있어요. 아이들은 행복할 거예요. 당신에게 비밀을 털어놓게 하는 건 어렵지 않은데요. 내가 말했다. 나는 비밀을 지키는 데는 영 소질이 없었어요. 개브리엘이 좀 더 가까이 다가오면서 대답했다.

　개브리엘은 내 배를 만지며 아프냐고 물었다. 아니에요, 지금은 아프지 않아요. 발로 차나요? 나는 고개를 저었다. 여긴 조용해요. 잠시 후 개브리엘이 나가기 위해 몸을 돌렸다. 나는 손을 뻗어 개브리엘의 소매를 잡았다. 가지 말아요. 나의 애원에 개브리엘은 멈춰섰다.

지금 개브리엘은 자고 있다. 감은 눈꺼풀은 얼굴의 다른 곳보다 더 진한 색이었고, 얇았다. 나는 조심스럽게 개브리엘의 눈꺼풀을 만졌다. 한쪽을, 그리고 다른 쪽을.

2046년 6월 11일

어젯밤에 일지를 쓰려고 했지만 할 수 없었다. 온몸이 너무 떨려서 자판을 두드릴 수가 없었다. 이불도, 개브리엘도, 이불을 덮히는 나의 몸도 나를 따뜻하게 해주지 못했다. 페넬로페, 개브리엘이 말했다. 울지 말아요. 개브리엘이 말하기 전까지, 나는 내가 울고 있음을 알지 못했다. 엄마가 없는데 아기가 어떻게 살아요? 나는 울부짖었다. 사람들은 수 세기 동안 그렇게 했어요, 아기는 살아남을 거예요. 개브리엘이 내 뺨에 흐르는 눈물을 닦아주었다.

나는 내가 정말로 두려워하는 일을 입 밖으로 소리 내어 말하지 못했다. 나는 살아남지 못할 거라고 말하지 못했다. 발길질은 어제부터 시작됐다. 한 번씩 찰 때마다 그 강도는 말도 할 수 없게 세졌다. 한 번 발길질을 당할 때마다 내 몸은 심하게 접혔다. 나는 계속 약해졌고, 계속 떨렸다. 내가 원하는 것은 오직 하나, 잠드는 것뿐이었다.

어제 아침에 나는 아무것도 먹을 수 없었다. 발갛게 뺨을 붉히며, 위노나가 내 몫을 먹어치웠다. 찬트리아가 말했다. 그래요, 많이 먹어요. 두 사람이 먹는 거니까. 꼭 세 사람이 있는 거 같아요. 위노나가 입술을 훔치며 말했다. 넷일지도 몰라요. 우리가 번영하기를 기원해요. 찬트리아가 말했다. 그 말투에서는 찬트리아를 기른 승녀들의 평정심과 고난 앞에서 드러나는 그들의 평온함이 느껴졌다. 공동 포드에 애그니스는 없었는데, 그건 이상한 일이 아니었다. 우리는 애그니스가 자고 있다고 생각했다.

그들은 오후에 애그니스를 발견했다. 어떻게 우리가 아무 소리도 듣지 못할 수가 있었을까? 나는 이해할 수가 없었다. 브랜든과 밥(빌일지도 몰랐다)이 애그니스를 발견했다. 이제는 너무 약해진 애그니스를 진료실로 데려갈 수가 없었기 때문에 두 사람이 애그니스의 포드로 왔다. 평소처럼 애그니스를 보러 온 두 사람은 우리에게 유쾌하게 인사하고 쿵쾅거리면서 애그니스의 포드로 갔다. 에어록을 연 두 사람은 그 자리에서 굳어버렸다. 열린 문 안에서 구리 냄새가 쏟아져 나왔다. 잠시 아무 소리도 들리지 않았다. 그리고 울부짖는 소리가 들렸다. 애그니스의 소리는 아니었다. 아기가 내지르는 소리였다. 장이 비틀리는 것 같았다. 창백해진 입술로 보아 위노나도 같은 느낌인 게 분명했다. 자비를. 브랜든이 속삭였다. 그 소리는 먼 고대의 반향처럼 신성한 존재의 인정을 갈구하는 청원처럼 들렸다.

찬트리아가 상황을 보려고 달려갔다. 위노나와 내가 무거운 몸을 이끌고 찬트리아를 따라갔다. 애그니스의 포드 앞에서 우리는 멈춰 섰다. 기이한 구절이 내 머릿속에서 떠올랐다. 내 목에 나의 심장이. 나는 숨을 쉴 수 없었다.

침대 위에는 잔혹한 그림이 펼쳐져 있었다. 여전히 존재하는 생명. 피. 애그니스. 애그니스의 몸은 갈기갈기 찢겨 있었다.

흠뻑 젖은 매트리스 위에는 갓난아기가 있었다. 무기력하게 몸을 웅크리고 있는 아기가 아니었다. 온몸을 활짝 펴고 두 눈을 크게 뜨고 누워 있는 아기는 정말 하얬다. 몸 전체가 하얬지만, 가슴은 투명했다. 심장이 어둡게 쿵쾅거리며 뛰는 소리가 들렸다. 엄청나게 커다란 머리였다. 두 다리 사이에는 생식기를 감싼 주머니가 있었다. 사람이 아니야. 절대로 아니야. 내가 속으로 중얼거리고 있을 때, 찬트리아가 비명을 지르기 시작했다. 사람. 그건 사람이어야 했다. 그렇지 않다면 내가 이 일을 해야 할 이유가 없었다.

지금도 떨림은 멈추지 않았다. 개브리엘이 어젯밤에 찾아와 나를 안아주었지만 전혀 도움이 되지 않았다. 괜찮아질 거예요. 나를 위로했지만 개브리엘의 표정은 내가 느끼는 감정보다도 훨씬 끔찍해 보였다. 착상하고 고작 33일이 지났을 뿐이지만, 내 피부는 찢어질 것처럼 얇아졌고 내 배는 너무나도 무거워졌다. 우리는 무엇이 잘못되고 있는지, 어째서 이렇게 빠르게 자라고 있는지 충분한 이야기를 듣지 못했다. 그리고 이제는 그런 이야기를 하기에는 너무 늦은 것 같았다. 브랜든과 그 유전학자는 개의치 않는 것 같았다. 주사는 이제 맞지 않을 거예요. 오늘 아침에 내가 말했다. 하지만 두 사람은 내 팔에 주사를 놓았다. 모든 게 잘될 거라고 그들은 말했다. 나는 두 사람 얼굴에 침을 뱉었다. 어쩔 수가 없었다. 하지만 그것도 두 사람을 흔들지는 못했다. 자, 자, 착하죠. 브랜든은 주사 놓은 곳을 소독솜으로 문지르면서 말했다. 난 애가 아니에요. 이렇게 외치는 나에게 두 사람은 또 다른 주사를 놓았다. 나는 이내 잠들어버렸다.

일어나 보니 내 포드였다. 나 혼자서 이불을 덮고 누워 있었다. 나는 우리가 하던 게임을 생각했다. 진 러미. 리스크. 도대체 우린 무엇에 이기고 싶었던 걸까? 이 일지를 쓰면서 갑자기 내가 지금 게임을 하고 있다는 사실을 깨달았다. 애그니스는 졌다. 나도 지는 걸까?

2046년 6월 15일

오늘 아침 그들은 우리를 아기가 있는 곳으로 데리고 갔다. 위노나는 포드에 남았다. 위노나는 기분이 좋지 않았다. 찬트리아가 선물을 가져가야 한다고 우겼지만, 가져갈 만한 선물이 없었다. 난 이걸 가져갈 거예요. 찬트리아는 이렇게 말하며 자기 포드에서 이불을 끌고 왔다. 데이지가 인쇄된 녹색 이불이었다. 선물이라니, 생각지도 못한 일이었다. 나는 찬트리아가 오히려 자신의 얼굴에 어울리는 분노를 표출할 거라고 기대했다. 아기들 몸은 차가워져요. 특히 어머니가 없을 때는요. 찬트리아가 말했다. 나는 너무 지쳐서 반박할 수 없었다. 찬트리아는 이불을 신부의 긴 드레스 자락처럼 질질 끌면서 복도를 걸어갔다.

아기의 포드 앞에서 브랜든이 우리를 막아섰다. 그걸 들일 수는 없습니다. 브랜든이 말했다. 비위생적이에요. 찬트리아는 맞서지 않았다. 이불을 개더니 복도에 두고 대기실로 들어갔다. 대기실에서 우리는 씻고 소독약을 뿌리고 머리부터 발끝까지 이어진 비닐 옷을 입었다. 그런 다음에야 육아실로 들어갈 수 있었다.

아기는 비닐 돔으로 덮여 있었다. 하지만 누워 있지는 않았다. 어떻게 이렇게 빨리 설 수 있는 거죠? 찬트리아가 물었다. 하지만 브랜든은 대답하지 않았다. 아기의 다리는 튼튼하고 강인해 보였다. 아기는 비닐 돔에 손바닥을 대고 있었다. 나는 손가락을 세어 보았다. 각 손에 다섯 개씩이었다. 그건 안심이 되는 일이었다. 아기가 입고 있는 파란색 우주선 무늬가 있는 상하 일체형 유아복은 솔기가 터질 것 같았고 다리는 꽉 끼었다.

우리가 방을 가로질러 갈 때 아기는 흰 눈으로 우리를 쫓았지만, 아무런 표정도 짓지 않았다. 나는 그들이 찾아냈을 때 울부짖던 아기를 기억했다. 하지만 지금은 아무 소리도 내지 않았다. 울지도 않았고 꾸르륵거리는 소리도 내지 않았으며 눈을 깜빡이지도 않았다. 우리가 가까이 다가갈 때도, 나란히 서서 손을 잡고 있을 때도, 아기는 그저 우리를 보기만 했다.

이름이 뭐예요? 찬트리아가 물었다. 없습니다. 브랜든이 대답했다. 여러분이 지어주고 싶을 거라고 생각했습니다. 포보스라고 부를 거예요. 찬트리아가 즉시 대답했다. 통통하고 무표정하잖아요. 아이는 괜찮을 거예요. 내가 찬트리아의 팔에 손을 얹으며 말했다. 만지지 말아요. 찬트리아는 재빨리 팔을 빼면서 말했다.

당혹스러운 건 모두 마찬가지예요. 내가 찬트리아에게 단호하게 말했다. 우린 그저 우리 종족을 도우려고 했던 것뿐이에요. 찬트리아가 나를 향해 몸을 홱 돌렸다. 당신에게는 저게 우리 종족처럼 보여요? 찬트리아가 물었다. 아니요. 내가 대답했다.

저런 게 두 개 더 있어요. 찬트리아가 말했다. 찬트리아는 브랜든을 향해 몸을 돌렸다. 위노나는 어떻게 할 거예요? 이 사람은요? 찬트리아는 나를 가리키며 말했다. 그냥 죽게 둘 거예요? 물론 아닙니다. 그걸 막으려고 애쓰고 있습니다. 이렇게 대답하면서도 브랜든은 아기를 보지 않았다.

뭘 어떻게 할 건데요? 찬트리아가 물었다. 터지기 전에 배를 가를 거예요?

제왕절개는 수많은 생명을 살렸습니다. 브랜든이 고개를 아기 쪽으로 돌렸지만, 여전히 아기를 보지는 않았다. 포보스라고요? 그가 물었다. 포보스예요. 찬트리아가 대답했다. 다음 아기는 데이모스라고 부르면 되겠어요. 내가 말했다. 산다면요. 살 거예요. 찬트리아가 대답했다.

2046년 6월 19일

K는 몇 주째 내 부름에 답하지 않고 있었다. 나타나지 않는 K 대신 나는 개브리엘에게 의지했다. 개브리엘은 매일 밤 나를 찾아왔다. 하지만 붉은 별에 관해서도, 나무로 가득 차리라는 다른 기지에 관해서도, 우리의 이 좁은 세상에 있는 그 어떤 장소에 관해서도 말하지 않았다. 애그니스 이야기도, 위노나 이야기도 하지 않았다. 브랜든이 우리를 데리고 갈 때마다 훨씬 더 커져 있는, 아기가 아닌 아기에 관해서도 말하지 않았다. 하루에 세 번씩 우리 창문 밖에서 호를 그리

며 이동하는 화성의 진짜 달 포보스에 관해서도 말하지 않았다. 우리는 눈을 감았다. 눈을 뜨면 포보스는 사라지고 없었다. 포보스가 없을 때 개브리엘은 자신의 보송보송한 팔과 다리, 목부터 허벅지에 이르는 완벽한 몸을 내 몸에 대고 움직이는 혀를 나에게 주었다. 우리가 지칠 대로 지치고 나서야 개브리엘은 떠났다.

오늘 밤에는 떠나기 전에 개브리엘이 잠시 멈추었다. 페넬로페. 개브리엘이 말했다. 호박색 눈이 나를 응시했다. 나의 포드에서는 우리 냄새가 났다. 묵직하고 풍부한 여자 냄새. 나는 기다렸다. 잠시 시간이 얼어붙었다가 다시 녹았다. 당신을 알게 되어 좋았어요. 개브리엘이 말했다.

나는 어떻게 대답해야 할지 알 수 없었다. 그건 마치 작별 인사 같았다. 어디로 가게 된 걸까? 생각했다. 개브리엘이 포드를 떠난 뒤에야 나는 깨달았다. 여행을 떠나는 건 나였다. 애그니스는 벌써 떠났다. 이제 위노나 차례였다. 그다음은 나였다.

당신을 알게 되어 좋았어요. 개브리엘의 말을 곱씹는 동안 마음이 아팠다. 개브리엘이 나를 사랑한다고 생각했다. 하지만 지금은 확신이 들지 않는다. 정말로 작별을 말한 거라면 왜 그렇게 덤덤했던 걸까? 개브리엘에게는 나를 떠나보내는 게 쉬운 일인가?

내 시간이 다가오면 이 일지는 지워버릴 거다. 처음에 나는 이 일지를 내 실험을 증언해줄 기록으로, 이 일에 직접 체험한 사람이 적은 교과서로 남길 생각이었다. 하지만 마음을 바꾸었다. 역사 따위는 잊어버릴 거다. 이런 기록은 그 누구도 필요 없다.

2046년 6월 24일

위노나는 죽지 않았다. 오늘 아침, 그들은 들것에 찬트리아만큼 이나 얼굴을 찌푸리고 있는 위노나를 태우고 갔다. 위노나의 앙다문 입술에는 피가 고여 있었다. 오후에 우리 포드로 돌아온 브랜든은 제왕절개는 성공했다고 전했다.

데이모스는 살았어요? 찬트리아가 물었다. 산모와 아기 둘 다 살 았습니다. 브랜든이 대답했다. 위노나는 자고 있습니다. 브랜든은 스 크린을 들어 우리에게 영상을 보여주었다. 무엇이 그것을 촬영하고 있는지는 몰랐지만, 아주 거대한 아이의 공허한 눈이 촬영 장비를 쳐다보고 있었다. 포보스처럼 그 아기의 가슴에서도 심장이 뚜렷하 게 보였다. 심장이 뛰는 모습을 보는 건 좋지 않았다. 그런데 브랜든 은 위노나의 모습은 보여주지 않았다. 사진으로도 말이다.

축하해야죠, 함께 축하해요. 찬트리아가 울부짖듯이 말했다. 찬트 리아가 브랜든에게 말했지만 브랜든은 거절했다. 해야 할 일이 있습 니다. 나는 브랜든이 클립보드를 들고 사무적으로 위노나를 보면서 유전학자와 함께 달성해야 할 수익률과 5개년 계획을 세우는 모습 을 상상했다. 그들 뒤에서는 다가올 미래를 기대하며 데이모스가 비 닐 돔 안에 누워 있을 것이다. 설 수 있을 때까지, 그 가느다란 손가 락으로 자신을 가둔 감옥을 만질 수 있을 때까지, 도대체 왜 자기가 갇혀 있어야 하는지 모르겠다는 생각을 할 수 있을 때까지 자랄 것 이다. 포보스처럼 유아복의 솔기를 찢어버릴 것이다. 하루나 이틀만 아기로 존재할 것이다. 그 뒤로는 더는 아기가 아닐 것이다.

케이크를 만들 거예요. 브랜든이 떠난 뒤에 찬트리아가 노래하듯이 말했다. 곡물죽을 그릇에 넣고 그 위에 감미료를 뿌리더니 복사열을 가했다. 곡물죽이 부풀어 오르자 찬트리아는 그 덩어리를 반으로 갈랐고, 찬트리아와 내가 한 덩어리씩 먹었다. 한 입 베어 물 때마다 우리의 입술은 끈끈해졌다. 나는 지구의 다른 지역에서 차출되어 온 우리의 얼굴을 물끄러미 바라보았다. 우리는 자매가 될 수 있을 거라고 생각했다. 어쨌거나 결국 우리는 함께하고 있으니까.

이제 곧 내 시간이 올 것이다. 이제 곧 나는 애그니스와 위노나처럼 출산이라는 끔찍한 세상으로 들어갈 것이다. 그 두 사람처럼 나도 지금까지 한 번도 보지 못했던 존재를 낳을 것이다. 그것도 포보스와 데이모스처럼 우리가 쳐다보면 우리를 응시할까? 아니면 그 자체로 독특한 존재일까? 지금까지 존재하지 않았던 전혀 새로운 존재가 태어날까?

나는 개브리엘에게 작별 인사를 하지 않을 것이다. 작별 인사를 하지 않으면 우리의 이야기는 계속될 수도 있으니까. 나는 살 수도 있으니까. 어쩌면 나는 살지 못할 수도 있었다. 하지만 내 아이는 살 수도 있었다. 이 아이는 K와 나처럼, 우리 앞에 있던 수많은 여자들처럼 여자일 거라고 믿었다. 나의 딸은 괴물로 자라거나 사람으로 자라거나 괴물이자 사람으로 자랄 것이다. 어떤 모습이든 우리 딸은 스스로 이 별을 선택할 것이다. 이 붉은 별은 사실 항성이 아니라 행성이었다. 이곳은 마치 눈이 먼 것처럼 자기 궤도에 갇혀 있었다.

내가 아쉬운 것은 K뿐이었다. 우리는 벌써 여러 주째 대화하지 못하고 있었다. 내 차례가 오기 전에 적어도 한 번이라도 K가 보고 싶었다. 그렇다면 이렇게 말해줄 수 있을 텐데. 분명히 이걸 이해할 것 같아. 어머니들은 모두 이해하니까. 우리는 운명을 손에 연결해, 그리고 도약하는 거야. 우리는 우리 아이가 써나갈 이야기를 예측할 수 없어.

달

2073년 화성

"어머니는 큰 그릇인 거야! 어머니에게 물을 가득 넣은 다음에 쏟아내는 거야." 내가 소리쳤다.

"이 사람에게 무슨 일이 일어난 걸까?" 아이비는 스크린을 더 내려보려고 했지만 내려가지 않았다. 일기는 거기서 끝나 있었다. 우리는 우리 아이가 써나갈 이야기를 예측할 수 없어. "어떻게 그럴 수 있지?"

아이비와 나는 밤새 우리가 찾은 일기를 읽으며 깨어 있었다. 아이비는 아주 빠른 속도로 나에게 읽기를 가르쳤다. "넌 정말 빨리 배운다." 아이비는 경이롭다고 했다. "내가 하는 일이라고는 배우는 것밖에 없으니까. 배우는 건 잘하지." 내가 대답했다. 스크린에 떠오른 검은색 선을 아래로 쭉 내리면서 아이비가 한 단락을 읽으면 내가 그다음 단락을 읽었다. 우리는 모든 선을 크게 소리 내어 읽었다.

중간쯤 읽었을 때 아이비가 속삭였다. "진짜 기이한 이야기야."

"정말?" 내가 물었다. 다른 이야기는 아는 것이 없었기 때문이다. "늘 이런 게 아니야?"

"아니, 전혀. 이건 처음 듣는 이야기야." 아이비가 대답했다.

우리는 계속 읽었다. 날이 밝을 무렵에는 목이 따끔했고 입술이 바짝 말라 갈라지기 시작했다. 생전 처음 공기보다 물을 마시고 싶다는 열망이 생겼다. 하지만 나는 나의 포드를 떠나지 않았다. 마시지도 않았고 배설하지도 않았다. 신선한 공기를 마시지도 않았다. 나는 스크린에서 눈을 떼지 않고 이삼촌이 말해준 것보다도 훨씬 더 환상적인 이야기를 읽어나갔다. 이 이야기는 지구의 이야기가 아니야, 화성의 이야기야. 나는 속으로 생각했다.

"아이비." 내가 읽기를 멈추고 말했다. 일기가 끝나갈수록 나는 점점 더 확신이 들었다. 그 확신을 큰 소리로 말할 필요가 있었다. "페넬로페가 나의 어머니 같아." 내가 말했다.

"허." 아이비도 입을 다물었다. 나는 아이비의 표정을 상상해보려고 애썼다. 아마도 얼굴을 찡그린 채 깊은 생각에 빠져 있을 것이다. "정말 그렇게 생각해?"

"그래."

"그러니까 네가 의학 실험 결과라고?"

"페넬로페의 아기가 아니라면 누구겠어? 페넬로페는 삼촌들을 낳지 않았어. 삼촌들을 낳은 건 애그니스와 위노나야." 포보스와 데이모스 말이야. 나는 생각했다. 나는 세 번째 아기가 틀림없었다. 세 번째 달이었다.

"잠깐만. 삼촌들이라니? 그게 누구야? 너 혼자 거기에 있는 줄 알았는데." 아이비가 말했다.

"나도 그렇게 생각했어." 스크린 화면이 희미해졌다. 충전해야 했다. 나는 벌떡 일어났다. "잘 들어봐. 난 페넬로페를 찾아야 해. 아직도 거기 있을지 모르잖아. 붉은 별 기지."

"하지만 너도 거기 있는 거 아니야? 그리고 대체 그 삼촌들이란 게 누구야? 사실…… 난 너에 대해서 하나도 모르잖아." 아이비의 목소리가 까칠해졌다.

스크린 화면이 점점 더 희미해지더니 회색이 됐고, 곧 검게 변했다. 아이비는 나중에 찾을 수 있을 것이다. 그럴 수 있다는 확신이 들었다. 그때 나는 모든 걸 말해줄 것이다. 돔에 관해, 개브리엘이 붉은 별의 아기들을 위해 만든 기지에 관해, 계속 그곳에서 기를 수 있을 거라고 생각했던 나무와 꽃에 관해. 페넬로페, 나의 어머니를 찾아낸다면 어머니와 아이비를 만나러 갈 것이다.

스크린을 옆구리에 끼고 나는 통로를 달려 돔으로 올라가는 사다리로 갔다. 돔으로 올라가 태양전지 케이블을 스크린에 연결했다. 삼촌들과 함께 감자를 먹으러 갈까 고민을 하다가 그만두기로 했다. 먼지를 먹으면 돼, 옛날처럼. 나는 생각했다. 게다가 삼촌들을 보고 싶지 않았다. 일삼촌은 탁자에 앉아서 초조하게 손가락으로 탁자를 두드릴 것이다. 일삼촌은 페넬로페든 애그니스든 위노나든 신경 쓰지 않을 것이다. 누가 일삼촌의 어머니였을까? 일삼촌은 과거는 전혀 신경 쓰지 않았다. 그는 오직 미래만을 생각했다.

나는 바깥으로 나가는 통로로 향했다. 벌써 모래언덕 냄새가 났다.

달. 이삼촌이 내 뒤에서 말했다.

나는 몸을 돌렸다. 이삼촌이 해치를 통과해 사다리를 오르고 있었다. 돔으로 올라온 이삼촌은 제대로 서 있으려고 소나무에 몸을 기댔다. 이삼촌의 두툼한 살은 밑으로 처졌고 생기를 잃은 피부는 회색빛으로 변했으며 통통했던 뺨은 뼈에 붙을 정도로 움푹 꺼졌다. 심지어 가슴에서 보이는 심장이 뛰는 속도도 느려진 것 같았다. 이삼촌에게 다가가면서 나는 생각했다. 내가 낫게 해줄 거야.

이야기를 찾았어, 나의 어머니에 관한 이야기. 삼촌들 이야기도 알게 됐어. 내가 말했다.

알아, 그런 이야기를 알게 해서 미안해. 이삼촌이 핼쑥한 얼굴로 나를 뚫어지게 쳐다보았다.

왜 나한테 말하지 않았어? 내가 물었다. 그랬다면 훨씬 많은 시간을 아낄 수 있었을 텐데.

붉은 별 기지로 갈 거니? 이삼촌이 물었다.

가야 해. 내가 대답했다. 전율이 나를 움켜잡았다. 그곳에 있을지도 모르잖아.

꼭 가야겠다면 가, 하지만 나를 믿어. 거기엔 볼 게 아무것도 없어. 이삼촌이 말했다.

나는 그 말은 무시했다. 나는 삼촌들에 관해 너무나도 많은 걸 잘

못 알고 있었다. 믿음이라고? 도대체 믿음이 뭔데?

저녁 먹기 전에 올게. 안녕, 데이모스. 내가 말했다.

이삼촌은 기이한 표정을 짓더니 간신히 웃어 보였다. 그건 내 이름인 적이 한 번도 없었어. 이삼촌이 말했다.

나는 대답하지 않고 바깥으로 나가는 통로로 걸어갔다. 내 심장이 빨라졌다. 거의 다 왔다. 출입문을 두 개 지나 드디어 밖으로 나왔다.

이곳이 내가 속해 있는 모든 세상이었다. 따뜻한 바람이 모래언덕을 한숨처럼 부드럽게 쓸고 지나갔다. 마지막으로 분 모래 폭풍이 남기고 간 모래들이 대기에 안정적으로 뜬 채 반짝거리고 있었다. 모래 먼지가 다가와 내 뺨에 붙었다. 우주에서 보내오는 금속 냄새를 맡을 수 있을 정도로 대기는 투명했다. 나는 폐로 공기를 한껏 빨아들였고, 습기 없는 건조함을 즐겁게 누렸다. 돔에서 멀리까지 걸어갔다. 나의 맨발은 모래에 묻혔고, 나의 기쁨은 점점 더 커졌다. 단단한 갈색 피부는 이 행성의 일부처럼 느껴졌고, 검은 머리카락은 모래로 짠 직물 같았다. 내 몸에서 나오는 숨은 산들바람처럼 청명했다.

내가 가고 있어. 서쪽을 보면서 생각했다. 조금 늦었지만, 집으로 가는 거야.

나는 좀 더 오래 걸어야 할 거라고 생각했지만 해가 지평선 위로 떠오를 무렵에는 이미 목적지에 도착했다. 앞쪽에 먼지가 붙어서 끈적해 보이는 무언가가 어렴풋이 나타났다. 우리가 그 돔을 발견했을 때를 기억했다. 저 돔이 붉은 별 기지임이 분명했다.

나의 어머니가 적어놓은 장소에 다가가면서 나는 나의 아버지가 궁금해졌다. 페넬로페에게는 아버지가 있었다. 아이비에게도 있었다. 그렇다면 나에게도 분명히 있을 것이다. 페넬로페는 나의 아버지를 모른다고 했다. 아버지는 자신의 난자에 정자를 주었을 뿐이라고 했다. 하지만 페넬로페의 추측처럼 기술자나 산과의사가 나의 아버지일 수도 있지 않을까? 스크린에서 본 내용대로라면 나는 조금 클수는 있지만 형태는 충분히 사람 같았다. 하지만 이 행성을 지치지도 않고 빠르게 걸어 다닐 수 있었고, 흙과 공기만 먹어도 살 수 있었다. 큰 키와 엄청나게 큰 머리, 투명한 가슴을 한 삼촌들은 나보다는 외계인에 훨씬 더 가까웠다. 그러니까 우리의 아버지들은 사람과는 완전히 다른 존재일 수도 있었다. 하지만 다른 존재가 있을 수 있을까?

이런 생각을 하자 걸음이 빨라졌다. 답을 알고 싶다는 엄청난 열망이 내 몸을 가득 채웠다. 기니피그를 먹는 페넬로페를, 뼈에 붙은 살을 뜯어 먹던 페넬로페를 생각했다. 하지만 나는 무언가를 봤고, 멈출 수밖에 없었다. 눈이 축축해졌다. 너무 오랫동안 울지 않아서 눈물이 나왔어도 그것이 눈물임을 쉽게 깨달을 수 없었다. 나를 둘러싼 땅과 공기가 너무 건조해서 내 눈에서 나온 눈물은 두 줄기 가느다란 길이 되어 흘러내렸다. 삼촌들은 울 수도 없었다. 이 메마른 행성에서는 나만이 눈물을 흘릴 수 있었다. 그건 이상했다. 너무나도 기이해서 지금까지 느꼈던 그 어떤 외로움보다 더 큰 외로움을 느꼈다.

이삼촌의 말은 사실이었다. 그곳에는 아무것도 없었다. 거대한 기지는 여러 모래언덕에 걸쳐 뻗어 있었다. 하지만 잔해일 뿐이었다. 무너지고 시꺼멓게 그을린, 파괴된 곳이었다. 남아 있는 것은 오랫동안 불어온 먼지폭풍에 파묻혀버렸고, 오직 쪼그라든 포드의 윗부분들만 표면 위로 나와 있었다. 모래를 파서 아랫부분을 확인해볼까 하는 생각도 했지만 하지 않았다. 아이비가 나에게 화재가 무엇인지 가르쳐주었다. 기지 내부에서 불이 난 것이 분명했다. 기지는 껍데기만 남았다.

가장 가까이 있는 반쯤 파묻힌 포드로 다가가 만져보았다. 모래위에 철퍼덕 주저앉아 포드에 머리를 기댔다. 윙윙거리는 소리를 듣고 깜짝 놀라서 벌떡 일어났다. 포드 내부에서 작동하고 있는 기계음 같았다. 하지만 곧 내 귀에서 들리는 혈관 소리임을 깨달았다. 나는 아무것도 찾지 못했다. 그저 삼촌들이 자기 어머니들을 찢고서 태어난 곳에 왔을 뿐이었다. 어쩌면 나도 그랬는지도 몰랐다.

"모든 어머니는 피를 흘려." 나는 큰 소리로 말했다.

나는 피를 흘리고 싶지 않았다. 그 깨달음은 강력한 충격이 되어 나를 강타했다. 나는 어머니가 되고 싶지 않았다. 미처 깨닫지는 못했지만 아주 오랫동안 그 사실을 알고 있었다. 페넬로페의 일지는 그저 나의 마음을 확고히 깨닫게 해준 것뿐이다. 삼촌들과 나만이 유일하게 남은 존재라는 것 따위는 신경 쓰지 않았다. 나는 일삼촌의 씨앗을 내 몸에 심고 싶지 않았다. 나는 애그니스나 위노나, 페넬로페처럼 되고 싶지 않았다. 페넬로페는 자기 가족에게 맹세했다. 그들의 혈통을 이어가겠다고 약속했다. 그러나 붉은 별 기지는 불타버렸다. 아마도 페넬로페도 불에 탔을 것이다. 어쩌면 내가 태어나면서 어머니를 죽였을 수도 있다. 어쩌면, 정말로 어쩌면 지구로 돌아갔을 수도 있었다. 하지만 그건 거의 공상에 가까운 추측일 것이다.

삼촌들에게 무슨 말을 해야 하는지 알았다. 하겠다고 말하면 안 된다. 그들의 계획을 받아들이면 안 된다. 삼촌이 될 아기를 기른다면 나를 죽일 수도 있다. 삼촌으로 자라 돔을 불태울 수도 있고 우리에게 반항할 수도 있다. 아니면 멀리 떠나버릴지도 모른다. 나를 두고 가버릴 수도 있다.

도대체 그런 일을 해야 하는 이유를 알 수 없었다. 삼촌들과 나는 실패한 실험의, 너무나도 컸던 꿈의 결과물이었다.

돔으로 돌아가면 삼촌들에게 맞설 것이다. 내 대답을 들려줄 것이다.

삼촌들의 큰 꿈 따위는 잊어버려. 나는 그렇게 말해줄 것이다.

페넬로페

2046년 화성

시간 1

2046년 6월 28일

두 여자가 황량한 풍경 속을 터덜터덜 걷고 있었다. 적갈색 모래 언덕 위에서 두 여자가 입은 우주복은 선명한 흰빛을 발산하고 있었다. 두 여자의 커다란 부츠는 계속 앞으로 나갔다. 쓰고 있는 헬멧 때문에 숨 쉬는 속도는 점점 더 빨라졌다. 두 여자는 검게 타버린 뼈대를 뒤에 남기고 왔다. 두 여자의 코에서는 고약한 연기 냄새가, 잊어버렸다고 생각했던 지구의 냄새가 사라지지 않았다. 그 기지, 두 여자가 집이라고 부르려고 그렇게 애썼던 장소는 폭발해버렸다.

한 여자는 페넬로페였고, 또 한 여자는 개브리엘이었다. 88일 전에 페넬로페는 다정한 미래를 바라며 이 행성으로 왔다. 그곳에서

423

개브리엘을 만나 사랑을 배웠고 희망찬 미래를 꿈꾸려고 애썼다. 하지만 붉은 별 기지는 불에 타 사라졌고, 두 여자는 외계 하늘 아래 단둘만이 남았다. 두 여자는 뛰고 싶었지만 묵직한 우주복과 낮은 중력 때문에 마치 꿈속에서 달리려고 애쓰는 사람들 같았다.

이건 이야기야. 내가 하는 대로 형태를 만들어갈 수 있는 거야. 페넬로페는 속으로 생각했다. 그렇게 생각하자 마음이 편해졌다. 이야기는 익숙했다. 페넬로페의 어머니 K는 책에 적혀 있는 이야기뿐만 아니라 페넬로페의 할아버지 파에게 들은 이야기도 페넬로페에게 계속 들려주었다. 파는 K에게 붉은 별을 좇아가라고 했다. 파의 어머니가 그렇게 말했기 때문이다. 하지만 K는 그 위대한 실험에 참가할 임무를 페넬로페에게 맡겼고, 페넬로페를 우주로 보냈다. K는 그런 임무를 수행한 여자 영웅들의 이야기를 들려주면서 페넬로페를 길렀다. 너는 새로운 혈통이 될 거야. 너는 다음 세대를 낳을 거야. 너는 수천 명의 어머니가 될 거야.

페넬로페는 K가 승리와 만족스러운 대단원을 원했다는 걸 알았다. K는 페넬로페가 이렇게 먼 곳에서 아기를 낳는 임무를 성공적으로 해낼 것이라고 믿었다. 다른 자원자들도 자신의 아기를 안은 채 페넬로페 주위를 둘러싸게 될 거라고 믿었다. 붉은 별 기지는 온통 행복으로 가득 찰 거라고 믿었다. 출산을 축하하는 띠, 색색의 종이꽃, 요란한 소리를 내며 터지는 샴페인. 이곳에 모인 사람들이 줄어들고 있는 지구의 출산율에 반기를 들어줄 거라고 믿었다. 태양계의 네 번째 행성에서 번영하는 식민지를 만들 거라고 믿었다. 파의 입

버릇처럼 그 사람들이 새로운 세상을 만들 거라고 믿었다.

하지만 지금 페넬로페는 타버린 붉은 별 기지를 떠나 무거운 발을 옮기고 있었다. 페넬로페는 자신이 영웅이 아님을 알고 있었다. 영웅이라면 자신의 임무를 성공적으로 마쳐야 했으니까. 난 어머니를 실망시켰어. 우리 가족의 꿈은 죽었어. 페넬로페는 생각했다.

아니, 인내를 가져. 충성심도. 이렇게 대답하는 K를 상상하는 건 어렵지 않은 일이었다.

북쪽 피난처에서는 아침에 어머니의 무릎에 앉아 책을 볼 때가 많았다. 이건 포세이돈이야. K가 말해주었다. 바다를 다스리는 신이지. 여긴 데메테르, 농업의 신이야. 그리고 여기, 죽을 수밖에 없는 사람은(K는 외롭게 베를 짜고 있는 여자를 가리켰다) 페넬로페야. 그건 나잖아. 그때마다 페넬로페는 울었다. 충성심을 가지고 인내해야 해. 그러면 보상받을 수 있어. 페넬로페의 어머니는 딸을 달랬다.

페넬로페는 한 발에 한 단어씩 읊조리며 걷는 연습을 했다. 오른발에 충성, 왼발에 인내. 배가 아니라 발에 집중할 수 있다는 사실에 안심했다. 무겁게 매달려 있는 배는 튼살 때문에 허옇게 보였다. 페넬로페의 배는 언제라도 우주복을 열고 나오겠다고 위협하고 있었다. 오늘은 2046년 6월의 스물여덟 번째 날이었다. 지구에서의 6월 28일처럼 죄가 없는 날이었고, 악의가 없는 날이었다. 이 행성의 긴 달력대로라면 10일 뒤에는 6월 38일이 될 테고, 다른 자원자들의 시간으로 예측해보자면 페넬로페는 그날 아기를 낳아야 했다. 하지만 그 전에 낳을 수도 있고, 오늘 낳을 수도 있었다. 페넬로페는 그 누구도 가보지 않은 미지의 영역이었다.

그들이 기르고 있는 이 아기들은 전적으로 새로운 존재들이었다.

그 꿈은 죽지 않았어. 이 아기는 살아남을 거야. 실패한 게 아니야, 아직은. 페넬로페는 소리 없이 속삭였다.

페넬로페 옆에서 페넬로페의 동반자는 묵묵히 걷고 있었다. 밖으로 툭 튀어나온 페넬로페의 허리선과 달리 그 동반자의 허리선은 홀쭉했다. 개브리엘이 페넬로페를 돌아보았다. 플라스틱 헬멧 때문에 개브리엘의 얼굴이 크게 보였다. 인내해야 해. 페넬로페는 생각했다. 하지만 페넬로페는 사랑하는 사람이 돌아올 때까지 한곳에 앉아서 베를 짜던 오디세우스의 아내가 아니었다. 페넬로페는 한곳에 머물지 않았다. 페넬로페의 연인은 자꾸 뒤처지는 연인의 속도에 맞춰함께 걷고 있었다. 충성심은 보상을 줄 거야. 페넬로페는 생각했다.

그 이야기가 어떻게 끝났지? 페넬로페는 어머니의 망령에게 물었다. 그건 네가 나에게 말해줘야지. 어머니의 망령이 대답했다. 이제그건 너의 이야기잖아.

페넬로페가 다른 여자의 손을 잡으려고 팔을 뻗었다. 다른 여자도 손을 뻗었다. 페넬로페는 그 여자가 볼 수 있도록 입술을 움직여 여자의 이름을 불렀다. 개브리엘. 개브리엘도 뭐라고 말했지만, 무슨말을 하는지는 알 수 없었다.

장갑을 낀 손은 어설펐다. 개브리엘의 손가락을 거의 느낄 수 없었다. 두 여자는 잔해를 뒤로 하고 화성의 새벽이 선사하는 눈부시게 밝은 빛 속으로 걸어 들어갔다.

시간 2

2046년 6월 28일

해가 높이 떠오르자 화성의 하늘은 북쪽 피난처에 피었던 미나리아재비처럼 섬세한 색으로 물들었다. 숨이 가빠진 페넬로페는 문득 멈춰 섰다. 옆구리에 예리한 통증이 느껴졌다. 페넬로페는 천천히 숨을 들이마시고 내뱉었다. 그들이 자원자들에게 나누어준 착상 뒤의 행동 수칙 안내서, 어머니가 될 수 있는 사람들을 위한 안내서를 생각했다. 그 안내서에는 수축이 시작됐을 때 호흡법, 수축 강도를 완화하는 법 등이 실려 있었다. 천천히 규칙적으로 쉬어야 해. 페넬로페는 생각했다. 통증이 조금 줄어들었다. 지금 아기가 나올 리는 없었다. 하지만 확신할 수는 없었다. 페넬로페는 가만히 서서 몸의 감각을 느꼈다. 근육이 수축하고, 발길질을 당하고, 다리 사이로 축축한 물이 흘러내리기를 기다렸다. 그 어느 것도 시작되지 않았다. 페넬로페는 한 손을 들어 올려 개브리엘에게 신호를 보냈다. 이 손은 계속 가자는 의미였다. 두 여자는 계속 걸었다.

두 여자는 다른 기지로 향하고 있었다. 개브리엘이 말했던 곳이다. 아기를 위해 만든 곳으로 개브리엘이 아이들이 행복하게 지낼 수 있는 곳이라고 했던 기지였다. 개브리엘이 붉은 별 기지에서 이제 곧 생존 준비를 끝낼 거라고 한 곳이었다. 복도를 달려온 두 여자는 가쁜 숨을 몰아쉬며 출입구에 서 있었다. 서둘러요. 개브리엘이 말했다. 보관함에서 우주복을 꺼낸 개브리엘은 자기 우주복의 버클을 잠그기 전에 부츠를 신는 페넬로페를 도왔다. 페넬로페는 지금

이 우주복을 입는 데 다섯 시간 이상 걸렸던 세기의 전환기가 아니라서 다행이라고 생각했다. 민영화가 풀어놓은 돈 덕분에 우주복은 훨씬 간편해졌다.

페넬로페는 에어록을 열고 있는 개브리엘을 지켜보았다. 다른 사람들은 어떻게 해요? 페넬로페는 묻고 싶었다. 하지만 개브리엘이 두 여자의 머리에 헬멧을 씌웠고, 두 사람은 더는 아무 말도 나누지 못했다. 통신장비를 찾아 우주복에 연결할 수 있는 시간은 없었다. 에어록이 잠기기 전에 페넬로페는 화염을 보았다. 불은 냄새를 쫓아 달려오는 개들처럼 모퉁이를 돌고 있었다. 뒤쪽 에어록이 쉭 하고 잠기자 앞쪽 에어록이 열렸고, 페넬로페 앞에 보기는 했지만 한 번도 발을 디딘 적이 없는 풍경이 펼쳐졌다. 페넬로페와 개브리엘은 갓난아기처럼 아무 말도 하지 않고 밖으로 나왔다. 갓난아기와 달리 최선을 다해 달려 나왔지만.

페넬로페에게는 기지를 삼키고 있는 불을 묘사할 수 있는 언어가 없었다. 정말이었다. 하지만 사실 그렇지만도 않았다. 불은 1초 만에 복도를 내달려 실험실과 잠자는 포드와 식물학자들의 실험용 표본들을 태워버렸다. 1초 뒤에는 사라져버렸다. 짧고도 강렬하게 단 한 번의 폭발이 있었다. 그리고 아무것도 남지 않았다. 불은 산소가 없는 공기 안에서 이내 사그라들었지만 녹아서 엉겨 붙은 금속과 플라스틱 잔재를 남겼다. 페넬로페와 개브리엘을 제외한 모두가 산 채로 불에 타버렸다.

한 걸음 내디딜 때마다 불에 탄 기지는 작아졌다. 이제 곧 모래언덕이 기지를 감춰버릴 것이다. 페넬로페는 지금 향하고 있는 자매 기지의 모습을 떠올려보려고 애썼다. 나무와 꽃으로 가득 채웠어요. 개브리엘이 말했다. 페넬로페는 그 말에 매달렸다. 너무나도 오랫동안 나무를 보지 못했다.

붉은 별 기지를 탈출하기 전에 개브리엘이 페넬로페를 보았다. 한 솔 걸어야 해요. 개브리엘의 입은 그렇게 말하고 있었다. 페넬로페는 이해했다. 솔이란 하루를 뜻했다. 그러니까 두 여자는 하루를 걸어야 한다는 뜻이었다. 불가능하지 않다고, 페넬로페는 그렇게 생각했다.

하지만 지금은 개브리엘이 말한 하루가 24시간인지 25시간인지 궁금했다. 이 행성은 달도 날도 너무 길었다. 두 여자의 산소가 그때까지 버틸 수 있기를 바랐다. 입고 있는 우주복이 새벽의 추위보다도 더 낮은 온도를 견디기를 바랐다. 이곳의 밤은 몸에서 영혼을 분리해버릴 정도로 추웠으니까.

시간 3

2046년 6월 28일

두 여자만이 남은 것은 아니었다. 누군가 두 여자를 쫓아오고 있었다. 두 누군가가. 개브리엘이 먼저 발견했다. 저길 봐요. 개브리엘이 입술을 움직이며 팔을 뻗었다. 페넬로페는 둥근 바위 앞에 있는 두 존재의 윤곽을 보았다. 앞에는 포보스가, 그 뒤로 데이모스가 서 있었다. 두 존재는 더는 아기가 아니었다. 그저 걷기만 하는 존재가 아니었다. 십 대 소년이었다. 두 아이는 기지에서 탈출한 게 분명하지만 페넬로페는 어떻게 탈출했는지 알지 못했다. 페넬로페는 모두 불에 타 죽었을 거라고 생각했다. 하지만 충분히 있을 수 있는 일이었다. 누군가 기지에서 탈출했다면 그건 포보스와 데이모스여야 했다. 출생한 직후부터 저 아이들은 모든 예측을 혼란스럽게 만들어버렸으니까.

화성에 아이들이라니. 페넬로페는 기대가 컸다. 분명히 귀여울 거야. 하지만 뒤에서 페넬로페를 따라오는 아이들을 봐. 저 아이들에게는 귀엽다는 말이 전혀 어울리지 않았다. 오히려 *괴물*이라는 단어가 어울렸다. 어쩌면 *거인*이라고 해야 할지도 몰랐다.

데이모스와 포보스는 우주기지에 있던 회색 우주복을 입고 있었다. 두 아이의 커다란 머리가 우주복 위로 동그랗게 구처럼 나와 있었다. 이제는 너무 길어져서 유아복은 입을 수 없었을 것이다. 저 옷은 유전학자가 입혀주었거나 아니면 직접 찾아서 입었을 것이다. 아주 멀리 있어서 페넬로페는 회색 우주복 가슴에 폭발하는 별이 그려져 있는지는 확인할 수 없었지만 분명히 있을 거라고 생각했다. 저 아이들은 이곳, 붉은 별 프로젝트의 결과물들이니까. 저 아이들을 보면 데이비드가 자랑스러워할지 궁금했다. 데이비드가 지금도 살아서 저 아이들을 본다면, 이런 대기 속에서 그 어떤 도움도 없이 움직일 수 있는 포보스와 데이모스를 본다면 두 눈을 밝게 빛내면서 기뻐했을 거라고 생각했다. 그래, 그럴 거야. 데이비드는 붉은 별 프로젝트의 자원자들이 낳은 저 아이들을 너무나도 자랑스러워했을 거야. 페넬로페는 생각했다.

포보스와 데이모스의 하얀 머리가 아침 햇살을 받아 반짝거렸다. 페넬로페는 지구 위로 높이 떠오르던 달을 기억했다. 페넬로페의 어머니는 딸에게 달의 모양 변화를 설명해주었다. 페넬로페는 어둠 속에서 사실은 진짜 별이 아닌 가짜 별을, 붉게 타오르는 행성을 찾고 있는 자신을 떠올려보려고 애썼다. 그 별은 밤에만 그곳 하늘에서 보이는 게 아니었다. 낮에도 보였다. 개브리엘이 간신히 붉은 별 기지의 경도를 북쪽 피난처에 맞출 수 있었기 때문에 두 곳의 1년이 동일하게 흐르지는 않았지만 두 곳의 시계는 맞출 수 있었다. 한 가지 차이라면 화성이 지구보다 더 많이 가진 한 시간의 기적 때문에 지구에서보다 하루가 조금 더 늘어났다는 것뿐이었다.

지금쯤이면 K는 일어나 있을 것이다. 페넬로페는 흰머리가 드문드문 나 있고, 자기보다는 곱슬기가 덜한 어머니의 붉은 머리카락을 생각했다. 황갈색인 자신보다는 훨씬 더 밝았던 어머니의 피부를 생각했다. 웃음을 회피하던 어머니의 입술을 생각했다. 인내해야 해. 어머니는 그렇게 말했고, 그럴 때면 페넬로페는 어머니가 아버지를 생각한다는 걸 알았다. K가 수상도시에 남겨두고 온 남자 미켈란젤로를 말이다. 페넬로페가 물어볼 때마다 어머니는 넌 그 사람의 아이라고 이야기했다. 너의 아름다운 피부와 머리카락을 봐. 강인한 어깨랑 목의 곡선도 똑같이 먼 곳을 보는 너의 시선도 그래. 어디에서든 그 사람은 너를 보자마자 분명히 네가 누군지 알아볼 거야.

페넬로페가 어렸을 때 K는 아버지를 기다리라고 말했다. 언젠가 그가 배낭에는 붓을 꽂고 가슴에는 고이 접은 내 역사를 품고서 말을 타고 달려올 거야. 우리에게 자기 사람들에 관한 노래를 불러줄 테고, 우리의 슬픔을 소나무에서 떨어지는 눈처럼 떨어뜨려줄 거라고 말했다. 아이였음에도 페넬로페는 그런 어머니가 안쓰러웠다. 페넬로페가 자랐을 때 K는 인정하고 말았다. 그는 간 거야, 아마도. 물에 빠졌을 거야. 배와 함께 선장도 가라앉아버린 거지.

페넬로페는 정신을 다른 곳으로 돌리려고 이런 기억을 떠올렸다. 뒤따라오는 두 존재는 생각하고 싶지 않았다. 자신과 다른 자원자들이 이 행성의 위성 이름을 붙여준 존재들을 생각하고 싶지 않았다. 페넬로페는 개브리엘도 두 존재를 생각하지 않으려고 애쓴다는 걸 알았다. 어쨌거나 두 존재는 개브리엘의 실험이었으니까. 망쳐버린 실험이었으니까. 개브리엘은 이미 다시 걷고 있었다. 포보스와 데이모스를 떨쳐두고 가려는 듯이 더 빠르게 걸었다. 페넬로페도 기꺼이, 최선을 다해 개브리엘을 쫓아갔다.

페넬로페의 윗입술에 땀이 송골송골 맺혔다. 기지에 있었다면, 안전한 심홍색 이불 밑에 있었다면 개브리엘이 혀끝으로 한 방울, 한 방울 페넬로페의 땀을 모두 핥아주었을 텐데. 그 혀는 입술을 지나 목으로 내려갔을 테고. 하지만 이제 그들의 몸은 그런 것이 중요하지 않았다. 그들의 몸은 화성의 날씨와 태양풍, 방사선으로부터 지켜줄 보호 장치가 필요했다. 입고 있는 우주복으로 산소를, 연결된 튜브로 물과 액화 영양소를 얻었다. 하지만, 이런 자원이 영원히 존재할 수는 없었다.

페넬로페는 뒤로 몸을 돌렸다. 포보스와 데이모스가 훨씬 가까이와 있었다. 무엇을 원하기에 쫓아오는 것인지 알 수 없었다. 공격하려는 의도 없이 그저 개브리엘이 목적지를 알기 때문에 쫓아오는지도 몰랐다. 어쩌면 페넬로페의 상태를 보고 자신들의 어머니에게 일어났던 일을 생각하고 있는지도 몰랐다. 그래, 도와주고 싶은 건지도 몰라. 페넬로페는 희망을 품었다. 하지만 페넬로페가 바라본 두 아이의 얼굴에는 어떠한 표정도 드러나 있지 않았다.

빨리 걷는 건 힘들었다. 속도를 늦추고 싶지 않았지만 어쩔 수 없이 자꾸 늦어졌다. 얼마 못 가 개브리엘의 속도도 느려졌다. 개브리엘은 장갑을 낀 손을 뻗어 페넬로페의 팔을 잡았다. 걱정하는 표정이 분명히 보였다. 목까지 숨이 차올라 힘들었지만 페넬로페는 개브리엘이 안심할 수 있도록 웃어 보였다.

이제는 남기고 온 기지의 잔해가 보이지 않았다. 하지만 새로운 기지도 보이지 않았다. 두 사람 위로 화성의 달들이, 진짜 포보스와 데이모스가 희미한 윤곽을 드러내며 떠 있었다. 포보스는 동쪽으로 아주 빠른 속도로 움직이고 있었지만 데이모스는 다른 방향에서 그저 작은 점으로만 보일 뿐이었다.

페넬로페 안에서는 페넬로페의 작은 달이 공전하고 있었다. 그 달은 거의 보름달이 되었다. 이제 곧 터져 나올 것이다. 페넬로페는 뒤로 고개를 돌려 따라오는 두 존재를 보고, 고개를 들어 그 두 존재에게 이름을 준 천체들을 바라보았다. 머리 위로 별들이 무한한 신비를 품고 펼쳐져 있던 북쪽 피난처에서도 하늘은 도저히 이해할 수 없는 공간이었다.

시간 4

2046년 6월 28일

페넬로페는 멈춰야 했다. 땀이 계속 흐르고 다리가 떨렸다. 바위 위에 앉았다. 개브리엘은 눈치채지 못했다. 개브리엘은 계속 걸었다. 기다리라고 페넬로페가 말했지만 개브리엘은 듣지 못했다. 개브리엘은 걸어갈 것이다. 페넬로페를 놓고 떠나버릴 것이다. 포보스와 데이모스가 페넬로페를 따라잡을 테고, 그때 저 아이들이 어떤 일을 할지는 아무도 몰랐다. 기다려요. 페넬로페는 다시 말했고, 분명히 듣지 못했을 텐데도 이번에는 사랑하는 연인이 뒤를 돌아보았다. 수고스럽게도 개브리엘은 페넬로페가 있는 곳으로 다시 돌아왔다.

다쳤어요? 개브리엘이 아주 크게 입술을 움직여 물었다.

페넬로페는 자신이 피곤한 거라고 생각했지만, 개브리엘의 질문을 듣는 순간 아기를 느낄 수 있었다. 아기는 페넬로페 속에서 몸을 돌리고 회전하고 있었다. 페넬로페는 한 점에서 다른 점까지 쭉 선을 그을 수 있을 정도로 척추를 곧게 누르는 아기를 느낄 수 있었다. 숨을 쉴 수 없었다. 하지만 곧 쉴 수 있었다. 들이마시고 내뱉고, 들이마시고 내뱉고. 움츠러들었던 몸이 풀리고 차분해졌다. 붉은 별 프로젝트 관리자들이 페넬로페를 택한 건 위기 때 차분해지기 때문이다. 하지만 사실은 페넬로페가 붉은 별 프로젝트를 도운 K의 딸이라는 게 중요한 요소 아니었을까? 페넬로페는 자신이 이곳에 온 건 전적으로 자신의 결정 때문이라고 믿고 싶었다.

개브리엘이 장갑 낀 손을 페넬로페의 어깨 위에 올렸다. 손가락은 보이지 않았지만 페넬로페는 개브리엘의 손가락을 떠올릴 수 있었다. 우아하고 마디가 가는 손가락 끝에는 단정하고 둥근 손톱이 있었다. 처음 만났을 때 페넬로페는 개브리엘의 심각한 표정에 끌렸다. 페넬로페는 심각한 시기에 심각한 곳에서 심각한 사람들과 함께 자랐다. 많은 것이 그렇지 않은 것들 속에서 개브리엘은 친숙하게 느껴졌다. 페넬로페는 다시 자기 이불 속으로 돌아가 서로의 비밀을 속삭이고 싶었다. 당신의 주근깨가 좋아요. 개브리엘은 그렇게 말한 적이 있지만, 더는 인정하지 않을 것이다. 그것 말고 또 뭐가 좋아요? 페넬로페는 묻고 싶었다. 자기 목숨을 구하는 것도 힘들었을 텐데 어째서 나를 구한 건지, 페넬로페는 묻고 싶었다.

개브리엘은 K가 콜럼버스라고 불렀던 개브리엘의 삼촌 데이비드보다도 훨씬 심각해 보였다. 데이비드는 이제 죽고 없었다. 그가 죽었을 때 페넬로페는 여섯 살이었지만, 그 장례식은 기억했다. 정말거대한 행사였다. 사람들은 '아름다운 미국'을 부르며 중앙 복도를 행진했다. 정교한 의식을 치르면서 K는 중앙 홀에 데이비드의 초상을 걸었고, 들꽃으로 초상화를 장식했다. 붉은 별 프로젝트는 원래데이비드의 것이었다. 사람들은 그에게 경의를 표해야 했지만, 페넬로페는 눈물을 흘린 사람은 떠오르지 않았다. 자신은 울지 않았다. 페넬로페의 어머니도 울지 않았다. 그 누구도 울지 않았다.

개브리엘의 부축을 받으며 페넬로페는 일어나려고 애썼다. 이 단계가 되면 여자들은 대부분 끝을 기대했다. 서둘러요. 그들은 그렇게말할 것이다. 하지만 페넬로페는 아니었다. 끝은 페넬로페가 두려워하는 것이었다.

포보스와 데이모스가 바로 뒤까지 와 있을 거라고 생각하면서 뒤를 돌아보았다. 하지만 두 아이도 멈춰 있었다. 아마도 5미터쯤 떨어져 있는 것 같았다. 예상치 못한 그런 정중한 행동은 두 여자의 영역을 존중해주고 있는 것만 같았다. 페넬로페와 개브리엘이 다시 걷기 시작하자 두 아이도 걷기 시작했다. 그 아이들은 페넬로페처럼 가볍게 껑충거리지 않았다. 두 아이는 이 행성에 단단히 발을 내딛고 있었다. 놀랄 일은 아닐 것 같았다. 어쨌거나 이곳은 저 아이들의 것이었으니까. 이 망할 흙도, 이 끔찍한 하늘도 모두 저 애들 거였으니까.

시간 5

2046년 6월 28일

낮은 따뜻했다. 우주복 솔기 사이로 스며들어오는 한기를 더는 느끼지 않아도 됐다. 이 행성의 적도 지방은 지금 한여름이었다. 정오가 되면 기온이 21도까지 올라갔다. 페넬로페는 일광욕하는 물개처럼 태양을 향해 고개를 들고 눈을 감았다. 물론 진짜 물개는 본 적이 없었다. 그저 책과 스크린에서 보았을 뿐이다. 바다도 마찬가지였다. 17년 동안 페넬로페는 북쪽 피난처의 하얀 지하터널에서 살았다. 데이비드는 붉은 별 프로젝트를 숨기려고 지하터널을 지었지만, 페넬로페는 도대체 누구에게 숨기려고 하는 건지 이해가 되지 않았다. 지표면으로 올라왔을 때 페넬로페는 해변을 보지 못했다. 그저 가문비나무와 전나무, 발삼나무, 자작나무뿐이었다. 덤불에 숨어 페넬로페를 보는 사슴도 있었고 높은 가지에 앉아 있는 홍관조도 있었다. 물이라면 호수와 늪이 있었지만, 바다는 없었다. 바다가 지구의 상당 부분을 삼켜버린 시절에 대양을 볼 수 없다는 건 어쩐지 이상하다는 생각이 들었다.

지금 나무와 사슴, 독수리를 볼 수 있다면 무엇이든 내줄 수 있을 것 같았다. 붉은 모래와 불타는 듯한 하늘이 아닌 다른 것을 볼 수 있다면 말이다. 붉은 별 기지에서 페넬로페는 녹색을 볼 수 있는 수경 재배 정원을 가장 좋아했다. 물론 자주 갈 수는 없었다. 자원자들은 정해진 구역에 머물면서 엄격하게 일상을 지켜야 했다. 걷는 특권을 가장 많이 누린 사람은 애그니스였다. 다리를 펴는 것이 애그니스의 아기에게 좋다는 산과의사의 소견 때문이었다. 유전학자가 우리 포드로 와서 애그니스를 데리고 포드에서 포드로 돌아다녔고, 정원에서 시간을 보내거나 재분기 안에서 빙글빙글 돌아가는 곡물을 지켜보게 했다. 가끔 애그니스가 서 있기도 힘들어질 때면 페넬로페도 애그니스의 한쪽 팔을 잡고 함께 움직였다. 단단히 붙잡아요. 유전학자는 애그니스의 몸이 기울어지면 그렇게 말했고, 그럴 때면 페넬로페는 애그니스를 똑바로 세웠다.

하지만 곧 애그니스는 걷는 것조차 힘들게 됐다. 위노나의 때가 되었을 때, 페넬로페는 함께 걷고 싶었지만 유전학자도 산과의사도 산모를 걷게 하는 일에는 관심이 없었다. 그때 그들의 마음은 다른 곳에 머물러 있었다. 운동을 생각할 여유가 없었다. 페넬로페는 일상에 찾아오는 그 잠깐의 쉼이, 기술자들에게 인사하고 실험실을 들여다볼 수 있는 그 시간이 그리웠다. 기니피그를 기르는 곳은 결국 보지 못했다. 유전학자에게 그곳을 볼 수 있는지 물었지만 그는 어림도 없다는 듯이 손사래를 치며 거절했다.

기지에 난 불을 생각하면 페넬로페는 기니피그가 가장 먼저 떠올랐고 제일 마음 아팠다. 털이 모두 불에 타버렸을 텐데. 왜 기니피그 때문에 가장 마음이 아픈지는 알 수 없었다. 기회가 생길 때마다 즐겁게 먹어치웠으면서.

지금 이 순간, 페넬로페는 강해진 것 같았다. 페넬로페의 달은 페넬로페의 중심에서 단단한 바위가 되어 몸 안에서 균형을 잡고 있었다. 이 전쟁이 어서 끝나기를 바라는 것처럼 페넬로페의 움직임에 맞춰 앞으로 굴러갔다. 포보스와 데이모스는 여전히 두 여자를 따라왔다. 개브리엘은 돌아보지 않았지만 페넬로페는 계속 뒤를 쳐다보며 걸었다. 처음에 두 아이는 소년처럼 보였다. 하지만 지금, 먼 곳에서 보아도 두 아이는 이제 남자처럼 보였다.

시간 6

2046년 6월 28일

정오가 가까워지면서 엄청나게 뜨거워졌다. 겨드랑이가 축축해졌고, 가슴 밑에서 솟아오른 땀들이 가슴골로 모여들었다. 불룩 튀어나온 배에 습기가 찼다. 에어록에서 페넬로페는 우주복을 입으려고 환자복을 벗었다. 이제는 피부도 벗고 싶었다. 튜브에서 나오는 물을 요란한 소리를 내며 마셨지만 그다지 도움이 되지 않았다. 건강했다

438

면 이 정도 걷는 건 문제없었을 텐데. 넌 건강해. 작은 목소리가 속삭였다. 아니. 페넬로페가 대답했다. 안 건강해. 페넬로페의 아기가, 페넬로페의 작은 달이, 페넬로페가 우주복에서 산소를 들이마시는 것처럼 페넬로페의 힘을 빨아들이고 있었다.

허벅지가 부르르 떨렸다. 이제는 앉아야 했다.

페넬로페는 땅 위로 불룩 튀어나온 곳에 앉았다. 나를 단단히 붙잡아줘. 페넬로페는 땅에게 말했다. 아니, 이건 흙이었다. 이걸 땅이라고 말하면 안 된다. 화성에는 위성들이 있지만, 그게 정확히 지구의 달은 아닌 것처럼. 사람과 가까운 개체들은 이름을 미리 독점할 권리가 있었다. 단순한 단어들을 가지고 세상에 존재하는 것들의 이름을 짓는다는 건 어떤 느낌일까? 땅과 위성과 항성이 이 세상에는 하나밖에 없다는 듯이 그 이름들을 빌려와 지구와 달과 태양이라고 부르는 건 어떤 느낌일까?

페넬로페의 마음은 마구 떠돌았다. 자신이 큰 바위를 움켜잡고 있다는 건 알았다. 이제 더는 다리가 움직이지 않는다는 것도 알았다. 곤경에 처했다는 걸 알았다. 하지만 뇌가 속이기 시작했다. 페넬로페는 한밤중에 잠에서 깨기 시작하는 아이였다. 옆에 누워 있는 K는 땀이 송골송골 맺히고 축축하게 젖어 있었다. 페넬로페의 어머니는 잠든 채 울고 있었다. 사막에 관해 무슨 말인가를 하고 있었고, 페넬로페는 두려웠다.

사방이 사막인 곳에서 페넬로페는 조금도 즐겁지 않았다. 하지만 사막을 사막으로 규정하고 구분할 수 있는 물이 없는데, 이 모래언덕들을 사막이라고 불러도 되는 걸까? 페넬로페는 혼란스러웠다. 똑바로 생각할 수가 없었다.

고통스러워. 페넬로페의 몸이 말했다. 그래. 페넬로페가 대답했다. 아기는 날카로운 언어로 말했다. 두덩뼈부터 가슴뼈까지 붉은 글씨를 휘갈겨 썼다. 페넬로페는 배꼽을 지나는 임신선을 따라 손가락을 움직이던 개브리엘을 기억했다. 그때 개브리엘은 그 안에 있는 아기가 아니라 페넬로페를 어루만진 것인지도 몰랐다. 그런 거예요? 페넬로페는 물었지만, 헬멧의 방해로 그 말은 개브리엘에게 가닿지 않았다. 그 남자가 오고 있어. 페넬로페는 어머니가 중얼거리던 소리를 기억했다. 페넬로페는 그 남자를 볼 수 있었다. 그 남자는 쌍둥이를 데려왔다. 네 개의 부츠가 모래 위를 걸어서 다가왔다. 두려워요. 페넬로페가 말하자 연인의 장갑 낀 손이 나타났다. 난 당신 곁을 떠나지 않아요. 개브리엘이 말했다. 하지만 개브리엘이 그런 말을 했을리가 없었다. 개브리엘의 얼굴은 페넬로페가 아니라 다른 곳을 보고있었으니까.

페넬로페의 위장이 조여왔다. 토할 것 같았다. 위장이 미친 듯이 날뛰고 식도가 타는 것 같았다. 이제 곧 피가 터져 나올 순간을 대비했다. 이제 곧, 이제 곧 터져 나올 것이다. 그러다가 따뜻해졌다.

이게 뭐지? 몸이 물었지만, 페넬로페는 의문을 품지 않았다. 열기가 온몸으로 퍼져 나갔다. 뒤틀리던 속이 가라앉았다. 웅크리고 있던 아기는 몸을 펴고 다시 느긋하게 자기 궤도를 돌기 시작했다. 다리의 떨림도 멈추었다. 페넬로페는 숨을 깊이 들이마시고 내뱉었다. 다시 강해졌다. 집에서 얌전히 기다리기를 거부한 사람, 자발적으로 자신의 여행을 떠난 사람, 그것이 페넬로페였다. 망할 인내심 같으니라고. 페넬로페는 생각했다. 가자.

개브리엘이 도와주려고 손을 뻗었다. 하지만 개브리엘만이 아니었다. 여섯 개 손이 페넬로페의 팔과 몸을 잡았다. 포보스와 데이모스도 페넬로페를 붙잡았다. 페넬로페를 들어 올렸다. 포보스와 데이모스. 페넬로페는 깨달았다. 페넬로페가 주저앉는 걸 본 건 이 아이들이었다. 그래서 다가온 거였다. 이 아이들이 손바닥으로 페넬로페를 감싸준 것이다. 덕분에 온기가 전해졌고, 페넬로페는 일어날 수 있었다. 페넬로페는 두 아이의 얼굴을 살펴보았다. 아이들에게 이름을 빌려준 위성들처럼 넓었고 공허한 얼굴이었다. 두 아이는 일정한 속도로 무심하게 눈을 감았다 떴다. 두 아이의 어머니를 알지 못했다면 페넬로페는 두 아이를 구분할 수 없었을 것이다. 애그니스는 움직임이 많았고 비웃는 표정을 지을 때가 많았지만, 포보스에게는 표정이 없었다. 위노나는 데이모스처럼 참을성이 있었지만 반짝이는 눈에는 생기가 있었다. 하지만 데이모스는 아니었다. 두 아이가 멀리 있을 때 페넬로페가 생각했던 건 사실이었다. 포보스와 데이모스는 더는 소년이 아니었다. 남자라고 표현할 수도 있는 무언가가 되어 있었다. 기묘한 존재들이었지만, 페넬로페를 구했다. 어쩌면 두려움은 잘못된 감정일 수도 있었다. 두 아이는 페넬로페의 생각과 달리 괴물이 아닐지도 몰랐다.

가요. 입술을 움직여 개브리엘에게 말했다.

개브리엘은 재빨리 포보스를 보더니 고개를 저었다. 페넬로페는 배를 가리키면서 급하다는 표정을 지어 보였다. 개브리엘은 고개를 끄덕였지만, 웃어주지는 않았다. 다시 걷기 시작했을 때 개브리엘은 두 아이가 그곳에 있지 않은 것처럼 데이모스와 포보스를 등지고 걸었다. 처음처럼 두 아이는 정중하게 두 여자에게서 떨어져 걸었다. 하지만 처음처럼 멀리 떨어지지는 않았다. 아마 열 걸음쯤 떨어져서 따라왔을 것이다. 어쩌면 여덟 걸음인지도 몰랐다.

시간 7

2046년 6월 28일

이 기이한 네 존재는 계속 걸었다. 페넬로페와 개브리엘이 앞장서고 포보스와 데이모스가 따라왔다. 이제 두 아이는 두 여자에게서 다섯 걸음 떨어져 있었다. 힘을 아끼기 위해 두 여자는 대화할 생각도 하지 못했지만 페넬로페는 계속 개브리엘의 옆모습을 살폈다.

그들은 애그니스도 위노나도 찬트리아도 아니었다. 그들은 개브리엘과 페넬로페였다. 모든 어려움을 이기고 두 여자는 살아남았다.

다른 자원자들을 생각하면 마음이 아팠다. 좀 더 잘 알았다면 좋았을 텐데. 위노나와 진짜로 대화를 한 건 한 번뿐이었다. 아주 짧은 대화였지만 페넬로페는 분명하게 기억했다. 화창한 날이었다. 다른 지원자들은 아직 자기 포드에서 나오지 못하고 꾸물거렸지만 페넬로페는 위노나 옆에서 함께 달리고 있었다. 넓은 창문을 통해 두 사람은 태양을 향해 가고 있는 자기 모습을 볼 수 있었다. 자신들이 통

442

제할 수 없는 천체의 장엄한 춤은 너무나도 무정하게 느껴졌다.

옛날에는 나도 유명했어요. 뭐, 믿거나 말거나지만. 위노나가 여전히 달리면서 말했다. 지금 우리는 유명해요. 페넬로페가 대답했다. 아마도 지구 사람들은 모두, 아니 적어도 통신장비가 있는 사람들은 우리를 알았다. 역사가들은 우리를 영웅이라고, 인류를 멸종에서 구한 여자들이라고 말할 것이다.

그렇게 유명한 거 말고요, 더 영웅 같은 모습이었죠. 위노나가 말했다. 위노나는 자신이 흰 수염 해적단과 싸운 이야기를, 그림처럼 생생한 이야기로 들려주었다. 오대호에 으스스한 잔물결이 일었다. 수평선 위로 커다란 돛을 단 배들이 나타났다. 해적들에게는 자신들의 횃불, 순수한 피, 순수한 인종이라는 그들만의 기치가 있었다. 두려움이 위노나의 심장을 움켜잡았다. 손에 도끼를 잡은 열다섯 살, 부족의 막내는 살아남기 위해 전투에 임해야 했다.

어떤 일이 벌어졌죠? 결과는 어떻게 됐어요? 페넬로페가 물었다.

우린 그들을 죽여야 했어요. 그래야 우리가 살 테니까요. 최대한 자비를 베풀려고 노력했지만 그건 전쟁이었으니까요.

사람들이 더는 싸우지 않는다고 생각했어요. 페넬로페가 말했다. 전쟁은 끝났다고 생각했어요.

당신의 세상에서는 그랬겠죠. 위노나가 말했다.

해적들이 다시 올 거라고 생각해요? 페넬로페가 물었다. 페넬로페도 더는 달리지 않았다.

여긴 아니겠죠. 위노나가 숨을 쉬었다. 얼굴이 창백했다. 다시 숨을 쉬었다.

이 임무는 내가 선택한 게 아니에요. 당신은 당신이 선택한 건가요? 위노나가 물었다. 아니요. 페넬로페도 인정할 수밖에 없었다. 마음속에서부터 화가 치밀어 올랐다.

페넬로페는 가끔 밤에 땅 위로 올라오면 어머니가 자신의 통통한 손가락을 붙잡고 붉은 별을 향하게 했던 순간들을 기억했다. 저게 너의 운명이야. K는 그렇게 말했다. 페넬로페는 북쪽 피난처 활주로에서 휠체어를 타고서 우주선이 이륙하기도 전에 이미 그렇게 되는 것이 정해진 결론인 것처럼 빙글빙글 돌았던 파도 기억했다. 페넬로페는 부자가 되게 해줄 테니 아기를 달라고 속삭이는 동화 속 마녀처럼 위노나의 현관 앞에 서 있는 데이비드를 상상했다.

페넬로페는 만지면 안 되는 것을 만졌을 때처럼 끈끈하고도 불쾌한 감정을 느꼈다.

당신 말이 맞아요. 페넬로페가 인정했다. 우리가 선택한 게 아니에요. 그런데 왜 당신은 여기 머무는 거죠?

우리는 이 종족이 살아남기를 원하니까요, 우리 땅이 죽는다고 해도요. 대답하는 위노나의 혈색이 돌아왔고, 호흡도 고르게 안정되었다.

그때 찬트리아가 운동실로 들어와 페넬로페의 옆쪽 러닝머신 위로 올라갔다. 그 뒤로 페넬로페는 위노나와 대화하지 않았다. 적어도 중요한 대화는 하지 않았다. 마지막으로 본 위노나는 피를 너무 많이 흘려서 자신이 죽인 해적이라고 해도 믿을 만큼 창백했다.

페넬로페는 뒤를 돌아보느라 힘을 낭비하지 않았다. 뒤를 돌아보면 무엇을 보게 될지 알았다. 머리카락 하나 없는 둥근 머리에 침착하고, 이 행성의 공전운동처럼 조금도 멈추지 않고 움직이는 포보스와 데이모스를 볼 것이다. 두 아이는 달이 아니라 남자라고 불러야 할 것 같았다. 데이모스가 위노나의 아이임은 알 수 있었지만, 데이모스가 어머니에게서 받은 특징은 인내뿐이었다. 물론 그걸로 충분할 수도 있었지만.

이제 우리는 당신의 군대예요. 우리도 이 전투에서 이길 거예요. 페넬로페가 위노나의 기억에게 말했다.

시간 8

2046년 6월 28일

잠시 쉬기 위해 멈췄다. 두 여자는 단단한 모래언덕 위에서 허벅지를 맞대고 주저앉았다. 포보스와 데이모스도 멈췄지만, 두 아이는 서 있었다. 페넬로페는 이곳이 지구였다면 더 강한 중력 때문에 이 여정이 불가능했을 거라는 걸 알았다. 분명히 금방 지쳐버렸을 것이다. 물론 페넬로페는 자신이 생각하는 것보다 더 강할 수도 있었다. 지금 페넬로페는 러닝머신 위에서 뛰었던 그 모든 시간을 보상받고 있었다. 착상을 마치고 K에게 말했을 때, 페넬로페의 어머니는 강한 페넬로페를, 운동을 멈추지 않는 페넬로페를 칭찬했다. 예전에는 그런 여자들이 많지 않았지. 혹시 배 속 아이에게 해가 될까 봐 두려워했거든. 하혈하거나 유산할지도 모른다고 말이야.

유산(流産)이라니, 재미있는 말이라고 페넬로페는 생각했다. 생산하지 못하고 흘려보낸다. 어떤 일을 계획대로 하지 못하고 실패한다. 그게 유산이었다. 누군가의 살을 가지고 한 사람을 형성하는 일을 그저 단순히 생산하고 결과를 내는 일인 것처럼 말하다니. 정말로 그런 거라면 페넬로페는 무거운 짐을 내려보낼 수 있을 텐데. 너무 무거워서 그냥 흘려보낼 수 있을 텐데.

오늘 아침, 그러니까 불이 나기 전에 기지에서 페넬로페는 모든 걸 내려놓을 생각을 했다. 그때 페넬로페는 산과의사 브랜든과 함께 검사실에 있었다. 브랜든이 페넬로페에게 동이 트기 전에 와달라고 했기 때문이다. 왜 이렇게 빨리 부른 거예요? 기술자가 자기를 태운 휠체어를 밀고 검사실로 들어갈 때 페넬로페는 불평했다. 우린 극도로 조심해야 하니까요. 브랜든이 기술자에게 나가라고 손짓하면서 대답했다. 브랜든은 주삿바늘을 페넬로페에게 꽂고 피를 빼더니 무언가 다른 것을 주입했다. 페넬로페는 똑바로 몸을 세우고 앉아서 주사 맞은 곳을 문질렀다. 똑바로 누워 있으라고 브랜든이 말했지만 페넬로페는 눕고 싶지 않았다. 똑바로 누우면 훨씬 메슥거렸다. 집으로 데려다 달라고 페넬로페가 브랜든에게 말했다. 포드를 집이라고 말한 건 처음이었다. 어떤 것이든 계속 지속되면 정상이 되는 거니까. 페넬로페는 생각했다.

브랜든이 기술자를 부르기 위해 인터폰을 누르려고 했을 때, 옆방에서 부딪치는 소리와 울부짖는 소리가 들렸다. 그러다가 조용해졌다. 페넬로페와 브랜든은 서로 쳐다보았다. 두 사람 모두 불길한 생각을 하지는 않았다. 그리고 이내 두 사람은 연기 냄새를 맡았다.

페넬로페가 처음 한 생각은 이거였다. 좋아. 모두 태워버려. 날 깨 끗이 태워버려. 날 완전히 태워서 없애버려.

하지만 본능이 이성을 이겼다. 바퀴 달린 들것에서 훌쩍 뛰어내린 페넬로페는 브랜든을 옆으로 밀치고 달렸다. 배가 괴상한 모양으로 뒤틀리고 흔들렸다. 복도에서 페넬로페는 개브리엘과 거의 부딪칠 뻔했다. 불이 났어요! 페넬로페가 소리쳤다. 달려요. 페넬로페와 개 브리엘은 손을 꼭 잡고 함께 달렸다.

내가 너를 구해줄 거야. 페넬로페가 태어나지 않은 아기에게 말했 다. 너도 나를 구해줄 거니?

시간 9

2046년 6월 28일

우리의 이야기는 계속되는 거야. 페넬로페는 생각했다. 네 존재의 뒤쪽에서 서쪽으로 넘어가는 태양 때문에 그들의 그림자는 앞쪽으 로 길게 드리웠다. 페넬로페는 어머니가 역사라고 부르던 이야기를 기억했다. 어머니는 페넬로페를 임신했을 때, 북쪽 피난처에 도착하 고 몇 달이 지난 뒤에 적었다. 페넬로페는 그 역사를 읽고 싶다고 했 지만 K는 안 된다고 했다. 너희 아버지가 와야 읽을 수 있어. K는 말 했다. 그 사람한테 주었으니까. 왜 준 거야? 페넬로페가 물었다. 상당 히 잘 썼다고 생각했으니까. 그걸 읽으면 그 사람이 북쪽으로 올 거 라고 생각했으니까. 거기에 아주 큰 단서들을 심어놨거든. 그 사람은 내가 쓴 글을 이해했어야 해. 곧 네가 태어날 테고, 너는 그 사람의 아이라는 걸 말이야. 하지만 그건 중요하지 않아. 새로운 건 아무것도 없으니까. 그건 그냥, 또 다른 이야기일 뿐이니까. K는 한숨을 쉬었다.

찬트리아를 보면 K가 생각났다. K와 찬트리아는 서로 공통점이 있었다. 비록 글로 쓴 건 아니었지만 찬트리아는 계속 기록했다. 페넬로페가 착상을 받은 다음 날, 찬트리아는 그 기록을 보여주었다. 어쩌면 페넬로페와 친구가 되고 싶었는지도 몰랐다. 그때 찬트리아는 뚜껑을 덮어 내용물을 감춘 접시를 자기 포드에서 들고 왔다.

이걸 봐요. 찬트리아는 말했다. 플라스틱 뚜껑을 열자 접시의 부드러운 표면 밑으로 모래 위에 정교하게 그린 선 세공 장식무늬가 있었다. 붉은색과 파란색, 검은색과 노란색, 하얀색 무늬가 있었다.

모래는 어디서 났어요? 페넬로페가 물었다.

공예 상자에서요. 거기에 좋은 게 많아요. 찬트리아가 대답했다.

이건 뭐예요? 접시를 자세히 들여다보면서 페넬로페가 물었다.

만다라예요. 재건 도시에 있을 때, 대웅전에서 만드는 법을 배웠어요. 찬트리아가 대답했다. 산에서 내려온 스님이 가르쳐주셨어요. 이거 봐요. 찬트리아가 녹색 소용돌이를 가리키면서 말했다. 이게 나예요. 이건 당신이고요. 찬트리아의 손가락이 파란색 선과 함께 소용돌이치고 있는 빨간색 선을 가리켰다. 개브리엘과 함께 있는 당신이에요. 찬트리아는 반응을 살피려는 듯이 페넬로페를 물끄러미 보았다. 페넬로페는 얼굴이 빨개졌지만 아무 말도 하지 않았다. 이건 애그니스예요. 찬트리아의 손가락은 흰색 연꽃을 가리켰다. 그리고 위노나고요. 위노나도 연꽃이었지만, 작은 연꽃이었다.

이걸로 뭘 할 건데요? 페넬로페가 물었다.

없애버릴 거예요.

왜요?

그럼 안 돼요? 찬트리아가 되물었다.

없앨 거면 굳이 왜 만든 건데요?

만다라는 만드는 그 자체에 의미 있는 거예요. 웃으며 답하는 찬트리아의 표정에서 엄숙함이 누그러졌다. 그때서야 페넬로페는 찬트리아가 정말 아름답다는 걸, 자원자들 그 누구보다도 아름답다는 걸 깨달았다. 그걸 지금에야 깨닫다니, 부끄러웠다.

걸어가면서 페넬로페는 자신이 적었던 기록을, 기지에서 자판을 두드려 남겼던 일지를 생각했다. 없애버렸어야 했다. 당연히 그럴 생각이었지만 시간이 없었다. 이제는 녹아버렸겠지. 하지만 아직도 남아 있으면 어떻게 하지? 페넬로페의 이야기는 공허 속으로, 이곳으로 오면서 지나왔던 아무것도 없는 어둠 속으로 전파가 되어 날아가게 될까? 전파로 날아간 자신의 일지를 읽을 사람이 있을 것 같지는 않았다. 페넬로페는 자신과 다른 자원자들이 유명할 거라고 생각했지만, 아마도 지구 사람들은 대부분 그들이 화성에 와 있다는 사실을 모를 것 같았다. 사람들이 이 사실을 알게 될 소식지를 읽을 수 있을 것 같지 않았다.

페넬로페는 뒤를 흘끔 쳐다보았다. 데이모스와 포보스는 고작 몇

449

걸음 떨어져 있었다. 포보스가 웃고 있었다. 아니, 잠깐만. 아니었다. 그저 각도 때문에 그렇게 보였을 뿐이었다. 포보스와 데이모스는 웃지 않았다. 페넬로페의 시야가 흐려졌다. 다시 눕지는 않을 것이다. 페넬로페는 숨을 쉬었다. 한 걸음 더 내디뎠다. 두 아이가 어떤 생각을 하고 있을지는 상상도 되지 않았다. 두 아이가 하는 말은 단 한마디도 듣지 못했다. 생각을 구체화해줄 언어가 없다면 두 아이는 어떤 형태로 생각을 하는 걸까?

시간 10

2046년 6월 28일

언덕에 도착했다. 위로 높이 솟아 마치 산처럼 생긴 언덕이었다. 여길 어떻게 올라가요? 헬멧 안에서 페넬로페의 입술이 물었다. 개브리엘이 앞을 가리켰다. 저 길로요. 개브리엘의 입술이 말했다. 개브리엘이 팔로 원을 그리듯 구부렸다. 산을 돌아간다는 뜻이었다. 뒤쪽에서는 서쪽에서 누군가와 만날 약속이라도 한 것처럼 태양이 빠르게 지고 있었다. 낮의 체류는 밤으로 이어지고 있었다. 어두워지고 기온이 크게 떨어지면 포보스와 데이모스가 두 여자를 지켜줄 것이다. 두 여자를 팔로 감싸고 자신들의 열기를 나누어줄 것이다. 그렇게 하겠다는 선택을 한다면 두 아이는 그렇게 할 거라고 페넬로페는 믿었다.

몸을 돌리고 터벅터벅 걸었다. 산 밑자락에 네 존재가 있었다. 두 여자가 앞장을 서고 포보스와 데이모스가 그 뒤를 따랐다. 가라앉는 해가 네 존재의 그림자를 길게 옆으로 늘렸고, 그림자들은 네 존재의 움직임을 흉내냈다.

언덕의 가장 낮은 경사로에 다가가자 한 물체가 보였다. 모래 위에서 반짝이고 있는 가늘고 곧은 금속 막대처럼 생긴 물체였다. 개브리엘이 제일 먼저 그 물체 가까이 다가갔다. 이게 뭐예요? 페넬로페가 물었지만 개브리엘은 페넬로페를 보고 있지 않았기에 페넬로페의 말도 듣지 못했다. 개브리엘이 부츠로 그 물체를 툭 치더니 뒤로 물러났다. 금속을 부식시킬 물이 없으니 녹은 슬지 않았지만 먼지 때문에 끈적했다. 여섯 개의 다리로 균형을 잡고 목을 길게 늘이고 있는 그 물체는 동물처럼 보였다. 발은 바퀴였고, 머리는 침입자를 느끼고 있는 것처럼 바짝 긴장하고 있었다. 페넬로페가 눈을 가늘게 뜨고 자세하게 살펴보았다면 그 얼굴에 단 한 개 있는 눈, 즉 카메라를 보았을 것이다. 그 눈은 사진을 찍어 엄청난 속도로 지구로 보내고 있을 것이 분명했다. 어쩌면 몇 장 정도는 그 안에 갇혀버렸을 것이다. 모래사막, 절벽, 파란빛을 뿜어내는 일몰, 쏟아질 것처럼 빛나는 별이 가득한 밤 같은 사진들 말이다. 이 물체의 바퀴는 생명체가 존재하는 증거를 찾는다는 헛된 희망을 품고 미지의 영역을 달그락거리며 돌아다녔을 것이다.

이 물체는 그들의 왼쪽에 있는 산은 절대로 할 수 없는 방식으로 개브리엘을 왜소하게 만들었고, 개브리엘의 인간성을 작아지게 했다. 이 물체는 붉은 별에 속한 것이 아니었다. 소유권을 선언하듯 스텐실로 찍은 표시가, 폭발하는 심홍색 별이 이 물체에는 없었다. 이 물체는 공룡이었고, 유물이었다. 리스크, 모노폴리, 동전처럼 옛 시대의 산물이었다. 개브리엘의 도시처럼 유적이었다.

네 존재에게는 그들이 알지 못하는 시대가 남긴 고대 유물, 잔해에 신경 쓸 시간이 없었다. 개브리엘은 다른 것을 기대하는 것처럼 다시 한번 금속 생명체를 부츠 끝으로 툭 찼다. 무엇을 기대한 것일까? 움직임? 목소리? 반응? 페넬로페는 개브리엘이 무슨 생각을 하고 있는지 몰랐다. 일단 기지에 도착하고 헬멧을 벗으면 그때 물어볼 것이다. 여기까지 오는 동안 무슨 생각을 했어요? 페넬로페는 그렇게 물어볼 것이다. 당신 생각을 했어요. 페넬로페는 개브리엘이 그렇게 말해주기를 바랐다.

그만! 페넬로페는 자신에게 말했다. 미래는 생각하지 마. 우리는 지금 우리가 속한 시간만을 가진 거야. 그 외에는 없어.

시간 11과 12

2046년 6월 28일

밤이 오고 있었다. 네 존재 뒤에서는 태양이 찬란한 남색빛 속으로 가라앉고 있었다. 해가 지나가버린 하늘은 분홍색과 주황색으로, 붉은색으로 타오르고 있었다. 이 행성에 오기 전에도 페넬로페는 화성의 석양에 관해 들었지만, 처음으로 직접 본 화성의 석양은 너무나도 놀라웠다. 일몰과 일출이 지구와 완전히 반대라는 걸 알고 있었다면 다른 일들도 아주 다를 거라는 걸 당연히 알았어야 했다.

페넬로페의 작은 달도 빙글빙글 돌고 있었다. 작은 달은 페넬로페의 횡격막을 쿡쿡 찔렀다. 페넬로페는 숨을 쉬려고 걸음을 멈추었지만, 숨은 쉬어지지 않았다. 개브리엘이 걱정하는 표정으로 페넬로페를 돌아보았다. 지평선 너머로 지고 있는 태양의 광채에 개브리엘의 헬멧이 번쩍였다. 개브리엘의 오른쪽으로 한 모습이 보였다. 포보스였다. 터벅터벅 앞으로 걸어 나와 두 손으로 페넬로페의 배를 감쌌다. 페넬로페는 두 눈을 감았다. 이 세상이 사라졌다.

바람을 맞아 살며시 흔들리고 있는 포플러가 보였다. 쇠뜨기가 바스락거리는 호수, 덤불에 숨어 있는 토끼도 보였다. 어디선가 홍관조가 유려하게 울었다. 갈색 손이 열매를 내밀었다. 주름이 깊이 팬 강인한 손. 엎어놓은 고깔에 잎처럼 생긴 모자를 쓴 진홍색 열매. 딸기였다. 재빨리 열매를 잡아 입에 넣었다. 과즙이 흘러나왔다. 또 주세요. 페넬로페가 말했다. 딸기는 계속해서 나타났다. 페넬로페는 계속 먹었다. 여름이 왔다. 싱그러운 공기, 갑작스러운 태양. 풀밭 너머에서 소나무 향기가 실려왔다.

숲에서 나와 개간지로 들어갔다. 나이가 많은 여인이 앞장서서 걸었다. 작지만 꼿꼿한 그 여인의 눈가와 입가에는 세월이 새긴 주름이 가득했다. 여인의 머리에는 회색 이끼 같은 머리카락이 있었다. 페넬로페는 그런 이끼를 본 적이 있었다. 어머니의 책에서. 아주 옛날에는 그런 이끼가 나무에 걸려 있었어. 하지만 지금은 그 나무들이 모두 물에 잠겨버렸지.

딸기 더 주세요. 페넬로페가 애원했지만, 그 여인은 고개를 저었다. 더는 없다는 뜻이었다.

그 여인은 말을 하지 않았다. 풀밭을 둘러싼 소나무처럼 조용한 여인이었다. 페넬로페는 그 여인을 알았다. 북쪽 전설이 전하는 여인이었다. 숲을 거닐면서 노래로 말을 하는 여인. 사람들의 말에 의하며, 어떨 때는 동물이 되고 어떨 때는 여왕이 된다는 여인. K의 말대로라면 우리 가족이지만 어떤 의미의 가족인지는 설명해주지 않은 여인. 이 여인의 꿈을 꿀 때면 파는 새로운 힘과 계획을 가지고 잠에서 깨어났다. 페넬로페는 온갖 이야기로 그 여인을 알았지만, 한 번도 본 적은 없었다. 그 여인이 지금 빛처럼 인내를 발산하면서 페넬로페와 나란히 걷고 있었다.

이건 현실이야. 나는 정말로 이 여인을 보고 있는 거야. 페넬로페는 생각했다. 페넬로페는 자신이 꾸는 사막 꿈이 진실인 것처럼, 가족들이 꾸는 사막 꿈이 모두 진실인 것처럼, 지금 이 순간도 아주 깊은 수준에서는 진실임을 알았다. 여인을 보는 지금, 페넬로페는 그 여인이 동물도 여왕도 아님을 알 수 있었다. 지도자였지만 신화 속 인물은 아니었다. 분명히 아주 강했지만 사람이었다. 페넬로페 같은 사람이었다.

두 사람은 소나무 숲으로 들어갔다. 그늘이 두 사람의 얼굴 옆쪽을 미끄러지듯 지나쳐갔다. 나뭇가지가 부러졌다. 멈춰. 여인은 손을 들어 페넬로페를 막았다. 고사리 사이로 얼굴이 나타났다. 긴 코, 갈색 털, 검은 눈, 검은 주둥이. 머리 위에는 이제 막 자라기 시작한 뿔이 있었다. 가지 뿔. 어머니의 책에는 그렇게 적혀 있었다. 가지 뿔이라고? 페넬로페는 그 생명체를 보면서 생각했다.

페넬로페는 그 여인처럼, 나무처럼 조용히 있었다. 숨이 찰 때까지 숨을 참고 있다가 서서히 내뱉었다. 땅 위에서 빛이 반점을 찍듯 반짝거렸다. 페넬로페는 따뜻했고 행복했다. 이 순간을 영원히 음미하고 싶었다. 하지만 큰 어치 한 마리가 크게 부르짖더니 숲으로 돌아가버렸다. 하얀 꼬리가 재빨리 움직였다. 멈춰. 페넬로페가 말했다. 하지만 큰 어치는 키 큰 나무 위로 훌쩍 올라가버렸다. 페넬로페는 그 검은 눈을 영원히 바라볼 수 있을 것만 같았다.

나는 나의 아버지가 사슴일 거라고 생각했어. 나이 든 여인이 말했다. 여인의 목소리는 끝을 올리는 어린아이의 목소리였다. 하지만 아니었어. 여인은 말을 마치고 페넬로페를 보았다.

그럼 뭐였어요? 페넬로페가 물었다.

그냥 남자였어. 여인이 대답했다.

멀리서 목소리가 들렸고, 여인은 고개를 돌렸다. 내 사람들이 부르고 있어. 여인이 말했다. 너는, 계속 걸어가. 여인이 페넬로페의 눈을 똑바로 들여다보았다.

페넬로페는 깨어났다. 잠을 잔 것인지, 의식을 잃은 것인지, 꿈을 꾼 것인지, 그 셋을 모두 경험한 것인지는 알 수 없었다. 나이 든 여인을 봤다는 건 기억했지만, 그 여인의 모습은 벌써 기억 속에서 사라져가고 있었다. 페넬로페는 자신이 떨고 있음을 알았다. 해는 졌다. 아기는 페넬로페 안에서 얌전히 웅크리고 있었다. 하늘가에 빛이 조금 남아 있었지만 점점 사라지고 있었다. 페넬로페는 배를 움켜잡고 일어섰다. 헬멧 뒤에 있는 개브리엘의 얼굴이 제대로 보이지 않왔다. 가까이에서 포보스와 데이모스의 얼굴이 어렴풋이 보였다. 나를 두고 떠나지 마. 페넬로페는 생각했다. 나를 남겨두고 가지 마. 너무 어두워서 개브리엘의 표정은 보이지 않았다. 이 아이들이 없다면 나는 죽을 거예요. 페넬로페는 개브리엘에게 말하고 싶었다. 이 아이들과 함께 있어야 해요.

가요. 하지만 페넬로페는 그렇게만 말했다. 누구에게 말한 것인지는 페넬로페도 정확히는 알 수 없었다.

시간 13

2046년 6월 28일

완전히 어두워졌다. 페넬로페는 피부가 아니라 마음이 추웠다. 급강하한 기온은 우주복이 막아주고 있었지만, 보온이 얼마나 오래 유지될지는 알 수 없었다. 페넬로페와 개브리엘의 헬멧은 전구가 켜져 앞면에서 기이한 빛을 발산하고 있었기 때문에 페넬로페는 연인의 얼굴을 제대로 볼 수 없었다.

페넬로페의 마음은 기니피그 사육실로 달려갔다. 오늘 아침에 기지에서 도망쳐 나오는 동안 그곳을 보았다. 두 여자는 너무나도 빨리 달리고 있었기 때문에 페넬로페는 거의 못 보고 지나칠 뻔했다. 커다란 창문 뒤로 하얗게 펼쳐진 공간이었다. 개브리엘은 갑자기 멈춰 선 페넬로페와 거의 부딪칠 뻔했다. 가요. 개브리엘이 재촉했다. 1초만요. 페넬로페가 고집을 피웠다. 그곳은 상상했던 것과 전혀 달랐다. 인공 잔디는 없었다. 자유롭게 움직이는 동물도 없었다. 빽빽

456

하게 들어찬 작은 케이지 안에 움직일 공간도 없이 동물들이 들어
차 있었다. 그런 대우를 받는 생명체를 먹었다니, 너무 미안했다. 조
금만 더 빨리 알았다면 모래언덕에 모두 풀어주었을 텐데. 방사선
때문에 죽는 건 끔찍할 테지만, 적어도 자유롭게 죽을 수는 있었을
텐데.

아주 긴 1초 동안 페넬로페는 기니피그들을 보았다. 개브리엘이
페넬로페의 팔을 잡아끌었다. 두 여자는 달렸다. 뒤에서 기술자들의
고함이 들렸다. 화염이 내뿜는 열기를 느낄 수 있었다. 저기가 출구
예요, 서둘러요. 개브리엘이 소리쳤다.

고통이 덩굴처럼 페넬로페의 몸을 타고 올라왔다. 페넬로페는 포
보스가 다가오기를 기다리며 잠시 멈췄다. 희미한 별빛 속에서 포보
스가 다가오는 모습이 보였다. 어둠 속에서 포보스의 거대한 머리는
하얀 구처럼 보였다. 오늘 아침 산과의사 브랜든과 함께 있었던 시
간을 생각했다. 옆방에서 불이 붙고 연기 냄새가 나기 전까지 맡았
던 소독약 냄새가 아직도 나는 것만 같았다. 빌은 아직 자요? 페넬로
페가 물었다. 누구라고요? 브랜든이 되물었다. 유전학자요. 페넬로
페가 대답했다. 아, 밥 말이군요. 옆 방에 있습니다. 아기들하고요. 브
랜든이 대답했다. 아직도 아기들이라고 불러요? 페넬로페가 물었다.
아기들은 아주 건강하게, 엄청난 속도로 자라고 있습니다. 브랜든은
페넬로페가 작은 소녀이기라도 한 듯이, 언제나처럼 막대 사탕을 내
밀면서 말했다. 벌써 단단한 음식을 먹고 있습니다. 굉장하지 않나
요? 농담이죠? 페넬로페가 물었지만, 브랜든의 얼굴은 무표정했다.

그는 포보스를 닮았어. 페넬로페는 이제야 깨달았다. 산과의사 브랜든이 정자 기증자였다. 이 기이하게 생긴 화성의 위성은 브랜든의 아기였다. 그래 넌 그의 아들이야. 페넬로페는 손바닥으로 자기 배를 누르고 있는 존재에게 속삭였다. 고통이 사라져갔다. 고마워. 페넬로페가 포보스에게 말했다. 물론 포보스는 반응하지 않았다.

시간 14

2046년 6월 28일

계속 개브리엘이 앞장섰다. 어두워진 모래언덕 위에서 개브리엘의 우주복은 하얗게 빛났다. 페넬로페는 가끔 어둠 속으로 사라져버리는 연인을 지켜보았다. 따라가는 일이 쉽지는 않았다.

페넬로페는 어머니가 사랑에 관해 알려준 가르침들을, 페넬로페가 여자가 되었던 열세 번째 생일날 가르쳐준 내용들을 기억했다. 여자가 된다. K는 피를 흘려야만 어른이 되는 것처럼 옛날에는 사람들이 피를 흘리는 걸 그렇게 말했다고 했다. 페넬로페는 무엇을 해야 하는지 알았다. 욕실에서 몸을 씻고 필요한 속옷을 입고 침대 시트를 뭉쳐 청소부들에게 주면 된다. 페넬로페는 어머니에게 그 사실을 말하지 않았지만 밤이 되어 K의 침대로 올라갔을 때, K가 몸을 돌려 페넬로페를 보았다. 조심해야 해. K가 말했다. 누군가를 사랑할 때는 말이야. 사랑은 널 그 사람들에게 묶어버릴 수 있어.

페넬로페는 K가 아기를 말하고 있음을 알았다. 페넬로페는 아기들이 어떻게 만들어지는지, 자신에게 어떤 일을 할 수 있는지 알았다. 페넬로페가 이 임무를 수락하도록 어머니가 애쓴 건 그 때문이었다. 이제 페넬로페도 알았다. K는 페넬로페가 사랑 없이 출산하기를 바랐던 것이다. 그것이 K가 페넬로페를 보호하는 방식이었다. 딸은 자신과는 다른 미래를 살아가기를 원했던 것이다.

『피터 팬』을 읽어줘. 그날 밤 페넬로페가 말했다. 어머니는 싫다고 했다. 그 책은 아이들 책이야. 어머니는 스크린에서 다른 책을 열었다. 이게 널 위한 책이야. 그날 밤에 두 사람은 『제인 에어』를 읽기 시작했다. 두 사람은 몇 주 동안 『제인 에어』를 읽었다. 어머니는 무언가를 그리워하는 목소리로 책을 읽었다. 두 사람이 책을 다 읽었을 때, 페넬로페는 이해할 수 있었다. 누군가를 사랑할 때는 조심해야 하는 거야. 페넬로페는 자신에게 말했다.

처음 피를 흘리고 한 달이 지났을 때 페넬로페는 K에게 파의 부모님에 관해 물었다. 어째서 그분들 이야기는 하지 않는 거야? 페넬로페가 물었다. 파의 어머니는 이상했대. K가 대답했다. 그것 말고는 말해준 게 없어.

파의 아버지는? 페넬로페가 물었다.

몰라. 나도 물어봤는데 말해주지 않았어. K가 대답했다.

아빠를 알긴 알아? 두 사람은 한 담요 안에 있었고, 스크린에는 『폭풍의 언덕』이 열려 있었다. 『폭풍의 언덕』을 읽기 시작했을 때 K가 말했다. 더 많이 사랑할수록 더 많이 미워한대.

나도 잘 모르겠어. 알고 있다는 생각이 들 때도 있지만, 아닐 때도 있어. 페넬로페의 어머니가 말했다.

다음 날 페넬로페는 할아버지에게 가서 직접 물어봤다.

나쁜 남자였대. 내가 아는 건 그게 전부야. 파가 대답했다.

그럼 나쁜 씨앗이네. 페넬로페가 자신의 생각을 말했다. 책에서 읽은 적이 있었기 때문이다. 그럼 우리가 썩은 거면 어떻게 해? 페넬로페가 파에게 물었다. 우리가 처음부터 잘못된 거면?

그렇게 단순한 문제가 아니야. 파가 대답했다.

그 무렵 파는 내키지 않았지만 롤러 보드를 버리고 휠체어를 탔기 때문에 페넬로페는 앉아서 그의 아름다운 눈을 바라볼 수 있었다. 노란 반점이 있는 짙은 갈색 눈이었다. 그 눈을 보면 페넬로페는 언제나 켄터키주를 찍은 풍경 사진이 생각났다. 파의 눈동자 색은 켄터키주에 있는 사막색과 똑같았다.

우리는 나쁜 씨앗 한 개라고 말하기에는 너무 복잡해. 너희 엄마를 봐. 파가 말했다.

부서졌지. 페넬로페는 생각했다.

나를 봐. 파가 다시 말했다.

군대가 없는 장군이지. 페넬로페는 자기 생각을 소리내어 말하지 않았다.

너 자신을 봐. 파는 말하고, 몸을 돌려 설계도를 작업하는 곳으로 갔다. 그건 내 포드 설계도였어. 지금 페넬로페는 깨달았다. 그때 파는 페넬로페가 지낼 공간을 설계하고 있었던 것이다. 붉은 별 기지에서 자원자들이 지낼 공간을 설계하고 있었던 것이다. 식당, 운동실, 욕실까지. 파는 페넬로페가 빨간색을 사랑한다는 것을 알기에 페넬로페를 위해 심홍색 이불을 고른 것이다. 이제 그 포드들은 사라 져버렸다. 단 한 번의 폭발로 파의 꿈은 끝장나버렸다.

포보스는 계속 페넬로페 옆에 머물렀다. 페넬로페도 그가 뒤처져 오는 것이 두려웠다. 그 아이의 촉감이 필요했다. 애써 이쪽을 바라 보지 않는 개브리엘의 모습에서 페넬로페는 연인이 이 상황을 좋아 하지 않는다는 걸 알 수 있었다. 어쩌면 개브리엘이 옳을지도 몰랐 다. 어쩌면 포보스도 나쁜 씨앗일 수 있었다. 어쩌면 그들 모두가 나 쁜 씨앗일 수도 있었다.

넌 어떠니? 페넬로페가 배를 쿡 찌르면서 물었다. 너도 썩었니?

아기는 배를 부드럽게 차는 것으로 대답했다. 아니. 그 발길질은 그렇게 말하고 있었다. 나는 꿈이 남긴 마지막 조각이야.

그 소리를 파와 K도 들을 수 있다면 좋을 텐데.

나는 아직도 두 사람의 자랑이 될 수 있어. 페넬로페는 생각했다. 그러니까 기다려줘.

시간 15

2046년 6월 28일

인공 복사선이 지평선을 빛내고 있었다. 저기가 기지예요. 개브리 엘이 입술을 움직여 말했다. 너무나도 피곤했지만 두 여자는 전력을 다해 뛰기 시작했다. 마음과는 달리 느리게만 움직이는 다리에 페넬 로페는 분노했다. 뒤돌아보지 않았지만 포보스와 데이모스도 속도 를 높였음을 느낄 수 있었다.

이제 막 시작했는데도 밤은 단호했다. 찬기가 페넬로페의 우주복 안으로 스며들기 시작했다. 모래언덕도, 공기도 모두 검은색이었다. 빛이라고는 두 여자의 헬멧에서 나오는 약한 조명과 저 멀리에서 비치는 기지의 조명밖에 없었다. 머리 위에는 보석 박힌 그물이 있었다. 페넬로페는 포세이돈과 데메테르를, 오리온과 오리온의 두 사냥개를 볼 수 있었다. 하지만 오디세우스의 아내를 위한 자리는 없었다. 충성스러웠고 인내했음에도 페넬로페는 자신의 이름을 별자리에 붙일 수 없었다. 하늘에 페넬로페를 위한 공간은 없었다.

기지는 화성의 가장자리를 빛내는 봉화처럼 빛나고 있었다. 그러다가 없어졌다. 플라스틱 뒤로 보이는 개브리엘의 옆모습을 보는 사이에 기지의 빛은 사라져버렸다. 젠장. 개브리엘이 욕하는 모습이 보였다. 기지는 없어졌다. 기지가 있던 곳에서는 페넬로페의 숨을 멈추게 할 정도로 짙은 어둠이 퍼져 나가고 있었다. 다시 호흡을 시작했을 때는 심장이 일정하지만 비뚤어진 것처럼 뛰었다. 데이모스와 포보스 같아. 페넬로페는 생각했다. 기형인 거야.

페넬로페는 앞에 펼쳐진 상황이 무엇을 뜻하는지 알았다. 어둠은 먼지폭풍을 의미했다. 태양풍이 이 땅을 무지막지하게 차멜 거라는 뜻이었다. 페넬로페는 마음을 다스렸다. 괜찮다고 페넬로페는 개브리엘에게 말했지만 개브리엘은 듣지 못했다. 개브리엘은 폭풍을 바라보고 있었다. 페넬로페는 개브리엘이 돌아볼 때까지 팔을 잡아당겼다. 바람은 강하지 않아요. 페넬로페가 개브리엘에게 말했지만, 알아들었는지는 알 수 없었다. 조금 센 것뿐이에요. 페넬로페가 개브리엘을 안심시켰다. 다시 달리라고 페넬로페가 입술을 움직여 말했다. 이번에는 개브리엘이 고개를 끄덕였다.

폭풍을 향해 달려갔다. 선택의 여지가 없었다. 다른 기지가 저기 있었다. 우리는 괜찮을 거야. 페넬로페가 아기에게 말했다. *괜찮아.* 아기가 화답했다. *괜찮아 괜찮아.* 아기는 그 화답이 소리처럼 들리지 않을 때까지, 바람이 울부짖는 소리처럼 들릴 때까지, 별들이 빛을 잃을 때까지, 어둠에 묻은 얼룩처럼 보일 때까지 *괜찮아 괜찮아*, 라고 말했다. *괜찮아.* 페넬로페는 아기가 말하는 소리를 들었다. 하지만 그건 아기가 아니었다. 그건 페넬로페의 심장이 뛰는 소리였다. 심장이 내는 음절이었다. 부드럽고도 강하게.

페넬로페는 개브리엘의 손을 잡았다. 두툼한 장갑이 서로 뒤엉켰다. 거칠게 내뱉는 숨소리가 들렸다. 페넬로페는 뒤를 돌아보지 않았지만 포보스와 데이모스도 자신들의 어머니 땅에 안정적으로 발을 내디디면서 보조를 맞춰 오고 있음을 알았다. 더 빨리 와. 페넬로페는 두 아이를 재촉했다. 페넬로페에게는 포보스의 손이 필요했다. 포보스의 단단한 손이 눌러주지 않는다면 페넬로페의 아기는 태어날 수 없었다. 두 아이가 없다면 페넬로페의 아기는 죽을 수밖에 없었다.

서둘러. 태어나지 않은 아기가 비명을 질렀지만, 그건 울부짖는 바람과 헬멧을 스치고 지나가는 검은 먼지였다. 어쩌면 먼지가 아니라 달라붙은 점들일 수도 있었다. 숨을 쉬고 있다고 믿고 있지만 사실은 피를 토하고 있는 건지도 몰랐다. 페넬로페는 애그니스처럼 갈가리 찢어질 수도 있었다. 위노나처럼 위장까지 모두 튀어나올 듯이 무시무시하게 기침을 할 수도 있었다.

너는 괜찮을 거야. 페넬로페는 자신을 달랬다. 바람은 강하지 않아. 그냥 미풍이야. 우리는 앞으로 걸을 수 있어. 우리는 살아남을 수 있어. 하지만 비명이 들렸다. 소용돌이가 계속 돌고 돌았다. 어째서 뛰지 않는 거야? 어째서 이 추운 밤에 적도에서 무릎을 꿇고 앉아 있는 거야? 페넬로페는 기지에 닿아야 했다. 시간이 사라지고 있어. 빨리! 페넬로페는 소리쳤다. 하지만 페넬로페의 아기는 싫다고 했다. 구리 맛이 났다. 시간이 다가오고 있었다. 멈춰. 페넬로페가 아기에게 말했다. 싫어. 아기가 대답했다. 이제 시간이 됐어.

이제 폭풍은 검지 않았다. 붉은색이었다. 불처럼 보였다. 이 행성의 모래처럼 보였다. 페넬로페가 사랑에 이름을 붙이는 법을 배운 담요 같았다.

그럼 원하는 대로 해. 페넬로페가 자신의 달에게 말했다. 마음껏 떠올라.

시간 모름

날짜 모름

페넬로페는 나무들 사이를 걷고 있었다. 지금 나, 자고 있는 거야? 페넬로페가 물었다. 그래요. 한 목소리가 대답했다. 한 여인이 몸을 숙이고 페넬로페를 내려다보고 있었다. 헬멧을 쓰지 않은 여인을 페넬로페는 간신히 알아봤다. 나예요. 개브리엘이 대답했다. 저건 나무예요? 페넬로페가 물었다. 생생하고도 강렬한 냄새가 났다. 수분을 가득 머금은 여러 층의 향기였다. 페넬로페는 뿌리와 땅을 생각했다. 아니야, 여기는 지구가 아니야, 저건 지구의 땅이 아니야. 페넬로페는 자신에게 상기시켰다.

맞아요, 위를 봐요. 개브리엘이 대답했다.

페넬로페는 제대로 보려고 애썼다. 나무줄기였다. 나무 껍질이었다. 녹색의 격자였다.

아니에요. 페넬로페의 마음이 마구 뒤섞였다. 검은색과 빨간색. 먼지와 불. 지금 상상을 하고 있는 게 분명했다.

나무들은 진짜예요. 개브리엘이 말했다.

어떻게 된 거예요? 페넬로페가 물었다. 페넬로페는 숲에 있는 들것 위에 누워 있었다. 진짜 숲은 아니었지만. 바닥은 하얀색이었고, 흙더미 사이로 타일이 보였다. 나무뿌리는 표면 밑으로 들어가 있었고, 나무 꼭대기 위로 역시 하얀 돔이 보였다. 어딘가에서 바람이 울부짖었다.

폭풍은 며칠 동안 잠잠해지지 않을 거예요. 개브리엘이 말했다. 몇 주 동안일 수도 있고요. 하지만 우린 해냈어요.

페넬로페는 너무나도 가벼워진 것 같았다. 무언가를 잃은 것만 같았다. 여전히 부풀어 올라 있었지만, 무언가 비워진 것 같았다.

내 아기는 어디 있어요? 페넬로페는 일어나려고 애썼다.

개브리엘이 페넬로페의 뺨을 어루만졌다. 쉬어요. 개브리엘이 말했다. 안전해요. *아기*는 안전해요. 우리는 안전해요. 이제는 웃기 시작했어요.

페넬로페의 작은 달이 떠오른 것이다. 페넬로페의 아기는 페넬로페 밖으로 나갔다. 페넬로페의 아기는 딸이었다. 또 다른 여자야. 이렇게 생각하는 동안 페넬로페는 진정할 수 있었다.

어디 있어요? 페넬로페는 물었고, 개브리엘은 연인의 등을 쓸어 주었다. 포보스의 손만큼이나 마음을 평온하게 해주는 손길이었다. 페넬로페는 개브리엘이 베개를 베고 누울 동안 기다렸다. 아이들은 어디 있어요? 페넬로페가 물었지만, 목소리에 힘이 없었다. 그 애들은 아이가 아니잖아. 페넬로페의 마음이 속삭였다.

갔어요. 개브리엘의 눈길은 단호했다.

안 돼요. 페넬로페의 가슴에서 두려움이 튀어나왔다. 페넬로페는 다시 일어나 앉았지만 너무 아팠다. 페넬로페의 배에는 꿰맨 자국이 있었다. 피부와 피부를 겹쳐 이은 마디가 느껴졌다. 그 애들을 반드시 찾아야 해요. 페넬로페가 말했다. 포보스가 필요해요. 나를 고쳐줄 수 있는 건 그 애밖에 없어요. 확신해요.

가버렸어요. 미안해요, 개브리엘은 속삭였지만, 정말로 미안한 것 같지는 않았다.

죽었어요?

우린 몰라요. 찾으러 갈 수 없었으니까.

우리라고요? 누가 더 있는 거예요? 페넬로페가 물었다.

우리 팀 남자 두 명이 이곳에서 생활했어요. 개브리엘이 말했다. 숲을 돌보고 필요한 준비를 해야 했으니까.

아기들을 위해서 말이죠. 페넬로페가 마저 말했다.

개브리엘이 페넬로페의 시선을 피했다. 그들이 우리를 찾았어요. 팀이랑 톰이 스크린에서 우릴 발견하고 로버를 타고 나온 거예요.

개브리엘의 말에 페넬로페는 로버를 기억해낼 수 있었다. 자신을 향해 뻗어왔던 손과 어둠 속에서 밝게 빛나던 조명도 생각났다. 모래사막을 질주하던 차도, 에어록 소리가 분명했던 거친 음도. 내 아기는 어디 있어요? 페넬로페가 다시 물었다.

자요. 내일 보러 갈 거예요. 개브리엘이 말했다.

페넬로페는 자고 싶지 않았다. 딸이 보고 싶었고, 데이모스와 포보스를 찾으러 가고 싶었다. 그리고 도저히 있다는 사실이 믿기지 않는 나무에 손을 대고 눌러보고 싶었다. 하지만 그 모든 것을 할 수 없었다. 너무 지쳤다. 페넬로페는 눈을 감고 어둠 속으로 침잠하는 자신을 내버려두었다.

사라져가는 의식의 끝자락에서 페넬로페는 간신히 한 가지 질문을 더 할 수 있었다. 얼마나 커요?

하지만 개브리엘은 이미 떠나고 없었다.

시간 모름

날짜 모름

페넬로페는 깨어났고, 녹색을 보았다. 군데군데 흰색 데이지가 피어 있는 녹색 잎이었다. 찬트리아가 여기 있는 거야. 페넬로페는 생각했다. 찬트리아는 이불을 꽁꽁 둘러매고 있는 게 분명했다. 살았군요. 페넬로페가 말했다. 여기로 왔어요. 하지만 찬트리아는 고개를 저었고, 페넬로페는 완전히 깨어났다. 꿈을 꾼 것이다. 페넬로페의 주위에는 커다란 소나무와 참나무, 단풍나무와 자작나무가 있었다. 덩굴이 나무 밑동을 감싸고 있었고, 녹색 사이로 다른 색이 보였다. 장미, 검은눈천인국, 설강화, 산악월계수, 데이지. 정말로 데이지였다. 페넬로페는 개브리엘의 기지 안에 있는 돔에 누워 있었다. 찬트리아는 이곳에 없었다.

물론 페넬로페는 찬트리아가 이곳에 있을 수 없음을 알았다. 붉은 별 기지에서 찬트리아를 보았다. 찬트리아에게 일어난 일을 보았다. 찬트리아는 이불 속에서 웅크리고 있지 않았다. 불이 지나가기를 바라며 공동 포드에 숨어 있거나 두 여자와 함께 달리지도 않았다. 찬트리아는 기니피그들과 있었다. 페넬로페가 자신을 속인 것이다. 기억하고 싶지 않았으니까. 하지만 페넬로페는 찬트리아를 보았다. 개브리엘과 함께 달렸을 때, 찬트리아를 보고 멈춰 섰을 때. 찬트리아는 기니피그 케이지가 들어 있는 사육실에 있었다. 사육실에서 뛰어다니고 있었다. 엎드린 자세로 엄청난 속도로 기어다니고 있었다. 두 손으로 마구 긁어대고 있었다.

페넬로페와 개브리엘은 찬트리아를 구하려고 했다. 두 여자는 사육실로 들어갔다. 찬트리아를 잡아당기면서 함께 나가자고 애원했다. 발길질하는 찬트리아를 문으로 끌고 갔다. 하지만 그들의 코가 불 냄새를 맡았고, 그들의 심장이 점점 더 빨리 뛰면서 살짝 집중력을 잃었을 때 찬트리아가 두 여자의 손을 물었다. 처음에는 페넬로페의 손을, 그리고 개브리엘의 손을 물었다. 짐승처럼 두 여자의 손을 물었다. 사람답게 두 여자는 찬트리아를 뒤에 두고 왔다.

그렇게 슬픈 표정 짓지 말아요. 당신은 안전해요. 개브리엘이 말했다.

개브리엘이 침대 옆에서 페넬로페를 내려다보고 있었다. 개브리엘은 조금 더 나이 들어 보였다. 개브리엘의 얼굴에는 그저 데이비드의 그림자라고만은 할 수 없는 무언가가 있었다.

달은 어딨어요? 페넬로페가 물었다. 페넬로페의 몸은 화염처럼 불타고 있었다. 아직 하얀 가운 밑에 있는 살을 들여다보지 않았다. 바늘 자국을 봐야 할 필요도 없었다. 마구 기워져 있을 걸 알았다. 다시 꿰매 붙여야 했다는 것도 알았다. 자신도 데이모스나 포보스 같은 창조물을 만들어내는 객체였으니까.

그 아이를 그렇게 부를 거예요? 개브리엘의 눈썹이 위로 올라갔다.

그 애가 시초니까요. 페넬로페가 대답했다. 그리고 또다시 자신에게 말했다. 달. 맞아요. 그게 그 애 이름이에요.

딱 맞는 이름이네요. 개브리엘은 어린아이를 달래는 것 같은 어정쩡한 목소리로 대답했다.

페넬로페는 일어서려고 했지만 몸이 생각대로 움직이지 않았다. 내 딸을 보여줘요.

개브리엘이 한 손을 내밀었다. 페넬로페는 그 손을 잡았다. 연인은 의사처럼 열심히 페넬로페가 일어나는 걸 도왔다. 페넬로페는 마음에 들지 않았다. 이미 의사는 충분했다. 당신이 그 애를 받았어요?

페넬로페가 물었다.

나에게 그런 기술은 없어요. 톰이 받았어요. 개브리엘이 대답했다.

그 사람도 유전학자예요? 페넬로페가 물었다.

당신 아기를 보러 가요. 개브리엘이 대답했다.

개브리엘은 바닥에 있는 문을 열더니 고갯짓을 했다. 간신히 페넬로페는 개브리엘을 따라 사다리를 내려갔고 통로에 들어섰다. 돔 밑에는 각각이 하나의 포드로 이어지는 여러 통로가 어지럽게 놓여 있었다. 창문은 없었지만 페넬로페는 벽을 누르고 있는 알갱이 퇴적층을 상상할 수 있었다. 훨씬 위에서는, 지금이 낮인지 밤인지는 몰랐지만 태양풍이 지표면을 잡아 뜯고 있었다. 포보스. 페넬로페는 생각했다. 데이모스. 나를 찾아와줘. 나를 다시 강하게 만들어줘.

아크릴 합성 모피를 깐 안락한 포드에서 달이 기다리고 있었다. 달 옆에는 한 남자가 앉아서 달이 누워 있는 요람을 부드럽게 흔들고 있었다.

팀입니다. 어서 오세요. 남자가 말했다.

페넬로페는 요람으로 다가가 딸을 내려다보았다. 완벽한 얼굴에 작은 코, 작은 입술, 작은 눈꺼풀이 있었다. 피부는 페넬로페처럼 황금빛 갈색이었다. 막 태어난 여느 아기처럼 딸은 평화롭고도 태평하게 자고 있었다. 태어난 지 며칠 만에 포보스가 그랬던 것처럼 이미 일어서서 텅 빈 눈으로 세상을 바라보지도 않았다. 페넬로페의 딸은 크지도 않았고 덤덤하지도 않았다. 그저 아기 같았다. 아기가 아니라고 할 수 있는 특징은 아무것도 없었다. 이 작고 평범한 생명체에 대한 사랑이 페넬로페 안에서 넓게 퍼져 나갔다. 페넬로페의 아기는 사람이었다. 사람이 아니라고 해도 충분히 사람에 가까웠다. 안도감에 페넬로페의 눈에 눈물이 맺혔다.

페넬로페는 두 팔을 내밀었다. 팀은 달을 감싸고 있는 담요를 좀 더 단단하게 여몄다. 그리고 아기를, 페넬로페가 직접 만들어낸 기적을 페넬로페의 가슴에 안겨주었다.

개브리엘과 페넬로페는 돔에 있는 나무들 사이에서 식사를 했다. 달은 식탁 옆에 있는 요람에 누워 부드럽게 흔들리고 있었다. 팀과 톰은 '여러분을 방해하고 싶지 않습니다'라고 말하며 아래 지하에 있는 포드에서 먹겠다고 했다.

페넬로페는 포크로 고기 조각을 들었다. 두 여자는 먹기 좋게 부드럽게 불려서 구운 사슴 고기를 먹고 있었다. 집에 왔으니까 특별한 걸 먹어야죠. 개브리엘이 말했다. 페넬로페는 여기는 집이 아니라는 반박은 하지 않았다. 그 말을 들었을 때 개브리엘이 할 말을 알았기 때문이다. 이미 작은 목소리가 페넬로페에게 말해주었기 때문이다. 이제는 여기가 너의 집이야. 달리 갈 곳도 없잖아.

포보스와 데이모스는 어떻게 됐을까요? 페넬로페가 물었다. 찾았어요?

아직 찾고 있어요. 개브리엘이 쾌활하게 말했다. 개브리엘은 잔을 들어 올렸다. 잔에는 와인을 흉내 내려고 붉은 염료를 탄 물이 들어 있었다. 새로운 시작을 위하여. 개브리엘이 말했다.

달을 위하여. 페넬로페는 말하고 자기 유리잔을 들어 올렸다.

두 여자는 쨍하고 건배했다. 아니, 건배를 하려고 노력했다. 플라스틱 잔은 기껏해야 팅 소리만을 냈을 뿐이다. 하지만 그 소리에 달이 눈을 떴다. 달의 홍채는 파란색이었지만 달의 피부는 갈색과 분홍색, 짙은 색과 창백한 색이 마구 뒤섞이고 있었다. 달의 피부 위에서 다양한 색이 나타났다가 사라지는 모습을 보는 건 당혹스러웠다. 임신기간이 너무나도 짧았지만 페넬로페는 달을 처음 보았을 때 자신의 딸이 사람이라고 생각했다. 페넬로페의 딸은 포보스와 데이모스와는 달랐다. 하지만 페넬로페가 처음에 생각했던 것과 달리 평범한 아기도 아니었다.

페넬로페의 생각을 읽은 것처럼 개브리엘이 고개를 숙여 달을 보았다. 기이하죠? 개브리엘이 말했다. 아주 기이한 변태를 하고 있는 것 같아요. 마치 우주 카멜레온처럼요.

페넬로페는 개브리엘의 말을 생각하면서 딸에게 조금 더 가까이 다가갔다. 아니에요. 기이하지 않아요. 놀라운 거예요.

달은 혼합물 같았다. 변하는 피부색은 이야기를 하고 있었다. 달속에는 미켈란젤로의 조각이 들어 있었다. 한때는 카이저였고, 수상도시의 지도자였던 K의 조각이 들어 있었다. 파의 조각도, 파의 어머니, 페넬로페는 한 번도 만나지 못한 여인의 조각도 들어 있었다. 딸의 세포에는 조상들의 DNA가 깃들어 있지만, 그저 DNA의 합계가 아닌 그 이상인 존재였다. K는 페넬로페에게 새로운 인류라고 말했다. K가 이 아기를 봤다면 자기 말이 얼마나 터무니없는 것인지 깨달을 것이다. 새로운 인류는 달이었다. 페넬로페가 아니라. 새로운 인류. 이 아기는 새로운 인종이었다. 페넬로페의 불안은 서서히 사라져 갔다. 불안이 있던 장소에 다른 기분이 들어왔다. 자부심이었다. 딸의 모습을 바라보는 동안 페넬로페의 심장은 부풀어 올랐다. 마침내 자신이 새로운 존재를 만들어낸 것이다.

밤이 가까워지고 있었다. 페넬로페와 개브리엘은 같은 포드를 사용했다. 달은 안락한 요람에 누워 있었고, 두 여자는 침대에 누워 있었다. 두 사람은 우주복을 벗었다. 개브리엘의 섬세한 몸이 페넬로페 옆에 누웠다. 페넬로페의 몸은 거칠었다. 가슴은 젖 때문에 부풀어 올랐고 배는 꿰맨 실 때문에 단단하게 뭉쳐 있었다. 그런 상황에서도 두 사람은 마주 보았고, 사람이 만든 장소에서 인공조명이 발산하는 빛을 받으면서 서로를 향해 손을 뻗었다. 페넬로페의 손은 개브리엘의 엉덩이를 붙잡았고, 개브리엘의 허벅지는 페넬로페의 얼굴에 머물렀다. 페넬로페의 입이 개브리엘 안에 있는 달콤한 씨앗을 느꼈다. 이 순간을 넘어선다고 해도 두 여자는 그 무엇도 창조해내지 못할 것이다. K가 옳았다. 충성심과 인내가 그들에게 주어지는 보상이 될 것이다.

잠들기 전에 페넬로페는 용기를 끌어모았다. 이제 뭘 해야 해요? 페넬로페는 물었다.

여기 머물러야죠, 한동안. 개브리엘이 졸린 목소리로 대답했다.

그다음에는요? 도와달라고 전파를 보낼 거예요? 지구로 돌아가

473

게 해달라고? 페넬로페가 재차 물었다.

개브리엘은 갑자기 정신이 든 것처럼 보였다. 상황에 따라 다를 거예요.

어떤 상황 말이에요?

당신 아기의 상황이겠죠. 개브리엘은 달을 흘끔 쳐다보았다.

잠을 자면서 달은 젖을 달라고 칭얼대다가 갑자기 조용해지고는 했다. 붉은 별 기지에서 공부한 안내서는 별 도움이 되지 못했다. 페넬로페의 아기는 젖을 무는 데 아무 문제가 없었다. 달은 조금도 주저하지 않고 페넬로페의 젖가슴을 힘껏 빨았다. 페넬로페의 몸은 가장 순수한 형태로 달의 몸으로 빨려 들어갔다.

그게 무슨 소리예요? 페넬로페가 물었다.

그저 기다려요, 지켜봐요. 개브리엘이 대답했다.

데이모스와 포보스는 어떻게 할 거예요? 페넬로페가 물었다. 그 애들도 그냥 기다려요?

절대 아니죠. 그 애들은 괴물이에요. 개브리엘이 대답했다.

절대로 나쁜 아이들이 아니에요. 그 애들이 나를 살렸어요. 페넬로페가 반박했다.

그 애들은 애그니스를 죽였어요. 위노나도 죽었을 거예요.

고의로 그런 게 아니에요.

페넬로페. 개브리엘은 페넬로페의 바늘땀을 따라 손가락을 부드럽게 움직였다. 포보스와 데이모스가 불을 지른 거예요. 개브리엘이 말했다. 유전학자도 공격하고요. 유전학자의 실험실에 불을 질렀어요. 어떻게 했는지는 모르지만, 불길이 번지게 했고요. 붉은 별 기지는 그 애들 때문에 폭발한 거예요.

페넬로페는 헉하고 숨을 들이마셨다. 개브리엘의 말은 진실일 가능성이 컸다. 브랜든의 진료실에 있을 때, 옆방 유전학자의 실험실에서 소리가 들렸다. 그곳에서 페넬로페는 연기 냄새를 맡았다. 포보스와 데이모스가 불을 지른 걸 수도 있었다. 하지만 어떻게? 페넬로페는 알지 못했다. 하지만 정말로 그 애들이 기지를 태운 거라면 어떻게 해야 하지? 페넬로페는 케이지 속에서 우왕좌왕하던 기니피그를 보았다. 손과 발로 바닥을 기던 찬트리아를 보았다. 돌바닥 위에 차갑게 뻗어 있던 위노나를 보았다. 오지브웨 부족의 두 번째로 어린 전사는 자신이 구하려고 싸웠던 곳에서 5000만 킬로미터나 떨어진 행성에서 불에 타고 재가 되어 사라졌다.

그 애들은 그냥 가게 내버려둬야 해요. 개브리엘이 주장했다.

달이 잠에서 깨어나 울기 시작했고, 페넬로페는 침대에서 내려와 달을 안아 올렸다. 아기의 얼굴을 가슴에 꼭 대고 위아래로 어르면서 걸었다. 그 모습을 개브리엘이 지켜보고 있었지만, 페넬로페는 개브리엘과 눈을 마주치지 않았다. 개브리엘의 생각은 중요하지 않았다. 달이 다른 붉은 별의 아기들처럼 커지고 무시무시해진다고 해도 페넬로페는 달을 보호할 것이다. 달이 어떤 존재가 되든 페넬로페는 달을 사랑하는 법을 배울 것이다.

적어도 달은 괴물이 아니에요. 페넬로페가 대답했다. 그저 새로운 것뿐이에요.

낮 시간

2046년 6월 35일

개브리엘에게는 식량이 무궁무진하게 있는 것 같았다. 아침이면 개브리엘과 페넬로페는 토스트처럼 보이게 만든 건조한 와퍼 위에 말린 달걀을 올려 먹었다. 그 시간이면 달은 여전히 두 여자의 포드에서 평온하게 잠을 자고 있었다. 페넬로페는 다시 메슥거리기 시작했지만, 달걀을 먹는 일에 집중했다. 앞으로 무슨 일이 생길지 모르지만 넌 강해져야 해. 페넬로페는 자신에게 말했다.

화성에 나무라니. 페넬로페가 개브리엘에게 말했다. 누가 이런 생각을 할 수 있겠어요?

개브리엘은 식탁 맞은편에 있는 자작나무를 뚫어지게 바라보았다. 정말 놀랍죠? 개브리엘이 말했다. 태양광 전지를 쓴 게 특히 탁월했던 거 같아요. 모래 폭풍이 오면 발전기를 돌려야 하지만 진짜 힘은 태양이 거머쥐고 있어요. 우리가 사라져도 이 장소는 계속 유지될 거예요. 미국에서 대학교가 무너지기 전에 한 과학자가 이 돔을 설계했어요. 그 사람의 설계도를 사용할 수 있었다는 게 우리에게는 정말 행운이었던 거죠.

우린 정말 경이로운 시대에 살고 있어요. 페넬로페가 대답했다.

두 여자의 얼굴에 같은 표정이 떠올랐지만, 그것이 기쁨인지 공포인지 페넬로페는 확신할 수 없었다. 모래 폭풍의 울부짖음은 『폭풍의 언덕』에서 황야에 나타난 캐서린의 유령이 울부짖는 소리처럼 들렸다. 페넬로페는 또다시 달걀을 먹어보려고 했지만 먹을 수가 없었다. 불안정하게 흔들리는 방식이 마음에 들지 않았다.

데이모스와 포보스는 아직 못 찾았어요? 페넬로페는 계속 같은 질문을 했다.

개브리엘은 와퍼 위에 달걀을 또 하나 얹어 재빨리 입에 넣었다. 주스를 흉내 낸 주황색 물이 곧바로 달걀을 따라 목으로 흘러들어 갔다. 흔적도 없어요. 개브리엘이 대답했다. 하지만 그 애들은 걱정 하지 말아요. 지금 우리가 걱정해야 할 건 당신 아기예요.

페넬로페는 개브리엘이 말하는 태도가 마음에 들지 않았다. 이곳 에서 스크린을 찾을 수 있다면 어머니에게 연락할 수 있을 텐데. K도 붉은 별 기지가 폭발했음을 알고 있을 것이다. 그런 정보는 어쨌거 나 K의 귀에 들어가게 마련이니까. 페넬로페도 죽었을 거라고, 불에 탔을 거라고 생각할 것이다. 스크린으로 연락하면 K가 대답할 텐데. 아니, 대답해야 했다. 자기 딸이 살아 있음을 알고 환호해야 했다. 페 넬로페는 K에게 달에 관해 말해주고 싶었다. 그럼 K는 정말 자랑스 러워할 텐데. 그 모든 일에도 실험이 성공했음을 알고 정말 고마워 했을 텐데. 이 이야기는 해피엔딩으로 끝나고 페넬로페는 승리했음 을 공포할 수 있을 텐데. 그래, 이거야말로 해피엔딩이지. 작은 목소 리가 흉내 내듯 말했다.

낮이 되자 모래 폭풍이 약해졌다. 페넬로페는 바람이 잦아지고 모 래가 돔을 치는 강도가 약해졌음을 알았다. 며칠이나 너무 시끄러운 시간을 보냈기에, 이런 조용함이 정말 그리웠다. 이리 와봐요. 개브리엘이 말했다. 개브리엘은 페넬로페를 데리고 돔의 가장자리를 둘러싼 통로를 따라 걸어갔다. 페넬로페의 실밥이 피부를 잡아당겼다. 앞으로 가지 못하고 멈춰서서 호흡해야 했다. 한 번, 두 번 숨을 들이마셨다가 내쉬었다. 고통이 몸을 쥐어뜯었다.

개브리엘이 창문 앞에서 멈췄다. 이게 여기에 있는 유일한 창문이에요. 개브리엘이 말했다. 우리가 계속 바깥만 바라보고 있을까 봐 이곳을 숨겼어요. 하염없이 지평선을 바라보고 있지 않아야 가진 것에 좀 더 쉽게 만족하는 법이니까요.

창문에는 정전기 때문에 먼지가 달라붙어 있었다. 개브리엘이 단추를 누르자 와이퍼가 움직이면서 창문에 붙은 먼지를 제거했다. 봐요, 얼마나 평화로운지. 개브리엘이 말했다. 페넬로페는 달을 안고 있었다. 개브리엘은 페넬로페의 손을 잡고 있었다. 세 존재는 바위 속에 묻어놓은 이 은하에서 살아가는 아주 작은 가족이었다. 셋은 창문 밖을 바라보았다. 모래언덕이 보였고, 맑은 하늘이 보였다. 옥수수처럼 노란 비단이 깔린 부드러운 여름날이었다. 개브리엘의 말이 옳았다. 정말 아름다웠다.

그때 페넬로페는 보았다. 창문 가장자리에 한 존재가 있었다. 실제로 그 존재는 모래언덕 꼭대기에 있었다. 빠른 속도로 돔을 향해 다가오고 있었다. 페넬로페는 가슴이 뛰기 시작했다. 개브리엘의 얼굴에서는 웃음이 사라졌다. 그 존재는 혼자가 아니었다. 그 뒤로 또다른 존재가 함께 이쪽으로 오고 있었다. 그들이 입고 있는 우주복은 온통 먼지로 더러웠다. 그 둥근 얼굴을 다른 존재로 착각하는 건 절대로 불가능했다. 포보스와 데이모스였다.

마지막으로 봤을 때, 그 애들은 젊은 남자였다. 하지만 지금은 무언가 다른 것이 되어 있는 것 같았다.

이럴 수는 없어. 개브리엘이 말했다.

지켜보는 동안 두 존재는 성큼성큼 다가왔다. 훨씬 가까워졌다. 페넬로페도 개브리엘도 아무 말도 하지 않았다. 개브리엘은 페넬로페의 손을 놓고 팔짱을 끼었다. 페넬로페는 포보스와 데이모스에게서 간신히 눈을 떼고 개브리엘을 보았다. 개브리엘의 입술과 뺨에서는 더는 혈액이 돌지 않았고, 개브리엘의 손마디는 손목과 달리 완벽하게 창백해져 있었다.

개브리엘은 포보스와 데이모스가 돌아오기를 바라지 않았다. 그건 분명했다. 하지만 달은 어떨까? 달은 괴물이 아니었다. 어쩌면 결코 괴물이 되지 않을 수도 있었다. 하지만 개브리엘이 달도 잃어버릴 계획이면 어떻게 하지? 페넬로페로서는 알 수가 없었다. 그걸 알 수 있을 때까지 기다리고 싶지 않다는 사실을 깨달았고, 페넬로페는 엄청난 충격을 받았다.

포보스와 데이모스는 돔 앞에 도착했다. 두 아이가 신은 부츠가 조그맣게 흙먼지를 일으키고 있었다. 페넬로페는 모래 위를 걷고 있는 두 아이의 발소리를 들을 수 있을 것만 같았다. 꿈에서 본 순간이었다. 어머니와 할아버지도 본 순간이었다. 모래 위를 걷고 있는 남자가 그 모습을 드러냈다. 그는 어떠한 표정도 드러내지 않는 괴물이었다. 이건 K와 파가 예상했던 순간이 아니었다. 그보다 더한 순간이었다.

페넬로페는 달을 내려다보았다. 완벽한 눈꺼풀에는 완벽한 눈썹이 나 있었다. 피부는 아름답게 변하고 있었다. 붉은 별 기지에서 여기까지 걷는 동안 포보스와 데이모스는 페넬로페를 치료해주었다. 그들은 아기가 태어나기 전까지 페넬로페가 힘을 잃지 않도록 도와주었다. 데이모스와 포보스는 달이 살아 있기를 원한다. 포보스와 데이모스는 앞으로 무슨 일이 일어나더라도 이 아기를 보호할 수 있었고, 보호할 것이다. 두 아이의 도움을 받으면 페넬로페는 자신의 딸을 어른으로 키워낼 수 있었다. 페넬로페는 달이 여인으로 자라는 모습을, 이 행성에 자신의 인종을 퍼트리는 존재가 되는 모습을, 이전까지 한 번도 보지 못했던 생명체로 크는 모습을 보게 될 것이다. 포보스와 데이모스를 돔에 들어올 수 있게 한다면 페넬로페는 가족의 꿈을 계속 키워나갈 수 있을 것이다.

페넬로페에게는 달리 선택의 여지가 없었다. 언제나 그랬듯이. 페넬로페는 개브리엘을 남겨두고 연인이 눈치채기 전에 통로를 내달렸다. 출구로 통하는 통로에 도착했다. 에어록으로 가서 손바닥을 버튼 위에 올렸다. 포보스와 데이모스가 밖에 있을 것이다. 페넬로페는 느낄 수 있었다. 그들은 분명히 기다리고 있을 것이다.

제발, 들어와줘. 페넬로페는 말할 것이다.

이제 너희 이야기가 결말에 도달했어. 두 거인에게 페넬로페는 그렇게 말할 것이다.

에바

2048년

캔자스에서 콜로라도까지

약탈자들은 모든 것을 파괴하고 있었다. 아니, 거의 모든 것을 파괴하고 있었다. 파괴하지 않은 것들은 약탈해갔다. 에바의 천막 도시는 완전히 파괴됐다. 게다가 겨울이 시작되는 8월이었다. 약탈을 처음·당한 것은 아니지만, 이번이 최악이었다. 작년에 약탈자들은 도시에서 양을 몇 마리 가져갔고, 그 전해에는 가장 좋은 젖소를 잡아 갔다. 하지만 그런 손실은 충분히 감당할 수 있었다.

　약탈자들은 계획을 세우고 온 거야. 에바는 생각했다. 에바는 진흙에 묻혀 있는 도기 파편을 발끝으로 툭 찼다. 정교한 무늬로 보아 메리베스가 만든 것이 분명했다. 그들은 메리베스도 데리고 갔다. 요가 교실에 함께 다녔고, 일요일 브런치를 같이 먹던 친구였다. 고통이 에바의 심장을 꾹 쥐었다가 사라졌다. 친구들이라면 이미 많이 잃었다. 이 슬픔은 익숙했다. 이곳에서는 포기해야 하는 게 많았다. 이곳만이 아니었다. 전에, 그러니까 캔자스시티에서도, 에바가 한때 집이라고 불렀던 장소에서도 마찬가지였다. 폴. 에바의 마음이 한 이름을 불러왔다. 케이. 시끄러워. 에바가 말했다.

다른 여인들은 폐허를 뒤지고 있었다. 지금까지 에바가 확인한 여인은 열 명이었다. 아니, 열한 명이었다. 헝겊 뭉치를 움켜쥔 지젤이 잔해 속에서 일어났다. 멀리서 들으면 지젤은 웃고 있는 것 같았다. 하지만 캔자스 평원에서 충분히 오래 산 에바는 그 소리가 사실은 절규라는 걸 알고 있었다. 에바는 약탈자 한 명이 얼리샤의 아기를 데리고 달려가는 걸 본 것 같았지만, 확신할 수는 없었다. 얼리샤의 아이는 지난 10년 동안 태어난 유일한 아기였다. 당연히 약탈자들은 그 아기를 받아들일 것이다.

나를 데려갔어야 하는데. 이런 걸 감당하기엔 너무 나이가 많아. 우주를 빙글빙글 도는 이 흙덩이 위에서 76년이나 살다니. 이렇게 오래 살아서 이런 걸 보면 안 되는 건데. 에바는 생각했다.

에바가 어렸을 때는 2048년은 도무지 올 것 같지 않은 해였다. 어른이 된 지금은 더더욱 있을 것 같지 않게 느껴지는 연도였다.

한 여인이 부서진 장대를 넘고 방수 조각을 헤치면서 에바를 향해 다가왔다. 얼리샤였다. 서른 살인 얼리샤는 2018년, 그 붕괴의 해에 태어났다. 아직 마트에서 믹서를 살 수 있는 문명의 마지막 시기는 경험했지만 자동차를 타고 봄 휴가를 즐기는 생활은 맛보지 못한 세대였다. 생존자였다. 조금 경솔하다고 생각하는 사람도 있었지만, 공동체의 자산이었고 탁월한 양치기였다. 6개월 동안 사라졌다가 돌아왔을 때는 임신한 상태였지만 아기의 아버지에 관해서는 아무 말도 하지 않았다. 위치토 외곽에 있는 부족 사냥꾼과 도망쳤다고 생각했던 사람들은 그의 아기일 거라고 생각했다.

하지만 에바는 그렇지 않다는 걸 알았다. 얼리샤가 돌아오고 얼마 되지 않았을 때, 에바는 개울에서 목욕하는 얼리샤와 우연히 마주쳤다. 얼리샤는 서둘러 튜닉을 걸쳤지만, 에바는 어깨에서 엉덩이까지 이어지는 사다리 모양의 흉터를 볼 수 있었다. 그건 약탈자들이 새기는 표식이었다. 얼리샤는 자발적으로 천막 도시를 떠난 것이 아니었다. 납치된 것이었다. 어떻게 탈출해 왔는지 에바로서는 알 수 없었다. 그들이 아기를 데려간 것은 놀랄 일이 아니었다. 그 아기는 그들의 것이었으니까.

"다시 세울 수 있어요." 얼리샤가 에바에게 말했다. 두 사람은 진흙 속에 함께 서 있었다. 두 사람의 정강이에 찢어진 천막 조각이 날아와 붙었다. 얼리샤의 오른쪽 광대는 검붉었다. 에바는 자기 얼굴은 어떨지 궁금했다. 약탈자가 움켜잡았던 목에서 통증이 느껴졌다. 에바는 그 약탈자를 장대를 휘둘러 떼어냈지만, 의식을 잃게 할 정도는 아니었다. 그래도 에바에게 흥미를 잃고 흰색과 검은색 털이 섞인 다리가 길쭉한 잡종 개 레이더를 울부짖으며 쫓아가게 할 정도는 됐다. 무엇보다도 최악인 것은 약탈자들의 손톱이었다. 거칠고 두툼하게 기른 손톱은 닿는 곳마다 끔찍한 자국을 남겼다. 불쌍한 레이더. 에바는 생각했다.

485

"모르겠구나." 에바가 얼리샤에게 말했다. "이제 식량도 없잖니. 곡식 한 알 남지 않았어. 그놈들이 저장 통을 끌고 가는 걸 봤어."

"봄이 되면 더 많은 밀이 자랄 거예요." 얼리샤가 대답했다. 얼리샤의 옆모습을 보면 폴과 함께했던 날의 에바가 생각났다. 폴을 지키던 에바처럼 날카로운 힘을 간직한 얼굴이었다. 얼리샤의 강인함은 완고한 고집이라기보다는 자부심이라고 할 수 있었지만 말이다.

에바는 젊은 여인의 어깨에 손을 올렸다. "네가 있어서 다행이야."

얼리샤는 고개를 떨구었다. "그들이 에드거를 데려갔어요."

"알아." 에바는 얼리샤를 가까이 끌어당겨 얼리샤의 머리에 자기 뺨을 댔다. "어차피 아기가 어느 정도 자라면 우린 그들에게 아이를 보내야 했을 거야."

"그랬을까요?" 얼리샤가 중얼거렸다. 에바는 3년 전, 이 여인이 자신의 천막으로 들어와 과감하게 옷을 벗고 자기 위로 올라왔던 그 밤을 기억했다. 얼리샤의 봉긋한 가슴이 에바의 축 처진 가슴을 꾹 눌렀고, 얼리샤의 다리 사이로 미끈한 액체가 질퍽하게 흘러나왔다. 공동체의 지도자로서 에바는 모든 여자와 시간을 보냈지만, 얼리샤하고 보낸 시간이 가장 황홀했다. 감지 않은 머리카락이 풍기던 사향내, 어둠 속에서 들리는 코요테의 울음소리처럼 야성적이던 신음.

"아닐 수도 있었겠지." 에바는 여인의 두피에 코를 대고 숨을 들이마셨고, 내부에서 울리는 북소리를 느꼈다. "하지만 그랬을 거야. 우린 남자아이는 안 된다고 했잖아."

얼리샤가 에바에게서 떨어졌다. "에드거는 정말로 여자아이라고 생각했어요." 얼리샤의 입술이 축 처졌다. 그것 역시 폴을 생각나게 했다. 제발 그만. 에바가 자기 기억에 말했다. 나를 좀 내버려둬. "이젠 아무것도 모르잖아요. 이미 그 애를 먹었을지도 몰라요."

"얼리샤, 스스로에게 엄해지면 안 돼."

"이제는 나한테 엄해지지 않는 게 가능할지 모르겠어요." 그렇게 말하고서 얼리샤는 발치에는 부서진 도기가, 머리 위에는 비를 뿌린다고 협박하는 구름이 있는 곳에 에바를 남겨두고 멀리 가버렸다.

그날 밤 에바는 회의를 열었다. 지젤과 얼리샤가 부러진 장대와 찢어진 천막 조각을 가지고 임시 막사를 세웠지만, 불안정한 천막은 바람이 불 때마다 삐걱거리고 흔들렸다. 열두 여자는 비닐 넝마 사이로 떨어져 얼굴을 적시는 비를 애써 무시하면서 임시 막사 안에 옹그리고 앉았다. 여자들의 발밑에는 누군가가 간신히 창으로 잡은 토끼의 차가운 사체가 놓여 있었다. 한 여자에게 한 조각씩 돌아갔다. 내일은 더 많이 잡아야 했다.

에바는 여자들의 얼굴을 자세히 살펴보았다. 절반 정도는 에바만큼이나 나이를 먹었다. 도망쳐야 했을 때 함께 온 브룩사이드의 친구들과 지인들이었다. 요가 바지를 입고 불타는 캔자스시티를 내달리는 여자들의 모습은 정말 우스꽝스러웠을 것이다. 하지만 도망치느냐 죽느냐의 문제였다. 그때는 그런 문제처럼 보였다. 에바는 함께 도망쳐 온 여자들이 고마웠다. 그 충성심이, 이전의 에바와 연결되어 있다는 사실이 고마웠다. 그들의 눈을 통해 에바는 한때 자신이었던 사람을 볼 수 있었다. 매끄러운 머리카락, 각질 하나 없는 피부, 아보카도스무디를 홀짝이며 그들이 들려주는 이야기에 고개를 뒤로 젖히며 웃던 사람을 볼 수 있었다. 그것이 자신의 삶이었다는 걸 믿을 수는 없지만, 에바는 과거의 자신을 떠올리는 걸 좋아했다. 그래야 자신이 얼마나 멀리 왔는지를 좀 더 쉽게 이해할 수 있었으니까.

에바는 식량이나 다른 것을, 혹은 그 모두를 갈망하며 중서부 평원을 힘들게 건너 그들의 천막 도시까지 와준 젊은 여자들에게도 고마운 마음이 들었다. 얼리샤도 젖소를 한 마리 끌고 초원을 가로질러 나타났다. 나중에 얼리샤는 젖소가 피바디 근처에 있는 농장 주위를 어슬렁거리고 있었다고 했다. 그 농장은 집과 헛간은 완전히 불타버렸고, 마당에는 닭의 깃털이 어지럽게 흩어져 있었다. 젖소는 젖을 짜줄 사람을 기다리며 서글프게 울고 있었다. 기진맥진해 쓰러지기 전에 얼리샤는 내가 선물을 가져왔어요, 라고 말했다.

"문제는 우리가 뭘 해야 하는가야." 에바가 말했다.

"우리가 뭘 할 수 있는데?" 지젤이 물었다. 짧게 자른 지젤의 머리카락은 에바의 머리카락만큼이나 희끗했지만 얼굴 주름은 덜했다. 과거의 삶에서 지젤의 남편은 컨트리클럽 지구에 대저택을 마련한 헤지펀드 변호사였다. 값비싼 크림과 젤은 정말 큰 차이를 만든다.

에바는 한쪽 무릎을 세우고 턱을 댔다. "여기 남아 재건한다는 선택을 할 수도 있겠지. 그들이 돌아오지 않기를 바라면서. 아니면 떠날 수도 있어."

"떠나요." 얼리샤가 무덤덤하게 말했다.

"어디로?" 다른 젊은 여자가 몸을 앞으로 내밀면서 말했다. 파티마였다. 더는 하늘을 날아 이동하는 것이 불가능해지기 전에 파티마의 부모님은 나이지리아에서 이민을 왔다. 여자들은 대부분 자신들의 전통을 벗어던졌지만, 파티마는 하루에 다섯 번 어김없이 매트를 깔고 몸을 굽혀 기도하는 신앙을 지켰다. 파티마 때문에 공동체에서는 돼지가 아니라 양과 소를 길렀다. "동쪽으로 갈 수는 없어."

"동쪽으로 가는 사람은 아무도 없어. 남쪽도." 에바가 말했다.

"곧 겨울이 될 텐데, 북쪽으로 가는 건 바보짓이야." 지젤이 말했다.

"거긴 좋다는 소릴 들었어." 한 여자가 큰 소리로 말했다. 브룩사이드 친구 루시였다. "그곳은 아직 정부의 도움을 받는대."

"무슨 정부 말이에요?" 얼리샤가 물었다.

"미국-캐나다 정부." 루시는 막대기를 집어 들고 토끼 뼈를 무심하게 쿡쿡 찔렀다. "정확히 뭐라고 부르는지는 몰라."

"뭐가 됐든, 우리 정부는 아니야. 미시시피 서쪽에는 정부가 없어. 10년 동안 없었어. 더 오래됐을지도 몰라. 정부가 있다고 도움이 되는지도 모르겠고."

여자들은 동쪽에 있었던 정부들의 이야기를 생각하며 아무 말도 하지 않았다.

"나는 북쪽으로 가고 싶지 않아요." 얼리샤가 몸을 똑바로 세우면서 말했다. 얼리샤의 눈에서 불꽃이 일었다. "그 사람들이 가진 돈 따위는 신경 쓰지 않아요. 사람들을 달에 보낸다고 우주선을 만드느니

마느니 하는 것에도 전혀 관심 없어요. 나는 규칙도 지도자도 원치 않아요. 서쪽으로 갈 거예요."

"투표를 할까?" 에바는 여자들의 표정을 살폈지만, 속마음을 알기는 어려웠다. 오랜 세월 바람과 풍랑에 시달리며 여자들은 단단한 가면을 얼굴에 덮어쓰고 있었다. "남고 싶은 사람?"

아무도 손들지 않았다.

"서쪽으로 가고 싶은 사람?"

만장일치로 결정됐다. 여자들은 정답을 알고 있는 열정적인 초등학생들처럼 보였다. 결과에 만족하며 에바는 언제라도 부서질 것처럼 위태로운 천막의 장대에 몸을 기댔다. 에바는 이 지긋지긋한 임시 막사를 부수고 멍든 얼굴들이 새로운 방향으로 고개를 돌릴 아침까지 기다리기가 힘들었다. 캔자스에서는 죽음의 악취가 진동하고 있었다.

여자들은 배낭에 넣은 옷 외에는 거의 아무것도 챙기지 않고 새벽에 출발했다. 루시는 벌써 개울 옆에서 자라는 작은 나무를 가져와 활과 화살을 만들어 무장했고, 파티마는 허리띠에는 칼을 차고 등에는 창을 멨다. 하지만 그 외에는 아무것도 가져가지 않았다. 허기가 위장을 씹어 먹고 있었지만, 여자들은 무시했다. 허기는 이미 예전에도 충분히 경험했다. 허기는 참을 수 있었다. 날씨는 거의 봄이 왔다고 해도 속을 정도로 따뜻했고, 에바는 스스로에게 조금은 희망을 품을 수 있게 허락해주었다. 어쩌면 올해는 겨울이 오지 않을 수도 있었다. 가끔은 그럴 때도 있으니까. 어느 12월은 개울이 말라버릴 정도로 너무 더워서 마실 물을 구하려고 우물을 판 적도 있었다. 가뭄을 원하는 건 아니었지만, 긴 여름이라는 상황은 정말로 환영할 만했다.

에바 옆에서 걷고 있는 얼리샤에게서 잃어버린 아들에 대한 슬픔이 땀처럼 발산되고 있었다. 얼리샤는 아무 말도 하지 않았다. 말을 하는 사람은 없었다. 그 누구도 망가진 도시를 돌아보지 않았다. 여자들은 뒤에 남겨두고 떠나는 일에 익숙했다. 그들의 심장은 단단한 근육으로 싸여 있어 어떠한 일에도 힘을 주고 피를 내보냈다. 걷는 동안 에바는 가슴 속에서 느리게 움직이고 있을 자신의 심장을 생각했다. 이 약한 심장이 차갑게 얼어붙기까지 얼마나 시간이 남아 있을까? 이 망가진 지구 위에서 얼마나 더 오래 움직일 수 있을까?

출발하고 한 시간쯤 지났을 때 루시가 풀숲에서 움직임을 감지했다. 루시는 활에 화살을 장전하고 쏘았다. 풀숲에 있던 존재는 무엇인지는 몰랐지만 즉사했다. 그 존재가 있는 곳으로 다가간 여자들은 그것이 토끼가 아님을 알았다. 그것은 고양이였다. 주황색 고양이. 고양이의 목에는 이름이 적힌 목걸이가 걸려 있었다.

"마멀레이드." 루시가 이름표를 읽었다.

여자들은 어쨌거나 고양이를 먹을 것이다. 파티마가 칼로 고양이의 배를 가르고 뼈에서 살을 발라냈다. 불을 지필 시간은 없었다. 약탈자들이 지켜보고 있을지도 몰랐다. 여자들의 왼쪽에는 갈라진 콘크리트 위에서 기울어져 가는 녹슨 주유소가 있었다. 그곳에서 약탈자들이 끔찍한 손톱으로 초조하게 창틀을 두드리면서 창문 너머로 여자들을 지켜보고 있을지도 몰랐다.

"서둘러." 에바가 파티마에게 말했다.

여자들은 삼킬 수 있는 부분은 삼키고 나머지는 까마귀들을 위해 남기고 길을 떠났다. 오후 늦게 여자들은 평원에 사람 뼈를 길게 늘어놓고 경계를 표시한 약탈자들의 영역 끝에 도달했다. 어째서 지금까지 캔자스를 떠나지 않은 거지? 에바는 궁금해졌다. 우리가 먼저 왔어. 에바는 늘 그렇게 우겼다. 에바와 여자들이 이곳에 먼저 도착해 천막을 지었고, 땅을 갈았으며 곳곳에 동물들이 지낼 풀밭을 만들어두었다. 그러니 약탈자들에게는 우리를 쫓아낼 권리가 없다. 그게 에바가 여자들에게 했던 말이었다. 하지만 그건 의미 없는 싸움이었어. 지금 에바는 생각했다. 여자들은 모두 손을 잡고 뼈로 만든 벽을 건넜다. 에바는 밑을 보지 않으려고 애썼지만, 한순간 아직도 피부가 남아 있는 머리뼈를 보고 말았다. 메리베스야, 에바는 생각했지만, 생각은 그만두라고 자신에게 명령했다.

경계를 넘은 여자들은 안심했다. 파티마가 멈춰서서 기도하기 시작했다. 나머지 여자들이 규칙적으로 위아래로 움직이는 파티마의 몸을 내려다보며 서 있는 동안 지젤은 목 깊은 곳에서 흘러나오는 노래를 흥얼거리기 시작했다. 루시가 그 노래를 이어받아 함께 흥얼거렸다. 에바도 같이 흥얼거렸다. 심지어 얼리샤까지 함께했다. 기도를 끝낸 파티마도 합류했다. 말을 하지 않아도 같은 마음이 퍼져 나갔다. 이글거리듯 타오르는 석양을 보면서, 여자들은 온통 풀밭뿐인 공간을 노래를 부르며 걸어 나갔다.

그것이 첫날의 끝이었다.

여자들은 계속 걸었다. 에바에게서 시간 감각이 사라졌다. 행복한 날들이었다. 그들은 걸었고, 사냥했고, 먹었고, 또 걸었다. 별을 보며 잠들었고, 가끔은 불을 지폈지만, 불을 지피지 않을 때도 있었다. 계절은 바뀌지 않았다. 마주치는 이는 없었다. 그저 텅 빈 집, 주유소, 빛바랜 간판이 떨어져 나간 텅 빈 가게뿐이었다. 근육은 아팠지만 유쾌했고, 천천히 타올랐다. 여자들은 말 대신 자주 노래를 불렀다. 지젤과 루시는 손을 잡았다. 얼리샤는 에바 옆을 지켰다.

어느 오후, 도지시티 외곽에 있을 때 남쪽에서 솟구쳐 올라가는 먼지구름을 보았다. 여자들은 몸을 웅크리고 한데 모여 폭풍을 기다렸지만 아무것도 오지 않았다. 그 대신에 땅이 울렸고 눅눅한 악취가 바람을 타고 날아왔다. 여자들은 일어났다. 좀 더 자세히 보려고 풀이 난 둔덕 위로 올라갔다.

"저거 보여?" 경이로움에 휩싸인 지젤이 말했다.

"세상에, 개척자들이 모두 죽인 줄 알았는데." 에바가 대답했다.

먼지구름을 만든 존재는 남쪽에서 북쪽으로 빠른 속도로 달려가고 있는 들소 떼였다. 여자들이 지켜보는 동안 들소 떼는 주차장을 지나고 이제는 그 누구도 이용하지 않는 달러트리 쇼핑과 페이머스 풋웨어, 웰스파고 증권거래소를 지나 무너진 장벽과 꺼져버린 전등이 둘러싸고 있는 철도를 건너갔다. 들소들의 발굽 아래로 먼지가 치솟고 땅이 흔들렸다. 땀 냄새, 수많은 개체가 만들어내는 농후한 냄새, 살아 있는 냄새. 정말로 믿기 힘든 엄청난 냄새가 났다. 들소 떼가 사라질 때까지 여자들은 숨도 쉬지 못하고 지켜보았다.

"우와, 정말 어마어마했어요." 파티마가 말했다.

벅찬 가슴을 안고 여자들은 전진했다. 들소가 살아남았다면, 그들도 그럴 것이다.

다른 날, 지젤이 킁킁대며 바람을 들이마셨다. "차가워. 콜로라도에 온 것 같지 않아?" 지젤이 말했다.

"그럴 수도 있지." 에바가 지평선을 가리키면서 말했다. 들쑥날쑥한 선이 아침 해를 가리고 있었다. "저게 로키산맥일 수도 있어."

"그럼 충분히 서쪽으로 온 거 아냐?" 지젤이 물었다.

"아니에요. 난 에드거와 만날지도 모르는 위험을 감수하고 싶지 않아요." 얼리샤의 안색이 어두워졌다. "그들이 에드거를 어떻게 했는지 알고 싶지 않아요." 얼리샤가 덧붙였다.

루시가 얼리샤의 팔에 손을 얹었다. "그들은 이제 뒤에 있어, 아가."

"그렇게 멀리 있지 않아요."

"얼마나 더 가야 해요?" 파티마가 물었다.

"산맥까지는 가야지." 에바가 대답했다. 떠나기 전에 에바는 결심했다. 우리는 로키산맥까지 갈 거야. 거기서 멈출 거야. 지금 처음으로 에바는 그 생각을 소리 내어 말했다.

"산맥을 넘지는 않고?" 지젤이 눈을 가늘게 뜨고 지평선을 보았다. "대양까지 갈 수도 있어."

"대양은 한 번도 못 봤어요." 파티마가 말했다.

"나도 그래." 루시가 얼굴을 찌푸렸다. "난 일흔네 살인데도 호수보다 큰 물은 아직 못 봤어."

"재미있는 생각이야. 하지만 누구도 겨울에 로키산맥을 넘을 순 없어." 에바가 대답했다.

"왜요? 잘못될 일이 뭐가 있다고요?" 얼리샤가 말했다.

얼리샤가 농담을 했다는 사실을 깨닫는 데는 조금 시간이 걸렸다. 그들의 웃음은 그들의 노래처럼 뜬금없었고 맥락도 없었다.

"좋아." 지젤이 아침을 먹으려고 지핀 불의 잉걸불을 발로 차면서 말했다. 오늘 아침에는 고양이가 아니라 토끼를 먹었다. 좋은 징조였다. "산맥은 여름에 넘자고. 언제든 때가 되면."

"태평양이 얼마나 높아졌는지 궁금하네." 루시가 말했다.

"로키산맥에서 해변을 보면 어떻게 보일지 궁금해요." 파티마가 말했다.

"이 세상 끝나는 날에 비키니를 입을 수 있을까요?" 얼리샤가 말했다.

이번에는 큰 소리로 웃지 않았지만 모두 미소 지었다. 차가운 바람을 맞으면서도 여자들은 기분이 좋았다. 여자들은 모두 부츠 끈을 조여 맸다. 루시는 등에 활과 화살을 단단히 멨고, 파티마는 창을 챙겼다. 에바는 트림을 했다. 토끼 맛이 느껴졌다.

"이런, 실례." 예전에 브런치를 먹었을 때처럼, 에바는 주위 사람들에게 양해를 구했다.

미모사와 에그베네딕트로 느긋하게 아침을 먹던 순간을 기억하고 있는 것처럼 지젤은 부드러운 눈길로 에바를 바라보았다. 지젤의 눈은 말하고 있었다. 이 삶은 기적이야.

로키산맥에 도착할 때까지 여자들은 또 다른 이틀을 온종일 걷고, 두 밤을 완전히 쉬었다. 걷는 동안 여자들은 그 누구도 만나지 않았지만 산 밑자락에 도착해서는 자신들의 천막 도시와 크게 다르지 않은 천막 도시가 그곳에 있음을 발견했다. 여자들은 두 손을 번쩍 들고 천막 도시에 다가갔지만, 도시 거주민들은 그들에게 두려움을 드러내지 않았다. 천막 거주민들은 두 팔을 활짝 벌리고 마른 초원을 빠르게 걸어 에바와 에바의 여자들에게 다가왔다.

"어서 와요." 무릎까지 길게 자란 머리카락을 땋은 남자가 말했다.

"여긴 약탈자가 없어." 루시가 속삭였다.

"저기 봐요. 아기들이 있어요." 얼리샤가 손가락으로 어딘가를 가리키면서 말했다.

아기들이라는 표현은 지나친 과장이었다. 하지만 정말로 한 여인이 아기띠에 아기를 메고 있었다. 도시 가까이 다가가자 칭얼대는 아기 소리가 들렸다. 그만큼 멋진 환영 인사는 이 세상에 없었다.

땋은 머리의 남자는 여자들에게 옥수수가루로 만든 죽과 자신들의 천막을 내주었다. 아기를 안고 있던 여인은 여자들을 데리고 개울로 가더니 희미하게 '아이보리'라는 상표가 남아 있는 진짜 비누를 내밀었다.

"이건 어디에서 구했어요?" 얼리샤가 비누를 이리저리 돌려 상표를 살펴보면서 물었다.

"우리가 요청하면 우주가 답하는 법이죠." 여인이 대답했다.

얼리샤는 아무 말도 하지 않았지만 에바는 얼리샤의 눈에 서려 있는 조소를 읽을 수 있었다. 조소만이 아니었다. 상처도 있었다. 지금 쯤 약탈자들은 아기 에드거의 뼈를 깨끗하게 발라냈을 것이다. 그 뼈를 다른 사람들의 뼈로 만든 경계벽 사이에 끼워 넣을 것이다. 그 벽을 만들려고 얼마나 많은 아이를 죽였을까. 에바는 궁금했다. 내가 남자였다면 다른 아기를 낳을 수 있게 해주었을 거야. 에바는 얼리샤에게 말해주고 싶었다.

개울에서 에바는 풀잎과 귀중한 비누 조각을 가지고 얼리샤의 등에 말라붙은 때를 씻어주었다. 다른 여자들은 개울 밑에서 물장구치며 웃고 있었다. 해가 머리 위에 떠 있어 에바는 여자들의 몸에 맺힌 물방울을 볼 수 있었다. 이건 정말 좋은데, 정말 모두 너무 좋아. 에바는 생각했다.

목욕을 하고 에바는 얼리샤와 함께 개울 둑에 앉아 손가락으로 얼리샤의 엉킨 머리카락을 풀어주었다. 햇살이 어른거리는 개울물이 두 사람의 발을 간지럽혔다. 다른 여자들은 옷을 입고 가버렸다. 지젤은 낮잠을 자야겠다고 중얼거렸다.

"당신은 어땠어요?" 얼리샤가 물었다. 깨끗해진 얼리샤는 좀 더 부드러워졌고, 햇볕에 탄 피부는 좀 더 선명해졌다. 에바는 이미 매 끄럽게 푼 머리카락을 얼리샤의 왼쪽 어깨 위로 늘어뜨렸다.

"어땠냐니, 뭐가?" 에바가 물었다.

"아이를 잃었을 때요."

에바에게 일어난 첫 번째 충동은 웃고 싶다는 것이었다. 아이라 니, 무슨 아이? 그렇게 되물을 수도 있었다. 하지만 그렇게 하지 않 는 게 낫다는 걸 알았다. 얼리샤는 에바의 배에 있는 튼살을 보았을 것이다. 처진 가슴과 단단한 유두는 그저 나이를 먹었기 때문에 생 긴 신체 변화가 아님을 알 것이다. 거짓말을 할 수야 있지만, 그게 무 슨 의미가 있을까?

에바의 눈앞에 케이가 나타났다. 불에 타는 것처럼 붉은 머리카락 과 무심한 눈길. 에바가 물과 함께 건네는 웰부트린을 순순히 받아 먹었지. 자신이 딸을 구할 수 있다고 생각했는데.

"난 그 애를 잃은 게 아니야." 에바의 목소리는 고통으로 부드러워 졌다. "가도록 내버려둔 거지."

"말해줘요." 얼리샤는 에바 쪽으로 고개를 돌리지 않았지만, 에바 는 자신을 보고 있는 시선을 느꼈다.

"뭘 말해야 할까." 에바의 입에서는 기억만큼이나 덤덤하고 활기 없는 목소리가 나왔다. "그 애는 자기 아버지랑 캔자스시티를 떠났 어. 허리케인이 지나간 뒤에 뉴올리언스로 향했지. 두 사람은 지독한 홍수 속에서 무언가를 세울 수 있다고 생각했어." 반쯤은 비웃는, 반 쯤은 한숨을 쉬는 목소리였다. "난 그들을 따라가지 않았어."

"왜요?"

얼리샤의 머리카락에서는 뭉친 곳이 거의 사라졌다. 에바는 마지막으로 남은 엉킨 곳을 풀고, 축축하게 젖은 머리카락을 손가락으로 쓸었다. 얼리샤의 머리카락에서는 비누와 깨끗한 물 냄새가 났다. 그런 것들에 집착하던 때도 있었다. 예전에는 그런 것들이 중요하다고 생각했다.

에바는 몸을 앞으로 기울이고 두 팔로 얼리샤를, 많은 것을 잃었지만 여전히 살아가고 있는 이 여자를 감싸 안았다. 얼리샤는 길게 공기를 들이마셨다. 얼리샤의 가슴은 에바의 팔 안에서 부풀어 올랐고, 얼리샤의 심장은 작은 곡조로 노래했다.

"우리가 무언가를 할 수밖에 없는 이유가 무엇이겠어?" 에바는 얼리샤의 젖은 머리카락에 입술을 대고 조용히 속삭였다.

그날 밤, 천막 도시에서는 새로운 이주자들을 위한 축하연이 열렸다. 사냥한 동물을 굽고 씁쓸한 맛이 나는 와인을 돌렸으며 어울리지 않는 악기들로 조화롭지 못한, 하지만 즐거운 음악을 연주했다. 도시 외곽에 커다란 불을 지피고 모두 둘러앉았다. 입술은 토끼와 프레리도그의 기름으로 번질거렸고, 눈은 와인 때문에 멍해져 있었다. 음악에 맞춰 춤을 추는 사람도 있었고 몸을 흔들며 박수 치는 사람도 있었다. 아직은 흩어질 준비가 되지 않은 에바와 여자들은 함께 모여 있었다.

머리를 땋은 남자와 아기 어머니가 여자들 가까이 앉아서 음식과

술을 계속 권했다. 사람들의 등 뒤에서는 로키산맥이 빛나는 하늘을 향해 비틀거리며 올라가고 있었다. 산맥의 먼 아랫부분에는 태평양 물이 철썩이고 있을 것이다. 태평양의 수위가 올라가 우리를 쓸어버릴 때까지 시간은 얼마나 남아 있을까? 에바는 생각했다.

"먹어요." 아기의 어머니가 얼리샤에게 말했다. "내일은 뭐가 남을지 모르니까."

"우주가 제공해줄 거라면서요." 얼리샤가 대답했다.

"내가 그랬어요?" 씩 웃는 어머니의 눈동자는 공허했다. 어머니의 무릎에서 자고 있는 아기가 훌쩍였다.

에바는 얼리샤가 웃음을 터트리려는 것을 감지하고 무릎으로 얼리샤를 쿡 찔렀다. 조용. 무릎은 그렇게 말했다. 예의를 차려.

"고맙습니다." 머리를 땋은 남자가 말했다. "여러분 덕분에 이렇게 아름다운 저녁 시간을 보내고 있으니까요. 별이 모두 쏟아져 나온 것 같군요. 행성들도요." 남자가 손가락으로 하늘을 가리켰다. "저기 화성이 있습니다. 붉은 별이죠. 이야기를 들었습니다."

에바는 정신이 번쩍 들었다. 폴도 붉은 별 이야기를 했었다. "어떤 이야기 말인가요?"

"우리가 여행을 한다더군요. 저기까지 사람이 간다고 했어요. 새로운 걸 만들려고요."

"새로운 거라니, 그게 뭐죠?" 에바가 물었다.

"잘 모르겠어요." 남자가 와인을 한 모금 더 들이켰다. "발자국일 수도 있고, 전체사회일 수도 있죠."

"헛소리일 수도 있고요." 얼리샤가 대답했다.

남자는 불쾌해하지 않았다. "그럴 수도 있죠. 와인 더 마실래요?"

"주세요." 에바는 와인 부대를 받아들고 마셨다. 이전 와인은 쓴 맛이 났는데, 이번 와인은 상한 것 같았다. 와인을 꿀꺽 삼켰지만, 그 맛은 혀에 남았다. "실례할게요." 에바는 일어섰다. 얼리샤의 옆쪽이 차가워졌다.

불가에서 멀어진 에바는 사람들을 헤치고, 자고 있는 개를 넘어 걸어갔다. 그 개를 보니 약탈자들이 데려간 개가 생각났다. 레이더, 불쌍하고 작은 멍청이. 사람들이 보지 못하는 어둠 속으로 들어가 바지 끈을 풀고 웅크려 앉았다. 에바 위에서 그 붉은 별이 빛나고 있었다.

망할 녀석. 에바는 어둠에 대고 말했지만, 사실은 폴에게 말하고 있는 거였다. 폴은 와인만큼이나 썩은 녀석이었다. 폴은 자기 속에 검은 점을 가지고 있었다. 과일 깊은 곳에 든 멍처럼. 그는 그것을 꿈이라고 했지만 에바에게 그건 저주였다. 에바는 폴의 어머니를 비난했다. 제대로 미쳐버린 아이를 비난했다. 하지만 그건 그 사람의 잘못이 아니었다. 폴의 잘못이었다. 폴은 썩은 부분을 들고 태어났으면서도 그걸 도려낼 생각을 하지 않았다. 그 썩은 부위가 자신을 소비하게 내버려두었다. 두 사람의 딸을 집어삼키게 내버려두었다. 터미널을 빠져나가는 버스 안에서 창문에 얼굴을 꾹 누르고 있던 케이의 얼굴이 아직도 생생했다. 어머니 때문에 울기에는 자존심이 너무나도 강했던 열두 살 아이. 너도 망할 녀석이야. 에바는 케이에게 말했

501

다. 너희 아빠 꿈은 죽었기를 바라.

에바는 몸을 일으키고 바지를 올렸다. 별들이 이곳저곳을 거칠게 두드리고 있는 밤하늘도 썩었다. 곰팡내 나는 어두운 천막으로 들어가면 얼리샤를 가까이 끌어안을 것이다. 아기 때문에 울지 말라고 말해줄 것이다. 그 아이는 어쨌거나 너를 떠났을 거라고, 너의 심장을 부숴버렸을 거라고 말해줄 것이다.

달

2073년 화성

일주일 동안 나는 붉은 별 기지에 있었다. 도착한 날 밤에 곧바로 돔으로 돌아갈 생각이었지만 삼촌들을 만나기 전에 생각할 시간이 필요했다. 삼촌들의 마음을 다치게 하지 않고도 거절할 방법을 생각해야 했다. 삼촌들은 나에게 사실을 숨기고 거짓말을 했으며 가끔은 잘못도 했다. 하지만 나를 길러주었다. 그 누구도 할 수 없을 때 나를 돌봐주었다.

　　일주일 동안 나는 어머니를 기리려고 노력했다. 어머니는 죽은 것이 분명하다는 느낌이 왔다. 푹 쉬어요. 나는 어머니의 기억에 계속 말을 걸었다. 평온하세요. 어머니의 일지는 나에게 슬픔에 관해, 공포와 고통에 관해 말해주었다. 어머니는 개브리엘이라는 이름의 여자를 사랑했다. 어머니는 나를 사랑했다. 그 모든 일에도 어머니는

K와 파를 사랑했다. 어머니는 찬사를 받을 만했다. 나는 나를 낳기로 결정한 어머니의 결심에 감사했다. 나는 어머니에게 일어났던 잘못들이 나에게는 일어나지 않게 하겠다고 약속했다. 모래 위에 어머니의 이름을 적고 정전기를 머금은 바람이 그 이름을 지우도록 두었다.

일곱 번째 밤에 나는 돔으로 돌아갔다. 어둠 속에서 땅 위에서 분리되어 하늘에 떠 있는 것처럼 보이는 돔은 기이하면서도 아름다웠다. 돔 위로 우리의 두 달이, 붉은 별 프로젝트의 자원자들이 삼촌들에게 이름을 붙여준 위성들이 떠 있었다. 나는 나에게 달이라는 이름을 지어준 사람이 페넬로페이기를 바랐다.

삼촌들은 자고 있을 거라고 생각했다. 나는 삼촌들의 포드로 찾아가 부드럽고도 단호하게 하지 않겠다고 말할 계획이었다. 하지만 일삼촌은 자기 포드가 아니라 돔 바닥에서 다리를 앞으로 쭉 뻗은 자세로 앉아 있었다. 일삼촌의 얼굴은 특히나 공허해 보였고 흰 눈은 어느 곳도 보고 있지 않았다. 이삼촌은 전혀 보이지 않았다.

숲이 아파. 나를 본 일삼촌이 말했다. 일삼촌은 꽃이 피어 있는 곳을 가리켰다. 철쭉이 죽어가고 있어.

정말이었다. 철쭉의 꽃잎은 갈색으로 변해 있었고 잎은 쪼그라들어 있었다. 가지를 똑바로 세우지 못하고 흙 위로 엎어진 꽃도 있었다. 소나무도 병들었다. 기둥은 여기저기 썩어들어가고 있었고 불에 탄 붉은 별 기지의 검은 그을음처럼 축축한 검은 곰팡이가 여기저기 피어 있었다. 주위를 둘러보았다. 설강화, 단풍나무, 산악월계수를

506

비롯한 모든 식물이 거의 죽어 있었다.

왜 이렇게 된 거야? 내가 물었다.

바깥 공기가 들어와서. 일삼촌이 대답했다. 내가 문을 부숴버렸거든. 두 세상이 섞였으면 했어.

그런데 안 됐구나. 내가 조용히 대답했다.

일삼촌이 옆에 있는 흙을 툭툭 치면서 말했다. 이리 와서 네 삼촌 옆에 앉아. 일삼촌이 말했다.

내가 주저하자 일삼촌은 씩 웃었다. 그건 정말 웃는 거였다. 입술을 옆으로 벌리고 이를 드러내는 사람의 웃음이었다. 그러니까 일삼촌은 웃는 법을 알고 있던 거였다. 나는 갑자기 깨달았다. 이삼촌도 마찬가지일 것이다. 도대체 왜 그런 표정을 나에게는 보이지 않기로 결정한 걸까? 이해할 수 없었다. 그럴 능력이 있으니 나에게 우는 모습, 웃는 모습, 짜증 내는 모습 등 자신들이 원하는 것을 나에게 좀 더 드러내 보였다면 좋았을 텐데.

제발. 일삼촌이 말했다. 일삼촌의 눈썹에 진짜 슬픔이 서렸다. 귀찮게 안 할게.

나는 삼촌 앞에 가부좌를 틀고 앉았다. "나의 어머니가 어떻게 죽었는지 말해줘." 나는 큰 소리로 말했다.

내 목소리에 일삼촌은 움찔했다. 내면의 목소리로 말해. 일삼촌이 말했다.

좋아, 말해줘. 내가 대답했다.

일삼촌은 갑자기 신경이 쓰인다는 듯이 발가락을 꼼지락거렸다.

포보스. 내가 재촉했다.

일삼촌이 재빨리 고개를 들었다. 나를 그렇게 부르지 마. 일삼촌이 말했다.

어째서? 나는 몸을 앞으로 숙이며 물었다. 그 이름을 지어준 존재들을 미워하는 거야?

그들이 나를 미워했어. 일삼촌의 입술이 축 처졌다. 일삼촌의 표정을 보는 건 당혹스러운 일이었다. 일삼촌이 입술을 비죽거렸다. 그들은 나를 괴물이라고 했어. 일삼촌이 말했다.

나는 머리카락이 흔들릴 정도로 세게 고개를 저었다. 내가 괴물이라는 기분은 들지 않아.

너는 아니니까. 일삼촌이 물끄러미 나를 보았고, 처음으로 나는 그의 분노를 느낄 수 있었다. 너는 너의 어머니의 위대한 희망이었지. 일삼촌이 내뱉듯이 말했다. 새로운 인종이었어. 일삼촌은 분개했을 때만큼이나 빠르게 부드러워졌다. 일삼촌의 목소리에는 아쉬움이 담겨 있었다. 넌 우리를 거부할 테지. 넌 아이를 낳고 싶어 하지 않아. 넌 문명을 세우고 싶지 않은 거야. 난 알아.

삼촌이 아프다는 게 싫어. 우리가 치료해줄 거야. 내가 말했다.

난 죽을 거야. 일삼촌은 눈을 깜빡이면서 나를 보았고, 나는 그 말이 진실임을 알았다. 너희 어머니가 우리가 얼마나 빨리 자랐는지 써놨지? 우린 오그라드는 것도 그만큼 빠를 거야.

그래서 여기 온 거야? 내가 물었다.

나는 이곳을 유지할 수 있을 거라고 생각했어. 일삼촌은 밝게 빛나는 돔을, 시들어가는 꽃을, 활기를 잃어가는 나무를 가리켰다. 내가 죽기 전에 무언가를 만들어놓고 싶었어. 난 네가 살아가기를 원했어. 너의 자손에게는 산소가 필요할 수도 있으니까. 그래서 그런 거야.

그래서 내가 대답했다. 나는 철쭉 꽃잎을 하나 건드렸다. 내 손가락에 닿은 꽃잎이 바스러졌다. 그 사람들은 어떻게 됐어? 내가 물었다.

일삼촌의 얼굴이 다시 무표정해졌다. 죽었지. 일삼촌이 대답했다.

알아. 난, 어떻게 죽었냐고 묻는 거야. 그 기지는 왜 불에 탄 거야? 내 안에서 어두운 생각이 피어올랐다. 삼촌들이 한 거야?

아니. 일삼촌이 대답했다. 개브리엘이 한 거야. 붉은 별 프로젝트의 지도자가 폭파 장치를 눌렀어.

그걸 어떻게 알아? 내가 물었다. 개브리엘한테 들었어?

그 여자의 생각을 읽었어. 일삼촌이 말했다. 아주 투명한 사람이었으니까. 그 사람은 자기 삼촌의 실험이 실패했다는 걸 알았어. 우리는 그 사람이 기대한 아기들이 아니었으니까. 그 사람은 우리를 파괴하길 바랐어. 그래서 우리가 있던 실험실만 폭파하려고 했는데, 첫 번째 불이 그 사람 생각보다 훨씬 커져버린 거지. 페넬로페가 자기에게 뛰어왔을 때 그 사람은 안도했을 거야. 그 사람은 사랑을 했던 거야. 그래서 페넬로페를 구했고, 덤으로 너도 구했어. 개브리엘은 너는 다를 거라고 생각했는지도 몰라. 하지만 우리는 믿지 않았어.

이해가 안 돼. 삼촌들이 있던 실험실을 폭파했다면, 삼촌들은 어떻게 살아남은 건데? 내가 물었다.

우리는 불을 통과할 수 있어. 일삼촌이 대답했다.

나도 그럴까?

실험해보지 않는 게 좋을 거야.

그래서 여기까지 걸어온 거야? 붉은 별 기지가 타버린 뒤에. 삼촌이랑 이삼촌이랑. 나는 잠시 입을 다물고 이해해보려고 노력했다. 개브리엘도? 페넬로페랑?

일삼촌의 눈이 반짝였지만, 그 의미를 이해할 수는 없었다. 그래. 일삼촌이 대답했다.

페넬로페는 임신한 상태였잖아.

일삼촌은 고개를 끄덕였다. 네가 여기서 태어났지. 일삼촌이 대답했다.

그래서 우리가 여기 왔을 때 이삼촌이 그렇게 말한 거야. 내가 집에 왔다고 한 거. 하지만 그 사람들은 어떻게 됐어? 나는 그 답을 알게 되기를 바라면서 일삼촌의 얼굴을 살폈다. 일삼촌의 눈이 다시 빛났다. 나의 어두운 생각이 식물처럼, 잎이 하나씩 펴지듯 펼쳐졌다. 삼촌이 그 사람들을 해쳤어?

일삼촌이 기억을 떠올리며 웃었다. 아, 그랬지.

나는 다음 말을 거의 할 수가 없었다. 나의…… 어머니는 어떻게 했어?

이삼촌과 나는 여기까지 오는 동안 네 어머니가 걸을 수 있도록 힘을 줬어. 일삼촌이 말했다. 우린 네가 건강하게 태어나기를 바랐거든. 우리는 궁금했어. 일삼촌은 다시 활짝 웃었고 나는 불안해졌다. 네가 어떻게 생겼는지 알고 싶었어.

하지만 내가 태어난 뒤에는? 나는 재빨리 다시 물었다. 그 사람들은 어떻게 했어?

내가 개브리엘과 다른 두 명을 죽였어. 남자들. 짜증 났거든. 하지만 페넬로페는 아니야. 일삼촌은 다시 발가락을 꼼지락거렸다. 그건 데이모스가 했어. 일삼촌이 말했다.

나는 숨을 쉴 수가 없었다. 이삼촌이 그랬구나. 나는 덤덤하게 말했다. 이삼촌이 나의 어머니를 죽였어.

그 앤 처음부터 널 사랑했거든. 일삼촌이 말했다. 네가 온전히 자신의 것이기를 바랐어.

이삼촌을 만나야겠어. 나는 일어섰다. 포드에서 나가다가 잠시 멈춰서 나보다 훨씬 길게 자란 일삼촌의 창백한 다리를 물끄러미 쳐다보았다. 왜 삼촌들이랑 나는 이렇게 다른 거지? 내가 물었다. 아버지가 달라서 그래?

일삼촌은 빨리 가라는 듯이 손을 저었다. 아버지들하고는 아무 관계 없어. 그들은 어머니랑 똑같은 사람들이었으니까. 아니야, 내 사랑하는 달. 그 사람들이 엉망이었던 거야. 여긴 방사능은 잔뜩인데, 산소는 아주 찔끔 있잖아. 그들은 우리가 이런 대기에서도 살아남기를 바랐던 거야. 하지만 자기들이 뭘 하고 있는지는 몰랐지. 지구에서 온 사람들은 (일삼촌은 콧방귀를 끼었다) 자기들이 뭘 하고 있는지 전혀 몰랐어.

한 가지만 더 물을게.

마음대로. 일삼촌은 동의했다.

어째서 그 사람들이 스크린에 그 많은 만화를 넣어둔 것 같아? 내가 물었다.

또 다른 웃음이 일삼촌의 얼굴을 스쳐 지나갔다. 우리를 위해서 넣은 거야. 우리가 아이였을 때, 재미있으라고. 일삼촌의 웃음이 점점 더 커졌다. 하지만 우리가 정말로 어린아이였을 때는 없었어. 안 그래?

이삼촌은 자기 포드에서 자고 있었다. 계속 흔들었지만 이삼촌은 깨지 않았다. 이삼촌은 거칠고 힘들게 숨을 쉬고 있었고, 썩어가는 냄새를 풍기고 있었다. 통통했던 몸은 쪼그라들어 있었다. 쇠약해진 얼굴을 보면서 이삼촌이 미워지기를 바랐지만, 그럴 수 없었다. 나는 오직 어머니에게 강요했던 일을 나에게 억지로 시키려고 했던 일삼촌만이 미울 뿐이었다.

나는 이삼촌 옆에 누워 이삼촌에게 등을 댔다. 숨을 제대로 못 쉬고 큰 소리를 내는 이삼촌 때문에 쉽게 잠들지 못했지만, 어쨌거나 결국 잠이 들었다. 잠을 자는 동안 나는 어머니처럼 악몽을 꾸지 않는다는 사실에 감사했다. 나 같은 생명체는 꿈을 꾸지 않는다.

다음 날 아침 깨어났을 때 이삼촌은 죽어 있었고, 이삼촌의 몸은 아주 얇은 껍질만 남았다. 나는 이삼촌의 몸을 삼촌이 덮고 있던 담요로 말아 돔으로 가져갔다. 썩어가는 정원에는 일삼촌이 누워 있었다. 달그락거리며 공기가 간신히 일삼촌의 목을 통과하고 있었다. 눈은 감고 있었고 피부는 창백했으며 팔다리는 이미 일삼촌의 통제에서 벗어난 것처럼 축 늘어져 있었다. 나는 달그락거리던 일삼촌의 숨이 가벼운 한숨과 함께 멈추고 그의 몸이 무너질 때까지 옆에 앉아 있었다. 나는 일삼촌의 형제를 생각했다. 붉은 별 기지를 생각했다. 우리를 파괴하려고 했던 개브리엘을 생각했다.

괴물은 모두 죽었어. 나는 생각했다.

일삼촌을 또 다른 담요로 감싸고 두 삼촌을 내 등에 짊어지었다. 두 삼촌과 함께 돔 밖으로 나와 모래언덕으로 갔다. 특별할 것 없는 평원에 멈춰 서서 나는 삼촌들을 내려놓았고, 바람이 삼촌들을 가져가게 내버려두었다. 이삼촌은 나의 어머니를 죽였고 일삼촌은 자신의 형제를 말리지 않았다. 나는 그들에게 빚진 것이 하나도 없었다.

그날 밤, 나는 이제 막 충전한 스크린을 무릎에 놓고 돔에 앉았다. 그 어떤 시도도 하지 않았는데 아이비가 나타났다. 아이비가 보였다. 아이비를 보는 순간 며칠 동안 나를 괴롭혔던 혼란과 고통이 사라졌다. 아이비가 있어. 나는 생각했다. 내 친구. 아이비의 눈동자는 얼음처럼 투명한 내 눈과 달리 검은색이었고 옷을 입었으며 나보다 훨씬 작아 보였다. 하지만 우리는 친척일 수도 있었다. 나는 스크린을 통과해 아이비의 밝지만 거친 피부를 만져보고 싶었다. 윤기 나는 머리카락과 웃을 때 장난기 가득한 입술을 만져보고 싶었다.

"비디오를 작동시켰어. 세상에, 너 좀 봐. 벌거벗고 있는 거야?" 아이비가 말했다.

"넌 아니네. 왜 옷 입는 걸 거절하지 않은 거야?"

"하, 여기서는 옷 입는 게 선택 사항이 아니야."

우리는 잠시 입을 다물고 서로를 바라보았다. 경이로운 순간이 점점 더 확장됐다.

아이비가 침묵을 깼다. "난 네가 조금 더 외계인처럼 생겼으면 했어."

내가 웃었다. "나도 마찬가지야."

"그리고 네가 나보다 나이가 더 많은 줄 알았어. 네 어머니가 그 일기를 쓴 건 20년 전이니까."

"난 열네 해를 살았어."

"아." 아이비가 손바닥으로 자기 이마를 세게 쳤다. "맞다. 우리 엄마 남자친구가 나한테 화성의 1년에 관해 말해줬어. 화성의 1년은 우리 2년과 같댔어. 하지만 그래도 넌 너무 어려 보여." 아이비가 눈을 반짝였다. "넌 두 배로 오래 살겠지."

나는 아이비의 말을 생각해보았다. 삼촌들과 나는 몇 주 차이로 태어났지만 삼촌들은 엄청나게 빨리 자랐다. 나는 삼촌들이 나보다 훨씬, 훨씬 나이가 많다고 생각했다. 이제 삼촌들은 죽었고, 나는 죽지 않았다. 아이비 말이 맞는지도 모른다.

아이비 뒤로 그늘과 둥근 가장자리가 보였다. "저게 너희 천막이야?" 내가 물었다.

"천막은 잊어버려. 지구를 보러 가자고." 아이비가 대답했다.

아이비는 스크린을 들고 밖이라고 생각되는 곳으로 걸어갔다. 그곳에서도 낮이 끝나고 있었다.

"네 석양은 분홍색이야." 내가 소리쳤다. 경이로웠다. 압도적인 하늘이 펼쳐져 있었다. "녹색도 정말 많아. 하늘이 파란색이야. 저게 다 천막들이야?"

"그래." 아이비가 다시 스크린 안으로 들어왔다. 아이비는 눈을 굴렸다. "엄마는 이 상황을 싫어했어. 이곳이 너무 커지고 있댔어. 사람들은 이곳을 좋아하는 거 같아. 사람들이 계속 다른 곳 이야기를 우리에게 가져오고 있어."

"어떤 이야기?"

"사람들이 살아남으려고 하는 일 같은 거 말이야. 내가 들은 것 중에 최고는 공중에 떠 있는 도시였어. 다리가 없는 남자랑 거기에 사는 유일한 예술가인 시인이 이끄는 도시래. 그 사람들은 지붕에서 매일 밤 춤을 춘대." 아이비는 그 이야기를 하는 것이 즐겁다는 듯이 갑자기 펄쩍 뛰었다. "뉴욕을 다시 짓고 있다는 이야기도 들었어. 하지만 직접 보지는 못했어."

"시인이 뭐야?"

"단어를 한데 섞어서 아름답게 들리게 하는 사람이야. 나는 시를 좋아해. 내가 가장 좋아하는 시는 우리 엄마가 들소에 관해 쓴 시야. 우리는 들소가 아주 많아. 냄새가 아주 고약하지만, 그 녀석들이 달릴 때는 정말로 멋진 소리가 나."

천막에서 사람이 아무도 보이지 않았다. "너희 사람들은 모두 어디에 있어?"

"오늘은 큰불의 밤이야. 모두 노래를 부르러 그곳에 갔어."

"너 뒤에 있는 건 뭐야?" 비스듬히 빛을 받는 거대한 물체가 아이비 뒤로 보였다.

"로키산맥이야. 화성에도 산맥 있지?"

나는 고개를 끄덕였다. "하지만 산맥에는 나무들이 없어. 산맥 뒤에는 뭐가 있어?"

"대양이 있어." 스크린 가득 아이비의 얼굴이 나타났다. "물이야. 아주 많은 물. 그 물은 태평양이라고 불러. 옛날에는 지구를 30퍼센트 정도 덮고 있었는데 지금은 더 넓어졌어. 계속 우리한테 가까이 오고 있대."

그렇게 많은 물이 있다는 건 상상이 되지 않았다. 분지와 분지들이 물로 가득 차 있다니. "대양을 본 적 있어?" 내가 물었다.

"하하. 당연히 아니지. 우리는 대양을 보러 가지 않아. 우리의 문화야. 시가 우리 것인 것처럼. 우린 대양이 우리에게 올 때까지 기다려야 해."

"화성은 어때?" 내가 물었다. "언젠가, 화성에 올 거야?"

아이비의 입술이 일그러졌다. "이상한 실험은 하지 않을 거지?"

"이상한 실험은 하지 않아." 나는 약속했다. 나는 모래 위로 날아가던 말라버린 삼촌들의 몸을 생각했다. 삼촌들도. 둘 다 푹 쉬기를. 나는 생각했다.

"일주일 전이었다면 네 말에 웃었을 거야." 아이비가 말했다. "우주선을 타고 화성에 간다고? 천만의 말씀이라고 했겠지. 하지만 네가 사라지고 없는 동안 조금 알아낸 게 있어." 아이비의 눈이 반짝였다. "신호를 잡아서 들어봤어."

"어떤 신호?"

"아직 북쪽 피난처에서 뭔가를 하고 있는 거 같아. 그곳이 너희 엄마가 자란 곳 맞지?"

나는 고개를 끄덕였다.

"그들이 또 하고 있었어. 화성 임무를 단념하기에는 너무 많은 걸 투자한 것 같아."

갑자기 심장이 두근거리기 시작했다. 사람을 직접 만나다니. 그건 정말 굉장할 것 같았다.

"그러니까 언젠가는, 그럴 수 있다는 거야?"

"언젠가는 그럴 수도 있어." 아이비가 나를 보고 활짝 웃었고, 내 웃음이 아주 넓게 퍼질 수 있음을 기뻐하며 나도 같이 웃었다. "아마 시간이 걸릴 거야." 아이비가 말했다. "하지만 누가 알아? 네가 나에게 올 수도 있잖아." 아이비 뒤에서 산맥의 가장자리 밑으로 내려가는 태양이 보였다. 분홍색이던 하늘은 자주색으로 변했다. "넌 파티마를 만날 수 있을 거야. 우리 어머니 친구 중에 유일하게 남아 있는 분이야. 가끔 나한테 와서 얼리샤 이야기를 해줘."

"얼리샤가 누구야?"

"이런, 미안." 아이비의 눈이 촉촉해졌다가 맑아졌다. "우리 어머니 이름이야. 맞다." 아이비가 나를 향해 손가락질했다. "난 네 이름도 몰라."

"달이야."

"하." 아이비는 또다시 뛰었다. 밖으로 나와 천막들 사이를 누비는 것이 즐거운 것 같았다. "그래, 그게 네 이름이겠지. 널 보면서 울부짖으면 되겠다. 네가 보름달이 될 때 말이야." 아이비는 내 뒤를 가리키며 물었다. "넌 지금 어디 있는 거야? 거기 있는 나무 같은 건 어떻게 된 거야? 화성은 온통 사막뿐이라고 생각했는데."

"여긴 돔이야. 내 게 아니야." 나는 주위를 둘러보았다. 어쩌면 이곳을 내 것으로 만들어야 할지도 모른다. 썩은 꽃과 덩굴을 잘라내고 덤불과 나무를 뿌리째 뽑아버릴 수 있을 것이다. 이곳을 깨끗하게 청소하고 남겨둘 수 있을지도 모른다. 일삼촌이 우리가 문명화해야 한다고 결정하기 전에 내가 걸었던 지형에 좀 더 가깝게 만들 수 있을지도 모른다. 나에게는 시간이 있을 것이다. 삼촌들은 너무나 빨리 시들어버렸다. 삼촌들의 수명은 중간에 갑자기 잘려버렸다. 하지만 아이비의 말이 사실이라면 나에게는 아직도 살아갈 시간이 아주 많이 남아 있을 것이다.

아이비는 내 생각을 읽은 것 같았다. "그 돔을 네 것으로 만들어버려." 아이비가 말했다. "우리 엄마가 죽었을 때 내가 내 천막에 한 일이 그거였어. 침대를 옮기고 엄마가 좋아하던 찻잔 세트를 꺼냈어. 엄마가 다른 거랑 바꾼 건데, 특별한 날 사용할 거라고 했어. 하지만 한 번도 쓰지 않았거든. 지금은 매일 그 찻잔으로 물을 마셔." 아이비의 머리 위에서 하늘은 점점 더 남색으로 물들어갔다. 하나둘씩 별이 나타났다. "네가 오면 내 찻잔을 내줄게. 그때쯤에는 와인을 마셔도 될 정도로 커 있겠지만."

"그거 말고 우린 뭘 할 수 있을까?" 내가 물었다.

아이비는 어깨를 으쓱했다. "몰라. 함께 시간을 보내겠지. 이야기도 하고. 난 이야기하는 거 좋아해."

"태양은 보러 가지 않고?"

"당연하지." 아이비는 근사하게 활짝 웃었다. "우린 갈 필요 없어. 언젠가 태양이 우리를 보러 올 테니까."

아이비는 스크린을 가지고 돌아다니면서 보이는 물건의 이름을 알려주었다. 냄비, 개, 머리에서 불꽃이 이글거리는 초. 나는 그 모든 이름에 귀를 기울였다. 나는 내 앞에 펼쳐져 있는 시간을 보았다. 아이비와 내가 여행할 나날들과 여러 해를 보았다. 서로가 알고 있는 걸 서로에게 가르쳐줄 시간을 보았다. 나는 아이비에게 모래 폭풍과 화산, 삼촌들과 돔에 관해 말해줄 것이다. 아이비는 자신의 어머니에 관해, 가족이 갖는 진짜 의미에 관해 나에게 말해줄 것이다.

삼촌들은 가버렸다. 붉은 별 프로젝트 자원자들도 사라졌다. 나의 어머니도. 나에게는 가족이 없었다. 하지만 나는 두렵지도, 외롭지도 않았다. 나에게는 친구가 있다. 나에게는 나만의 행성이 있다. 언젠가는 북쪽 피난처의 도움을 받아 아이비와 내가 만나, 서로의 손을 잡고 우리 세상을 한데 섞을 가능성도 있다.

그래, 이거야. 이걸로 충분해.

삼손

1873년~1925년
캔자스에서 텍사스까지

삼손이라는 이름의 남자는 하루에 물소를 열일곱 마리 죽였고, 그다음 날은 일곱 마리, 열한 마리, 여섯 마리, 열두 마리를 죽였다. 그는 물소의 가죽을 벗기고 혀를 잘라냈다. 물소의 넓적다리를 잘라내는 동안 그는 지독한 냄새를 맡지 않으려고 반다나 스카프를 코까지 올려 썼다. 삼손과 동료들은 도지시티로 가서 사냥물을 돈과 바꾸고 다시 초원으로 돌아왔다. 피가 그의 날들에 짐을 더했지만 그는 비틀거리지 않았다. 수많은 밤이 불과 구운 고기, 그의 뺨을 베는 흙처럼 자극적인 그 자신의 체취와 더불어 흘러갔다. 맹렬한 별들이 그의 마음을 흔들어 눈물짓게 했다.

　　그는 데이지라는 이름의 아가씨를 사랑했다. 데이지의 머리카락은 그의 머리카락만큼이나 붉었다. 두 사람은 아일랜드라는 뿌리와 배고픔에 대한 두려움을 공유했다. 그는 말랐고 키가 크지 않았으며 몸 여기저기에 흉터가 있었다. 그는 자신이 사랑을 만나게 되리라고는 생각하지 않았는데, 데이지는 댄스홀에서 그에게 자기 손을 잡게 해주었다. 아가씨는 너무 작아서 그와 눈을 마주치려면 자기 고개를 아주 높게 치켜들어야 했다.

크리스마스 선물로 그는 아가씨에게 반지를 사주었고, 새해 전날 스프링이 외롭게 울부짖는 하숙집 침대 위에 아가씨를 눕혔다. 석 달 뒤에 두 사람은 뼈가 울릴 정도로 덜걱거리는 마차를 타고 텍사스로 갔다. 그때가 1874년이었다. 물소는 거의 다 사라졌고, 평원은 살육과 새로운 희망이라는 악취를 풍기고 있었다. 다른 주 안으로 외롭게도 길게 늘어선 그 땅에서 두 사람은 긴 나무 집을 짓고 그늘에서 숨을 헐떡이는 사냥개 두 마리를 길렀다. 두 사람의 식탁보는 빨간색과 흰색이 교차하는 격자무늬였고, 잘 닦은 두 사람의 석유램프는 밝게 빛났다. 램프가 뿜어내는 둥근 빛 속에는 서로 맞잡은 네 손이 있었다. 봄이면 그는 땅이 덩굴손을 뻗게 했다. 토마토, 멜론, 강낭콩, 완두가 자랐다. 두 사람에게는 소와 말이 있었고, 양도 있었다. 데이지는 젖소의 우유를 휘저어 삼손이 사치라고 부르는 버터를 만들었다.

침대 위에서 몸을 뒤척이는 남자처럼 계절이 간신히 바뀌었다. 겨울이 그 큰 입을 벌릴 때쯤 데이지가 아들을 낳다가 죽었다. 삼손은 아들에게 찰스라는 이름을 지어주었고, 아들이 크고 강하게 자라는 모습을 지켜보았다. 태어나고 7년이 흘렀을 때 찰스가 목초지에서 사라졌다. 삼손은 사방으로 찾아다녔지만 소년은 돌아오지 않았다.

우리는 그가 혼자 있었던 시간에 대해서는, 두 사냥개가 중정 지붕의 바람 통로를 오가던 시간에 대해서는 말하지 않을 것이다. 아마도 그때 그는 술을 마시고 담배를 피웠을 것이다. 여자를 만나기도 했을 것이다. 어쩌면 그저 고독하게 식탁을 주먹으로 내리치고만 있었는지도 모른다.

1920년에 그는 거트루드라는 아가씨와 결혼했다. 스물다섯 살이었고 금발이었으며 덩치가 큰 독일계였다. 하지만 두 사람은 아가씨의 혈통에 관해서는 거의 언급하지 않았다. 얼마 전에 전쟁이 끝났기 때문이다. 그는 예순일곱 살이었고 머리 한쪽에 있는 흉터는 이제 화석이 되어 있었다. 두 사람이 함께 누웠을 때, 그는 말라버린 강바닥이었지만 여자는 엄청난 빗물이었다. 두 사람은 함께 나무 집을 허물고 판자를 덧댄 집을 세우고, 밭을 일궈 밀을 심었다. 이 땅은, 굉장한 땅이야. 삼손은 생각했다.

스물여섯 번째 생일에 거트루드는 삼손에게 아들을 낳아 주었다. 그는 '또 다른 아들'이라는 말을 하지 않았다. 첫 번째 아들을 떠올리면 그의 심장에는 작은 도랑이 생겼다. 두 사람은 이 아들에게 로버트 헨리라는 이름을 붙여주었다. 꽉 찬 이름이었다. 명예를 아는 남자를 위한 이름이었다.

이 아들은 쭉 뻗은 다리와 사악한 눈을 가진 소년으로 자랐다. 처음에 아버지는 아들 안에 들어 있는 악마를 발견하지 못했지만 말이다. 삼손에게는 태어나기도 전에 송아지에 관한 꿈을 꾸고, 시작도

되기 전에 가뭄이 오는 꿈을 꾸는 능력이 있었는데도 아들의 미래
는 보지 못했다. 아들이 꿈을 이루기 위해 멕시코를 떠나온 한 여인
을 소처럼 밧줄로 묶어 집으로 끌고 가, 그녀의 꿈을 훼손하는 미래
를 보지 못했다. 삼손은 이 포획된 여자가 1963년에 술 취한 상태로
한 아이를 낳고, 비라는 이름의 그 아이가 (자신의 손녀가) 자기 아버지
의 아들을 낳아 자신의 아이를 거인이라고 부르게 된다는 것도 알지
못했다. 자기 어머니가 지구를 가로지른 것처럼 이 손녀의 자손들은
별들 사이를 지나 멀리 가게 되리라는 것도 알지 못했다.

그때는 1925년이었고, 삼손은 그저 현관의 흔들의자에 앉아 있는
풍만한 어린 아내와 마당에서 닭을 쫓고 있는 네 살 아들만을 볼 뿐
이었다. 그는 길러야 할 작물과 키워야 할 동물을 생각했고, 젊은 날
무릎을 꿇고 고아가 된 어린 물소의 목을 그었던 날을 떠올렸다.

지금 그는 예전에도 그랬던 것처럼 이 나라가 정말로 좋고 친절하
다고 생각했다. 이제 막 태동하기 시작한 이 나라는 관대하게 선물
을 나누어주었다. 이 나라는 요청이 있다면 별들도 가져다주리라. 이
나라는 달도 선사해줄 것이다.

감사의 말

한 사람이 혼자서 쓸 수 있는 책은 거의 없습니다. 책을 쓰려면 한 마을이 필요합니다.

내가 여기까지 올 수 있었던 건 모두 어떤 이야기로 완성될지 알아봐주고 성공할 가능성이 있다고 확신해준 탁월한 에이전트 다냐 쿠카프카와 미셸 브로어 덕분입니다. 이 책의 세계관을 좀 더 확장하고 기이하게 만들 수 있다고 제안하고 글을 다듬었으며 지혜를 빌려주고 마음을 다독여준 두 사람에게 무한한 고마움을 느낍니다. 그들 덕분에 최고의 에이전트들과 함께할 수 있었습니다.

내 인생의 스승들이 없었대도 나는 작가가 될 수 있었을 겁니다. 하지만 단언컨대 아주 좋은 작가는 될 수 없었을 것입니다. 고등학교 때 처음으로 나에게 글쓰기를 가르쳐준 캐서린 아라 선생님께는 정말 끝없는 감사의 말을 전하고 싶습니다. 선생님의 글쓰기 수업을 듣게 해주셔서(그것도 두 번이나!) 감사합니다. 내가 아주 의미 있는 말을 한 것처럼 칭찬해주셔서 감사합니다. 내가 작가이자 교사가 되기로 한 건 모두 선생님 덕분입니다. 선생님을 알게 되어 정말 영광입니다. 더뉴스쿨에서 그리고 그 뒤로도 인내하며 내 이야기를 들어주고 멋진 조언을 해준 나의 훌륭한 멘토이자 친구 헬렌 슐먼에게도 감사의 마음을 전합니다. 당신이 내 편임을 안다는 건 정말 기분 좋은 일입니다. 초벌 원고를 읽어주고 내가 이 책에서 풀어놓고자 하는 이야기들을 넓은 마음으로 수용해준 멋진 티파니 야니크와 마고 라이브시, 감사합니다. 두 사람 덕분에 확신을 가지고 나만의 목소리를 낼 수 있었습니다. 더뉴스쿨의 MFA 프로그램과 그곳에서 만난 모든 분에게 깊은 감사의 말을 전합니다. 정말 서로에게 힘이 되어주는 따뜻하고 재능 있는 공동체입니다. 당신들이 없었다면 나는 이렇게 해낼 수 없었을 것입니다. 스완니와 틴하우스에서 주관해주신 작가 회의에도 크게 신세를 졌습니다. 그곳에서 나는 무엇보다도 작가로서의 나 자신에 관해 생각해보는 계기를 얻었고, 이 삶에서 만나본 사람들 가운데 그 누구보다도 놀랍고도 창의적인 사람들과 인연을 맺을 수 있었습니다.

이 이야기가 성숙한 어른이 되기 위해 힘겹게 나가는 동안 정말로 많은 사람이 이 책의 초벌 원고를 읽어주셨습니다. 내가 집필이라는 미친 과정을 통과해나가는 동안 여러 번 원고를 읽고 통찰력 깊은 피드백을 주고 내 마음이 무너지지 않게 도와준 브래디 허젯, 타라 와인슈타인, 앤 레이에게 특히 고맙다고 말하고 싶습니다. 나의 작품뿐 아니라 걱정 가득한 나의 문자까지 읽어줄 수 있는 가장 중요한 작가 친구가 되어준 제카 허치슨, 감사합니다. 내 첫 번째 원고를 처음부터 끝까지 모두 읽어준 줄리 골드버그, 데이비드 데귀스타, 감사합니다. 아직 갓난아기에 불과한 원고를 조금씩 읽어주고 다음 단계로 나아가게 해준 수많은 분들에게도 고마움을 전합니다.

글을 쓸 수 있는 공간을 주신 브루클린 공립도서관도 감사합니다. 수상도시는 가장 뒤에 있는 탁자에서 탄생했습니다. 오두막과 책상, 내가 정말로 보고 싶었던 사슴을 볼 수 있게 해준 슈나벨스 우즈도 감사합니다. 아동 병원을 조사할 수 있게 도와주고 마이크로피시(A6 판 크기에 이미지를 60개 복사할 수 있는 마이크로필름-옮긴이)를 보는 즐거움을 알려준 캔자스시티 공립도서관 미주리 밸리룸의 매트 리브스에게도 감사의 마음을 전합니다.

내가 언제나 미래를 생각할 수 있게 도와준 경제 재무 고등학교와 리더십 공공 서비스 고등학교의 학생들에게 감사의 마음을 전합니다. 나를 지원해준 두 학교의 동료들 역시 고맙습니다. 나의 미적 관심을 점검해준 비평가이자 조언자가 되어준 로빈 디시너에게도 특별한 감사의 말을 전합니다.

나를 사랑해주고 지지해준 가족들, 특히 자신이 알고 있는 모든 사람에게 내 책 이야기를 해준 마틴 밀러에게 감사합니다. 나에게 좋은 소식이 생길 때마다 전화할 사람이 있다는 사실에 정말 감사합니다. 마델린 그레이브스, 언제나 내 기분을 북돋아줘서 고마워.

그리고 나의 독특한 부모님, 세라 스완 밀러와 제임스 에드워드 스완. 나에게 이 삶을 주었고 이 험한 물살을 헤쳐나갈 도구를 주셨습니다. 어머니는 나에게 노는 법을 가르쳐주셨고, 아버지는 나에게 인내를 가르쳐주셨습니다. 내가 있는 그대로의 모습으로 살아갈 수 있게 해주셔서 감사합니다. 두 분을 만난 건 정말 행운이었습니다.

그리고 마지막으로 이 괴상한 세상에서 20년 동안이나 함께해준 파트너 피트 그레이브스에게 감사합니다. 인도에서 산사태를 만났을 때 내 배낭 들어줘서 고마워. 여러 번 이 책의 원고를 읽어준 것도. 거대한 아기들 때문에도, 그리고 그 밖에 많은 이유로도 정말 고마워.

사라진
지구를
걷다

1판 1쇄 인쇄 2023년 11월 30일
1판 1쇄 발행 2023년 12월 14일

지은이 에린 스완
옮긴이 김소정
펴낸이 김영곤

융합1본부장 문영 **책임편집** 오경은 **융합1팀** 김미희 정유나 이해인
디자인 윤수경 **교정교열** 박주희
아동마케팅영업본부장 변유경 **아동영업팀** 강경남 양슬기 황성진 오은희 김규희
아동마케팅1팀 김영남 정성은 손용우 최윤아 **아동마케팅2팀** 황혜선 이해림 이규림
해외기획실 최연순 **제작팀** 이영민 권경민

펴낸곳 (주)북이십일 아울북
출판등록 2000년 5월 6일 제406-2003-061호
주소 (우 10881) 경기도 파주시 회동길 201(문발동)
대표전화 031-955-2100 **팩스** 031-955-2122
홈페이지 www.book21.com

© Erin Swan, 2022

아르테는 ㈜북이십일의 문학 브랜드입니다.

ISBN 979-11-7117-207-8 (03840)